河南省高校哲学社会科学优秀著作资助项目
二/十/大/专/项

唐前曹植接受史

王津 著

河南大学出版社
HENAN UNIVERSITY PRESS
·郑州·

图书在版编目(CIP)数据

唐前曹植接受史 / 王津著. -- 郑州：河南大学出版社，2024.8

ISBN 978-7-5649-5574-8

Ⅰ.①唐… Ⅱ.①王… Ⅲ.①曹植(192-232)-文学研究 Ⅳ.①I206.361

中国国家版本馆 CIP 数据核字(2023)第 156328 号

唐前曹植接受史
TANG QIAN CAOZHI JIESHOU SHI

责任编辑	马　博　时二凤
责任校对	王　珂
封面设计	史　岩

出　版	河南大学出版社
	地址：郑州市郑东新区商务外环中华大厦2401号　邮编：450046
	电话：0371-22860116(南方出版中心)　0371-86059701(营销部)
	网址：hupress.henu.edu.cn
排　版	河南大学出版社设计排版中心
印　刷	广东虎彩云印刷有限公司
版　次	2024年8月第1版
印　次	2024年8月第1次印刷
开　本	710 mm×1010 mm　1/16
印　张	19.75
字　数	363千字
定　价	68.00元

版权所有·侵权必究

(本书如有印装质量问题，请与河南大学出版社营销部联系调换。)

前　言

曹植是中原历史文化名人，是中国文学史上的经典大家。所谓经典大家，是指文学史上创作水平高，经典作品数量多，创作影响作范长远，对民族文化心灵塑造有深远影响的作家。经典大家为数不多，往往居有重要的文学史地位。

曹植的文学史地位随着文学史历史时长的延展而有一定变化。宋代之前，他基本上被认定为建安作家群体最杰出的代表，如钟嵘、皎然的观点。不过，钟嵘关于陆机、谢灵运源出曹植之论，实际上也暗示了曹植于两晋南朝的源头地位。到了南宋，张戒则称"古今诗人推陈王及《古诗》第一"[1]，认为曹植与李白、杜甫之诗不愧于陶渊明。清人更是从整个中国古代文学史的角度把曹植同陶渊明、李白、杜甫一起视为两汉以来之诗圣。事实上，就曹植的经典地位而言，其在南朝已经基本形成。唐代，《文选》及六臣注的影响，以及唐代文人群体对曹作广泛的模拟学习等，促使曹植其人与其文的接受趋向统一，曹植经典大家的地位由此确立。此后直至明清，曹植的经典地位一直比较稳定，尽管其间零星有对曹植及其作品的解构之说，但整体而言，后世对曹植作品的阐释基本上是沿着南朝、隋唐的阐释方向发展的。

曹植文学史地位确立之依据，在古人那里，一方面是其诗文所蕴含的其卓绝的才华、深厚的政治伦理情怀与其失意人生的矛盾冲突；另一方面则是其创作的开创性、独特性，如其语言的华茂，题材、体裁的开创性或变革性，

---

[1] 张戒：《岁寒堂诗话》卷上，载丁福保辑《历代诗话续编》，中华书局，2006，第2版，第451页。

艺术风格的多样化,文学体式的融会贯通,等等。

　　古人不仅关注曹植的人与文,而且注意到了后世读者学习化用曹作的情况,这已经是读者接受视角的发现了。不过,由于古人随笔感悟式评论的局限,故其所论,无论是针对曹植的人与文,还是针对读者对曹文特点的发现,多为蜻蜓点水之论。

　　民国以来,有关曹植文学史地位确立的研究主要围绕曹植于中古诗歌文人化的历史贡献展开(此与文学史书写者的文学史观有关),亦多为点滴之论或片段陈述,直到徐公持先生方在其《魏晋文学史》中深入论述了曹植乐府诗创作的文学史意义。但整体而言,由于缺少对读者接受的具体研究,学界有关曹植创作影响的观点多是宏观角度的论断,而缺乏具体层面的探讨。

　　20世纪90年代,有一批研究者开始探讨两晋南朝作者创作与曹植具体作品的关系,如探讨曹植《杂诗六首》对阮籍诗歌创作的影响,《白马篇》对六朝游侠诗、边塞诗写作的影响,曹植女性题材于六朝女性写作的影响,曹植讽刺赋对六朝讽刺赋写作的影响,等等。21世纪初,有一些硕博论文论及谢灵运、鲍照等作家的写作特点与曹植作品的关系,又有论者在探究杜甫、李白、李商隐与建安文学的关系时论及其创作与曹作的关联。但整体而言,相关研究多为涉及性论述,缺少深入成篇的专门研究,两晋南北朝作者创作之于曹作的承继性研究依然缺乏。这也意味着,当我们说曹植影响了六朝文学时,我们依然仅是从源头角度进行宏观论断,而缺少结合具体读者接受进行的论证。一个经典作家的影响绝不是模糊的,其文学史地位之确立必须依据一代代读者对其具体作品广泛、持续的接受来判定。

　　而且,作家作品影响研究与读者接受研究,由于理论基础不同,故并非同一问题。传统的影响研究主要基于追本溯源的理念,探讨后世创作与有影响的作家作品之间的关联性。读者接受研究是接受史理论视角的研究,它既要关注后世作家创作与前世作家作品之间的关联,还要探讨后世批评型读者对作品的编选、阐释、批评等;既要看权威读者或重点读者对作品的创作学习或批评阐释,也要看普通读者对作品的反应;既要看读者接受的具体现象,亦要分析读者接受个体与时代等诸多因素的关系;既要通过读者接受看原作品的创作特点,还要通过读者接受考察读者所处时代的文学文化、艺术思想等风尚;既要研究一个个的读者接受现象及其原因,更要把这些具体研究纳入史的链条中,看其发展演变。总而言之,读者接受研究是具有更多向度的以读者为主体的立体多元的研究。

就作家作品的读者接受研究言,一般研究者从三个方面考察,即"阐释史""传播史""影响史"。其实"影响史"这个概念,与"阐释史""传播史"相比,它依然是作者本位的一个概念,这就意味着在研究方法、研究思路上仍然无法真正从读者视角去思考。事实上,作家的影响包括其文学史地位的界定,只有通过读者的具体接受去透视,才可能会有比较清晰的判定。而读者接受中,读者的创作学习有时是先行于读者阐释批评的接受行为,而且,读者通过对前人作品的创作规模,发现前人作品的开创性、独特性;这种开创性或独特性引起不同时代众多读者的关注,经其反复学习化用,会促使前人作品某种写作范式的发现,影响着作家经典意象、语句、题材、篇目等的形成,此于诗赋文学的接受而言尤其如此。所以,"影响史"若改为"创作接受史",恐怕更能凸显读者的主体地位,也更能真正体现作家的实际影响。而"阐释史"也并不仅指文学批评等方式,若作家作品的编选、注释等都隐含有编者、注者的文学批评理念,实属于隐性的批评。

就读者的创作接受言,有些学习化用比较明显,但有些学习原作写法的则较隐晦,这就意味着准确判断读者作品与原作间的关系并非易事。而如果深入比较读者创作与原作之间的关系,我们可以发现,某种程度上,读者的创作接受实质上也是一种文学批评,只不过,这种批评是隐性的批评,与编选、注释等方式相比较而言,是更为隐晦的表达。读者选择规模什么、如何规模,都意味着读者对原作思想、艺术风格的理解,对作家创作开创性或独特性的敏锐感知、发现。而此发现一旦得到众多不同时代的人的反复学习、化用,作家创作的某种经典性就会得以凸显、形成。作家作品经典地位的确立与此有密切关系。

具体到曹植作品的接受而言,唐前曹植接受基本上确立了其经典作品系列及其魏晋南北朝、隋经典作家的地位。此期接受有两个重要指向:一是批评型读者对曹植及其作品的批评,包括编选、品评等方式;二是创作型读者对曹植作品的学习借鉴。由于学界在探究作家作品接受、经典化过程中,更多关注作品的编选、注释、批评、传播、权力干预、教育等途径,故而一般认为钟嵘《诗品》、萧统《文选》对曹植的经典化及其文学史地位的确立具有至关重要的作用，但论者多忽略了从曹叡开始，经正始、两晋、南北朝、隋众多创作型读者对曹植作品的学习模仿，曹植的不少作品在钟嵘评价、《文选》录入前已经遭遇经典化了，钟嵘的评价、《文选》的编入只是使其经典系列更为显性化。

唐前曹植创作接受从魏明帝曹叡即已开始，可以说是曹叡揭开了曹植创作接受的序幕，而他下令对曹植作品的收录整理更为曹植作品的后世传播与接受奠定了基础。两晋时期，虽然多数文士对曹植与其作品保持了沉默，但这并不意味着曹植的边缘化，相反，两晋尤其西晋诸多文坛著名人物对曹作进行了深入学习。南朝宋、齐是曹植创作接受的又一个高潮期。南朝梁、陈，北朝时期，尽管文士创作中多见对曹植作品典型意象、句式等的学习化用，但由于此期文士对曹作缺乏深入学习，故曹植创作接受事实上已经衰落。但此期文士对曹作独有的词汇、意象、句式等的广泛化用，其实促使了曹作经典题材、意象、词汇、语法等的形成。整体而言，两晋、南北朝是曹植创作接受的黄金期，此期文士的创作接受对于曹作经典的形成具有重要作用；唐代作家对曹作的学习有不少是对两晋、南北朝读者学习曹作的延续或者深化（当然，也有部分开拓）。

南北朝、隋时曹植作品的批评接受，尤其是钟嵘《诗品》对曹作的品评、《文选》对曹作的编录，以及刘勰《文心雕龙》对曹植及其作品的批评，等等，使曹植接受史进入了黄金期。伴随着后世对曹植与其作品的不断接受，此期诸多批评之词都成了曹作经典的次生层，对后世读者的接受产生了深远影响。另外，从曹魏开始，经西晋陈寿、南朝宋裴松之、南朝梁萧绎、隋王通等对曹植其人道德精神的发现，虽然未若其时读者对曹植其文的接受那样蔚为大观，但这些零星发现对于深入曹作灵魂、促成曹植其人的经典化作用甚大。

可以说，唐前曹植接受，直接导引着后世的曹植接受方向，尤其是创作型读者的接受，更可见曹植创作作用于读者的实际影响，此于曹植文学史地位判定之作用毋庸置疑。但我们研究作家接受史，其意义并不止于此。

一方面，读者的阅读视界是一个有广阔背景的概念，它要受读者个体及其所处群体、时代，以及传统等诸多因素的影响；另一方面，本文对读者的接受有内在的规定性,即使是本文的空白点,读者也不能随心所欲地阐释。也就是说,读者接受其实受着读者视界与本文的双重制约。因此,我们的确可以透过历代读者接受资料的梳理,看作家声名的起伏,通过对不同时代读者对同一作家作品接受的变化透视不同时代的诗风、士风、审美风尚等,但作家接受史的意义恐怕也不止于此。

抛开姚斯提出接受史理论的背景不谈,即从文学活动的四要素来看,在世界—作家—作品—读者的四维联系中,哪个要素才是最本位的呢?当然是作品。因为没有了作品,其他几维又将依何而存呢?读者视角的研究是重要的,但读者视界仍然受本文的制约,研究读者视角的最终目的不应该是回归到对作家作品本身的探讨上吗?"研究文学接受史的人,必须以作品如何影响当时的条件和事件,又如何被它们所影响作为指针,不断地重新思考作品。"①因此,借助于读者接受视角,重新思考作家作品,通过读者或隐性或显性的批评,探讨作品的哪些特质为读者所发现,所乐于反复接受,并在持续的接受中,促使这些特质经典化,从而反观作家创作的独特性、开创性,再审视作家的文学史地位,看作家作品依据什么走进了文学史的行列,成为中华优秀传统文化的一部分,这可以说应是作家接受史写作更重要的内容。

对于曹植而言,今天的文学史书写多把他视为建安群体中的一员,"建安风骨"这一整体概念的提出某种程度上淡化了曹植创作的独特性及其对两晋、南北朝、隋文学的实际影响。太康诗风、东晋玄言诗、南朝的声色大开,都与"建安风骨"异途,因此,仅从"建安风骨"去理解曹植作品,我们怎么理解两晋、南北朝、隋对曹植的创作接受,怎么看曹植在中古诗歌史中的地位呢?另外,今天的文学史书写同样忽视了曹植的道德人格精神及其诗文的感发力量,过多强调了他政治上的幼稚与其不幸的政治命运。这种书写方式无疑会消解一个经典大家的精神影响,同样,也会影响到对曹植文学史地位、文学史贡献的定位。接受理论主要讲读者对作品的阐释、创作融入等,但往往忽略读者对作家本人的接受某种程度上会制约着他们对其作品内蕴的接受。综观曹植作品接受史,南朝是曹植作品创作接受的高潮期,但文士多规模其名都风流,或采撷其丽词佳句,对其君臣之意、家国情怀、志士

---

① H.R.姚斯、R.C.霍拉勃:《接受美学与接受理论》,周宁、金元浦译,辽宁人民出版社,1987,第339-340页。

失意等精神内涵则多不在意。

有鉴于以上思考,本书重点:一是挖掘唐前创作型读者对曹植作品独特性、开创性的发现,并分析相关发现所隐含的读者视界,指出此发现与曹作经典之确立的联系。本书重点探讨了阮籍、傅玄、张华、陆机、谢灵运、江淹、沈约等人对曹植作品的创作接受问题。二是探讨唐前批评型读者对曹植作品及其文学史地位的看法,重点研究刘勰、萧统、钟嵘等对曹植的批评及其于曹植接受史的意义。三是梳理曹植其人的接受线索,勾勒出从陈寿到王通的曹植人格精神发现史,指出其对曹植中国文学史经典大家身份确立之意义。

自接受理论传入中国,接受史视角的曹植作品研究起于21世纪初,这也是曹植研究这一老课题的开拓性研究方向。至目前为止,曹植接受研究已经有一些研究成果。单篇的,如洪顺隆的《洛神赋》后世接受研究,主要着眼于创作接受。专著的,如王玫的《建安文学接受史论》,其中关于曹植接受的研究,是一种综合阐释史、效果史、影响史的探究;杨贵环的《曹植文学的批评史略》则着眼于读者批评,构建了曹植文学的读者批评接受史。相比于已有研究,本书的创新点在于:一是集中探讨了唐前创作型读者对曹作的创作模仿及其隐含的批评、阐释意义;二是探讨了批评型读者对曹植其人、其文的具体发现及其原因,并分析二者之间相互制约、促进的关系;三是对读者接受的分析,不只由此透视读者接受的个体与时代因素,更由此反观曹植创作的独特性、开创性,读者接受分析与曹植作品透视相结合。

本书是在博士论文基础上修改完成的。感恩张可礼先生,他对我的论文选题与写作给予了直接、中肯的指点!感恩我的博导李剑锋先生对我的苦心培养!先生的栽培铺垫了我的学术之路,即便毕业多年,我也经常得到先生的关心、指导与帮助,先生的为人与为学永远是我学习的榜样。也同样感恩詹福瑞先生,在我毕业答辩时,他给我指点了经典化的研究方向,我的《曹植与其文学的经典化研究》一书就是这一方向的研究成果,而此书的写作又打开了我修改《唐前曹植接受史》的思路。人生之幸,何胜于此!我所有的进步都得益于老师们的指点与学界已有研究成果的启发。感恩一切开我心智者及护我、助我成长者!

目 录

第一章 百年曹植接受研究及唐前曹植接受史写作 1

　　第一节 百年曹植文学史地位研究梳理 2

　　第二节 百年曹植其人、其文接受研究梳理 10

　　第三节 曹植接受研究问题及唐前曹植接受史写作思考 18

第二章 建安、曹魏对曹植的曲折接受 29

　　第一节 以立嗣为中心的政治博弈

　　　　　　——曹操与其政治集团对曹植的接受 29

　　第二节 从兄弟相争到叔侄之情

　　　　　　——曹丕、曹叡对曹植态度的变化 53

　　第三节 从具政治色彩的评论到个体化学习

　　　　　　——曹植其文在曹魏的关注 68

　　第四节 子母相钩带，绵绵瓜瓞生

　　　　　　——阮籍《咏怀诗》与曹植诗赋的渊源关系 83

第三章 两晋主流文士对曹植的接受 101

　　第一节 斯人已殁，斯文独辉

　　　　　　——曹植在两晋接受的多样情态 101

第二节 一代文宗，肇始晋初
　　　　——论傅玄对曹植多种文体的模仿 ………………… 120

第三节 侠骨柔肠，法而不拘
　　　　——论张华对曹植诗作的借鉴 …………………………… 131

第四节 建安太康，英杰渊深
　　　　——论陆机对曹植乐府诗的规模 ………………………… 142

第五节 王书顾图，千载流名
　　　　——东晋对《洛神赋》的艺术转换 ……………………… 158

第四章　南北朝曹植接受趋向与抑扬阐释 …………………… 174

第一节 曹植文学接受的差异性与团体性特点 ………………… 174

第二节 不同读者对曹植其人的差异性接受 …………………… 192

第三节 选文定篇，隐评显论
　　　　——刘勰、萧统对曹植作品的抑扬 ……………………… 211

第四节 诗中周孔，五言龙凤
　　　　——《诗品》对曹植诗歌的理想化阐释 ………………… 226

第五章　南朝重要文士对曹植的接受 …………………………… 246

第一节 天下才子，百世知音
　　　　——《拟魏太子邺中集诗八首》对曹植的接受及其他 … 246

第二节 模拟诗赋，俱动于魄
　　　　——江淹的拟曹诗赋 ……………………………………… 264

第三节 丽人洛神，艳情路异
　　　　——沈约对《洛神赋》的接受与影响 …………………… 276

第四节 徒怀曹植，恒愿执鞭
　　　　——萧绎对曹植诗文的摘录及其意义 …………………… 288

结　论 ……………………………………………………………… 302

第一章　百年曹植接受研究及唐前曹植接受史写作

从建安直到清末，除宋元时期遭遇边缘化外，文学接受史中的曹植似乎很少远离古代文人的视线。古人对曹植的接受大致有四个指向：一是对曹植其人的接受，二是对曹植其文的接受，三是对曹植文学史地位的评定，四是对曹植与其作品的跨界接受。其中对曹植其文的接受主要包括对曹植作品的选录或编选，对前人接受曹作的点析，对曹植创作的学习借鉴，对曹作的注释、阐释、评析（包括文意、源头、风格、影响、艺术手法及曹作与他人创作的比较等），等等。就作家作品的选录或编选言，本身也隐含编选者的批评视野，故而亦属阐释批评指向。概言之，对曹植其文的接受包括有二：一是对曹作本身的接受（包括创作学习与批评阐释），二是对前人接受曹作的批评阐释。

而古人对后世读者学习借鉴曹作的揭示，或古人对前人评论曹植的批评等，都是以读者的曹植接受为对象的接受研究。有些批评似乎是别无依傍的创见，但其实隐含了对其他读者接受曹植与其作品的议论，实亦属接受视角的研究。若此，对曹植与其作品的后世接受研究，并不待西方接受理论传入中国，早已是源远流长了，此与中国古代考镜源流的学术传统密切相关。不过，古人的评论大多是零碎的点滴之论，难以呈现史的发展变化的系统性研究视野。

但古人批评曹植与其作品的很多精辟之论甚至影响到现代学人对曹植其人、其文的解读。20世纪20年代至今，尤其是20世纪90年代以来，伴随着接受理论在古代文学研究领域的应用，关于曹植及其作品的读者批评、阐释等接受研究,从承袭前人之论到在新理论指导下进行现代学术视野的观照,成果日丰,路向亦愈趋多元、开阔。

而关于曹植文学史地位的判定,就诸多文学史书写看,基本属于影响研究,但其判定实以后世作家创作(群体创作或个体创作)为参照,来衡量曹植的文学史影响。故其虽多为笼统的影响研究,但也并未脱离对读者接受的考量。故据相关研究内容,从曹植文学史地位之判定与其人、其文后世接受之研究两个方面,梳理百年曹植及其作品接受研究的发展变化情况,总结成绩,反思问题,并以此为基础,探讨唐前曹植接受史的写作架构、研究方法与研究意义。

第一节 百年曹植文学史地位研究梳理

大凡探讨曹植文学史地位的文章,它们所论及的大多是曹植的诗歌,可以说,曹植的文学史地位,基本上即为其诗歌史地位。研究者因研究入手点不同,故对曹植文学史地位确立之依据亦较为多样,而不同依据则意味着对曹植文学史价值的不断发现。这种发现并非在现代学人的研究起点时即已百花齐放,而是随着研究的深入,随着新理论的应用而逐渐产生的。

20世纪20年代至40年代末,民国学人对曹植的文学史影响多有探讨。如顾实言:"曹植者曹操之少子,世称曰陈思王,乃魏文学之巨擘,上接汉代,下通晋、宋、齐、梁、陈、隋而独步之高材也。唐代李杜诸贤,莫不师其风骨。"[1]指出曹植承前启后、作范后来的文学史地位。钱基博亦有类似之论,如其言:"而植则异气禀之魏武,茂彩过于难兄,兼擅父兄之美,独出冠时,足以上继古诗枚李,下开盛唐李杜。"[2]

这种宏观评论尚未跳出古人窠臼。相比之下,胡适、刘大杰的观点颇有创见。胡适是现代学人中较早提到曹植乐府诗影响者,他在《白话文学史》中指出:"故他的诗歌往往依托乐府旧曲,借题发泄他的忧思。从此以后,乐

---

[1] 顾实编纂《中国文学史大纲》,商务印书馆,1926,第153页。
[2] 钱基博:《中国文学史》,中华书局,1993,第125页。中华书局1993年版据1939年前"国立"师范学院铅字排印本重行刊行。见1993年版第1135页说明。

府遂更成了高等文人的文学体裁,地位更抬高了。"①刘大杰从五言诗题材开拓角度评价道:"五言诗在建安时代虽已成熟,但到曹植的笔下才扩大其范围,达到无所不写的程度……在五言诗的发展史上,曹植的开拓工作,我们是不能忽视的。"②这一点确实发前人所未发。二人的研究从曹诗之体裁、题材入手,显示出摆脱古典型研究的趋势,对其后的研究者影响深远。后来的研究先是以曹植的乐府诗和五言诗为核心来探讨其文学成就及影响,进而乐府与五言合流,转而在中国诗歌雅俗互动的史的观照下以其诗歌文人化为研究核心,此研究核心之转变,使曹植文学史地位的研究视野豁然开朗。相应地,在研究方法上,民国学人超越了传统的感悟式点评法,论断与论述相结合,显现出现代学术研究的萌芽。

需要注意的是,民国学人承古人之论,对曹植承上启下的文学史地位基本上是肯定的,但1943年郭沫若的《论曹植》则上承清代王夫之贬植之论,抑植扬丕,从批判其个人道德到政治才能,到理想抱负,到文学成就,对曹植进行了全方位的否定。他站在"人民本位"的立场上,认为"抒情化、民俗化的过程在他手里又开始了逆流。他一方面尽力模仿古人,另一方面又爱驱使辞藻,使乐府也渐渐脱离了民俗。由于他的好模仿,好修饰,便开出了六朝骈俪文字的先河。这与其说是他的功,毋宁是他的过"③,"曹子建在文学史上的地位,一大半是封建意识凑成了他。人们要忠君,故痛恨曹操和曹丕,因而也就集同情于失宠的曹植"④。郭沫若的"凑成"论在逻辑上并不圆转,因为我们完全可以得出相反的结论,而他对曹植文学功过之评断,在今天看来错误是自不待言的。但他从反面引导后来者思考这样几个问题:第一,曹诗抒情的内容与特质;第二,曹诗的个性化特征;第三,曹诗的文人化特征;第四,曹诗词采丰茂的历史影响。实际上,他从反面开辟了曹植文学史地位研究的新视角,即曹作在抒情、个性、风格、文人化等方面于文学史发

---

① 胡适:《白话文学史》,新月书店,1928,第64页。
② 刘大杰:《中国文学发展史》,复旦大学出版社,2006,第171页。刘大杰《中国文学发展史》初版上卷1941年由中华书局出版,下卷出版于1949年。见2006年版上卷前言第3页。
③ 郭沫若:《论曹植》,载《郭沫若全集(历史编)》第四卷,人民出版社,1982,第130页。郭沫若《论曹植》脱稿于1943年,收入他1947年初版的《历史人物》(由上海海燕书店印行)。见1982年版说明页及《论曹植》一文文末所注写作时间。
④ 郭沫若:《论曹植》,载《郭沫若全集(历史编)》第四卷,第131页。

展中的影响,当然,关于曹作抒情、个性、风格等方面的研究后来均归到对其创作文人化方面的研究了。

新中国成立之后至20世纪70年代末,由于政治气候、意识形态等因素的影响,郭沫若《论曹植》中的许多观点引发了50年代有关曹植及其作品的诸多争论①,并在一定程度上影响到60年代的研究。比如1963年游国恩、王起、萧涤非等主编的《中国文学史》一方面肯定了曹植文人化手法提高了诗歌的艺术性,但也强调它"开了雕琢词藻的风气"②,显示出郭沫若《论曹植》的影响痕迹。

20世纪50年代林庚的《中国文学简史》跳出了围绕曹植创作"反文人化"和"现实主义"的论证,承40年代刘大杰对曹植五言诗的研究,从曹植五言诗的数量、质量角度,指出曹植五言诗创作的开拓性意义,"他的五十多首五言诗的出现,乃是诗坛的一件大事,从此在诗坛上就正式承认了这新兴的诗歌形式的地位。这是一个时代的事业,却通过了曹植才获得完成"③。另外,林庚通过对比曹氏兄弟的作品,认为曹植的乐府诗通俗活泼,这"与诗人个性的解放统一起来",使曹植比"曹丕更能代表那一个要求解放的时代的脉搏与浪漫主义的情操,曹植因此成为建安诗坛上最有影响的诗人"。④这一论断把曹植的乐府与个性解放联系起来,从而论定曹植于建安诗坛的地位,这一思维未必没有缺陷,但它显然超越了时代对人民性与现实性的要求,显示出林庚研究的个性与创新,对之后学者强调曹植的个性化有积极意义,尤其是当文学史书写以建安风骨来笼括建安文人创作从而一定程度上削弱曹植创作的个性化特征时,其对曹植个性的发现有着深远的意义。

另外,1954年谭丕模在《中国文学史纲》中指出:"曹植的五言诗和乐府,在内容上有一个共同的倾向,就是勇于把自己的心中郁积吐露出来。这种个人抒怀的倾向,到了阮籍更扩大了,曹植在中国文学史上有一定的地位

---

① 吴云《20世纪中古文学研究》第三章第三节,羊列荣《20世纪中国古代文学研究史·诗歌卷》第四章第三节,对此争论有详细梳理分析,具体参见二书,此处不赘述。参见吴云编著《20世纪中古文学研究》,天津古籍出版社,2004;羊列荣:《20世纪中国古代文学研究史·诗歌卷》,东方出版中心,2006。

② 游国恩、王起、萧涤非等主编《中国文学史》,人民文学出版社,1963,第222页。

③ 林庚:《中国文学简史》,北京大学出版社,1995,第119-120页。林庚《中国文学简史》上卷写至唐代,于1954年出版。全书1995年出版。见1995年版第736、737页"修订后记""再记"。

④ 林庚:《中国文学简史》,第120页。

也就在此。"①他从诗歌抒情功能的发展角度,指出曹诗个人化抒情特征的意义,较胡适所言曹植借乐府旧题来发泄自己的苦闷确实是一大进步。

20世纪80年代至今,对曹植诗歌史地位之探讨秉承肇端于民国学人的研究方向,承继50、60年代学人的研究成果,对曹植诗歌之体裁、抒情、风格、个性化等影响进行了更深入具体的研究,同时又开辟出了新的研究路径,显示出更为广阔的研究视域,意味着曹植诗歌及其文学史地位研究有了进一步的发展。

1988年,王钟陵在《中国中古诗歌史》中明确指出曹植诗歌在气骨与词采上的源头地位:"子建诗不独为其时诗歌之一'变'……而且还成为这一历史时期诗歌发展中气骨一线和词采一线这二者发展之源头。"②早在20世纪40年代刘大杰就指出曹诗具有《诗品》所说"骨气奇高,词采华茂"的两面特点,并说"可是到了晋代的诗人,大都走的是'词采华茂'的一路"。③比较二者言论,明显可见王先生对前代学者的超越。相比于80年代一些学者举出六朝诗人规模借鉴曹植诗歌的具体事例来谈曹植的影响,王钟陵从架构中古诗歌史发展的两大路径出发,言曹植的诗歌史地位,其论断非常宏阔。另外,他也超越了胡适、林庚、谭丕模等人对曹植诗歌抒写个人情怀的论点,指出"曹植乃是中国文学史上第一个较为集中深入而又丰富饱满地展示了一个觉醒了的个性心灵的诗人"④。1995年,傅刚亦从曹植诗歌的个性角度指出其贡献与地位,"曹植的诗歌将他的个性发挥得淋漓尽致,他文学个性的鲜明、动人,是继屈原之后,中国诗歌史上又一个里程碑"⑤。

1989年,葛晓音《八代诗史》总结性地谈到曹植对文人诗抒情功能的技术贡献,如"曹植继承发展了汉乐府的表现手法,善于刻画人物及其内心活动;并吸取诗经、楚辞、汉末文人诗的成就,运用比兴抒发情感,表现个性;同时又注意对偶、声律和雕琢词藻,讲究声色和意境的描绘,工于起调和锻炼警句,从而丰富了中国诗歌的表现艺术,提高了文人诗直抒襟怀的能力"⑥。

---

① 谭丕模编《中国文学史纲》,高等教育出版社,1954,第124页。
② 王钟陵:《中国中古诗歌史》,江苏教育出版社,1988,第297页。
③ 刘大杰:《中国文学发展史》,第172页。
④ 王钟陵:《中国中古诗歌史》,第287页。
⑤ 傅刚:《魏晋南北朝诗歌史论》,吉林教育出版社,1995,第32页。
⑥ 葛晓音:《八代诗史》,陕西人民出版社,1989,第68页。

其论在总结前人研究基础上,着重从曹植诗歌书写艺术与传统的关系,论曹植的文学史贡献,所论较前人而言更为具体。

1996年章培恒、骆玉明主编的《中国文学史》和1999年徐公持编著的《魏晋文学史》,均上承前人从曹植诗对乐府诗文人化进程之影响角度谈其文学史地位。如章培恒、骆玉明言:"而尤其重要的是,通过他一生的创作实践,他把文人的艺术修养、文人文学的传统与乐府民歌的特点结合了起来,既吸取了民歌的长处,又改变了民歌单纯朴素的面貌。"①徐公持先生更是具体分析了曹植对乐府诗的改变,指出到了曹植"乐府作品才真正由'俗文学'变为'雅文学'。……并且改变了音乐第一、文学第二的关系,突出了文学的地位,'乐府歌辞'才真正完成了向'乐府诗'的过渡"②。当然,他亦指出:"经过曹植的大力创作,非乐府诗这种汉代文坛上偏安一隅的小品种,遂发展壮大为文人用以抒情述志的主流文体之一,历千百年不衰。"③

2005年,刘跃进主编的《中国古代文学通论·魏晋南北朝卷》指出:"他的创作既有建安时期慷慨悲凉的余韵,又开启了正始以后弥漫于诗坛的荒漠凄冷的诗风。再从整个中国古典诗歌发展的脉络来看,曹植的创作既为五言古诗奠定了基石,又为近体诗的发展开辟了道路。"④他较早论及曹植五言诗对近体诗形成之影响。

2005年,钱志熙《魏晋南北朝诗歌史述》在谈及曹植文学史地位时又辟新径。他认为曹植最重要的贡献"还是在于通过自己的诗赋创作,复活了先秦时代的浪漫文学传统,并加以发展。另外,他还将诗歌中的言志精神与兴寄方法结合起来,在这方面对阮籍、陶渊明及唐代诗人李白、陈子昂等人都有积极的影响。所以,他后期的创作,标志魏晋文人诗艺术新的发展阶段"⑤。他亦从风格角度指出:"而曹植因其气骨之高华,情感之激越,想象力之丰富,使其华丽与激情达到完美结合,开创了魏晋文学中最占主流、最富时代精神的一种风格,经两晋作家的承续,流波直至南朝初期。"⑥其观点

---

① 章培恒、骆玉明主编《中国文学史》,复旦大学出版社,1996,第319—320页。
② 徐公持编著《魏晋文学史》,人民文学出版社,1999,第90页。
③ 徐公持编著《魏晋文学史》,第91页。
④ 刘跃进主编《中国古代文学通论·魏晋南北朝卷》,辽宁人民出版社,2005,第15页。
⑤ 钱志熙:《魏晋南北朝诗歌史述》,北京大学出版社,2005,第44页。
⑥ 钱志熙:《魏晋南北朝诗歌史述》,第46页。

实承钟嵘所论,但他从魏晋文学主流风格的开创角度评曹作这一风格的文学史意义,此与王钟陵言曹作开创了两条诗歌写作路向有所不同,亦与多数学者所持的魏晋南朝文学朝重文采、重形式方向发展的观点相异,实有其独特的体悟,对于审视曹植文学的开创性与影响及认识魏晋南朝文学发展的客观性具有启发意义。

除了从诗体、风格、抒情(包括个人情感、抒情功能、抒情手法等)、个性化、文学传统等方面论述曹植的文学史地位与影响,还有从题材角度谈曹诗之开拓意义与深远影响者。这一角度包括三个方面:

第一,女性题材。如 2007 年周峨博士的《唐前女性题材诗歌研究》,从宏观角度指出曹植的女性托喻诗对后代女性题材诗歌之书写模式以及阐释模式的深远影响。她还从《文选》注这一角度指出唐代对曹植女性题材诗作比兴寄托意义进行了充分发掘,这"奠定了后代阐释此类诗歌的基调。进而,曹植的大部分女性题材诗作都被从比兴寄托的意义上加以了阐释"①。

第二,游侠题材。如 2004 年刘飞滨博士的《汉—唐游侠诗发展史纲》②、2010 年贾立国博士的《宋前咏侠诗研究》③在曹植《白马篇》的接受研究上最具有"史"之连贯变化意识。以刘飞滨的论文来看,他认为曹植的《白马篇》与《名都篇》是其游侠诗的两类代表,曹植在游侠诗中的种种创造,比如少年游侠形象、武艺高强、游侠与立功一体化等,对后世影响极为深远。作者以时间为序,梳理了曹植之后的游侠代表作品,如张华、鲍照及齐、梁、陈的游侠诗等,指出其继承中的新变。而陶春林、马晶的论文不仅从文学角度指出其间的传承变化,而且从诗歌创作的现实功用角度指出曹诗对社会游侠风气的影响,"它不但引导着游侠们的人生选择,同时也是提升市井之侠精神境界的一剂良药"④。而且其论文也第一次指出曹植《白马篇》所体现的洁、华、勇健剽捷、志气专一的贵族式健康的审美理想在后世作品中的继承与变化。

第三,游仙题材。较早提到曹植游仙诗文学史意义的大约是王钟陵,如

---

① 周峨:《唐前女性题材诗歌研究》,博士学位论文,复旦大学中国语言文学系,2007,第 158 页。
② 刘飞滨:《汉—唐游侠诗发展史纲》,博士学位论文,陕西师范大学,2004。
③ 贾立国:《宋前咏侠诗研究》,博士学位论文,扬州大学,2010。
④ 陶春林、马晶:《曹植〈白马篇〉对魏晋南北朝游侠及游侠诗的导向作用》,《江淮论坛》2007年第 4 期,第 133 页。

其言:"大量的篇章,恢廓的境界,绚丽的景象,含婉的抒怀:曹植对游仙诗的这一些贡献,终于确立了游仙诗作为魏晋诗歌之一大宗的显著地位。"①2004年李宗为在《建安风骨》一书中说:"曹植《五游咏》等想象瑰奇、笔墨绚丽的游仙诗,给文学带来了超越时空的能力,提供了丰富多彩的意象,对后世嵇康、郭璞、陈子昂、李白、韦应物等等无数诗人的游仙诗具有极大的影响和启迪,丁晏'推此君独步'的赞扬并非过甚之辞。后世那些善写游仙诗的诗人……莫不规拟陈思此类作品而更加变化,在意境和神韵上则不脱陈思之范围。"②2008年于春媚博士的《道家思想与魏晋文学——以隐逸、游仙、玄言文学为中心的研究》③在涉及曹植游仙诗内容时,则从其批判意识和追求自由的思想角度指出其为游仙文学开辟了一条新道路。

不过陈飞之和虞德懋的文章则进一步从更广泛的角度论述曹植诗歌题材、体类的影响范围。如陈飞之《曹植诗歌的体类及影响》从中国诗歌发展史的角度讲道,曹植"为我国抒情诗歌的发展创造了诸多的体类……它们对后来多种体类的优秀诗歌,如阮籍的咏怀诗、左思的咏史诗、陆机的行旅诗、郭璞的游仙诗、陶潜的田园诗、鲍照的从军诗,以及谢灵运的山水诗等等,都有其'作范后来'的深刻启示,为中古诗歌体类的开拓与发展,作出了杰出的贡献","对后来多种诗派的形成及发展,都曾产生了深远的影响"。④

除一些专著中涉及对曹植文学史地位的多方面论述外,20世纪80年代至今还有一些期刊论文论述这一问题。如2003年蔡振雄《论曹植对诗歌文人化的贡献》⑤从语言、比兴、景物描写、复杂情感、自我对话、融合庄骚等方面论述,亦是一篇对学界观点的综合之作。吴怀东《论曹植与中古诗歌创作范式的确立》把曹植本身及其活动作为一接受文本,则颇有新见。他指出:"曹植尤其是他后期文化、文学活动的典范意义并非只在辞彩等形式的方面,而是标志着一种文人生存方式及文学创作范式的完全确立,从而成为

---

① 王钟陵:《中国中古诗歌史》,第286页。
② 李宗为:《建安风骨》,中华书局,2004,第146页。
③ 于春媚:《道家思想与魏晋文学——以隐逸、游仙、玄言文学为中心的研究》,博士学位论文,首都师范大学,2008。
④ 陈飞之:《曹植诗歌的体类及影响》,《中州学刊》1986年第3期,第75页。另参见虞德懋:《曹植诗歌艺术影响摭论》,《扬州师院学报(社会科学版)》1989年第4期。
⑤ 蔡振雄:《论曹植对诗歌文人化的贡献》,《求索》2003年第1期。

中古文学发展方向的真正代表。"①2010年邢培顺《曹植文学研究》②探讨了建安文学的流变,指出曹植是建安文学的集大成者,对建安文学有总结、深化之功,又成为正始文学的先导。

整体而言,以上对曹植文学史地位的判定或宏观,或微观,但多缺少读者接受视角与视野下的具体、系统的分析,故所论则嫌笼统。

2014年后,有一些着眼于曹植具体创作模式的研究,较前有新的突破。如李定广《"情兼雅怨"的内涵与曹植诗的"集大成"地位》指出:"曹植对于诗歌,从题材到技法、从风格到体式都能集众家之长而又有多方面开拓,从而成为中国诗史上第一位集先秦汉魏诗之大成的诗人,他和杜甫是中国诗史上仅有的两位具有'集大成'地位的诗人。"③另,2015年孔德明论曹植以小说入诗的方式与意义④;2017年吴大顺论曹植拟乐府的创作模式及其诗歌史意义⑤;2018年罗昌繁论曹植之贬的文学史典范意义⑥,从人格心态表现范式、贬后创作范式等言曹植文学在心态、题材、主题、情感上等的开创性意义;2022年袁济喜从意象理论角度探讨曹植之愁与其意象创构及其于汉魏六朝文学意象的创变成就⑦;等等,均从创作模式着眼,致力于探讨曹植作品的开创性,反思其文学史影响,这是曹植文学史地位研究的新趋向。

总之,围绕着曹植文学史地位这一话题,从20世纪20年代至今,一代代学人承前启后,从诗体、题材、风格、传统、个性化、主题等角度,探讨曹植诗歌的文人化内涵与影响,从宏观角度探讨曹植诗歌文人化的历史贡献与意义。近些年从创作模式角度探讨曹植创作诗歌史意义者虽为数不多,但实代表一种新的研究方向。但整体言,已有对曹植文学史地位的研究,基本

---

① 吴怀东:《论曹植与中古诗歌创作范式的确立》,《吉首大学学报(社会科学版)》2001年第3期,第93页。
② 邢培顺:《曹植文学研究》,博士学位论文,山东师范大学,2010。
③ 李定广:《"情兼雅怨"的内涵与曹植诗的"集大成"地位》,《上海师范大学学报(哲学社会科学版)》2014年第6期,第88页。
④ 孔德明:《论曹植以小说入诗的方式与意义》,《南京大学学报(哲学·人文学科·社会科学)》2015年第4期。
⑤ 吴大顺:《曹植拟乐府的创作模式及其诗歌史意义——汉魏六朝诗歌传播研究之六》,《中南大学学报(社会科学版)》2017年第5期。
⑥ 罗昌繁:《曹植之贬的文学史典范意义》,《山西师大学报(社会科学版)》2018年第2期。
⑦ 袁济喜:《曹植之"愁"与意象创变》,《河北大学学报(哲学社会科学版)》2022年第4期。

上以曹植作品本身为立足点,对其文学史影响多是宏观论定,而较少读者视角的接受材料的具体支撑。

当然,也有一些探讨曹植赋、诔文、颂文等文体的新变与后世影响者,实也牵涉对其文学史地位的论定,因关于曹植文学史地位的论断主要基于对其诗歌史地位的评定,故与曹植赋等其他文体文学史地位相关的研究内容置于下文综述。

第二节 百年曹植其人、其文接受研究梳理

曹植接受包含读者对其人、其文的接受两个方面,而对曹植其文的接受又大致有两个指向:一是读者对其文的创作接受(主要是诗赋等),二是读者对其文的批评阐释。故分而梳理综述百年曹植其人、其文接受研究如下。

一、曹植诗歌创作影响研究梳理

曹植文学史地位之确立与其创作影响有密切关系,以往论者在从不同角度确定其文学史地位时,常常着眼于其创作之开拓性与影响之长远性。而就其对具体作家的影响看,论者着墨较多的有阮籍、陆机、鲍照、谢灵运、杜甫等人,其他作家间或有所论及,不过,这些论述多为行文中的穿插点评。对曹作之于后世影响的专篇研究很少。20世纪五六十年代,香港学者有专文论述曹植诗歌的影响或六朝文士对曹植诗歌的模拟,可惜限于文献搜索条件,未能一睹原文。①

韩国李揆一以专文深入探讨陆机与曹植的渊源关系。他认为陆机最直接继承的是曹植的文学,曹植诗"情兼雅怨",情感上体现出中和之美,陆机也力求调和雅怨,接近中和之美,二人在情感特点与艺术形式上均有共同点,这种共同点基本上决定了五言诗的发展方向。② 作者从二人对整个六朝诗歌影响的角度,把握情感表达、诗歌形式两大问题,在对固有材料、概念

---

① 如1958年香港庞道儒在《华国》上有《曹子建诗对六朝诗人的影响》一文。香港城市大学的郑滋斌有《六朝模拟曹植诗作研究》。

② 李揆一:《从陆机"源出于陈思"说看两人诗歌的抒情特点及其对诗歌文人化的作用》,载赵敏俐主编《中国诗歌研究》第二辑,中华书局,2003,第214-223页。

进行新的解读下,深入细致地分析陆机对曹植的承变,逻辑严密,论证充分,是曹植接受方面难得的力作。

2011年吴明贤以专文具体论述了杜甫对曹植的接受。他首先指出杜甫对曹植的景仰推崇之情,这是杜甫接受曹作的情感条件;其次从写实精神、体裁结构、描写方法、句式和词语等方面具体论述;最后从家庭文化背景、个人理想与遭际等方面分析杜甫接受曹植的原因。① 这是目前关于专家诗人接受曹植的比较完整而有价值的一篇论文。曾伟《杜甫对曹植诗歌艺术的继承与创新》②一文亦可参看。

2017年尹晴的《李白游仙诗和妇女诗对曹植的继承》③探讨李白游仙诗、妇女诗写作在思想、风格、写作构思、意象选择等方面与曹植诗歌的渊源关系,抓住了曹植、李白诗中比较突出的诗歌写作现象,探讨比较具体。

其他一些散论多零星见于专家专著、硕博论文中。如台湾杨文雄先生《李白诗歌接受史》有专节探讨李白对曹植的接受。2007年李亚鹏在其硕士论文《曹植诗歌的抒情性特点及其影响——以阮籍、陆机、谢灵运为例》④中远承谭丕模之论,认为阮籍延续了曹植的刚健诗风,沿袭了曹植抒写失意士人内心痛苦和矛盾的路子。2006年吴冠文在其《谢灵运诗歌研究》⑤中说,谢灵运对曹植诗歌的学习最重要的是模仿《赠白马王彪》《弃妇诗》等诗作顶针格之表现手法,以帮助营造赠别、伤离诗歌缠绵往复之感情意境。他以谢灵运诗中的实例作了具体详细的论证。2009年李鹏的《鲍照诗歌专题研究》⑥以鲍照、曹植二人用词之艺与极负盛名之发端为例,揭示其间的承继关系。其所论多抓一点一面,或从情感书写,或从艺术手法等角度谈晋宋读者对曹作的具体接受。

另外,2005年两篇相关硕士论文值得注意。一是杨永的《唐人论建安

---

① 吴明贤:《诗看子建亲——论杜甫与曹植》,《杜甫研究学刊》2011年第2期。
② 曾伟:《杜甫对曹植诗歌艺术的继承与创新》,《山西师大学报(社会科学版)》2008年第4期。
③ 尹晴:《李白游仙诗和妇女诗对曹植的继承》,硕士学位论文,陕西师范大学,2017。
④ 李亚鹏:《曹植诗歌的抒情性特点及其影响——以阮籍、陆机、谢灵运为例》,硕士学位论文,山东大学,2007。
⑤ 吴冠文:《谢灵运诗歌研究》,博士学位论文,复旦大学,2006。
⑥ 李鹏:《鲍照诗歌专题研究》,博士学位论文,陕西师范大学,2009。

文学——建安文学研究学术史考察(唐代)》①。作者收集了唐代70多位诗人作家在诗文中论述曹植的文字,依据内容之不同,从论曹植的文风、曹植的才气和地位、曹植的自荐精神和《洛神赋》研究、李商隐的洛神情结等几个方面分五个章节进行论述,对唐代曹植接受研究作了大致的梳理,有一定的参考价值。2005年肖波的《初盛唐诗人与建安文学》②整理了唐代诗人学习借鉴建安诗人的诗文语句、作者表格条列,其中关于李白与建安文学、杜甫与建安文学两节所整理的材料亦有一定的参看价值。

总之,上面所提涉及曹植创作影响的文章多非专题之论,真正从读者接受角度来写专业诗人对曹植接受的文章亦只有数篇而已。

二、关于曹植赋及其他文体的后世接受研究梳理

对曹植赋的后世接受研究基本上是从微观角度着眼,但亦有一些宏观论述。比如李景华说:"王粲和曹植的抒情小赋,影响整个南朝辞赋的写作。"③徐公持指出:"曹植又是一位辞赋大家。他的主要贡献就是在两汉体物大赋向魏晋抒情小赋的转变过程中起了主力作用。"④不过,傅刚通过梳理《文选》入选篇目之数量与体类,指出"建安作家竟然只有两人两首作品入选,可见《文选》对建安赋创作评价的一般化了"⑤。若此看,除了《洛神赋》《七启》,曹植在赋文学史中的地位和作用还是需要再思考的。

当然,在论及曹植赋作影响时,多集中于《洛神赋》与《鹞雀赋》,偶尔亦有谈及《蝙蝠赋》者。王玫在其专著中以曹植《洛神赋》之后世接受为个案,从效果史、阐释史、影响史三方面爬梳史料,寻绎《洛神赋》流传之动态过程及其深层美学意义,展现了《洛神赋》在读者、批评者、创作者那里不同的接受形态、接受效果与接受的历史演变,其论述非常全面。不过在《洛神赋》的创作影响上,李宗为的观点亦有新颖之处,如他认为曹植《洛神赋》的故事性远过于以往的辞赋作品,对中国小说的产生有推波助澜的作用。由《游

---

① 杨永:《唐人论建安文学——建安文学研究学术史考察(唐代)》,硕士学位论文,郑州大学,2005。
② 肖波:《初盛唐诗人与建安文学》,硕士学位论文,武汉大学,2005。
③ 李景华:《建安文学述评》,首都师范大学出版社,1994,第60页。
④ 徐公持编著《魏晋文学史》,第95页。
⑤ 傅刚:《〈昭明文选〉研究》,中国社会科学出版社,2000,第231页。

仙窟》再到唐传奇,小说中出现了许多描写人神恋爱的作品,又衍生为人鬼恋爱、人妖恋爱的题材,追本溯源,曹植可以说是开创者。从小说写作角度来看《洛神赋》之影响,虽然因缺少纵向比较分析而显得主观武断,但确实言前人所未尝言。另外,钱志熙也提到《洛神赋》对阮籍《清思赋》的影响。不过,对《洛神赋》之后世接受研究最深入的是洪顺隆先生。他从接受美学的视角揭示六朝赋作、唐传奇、明清小说戏曲中对《洛神赋》的接受变异情况①,其诗人的观察非常敏锐,发人深省。另外,范子烨先生从文学创作之继承关系和文学文本之渊源关系入手,运用历史分析方法,借鉴《文选》学研究相关学术成果,揭示这个故事产生于唐代传奇作家之手的客观事实,从而证明"感甄说"之荒谬性②。其故事生成的研究视角与研究方法新颖独到,是一篇有突破性的研究文章。凌云《共生效应:曹植〈洛神赋〉经典化进程试探》③指出,伴随着与其他艺术作品的共生,《洛神赋》远远超越了文学文本自身,发展为一个融合了文学、书法及绘画三重精华的立体的艺术经典。

再看另两篇赋。钱锺书先生早就指出《鹞雀赋》的小说特质,"雀获释后,公姁相语,自夸'赖我翻捷,体素便附'云云,大类《孟子·离娄》中齐人外来骄其妻妾行径,启后世小说中调侃法门"④。这是评论《鹞雀赋》影响的一个角度。马积高进而指出唐代俗赋对《鹞雀赋》一脉相承,同时指出《蝙蝠赋》是曹植首创的讽刺小赋,后经阮籍、仲长敖等人,讽刺艺术才得到空前的发展。到唐以后,逐渐发展成为赋体作品中最富于现实意义的一种。⑤曹道衡在《南朝文学与北朝文学研究》⑥中又补充指出北朝文学中还有一些近于俗赋或游戏文字也上承曹植《鹞雀赋》传统,下开敦煌发现的俗赋先河。这样曹植《蝙蝠赋》之影响从阮籍直至唐,《鹞雀赋》之影响从南北朝而至于唐代俗赋,就有了史的发展轨迹。

---

① 洪顺隆:《辞赋论丛》,文津出版社,2000,第128-177页。
② 范子烨:《惊鸿瞥过游龙去,虚惚陈王一事无——"感甄故事"与"感甄说"证伪》,《文艺研究》2012年第3期。
③ 凌云:《共生效应:曹植〈洛神赋〉经典化进程试探》,《中国文学研究》2020年第4期。
④ 钱锺书:《管锥编》第三册,中华书局,1979,第1060页。
⑤ 马积高:《赋史》,上海古籍出版社,1987。
⑥ 曹道衡:《南朝文学与北朝文学研究》,江苏古籍出版社,1998。

除了赋的影响接受研究,亦有论及曹植其他文体之影响接受者。比如刘师培云:"则观其(陆士衡)与弟士龙论文书,即可了然其文章之得失,及其取法蔡邕,兼采曹植、王粲之迹。"①徐公持从骈文角度论道:"魏晋南北朝骈文大盛,自是时代文化诸因子造成,非个人之力所能为,但众所景仰如曹植这样的名家身先垂范,不能不说也是一种重要的激励因素","至于曹植对后世文士在创作上的影响,则泽被非止一代;尤其在魏晋南北朝,影响非常广泛"。②另外,还有两篇论及曹植诔文的后世影响与新变。如马江涛《试论曹植诔文的新变》③指出,曹植诔文在诔文对象、诔文内容、诔文人称、诔文情感等方面较东汉诔文有很大变化,这一变化在古代诔文的演变过程中起着重要作用。赵厚均《汉魏两晋诔文述论》④指出:曹植传世诔作较完整者就有七篇之多,是诔体产生以来的第一大家。他充分吸收前人诔文创作积累的经验,将诔文创作提升到一个新的高度,其写作笔法、句法,注重抒写哀情等对潘岳、左棻等都有影响。2021 年王立洲、李婉荣论曹植颂文的新变⑤,注意到曹植对汉以来颂文的新变,影响到后世颂文的发展。

三、曹植诗文批评接受研究梳理

有关曹植诗文之批评接受研究,期刊论文主要集中于对刘勰、钟嵘对曹植作品之评价探讨上。如韩国李光哲《谢灵运诗"源出于陈思,杂有景阳之体"考论》⑥,运用统计法总结说谢灵运对曹作之引用化用次数仅次于陆机,以此为源出于陈思之据。《钟嵘〈诗品〉论谢诗源出曹植寻绎》⑦、《〈诗品〉曹植条疏证》⑧、《论〈诗品〉之评谢灵运》⑨等文章,均采用作品论证法来印证或具体阐释钟嵘之评价。

---

① 刘师培:《中国中古文学史讲义》,上海古籍出版社,2006,第 109 页。刘师培《中国中古文学史讲义》撰成于 1917 年。见 2006 年版"《中国中古文学史讲义》导读"第 2 页。
② 徐公持编著《魏晋文学史》,第 97 页。
③ 马江涛:《试论曹植诔文的新变》,《新疆社科论坛》2008 年第 3 期。
④ 赵厚均:《汉魏两晋诔文述论》,《上海大学学报(社会科学版)》2011 年第 3 期。
⑤ 王立洲、李婉荣:《试论曹植颂文新变》,《今古文创》2021 年第 42 期。
⑥ 李光哲:《谢灵运诗"源出于陈思,杂有景阳之体"考论》,《四川师范大学学报(社会科学版)》2009 年第 2 期。
⑦ 霍有明:《钟嵘〈诗品〉论谢诗源出曹植寻绎》,《中国文学研究》2002 年第 2 期。
⑧ 郭鹏:《〈诗品〉曹植条疏证》,《唐山师范学院学报》2003 年第 3 期。
⑨ 李雁:《论〈诗品〉之评谢灵运》,《山东师大学报(人文社会科学版)》2001 年第 3 期。

《〈文心雕龙〉学术视野下的曹魏文学批评》①一文整理出刘勰所称引曹植批评当时文学的材料,认为刘勰对曹植的文学理论成就评价不高,对曹植的文论观不满,反对曹植文人相轻、崇己抑人等文学批评态度,选题视角非常新颖。廖宏昌《刘勰论评三曹视角探析》②详细条析刘勰对曹氏兄弟的评论,认为在刘勰心中,植不如丕。而影响刘勰对二曹高低评价之关键,或在于二曹对文学批评主体之认知上,曹丕《论文》较贴近于批评家独立的主体意识,刘勰之评价二曹,实立足于其理论批评体系之建立,以批评家独立之视角立论。此分析可谓深刻独到。1995 年台湾硕博论文《明诗话论曹植》,也是从阐释史角度写作的断代批评接受研究。2010 年孙娟《曹植诗歌接受史研究——以历代诗话评点为中心》③是大陆较早以后世诗话评点为对象研究曹作批评接受的硕士论文,可惜话题过大,论文太过单薄。

2010 年杨贵环博士的《曹植文学的批评史略》④以魏晋至明清时期曹植诗文的读者批评与一些选本为研究对象,厘清曹植诗文批评的历史发展脉络,揭示一定的诗文批评规律及发展过程,并探究其成因,建构曹植文学的专人批评史。其批评史之建构实基于阐释接受史而成,所以仍从属于接受史的研究,相对于之前的影响视角的研究而言,它更关注不同时代批评观念与批评标准对当时文人对曹植诗文阐释视角的影响。

2018 年张则见的《曹植〈洛神赋〉接受史研究——以诗文为讨论中心》⑤从阐释史、影响史角度探讨《洛神赋》的后世接受,是一篇专题单篇批评史的论文写作。

2020 年笔者的《文本互证视角下李善注〈洛神赋〉引〈记〉之可能》⑥一文试图解决《文选》李善注《洛神赋》引《感甄记》的学术公案,并采取文本互

---

① 高林广:《〈文心雕龙〉学术视野下的曹魏文学批评》,《广播电视大学学报(哲学社会科学版)》2005 年第 3 期。
② 廖宏昌:《刘勰论评三曹视角探析》,《苏州大学学报(哲学社会科学版)》2008 年第 4 期。
③ 孙娟:《曹植诗歌接受史研究——以历代诗话评点为中心》,硕士学位论文,中国海洋大学,2010。
④ 杨贵环:《曹植文学的批评史略》,博士学位论文,扬州大学,2010。
⑤ 张则见:《曹植〈洛神赋〉接受史研究——以诗文为讨论中心》,硕士学位论文,华东师范大学,2018。
⑥ 王津:《文本互证视角下李善注〈洛神赋〉引〈记〉之可能》,《郑州轻工业学院学报(社会科学版)》2020 年第 6 期。

证的研究方法,探讨李善注《洛神赋》背后对曹植其人、其文的批评观念。

另外,21世纪初,伴随着经典化研究的热潮,曹植与其文学的经典化研究也有了一定的成果。由于经典化研究是以作家作品的接受研究为重要手段的,因此关于曹植的接受研究可拓展到经典化研究。如徐艳的《曹植五言诗经典化重塑之反省》①一文着重从文献重塑、内涵重塑等方面探讨曹植五言诗的经典化方向与历程。其所谓文献重塑,实指向曹植五言诗的编选问题,内涵重塑则指向曹植五言诗的阐释问题,二者属于经典化途径中的读者编选、阐释方式。徐文对于曹植文学经典化的研究具有积极的推动意义,但因其论证的基点是口传文学理论,故其论述逻辑及相关结论多有可疑之处。

四、曹植其人、其文综合接受研究梳理

单篇研究曹植其人后世接受的文章不多,如林宗毛《文学友于·政治阋墙:论萧绎的"曹植情结"》②指出萧绎基于与曹植的诸多相似而产生"曹植情结",这种情结体现在萧绎的政治、文学和文学观等多个方面。更多关于曹植其人、其文的接受多是综合性研究,即对曹植及其作品从效果、批评阐释与创作影响角度进行综合论述的研究。这种研究已经在用"史"的连续性的、发展演变的眼光来观察了。赵幼文较早注意从读者和创作者接受角度梳理曹植后世接受的相关资料。钟优民《曹植新探》③用一个章节从四个方面谈曹植的成就与影响:一是魏晋至新中国成立后几十年曹植批评之历史演变脉络,二是历来曹植文学地位评价之各代起伏变化,三是曹植的文学成就及其创作渊源,四是曹植的后代影响。作者力图以史的勾勒展现曹植及其作品几方面接受的脉络,但由于篇幅有限,难于深入,不过其研究导向则颇有意义,应该是今天以史的眼光构架曹植接受研究的萌芽之作。张可礼先生《建安文学论稿》④首次从曹植文学批评态度、书法绘画之影响角度谈后世的接受,亦提到曹植文学创作的影响。李宗为除了谈及曹植创作影响,还较早发现了晋明帝司马绍、顾恺之的《洛神赋图》,王羲之、王献之的

---

① 徐艳:《曹植五言诗经典化重塑之反省》,《文学遗产》2020年第6期。
② 林宗毛:《文学友于·政治阋墙:论萧绎的"曹植情结"》,《新疆大学学报(哲学·人文社会科学版)》2020年第4期。
③ 钟优民:《曹植新探》,黄山书社,1984。
④ 张可礼:《建安文学论稿》,山东教育出版社,1986。

《洛神赋》书法、唐人小说、明清诗话中关于曹植及其作品的故事，以及明代戏剧家汪道昆《洛水悲》杂剧等内容。接受材料的不断挖掘，意味着曹植接受的研究视域越来越开阔了。

2005年，王玫的《建安文学接受史论》①明确提出以姚斯的接受美学为其论文之理论基础，其以曹植及其作品的接受为个案，辟专章分别以效果史、阐释史、影响史为研究纵线，而在共时态上，又横向把握曹植为人与创作两个方面，以此分别考察曹植为人与创作在历代的接受情况，由此了解曹植在文学史上的地位之逐步确立及变化的动态过程，及其诗文创作与后代的关系。这是曹植接受研究的历史性突破，为后来的研究作了示范。但一章的框架很难容纳整个接受史内容，或因为此，文中主要采用归纳法归纳各个朝代曹植及其作品接受的内容、形态，没有结合具体读者接受的分析，也甚少结合时代文化、审美、诗学理论等分析，亦无点及曹植其人、其文接受的互动情况。论述比较粗略，无法呈现"史"的曲折变化的更细致真实的面貌。

另外，白云硕士的《元前曹植接受史》②是第一篇曹植接受的专史之论，只是时代跨越之长，材料之丰富，实难在一篇硕士论文中铺展论述，故其只是眉目轮廓，曹植接受之具体状况难以呈现，有些结论放在更广阔的时空背景下可能尚需斟酌。

对曹植及其作品的综合接受研究，多重在对史料的挖掘与梳理，而且多以古人的评论作为某种观点的证明。如何结合具体接受者、重点读者、时代视野从"史"的角度研究曹植的接受问题，仍然需要后来者进一步思考。

总之，通过近百年曹植及其作品后世接受研究的梳理，可发现曹植接受研究主要集中于探讨其诗歌史地位的确立，且往往为宏观之论而少读者接受角度的、具史视野的具体论证。而曹植创作接受研究，多是零碎之论，虽然随着接受理论的广泛影响，有一些硕博论文有专节对之进行探讨，但这样的研究远远不够，尤其是唐前读者对曹植的创作接受，相关研究成果极少。而有关曹植其人的接受研究也非常薄弱。由于这些问题实牵涉对曹植其人、其文的深入研究，牵涉对曹植文学史地位的再审视，甚而影响到文学史关于经典作家的书写，故而对之进行研究就显得尤为必要。而从每一个经

---

① 王玫：《建安文学接受史论》，上海古籍出版社，2005。
② 白云：《元前曹植接受史》，硕士学位论文，黑龙江大学，2005。

典作家都应该有一部接受史的角度看,除杨玉环博士从批评史角度架构曹植的读者批评史外,关于曹植的创作接受史、曹植其人的接受史,以及其人、其文接受的互动史等,目前仍然存在诸多研究空白点。

第三节　曹植接受研究问题及唐前曹植接受史写作思考

　　接受理论从产生到现在,与其原初理论相比,已有很大的发展与变化,即使姚斯本人,其前后理论亦有明显变化,但接受理论最核心的观念则始终如一,即在与本文的关系上,读者处于主导性地位,未定性之本文,其意义只有通过读者阅读的具体化才能实现,而读者对本文的接受过程即是对本文的再创造过程,也就是说,文学作品不是由作者独家生产出来的,而是由作者和读者共同创造的。因此,接受美学认为作品的本质在于作品的效应史的永无完成中的展示。姚斯据此提出文学史应该成为文学本文之接受史的新文学史理论,他把读者和历史结合起来,实在是宏伟的创建。朱立元先生分析:"接受美学把读者引入文学史研究领域,把接受活动作为文学史考察的中心,以问答、对话关系和视界改变、交融作为理解读者与文学作品间双向交流的历史关系的主要思路,用新作品不断打破旧视界并借此发挥其社会功能的公式来概括文学发展的一般规律,从而建立起比较完整的接受史、效果史的文学史观。接受美学所希望重建的文学史并不是要排斥作家、作品史,而是要以读者接受为主轴来贯穿全部作家、作品史。"①不过,姚斯并没有对接受史写作作更具体的阐述,亦不见有成效之研究对之进行实证。

　　20世纪80年代初,接受理论传入中国,经过几十年的本土化历程,而今已成为学人广泛接纳、运用的一种方法和理论,相关作品接受史、作家接受史、文学流派接受史、经典文集接受史、特殊时代文学接受史等,若万千花朵,开放在不同的文学研究领域里。然而,接受史研究在取得丰硕成果的同时,亦显示出一些明显的问题。对此,早在21世纪初,已有学者意识到这些

---

① 朱立元:《接受美学》,上海人民出版社,1989,第348页。

问题,并进行反思,以期接受史研究能朝着健康正确的方向发展。① 如陈文忠先生,作为接受理论中国化的前行者之一,他指出已有作家接受史写作或借用"三维历时结构"的写法,或借鉴"一维历时结构"的写法,"前者虽然展开了多角度的研究,但并未抓住经典作家接受史自身的独特问题,因而难以全面深入地展示经典作家在历史上的接受特点和文化意义,也难以提出和解决属于经典作家接受史自身有价值的学术问题;后者则往往流于'历代评论资料'的'排比和梳理',所谓'研究'基本上只是对某一作家的'研究资料汇编'的'解释和串讲',只见'接受者'不见'接受对象',更未能从接受史深入时代和民族的精神文化史,经典作家的艺术生命和文化影响淹没在历代接受者毫无目标的众声喧哗之中"②。他认为"这实质上与不少研究者缺乏接受史研究的'问题意识'和合理方法密切相关"③。基于对这一问题的反思,他提出经典作家接受史写作的架构设想,认为经典作家接受史至少要包括以下几方面的内容:经典地位的确立史,经典序列的形成史,艺术风格的阐释史,艺术典范的影响史,以及人格精神的传播史,等等。陈先生对接受史写作具体架构与方法的思考很有启发意义。

他这一设想与李剑锋先生《元前陶渊明接受史》的架构有相似之处。李先生在"绪论"中指出,"一部陶渊明接受史在共时态上要把握陶渊明为人和诗文两条横线","在历时形态上则要把握五条纵线:重点读者史、声名传播史、创作影响史、阐释评价史、视野史"。④ 陈文忠先生以李著为"多维历时结构"模式之代表,并称赞"论者提出的应当顾及古代作家'为人和为文'对后世的双重影响,则非深有心得者不能言"⑤。由于接受美学着眼于读者与本文的关系,故一定程度上忽略了读者对作者本人的接受。李著作为大陆最早的作家接受史专著,其对作家为人之读者接受的提出,虽基于陶渊明接受研究的客观事实,但对于促使接受理论的本土化具有重要意义,同

---

① 参见袁晓薇:《别让"接受"成为一个"筐"——谈古代文学接受史研究的变异和突围》,《学术界》2010 年第 11 期;陈文忠:《走出接受史的困境——经典作家接受史研究反思》,《陕西师范大学学报(哲学社会科学版)》2011 年第 4 期。
② 陈文忠:《走出接受史的困境——经典作家接受史研究反思》,第 28 页。
③ 陈文忠:《走出接受史的困境——经典作家接受史研究反思》,第 28 页。
④ 李剑锋:《元前陶渊明接受史》,齐鲁书社,2002,"绪论"第 10 页。
⑤ 陈文忠:《走出接受史的困境——经典作家接受史研究反思》,第 28 页。

时对作家接受史写作而言亦具有方法论意义,因为读者对本文的接受方向、接受深度等往往受到读者对作家本人认知的制约,而一个经典大家,其读者接受往往是其人、其文的接受逐渐趋向统一的,这既与我们知人论世的传统相关,亦同中国文以载道的思想影响相关。

陈先生之反思、李先生之著述,均显示出他们对接受史学术问题和学术方法的深入思考,亦显示出他们对接受理论及其本土化、接受史性质和意义及接受史写作的正确理解、把握。在他们那里,方法的运用和理论的理解是水乳交融的。二人所论,对本书的启发很大,尤其李著对于以古代文学经典作家为对象的接受史写作而言,更具有示范意义。

由此透视百年曹植接受研究的问题,对于认识唐前曹植接受的独特性、唐前曹植接受史写作的架构而言具有重要意义。

一、百年曹植接受研究问题

根据上文对百年曹植文学史地位之确立,以及曹植其人、其文之接受研究的梳理,可以发现由于对接受理论内涵理解的偏失,曹植接受研究有以下六个问题:

(一)曹植作品作为接受对象之独立性问题

历来论及建安文学之特征与意义时,均把曹植作为其中一个有代表性的因子,因此有一些曹植接受研究方面的文章,常把后世对曹植的接受与对建安文学的整体接受混为一体。尽管曹植作品避免不了建安文学的共性特征,但曹植的历史意义更在于其超越时代的个性特征。从接受理论的主张言,接受研究应该把曹植作品作为接受的独立体来探讨它在后世不同时代环境、作者视野下的影响。

(二)曹植作为源头与接受对象之不同的问题

对于曹植的文学史地位,论者基本上从宏观角度探讨其对魏晋南北朝、唐代,以至整个中国文学史的影响,也即是说,把曹植的创作当作一种源头。但源头与直接对某一作家产生影响是不同的概念,前者是抽象的,后者是具体的,比如不能因曹植拓展了诗歌抒情化道路,即以谢灵运山水诗之以景写情直接受曹植影响。同时,在把曹植作为某种源头时,需要爬梳相关资料,以确定某种文学现象确实起于曹植,否则极易有武断之论。如有论者认为

《蝙蝠赋》开后世讽刺赋之先河,但其实汉代已有不少讽刺赋。

(三)曹植及其作品与接受者作品之相似性问题

有一些文章在论述接受者对曹植的继承时,往往举出二者经历、心志与作品的近似性,即贸然得出二者具有接受关系的结论。但相似并不意味着渊源关系,相似性最多只是二者有接受关系的前提,而此前提必须建立在接受者的作品中有一定数量规模接受对象作品的痕迹。当然,创作方面的影响因诸多复杂因素的制约,分析难度较大,对研究者本人的文学感受力、鉴赏力、分析力,以及对作品的熟悉度等皆有较高要求。

(四)后世接受之重点读者的发现问题

此处之重点读者主要指"第一读者",他们对接受对象之审美阐释或者学习借鉴具有开创性和奠基性,对后来者有一定的启示性与影响力。目前对重点读者的研究问题在于,一方面因缺少史的眼光,对"第一读者"的发现不够;另一方面对接受对象的影响与"第一读者"的影响缺少辨析,如鲍照喜欢用数量词,可说他受曹植影响,那李白也喜欢用数量词,能说他是直接受曹植影响吗?一个作家的渊源关系是多重的,不能因其与接受对象的相似性即草率得出结论。当"第一读者"的阐释或规模为后继者承袭,成为某种典型以后,是接受对象直接影响了他,抑或"第一读者"的观点影响了他,需要慎重辨析。

(五)曹植接受研究文与人之分离问题

纵览古代的相关接受资料,可以发现对曹植其文的不断发现与接受,实际上某种程度上受制于对曹植其人的不断发现与接受,比如对曹植作品道德内涵的发现是伴随着对曹植人品的发现出现的。只有把对曹植其人与其文的接受一起放在特定时代语境中去考察,方能发现其中隐晦曲折的道理。但就目前研究言,这两方面大多是分离的,或者说对其人的接受研究基本上是被忽略的。

(六)曹植接受研究之系统化、动态化视角不足的问题

如前所说,在探讨曹植作为源头时比较眼光的缺失,或者把曹植作品的直接影响与间接影响混为一谈,其根本原因在于缺少一种史的前后勾连比照的思路,孤立地去谈曹植的整体影响或对某一作家的影响,缺少系统化、动态化的研究视角,致使关于曹植的接受研究显得零碎而主观。要从系统

化、动态化视角去研究,不仅要注意各个时期接受的发展变化,亦需注意重点读者的线性影响,或重点读者之间的线性联系。比如谢灵运首先发现了曹作的"忧生之嗟",此对谢庄《月赋》、江淹拟陈思王赠友诗以及钟嵘《诗品》对曹植的评价等均有影响,显示出"第一读者"发现的启发意义。而正是谢灵运、谢庄、江淹、萧绎等对曹诗的不断发现及对曹植形象的不断塑造,才有了后来王通等对曹植及其作品的道德发现与推崇。从南朝宋至隋的这条动态接受链在曹植接受史上意义非常,没有这一前期的逐步发现,即无后来曹植于整个中国文学史上并驾陶渊明、李白、杜甫的地位。因此,以动态、系统的视角去探讨这一接受状况就显得尤其必要。

二、唐前曹植接受的独特性

唐前曹植接受史写作是基于对唐前读者对曹植其人、其文接受的具体文献分析,并以百年曹植接受研究梳理、研究问题分析为基石进行的研究。唐前曹植接受在诸多方面均为后世曹植为人与为文的接受奠定了基础,接受时段相对独立、完整,这是本书把时间界定在唐前的原因所在。其相比于唐后读者接受的独特性主要表现在以下七个方面:

(一)曹植接受以创作型读者接受为重

在整个曹植接受史上,唐前曹植接受最重要者,即魏晋南北朝、隋时期的作家对曹作的学习、规模。其涉及曹作文体和作品数量之多、接受作家之多、接受之深入等,唐以后大多数接受者难可比拟。可以说,曹植创作影响的黄金期是在唐前,唐代对曹作的学习更为细化,有不少都是对唐前读者学习模仿的延续或深化,而唐以后的诸多接受绝大多数可在唐前见其端倪。

(二)曹植声名起伏的复杂性

由于独特的身份、地位以及超群的聪慧,曹植在中国文学史上一登场,即横空出世,在建安文坛备受赞誉,但建安之后,尤其两晋文坛,仅有几条论及曹作的言论,曹植批评接受显得格外冷清,到了南北朝时,曹植声名又起,对曹作经典诗文意象、句式的学习借用已成普遍之势,尤其《诗品》的高度推崇,几置曹植于诗圣之位。但上述只是问题之一方面。另一方面,两晋主流文人则大力学习借鉴曹作,掀起曹植创作接受的第一个高潮;而南北朝时期,曹植看似声誉显赫,但他对刘宋之后文坛的影响事实上则越来越小。

（三）曹植接受资料的隐显问题

唐前曹植接受的资料，有些是比较明显的，比如刘勰、钟嵘等对曹作的阐释批评。但有些接受则是隐藏的，需要挖掘。如从批评角度言，曹丕对曹植文学的沉默事实上隐含着自己的批评观念；萧统《文选》的选文、编排等亦含有其对曹植文学史地位、成就及写作影响的看法。即便是创作型读者对曹作的模拟，如谢灵运《拟魏太子邺中集诗八首》、江淹《陈思王赠友》等都含有作者对曹植人生的理解、对曹植诗文独特性的发现。再从创作角度言，借鉴曹作词汇、意象、句式、题材等是比较明显的化用，但模仿曹植的某种写法或写作思路，则就比较隐晦了。

（四）曹植接受的时代、地域差异性

以曹魏为例，建安、黄初、太和、正始几个时期对曹植及其作品的接受有很大不同，建安时曹植及其作品的接受更多具有政治色彩；黄初时曹植接受基本上处于失声状态；太和时期，曹叡开启了曹作创作接受的历程，此后经由嵇康、阮籍等人的接受，曹植作品接受逐渐脱离政治影响而转为个体化学习。再如两晋时期，西晋的接受主要是文学创作的学习规模，而东晋则主要是对曹作进行艺术转换。而南北朝时又有南北之分，北朝基本上受南朝接受特点的影响，而南朝宋齐与梁陈接受重点又有不同。

（五）曹植与其他作家并提的情况

南北朝是曹植作品阐释接受的高潮，在评价曹植作品时，论者有时把他置于建安文学整体背景下，有时则把他与王粲或者刘桢并提，亦有曹陆、曹潘等并提之说。如刘勰《文心雕龙》中论及曹植的内容很多，但单独提及曹植者非常少。这种并提对于曹植的独特性而言可能有某种削弱，但也可能意味着彼此的渊源联系。

（六）曹植接受者身份的问题

曹植接受者往往具有多重身份，他既可以是普通读者，也可以是批评者，亦可以是创作者。比如谢灵运对曹植的接受就同时兼有几种身份。这和唐以后曹植接受主要以诗话批评为主有显著不同。另外，统治者、文坛领袖对曹植的接受可能会左右一般文士的接受趋向，从而形成曹植接受的某种风尚，这有助于曹植作品在广泛的接受中逐渐经典化，但也有可能导致曹作接受的泛化、固化，甚或庸俗化。

（七）曹植其人、其文接受的制约问题

读者对曹植其人的接受某种程度上制约着读者对曹植其文的接受方向、接受深度。如曹魏读者对曹植赋作的赞叹其实受曹植王子身份的影响，具有一定的政治色彩。而南朝梁陈读者多关注曹植的名都少年游侠题材的写作，他们笔下的曹植也成了走马长楸、斗鸡北郊的风流倜傥的符号，全然无视曹作深广的政治伦理意识、抑郁顿挫的悲愤之情等。可以说，如果意识不到曹植自身的儒家人格精神，就很难解读出其中的儒者之义。所幸，从陈寿、裴松之等到萧绎、王通，对曹植道德精神的发现虽然漫长，但毕竟还是隐约可见其中的衔续轨迹。正因为此，才有唐以后对曹作道德精神的阐释，曹植才逐渐成为我国古代塑造民族心灵的大诗人之一。

三、唐前曹植接受史写作的重点

根据以上三个方面的思考，即当代作家接受史写作的问题、百年曹植接受研究问题以及唐前曹植接受的独特性等，本书重点处理以下三个问题：

（一）突出曹植创作之接受

曹植主要以其文学成就彪炳史册，其创作是后世接受的重点，此于魏晋南北朝时期表现得最为明显，唐以后对曹植的接受转向以阐释为主。因此，对于唐前曹植接受史写作而言，发现曹植创作接受的内容及其变化轨迹，是写作的重心所在。目前，这方面的研究非常不充分，可资参考的资料较少，且如李剑锋先生所言，创作影响史是最为棘手的，也是极为重要的，其难就难在判断作品之间是否存在影响关系。因此，突出曹植创作的后世接受亦是本书写作之挑战所在。

（二）发现重点读者

重点读者是接受链上的关键环节。姚斯提出的"第一读者"概念主要针对阐释史上第一个解读者而言，陈文忠先生对这一概念进行了本土化改造，他说："所谓接受史上的'第一读者'，是指以其独到的见解和精辟的阐释，为作家作品开创接受史、奠定接受基础，甚至指引接受方向的那位特殊读者；从此，这位'第一读者'的理解和阐释，便受到一代又一代读者的重视，并在一代又一代的接受之链上被充实和丰富。一部作品的历史意义就在这一接受过程中得以确定,作品的审美价值也就在这一接受过程中得以证实。"①陈先生所言与李剑锋先生提出的"重点读者"概念有相合之处,但李先生的"重点读者"概念亦包括创作影响史上的第一位读者,也包括那些非第一性的,但对某作家有重点接受的读者,这一概念外延更大,内涵更丰富,这是本书借鉴这一概念的原因所在。把握住了重点读者,对于清晰地呈现曹植接受史的发展脉络至关重要,不少研究缺少动态的史的视角,其中最重要的原因是对重点读者的发现不够。

(三)挖掘曹植其人、其文接受的线索

对于一个大作家的接受往往包括对其人与其文的接受,李剑锋先生的陶渊明接受研究即在共时态上把握陶渊明之为人与诗文两条横线,王玫教授在曹植接受研究一章的写作中亦从为人与创作两方面进行归类②。不过,不同于后世对陶渊明人格较为普遍一贯的认同,对曹植其人的评价有一定的变化性,对曹植儒家人格的挖掘有一个漫长的过程。唐前曹植接受虽以曹植创作接受为重,但个别读者对曹植作品的规模或批评阐释即已蕴含了对其情感、精神的不同程度的发现,它们一定程度上指引了后世接受的方向。从某种程度上讲,恰恰是对曹植本人气质、人品等不断的发现,才有了对曹植作品的不断发现,对曹植其人的发现与对其文的发现事实上又是彼此牵连、互不分离的。因此,挖掘唐前曹植其人、其文接受的线索,亦是本书努力的重点所在。

四、唐前曹植接受史的研究方法、研究意义与创新之处

(一)唐前曹植接受史的研究方法

姚斯的文学史理论主要针对阐释史而言,朱立元先生指出:"实际上,接受美学后来在文学史研究方面成效不大,恐怕与他们把自己手脚束缚得太紧,把文学史仅归结为读者的效果和接受史,而没把作家、作品史也纳入接受链中来思考,因而路子走得太窄有关。"③接受史写作如果离开对接受对象的研究,那接受史就会成为无源之水。有鉴于此,唐前曹植接受史写作在

---

① 陈文忠:《中国古典诗歌接受史研究》,安徽大学出版社,1998,第64页。
② 参见王玫:《建安文学接受史论》,上海古籍出版社,2005。
③ 朱立元:《接受美学》,第332页。

方法上重点使用比较法,这主要体现在以下五个维度:(1)曹植作品与两汉、建安其他作家作品比较;(2)后世接受者作品与曹植作品比较;(3)曹植不同类型作品或同一作品的后世接受比较;(4)曹植作品与同曹植并提的作家作品比较;(5)后世不同时代不同区域接受情况比较。通过横向、纵向的多种比较来凸显曹植及其接受的独特意义。在进行比较分析时,需要对诸多文献材料进行归纳、总结、分析,以期从中发现问题,所以亦需归纳法、分析法。而为了更好地比较分析,有时又需要列表统计,所以就分析法而言,需把定性与定量分析结合起来。在具体操作上,在历时形态上把握重点读者史、创作接受史、阐释评价史等纵线;效果史蕴含其中,不作单独考察;对曹植为人的接受或融于其他论述,或集中处理,视读者接受情况与接受史的架构需要而定。

(二)唐前曹植接受史的研究意义

1.深化对曹植与其作品的研究

接受史虽以历代读者的接受为主体,但接受史研究的主要归向仍然是对作家与其作品的理解、体认。它要通过对一代代读者之流动视角的研究,去发现本文的独特性。曹植作品的源头意义、示范作用及曹植文学史地位的确立、曹植作品道德精神的挖掘等,只有在后世读者的接受视野中才能逐渐显现出来。

2.深化对接受者与其作品的理解、体认

由于接受史的实质是接受主体与接受对象之间的审美对话史,因此,这种对话亦可深化我们对接受主体的认识。又由于曹植接受的主体往往既是读者,又是作者,亦是批评者,因此通过他们对曹植与其作品有选择性的接受,可以透视其人生、创作、审美倾向等,从而深化对接受主体的认识。而且,由于许多接受者对其当代或后代有深远影响,对其接受曹植状况的研究,或可触摸到一定时期文学发展的内在律动。

3.加强对相关诗学理论的理解、批评

唐前曹植批评的时代语境限制,以及中国感悟式批评的高度抽象、概括的特点,致使很多诗评内涵难以界定,以至后世众说纷纭,各持一端,比如钟嵘关于陆机、谢灵运源出陈思之说等。但若从接受美学角度,把对曹植之批评放到读者接受链上去思考,对当时的诗评也许会有更深入或者更新的理解。

4.促进对经典作家接受史写作的思考

如前所述,目前的接受史写作有如下问题:一是多见接受者,不见作品;二是对接受者之间的关系缺少史的动态观照;三是较少深入时代和民族的精神文化史中,去挖掘经典作家的艺术生命和文化影响等。本书重点把握曹植创作接受、曹植接受的重点读者和曹植其人、其文后世接受的演变轨迹等,力图克服目前接受史写作的问题,希望对经典作家接受史写作有参考之用。

(三)唐前曹植接受史研究的创新性

从唐前曹植接受的研究看,学界多是点滴之论,专篇探讨较少,唐前曹植接受研究存在很多空白点。比如魏晋文人对曹植创作之接受,学界多无探讨;曹植形象之道德化、历史化、宗教化与文学化等,学界亦较少涉及;学界普遍以为南北朝无不受曹植文学浸润,但事实上从南北朝接受角度研究曹植影响之专门论述并不多,这说明认为曹植对南北朝有普遍影响之论说更多属于印象式的评论。本书基于对南北朝曹植接受之显性、隐性资料的收集、梳理、分析,试图揭示曹植于南北朝接受之实际形态与轨迹。

1.关注曹作接受的"第一读者"、重点读者

"第一读者"的接受往往意味着对曹植或其作品的独特发现,其发现经过后代持续不断的接受,最终成为曹作经典写作范式的具体内容,如经典意象、经典题材、经典主题、经典情感、经典句式、经典构思等,这对曹植及其作品经典地位之确立具有重要作用;而在重点读者研究上,本书对傅玄、张华、江淹、萧绎等对曹植的接受设有专节写作,而学界对此尚无专门的深入探讨,而对学界已涉及的读者,本书又进一步深化或有翻新的理解,如阮籍、陆机、谢灵运等对曹植的接受。

2.勾勒唐前曹植接受的轨迹

本书指出两晋(主要是西晋)、南朝宋齐是唐前曹植创作接受的两大高潮期,而南朝宋齐之后,曹植创作接受呈现固化现象,甚至呈现泛化、俗化的特点。伴随着曹植其文的接受,曹植其人也于两晋南朝遭遇了宗教化、历史化、文学化的历程。而与南朝宋以后曹植创作接受的逐渐低落不同,曹植阐释接受则进入了黄金期,其时的曹作阐释将成为后世曹植经典的次生层,影

响着后世读者的阐释方向。

3.挖掘唐前读者于曹植道德接受的线索

曹植能成为文学史上的大诗人,不仅在其文学创作成就,更在其作品中蕴含的卓越精神与人格。唐前读者虽然普遍缺乏对其卓越人格的观照,但还是有一些零星评论隐约显示出对曹植人格精神的发现。本书抓住陈寿、裴松之、谢灵运、江淹、钟嵘、萧绎、王通等人或隐或显的评论,梳理了唐前曹植精神发现过程的轨迹,等等。正是唐前读者对曹植人格精神的逐步发现,奠定了唐代及其后对曹植作品进行道德阐释的方向,曹植其人与其文的接受走向统一,曹植才真正成为中国文学史上的经典大家。

4.深挖或翻新曹植研究的老问题

本书从接受史角度重新探讨了有关曹植研究的老问题,得到新启发。比如从曹魏两大政治集团力量与利益之博弈角度对丕植之争的老问题进行新的探讨;从建安文学风尚与曹丕个人的文学理念出发,解释了曹丕始终对曹植才华保持沉默的原因;从钟嵘诗评之特点与其诗学之主观架构角度对陆机、谢灵运源出曹植之论进行新的分析;根据沈约、江淹、萧统等人对《洛神赋》的接受情况,运用文本互证的方式,肯定了传统的寄寓之说,并通过对六朝《洛神赋》接受之泛化、俗化趋势的分析,指出它与唐代李善注中一段公案的关系;根据《文心雕龙》中有关曹植评论的条目,指出刘勰迥异于当时对曹植的普遍推崇,首次表明丕植相当的观点,为后世抑植扬丕埋下伏笔;等等。

第二章 建安、曹魏对曹植的曲折接受

作家接受史的起点是什么？只要其作品为人所阅读、点评，读者视角的接受即已开始。汉末建安是曹植接受的起点，从建安，经黄初、太和，曹植其人、其文的接受深受其特殊身份、地位及其所处政治生态环境的影响。由于政治因素的作用，我们至今都可从斑驳的历史记叙中听到曹植当代关于他的不同声音。相比于历史上很多文学家要经过漫长时间的发酵方能赢来其接受的高光时期，曹植在接受的起端就明显与众不同。而随着建安及曹魏前、中期文人的逐渐凋零，紧接着的正始文人，当其追踪前代时，曹植的作品是他们无法回避的极其亮眼的存在，他们的创作里或多或少都有曹植作品影响的痕迹。关于曹植的创作接受从魏明帝曹叡发端，至此已经揭开了序幕，并于西晋迎来接受的高潮。

本章第一、二节主要从政治角度探讨曹魏"三祖"及其统治集团对曹植的接受，第三节从文学角度探讨建安至正始时期不同读者对曹植作品的创作学习、化用，第四节则以阮籍为个案进行具体分析。

第一节 以立嗣为中心的政治博弈
——曹操与其政治集团对曹植的接受

建安二十五年（公元220年）春，当曹彰尚飞驰在奔洛途中时，一代英雄曹操已在洛阳匆匆谢幕。他临终驰召曹彰的决定，再一次加深加宽了曹丕与曹植等诸弟之间的心灵鸿沟。是曹操，最先发现曹植，并把他推上了太子之争的舞台,使曹植成为建安时代聚焦曹魏统治集团目光的耀眼之星;但也正是曹操,一手造就了曹植无可避免的悲剧人生。无疑,曹植以其眩人心神的才华赢得了曹操的宠爱与厚望,但曹植亦由此成为曹魏集团政治力量博弈的一颗棋子。曹植的最终失败,从某种程度讲,是以曹操为代表的政治力量的失败。曹操是曹植接受史上,了解曹植、欣赏曹植、影响曹植命运的关键人物,他与其统治集团对曹植的接受基本上是以立嗣问题为核心进行的。

一、曹操有意于植及定丕为太子原因分析

建安二十一年(公元216年),曹操进爵为魏王。曹操没有篡汉,但他苦心经营的政治平台,使得他的继承者只需再前进一步,即可取汉而代之,历史事实上也正是照此发展的。因而,魏太子的选立实是一项牵涉魏国国运的大事。立嫡以长,本是传统,曹操何以欲违传统而立曹植呢?这是个人偏好对立嗣的左右,还是政治家出于政治格局而作出的选择?对曹植而言,他是主动进入太子之争,还是被动卷入了斗争的旋涡?而当时距离竞争圈或远或近的人对曹植又持何种看法?

(一)曹操以植为嗣之个人原因

《魏略》言:"文帝常言'家兄孝廉,自其分也。若使仓舒在,我亦无天下'。"①在曹丕看来,从分上讲,曹昂自当继位;从德能上讲,无人可以超越曹冲。曹昂为曹操长子,建安二年(公元197年)随曹操出征张绣,为救曹操而遇害。曹冲"辨察仁爱,与性俱生,容貌姿美,有殊于众,故特见宠异"②,惜于建安十三年(公元208年)卒。曹冲死后,曹操因为担心周不疑恐非曹丕等人所能驾驭,所以派遣刺客杀了他。③ 由此也可见曹冲之优异于诸子之处。但二子零落,曹操余子,谁才是胜出者呢?

建安十六年(公元211年)春,铜雀台新成,曹操率诸子登台,使各作赋,

---

① 陈寿:《三国志》卷二〇《魏书·邓哀王冲》,中华书局,1959,第581页。
② 陈寿:《三国志》卷二〇《魏书·邓哀王冲》裴注引《魏书》,第581页。
③ 陈寿:《三国志》卷六《魏书·刘表》裴注引《零陵先贤传》,第216页。

"植援笔立成,可观,太祖甚异之"①。曹植由此从曹操诸子中脱颖而出。曹植"性简易,不治威仪。舆马服饰,不尚华丽。每进见难问,应声而对"②,其简易、机敏与曹操颇相近。而在学识上,其与邯郸淳"评说混元造化之端,品物区别之意,然后论羲皇以来贤圣名臣烈士优劣之差,次颂古今文章赋诔及当官政事宜所先后,又论用武行兵倚伏之势"③,所学涉猎文武古今,表现出高度综合的文化素养,以《三国志·魏书》所言曹操之文操武业看,亦规模其父。④

也许,正因曹植在性格、气度、学识、才华、心志等方面特异的、类己的表现,曹操对他宠爱有加,并着意进行培养。建安十六年(公元211年),初封诸侯,曹操对诸子"训以恭慎之至言,辅以天下之端士"⑤,至曹植徙封临菑侯前,以邢颙为平原侯家丞,刘桢、应场为庶子,毌丘俭为文学,司马孚为文学掾,而建安十九年(公元214年)为临菑侯时,又以郑袤、徐幹为临菑侯文学。⑥ 这些人物多为儒学或明法之士,曹操"加之以圣哲,习之以人子"⑦,恰欲以之规正、雕琢曹植。"始者谓子建,儿中最可定大事"⑧,可见曹操对曹植的深重寄望。

《三国志·魏书·荀彧》言:"初,文帝与平原侯植并有拟论,文帝曲礼事彧。"⑨荀彧卒于建安十七年(公元212年),这说明曹操欲以植为嗣的倾向,至少在建安十七年已经露出端倪,为其统治集团所关注了。建安十八年(公元213年),曹魏立国,太子缺位。建安十九年(公元214年),曹操得邺

---

① 陈寿:《三国志》卷一九《魏书·陈思王植》,第557页。据《武帝纪》,建安十五年,"冬,作铜雀台"(见《三国志》卷一《魏书·武帝纪》,第32页)。张可礼先生据此定曹植此赋作于十五年。但据清潘眉《三国志考证》卷五引《邺中记》"铜雀台因城为基,址高一十丈,有屋一百二十间,周围弥覆其上"(见潘眉:《三国志考证》,商务印书馆,1939,第79页),可见工程浩大,实非短期可成,工程结束应该是在建安十六年春。如此可以理解曹植《登铜雀台赋》所写春景应为眼前所见,而非虚拟想象之词。
② 陈寿:《三国志》卷一九《魏书·陈思王植》,第557页。
③ 陈寿:《三国志》卷二一《魏书·邯郸淳》裴注引《魏略》,第603页。
④ 事见陈寿:《三国志》卷一《魏书·武帝纪》裴注引《魏书》等,第54页。
⑤ 陈寿:《三国志》卷二〇《魏书·赵王幹》,第585-586页。
⑥ 张可礼:《三曹年谱》,齐鲁书社,1983,第115-116、133页。
⑦ 丁廙言曹操语,见《三国志》卷一九《魏书·陈思王植》裴注引《文士传》,第562页。
⑧ 曹操:《曹植私开司马门下令》,载安徽亳县《曹植集》译注小组:《曹操集译注》,中华书局,1979,第172页。
⑨ 陈寿:《三国志》卷一〇《魏书·荀彧》,第319页。

郸淳,"时五官将博延英儒,亦宿闻淳名,因启淳欲使在文学官属中。会临菑侯植亦求淳,太祖遣淳诣植……及暮,淳归,对其所知叹植之材,谓之'天人'。而于时世子未立"①。面对曹丕与曹植同时求邯郸淳的情况,曹操遣邯郸淳到了曹植那里。邯郸淳为颍川名士,"博学有才章,又善《苍》《雅》、虫、篆、许氏字指"②,曹操或意在借邯郸淳之眼考察曹植,借其口以誉曹植,其对曹植才华的自信与对曹植的偏爱由此可见。建安十九年,曹操南征孙权,以植守邺,行前诫之曰:"吾昔为顿丘令,年二十三。思此时所行,无悔于今。今汝年亦二十三矣,可不勉欤!"③寄望殷殷,昭然可见。但更重要者,曹魏立国前,通常由丕守邺,此则以植留守,"古时诸侯出征,则太子监国,曹操留曹植守邺,其意义即在于隐合古制之义"④,曹操以植为嗣的心意已很明确。

又,曹操"唯才是举",先后三次求贤令的颁布⑤,充分表达了他的人才观、用人观。陈寅恪先生认为,"三令的颁布,是政治社会道德思想上的一个大变革,并非仅只是为了求才于一时。如果深入一步,联系曹操的阶级出身来考察,就可知曹操出身阉宦家庭,而阉宦之人,在儒家经典教义中不能占有政治上的地位,若不对此不两立的儒家教义摧陷廓清,则本身无以立足,更无以与儒家豪族人物如袁绍之辈相竞争。从摧陷廓清儒家豪族的金科玉律来说,此三令可视为曹魏皇室大政方针的宣言"⑥。曹丕本非长子,曹操先是对曹冲"数对群臣称述,有欲传后意"⑦,曹冲死后,曹操在诸子中又着意曹植,"太祖狐疑,几为太子者数矣"⑧。可见在立嗣问题上,曹操的思路应是其"唯才是举"思路的延伸,也明显体现出对儒家豪族立嗣以长思想传统的背离。

由于曹植主要以文学为后人所知,再加上太子之争的失败,后人往往认为他只是文学之士,而非有其自言的政治、军事才能,由此多看轻曹植,并以

---

① 陈寿:《三国志》卷二一《魏书·邯郸淳》裴注引《魏略》,第603页。
② 陈寿:《三国志》卷二一《魏书·邯郸淳》裴注引《魏略》,第603页。
③ 曹操:《戒子植》,载安徽亳县《曹操集》译注小组:《曹操集译注》,第156页。
④ 柳春新:《曹操立嗣问题考辨》,《中国史研究》1997年第4期,第57页。
⑤ 分别颁布于建安十五年、建安十九年、建安二十二年。
⑥ 《陈寅恪魏晋南北朝史讲演录》,万绳楠整理,贵州人民出版社,2007,第10页。
⑦ 陈寿:《三国志》卷二〇《魏书·邓哀王冲》,第580页。
⑧ 陈寿:《三国志》卷一九《魏书·陈思王植》,第557页。

政治幼稚为其竞争失败的根源。但在曹魏时期,时人的看法似乎与之相异。

如丁廙称其"天性仁孝""聪明智达"①,邯郸淳赞其为"天人",均非仅从文学角度言。又杨俊"虽并论文帝、临菑才分所长,不适有所据当,然称临菑犹美"②,史称杨俊"明鉴行义""自少及长,以人伦自任"③,他在司马懿十六七岁时,一见即言"此非常之人也"④。杨俊善识人才,以其明鉴之能,对临菑之称美亦应不是仅从文学言。

即便曹丕的支持者,他们力挺曹丕的主要理由即是"立嫡以长"的历史传统与教训,给曹丕出的主意是"流涕可也"⑤、"不违子道"⑥等,欲以"孝"来针对曹植的"才",亦从反面折射出,在对二人才能高低的判断上,他们对曹植也是肯定的。这些人都没有从政治素养上否定曹植。

而从曹操角度讲,陈寿评其"终能总御皇机,克成洪业者,惟其明略最优也;抑可谓非常之人,超世之杰矣"⑦。以其"明略",他对曹植的欣赏着意足以说明曹植绝非政治幼稚的无能之辈。

且政治素养是一个具有综合含义的词语,而人的政治才能不是天生的,是在经历中磨炼出来的,它需要时间、需要历练。今天不少人认为曹植政治幼稚,其实把政治素养误解为政治权术了。政治素养固然不离权术,但并不等于权术。

(二)曹操以植为嗣之政治原因

古代为保证政权的稳定过渡,"立适以长不以贤,立子以贵不以长"⑧,这一维系宗法制的核心制度本就不以继承人的才、德为重。但曹操出于社会形势的逼迫,及其抑制豪族的思想,他任人唯才,他欲以植为嗣的行为实是其用人政策、政治策略的延伸。

1.曹魏集团中寒族与儒家豪族的矛盾

朱子彦教授指出,曹魏政权的组成人员大都来自汝南、颍川和谯县、沛

---

① 陈寿:《三国志》卷一九《魏书·陈思王植》裴注引《魏略》,第562页。
② 陈寿:《三国志》卷二三《魏书·杨俊》,第664页。
③ 陈寿:《三国志》卷二三《魏书·杨俊》,第664页。
④ 陈寿:《三国志》卷二三《魏书·杨俊》,第663页。
⑤ 陈寿:《三国志》卷二一《魏书·吴质》裴注引《魏略》,第609页。
⑥ 陈寿:《三国志》卷一〇《魏书·贾诩》,第331页。
⑦ 陈寿:《三国志》卷一《魏书·武帝纪》,第55页。
⑧ 《春秋公羊传·隐公第一》,黄铭、曾亦译注,中华书局,2016,第2页。

国地区。随着曹操政治军事实力的不断壮大，其统治集团内部明显出现汝颍集团和谯沛集团两个以地域结合为特征的政治力量。前者是以汝南、颍川地区士大夫为首的世家大族，包括依附于他们的一些庶族地主，其集团人士大都担任卿相，代表人物为荀彧；后者是以谯沛地区人物为核心的庶族地主占主导地位的新官僚集团，亦包括依附于他们的世族、庶族地主，其集团人士大都为领兵将帅，代表人物是曹操与其宗族。汝颍人士在汉末战乱中选择了曹操，欲以曹操之力来匡扶汉室，因此他们对曹操既依附，又保持着独立。他们曾辅助曹操成就霸业，但当曹操篡汉之志日显时，则又成为反对、阻碍曹操代汉的力量。而谯沛集团人士多在政治、军事生涯之初即追随曹操，出生入死，忠勇果敢，是曹操以武事征伐的股肱心腹力量。朱子彦教授认为：

> 由于汝颍集团的人大都担任卿相，谯沛集团的人大都担任将帅，故两派实力起初不相上下，可谓平分秋色，但这种权力平衡的局面不久就被打破。两派权力的消长升降，以曹操王位继承权为转折点。两个集团矛盾的爆发，亦由此而开始。①

建安十三年（公元208年），曹操为孙刘联军大败于赤壁，赤壁之战后，天下鼎足之势形成。田余庆先生认为，"曹操统一了北方，也即是最大限度地完成了当时统一的历史使命。一口气把南方也统一起来，当然更好。但是在曹操的年代要做到全国统一，客观上的困难，是难以克服的"②。田先生指出，一方面，北方统一的程度仍然大有问题，青、徐豪霸问题终曹操之世都没有解决；另一方面，曹操的军事力量、经济力量都不足以统一南方；再一方面，就算曹操对南方的军事取得胜利，这与稳定的统治是不同的概念。③

在北方统一并未达到稳定程度，而南方又暂时难以攻克的情况下，曹操集团军事为主的决策方向必将有所调整，而汝颍集团与谯沛集团的力量亦必将随之发生变化，一旦以汝颍集团为代表的世家大族处于权力天平的上端，那么曹操集团的内部平衡就可能被打破，毕竟汝颍集团在政治理念、价

---

① 朱子彦：《曹魏政权内两大政治集团的产生与竞争》，《上海大学学报（社会科学版）》2002年第4期，第97页。
② 田余庆：《秦汉魏晋史探微（重订本）》，中华书局，2011，第3版，第130页。
③ 田余庆：《秦汉魏晋史探微（重订本）》，第134—136页。

值追求上与以曹操为核心的谯沛集团并不相同,而且以汝颍集团为代表的儒家豪族有着影响时局的巨大能量。

何兹全先生指出:"曹操时代的文人,大体可分为两部分:一部分是他的智囊团,这是些有军事才能的人,能帮助曹操'运筹帷幄,决胜千里'的人;一部分是有治民才能的人,曹操马上得的天下,由这些人去治理,或在中央,或在地方。两种人多半出自世家豪门。"①

唐长孺先生指出:"东汉末年,大姓名士处于左右政局的重要地位,他们在经济上政治上广泛地控制农村,文化上几乎处于垄断地位。东汉皇朝瓦解后,他们是各个割据政权的骨干,三国政权的上层统治者主要也是从老一代到年轻一代的大姓名士中选拔出来的,他们是组成魏晋士族的基础。"②

曹操唯才是举的政策虽然表现出对儒家大族礼法名教的叛逆,但他所选拔的人才还主要是大姓名士。"曹操并不能摆脱传统的大姓名士的势力,他仍然只能从大姓名士中选用他所需要的人才,而且也仍然需要大姓名士推荐他所需要的人才"③。

陈寅恪先生更从魏晋社会阶级斗争的角度讲,"魏、晋的兴亡递嬗,不是司马、曹两姓的胜败问题,而是儒家豪族与非儒家的寒族的胜败问题"④,曹操"不仅得到了众多有才能的寒族人物的支持,而且得到了部分有才能的豪族士大夫的支持,如荀彧、荀攸……然而,作为一个阶级来说,儒家豪族是与寒族出身的曹氏对立的……袁绍的失败只表明儒家豪族暂时受到了挫折。后来,他们通过司马懿父子之手,终于把政权夺回到了自己的手上"⑤。

2.曹丕与儒家豪族的关系

了解了汉末儒家豪族的势力、影响及曹操统治集团内部的矛盾,可以得知,曹操属意曹植,不仅是赏识其才能,更重要者,他清楚地看到曹丕与以汝颍集团为代表的世家大族间的关系。如建安十四年(公元209年),曹丕参与田畴让封一事的议论,其"以畴同于子文辞禄,申胥逃赏,宜勿夺以优其节"的明显偏离曹操法治思想的持论,与世族代表荀彧、钟繇的观点颇为一

① 何兹全:《三国史》,北京师范大学出版社,2020,第125页。
② 唐长孺:《魏晋南北朝隋唐史三论》,中华书局,2011,第44-45页。
③ 唐长孺:《魏晋南北朝隋唐史三论》,第45页。
④ 《陈寅恪魏晋南北朝史讲演录》,万绳楠整理,第2页。
⑤ 《陈寅恪魏晋南北朝史讲演录》,万绳楠整理,第11页。

致,当时"尚书令荀彧、司隶校尉钟繇亦以为可听"。① 又如,曹丕对荀彧是曲礼事之;荀攸生病,"世子问病,独拜床下"②。以上可见曹丕与以汝颍集团为代表的世家大族的关系。如果以曹丕为继承人,那么无疑就加重了汝颍集团的政治砝码。

对于很早即参与军国政事,广泛结纳曹操统治集团中名士、权要的曹丕来讲,他在政治势力与政治能力上要远远超出曹植,此正如曹道衡先生所言,曹丕在太子之争中具有绝对的政治优势。③ 曹植于建安十六年(公元211年)封侯,可曹操一开始就"重诸侯宾客交通之禁"④,曹植根本不可能像曹丕一样"博延英儒"⑤、"天下向慕,宾客如云"⑥。又,曹植曾与儒学礼法之士颇不相得,如邢颙为平原侯植家丞,"颙防闲以礼,无所屈挠,由是不合"⑦;再加上其非长子的地位,也就意味着他难入世家大族法眼。或正因为如此,曹操才把才华出众而又与重儒学礼法之世家大族不甚相合的曹植推上了竞争舞台,欲以之寻求两大政治集团的制约平衡。

之所以说是曹操把曹植推上了竞争舞台,是因为从《三国志》中相关材料看,除与杨修交结之外,曹植几乎不像曹丕那样有意交结曹操集团中的政要人物,以拓展自己的政治势力。那么,曹植凭什么与曹丕相争?这正是很多研究者奇怪之处,所以有人认为曹植根本无争,或者认为曹植不过是幼稚的冲动。笔者以为,曹植最初可能并无争夺之意,只是因曹操的有意为之而被动地参与了竞争。这正如鱼豢所言:

> 假令太祖防遏植等,在于畴昔,此贤之心,何缘有窥望乎?彰之挟恨,尚无所至。至于植者,〔岂能兴难?〕乃令杨修以倚注遇害,丁仪以希意族灭,哀夫!余每览植之华采,思若有神。以此推之,太祖之动心,亦良有以也。⑧

---

① 陈寿:《三国志》卷一一《魏书·田畴》,第343页。
② 陈寿:《三国志》卷一○《魏书·荀攸》,第325页。
③ 参见曹道衡:《从魏国政权看曹丕曹植之争》,《辽宁大学学报》1984年第3期。
④ 陈寿:《三国志》卷二〇《魏书·赵王幹》,第586页。
⑤ 陈寿:《三国志》卷二一《魏书·邯郸淳》裴注引《魏略》,第603页。
⑥ 陈寿:《三国志》卷一一《魏书·邴原》裴注引《原别传》,第353页。
⑦ 陈寿:《三国志》卷一二《魏书·邢颙》,第383页。
⑧ 陈寿:《三国志》卷一九《魏书·陈思王植》裴注,第577-578页。

他最早指出,曹植及其同党的悲剧命运实因曹操未能防遏于初,从而助成曹植争立太子的野心,而曹操之所以如此,实在是因为"植之华采,思若有神",爱其才而欲立之,故铸大憾。其实,鱼豢所言只是问题之一面,但他指出正因太祖支持才导致丕植相争的悲剧,亦可谓一针见血。我们亦可说,曹植之所以没有去拓展自己的政治势力,是因为一方面曹丕已经走了争取世家大族支持的路线,而其性情亦决定他不会走此路线,实际形势亦不允许他走此路线;另一方面,有曹操的信任、赏识,就是有谯沛集团的支持,它正是与曹丕所依赖的汝颍集团相对抗的政治力量。

(三)曹操弃植立丕之原因

可以说,基于对曹植才华的欣赏与对集团内部政治力量平衡的考虑,曹操才在曹丕羽翼已成的情况下极力支持政治力量较为薄弱的曹植。正因为他对曹丕的政治优势非常清楚,所以才可以理解为何在咨询继承人问题上,就现有材料看,他并没有向集团中极具影响力的汝颍人士征询意见,而是向贾诩、邢颙、毛玠、崔琰等非汝颍集团人士询问。

邢颙作为北土之彦,曾为曹植家丞而与植不合。毛玠为曹操兖州创业时故吏,是兖州士人代表;崔琰为河北名士代表;二人掌典选举时相得益彰、配合默契,在立嗣问题上未必没有沟通。崔琰年轻时曾随郑玄受学,受儒家思想影响,自然崇尚立嗣以长的传统。另外,建安十一年(公元206年),曹操征并州,崔琰傅曹丕于邺城,曹丕出城田猎而为崔琰所谏,曹丕对其谏言表示了礼敬与感谢,他对曹丕应有好感。又,崔琰与司马朗善,朗弟即司马孚,曾为曹植文学掾而植与之不甚相合,而司马懿又为汝颍集团所举荐。又,"毛玠、徐奕以刚蹇少党,而为西曹掾丁仪所不善,仪屡言其短,赖阶左右以自全保"①,可见,桓阶与毛玠的关系亦不错。曹操曾欲把女儿清河公主嫁给丁仪而为五官中郎将曹丕所阻,曹丕于建安十六年(公元211年)春被封为五官中郎将,随后丁仪被曹操辟为掾。丁仪因不得尚公主而与临菑侯曹植亲善。② 由此关系看,丁仪害毛玠,或亦与其在立嗣问题上的立场有关。总之,就邢颙、崔琰、毛玠言,他们虽非汝颍集团人士,但他们或与曹植

---

① 陈寿:《三国志》卷二二《魏书·桓阶》,第632页。
② 参见陈寿:《三国志》卷一九《魏书·陈思王植》,第562页。

不合,或与曹丕有交往,或彼此间有关系,或与汝颍集团有联系,他们支持曹丕也是自然的。

而贾诩"自以非太祖旧臣,而策谋深长,惧见猜疑,阖门自守,退无私交,男女嫁娶,不结高门,天下之论智计者归之"①,他在曹操集团似乎是在派别之外的人物。但他事实上是支持曹丕的。当曹丕派人向贾诩请教自固之术时,贾诩曰:"愿将军恢崇德度,躬素士之业,朝夕孜孜,不违子道。如此而已。"②一个"如此而已",充分说明贾诩非常明了以汝颍集团为代表的世家大族的政治影响力,他给曹丕出的主意也就是让他投合汝颍集团的价值追求,从而赢得他们的认同与支持。当曹操向贾诩询问时,"诩曰:'思袁本初、刘景升父子也。'太祖大笑,于是太子遂定"③。联系曹丕于建安二十二年(公元 217 年)十月立为太子,此应为建安二十二年事。

在贾诩之前,邢颙面对曹操的询问,对曰:"以庶代宗,先世之戒也。愿殿下深重察之!"④毛玠则密谏曰:"近者袁绍以嫡庶不分,覆宗灭国。废立大事,非所宜闻。"⑤崔琰则不管曹操"以函令密访于外",竟然"露板答曰:'盖闻《春秋》之义,立子以长,加五官将仁孝聪明,宜承正统。琰以死守之。'"⑥他把立嗣之争的问题公开化了。崔琰出自清河崔氏,为河北名士,而曹植为"琰之兄女婿也"⑦,崔琰的公开回应,表明立场,使立嗣之争公开化,实犯大忌,这应该是他被杀的重要原因。而曹植妻因为衣绣而被曹操赐死,除其违制外,亦应与曹操对崔琰的不满有关。⑧"崔琰既死,玠内不悦"⑨,而先后告发崔琰、毛玠者即是丁仪。如裴注引《傅子》:"崔琰、徐奕,一时清贤,皆以忠信显于魏朝;丁仪间之,徐奕失位而崔琰被诛。"⑩又,《资治通鉴》言:"是时西曹掾沛国丁仪用事,玠之获罪,仪有力焉;群下畏之侧

---

① 陈寿:《三国志》卷一〇《魏书·贾诩》,第 331 页。
② 陈寿:《三国志》卷一〇《魏书·贾诩》,第 331 页。
③ 陈寿:《三国志》卷一〇《魏书·贾诩》,第 331 页。
④ 陈寿:《三国志》卷一二《魏书·邢颙》,第 383 页。
⑤ 陈寿:《三国志》卷一二《魏书·毛玠》,第 375 页。
⑥ 陈寿:《三国志》卷一二《魏书·崔琰》,第 368-369 页。
⑦ 司马光:《资治通鉴》卷六八,胡三省音注,中华书局,1956,第 2151 页。
⑧ 陈寿:《三国志》卷一二《魏书·崔琰》裴注引《世语》,第 369 页。
⑨ 陈寿:《三国志》卷一二《魏书·毛玠》,第 376 页。
⑩ 陈寿:《三国志》卷一二《魏书·徐奕》裴注引《傅子》,第 378 页。

目。"①崔琰被杀,毛玠免黜,根本在于他们在立嗣问题上犯了忌讳,于此亦可见曹操是支持曹植的。

曹操在贾诩言后而定太子,未必是因为贾诩所提袁绍、刘表的教训,因为在贾诩之前毛玠也曾以袁绍事为谏。而且,曹操鉴于袁绍、刘表的教训,一是"重诸侯宾客交通之禁",一是诸子皆无统兵领帅(曹彰除外),各据一方。尤其是后者,不付诸兵权军力,一定程度上避免了诸子武力相斗的可能。曹操之所以在贾诩言后定太子,是因为他由此更清楚了曹丕的政治支持非常强大,尽管自己属意曹植,但除了入仕较晚的二丁等一批青年阿附己意,其统治集团中的文职官员即便自己的亲信、即便非汝颍集团人士大都倾向曹丕,这就让他看到了以汝颍集团为核心的儒家豪族的政治影响力已渗透到了集团中的许多层面。再加上,建安十七年(公元212年)他逼死荀彧,建安十九年(公元214年)杀伏后兄弟及宗族近百人,建安二十一年(公元216年)杀崔琰、废毛玠,这一连串的举动必将给以汝颍集团为代表的世家大族及其依附势力以极大的震动,出于集团内部力量的平衡考虑以及在代汉问题上向世家大族妥协,曹操终于在建安二十二年(公元217年)冬立曹丕为太子。

论者多以为曹操最终放弃曹植,是因为经过多方面考察,发现曹植任性自我,文士习气,缺乏政治家的基本素养与德行。但一方面曹植在太子之争上基本上是被动争取的,一方面就曹植本传中裴注引《世语》的两则材料得出曹植拙于政能的结论并不公平,因为其一的教令提问只是针对曹植,并无曹丕作参考对象;而其二的面对出邺城门的考验,曹丕的表现亦平常无奇。② 二事背后的谋士捉刀,若联系吴质藏在簏内见曹丕之事,只能说明丕植背后各有党羽而已。另外,立太子后,曹操又增植邑五千,并前万户,成为曹操诸子中唯一的万户侯。太子既立,为了太子位置的稳定,为何不除去或罢免曹植党羽,反增其封其邑,壮大其声势呢?这充分说明曹植党羽是得到曹操支持的,同时曹操此举无疑也为太子之争的延续埋下了伏笔。

---

① 司马光:《资治通鉴》卷六七,第2145页。
② 参见陈寿:《三国志》卷一九《魏书·陈思王植》裴注引《世语》,第560-561页。

二、曹操立太子之后的犹豫

可以说,曹操与其政治集团对曹植的接受基本上是围绕立嗣问题进行的。论者往往以曹丕立为太子作为太子之争的终结,从政治方向、政治力量、政治素养、政治道德等方面分析丕胜植败的原因,从而得出曹植被曹操放弃的原因大致如下:曹植忠心汉室,不能沿袭曹操代汉的方向;曹植不自量力,缺少政治支持;曹植任性自我,带有文士习气,缺乏政治家的基本素养与德行;等等。这些分析均有一定道理,但若曹植真不合曹操之意,或其不堪继承重任,立太子后的几件事则颇为奇怪。如:第一,以曹操之"持法峻刻",为何没有处罚司马门事件的主角曹植?第二,既然"植宠日衰",而因"虑终始之变"①,曹操杀杨修以铲除其党羽,但何以建安二十四年(公元219年),又"以植为南中郎将,行征虏将军,欲遣救仁"②?第三,曹操于洛阳临终时为何不召于邺城的曹丕,而驰召于长安驻守的曹彰?是如鱼豢所言,眩于曹植"思若有神"的文学才华,还是政治家思谋深远的考虑?是因爱而生的主观情绪,还是辨析利弊后的理性抉择?

建安二十二年(公元217年)冬立太子后,发生了司马门事件。建安二十四年(公元219年)秋杨修被处死,论者往往以此认为曹植已被彻底淘汰出局。但这两件事还可以从其他角度看,或许可理解曹操随后又派曹植救曹仁以及临终驰召曹彰之事。

对司马门事件,曹操连续下令,"令曰:'始者谓子建,儿中最可定大事。'又令曰:'自临菑侯植私出,开司马门至金门,令吾异目视此儿矣。'又令曰:'诸侯长史及帐下吏,知吾出辄将诸侯行意否?从子建私开司马门来,吾都不复信诸侯也。'"③。此连续之下令,可见曹操的震怒与失望。曹植本传中言"太祖大怒,公车令坐死。由是重诸侯科禁,而植宠日衰"④。司马门事件的后果是严重的,不只是"植宠日衰",更重要者"由是重诸侯科禁",对诸侯之行为交往有了更严厉的限制与规定,其后曹丕称帝,更是变本加厉,

---

① 陈寿:《三国志》卷一九《魏书·陈思王植》,第558页。
② 陈寿:《三国志》卷一九《魏书·陈思王植》,第558页。
③ 陈寿:《三国志》卷一九《魏书·陈思王植》裴注引《魏武故事》,第558页。
④ 陈寿:《三国志》卷一九《魏书·陈思王植》,第558页。

这一政策最终成为曹魏灭国的重要缘由。

而后人对司马门事件的解释,或认为这不过是曹植的自污以让,或认为不过是曹植失意之后的冲动。但事情又颇有蹊跷之处。

一是据《史记·张释之冯唐列传》:

> 顷之,太子与梁王共车入朝,不下司马门,于是释之追止太子、梁王无得入殿门。遂劾不下公门不敬,奏之。①

又,《汉书·外戚恩泽侯表》载高平宪侯魏相:

> 甘露元年,坐酎宗庙骑至司马门,不敬,削爵一级为关内侯。②

博阳定侯丙吉:

> 甘露元年坐酎宗庙骑至司马门,不敬,夺爵一级为关内侯。③

由是可知司马门是只限天子或王自身乘车出入的。而不管曹植所开是天子宫之司马门,或是魏王宫之司马门,他都犯了大忌,应受到处罚,但曹操虽震怒不已,却只杀了公车令了事,他为何没有处罚曹植呢?

二是据《史记·项羽本纪》:

> 章邯恐,使长史欣请事。至咸阳,留司马门三日,赵高不见,有不信之心。④

裴骃集解:

> 凡言司马门者,宫垣之内,兵卫所在,四面皆有司马,主武事。总言之,外门为司马门也。⑤

又,《汉书·元帝纪》师古注:

> 司马门者,宫之外门也。卫尉有八屯,卫候司马主卫士徼巡宿卫。每面各二司马,故谓宫之外门为司马门。⑥

由是可知司马门是由卫士守卫的。而只允许天子或魏王出入的司马门,又由兵士守护,曹植如何能私出呢?

又据裴注引《世语》:

---

① 司马迁:《史记》卷一〇二《张释之冯唐列传》,中华书局,1959,第2753页。
② 班固:《汉书》卷一八《外戚恩泽侯表》,颜师古注,中华书局,1962,第696页。
③ 班固:《汉书》卷一八《外戚恩泽侯表》,第701页。
④ 司马迁:《史记》卷七《项羽本纪》,第308页。
⑤ 司马迁:《史记》卷七《项羽本纪》,第309页。
⑥ 班固:《汉书》卷九《元帝纪》,第286页。

> 太祖遣太子及植各出邺城一门,密敕门不得出,以观其所为。太子至门,不得出而还。修先戒植:"若门不出侯,侯受王命,可斩守者。"植从之。故修遂以交构赐死。①

这则材料虽为杨修之死提供主观说法,但由此亦见,即便出邺城一门都如此之难,更何况只有天子或魏王出入的司马门呢?

又据《后汉书·杨震列传》注引《续汉书》曰:

> 人有白修与临菑侯曹植饮醉共载,从司马门出,谤讪鄢陵侯章。太祖闻之大怒,故遂收杀之,时年四十五矣。②

高德耀先生认为这只是为杨修之死提供一个主观的解释角度。③ 另据曹植本传,杨修被杀于建安二十四年(公元219年)秋,而此则出司马门的材料应为建安二十二年(公元217年)立太子后事。不过此材料所提醉酒出司马门倒有一定道理,因为曹植本就饮酒不节,在失意之后醉于酒亦可理解。但醉酒又怎能"开司马门出"呢?

联系曹丕曾为五官中郎将,职掌宿卫殿门,出充车骑,笔者以为这很可能是曹植弱点为人利用的一次阴谋。《三国志通俗演义》中关于此节的演义,给人提供了一种解读思路:

> 子建带酒,乘操车,出司马门。人皆以为操出,伏道而迎之,至近方知是子建。操闻知,大怒曰:"吾无事不出此门,将已取信于诸侯也;汝今无礼,可杀之!"众官苦劝方止。自此曹操不喜子建,诸君不敢登门。④

演义从一个角度解释了在把守严密、禁令严明的情况下,曹植何以得出司马门。但曹植又怎能醉酒乘操车呢?此点小说中并无说明,但其解释角度实更进一步说明私开司马门并非易事。

综上,笔者认为曹植私开司马门事件仍属太子之争的延续,曹操并未因此处罚曹植,只是杀了公车令了事,亦说明曹植肇事,实有内情。但即便曹操得知实情,对治法严峻的他而言,依然要对事件本身表明态度,因为曹植

---

① 陈寿:《三国志》卷一九《魏书·陈思王植》,第561页。
② 范晔:《后汉书》卷五四《杨震列传》,中华书局,1965,第1790页。
③ 高德耀:《司马门事件及其他——论曹植对继承权及文学声誉的追求》,《社会科学战线》1991年第1期。
④ 罗贯中:《三国志通俗演义》卷一五《曹孟德忌杀杨修》,上海古籍出版社,1980,第697页。

本身的行为构成了对王权的不敬,所以他虽然没有处罚曹植,但必定要疏远曹植,同时要加重诸侯科禁。因此,司马门事件的结果就表面而言对曹丕是有利的。

而建安二十四年(公元219年)八月当曹仁被关羽围困时,曹操又"以植为南中郎将,行征虏将军,欲遣救仁"①。在曹操诸子中,只有建安二十三年(公元218年),曹彰北征乌丸,被曹操委任"为北中郎将,行骁骑将军"②。又当徐晃初救曹仁未果,曹操欲亲自南征,桓阶认为:

> 今仁等处重围之中而守死无贰者,诚以大王远为之势也。夫居万死之地,必有死争之心;内怀死争,外有强救,大王案六军以示余力,何忧于败而欲自往?③

也就是说此次解救曹仁的出军是必胜无疑的,那么曹操欲以曹植为南中郎将救曹仁,本身即欲成曹植之功。

但接下来建安二十四年(公元219年)杨修被杀,则又让人感到这是曹操为巩固曹丕地位对曹植党羽的有意清除。植本传裴注引《典略》云:

> 植后以骄纵见疏,而植故连缀修不止,修亦不敢自绝。至二十四年秋,公以修前后漏泄言教,交关诸侯,乃收杀之。修临死,谓故人曰:"我固自以死之晚也。"其意以为坐曹植也。④

但《后汉书·杨震列传》则曰:

> 修又尝出行,筹操有问外事,乃逆为答记,敕守舍儿:"若有令出,依次通之。"既而果然。如是者三,操怪其速,使廉之,知状,于此忌修。且以袁术之甥,虑为后患,遂因事杀之。⑤

笔者以为,所谓"因事杀之",即《典略》所云杨修"漏泄言教,交关诸侯"之事。在曹植党羽中,真正给统治集团带来一定影响的是丁仪。丁仪告发崔琰,陷害徐奕、毛玠等,与之相比,丁仪具有相当的破坏能量,但杨修除为曹植出过主意外,并无大错。因此,曹操杀杨修实应如《后汉书》所言。

一是他太过聪明,对曹操行为背后的意图了如指掌。建安十三年(公元

---

① 陈寿:《三国志》卷一九《魏书·陈思王植》,第558页。
② 陈寿:《三国志》卷一九《魏书·任城威王彰》,第555页。
③ 陈寿:《三国志》卷二二《魏书·桓阶》,第632页。
④ 陈寿:《三国志》卷一九《魏书·陈思王植》裴注引《典略》,第560页。
⑤ 范晔:《后汉书》卷五四《杨震列传》,第1789页。

208年),曹冲死,《三国志·魏书·刘表》裴注引《零陵先贤传》曰:

> 《先贤传》称不疑幼有异才,聪明敏达,太祖欲以女妻之,不疑不敢当。太祖爱子仓舒,夙有才智,谓可与不疑为俦。及仓舒卒,太祖心忌不疑,欲除之。文帝谏以为不可,太祖曰:"此人非汝所能驾御也。"乃遣刺客杀之。①

曹操杀周不疑,是认为此人非曹丕所能驾御。同样,杨修虽为曹植的支持者,但同样非曹植所能驾御,亦非曹丕能驾御,杀杨修与杀周不疑有相似的原因。

二是他是曹操死敌袁术的外甥,其父族出身于弘农杨氏,母族出身于汝南袁氏,皆四世三公的顶级豪门士族,世代通经,服膺儒教,政治背景深厚。尽管二袁势力被消除,但儒家士族、豪族的力量依然强大。"作为一个阶级来说,儒家豪族是与寒族出身的曹氏对立的"②,曹操杀了杨修,但对曹植党羽中的其他人却不予理会,这其实仍是其抑制豪强措施的延伸。田余庆先生指出:"像杨彪、孔融、许攸、祢衡这类人物,本来是出身世家大族或追随世家大族的名士,是袁绍的社会基础。他们在曹操身边总是'恃旧不虔',起破坏作用。所以时机一到,曹操或杀或罚或逐,以剥夺他们的影响。"③因此,曹操杀杨修并不意味着他对曹植的舍弃。

建安二十五年(公元220年)正月,"太祖至洛阳,得疾,驿召彰,未至,太祖崩"④。曹操临终前驰召驻守长安的曹彰,曹彰到洛阳后问玺绶之所在,并告诉曹植曹操召他正为拥立曹植,大多论者据此认为曹操欲于临终时改立太子。但也有论者以为此举不过是为叮嘱曹彰支持曹丕,此意见似难成立。若果如此,有比直接召见太子嘱以后事更为有效的吗?事实上,当时群臣闻知曹操去世的反应亦能说明问题。如:

> 太祖崩洛阳,群臣拘常,以为太子即位,当须诏命。矫曰:"王薨于外,天下惶惧。太子宜割哀即位,以系远近之望。且又爱子在侧,彼此生变,则社稷危矣。"⑤

---

① 陈寿:《三国志》卷六《魏书·刘表》裴注引《零陵先贤传》,第216页。
② 《陈寅恪魏晋南北朝史讲演录》,万绳楠整理,第11页。
③ 田余庆:《秦汉魏晋史探微(重订本)》,第158页。
④ 陈寿:《三国志》卷一九《魏书·任城威王彰》,第556页。
⑤ 陈寿:《三国志》卷二二《魏书·陈矫》,第644页。

此则材料说明继承人之最终认定是以诏命为准的,而"爱子在侧,彼此生变",此"爱子"据顾农先生考证为曹植①,若此,在当时花落谁家并无定数,群臣对继承人为谁实持一种观望态度。曹彰之言语、群臣之反应,不可能空穴来风,他们必定是观察或了解到曹操最后几年对曹植态度的变化。

综上所论,司马门事件、杨修之死、解围曹仁、临终召彰等事件说明建安二十二年(公元217年)立太子后,曹操心中对立嗣问题尚有疑虑,他并没有因为司马门事件而放弃曹植,而在其生命的最后一段时间,更欲增加曹植的政治资本,为他提供立功机会,尤其临终时的欲作翻盘之举,更明确表明其以植为嗣的态度。《三国志》曹植传中言"太祖狐疑,几为太子者数矣"②,其间之犹豫曲折,由上可见一斑。

三、曹操立太子后的疑虑因由

曹操在立嗣问题上为何如此反复?曹操为何始终无法放弃曹植?笔者以为,除担心曹丕会受控于以汝颍集团为代表的世家大族外,曹丕与谯沛集团的关系,或者说曹丕对谯沛集团的态度亦是他所不放心的。

(一)魏讽谋反案可能是曹丕与世家大族的一场政治阴谋

《三国志·魏书·武帝纪》注引《世语》曰:

> 讽字子京,沛人,有惑众才,倾动邺都,钟繇由是辟焉。大军未反,讽潜结徒党,又与长乐卫尉陈祎谋袭邺。未及期,祎惧,告之太子,诛讽,坐死者数十人。③

由于史料缺失,魏讽谋反案的真相难以查证,但若说魏讽欲于此时内应关羽以反曹操,则让人感觉不可思议。因为他所吸引的人多是名士子弟,可动用之兵力不过是长乐宫卫尉之统属,而长乐宫在许都,以此微量许都兵力而谋袭曹魏政治军事中心,无异于以卵击石,可谓自杀式预谋活动。而且,就此次谋反中史有姓名之名士子弟言,其父兄虽多属荆州士人,但多得曹操厚待,亦有支持曹操政权者,如王粲,很难想象他的两个儿子会参与反对曹操的谋反活动。另,据《三国志·魏书·程昱》裴注引《魏书》,建安十六年

---

① 顾农:《建安文学史料丛札(三则)》,《古籍整理研究学刊》2002年第5期。
② 陈寿:《三国志》卷一九《魏书·陈思王植》,第557页。
③ 陈寿:《三国志》卷一《魏书·武帝纪》裴注引《世语》,第52页。

（公元211年），曹操征马超，曹丕留守，河间田银、苏伯反，对于杀不杀降卒之事，程昱建议不杀，曹丕听从其建议而告诉曹操处理事宜。曹操赞程昱曰："君非徒明于军计，又善处人父子之间。"①曹操对曹丕没有擅作主张而尊重其权威很是满意。但此次魏讽谋反案，时在大军未反，也就是说对魏讽等几十人的诛杀处理并未告知曹操，所以曹操事后闻知王粲二子均被杀时叹言："孤若在，不使仲宣无后。"②这种不经请示的处理的确让人有蹊跷之感。

刘廙曰：

吾观魏讽，不修德行，而专以鸠合为务，华而不实，此直搅世沽名者也。③

又董昭言：

近魏讽则伏诛建安之末，曹伟则斩戮黄初之始。伏惟前后圣诏，深疾浮伪，欲以破散邪党，常用切齿。④

他们均强调魏讽惹来杀身之祸之因在于浮华结党，但于谋反之事则无提及。

曹魏禁浮华起自曹操，曹操与孔融书云：

又知二君群小所构。孤为人臣，进不能风化海内，退不能建德和人，然抚养战士，杀身为国，破浮华交会之徒，计有余矣。⑤

所谓"浮华"，周一良先生认为"非指生活上之浮华奢靡，而是从政治着眼，以才能互相标榜，结为朋党，标举名号如'四窗''八达'之类以自夸"⑥。

董昭《陈末流之弊疏》曰：

凡有天下者，莫不贵尚敦朴忠信之士，深疾虚伪不真之人者，以其毁教乱治，败俗伤化也。近魏讽则伏诛建安之末，曹伟则斩戮黄初之始。伏惟前后圣诏，深疾浮伪，欲以破散邪党，常用切齿……窃见当今年少，不复以学问为本，专更以交游为业；国士不以孝悌清修为首，乃以

---

① 陈寿：《三国志》卷一四《魏书·程昱》裴注引《魏书》，第429页。
② 陈寿：《三国志》卷二一《魏书·王粲》裴注引《文章志》，第599页。
③ 刘廙：《戒弟伟》，载严可均辑《全三国文》卷三四，商务印书馆，1999，第348页。
④ 董昭：《陈末流之弊疏》，载严可均辑《全三国文》卷二五，第255页。
⑤ 路粹：《为曹公作书与孔融》，载安徽亳县《曹操集》译注小组：《曹操集译注》，第231页。
⑥ 周一良：《魏晋南北朝史札记》，中华书局，2007，第2版，第35页。

趋势游利为先。合党连群，互相褒叹；以毁誉为罚戮，用党誉为爵赏。附己者则叹之盈言，不附者则为作瑕衅。①

又王昶《家诫》曰：

夫虚伪之人，言不根道，行不顾言，其为浮浅，较可识别；而世人惑焉，犹不检之以言行也。近济阴魏讽、山阳曹伟皆以倾邪败没，荧惑当世，挟持奸慝，驱动后生。②

据此来看，魏讽伏诛的原因不仅是其结党营私，亦因其言论与道相背，毁教乱治，不以学问为本，不以孝悌为首，似乎是摒弃章句儒学，蔑视传统礼法者。而据此次参与者的背景看，多有荆州背景，其中宋忠为荆州学派巨擘，其子亦参与其中。这些人都追随魏讽，至少说明魏讽的言论与荆州之学应有相通之处。

王志平认为：

荆州学派是想以一种简易的章句之学来解释经文，因而荆州之学与"质于辞训"的郑学亦不相同。相比之下，荆州学派较之郑学仍是一种简易的义理学派。汤用彤《魏晋玄学论稿》云："则荆州之士踔跞不羁，守故之习薄，创新之意厚。刘表后定，抹杀旧作。宋（衷）、王（肃）之学，亦特立异。"③

而关于宋忠之死，贺昌群《魏晋清谈思想初论》云：

荆州之学，不循旧辙，多张新帜，宋忠实其间之巨子也。忠子与魏讽谋反被诛，其事乃政治之借口，前节已述之，盖亦预于新思潮之流，遭时之嫉，而与讽等同难者也。④

由此可见，魏讽实亦可能因其不同时俗的观点与儒学世家大族相牴牾。再者，浮华交会者"合党连群，互相褒叹；以毁誉为罚戮，用党誉为爵赏。附己者则叹之盈言，不附者则为作瑕衅"，以魏讽之倾动邺城，公卿以下争相交结来看，必定一言褒贬而影响甚远，其言论可能得罪曹丕及其支持者。魏讽谋反于邺，是时杨俊为邺城中尉（诸侯国军事长官⑤），"俊自劾诣行在所。

---

① 严可均辑《全三国文》卷二五，第255页。
② 严可均辑《全三国文》卷三六，第373页。
③ 王志平：《中国学术史·三国、两晋、南北朝卷》（上），江西教育出版社，2001，第33页。
④ 贺昌群：《魏晋清谈思想初论》，辽宁教育出版社，1998，第51页。
⑤ 吕宗力主编《中国历代官制大辞典》，北京出版社，1994，第150页。

俊以身方罪免"①。杨俊是曹植的支持者,杨俊在这场事变中的表现之被动消极,也可能说明这场被定为谋反事件的真实性质。

此又有疑问在,曹操从巩固政权出发,采取"破浮华交会之徒"之策,孔融、崔琰之死皆与此相关。那么魏讽为什么能"自卿相以下皆倾心交之"②而不受到限制和处罚呢?柳春新教授认为:"魏讽在曹操的政治中心邺城广交达官名士,倾动全城,若无曹操的默许或支持是不可想象的,这不是单纯的个人'才智'所能说明的问题。"③他考证魏讽是沛国人士,"曹操宽待魏讽,当因魏讽为沛国人,属于曹操倚仗的'谯沛集团'"④。而作为颍川集团的领袖人物,钟繇征辟魏讽"很可能不只是因为魏讽'有惑众才,倾动邺都',主要还是因为魏讽是'谯沛人',辟召魏讽是自己亲附曹操的极好表白"⑤。而作为颍川集团的代表人物,把一个受曹操厚待的谯沛籍青年辟召为自己的相国西曹掾,而平时对其言行毫无提防是不可能的。《资治通鉴》曰:

> 荥阳任览,与讽友善;同郡郑袤,泰之子也,每谓览曰:"讽奸雄,终必为乱。"⑥

《三国志·魏书·刘晔》裴注引《傅子》曰:

> 初,太祖时,魏讽有重名,自卿相以下皆倾心交之。其后孟达去刘备归文帝,论者多称有乐毅之量。晔一见讽、达而皆云必反,卒如其言。⑦

《三国志·魏书·刘表》裴注引《傅子》曰:

> 及在魏朝,魏讽以才智闻,巽谓之必反,卒如其言。⑧

刘晔是光武之后,郑袤为郑泰之子,郑泰、傅巽均是儒学世宗,故刘晔、郑袤、傅巽的预言更说明魏讽在言论思想上与儒学世家之不同。如果这些

---

① 陈寿:《三国志》卷二三《魏书·杨俊》,第663页。
② 陈寿:《三国志》卷一四《魏书·刘晔》裴注引《傅子》,第446页。
③ 柳春新:《"魏讽谋反案"析论》,《江汉论坛》1997年第5期,第12页。
④ 柳春新:《"魏讽谋反案"析论》,《江汉论坛》1997年第5期,第12页。
⑤ 柳春新:《"魏讽谋反案"析论》,《江汉论坛》1997年第5期,第12页。
⑥ 司马光:《资治通鉴》卷六八,第2162页。
⑦ 陈寿:《三国志》卷一四《魏书·刘晔》裴注引《傅子》,第446页。
⑧ 陈寿:《三国志》卷六《魏书·刘表》裴注引《傅子》,第214页。

人都警觉到魏讽的危险性,那么钟繇又怎么可能没有丝毫觉察呢？不管魏讽谋反的真相是什么,钟繇对魏讽实有一种纵容在;而不管其动机是为了迎合曹操,还是虑及世家大族的利益,此纵容皆使魏讽等与曹丕及世家大族的矛盾更深,从而逐渐背离曹操平衡集团内部势力、巩固曹氏政权统治的目的。

(二)曹丕与谯沛集团有深刻矛盾①

由于太子之争,一些卷入其中的谯沛人士为曹丕所恨。丁仪、丁廙是支持曹植最有力的人物,为了支持曹植,得罪了曹丕及一批大家世族。曹操在世时,曹丕即欲治丁仪罪,继位后,立诛二丁并其男口,可见仇恨之深。而魏讽亦属于谯沛集团人士,魏讽谋反案进一步加深了曹丕与谯沛集团的矛盾。

另外,曹丕诸弟,亦多支持曹植。曹丕与诸弟的矛盾,在太子之争初即存在。曹操《立太子令》:"告子文:汝等悉为侯,而子桓独不封,而为五官中郎将,此是太子可知矣。"②子文乃曹彰字,此令专告曹彰等诸侯,强调自己属意曹丕已久,似劝诫他们接受这一事实,此亦从侧面说明,曹彰等人在立太子事上倾向曹植。据史料看,曹彰等兄弟和曹植关系相当不错。如曹衮,"少好学,年十余岁能属文。每读书,文学左右常恐以精力为病,数谏止之,然性所乐,不能废也"③,"凡所著文章二万余言,才不及陈思王而好与之侔"④。曹衮这一好书乐文的性情使他自然与曹植更为亲善,"才不及陈思王而好与之侔",这看似不服的情绪背后,恰意味着对曹植才华的佩服、欣赏,里面充满兄弟间学文论道的情谊。曹衮临终令世子:

> 事兄以敬,恤弟以慈;兄弟有不良之行,当造膝谏之。谏之不从,流涕喻之;喻之不改,乃白其母。若犹不改,当以奏闻,并辞国土。与其守宠罹祸,不若贫贱全身也。此亦谓大罪恶耳,其微过细故,当掩覆之。⑤

在严可均辑校的《全三国文》中,如此叮嘱兄弟相处之道者,似唯此一篇。我们不能不从其谨慎的教导之中读到隐藏的伤痛。此叮嘱流露出对兄

---

① 参见王永平:《曹操立嗣问题考述——从一个侧面看曹操与世族的斗争》,《扬州大学学报(人文社会科学版)》2001年第3期。
② 曹操:《立太子令》,载安徽亳县《曹操集》译注小组:《曹操集译注》,第173页。
③ 陈寿:《三国志》卷二〇《魏书·中山恭王衮》,第583页。
④ 陈寿:《三国志》卷二〇《魏书·中山恭王衮》,第584页。
⑤ 陈寿:《三国志》卷二〇《魏书·中山恭王衮》,第584页。

弟和谐相处的向往,也隐藏着亲身经历,尤其是亲目曹植几遭杀身之祸的无言之痛,其对曹植的同情亦是不言而喻。

另外,曹植异母弟曹彪,与曹植亦相当亲善。黄初四年(公元223年)七月,曹植与曹彪从京师还藩,"是时待遇诸国法峻。任城王暴薨,诸王既怀友于之痛。植及白马王彪还国,欲同路东归,以叙隔阔之思,而监国使者不听"①,故曹植愤而有《赠白马王彪》,其序曰"后有司以二王归藩,道路宜异宿止,意毒恨之!盖以大别在数日,是用自剖,与王辞焉,愤而成篇"②,诗末云"变故在斯须,百年谁能持。离别永无会,执手将何时?王其爱玉体,俱享黄发期。收泪即长路,援笔从此辞"。骨肉相残之愤,离别之愁,兄弟之情溢于词句间。而曹彪有《答东阿王诗》,"盘径难怀抱,停驾与君诀。即车登北路,永叹寻先辙"③,更是欲言又止,黯然神伤。

不仅如此,卞后亦倾向曹植。《三国志·魏书·武宣卞皇后》言:

> 文帝为太子,左右长御贺后曰:"将军拜太子,天下莫不欢喜,后当倾府藏赏赐。"后曰:"王自以丕年大,故用为嗣,我但当以免无教导之过为幸耳,亦何为当重赐遗乎!"④

她仅从立嗣以长的角度拒绝赏赐,并没有夸赞曹丕的才德。而据曹植《叙愁赋》序言:"时家二女弟,故汉皇帝聘以为贵人。家母见二弟愁思,故令予作赋。"可见卞氏对曹植的信任与欣赏。其后黄初时,曹植屡遭曹丕迫害而终能以全,关键是卞后的保护。曹丕黄初三年(公元222年)下令:

> 夫妇人与政,乱之本也。自今以后,群臣不得奏事太后。后族之家,不得当辅政之任,又不得横受茅土之爵。⑤

此令固然鉴于历史教训,但亦有限制防止后及其家族政治势力的目的。而于黄初三年(公元222年)下令,恐亦针对黄初二年(公元221年)欲治罪曹植而得卞后庇护之事。曹丕对诸侯的提防由来有自,绝非只是鉴于历史

---

① 陈寿:《三国志》卷一九《魏书·陈思王植》裴注引《魏氏春秋》,第564-565页。
② 曹植:《曹植集校注(全二册)》,赵幼文校注,中华书局,2016,第437页。本书以下所引曹植作品,除特别标注外,皆出自此书,为方便阅读,只在文中标出篇目,出处和页码不再注出。
③ 曹彪:《答东阿王诗》,载逯钦立辑校《先秦汉魏晋南北朝诗》魏诗卷七,中华书局,2017,第465页。
④ 陈寿:《三国志》卷五《魏书·武宣卞皇后》,第156页。
⑤ 文帝:《禁妇人与政诏》,载严可均辑《全三国文》卷五,第48页。

又，于时，曹操二十五子，除曹丕外，至建安二十四年(公元219年)，其余二十四子存世封侯者共十一人，除曹彰外，当时诸侯均在邺城，不赴封土，无军事实力，即是说，即使在曹操时代，诸侯们都难以起到藩卫国土的作用。而一旦诸侯们被孤立，曹魏的安全即有极大隐患。此亦或为曹操临终前所忧虑。

曹操本就忧虑曹丕与世家大族的密切关系，当曹丕与谯沛人士的矛盾越来越深时，两大集团政治上的失衡趋势是必然的，而一旦谯沛集团被压制，那么曹魏的统治基础就动摇了。曹丕即王位及登帝位后，似乎延续了曹操倚仗谯沛集团联合汝颍集团的政策，但他称帝后命陈群为中领军，继为镇军大将军，录尚书事。黄初五年(公元224年)，兴师伐吴，任司马懿为抚军大将军，加给事中，录尚书事。原来与军权无缘的汝颍集团由此进入军事权力的上层。尤其他去世前，遗诏司马懿、陈群、曹真辅政，确立了司马懿顾命大臣之位，奠定了司马氏势力发展的权力基础。王夫之指出：

  魏有人，懿不能夺也。

  魏之无人，曹丕自失之也。而非但丕之失也，丕之诏曹真、陈群与懿同辅政者，甚无谓也。子叡已长，群下想望其风采，大臣各守其职司，而何用辅政者为？其命群与懿也，以防曹真而相禁制也。然则虽非曹爽之狂愚，真亦不能为魏藩卫久矣。以群、懿防真，合真与懿、群而防者，曹植兄弟也。故魏之亡，亡于孟德偏爱植而植思夺适之日。①

他一针见血地指出曹丕把陈群、司马懿和曹真同作顾命之臣，目的即防备谯沛集团，最终是防备曹操支持的曹植兄弟。而陈群建议的九品官人法，尽管其"初衷在于将选举权收归中央，但却无法逆转门阀专政的历史倾向"②，它"归根到底只能为士族门阀的世袭性政治特权起保证作用"③，巩固了门阀的统治，巩固了世家大族的权力。

田余庆先生认为"从曹操同何夔、陈群的关系中，我们隐约地觉察到曹

---

① 王夫之：《读通鉴论》卷一〇《三国》，舒士彦点校，中华书局，2013，第2版，第277页。
② 唐长孺：《魏晋南北朝隋唐史三论》，第47页。
③ 唐长孺：《魏晋南北朝隋唐史三论》，第46页。

操晚年政治上向世家大族转化的动向"①,"在意识形态上说就是回归于儒,这在他消灭了一切可以由他消灭的政治对手,只等着摘取皇冠的时候,是必然要出现的。所以儒家大族欲恢复其旧有的地位,不必等到日后河内司马氏之兴起"②。这个结论应该是有疑点的。曹操"治平尚德行,有事赏功能"并不意味着他向世家大族转换。我们可由汉宣帝的言论参看之。汉宣帝曾针对太子"陛下持刑太深,宜用儒生"的进言,曰:"汉家自有制度,本以霸王道杂之,奈何纯任德教,用周政乎!且俗儒不达时宜,好是古非今,使人眩于名实,不知所守,何足委任!"乃叹曰:"乱我家者,太子也!"③由此再看曹操,陈寿评曰:"太祖运筹演谋,鞭挞宇内,揽申、商之法术,该韩、白之奇策,官方授材,各因其器。"④依曹操的政治、军事阅历、智慧与用人,如果进入治平之世,他也不会允许世家大族恢复旧有地位而威胁中央政权,而一定是霸王道杂之,绝不会纯用儒学的。如果曹操真的转到世家大族立场,他应该毫不犹豫地支持与世家大族有紧密关系的曹丕,但事实并非如此,前已论述,此处不言。况且,曹操抑制豪强政策已实行多年,世家大族岂能因为九品中正制的实行立即就能恢复其旧有的地位?且直到曹叡末年,两大集团的制衡才失衡。因此,陈寅恪先生的判断应该是更为合理的。

综上所论,正是深切认识到世家大族、地方豪族的力量,考虑到曹丕与世家大族互相支持,而与谯沛集团矛盾甚深的情况,考虑到长远的政治博弈及天下局势,再加上他一直中意于曹植的才华、气度,所以在立太子后他仍然疑虑重重,甚至临终时仍欲有翻盘之举。当然,这里亦有一重要因素,即曹彰已靠军功拥有自己的威望、势力,而他本身即是曹植的有力支持者。由曹彰辅助曹植,一文一武,相得益彰,可能是曹操最终认为的合理安排。

如果说太子之争时曹操更多地考虑到曹植的才华,那么或许建安二十二年(公元217年)后,即使曹植无意于太子之位,曹操从长远的政治博弈考虑,也要把他推上竞争的舞台,因为曹植是唯一一颗可以博弈的关键棋子。因此,如果因建安二十二年曹植竞争失败而认为他幼稚、无谋略,可能是对

---

① 田余庆:《秦汉魏晋史探微(重订本)》,第160页。
② 田余庆:《秦汉魏晋史探微(重订本)》,第161–162页。
③ 班固:《汉书》卷九《元帝纪》,第277页。
④ 陈寿:《三国志》卷一《魏书·武帝纪》,第55页。

曹植的曲解。若曹操临终能等到曹彰的到来,如果曹操能多活几天,也许曹植才是太子之争的最终胜利者。但天命难违,而曹植亦因曹操仓促而永无结果的决定一生郁郁寡欢,甚至几于灭身之地;曹植后半生无机会得到历练,证明自己的政治军事才能,实现建立金石之业的理想,所以他也只能无奈地以诗文传世。

第二节 从兄弟相争到叔侄之情
——曹丕、曹叡对曹植态度的变化

从曹丕到曹叡,父子两代对曹植人与文的接受有较大变化。从人的角度言,曹丕对曹植的接受更多是从政治角度,曹叡在这方面虽然延续了其父科禁诸侯的政策,但对曹植要宽和得多,而且某种程度上他对曹植的有关建议也有一定的回应。从文的角度讲,曹丕对曹植的文才保持了沉默,但其《自叙》《论文》中则隐含其批评;而曹叡则对曹植的文才表达了由衷的欣赏,其部分创作也明显有规模曹植的痕迹。本节重点论述曹丕、曹叡对曹植其人的接受,但出于行文的方便,也间杂有对他们接受曹植其文的分析。不过,关于建安、曹魏对曹植其文的批评与创作借鉴,本章第三节将进行专题论述。

一、曹丕《自叙》《论文》中的隐含批评

尽管"文帝常言:'家兄孝廉,自其分也。若使仓舒在,我亦无天下。'"①,他似乎并不把曹植放在眼里。但当其得立为太子时,竟然"抱毗颈而喜曰:'辛君知我喜不?'",如此失态,以至辛毗以之告其女羊耽夫人宪英后,宪英感叹曰:"太子代君主宗庙社稷者也。代君不可以不戚,主国不可以不惧,宜戚而喜,何以能久?魏其不昌乎!"②得立太子,身负国家兴衰的重任,然曹丕于此所想仅为战胜曹植的快乐。他深自雕励,矫情自饰,对曹植以术相御,交结世族朝臣、笼络文学才俊、结纳内廷后宫等,以自我为核心织造一张沟通内外的政治网络。他以如此心机力量对付曹植,足见曹植事实上对他构成的巨大威胁,亦可见其得立太子之不易。其后的司马门事件、曹

---

① 陈寿:《三国志》卷二〇《魏书·邓哀王冲》裴注引《魏略》,第581页。
② 陈寿:《三国志》卷二五《魏书·辛毗》裴注引《世语》,第699页。

植醉酒不能救曹仁、魏讽谋反事件等立太子之后的种种,均可隐约见到曹丕对曹植深自提防的身影。尤其是曹操临终驰召曹彰,曹彰洛阳问玺,群臣待诏命而不动时,曹植不露锋芒的威胁更是让曹丕的命运处于动摇不定的状态中。因此,曹丕继位及登帝后,杀二丁、害曹彰、诛杨俊、死孔桂,对曹植一再问罪、贬斥压制,甚至杀心起伏(如问梦于周宣①),此等行为绝非仅仅是出于报复心理。自太子之争起,兄弟间邺下同游之快乐、独自守邺时对诸弟之思念等已成云烟,尤其黄初以后,曹植完全在曹丕的控制之下,君臣名分立,骨肉之情无,尽管曹植一再表白自己的忠诚与忏悔,但兄弟间的裂痕已成鸿堑,曹植的悲剧命运无可更改。

曹丕内心与曹植的鸿沟已如前文所述,这里想探讨的是,由于曹植以才见异,而使曹操有立嗣之意,但现有材料中,对曹植备受称赏的才华,曹丕终其生并无有直接评论。对曹植的《责躬》及表,他也只是"嘉其辞义,优诏答勉之"②,对其诗文并无置辞。然而,作为建安文坛领袖,面对曹植与己竞争的凭借,曹丕对曹植的才华不可能没有自己的看法。笔者以为,在《典论》的编撰及其中部分文章的写作方面,都隐含着曹丕对曹植的态度。就《典论》的编撰目的言,曹丕一开始可能并没有著述《典论》的计划,其《成王汉昭论》《酒戒》等的确是响应当时问题的针对性作品,但自建安二十一年(公元216年)五月,曹操进爵为魏王,太子之争进入白热化阶段,针对曹植的以才见异,为增强自身竞争砝码,表现自身才能,对抑丕扬植者进行反击,曹丕很有可能此时想到汇集旧作,增加新内容,从而编撰一部子书。《奸谗》《内诫》《自叙》《论文》等,基本上是太子之争时有所为而作,不过因为处境的微妙,其表达颇有政治艺术。而当太子之争结束后,因身份、地位的变化,加之大疫而友朋凋零的冲击,其最终编撰《典论》的目的就多元化了。而就具体文章言,没有比《自叙》《论文》隐藏有更多的相关信息了。

第一,《自叙》对自己武能之夸示。

《自叙》内容以"文武之道"贯之,写其武能文才,而以武能为主,行文常以具体事例证明,这虽是曹丕写作的一贯风格,但每一事例都集中于证明自己能力的笔法让人毫不怀疑本文更像是篇自我介绍。虽然不像曹操《让县

---

① 陈寿:《三国志》卷二九《魏书·周宣》,第810—811页。
② 陈寿:《三国志》卷一九《魏书·陈思王植》,第564页。

自明本志令》那样直白无忌,但那种急切而专注的自我表白,或者可说是辩解,让人觉得它似乎要通过这种方式使大众对自己有更清楚的了解。因此,在作者颇为自负的叙述背后,也鼓动着一股焦灼的暗流,而这种焦灼之情应该主要产生于太子之争时。

就其武能言,文章起文追叙东汉末年乱世过程与景象,几乎是曹操《薤露行》《蒿里行》的散文版。作者把自己的成长置于这样动乱的时代背景之下,然后引出"余时年五岁,上以四方扰乱,教余学射,六岁而知射。又教余骑马,八岁而知骑射矣"①的自叙,一则见曹操对其有意栽培,二则见其早慧。后又以与族兄射猎邺西、与荀彧谈射为例写其骑射本领。此其武能之一。之二则是击剑。他遍从名师,曾与平虏将军论剑、比剑,胜之如覆手耳。之三则是持复,"以单攻复,每为若神"②,津津自道如此!而每一事例所涉及人物,必详其姓名,似乎为证其言之非妄。文章重笔写其武能,略提其"弹棋"之妙,而结尾归于文才。

然就文字比例看,写其文才者仅结尾两句,作者此文主要突出者是其武能,这种结构安排绝非无意为之。联系曹植作品及相关史实,他虽在邯郸淳面前"跳丸击剑",但在"科头拍袒,胡舞五椎锻""诵俳优小说数千言"③的语境氛围中,这种击剑只是表演性质而非有实战的可能。曹植亦有《宝刀铭》,但只是文笔之作。曹操《百辟刀令》:"往岁作百辟刀五枚适成,先以一与五官将。其余四,吾诸子中有不好武而好文学,将以次与之。"④此令亦表明曹丕在武能上与曹植的区别。曹植太和时期的《与司马仲达书》称"若可得挑致,则吾一旅之卒足以敌之矣",亦仅是自信其军事才能,而非武能。也就是说,曹丕极力展示的恰恰是自己优于曹植的地方。他对此泼墨重写以明笔出之,在太子之争的背景下,显然在表明自己异于曹植且优于曹植之处。

第二,《论文》之焦虑与自负。

曹丕在《论文》中对曹植略而不论,其沉默背后自有一份理性思考存

---

① 文帝:《自叙》,载严可均辑《全三国文》卷八,第79页。
② 文帝:《自叙》,载严可均辑《全三国文》卷八,第80页。
③ 陈寿:《三国志》卷二一《魏书·王粲》裴注引《魏略》,第603页。
④ 安徽亳县《曹操集译注》译注小组:《曹操集译注》,第174页。

在。(见本章第三节)但《论文》中满涨的自负与焦虑,还是让人感受到来自曹植才华的压力。

《论文》开始,作者居高临下,对七子颇有轻视之意。从批评七子"咸以自骋骥騄于千里"①之自负开始,接着论其文章之短长,其间多用转折句,如"然于他文,未能称是""而不壮""而不密""然不能持论"②等,多表否定。之后提出四科(基本上针对七子的创作而言),以四科不同,能之者偏,暗示七子只是专才,随即特拈出"通才"作为七子的对立面,唯"通才"能打破七子的局限而"备其体"。下文言"文以气为主,气之清浊有体,不可力强而致""虽在父兄,不能以移子弟"③,其隐含意思是只有"通才"能超越气的限制,亦只有"通才"可以于文苑里从容自在。在"君子审己以度人"的大前提下,此居高临下的评论未尝不藏有作者的自负。这正如宇文所安所言:"这篇《论文》自身也明显缺乏'自审',对个体作家的蔑视始终藏在一层薄薄的面纱后面。"④可以想象,在这种目光审视下,曹植亦难脱此评论之窠臼。

如果说之前的文字是在自审下以他者为观察对象的话,那么"盖文章经国之大业,不朽之盛事"⑤后,则似乎是以自我为观察对象,这近乎"通才"的宣言,表现了一种极高的自负与期许,表达了超越年寿、荣乐限制的理性与乐观,文势亦由此高扬到了极点。而从"夫然"至结尾,文势陡落,充满对时间流逝的紧张感与建立千载之功的焦灼感,且语意与上文亦有冲突;其一是他把"通才"(比如西伯、周旦)成就之大业降为一般人(不能冲破文体与气限制的专才)可立的"千载之功";其二是他把专才所偏而"通才"所备之四科降为专才所善之"论"体,"融等已逝,唯干著论成一家言"⑥,对徐幹的赞叹表明对"论"体成就的褒扬。

从以"通才"自居的自负到最后对专才的称道,此矛盾隐含着曹丕内在的焦虑、紧张。宇文所安认为《论文》以一种轻视文人的调子开始,瞧不起

---

① 文帝:《论文》,载严可均辑《全三国文》卷八,第82页。
② 文帝:《论文》,载严可均辑《全三国文》卷八,第83页。
③ 文帝:《论文》,载严可均辑《全三国文》卷八,第83页。
④ 宇文所安:《中国文论:英译与评论》,王柏华、陶庆梅译,上海社会科学院出版社,2003,第64页。
⑤ 文帝:《论文》,载严可均辑《全三国文》卷八,第83页。
⑥ 文帝:《论文》,载严可均辑《全三国文》卷八,第83页。

他们为争得帝王的宠爱而相互贬低"①,但"不知怎么一来,他逐渐认同了他们的价值;在文章的最后,我们发现他恰恰采取了他在开篇所嘲讽的立场"②,因为"曹丕突然发现他自己也处在七子的位置,也要与人较量;就在此时,他开始放下威严的调子,进入竞争,赞美起文学的力量,并加入到为获得不朽声名所必需的强烈追求之中"③。

而他对徐幹自成一家之论的赞叹,无形中又充满了对自己编撰《典论》的自负。曹植《与杨德祖书》曾有"若吾志未果,吾道不行,则将采(庶)〔史〕官之实录,辩时俗之得失,定仁义之衷,成一家之言"之意,但终其一生并未有类似著作的编撰。而后曹丕在太学讲《典论》,送手抄《典论》与孙权、张昭④,后"以孙权不服,复颁《太宗论》于天下,明示不愿征伐也"⑤等,无不证明曹丕"文章经国之大业"之自负。

总之,曹丕不仅通过拉拢政治势力,采取种种权术手段与曹植相争,而且也通过文章撰写来张扬自我,侧面表达对众所称赏的曹植才能的看法。但恰恰这种过分曲折的表达,过分对自己某一能力的强调,反而说明他自愧弗如而心有不甘的态度,因为曹植的才能是综合的,是各种后天修养在天赋调和下高度综合的产物,这正是他面对曹植的争嫡行为而产生自负而焦虑的复杂情绪的根源所在。

二、曹叡对曹植之宽和与接纳

和曹丕情感上嫉恨排斥曹植,政治上提防压制曹植,甚至一再问罪,亟欲其死不同,曹叡尽管继承了其父科禁诸侯的极端政策,对曹植依然施行防备压制不予参政的策略,"十一年中而三徙都"⑥,而"植每欲求别见,独谈论及时政,幸冀试用,终不能得"⑦,致使曹植最终绝望无欢而死。但曹叡在情感上对曹植有自然的亲近、关怀,政治上也在一定程度上接受了曹植的建

---

① 宇文所安:《中国文论:英译与评论》,第61页。
② 宇文所安:《中国文论:英译与评论》,第74页。
③ 宇文所安:《中国文论:英译与评论》,第74页。
④ 陈寿:《三国志》卷二《魏书·文帝纪》裴注引胡冲《吴历》,第89页。
⑤ 陈寿:《三国志》卷二《魏书·文帝纪》裴注引《魏书》,第88页。
⑥ 陈寿:《三国志》卷一九《魏书·陈思王植》,第576页。
⑦ 陈寿:《三国志》卷一九《魏书·陈思王植》,第576页。

议。对这一点,学界往往注意不够。

当然,曹叡在政治上对曹植的宽和,其原因是多方面的(见本章第三节分析)。笔者此处想指出的是,太和二年(公元228年)的政治事件对曹植、曹叡叔侄的影响。《明帝纪》裴注引《魏略》:

> 是时讹言,云帝已崩,从驾群臣迎立雍丘王植。京师自卞太后群公尽惧。及帝还,皆私察颜色。卞太后悲喜,欲推始言者,帝曰:"天下皆言,将何所推?"①

这则谣言很是蹊跷,曹植对此事事先肯定亦无所知。历史上迎废绝非易事,这则针对曹植的横空而出的谣言,很可能是曹叡让人放的一枚烟雾弹,欲借此来看朝臣及曹植的反应。如果谣言真的出自京师,那曹叡绝不会如此大度,以"天下皆言,将何所推"而不了了之。曹植《当墙欲高行》正是针对此谣言而发,如:

> 众口可以铄金,谗言三至,慈母不亲。愤愤俗间,不辨伪真。愿欲披心自说陈,君门以九重,道远河无津。

曹植内心对莫须有的陷害甚为悲愤,其诗亦是一种真诚的自我表白。这种以谣言窥测某种情形的手段历史上比比皆是,它一定程度上对于消除曹叡对曹植的戒心应有些作用。

曹植死于太和六年(公元232年),而就《全三国文》看,从太和二年(公元228年)至太和六年间,曹叡的近三十条诏书中有九次都是直接诏告曹植,或者是针对曹植的表、疏而发的诏告,占其诏书总数的三分之一。另外,加上曹植谢表中所引用诏书,此期曹叡对曹植的诏告更多。这些诏书大致可分为三类:

一是赏赐衣、食、地或表达关心的诏书。

如《诏雍丘王植》[太和二年(公元228年)]:

> 皇帝问雍丘王,先帝昔常非于汉氏诸帝积贮衣被,使败于函箧之中,遗诏以所服衣被赐王公卿官僚诸将。今以十三种赐王。②

如果说此诏不过是遵循曹丕遗令,那《报陈王植等诏》则流露出曹叡对曹植的亲情。诏云:

---

① 陈寿:《三国志》卷三《魏书·明帝纪》裴注引《魏略》,第95页。
② 严可均辑《全三国文》卷九,第90页。

此柰乃从凉州来,道里既远,又来东转暖,故柰中变,色不佳耳。①

而曹植《谢赐柰表》中提到"诏使温啖",可见曹叡的细心、体贴。而《与陈王植手诏》更让人感动,诏云:

王颜色瘦弱,何意耶?腹中调和不?今者食几许米?又啖肉多少?见王瘦,吾甚惊。宜当节水加餐。②

连续四句疑问显示出曹叡对曹植身体健康状况的忧虑与殷殷深情。而曹植《谢明帝赐食表》云:

寻奉手诏,愍臣瘦弱。奉诏之日,涕泣横流。虽(文武)〔武文〕二帝所以愍怜于臣,不复过于明诏。

可见此诏亦是赐食,而曹植见诏时的百感交集,比之文帝之时,其动情亦非夸言。另外,从曹植《谢赐谷表》"诏书念臣经用不足,以(船)〔磐〕河邸阁谷五千斛赐臣"看,曹叡亦尝念到曹植经用不足而赐谷。又,据曹植《转封东阿王谢表》言:

奉诏:"太皇太后念雍丘下湿少桑,欲转东阿,当合王意!可遣人按行,知可居不?"

曹丕黄初四年(公元220年)徙封曹植为雍丘王,雍丘"桑田无业,左右贫穷,食裁糊口,形有裸露"(《转封东阿王谢表》)。据曹植《责躬》及表看,徙封雍丘显然是依据莫须有的罪名对曹植进一步地压制与惩罚,所以太和三年(公元229年),曹叡徙封曹植东阿,虽秉承卞太后之意,但实是对黄初时期曹丕贬斥压制曹植政策的部分纠正,而太和二年(公元228年),又"以陈四县封植为陈王,邑三千五百户"③,更可见曹叡对待曹植态度与其父之明显不同。另外,《北堂书钞》中又有曹植表的一些残句,如"赐迈越纽谷""即日表油囊之赐"④等,亦似为回应曹叡诏赐的内容。

二是关于对曹植文章看法的诏书。

和曹丕对曹植文学才华的毫不置评不同,曹叡对曹植的文学才华有着由衷而鲜明的赞叹与企慕。如太和六年(公元232年)正二月,《与陈王植

---

① 严可均辑《全三国文》卷九,第93页。
② 严可均辑《全三国文》卷九,第93页。
③ 陈寿:《三国志》卷一九《魏书·陈思王植》,第576页。
④ 严可均辑《全三国文》卷一五,第154页。

诏》言:

> 昔先帝时,甘露屡降于仁寿殿前,灵芝生芳林园中。自吾建承露盘已来,甘露复降芳林园仁寿殿前。①

此诏似有残缺,根据曹植《承露盘铭》序:

> 夫形能见者莫如高,物不朽者莫如金,气之清者莫如露,盛之安者莫如盘。皇帝乃诏有司铸铜建承露盘,在芳林园中。……自立于芳林园,甘露(乃)〔仍〕降。使臣为颂(铭)。

可见曹植此铭正是奉曹叡之诏命而写。"铭题于器","故铭者,名也,观器必也正名,审用贵乎盛德"②。曹叡仿汉武帝建承露盘,实有显圣颜、扬朝威之意,让曹植写这样关涉王朝功德尊严的铭文,可见对曹植才华的信任与欣赏。

又,太和六年(公元232年),明帝平原公主亡,明帝《诏陈王植》云:

> 吾既薄才,至于赋诔特不闲,从儿陵上还,哀怀未散,作儿诔,为田公家语耳。③

曹植《答明帝诏表》言:

> 奉诏并见圣恩所作故平原公主诔。文义相扶,章章殊兴,句句感切;哀动神明,痛贯天地。楚王臣彪等闻臣为读,莫不挥涕。

由曹植此表可见,曹叡自谦不善赋诔,自己为平原公主所作诔,如田家公语,粗鄙不堪,亦不能尽己哀思之情,因而让曹植为平原公主写诔文,今曹植文集有《平原懿公主诔》一文,可见曹叡对曹植赋、诔创作的欣赏。同时,他在诏书中又附上自己所作诔文,实际上是在同曹植交流,希望得到曹植的认可,而曹植亦从文义、情感等角度给予充分赞赏。

三是对曹植上表的回应诏书。

因为这更多牵涉到曹叡对曹植政治建议的态度,所以下文将重点探讨这一内容。

对于曹植有关国事或请求效力的上表,鲜见曹叡回应,太和三年(公元229年)《答东阿王论边事诏》亦不过嘉奖其忠诚王室而已,对曹植所论并无

---

① 严可均辑《全三国文》卷九,第93页。
② 周振甫:《文心雕龙今译(附词语简释)》,中华书局,2013,第101页。
③ 严可均辑《全三国文》卷九,第93页。

置评。一则曹植所论或未能中的,毕竟他对边事的具体情况因其政治上的边缘地位并不能有切实了解;二则对曹植等诸王在政治上的提防是曹魏的一贯政策。因此曹叡对曹植表的回应主要是针对其对亲亲之义的呼唤。

太和五年(公元231年),曹植《求通亲亲表》悲恨交集,痛斥曹魏禁诸侯往来的弊端,如其言:

> 至于臣者,人道绝绪,禁锢明时,臣窃自伤也。不敢乃望交气类,修人事,叙人伦。近且婚媾不通,兄弟永绝,吉凶之问塞,庆吊之礼废,恩纪之违,甚于路人;隔阂之异,殊于(吴)〔胡〕越。今臣以一切之制,永无朝觐之望。至于注心皇极,结情紫闼,神明知之矣。然"天实为之,谓之何哉!"。

曹植言众人之不敢言,独自倡言曹叡"愿陛下沛然垂诏,使诸国庆问,四节得展,以叙骨肉之欢恩,全怡怡之笃义"(《求通亲亲表》)。

对于曹植此表,大臣中仅杨阜有所回应。杨阜针对明帝的治宫室、充后宫上疏,末言及九族之义,曰:

> 书曰:"九族既睦,协和万国。"事思厥宜,以从中道,精心计谋,省息费用。吴、蜀以定,尔乃上安下乐,九亲熙熙。如此以往,祖考心欢,尧舜其犹病诸。今宜开大信于天下,以安众庶,以示远人。①

陈寿曰:"时雍丘王植怨于不齿,藩国至亲,法禁峻密,故阜又陈九族之义焉。"②杨阜此疏主要目的在借当时灾异进言明帝外患未息,应思齐古圣贤之善治,但其于结尾顺势把善治的结果归于"九族既睦,协和万国"上,虽看似轻描淡写,但亦是对曹植之怨的回应,这极其委婉的劝言实含有对藩国法禁过于严酷的忧虑与对曹植等诸侯的深切同情。此言虽轻,然于整个《三国文》中,在当时能针对诸侯科禁而言九族熙熙之义者,唯此一条,弥足珍贵。

而针对此表,太和五年(公元231年),曹叡《诏报东阿王植》中曰:

> 夫明贵贱、崇亲亲、礼贤良、顺少长,国之纲纪,本无禁固诸国通问之诏也。矫枉过正,下吏惧谴,以至于此耳。已敕有司,如王所诉。③

---

① 陈寿:《三国志》卷二五《魏书·杨阜》,第705页。
② 陈寿:《三国志》卷二五《魏书·杨阜》,第705页。
③ 严可均辑《全三国文》卷九,第92页。

尽管曹叡把禁锢诸侯通问而失人情的极端做法归罪于下吏的矫枉过正,但已经表达了对曹植此表建议的接受。曹叡太和五年(公元231年)八月诏曰:

> 朕惟不见诸王十有二载,悠悠之怀,能不兴思!其令诸王及宗室公侯各将适子一人入朝。①

太和五年(公元231年)冬"诏诸王朝六年正月",更是把曹植的建议落到了实处。曹植《谢入觐表》曰:

> 臣得(出)〔去〕幽屏之城,获觐百官之美,此一喜也。背茅茨之陋,登闾阖之闳,此二喜也。必以有觐之容,瞻见穆穆之颜,此三喜也。将以梼杌之质,禀受崇圣之训,此四喜也。

这"四喜"充分表达了他亲人团聚的欢喜以及希图借此亲近曹叡而得到效力朝廷的机会。其间,曹植有《请赴元正表》,而其《元会》诗亦可见曹叡对其心愿之尽量满足,宴会上"中坐腾光""欢笑尽娱"亦可见君臣相得之乐。但曹叡仅止于此,"植每欲求别见,独谈论及时政,幸冀试用,终不能得。既还,怅然绝望"②。

另外,太和五年(公元231年),针对曹叡时期因与吴蜀战事不断,国内兵员缺乏、丁壮不足的情况,曹叡欲取诸国士息。曹植《谏取诸国士息表》真实描写了自己"名为魏东藩,使屏翰王室",但藩国多老弱病残,"检校乘城,顾不足以自救""休候人则一事废,一日猎则众业散,不亲自经营则功不摄,常自躬亲,不委下吏"的现状,而"臣士息前后三送,兼人已竭",所以上表希望不要再征发藩国内弱龄少年。对此表要求,曹叡"皆遂还之"③。

又,如果说曹植在曹叡即位之初,写有《辅臣论七首》,对曹魏重用的辅政大臣颇多赞颂之辞,表达其以周公自居,欲参与朝政的愿望,但到了太和五年(公元231年),他对于曹魏疏亲戚而重异姓政策的危险则甚为忧虑。他在《陈审举表》中言:

> 夫能使天下倾耳注目者,当权者是矣。故谋能移主,威能慑下,豪右执政,不在亲戚。权之所(在)〔存〕,虽疏必重;势之所去,虽亲必轻。

---

① 明帝:《令诸王及宗室公侯各将适子一人入朝诏》,载严可均辑《全三国文》卷九,第92页。
② 陈寿:《三国志》卷一九《魏书·陈思王植》,第576页。
③ 陈寿:《三国志》卷一九《魏书·陈思王植》裴注引《魏略》,第576页。

盖取齐者田族,非吕宗也;分晋者赵魏,非姬姓也,惟陛下察之!苟吉专其位,凶离其患者,异姓之臣也。欲国之安,祈家之贵,存共其荣,没同其祸者,公族之臣也。今反公族疏而异姓亲,臣窃惑焉!

为证明自己见地的正确,他不胜愤懑地表示,"若有不合,乞且藏之书府,不便灭弃。臣死之后,事或可思。若有毫厘少挂圣意者,乞出之朝堂,使夫博古之士纠臣表之不合义者,如是则臣愿足矣"(《陈审举表》)。

如果我们把曹植《求通亲亲表》《陈审举表》《谏取诸国士息表》等联系起来看,可以发现曹植此时的求试用、望通亲、指现状皆与其对曹魏政权将来走势的担忧密切相关。正是觉察到亲异姓疏公族政策最终可能威胁到曹魏政权的存在,所以他首倡亲亲之义,反对一再征取士息,希望能保存藩国的藩卫力量。这些表里寄寓着曹植深切的政治思考,但对其呕心沥血之辞,曹叡仅"优文答报"①,似乎并不以为意。曹植的忧虑恐怕直到高堂隆、陈矫等才能有所回应,而曹叡临终前的后事安排,亦可以追溯到曹植太和五年(公元231年)的上表。

下文将从高堂隆、陈矫、曹叡、曹冏、曹志等人对曹魏这一根本政策之回应来探讨曹植的影响。

高堂隆,明帝为平原王时,为平原王傅。他曾两次借助于天象婉言曹魏将来异姓篡权的命运。其一是:

陵霄阙始构,有鹊巢其上,帝以问隆,对曰:"《诗》云'维鹊有巢,维鸠居之'。今兴官室,起陵霄阙,而鹊巢之,此官室未成身不得居之象也。天意若曰,官室未成,将有他姓制御之,斯乃上天之戒也。……陛下不闻至言乎?"②

其二是景初元年(公元237年),高堂隆病笃,口占上书向明帝直言:

臣观黄初之际,天兆其戒,异类之鸟,育长燕巢,口爪胸赤,此魏室之大异也,宜防鹰扬之臣于萧墙之内。可选诸王,使君国典兵,往往棋跱,镇抚皇畿,翼亮帝室。③

另外,任城栈潜上疏言:"昔秦……而二世颠覆,愿为黔首,由枝干既

---

① 陈寿:《三国志》卷一九《魏书·陈思王植》,第574页。
② 陈寿:《三国志》卷二五《魏书·高堂隆》,第710页。
③ 陈寿:《三国志》卷二五《魏书·高堂隆》,第716页。

(杌)〔扤〕,本实先拔也。盖圣王之御世也,克明俊德,庸勋亲亲;俊乂在官,则功业可隆,亲亲显用,则安危同忧;深根固本,并为干翼,虽历盛衰,内外有辅。"①也看出了当时的问题,但所言仍不直切。

《三国志·魏书·陈矫》裴注亦引《世语》曰:"帝忧社稷,问矫:'司马公忠正,可谓社稷之臣乎?'矫曰:'朝廷之望;社稷,未知也。'"②曹叡此问,可见其对异姓重权已有疑虑,而陈矫所言虽有针对性,但却过于闪烁其词。

曹叡之时,朝臣中只有高堂隆临死之际,对科禁诸王重用异姓之政会导致皇权旁落主动上言,其谏言可谓对曹植太和五年(公元231年)上表的回应,不过和曹植之坦率直言相比,高堂隆以天象预示为言则过于婉约。王夫之言:"高堂隆因鹊巢之变,陈他姓制御之说;问陈矫以司马公为社稷之臣,而矫答以未知。然则魏之且移于司马氏,祸在旦夕,魏廷之士或不知也,知而或不言也。隆与矫知之而不深也,言之而不力也。"③所以他感叹"青龙、景初之际,祸胎已伏,盖炎炎焉,无有虑此为叡言者"④,盖"得直谏之士易,得忧国之臣难"⑤,"无他,心不存乎社稷,浮沈之识因之不定,未能剖心刻骨为曹氏徘徊四顾而求奠其宗祐也"⑥。

王夫之分析不如陈寅恪先生一针见血:

> 作为一个阶级来说,儒家豪族是与寒族出身的曹氏对立的。官渡一战,曹氏胜,袁氏败,儒家豪族阶级不得不暂时隐忍屈辱。但乘机恢复的想法,未尝一刻抛弃。曹操死后,他们找到了司马懿,支持司马懿向曹氏展开了夺权斗争。袁绍是有后继人的,他的继承人就是司马懿。袁绍的失败只表明儒家豪族暂时受到了挫折。后来,他们通过司马懿父子之手,终于把政权夺回到了自己的手上。⑦

这才是曹叡时未有"忧过之臣"之根本原因。

从曹植到高堂隆、陈矫的进言对曹叡应该是有影响的。这主要有两次。

---

① 陈寿:《三国志》卷二五《魏书·栈潜》,第719页。
② 陈寿:《三国志》卷二二《魏书·陈矫》裴注引《世语》,第644页。
③ 王夫之:《读通鉴论》卷一〇《三国》,第287-288页。
④ 王夫之:《读通鉴论》卷一〇《三国》,第287页。
⑤ 王夫之:《读通鉴论》卷一〇《三国》,第287页。
⑥ 王夫之:《读通鉴论》卷一〇《三国》,第288页。
⑦ 《陈寅恪魏晋南北朝史讲演录》,万绳楠整理,第11页。

一是景初末,曹叡《欲得亲人为射声校尉问孙资诏》云:

> 吾年稍长,又历观书传,中皆叹息,无所不念。图万年后计,莫过使亲人广据职势,兵任又重。今射声校尉缺久,欲得亲人,谁可用者?①

但孙资却言"亲臣贵戚,虽当据势握兵,宜使轻重素定。若诸侯典兵,力均衡平,宠齐爱等,则不相为服;不相为服,则意有异同"②,从而打消了曹叡欲用诸侯的心思,仍强调"至于重大之任,能有所维纲者,宜以圣恩简择,如平、勃、金、霍、刘章等一二人,渐殊其威重,使相镇固,于事为善"③,不过仍是重用异姓大臣。但当曹叡问及如他所言之异姓大臣时,他又以"诚非愚臣之所能识别"④敷衍了事。

另外则是曹叡临终前举措,据《三国志·魏书·燕王宇》:

> 明帝疾笃,拜宇为大将军,属以后事。受署四日,宇深固让;帝意亦变,遂免宇官。⑤

又据《三国志·魏书·刘放》:

> 其年,帝寝疾,欲以燕王宇为大将军,及领军将军夏侯献、武卫将军曹爽、屯骑校尉曹肇、骁骑将军秦朗共辅政。宇性恭良,陈诚固辞。⑥

又据《三国志·魏书·明帝纪》注引《汉晋春秋》:

> 帝以燕王宇为大将军,使与领军将军夏侯献、武卫将军曹爽、屯骑校尉曹肇、骁骑将军秦朗等对辅政。⑦

尽管曹叡所欲用宗室人物多与其个人关系较好,如燕王宇,"明帝少与宇同止,常爱异之。及即位,宠赐与诸王殊"⑧;如曹爽,"少以宗室谨重,明帝在东宫,甚亲爱之。及即位,为散骑侍郎,累迁城门校尉,加散骑常侍,转武卫将军,宠待有殊"⑨;如秦朗,乃曹操养子,时人视为明帝佞幸,《魏略》把

---

① 严可均辑《全三国文》卷一〇,第101页。
② 孙资:《对明帝诏问万年后计》,载严可均辑《全三国文》卷三二,第332页。
③ 孙资:《对明帝诏问万年后计》,载严可均辑《全三国文》卷三二,第332页。
④ 孙资:《又对》,载严可均辑《全三国文》卷三二,第333页。
⑤ 陈寿:《三国志》卷二〇《魏书·燕王宇》,第582页。
⑥ 陈寿:《三国志》卷一四《魏书·刘放》,第459页。
⑦ 陈寿:《三国志》卷三《魏书·明帝纪》,第113页。
⑧ 陈寿:《三国志》卷二〇《魏书·燕王宇》,第582页。
⑨ 陈寿:《三国志》卷九《魏书·曹爽》,第282页。

他归入《佞幸传》①,可见曹叡临终时开始所指派辅政大臣均为曹氏集团人物,此与曹丕临终时命曹真、陈群、司马懿等共同辅政相比,曹叡对宗室与政的态度相比于曹丕显然有很大变化。但由于他对宗室的根本立场没有改变,他并没有从宗室中选拔才德俱佳者作为辅政大臣,而燕王宇等人缺少政治经验,难孚众望,再加之他笃病在床,其临终所组建的宗室顾命集团仅运转四天,就被权臣刘放、孙资给瓦解了。②

总之,相比于其父对曹植的隔绝态度,曹叡对曹植是相当宽和的。也自从曹植开始针对曹魏的宗室政策,由呼唤亲亲之义到尖锐地指出亲异姓疏公族之危害,曹魏才陆续有人关注这一问题,并最终对曹叡产生了一定的影响。

此后,以曹爽为核心的曹魏宗室集团与以司马懿为核心的儒家世族集团展开了激烈的权力博弈。正始三年(公元242年),曹魏宗室曹冏上书曹爽重用宗室,并有《六代论》一文。据《晋书·曹志》:

> 帝尝阅《六代论》,问志曰:"是卿先王所作邪?"志对曰:"先王有手所作目录,请归寻按。"还奏曰:"按录无此。"帝曰:"谁作?"志曰:"以臣所闻,是臣族父冏所作。以先王文高名著,欲令书传于后,是以假托。"帝曰:"古来亦多有是。"顾谓公卿曰:"父子证明,足以为审。自今已后,可无复疑。"③

在曹植接受史上,曹冏的《六代论》是第一篇托名曹植的文章,这不仅是借助于曹植文高名著以传于后,还因为在此之前,曹魏只有曹植有文章论及此内容,曹冏此文显然直承曹植的观点而来。曹冏在上书中言"臣闻古之王者,必建同姓以明亲亲,必树异姓以明贤贤……今魏尊尊之法虽明,亲亲之道未备"④,而唯亲亲才能"相救于丧乱之际,同心于忧祸之间"⑤,此与曹植《陈审举表》中"欲国之安,祈家之贵,存共其荣,没同其祸者,公族之臣也"的观点是一致的。《六代论》从夏、商、周至秦、汉、曹魏,从古至今,以历

---

① 陈寿:《三国志》卷三《魏书·明帝纪》裴注引《魏略》《世语》,第100页。
② 王永平:《世族势力之复兴与曹睿〔叡〕顾命大臣之变易》,《扬州大学学报(人文社会科学版)》1998年第2期。
③ 房玄龄等:《晋书》卷五〇《曹志》,中华书局,1974,第1390页。
④ 曹冏:《六代论》,载严可均辑《全三国文》卷二〇,第196页。
⑤ 严可均辑《全三国文》卷二〇,第196页。

史为证,强调宗室之于强国固本的重要性,颇为雄辩。其行文大致是曹植《陈审举表》中下面两处内容的发挥,即:

其一:

> 昔汉文发代,疑朝有变。宋昌曰:内有朱虚、东牟之亲,外有齐、楚、淮南、琅邪,此则磐石之宗,愿王勿疑。臣伏惟陛下远览姬文二虢之援,中虑周成、召、毕之辅,下存宋昌磐石之固。

其二:

> 近者汉氏广建藩王,丰则连城数十,约则飨食祖祭而已。未若姬周之树国,五等之品制也。若扶苏之谏始皇,淳于越之难周青臣,可谓知时变矣。

曹植所论虽简略,但亦论及周、秦、汉之宗室政策,以历史为证,推崇五等之制。曹冏亦推崇五等制,他批评秦"废五等之爵,立郡县之官,弃礼乐之教,任苛刻之政。子弟无尺寸之封,功臣无立锥之地,内无宗子以自毗辅,外无诸侯以为藩卫"①。他引用淳于越谏言,并指出"向使始皇纳淳于之策,抑李斯之论"②,"何区区之陈、项而复得措其手足哉?"③。在论及汉代的情况时,曹冏指出吕氏擅权,图危刘氏,而国不乱民不扰,"徒以诸侯强大,磐石胶固;东牟、朱虚授命于内,齐、代、吴、楚作卫于外故也"④,与曹植所引宋昌之言遥相呼应。

不过,曹冏是专论,比较详细地论述了秦、汉时期宗室政策的变化对国家兴衰的影响。而且,他的论述也更为辩证:如他强调尊尊亲亲并用,方能保存社稷,历纪长久;又如他亦指出汉代封建,"地过古制,大者跨州兼郡,小者连城数十,上下无别,权牟京室,故有吴楚七国之患"⑤等。另外,曹冏此文句式长短变化,四言句间行其中,气势滔滔而下,颇为雄健,大有曹植文风。尤其是他直言曹魏"子弟王空虚之地,君有不使之民。宗室窜于闾阎,不闻邦国之政。权均匹夫,势齐凡庶"⑥,"且今之州牧郡守,古之方伯诸

---

① 曹冏:《六代论》,载严可均辑《全三国文》卷二〇,第197页。
② 曹冏:《六代论》,载严可均辑《全三国文》卷二〇,第197页。
③ 曹冏:《六代论》,载严可均辑《全三国文》卷二〇,第197页。
④ 曹冏:《六代论》,载严可均辑《全三国文》卷二〇,第198页。
⑤ 曹冏:《六代论》,载严可均辑《全三国文》卷二〇,第198页。
⑥ 曹冏:《六代论》,载严可均辑《全三国文》卷二〇,第199页。

侯……而宗室子弟,曾无一人间厕其间与相维持"①,"宗室有文者,必限以小县之宰,有武者,必置于百人之上。使夫廉高之士,毕志于衡轭之内,才能之人,耻与非类为伍,非所以劝进贤能褒异宗室之礼也"②。言辞沉痛,坦陈事实,虽不如曹植太和五年(公元231年)上表中的相关内容尖锐,但如此直言者,曹植之后,唯有曹冏而已。也许正因为如此,晋武帝才有此作是曹植作品的疑问。

另外,曹植怀才不遇、报国无门、抑郁而终的命运及其对曹魏宗室政策的观点亦深深影响了其子曹志,因此,当晋朝议齐王攸是否之藩时,"志又常恨其父不得志于魏,因怆然叹曰:'安有如此之才,如此之亲,不得树本助化,而远出海隅?晋朝之隆,其殆乎哉!'"③。其上奏内容亦与曹植所论一脉相承。

总之,从曹丕到曹叡,由于自身因素及外在诸多条件的变化,他们对曹植的认识、态度、感情也产生了很大变化,他们与曹植的关系对曹植的创作影响甚大,对曹植自身人格精神的炼铸有着重要意义。

第三节 从具政治色彩的评论到个体化学习
——曹植其文在曹魏的关注

建安时期,因曹氏父子的大力提倡与亲力亲为,建安文坛呈现百花齐放的盛况,而邺下文人集团的聚会、交流更为文学繁荣提供了良好的舞台。同题共作、书信交流、相互切磋、宴饮赋诗等方式使得曹植作品亦得以在建安文人内部广泛流传。吴质《答东阿王书》是针对曹植《与吴季重书》的回复,信一开头即称赏曹植书信"是何文采之巨丽,而慰喻之绸缪乎"④,对曹植书信从文采、内容方面给予评价,此乃曹植文学接受史上对其书信体之首次关注。而由于当时南北交流并未阻断,曹植作品亦得以在曹魏集团以外的地方流传。诸葛亮曾阅读曹植的《汉二祖优劣论》,其《论光武》摘录该文主要

---

① 曹冏:《六代论》,载严可均辑《全三国文》卷二〇,第199页。
② 曹冏:《六代论》,载严可均辑《全三国文》卷二〇,第199页。
③ 房玄龄等:《晋书》卷五〇《曹志》,第1390页。
④ 严可均辑《全三国文》卷三〇,第309页。

内容,针对曹植关于光武大将、谋臣均不如高祖之论,认为子建"诚欲美大光武之德,而有诬一代之俊异"①,指出"光武上将非减于韩、周,谋臣非劣于良、平,原其光武策虑深远,有杜渐曲突之明;高帝能疏,故陈、张、韩、周有焦烂之功耳"②。曹植的《汉二祖优劣论》据赵幼文先生考证约作于建安中期,此时荆州内附,诸葛亮业已离开荆州,追随刘备,投入到政治、军事活动中了。因此,相比于曹植对光武领袖个人英雄主义的赞美,诸葛亮辩证求实的历史眼光更显现出一个政治家的成熟,他对曹植论说的理性批判在曹植接受史上亦属首次。而诸葛亮特以曹植作品作为立论靶子,亦可见曹植之论或代表建安诸多人士的观点,影响甚大。

不过,尽管曹植当时的创作已涉及多样文体,但在建安集团内部,对其作品的接受主要集中于赋作,至于后世对其诗歌成就之赞赏,此时则并无言论评及,盖因当时最重的文体仍是赋体,且其时曹植创作亦以赋为主。

曹操最先发现了曹植的赋作天赋。据曹植本传,"时邺铜爵台新成,太祖悉将诸子登台,使各为赋。植援笔立成,可观,太祖甚异之"③。这是一次曹操命题的同题共作。因写作题目、时间、场合的限制,赋者的才华于此限制、比较中更易凸显。曹植此作让曹操甚为惊异处有两点:一是援笔立成,二是可观。前者见其才思敏捷,反应迅速;后者则见其情志与赋体写作艺术水平。此赋以铜雀台为观察点,通过视角高下、远近的变化,把铜雀台置于广阔的空间背景中,凸显其雄伟壮观之势,并由景观赋写自然转入对曹操武功德业的赞美,景观赋写与歌功颂德融合为一,表达出作者对曹操乱世雄业的理解,及其对建功立业之广阔人生的向往。此赋之"可观",不只在于其敏锐的才思,更在于其中透露出的开阔胸襟与建功立业的豪情壮志。

可以说,登铜雀台前的曹植,尽管史书言其"年十余岁,诵读诗论及辞赋数十万言"④,然此等少年早慧之事于《三国志》中并不少见。曹操虽曾疑其少年之作"倩人邪",但似乎并无于此察觉曹植的特异处。毕竟,与曹冲的天生贤德、明察多能相比,几篇小文的确不能说明什么问题。然而,曹冲死

---

① 李伯勋:《诸葛亮集笺论》,陕西人民出版社,1997,第307页。
② 李伯勋:《诸葛亮集笺论》,第307页。
③ 陈寿:《三国志》卷一九《魏书·陈思王植》,第557页。
④ 陈寿:《三国志》卷一九《魏书·陈思王植》,第557页。

后,正是此赋,使曹植脱颖而出,成为继神童曹冲之后的又一个天才,其命运甚至因之而改变。

此后,曹植的赋作曾受到陈琳、吴质、杨修等人的赞美。这些称赏主要有以下四个方面:

第一,对其禀赋和写作速捷的赞叹。如陈琳言其"高世之才""天然异禀"①;杨修谓其"非夫体通性达,受之自然,其孰能至于此乎?又尝亲见执事握牍持笔,有所造作,若成诵在心,借书于手,曾不斯须,少留思虑"②。

第二,对其赋作华采的赞叹。如陈琳夸其《龟赋》"披览粲然""音义既远,清辞妙句,焱绝焕炳,譬犹飞兔流星,超山越海,龙骥所不敢追,况于驽马可得齐足!"③。

第三,对其赋作成就的赞叹。一是把曹植与诸子相比,如吴质说他"赋颂之宗,作者之师"④;杨修言其"含王超陈,度越数子"⑤,杨修本人更是"对鹍而辞,作《暑赋》弥日而不献,见西施之容,归增其貌者也"⑥。杨修充分肯定了曹植在建安诸子中的突出地位。二是把曹植所作与《雅》《颂》相比。如杨修对曹植所送赋作集言"诵读反覆,虽讽《雅》《颂》,不复过此"⑦。

第四,对其赋作观点的评议。如杨修称言:"君侯忘圣贤之显迹,述鄙宗之过言,窃以为未之思也。若乃不忘经国之大美,流千载之英声,铭功景钟,书名竹帛,斯自雅量,素所畜也,岂与文章相妨害哉?"⑧

以上陈琳、杨修、吴质等三人的评论,均写于太子之争时。如陈琳死于建安二十二年(公元 217 年),当时曹植被称为君侯,所以陈琳书信时间应该在十七年(公元 212 年)至二十二年间;吴质《与东阿王书》,据李善注写于曹植为临菑侯时,而曹植建安十九年(公元 214 年)封临菑侯;另外,曹植《与杨德祖书》据文中言可推知写于建安二十一年(公元 216 年)。因此,考虑到曹植的身份以及这些书信的背景,他们对曹植赋作的赞叹不一定反映

---

① 陈琳:《答东阿王笺》,载俞绍初辑校《建安七子集》,中华书局,2005,新 1 版,第 53 页。
② 杨修:《答临淄侯笺》,载严可均辑《全后汉文》卷五一,商务印书馆,1999,第 528 页。
③ 陈琳:《答东阿王笺》,载俞绍初辑校《建安七子集》,第 53 页。
④ 吴质:《答东阿王书》,载严可均辑《全三国文》卷三〇,第 310 页。
⑤ 杨修:《答临淄侯笺》,载严可均辑《全后汉文》卷五一,第 528 页。
⑥ 杨修:《答临淄侯笺》,载严可均辑《全后汉文》卷五一,第 529 页。
⑦ 杨修:《答临淄侯笺》,载严可均辑《全后汉文》卷五一,第 528 页。
⑧ 杨修:《答临淄侯笺》,载严可均辑《全后汉文》卷五一,第 529 页。

出曹植赋作的真实水平。

我们无法断言三人的评论,以及曹植对自己赋作的重视与自信在多大程度上受到曹操态度的影响,但考虑到三人评论的具体语境,以及曹丕《论文》中对曹植赋作的沉默,甚至直至刘勰《文心雕龙》对曹植的赋作亦无一处提及,我们就不得不正视曹植赋作在建安时期接受的真实状态到底是怎样的。

就三人的评论言,如针对曹植《与吴季重书》言"其诸贤所著文章,想还所治复申咏之也。可令喜事小(吏)〔史〕讽而诵之"的内容,吴质回信言"还治讽采所著,观省英伟,实辞赋之宗,作者之师也。众贤所述,亦各有志"①。他所称指曹植为"辞赋之宗,作者之师",不过是与宴会中与会众文人的作品相比较而言。在如此比较的语境中,很难说此乃符合曹植赋作实际的称赏。

杨修回信中对曹植的赋作谈论最多。建安二十一年(公元216年),正是太子之争白热化阶段,曹植《与杨德祖书》,若与《论文》对照看,几乎是与之针锋相对的一篇文章。而如果不是政治因素,我们亦很难理解曹植为何把少小时来的赋作整理成集送与对其文学创作并不熟悉的杨修,而不是呈给他所尊敬的擅长写赋的王粲。

杨修的回信言:"伏惟君侯……远近观者,徒谓能宣昭懿德,光赞大业而已,不复谓能兼览传记,留思文章。今乃含王超陈,度越数子矣。……非夫体通性达,受之自然,其孰能至于此乎?又尝亲见执事握牍持笔,有所造作,若成诵在心,借书于手,曾不斯须,少留思虑。"②这段话可说明:第一,杨修之前对曹植才华的了解主要是其才思敏捷;第二,他对曹植赋作才华的了解是在拜读完其作品之后;第三,他对曹植的高度赞美,尤其是"含王超陈,度越数子"的评论,正是对曹丕关于七子"一时之隽"的否定,也是对曹植心中愤愤不平情绪的回应。这一评论隐含政治色彩,而非仅对曹植赋作的评价。至于他不同意曹植辞赋小道之论,认为"若乃不忘经国之大美,流千载之英声……岂与文章相妨害哉?"③,其实际上仍在赞美曹植既能"宣召懿德,光

---

① 吴质:《答东阿王书》,载严可均辑《全三国文》卷三〇,第310页。
② 杨修:《答临淄侯笺》,载严可均辑《全后汉文》卷五一,第528页。
③ 杨修:《答临淄侯笺》,载严可均辑《全后汉文》卷五一,第529页。

赞大业",又能"兼览传记,留思文章",因而此论仍在赞其才华,也就较少带有批评的实际意义。

综上所论,尽管有陈琳、杨修、吴质等对曹植赋作的高度推崇,但若结合具体语境看,实有溢美之嫌疑。而真正对曹植备受赞美的赋作才华与成就保持冷静、理性态度者,其实恰恰是曹丕。曹丕《论文》中对曹植赋作的不予置评,并非仅出自因竞争而来的妒忌心。

以建安文学言,尽管当时呈现出五言踊跃的局面,但建安文人更看重赋的创作。这一方面是因为建安作家多是汉魏时期的人物,他们自然承袭了汉代文人对赋作的爱好;而两汉以来赋家在赋的创作上积累了非常丰富的创作与审美经验,这些可以直接为建安文人所汲取;加之赋这种成熟的文体能满足多样的情感表达需求,它需要丰富的语言积累与技巧积累,更能体现一个人的写作水平,也显得更为庄重。因此,从曹操到其他建安文人对曹植赋作的欣赏是有一定的文学观念背景的。①

而就建安辞赋言,从作品数量以及创作人数来看,建安辞赋呈现一片繁荣。但建安辞赋多是同题共作的产物,"因束缚于奉命唱和的政治因素而处于被动的应付,创作的个性自由受到了限制,其作品从内容到形式,显得单一平淡,缺乏新意。他们或是替主人娱乐,或是代人言情,或是应付场面,受命而赋,依题步趋,远不如他们诗歌创作中的个性形象鲜明"②。

当时赋作比较多的是陈琳和王粲,他们的作品多是同题共作的产物。如曹丕《寡妇赋》序云:

> 陈留阮元瑜,与余有旧,薄命早亡。每感存其遗孤,未尝不怆然伤心。故作斯赋,以叙其妻子悲苦之情。命王粲并作之。③

曹丕《玛瑙勒赋》序曰:

> 余有斯勒,美而赋之。命陈琳、王粲并作。④

陈琳《马脑勒赋》序言:

> 五官将得马脑以为宝勒。美其英彩之光艳也,使琳赋之。⑤

---

① 魏宏灿:《建安文人创作以赋为宗论》,《安徽大学学报(哲学社会科学版)》2003年第6期。
② 章沧授:《建安诸子辞赋创作的重新审视》,《中国文化研究》1998年第3期,第78页。
③ 严可均辑《全三国文》卷四,第38页。
④ 严可均辑《全三国文》卷四,第40页。
⑤ 俞绍初辑校《建安七子集》,第48页。

曹丕《槐赋》序称：

  文昌殿中槐树，盛暑之时，余数游其下，美而赋之；王粲直登贤门，小阁外亦有槐树，乃就使赋焉。①

又如，《古文苑》卷七王粲《羽猎赋》章樵注引挚虞《文章流别论》曰："建安中，魏文帝从武帝出猎，赋。命陈琳、王粲、应玚、刘桢并作。琳为《武猎》，粲为《羽猎》，玚为《西狩》，桢为《大阅》，凡此各有所长，粲其最也。"②其虽名目不同，但所赋对象是一致的。

然而在《论文》中，曹丕并没有赞颂陈琳的赋作，他称赏的是王粲和徐幹的赋作。而所举王粲的赋，除《槐赋》外，基本上属于旅思之类，徐幹的则均属咏物赋，多非同题共作之制。这就说明对于当时的同题共作，曹丕并没有认可其文学价值。曹丕把王粲、徐幹的这几篇赋作与张衡、蔡邕之作相提并论，一则见其对张、蔡赋作成就极为推崇，二则见其对当时赋作评价的衡量标准。由于建安赋更多沿袭汉代小赋传统，因此曹丕称扬张、蔡者显然不是二人的大赋创作。谢灵运称王粲"贵公子孙，遭乱流寓，自伤情多"③，曹丕所举王粲赋应当是个人抒怀类的代表。而所举徐幹赋或原文不存，或仅为残句，无法窥其实。但据曹丕对徐幹性情及其《中论》的称赏，可测徐幹赋多体物言志，应有更多正统思想的寄寓与讽谏。两人赋作一为情，二为志；一是个体化的，二是社会化的。它们恰是曹丕《论文》中所提"诗赋欲丽""文章经国之大业"④观念在赋作中的体现。另外，关于曹丕所提出的"丽"，詹福瑞先生认为："直接受了扬雄《法言·吾子》'诗人之赋丽以则，辞人之赋丽以淫'的影响。"⑤有人认为曹丕"丽"的观念冲出了"则"的束缚，是一种纯文学的概念。但《论文》云：

  或问屈原、相如之赋孰愈。曰："优游案衍，屈原之尚也；穷侈极妙，相如之长也。然原据托譬喻，其意周旋，绰有余度矣。长卿、子云，意未能及已。"⑥

---

① 严可均辑《全三国文》卷四，第41页。
② 《古文苑》卷七，章樵注，中国书店，2012，明成化十八年刻本影印本。
③ 《谢灵运集校注》，顾绍柏校注，中州古籍出版社，1987，第140页。
④ 曹丕：《论文》，载严可均辑《全三国文》卷八，第83页。
⑤ 詹福瑞：《中古文学理论范畴》，中华书局，2005，第87页。
⑥ 曹丕：《论文》，载严可均辑《全三国文》卷八，第83页。

据此,首先,可窥曹丕所谓"丽"非宏丽、巨丽之美;其次,他所谓"丽"并非只是语言的形式美,还可能包括情感或思想的寄寓性、表达的婉曲含蓄等;最后,"则"不仅指儒家正统思想,亦指表现的"度",包括语言、思想、情感等表现的适度。

由此再来看此期曹植的赋作。在建安诸子辞赋创作总体成就不高的背景下,曹植此期赋作主要处在模拟阶段。如《蝉赋》似受班昭、蔡邕《蝉赋》影响;《橘赋》模仿屈原《橘颂》;《客咨》模仿东方朔《答客难》等设论体作品;《七启》模拟枚乘《七发》,其序云"昔枚乘作《七发》,傅毅作《七激》,张衡作《七辩》,崔骃作《七依》,辞各美丽,余有慕之焉!遂作《七启》,并命王粲作焉";《酒赋》模拟扬雄,"余览扬雄《酒赋》,辞甚瑰玮,颇戏而不雅,聊作《酒赋》,粗究其终始";等等。但曹植这些赋作,在内容上亦有规仿倾向,如《七启》不离扬德抑道,《酒赋》仍言酗酒之害,等等。曹植的突破在于形式:一方面,他更加追求语言文采的华美超越,这在上述所引其赋序中可见一斑;另一方面,他"注重作品体式的调整"①,致力于赋作语言与体式的探索,当时对其赋作的称赏亦多从文采的富综艳丽上着眼。所以曹植称"辞赋小道",虽然未必表示他蔑视辞赋的社会功用,但在其当时的实际创作中,这方面尚未有更明显的表现。② 因此,若从曹丕的审视角度看,建安时曹植赋作的确还难入其法眼。

需要提及的是,在《论文》中曹丕对孔融"不能持论,理不胜词"有所批评,可以看出他理辞相得益彰的审美观点。叶嘉莹先生说:"在中国的诗歌里面,有一类是属于纯情诗人的作品,有一类是属于理性诗人的作品。……曹丕比较接近理性诗人的类型。"③曹丕是理性的诗人,因此,若以其理性来看曹植建安时期的文章,同样存在孔融的问题,即往往以气夺人,理辞不相称。比如他的《论高祖光武》,与诸葛亮相比,就过于偏激;而他的《客问》因

---

① 陈恩维:《论曹植的拟赋及其创作历程》,《苏州大学学报(哲学社会科学版)》2004年第6期,第44页。
② 曹植当时更重视辞赋的文学功能,故此期其模拟赋表现出对丽辞与形式技巧的嗜好,但到了《前录后序》,他则把赋提到与雅、颂相并的地位。此改变与其抱利器而无所施之人生际遇密切相关,为了实现人生价值,他通过辞赋观念的转变来重新确立人生理想。他多次整理自己的文稿,耗费心力于写作著述之上,以致得犯胃病等,均与此观念的转变相关。
③ 叶嘉莹:《叶嘉莹说汉魏六朝诗》,中华书局,2007,第151页。

过分注重辞采,被刘勰批评为"辞高而理疏"①等。

而在诗歌方面,尽管曹丕《论文》提到"诗赋欲丽",但他并没有提及七子的诗歌创作。他在《又与吴质书》中提到"公幹有逸气,但未遒耳,其五言诗之善者,妙绝时人"②。前句是指刘桢之文,后句则是建安中少见的对诗歌的评论之言,而且明确指出是"五言诗"。从这一角度看刘桢《赠从弟三首》,它承袭《诗经》的比兴传统,又以五言体式出之,在当时确属佳作。后世对曹植"建安之杰"的称誉是综合其一生各个阶段的创作而言的,并非专指建安时期。

综上所论,尽管曹操最先发现了曹植的赋作天赋,但他对曹植的欣赏更在于其赋作中的政治激情,后来陈琳、吴质、杨修等人对曹植赋作的赞美,亦不免应酬之语,但对其修辞之华丽的称赏则是事实,而真正理性看待曹植赋作的,正是曹丕的无言之评。曹丕《论文》中对曹植创作的沉默,并非只是出于嫉恨,更重要的是他承继了前代文学观念,对文学评价有着自己的标准。而事实上,曹植后来的赋作,包括诗歌,正是沿着曹丕的文学观念发展的。

进入黄初以后,诸侯科禁严厉,"县隔千里之外,无朝聘之仪,邻国无会同之制。诸侯游猎不得过三十里,又为设防辅监国之官以伺察之"③,可谓"禁防壅隔,同于囹圄"④,在如此封闭的政治处境中,尽管此期曹植创作了大量优秀的诗歌,而且其《洛神赋》成为《文选》中与王粲《登楼赋》相并的佳作,但除了极少数创作,曹植的作品并未能广泛流传,曹丕对于曹植文学的意见也很难再找到蛛丝马迹。因此,尽管从后代来看黄初文学,由于活跃于建安时期的文人大多已经随岁凋零,曹植可以说是当时最重要的作者,但由于政治因素的作用,他于读者那里几乎是失声的。

这一状况的改变由曹叡开始。曹叡对曹植作品的喜爱是显然的,除上文提及他在诏书中对曹植作品的称赏外,就以其今天为数不多的诗作看,其作品中多化用、糅合了曹植作品的语句或意象、写法。曹植的诗文,亦通过

---

① 周振甫:《文心雕龙今译(附词语简释)》,第 126 页。
② 严可均辑《全三国文》卷七,第 66 页。
③ 陈寿:《三国志》卷二〇《魏书·武文世王公传》,第 591–592 页。
④ 陈寿:《三国志》卷二〇《魏书·武文世王公传》,第 591 页。

曹叡的学习借鉴，开始进入到后人作品中，这在曹植创作接受史上是具有导夫先路意义的事情。

曹叡《苦寒行》写东征中见到曹操故垒时的感受，在此之前，只有曹植《怀亲赋》中有相似内容。如曹叡诗中言"顾观故垒处，皇祖之所营。屋室若平昔，栋宇无邪倾"①，曹植文中则言"步壁垒之常制，识(旍)〔麾〕旗之所停。在官曹之典列，心仿佛于平生"，比较二者，曹植笔下选择了壁垒、旧营、官署等意象来表达追思之情，曹叡同样选择了故垒、屋室、栋宇等意象表达物在人亡的哀伤。曹叡诗中下文连言"奈何我皇祖""光光我皇祖""徒悲我皇祖"，连用几个相似结构句分别引出一组诗句，上下构成曲折多变的情感表达，这一思路显然受曹植《武王诔》影响。《武王诔》中"於穆我王""我王承统""我王赫怒"的领起递进行文，及其后"茫茫四海，我王康之。微微汉嗣，我王匡之。群杰扇动，我王服之。喁喁黎庶，我王育之"的行文，亦是这样连用语句构成文势起伏变化的写法。二者所用文体虽然不同，但其间思路脉络的相承性还是非常清楚的。

又，曹叡《长歌行》言："大城育狐兔，高墉多鸟声。坏宇何寥廓，宿屋邪草生。中心感时物，抚剑下前庭。"②其中"大城育狐兔"这种狐兔并置的意象在建安诗人中仅曹植诗中有，如曹诗"狐兔翔我宇"（《梁甫行》）。曹叡"高墉多鸟声"句显然亦规模了曹诗。建安时阮瑀的"临川多悲风"③，到曹植那里变为"高台多悲风"④（《杂诗六首》其一）、"高树多悲风"（《野田黄雀行》），"高"字使得意境顿变，一种高处不胜寒的孤独、悲凉感淋然纸上，个人命运与自然风物融合得天衣无缝。而曹叡又一变为"高墉多鸟声"，来衬托一种破败荒凉的气氛，但与个人命运则不再相关。而具体到描写城市的破败，他选择了房屋、野草等意象，这在建安诗人中，只有曹植《送应氏》中有类似写法，如"洛阳何寂寞！宫室尽烧焚。垣墙皆顿擗，荆棘上参天"，以垣墙败坏、荆棘参天来展现大萧条的惨相。曹叡所写与曹植的思路是一

---

① 逯钦立辑校《先秦汉魏晋南北朝诗》魏诗卷五，第416页。
② 逯钦立辑校《先秦汉魏晋南北朝诗》魏诗卷五，第415页。
③ 逯钦立辑校《先秦汉魏晋南北朝诗》魏诗卷三，第380页。
④ 由于赵幼文《曹植集校注》中根据时间编排曹植的杂诗，打乱了《文选》以来《杂诗六首》的编纂惯例，因此本书对《杂诗六首》的引用，参见萧统编《文选》，李善注，岳麓书社，2002，第926-928页。以下所引《杂诗六首》皆出自此书，为方便阅读，只在文中标出篇目名称，出处和页码不再注出。

致的，只不过意象稍有变化而已。

而曹叡诗中由"感时物"而来的"抚剑下前庭"中"抚剑"这一动态意象使得悲凉、感伤的气氛顿时升起一股不平、昂然之气。尽管建安诗中有不少"剑"的意象，展现出建安诗人特具风骨的一面，但"抚剑"意象此前只在曹植诗中出现了两次，如"抚剑而雷音，猛气纵横浮"(《鰕䱇篇》)，"拊剑西南望，思欲赴太山"(《杂诗六首》其六)。曹植诗中壮志凌云，"抚剑"动作本身有一种随时待发的动感，充满了力量，让人感到作者内心的澎湃激情，其中的情感张扬外露而毫不掩饰；曹叡的"抚剑下前庭"，其活动完全是在庭院之中，与曹植似乎面临千军万马绝然不同，但其内心情感的汹涌、激烈似亦不下曹植。

而且，曹叡的诗歌与曹植的诗歌类似，往往有突然的振起，如曹叡《长歌行》的末尾言"徒然喟有和，悲惨伤人情"①，若在建安诗人那里，多是到此结束诗歌，如王粲《七哀诗三首》以"悟彼下泉人，喟然伤心肝""羁旅无终极，忧思壮难任"②作结，曹丕《杂诗二首》以"向风长叹息，断绝我中肠"③作结，等等，但曹叡偏又有下文，"余情偏易感，怀往增愤盈。吐吟音不彻，泣涕沾罗缨"④。其感伤之情又因为过往之伤痛而增其愤怒，这种愤怒是如此饱满，以至于他要仰空吐吟，但音不尽，而人已是涕泣沾缨了。此激愤要靠奋力的发声来宣泄，从而使诗中情感发生进一步的高扬，这在其《乐府诗》中亦有体现，如结尾言"感物怀所思，泣涕忽沾裳。伫立吐高吟，舒愤诉穹苍"⑤。这种发声以舒愤的写法显然来自曹植，如曹植"长啸气若兰"(《美女篇》)、"太息终长夜，悲啸入青云"(《杂诗六首》其三)等。不过曹植的这些诗句是置于诗中的，而曹叡又吸取了曹植于结尾振起的写法，使得诗歌的悲情抒发在结尾铮然有声，余音缭绕。当然，曹植的振起往往是一种积极向上的气势，在伤颓之中生出昂扬向上的劲头，而曹叡的则是一种感伤悲愤情绪的抒发，往往是一种急剧下落的表达，这在阮籍的《咏怀诗》里有着更普遍的应用。

---

① 逯钦立辑校《先秦汉魏晋南北朝诗》魏诗卷五，第415页。
② 王粲：《七哀诗三首》其一、其二，载俞绍初辑校《建安七子集》，第87页。
③ 曹丕：《杂诗二首》其一，载逯钦立辑校《先秦汉魏晋南北朝诗》魏诗卷四，第401页。
④ 逯钦立辑校《先秦汉魏晋南北朝诗》魏诗卷五，第415页。
⑤ 逯钦立辑校《先秦汉魏晋南北朝诗》魏诗卷五，第419页。

另外，曹叡的《种瓜篇》曰：

> 种瓜东井上，冉冉自逾垣。与君新为婚，瓜葛相结连。寄托不肖躯，有如倚太山。兔丝无根株，蔓延自登缘。萍藻托清流，常恐身不全。被蒙丘山惠，贱妾执拳拳。天日照知之，想君亦俱然。①

这首诗表面上似乎模仿了《古诗十九首》中"冉冉孤生竹"一首，但事实上他化用了曹植《种葛篇》《浮萍篇》中的诗句。如曹植《种葛篇》言"种葛南山下，葛藟自成阴。与君初婚时，结发恩意深"；《浮萍篇》开篇言"浮萍寄清水，随风东西流"，比较一下曹叡的诗，其化用痕迹非常明显。不过曹植所写是今昔对比，由比兴而引出对过去、现在事实的对比叙述，在思路上延续了"冉冉孤生竹"的写法。而曹叡所写主要是针对女子新婚时的忧虑、期望，在写法上连续运用比喻手法，缺少对女子人生经历的叙述。而且，曹植这两首女性诗具有自身命运的寄托，而曹叡的《种瓜篇》似乎为较纯粹的代言之作，缺乏对自身命运的糅合。

在曹魏，曹叡首先学习借鉴了曹植的诗歌作品，这在曹植创作接受史上有重要意义。相对于建安、黄初时期对曹植诗歌创作的沉默，曹叡对曹植诗歌的学习意味着对曹植诗歌价值的发现，此与后代对曹植诗歌的推崇遥相呼应，从而开启了后来者对曹植诗歌学习的借鉴之路。

明帝景初中，曹叡《追录陈思王遗文诏》曰：

> 陈思王昔虽有过失，既克己慎行，以补前阙。且自少至终，篇籍不离于手，诚难能也。其收黄初中诸奏植罪状，公卿已下议尚书、中书、秘书三府，大鸿胪者，皆削除之。撰录植前后所著赋、颂、诗、铭、杂论，凡百余篇，副藏内外。②

曹叡下诏撰录曹植作品③，可见对曹植作品的重视，体现出对曹植创作艺术成就与思想价值的高度认可。这来自官方的撰录为曹植作品的自通后世奠定了基础。曹植终其一生无法以金石之功传名后世，曹叡却通过对其

---

① 逯钦立辑校《先秦汉魏晋南北朝诗》魏诗卷五，第 417 页。
② 严可均辑《全三国文》卷一〇，第 101 页。
③ 据史，曹植生前有三次编撰自己的作品：一是建安二十一年整理少小以来赋作与杨修；二是自编《前录》七十八篇（参见《前录自叙》）；三是自己手定诗文目录（参见《晋书·曹志》）。这些编撰为曹叡时期收集整理曹植文集提供了方便条件，曹植作品能够流传后世，关键还在于曹叡时期政府的编撰收藏工作。

作品的撰录使其以文流芳千秋,亦算是对曹植抑郁不得志苦闷一生的补偿。至于曹叡下诏撰录曹植文集的政治背景及意义,笔者《曹植与其作品的经典化研究》一书有较为详细的分析,此处不论。

曹叡虽然延续了曹魏科禁诸侯的政策,同样封堵了他们与政治的联系,但曹叡对曹植的感情、认知却迥然不同于其父,这从其对曹植作品的学习、撰录等行为上亦可看出。他之所以如此,不仅是因为曹丕已经为其执政扫清了障碍,更关键的是他对曹植的喜爱与同情是有他自身经历、性情在里面的。曹叡幼年失母,而"母不以道终"①更是在其幼小的心灵上留下了不可磨灭的阴影;同时,自己的悲惨遭遇让他对他人所遭遇的无能为力的悲苦充满了同情,"陛下已杀其母,臣不忍复杀其子"②,《魏末传》所记这则不忍射杀小鹿的事可以充分展示他这一性格特征。另外,曹叡幼时深得曹操喜爱,"生而太祖爱之,常令在左右"③,曹叡"好学多识,特留意于法理"④,可见曹操对他的深刻影响。而在他现存极少的诗里亦有多处流露出对曹操的向往与追思。这种对曹操的敬爱、向往与追念之情与曹植对曹操的感情颇有相近之处。再加上曹植本为曹操爱子,以才见异,"任性而行",与曹叡的"任心而行"⑤,在性格上都有一种刚烈之气,所以曹叡对曹植能有一份独特的感情是可以理解的。

其后,曹爽辅政,"识者虑有危机。晏有重名,与魏姻戚,内虽怀忧,而无复退也"⑥。关于何晏和曹植,钱穆在《国史大纲》中指出:"如李固,已见讥为'胡粉饰貌,搔头弄姿,盘旋俯仰,从容冶步',为后来曹植、何晏辈之先声。"⑦虽然李固在先,然曹植之见邯郸淳,洗澡傅粉的一段表演,更因邯郸淳的天人之叹而成为建安时一段佳话,所以何晏"动静粉白不去手,行步顾影"⑧,可能有曹植的影响在内。

---

① 陈寿:《三国志》卷三《魏书·明帝纪》裴注引《魏略》,第91页。
② 陈寿:《三国志》卷三《魏书·明帝纪》裴注引《魏末传》,第91页。
③ 陈寿:《三国志》卷三《魏书·明帝纪》,第91页。
④ 陈寿:《三国志》卷三《魏书·明帝纪》裴注引《魏书》,第91页。
⑤ 陈寿:《三国志》卷三《魏书·明帝纪》,第115页。
⑥ 余嘉锡:《世说新语笺疏》刘孝标注引《名士传》,周祖谟、余淑宜整理,中华书局,1983,第553页。
⑦ 钱穆:《国史大纲》,商务印书馆,1991,第179页。
⑧ 陈寿:《三国志》卷九《何晏》裴注引《魏略》,第292页。

何晏本为曹操假子,幼与曹丕兄弟齐长宫中,他对曹植的作品应该是相当熟悉的。其有《言志诗》两首,亦见规模曹作之痕迹。如《言志诗》其二如下:

> 转蓬去其根,流飘从风移。芒芒四海涂,悠悠焉可弥。愿为浮萍草,托身寄清池。且以乐今日,其后非所知。①

前两句化自曹植《杂诗六首》其二"转蓬离本根,飘摇随长风",二者结构基本相似。而"芒芒四海涂,悠悠焉可弥"则是对曹植《吁嗟篇》"长去本根逝,宿夜无休闲。……飘摇周八泽,连翩历五山。流转无恒处,谁知吾苦艰"的高度概括。曹植的转蓬意象出自曹操"田中有转蓬,随风远飞扬,长与故根绝,万岁不相当"②句,不过曹操诗表现的是征夫思乡的内容,至曹植《吁嗟篇》则全诗纯用象征,个体化身为蓬,表现自己漂泊无定的凄苦人生。何晏诗前四句表现的亦是漂泊不定的人生命运,明显借鉴了曹植诗中与自己遭遇相似的内容,可见他对曹植诗作的熟悉。而"愿为浮萍草,托身寄清池"则化自曹植《浮萍篇》"浮萍寄清水"句,只不过何晏诗中已经直接转化为诗人的自比,而曹植诗中尚通过女子之口来隐喻。何晏《言志诗》其一写比翼鸿鹄"常恐夭网罗,忧祸一旦并"③,此与曹植遨游双鹤之"离别各异方……但恐天网张"(失题"双鹤俱遨游")的写法类似,都把双鸟的被迫离别与忧祸之情联系起来,何诗明显有曹植诗歌的投射。与曹叡更多的是一种模仿或技法的化用不同,何晏对曹诗的借鉴融入了个人的命运情怀,尽管现存史料不见何晏对曹植有任何评论,但通过这两首诗,可以窥见何晏对曹植命运的同情、理解,这在曹植接受史上亦有重要意义。

而承接何晏《言志诗》其一的写法,到正始时期,嵇康《五言赠秀才诗》写太山崖颠之双鸾"何意世多艰,虞人来我疑。云网塞四区,高罗正参差。奋迅势不便,六翮无所施。隐姿就长缨,卒为时所羁。单雄翻孤逝,哀吟伤生离。徘徊恋俦侣,慷慨高山陂"④。虽然嵇康诗中"双鸾"与曹植诗中"双鹤"用语微别,但嵇康诗对"双鸾"在黑暗时局中的艰难处世,备受压制的忧

---

① 逯钦立辑校《先秦汉魏晋南北朝诗》魏诗卷八,第468页。
② 曹操:《却东西门行》,载安徽亳县《曹操集》译注小组:《曹操集译注》,第39页。
③ 逯钦立辑校《先秦汉魏晋南北朝诗》魏诗卷八,第468页。
④ 嵇康:《嵇康集校注》,戴明扬校注,中华书局,2015,第5页。

患、愤怒与无奈的书写则亦是对曹植一诗意脉与写法的直接承继。

另外,嵇康的《述志诗》与曹植的《言志》诗渊源亦颇深。葛晓音认为:"郦炎的《见志》诗二首,将西汉以来文人四言、骚体诗中早已出现的穷达之叹用五言形式表现出来,是五言诗发展中的一个契机。"① 葛先生认为它"不仅开魏晋阮籍《咏怀》诗和左思《咏史》诗的先声,而且从此确立了二千年来文人诗咏叹不绝的一大主题"②。但直承郦炎而来者应为曹植的《言志》诗。不过郦炎托物言志的愤懑之叹与反抗似乎更像针对一种普遍的社会现象,而到了曹植那里,其《言志》则转为更为个体化的心灵表达。其后,嵇康的《述志诗》前半部分的思路、意象与曹植的《言志》诗一脉相承,如"潜龙育神躯,濯鳞戏兰池。延颈慕大庭,寝足俟皇羲。庆云未垂景,盘桓朝阳陂。悠悠非我(匹)〔俦〕,(畴肯)〔圭步〕应俗宜。殊类难遍周,鄙议纷流离"③之于"庆云未时兴,云龙潜作鱼。神鸾失其俦,还从燕雀居"(逸文《言志》),二者意象多有相似,嵇诗几乎是对曹诗的扩展,其间蕴含的期待、无奈、孤独无偶的情绪是一致的。不过曹诗实属残篇,不知后文如何,而嵇诗则表现了脱离尘俗、隐身洪崖以远祸逍遥的思想,此思想在嵇诗中多有表现。

因此,尽管嵇诗中不再出现曹诗中对时俗丑陋一面的愤激直切的批判,但嵇诗显然自觉地把时俗作为自己人生的对立面,如"多念世间人,夙驾咸驱驰"④、"详观凌世务,屯险多忧虞"⑤、"飘飘当路士,悠悠进自棘"⑥、"一纵发开阳,俯视当路人。哀哉(世间人)〔人间世〕,何足久托身"⑦等,表现出一种凌驾其上的自尊。其中"世间人""当路士""当路人""俯视当路人"等化自曹作《蝦䱇篇》"俯观上路人,势利惟是谋"句和《仙人篇》"俯观五岳间,人生如寄居"句。

不过,嵇康对时俗虽无激切的批判,但他与之毅然决然地决裂,若水火之不容,此于其《与山巨源绝交书》中有着极其峻切直截的表白。而曹植虽

---

① 葛晓音:《八代诗史》,第23页。
② 葛晓音:《八代诗史》,第23页。
③ 嵇康:《嵇康集校注》,戴明扬校注,第52页。
④ 嵇康:《嵇康集校注》,戴明扬校注,第52页。
⑤ 嵇康:《嵇康集校注》,戴明扬校注,第97页。
⑥ 嵇康:《嵇康集校注》,戴明扬校注,第122页。
⑦ 嵇康:《嵇康集校注》,戴明扬校注,第123页。

然对时俗有着强烈的批判,但却又渴望着时俗的认可。如其"南国有佳人"(《杂诗六首》其四)言"时俗薄朱颜,谁为发皓齿?俯仰岁将暮,荣耀难久恃",某种程度上讲,其痛苦恰源于其对时俗理解、肯定的渴望。因此,曹植是欲离而不能、不愿,与嵇康与时俗决裂的果断坚决迥然不同,这源于二人不同的身份、处境,及思想文化品格。

但在这种与世对立或矛盾冲突中,二人都有一种大孤独。如曹植《鰕鳝篇》言"鰕鳝游潢潦,不知江海流。燕雀戏藩柴,安识鸿鹄游……泛泊徒嗷嗷,谁知壮士忧";《美女篇》言"众人徒嗷嗷,安知彼所(观)〔欢〕";《薤露行》言"怀此王佐才,慷慨独不群";等等。而嵇康诗中也一再感叹"真人不屡存,高唱谁当和"①、"斥鷃(檀)〔擅〕蒿林,仰笑神凤飞。坎井蜪(蛭)〔蛙〕宅,神龟安所归"②、"钟期不存,我志谁赏"③等。

对于此困身于俗的孤独,曹植以游仙诗为自己开拓了恢宏壮阔的自由境界。在曹植之前,甚至包括曹植前期游仙诗,其游仙大多不脱离汉代游仙诗长生保真的思想框架。曹操有一类游仙诗,始借游仙表达年华飞逝、功业未成的生命感怀,如《精列》《秋胡行》等。而曹植晚期游仙诗则是自己困顿人生的折射,反映了他欲自由、欲超脱的心理,所以其诗中出游之因常是"四海一何局!九州安所如?"(《仙人篇》)、"万里不足步,轻举陵太虚"(《仙人篇》)、"人生不满百,戚戚少欢娱。意欲奋六翮,排雾陵紫虚"(《游仙》)、"九州不足步,愿得陵云翔"(《五游咏》)、"昆仑本吾宅,中州非我家"(《远游篇》)等。在这一点上,嵇康是直承曹植的。如"俗人不可亲,松乔是可邻。何为秽浊间,动摇增垢尘。慷慨之远游,整驾俟良辰。轻举翔区外,濯翼扶桑津"④、"往事既已谬,来者犹可追。何为人事间,自令心不夷?……愿与知己遇,舒愤启其微。岩穴多隐逸,轻举求吾师"⑤、"坎壈趣世教,常恐婴网罗。……岂若翔区外,餐琼漱朝霞。遗物弃鄙累,逍遥游太和"⑥等。

要提及的是,嵇康的《兄秀才公穆入军赠诗十九首》其九"良马既闲,丽

---

① 嵇康:《嵇康集校注》,戴明扬校注,第122页。
② 嵇康:《嵇康集校注》,戴明扬校注,第55页。
③ 嵇康:《嵇康集校注》,戴明扬校注,第115页。
④ 嵇康:《嵇康集校注》,戴明扬校注,第122–123页。
⑤ 嵇康:《嵇康集校注》,戴明扬校注,第55页。
⑥ 嵇康:《嵇康集校注》,戴明扬校注,第95页。

服有晖。左揽繁弱,右接忘归。风驰电逝,蹑景追飞。凌厉中原,顾(眄)〔盼〕生姿"①,则颇有曹植《名都篇》中名都少年之身影,华丽、轻快、健捷,英气风流。只是嵇诗中人物清俊脱俗,曹作之名都少年则更多世俗气息。而嵇康《琴赋》中言"扬和颜,攘皓腕"②,其中"攘皓腕"袭自曹植《洛神赋》"攘皓腕于神浒兮"一句。

当然,在整个曹魏时期,对曹植作品有最多接受者是正始时期的阮籍,本章第四节有专论,此处略。

总之,从建安至正始,曹植作品的流传由建安文人内部的广泛交流而演变为黄初时极少数宗室间的流传,而自曹叡收集整理其文集后,又慢慢在与曹魏政权有一定关系的文人间有所流传。而对曹作的接受,亦经历一个由建安的评论到黄初的失声再到曹叡至正始时期的学习、借鉴等曲折过程。建安文士评论曹作尚不免于政治因素的影响,对曹作以纯文学眼光进行审视,则要到曹叡时期。曹叡借鉴曹植诗文的写法,把曹植诗文的相关语句、意象等融入到自己的创作中。他对曹植诸多文体作品的收集整理,最早表现了对曹植"诸体皆备"这一文学全能特征的初步认识;而他对曹植诗歌的学习、借鉴,终于结束了建安以来对曹植诗歌失语的状况,为后人接受曹植诗歌开辟了道路。而从何晏开始,有意化用曹植诗歌中与自己处境相似的语句,借此表达一己的人生忧思,一定程度上从侧面表达了对曹植作品与人生遭际的理解、同情。嵇康、阮籍同样沿着他们所开创的方向,结合自己的人生、思想及时代背景,进一步在主题、意象、语句及个人抒怀等方面对曹作进行学习、借鉴,从而使曹作的接受逐渐脱离了政治影响而转向个体化学习。

第四节　子母相钩带,绵绵瓜瓞生
——阮籍《咏怀诗》与曹植诗赋的渊源关系

建安十七年(公元212年),阮瑀卒,阮籍三岁,曹丕因"伤其妻孤寡"

---

① 嵇康:《嵇康集校注》,戴明扬校注,第13-14页。
② 嵇康:《嵇康集校注》,戴明扬校注,第128页。

"感存其遗孤",作《寡妇诗》《寡妇赋》①,并命王粲作赋。今曹植有《寡妇诗》②逸文,或亦感于孤儿寡母之悲而作。时曹植二十五岁,犹及识阮籍于幼童。曹植生前,文名已盛,其自编作品目录先后约有三,明帝景初中又"撰录植前后所著赋、颂、诗、铭、杂论,凡百余篇,副藏内外"③,时阮籍已过而立,应与曹植作品有所接触。又,阮籍与曹植终生饱受矛盾的煎熬,其处境、思想、心态、性情等有颇多相似之处,此或引导阮籍接近曹植作品。因此,无论从阮氏与曹氏的关系言,还是从阮籍之与曹植的相似论,或是从文学士子的学习借鉴看,阮籍的创作都难以避开曹植作品的影响。

但历来论及阮籍诗歌创作渊源者,很少提及阮籍之与曹植的关系。明代胡应麟"'南国有佳人'等篇,嗣宗诸作之祖"④之论,或为阮籍接受曹植之首言。钱志熙指出,"阮籍、嵇康则是沿着曹植的创作道路,进一步发展了浪漫主义诗歌艺术"⑤,"曹植的《杂诗》七首,从体制上看,正是阮诗的先导"⑥。其分析高屋建瓴,启人深思。只是他从宏观角度把握,尚未全面具体地揭示二者的关系,而学界对此亦较少进行深入、系统的论述,因此,进一步探讨阮籍之于曹植的接受问题,对于深入了解阮籍的文学渊源与创作特点、曹植文学特点与影响,以及从曹植到阮籍的一些文学流变痕迹,甚至阮籍之于曹植的接受形态对后来接受者的影响,等等,都有实际的意义。

一、阮籍与曹植诗歌语句的相似性

笔者在阅读阮籍作品的过程中,发现其诗句式、句意、词语、意象等有很多都化自曹植,其比例远超他对曹丕、曹操、王粲、刘桢、阮瑀、繁钦等诗句的化用。在建安文人中,曹植是对阮籍有主要影响的作家。阮诗语句与曹植诗赋语句类似或相关者可约分三类:

第一类,句式相同,语意相近,只是替换了词语。如阮诗"惊风振四野"

---

① 分别参见逯钦立辑校《先秦汉魏晋南北朝诗》魏诗卷四,第403页;严可均辑《全三国文》卷四,第38页。
② 严可均辑《全三国文》作《寡妇赋》。
③ 曹叡:《追录陈思王遗文诏》,载严可均辑《全三国文》卷一〇,第101页。
④ 胡应麟:《诗薮》内编卷二,上海古籍出版社,1979,新1版,第31页。
⑤ 钱志熙:《魏晋诗歌艺术原论》,北京大学出版社,2005,修订本,第124页。
⑥ 钱志熙:《魏晋诗歌艺术原论》,第152页。

(五十七)①句,即沿用曹诗"惊风"意象,并以"振四野"置换曹诗的"飘白日"(《赠徐幹》),这一置换,别开意境。"飘白日"突出主体对时间倏忽的惊觉,"振四野"则突出风的力度、广度,从空间上、风势上写主体的感受。再如,"念我平生亲"(《送应氏》)这样的句式在曹植诗中首次出现,阮籍"念我平常时"(六十一)、"念我平居时"(六十四)等诗句与之基本相同,阮诗化自曹诗显然可见。再如,阮诗之"谗邪使交疏"(三十)与曹诗之"谗巧(令)〔反〕亲疏"(《赠白马王彪》),二者用语、句式、意蕴之相近,很难想象是偶合现象。另外像"繁辞将诉谁"(十四)之于"愁心将何诉"(《浮萍篇》),"被服纤罗衣"(十九)之于"被服纤罗"(《闺情》),"谁知我心焦"(三十三)之于"谁知吾苦艰"(《吁嗟篇》),"皋兰被径路"(十一)之于"秋兰被长坂"(《公宴》),"明月耀清晖"(十四)之于"明月澄清景"(《公宴》),等等,皆是如此。亦有语意不同,但句式相同的情况。如"名都多妖女"(《名都篇》)这一"地点名词+多+事物名词"的句式由曹植首创,阮诗"北里多奇舞"(十)即模仿此句,六朝时这一句式成为文人广泛使用的经典句式。

第二类,语意、意境、思路基本相似,仅在表述上有所变化。如"徘徊将何见,忧思独伤心"(一),黄节曰:"末二句盖用曹植杂诗。形影忽不见。翩翩伤我心。意指上孤鸿翔鸟言之。"②"繁华有憔悴,堂上生荆杞"(三),陈伯君认为:"又按此二句即曹植《箜篌引》'生前华屋处,零落成山丘'之意。"③再如,曹植"愿得纤阳辔,回日使东驰"(《升天行》),与阮籍"愿揽羲和辔,白日不移光"(三十五),运用了同一典故,二诗第一句句式、用语、意思基本一致,第二句表述不同,但都承上句而来,表现出强烈的焦灼感与驾驭时光、把握生命的渴望。阮籍的"驱车出门去,意欲远征行。征行安所如"(三十)与曹植的"仆夫早严驾,吾行将远游。远游欲何之"(《杂诗六首》其五),在思路及表达上亦非常相似。

第三类,语意、思路基本相反。如曹植相信"骨肉天性然"(《豫章行》),阮籍则冷酷地说"骨肉还相仇"(七十二);曹植追求"谦谦君子德"(《箜篌

---

① 阮籍:《阮籍集校注(典藏本)》,陈伯君校注,中华书局,2015,第357页。以下所引阮籍作品皆出自此书,为方便阅读,只在文中标出篇目序号,出处和页码不再注出。
② 阮籍:《阮步兵咏怀诗注》,黄节注,人民文学出版社,1984,第2版,第2页。
③ 阮籍:《阮籍集校注(典藏本)》,陈伯君校注,第216-217页。

引》),阮籍则批判"谦柔愈见欺"(二十);曹植笔下的英雄奔赴国难而高歌"父母且不顾,何言子与妻"(《白马篇》),而阮籍则倡言"一身不自保,何况恋妻子"(三);曹植言"远游欲何之?吴国为我仇"(《杂诗六首》其五),而阮籍则曰"征行安所如?背弃夸与名"(三十);曹植笔下的双鹤"不惜万里道,但恐天网张"(失题"双鹤俱遨游"),阮籍诗中的鸿鹄则是"抗身青云中,网罗孰能制"(四十三)。又,曹植言"神鸾失其俦,还从燕雀居"(逸文《言志》),表达志士失志沉落的苦闷,阮籍则言云间玄鹤"一飞冲青天,旷世不再鸣。岂与鹑鷃游,连翩戏中庭"(二十一),表达与世俗的决绝,但有时又言"岂为夸与名,憔悴使心悲。宁与燕雀翔,不随黄鹄飞"(八),表达他蔑视浮名,甘于沉落流俗的愤激。如此等等。阮籍几乎是针对曹植诗句的针锋相对的表达。

上面所举阮籍诗句,均有曹植诗作的投射,应是作者在熟悉曹植作品基础上有意或无意化用的结果。其中第一类可归为直接化用型,即语句基本相似,只是替换其中的字词;第二、三类可归为意义化用型,即语句形式与对象句差别较大,主要是法其意。其中第二类为正面化用,仿句与对象句语意相似;第三类为反面化用,意思表达与仿句相对立。鉴于反面化用方式更能反映出作者的思维模式与性格特征,下面对此延伸论述。

建安时期,反用方式已较多见,但多反用经典中名言[1],如徐幹"人靡不有初,想君能终之"[2]反用"靡不有初,鲜克有终"[3];陈琳"虽企予而欲往,非一苇之可航"[4]反用"谁谓河广?一苇杭之。谁谓宋远?跂予望之"[5];曹植"乘桴何所志?吁嗟我孔公!"(《磐石篇》)反用《论语·公冶长》"子曰:'道不行,乘桴浮于海……'"[6];等等。与建安文人反用经典相比,阮籍反用距离他并不久远的曹植的诗句是值得注意的现象。上文所举阮籍诗中反用曹作的例子,清楚地显示出阮籍的冷幽默。这绝非无心为之的结果,此正如阮籍结尾多用反问句式一样,习惯性的表达里隐含着思维的定式,而此思维的

---

[1] 张振龙:《建安文人用典的创新特征》,《安徽大学学报(哲学社会科学版)》2010年第2期。
[2] 徐幹:《室思诗一首》其六,载俞绍初辑校《建安七子集》,第146页。
[3] 《诗经·大雅·荡》,载程俊英、蒋见元:《诗经注析》,中华书局,1991,第849页。
[4] 陈琳:《止欲赋》,载俞绍初辑校《建安七子集》,第37页。
[5] 《诗经·卫风·河广》,载程俊英、蒋见元:《诗经注析》,第184页。
[6] 杨树达:《论语疏证》,上海古籍出版社,1986,第118页。

定式则隐含着阮籍特有的价值观、审美观,折射出其不同于建安文人的时代处境。

曹植等建安文人诗文中反用的多是儒家经典,此亦见时代文化思想的影响。东汉末年,大一统局面逐渐破坏,儒术独尊的地位下降,思想学术从经学的束缚中脱离出来,士人面对多元的思想文化,思维非常活跃。罗宗强先生认为在这种背景下,儒家伦理道德失去约束力,"此时更多的士人,是任情放纵"①,"不仅任性,而且纵乐。这时的纵乐,是普遍的"②。但建安时期学术的底色依然是儒家思想,建安文人可能存在罗先生所谓的任纵行为,但其人生抱负、价值实现,无不以儒家"三立"为标准,他们在作品中虽反用儒家经典名言,但其表达仍是基于儒家思想的伦理情怀。如徐幹"人靡不有初,想君能终之"其实是以此反用方式来赞美或鼓励对方。曹植"乘桴何所志?吁嗟我孔公!"(《磐石篇》)句,赵幼文释曰:"曹植远封雍丘,自伤废弃,辞中叙述雍丘之贫瘠,沧海之风物……而发生思乡之感,从而否定孔子乘桴浮海的思想。"③朱乾曰:"屈子远游、临睨旧乡、仆人心悲。王逸注以为忠信之笃、仁义之厚。余于子建亦云。"④

由此观照阮籍对曹植作品的反用,可以发现,曹植所肯定的谦德、爱国牺牲精神及所表达的志士失路的苦闷、对天网的恐惧等,都在阮籍针锋相对的反用中消解了。阮诗与曹诗相对立的表述,显示阮籍对曹植的理想追求、审美情趣,甚至思想观念等有了某种程度的颠覆。这是正始特定政治环境与学术思想激荡的产物,它折射出阮籍面对时局的郁勃激愤,及崇高幻灭的痛苦,而痛苦其实恰恰又来自对被破坏的传统儒学思想的坚守,在这一点上,阮籍与曹植保持着心灵的沟通。

二、阮籍与曹植诗歌的"愿""望"主题与心态

曹植与阮籍作品中尚有不少写心愿和登望的句式(表2-1)。

---

① 罗宗强:《玄学与魏晋士人心态》,浙江人民出版社,1991,第43页。
② 罗宗强:《玄学与魏晋士人心态》,第47页。
③ 曹植:《曹植集校注》,赵幼文校注,第390页。
④ 曹植:《曹子建诗注》,黄节注,叶菊生校订,人民文学出版社,1957,第107页。

表 2-1　曹植与阮籍作品中写心愿与登望的句式

	曹植作品	阮籍作品
心愿句式	愿得展功勤，输力于明君。(《薤露行》) 愿为中林草……愿与(株)〔根〕荄连。(《吁嗟篇》) 愿为西南风，长逝入君怀。(《七哀》) 愿为南流景，驰光见我君。(《杂诗六首》其三) 愿欲一轻济，惜哉无方舟！(《杂诗六首》其五) 我愿执此鸟，惜哉无轻舟！(《赠王粲》) 愿欲披心自说陈……(《当墙欲高行》) 九州不足步，愿得陵云翔。(《五游咏》) 愿得纡阳辔，回日使东驰。(《升天行》其二) 愿蒙矢石，建旗东岳。(《责躬》) 翘思慕远人，愿欲托遗音。(《杂诗六首》其一) 愿蒙狸膏助，长得擅此场。(《斗鸡》)	愿睹卒欢好，不见悲别离。(七) 愿为双飞鸟，比翼共翱翔。(十二) 愿为云间鸟，千里一哀鸣。(二十四) 愿为三春游，朝阳忽蹉跎。(二十七) 夸名不在己，但愿适中情。(三十) 愿登太华山，上与松子游。(三十二) 愿耕东皋阳，谁与守其真？(三十四) 愿揽羲和辔，白日不移光。(三十五) 修龄适余愿，光宠非己威。(四十) 但愿长闲暇，后岁复来游。(六十三)
登望句式	东北望吴野，西眺观日精。(《驱车篇》) 驾言登五岳，然后小陵丘。(《虾䱇篇》) 步登北邙阪，遥望洛阳山。(《送应氏》其一) 远望周千里，朝夕见平原。(《杂诗六首》其六) 仗剑西南望，思欲赴太山。(《杂诗六首》其六) 欲归忘古道，顾望但怀愁。(《赠王粲》) 远游临四海，俯仰观洪波。(《远游篇》) 南极苍梧野，游盼穷九江。(《磐石篇》) 出自蓟北门，遥望胡地桑。(《艳歌行》)	驱马复来归，反顾望三河。(五) 步出上东门，北望首阳岑。(九) 远望令人悲，春气感我心。(十一) 登高临四野，北望青山阿。(十三) 开轩临四野，登高有所思。(十五) 徘徊蓬池上，还顾望大梁。(十六) 登高望九州，悠悠分旷野。(十七) 驾言发魏都，南向望吹台。(三十一) 临路望所思，日夕复不来。(三十七) 西北登不周，东南望邓林。(五十四) 朝出上东门，遥望首阳基。(六十四) 遥顾望天津，骀荡乐我心。(六十八) 高鸣彻九州，延颈望八荒。(七十九)

从诗歌史看，心愿句式、登望句式，曹植前代及其当代都有使用，但曹植是第一个在诗中大量使用此类句式者，阮籍是紧接其后的第二人，阮籍此类句式的使用比曹植更多。

上表中阮籍"愿揽羲和辔,白日不移光"(三十五)明显化自曹植"愿得纤阳辔,回日使东驰"(《升天行》其二)。另外,阮籍"登高临四野"(十三)、"开轩临四野"(十五)、"登高望九州"(十七)、"延颈望八荒"(七十九)这种表现开阔空间的登望句式亦化自曹植"远望周千里"(《杂诗六首》其六)、"远游临四海"(《远游篇》)、"游盼穷九江"(《磐石篇》)等诗句,因为在曹植之前,还没有如此开阔的表达。

就心愿句式的使用而言,此类句式的反复出现,往往表明作者与现实之间有着某种程度的不协调,有时面对无法解决的冲突,只能通过幻想来寻求一种平衡。曹植和阮籍都选择了反复使用此句式,正展现出他们理想与现实间的激烈冲突。不过,差异之处在于,曹植的心愿句式多指向君臣关系的和谐(包括隐喻写法),或功业理想,或某种解脱追求;而阮籍的则多指向出离时俗(包括游仙或守真),或对自由的追求。这看似因身份、地位、经历等的不同,导致了二者理想与现实冲突的内涵并不完全相同,但事实上,儒家思想是阮籍、曹植共同的思想坚守,只不过曹植的儒家思想最终成就了其儒家人格,而阮籍的则退隐到玄学思想的背后成为其生命的底色。曹植自是不能忘怀现实,阮籍的"忧生之嗟"与"志在刺讥","前者直接导致阮籍对现实或人生在社会层面价值的否定,后者则表现了他对现实的强烈关注和忧虑,从这一特定的层面看,二者构成了自然与名教的矛盾,映照着阮籍心理世界的困惑"。①

也许正是儒家不能忘怀现实的精神使他们在理想与现实的冲突中备受折磨,所以他们常常以登望来疏解内心的苦闷,他们的作品中故而亦多有登望句式。建安其他诗人的作品中亦多有此类句式,但一方面此于曹作中表现最为突出,一方面唯有曹植的登望句式在意境与心灵上与阮籍的更为接近,因此,阮籍的登望句式在渊源上应与曹作最接近。

登临远望的句式最早或可上追至楚辞,"登大坟以远望兮,聊以舒吾忧心"②(《哀郢》),"登石峦以远望兮,路眇眇之默默"③(《悲回风》),在屈原笔下,登高远望本为疏解忧心,但远望所见茫茫寥廓之景,反而更增显个体

---

① 高晨阳:《阮籍评传》,南京大学出版社,1994,第183页。
② 金开诚、董洪利、高路明:《屈原集校注》,中华书局,1996,第495页。
③ 金开诚、董洪利、高路明:《屈原集校注》,第636页。

的渺小、孤独与无望。宋玉《九辩》"憭慄兮若在远行,登山临水兮送将归"①,把登临与离别联系起来;《高唐赋》言"长吏隳官,贤士失志。愁思无已,叹息垂泪。登高远望,使人心瘁"②,进一步把登高远望与人生种种困境联系起来,从而使登高远望成为一个具有悲情色彩的行为。建安时代亦多登望句式,曹植之外诗人的登望多为实物,其游目娱怀,与之前的疏解忧心或感物伤怀不尽相同,同时,视域狭窄,远望的空间及物象多未成为作者心灵境遇的外化。

  对这种登高远望心灵空间的开拓发端于曹操的《观沧海》,"日月之行,若出其中;星汉灿烂,若出其里"③,茫茫沧海荡漾着一代豪雄磅礴天地的诗情。而此心灵的开拓到了曹植的游仙诗里,其登望对象基本上存在于幻想之中,所以他不受客观世界物质对象的束缚,高可以上五岳,可以翔九天;阔可以周千里,可以穷四海;不仅远望,而且俯仰天地,俯观人间,把儒家"孔子的泰山之志,此一种不断向上、不断精进、生生不息、新新不已的文化精神"④与庄子的豪放开阔、屈原的浪漫神游和自己的痛苦人生融合起来,使登望主题呈现出前所未有的广阔、自由与更深沉的寂寞和痛楚,而他也在虚幻的登望中,跳跃出"九州不足步"(《五游咏》)、"九州安所如"(《仙人篇》)的政治、精神空间的压迫,获得短暂的解脱。

  阮籍的一些登临远望句与曹植的非常相似,他笔下的"四野""九州""八荒"等与曹植的"四海""九州""五岳""千里"等,纯然是心灵的无限视域,这在曹植之前是很少出现的情况。钱志熙认为:"通过曹植,'庄''骚'等古典浪漫主义的艺术精神在五言诗和乐府诗中得到了复活,而阮籍、嵇康则是沿着曹植的创作道路,进一步发展了浪漫主义诗歌艺术。"⑤笔者以为其意即在指曹植、阮籍诗中这样的心象特质。从此角度言,阮籍登望句式与其宏阔意境的书写,应是受到曹作的影响。

  当然,阮籍显然有自己的发展。第一,他遥望贤者。阮籍"步出上东门,

---

① 金荣权:《宋玉辞赋笺评》,中州古籍出版社,1991,第1页。
② 金荣权:《宋玉辞赋笺评》,第76页。
③ 曹操:《步出夏门行》,载安徽亳县《曹操集》译注小组:《曹操集译注》,第42页。
④ 胡晓明:《中国诗学之精神》,江西人民出版社,1990,第232页。
⑤ 钱志熙:《魏晋诗歌艺术原论》,第123-124页。

北望首阳岑"(九)、"朝出上东门,遥望首阳基"(六十四)与建安诗中的城门遥望非常相似,但只是形式的相似,建安诗中遥望的"河阳城""西苑园"①等为实际地理名称,可阮诗的"首阳",就不仅是一座真实的山,而且是一种文化思想符号。阮诗中伯夷、叔齐典故的运用,使得阮籍的遥望穿越了历史的时空,其在现实中寂寞失落的灵魂在遥望中与古代贤人靠近了。第二,他遥望历史。他不仅缅怀贤者,也回首惨痛的历史,"昔余游大梁"(二十九),"还顾望大梁"(十六),"驾言发魏都,南向望吹台。箫管有遗音,梁王安在哉!"(三十一),以历史的沉重来抒发自己对现实的哀感。第三,他遥望理想。"出门望佳人"(八十),"登高眺所思"(十九),阮诗把登望主题与对理想的追求结合起来,尽管此无望的遥望,更多让他看到"丘墓蔽山冈"(十五)生死荣辱的无常,看到所有价值终归虚无的残酷。第四,他遥望仙界。他亦承继曹植的广阔,临四野,望九州,登不周,眺西山,展现出一种恢廓的境界,但有趣的是,曹植在游仙诗中,与仙人偕行遨游,倏忽万里,声色作乐,无忧无虑,而阮籍在游仙诗里,几乎是一个旁观者,不曾像曹植一样在神话世界里自由翱翔。曹植站在现实痛苦的土地上在神仙世界为自己开拓了一片精神领域,阮籍则以老庄哲思观照人间,他以现实世界为潜在映照去遥望仙者,在遥望中表达自己对龌龊尘世的批判,呈现出正始特有的理性光彩。较之曹植对登望主题的丰富,阮籍使登望主题具有了历史意义、哲理意蕴,亦使得登望主题更为虚化,更为心灵化。

三、阮籍和曹植诗赋中的人物意象

阮籍诗中有20多首均以人物为对象,其中的佳人意象、贵游子弟、少年壮士等意象深受曹植诗赋影响,甚至于其取名的方式亦相像,如阮诗中"上世士"(七十四)、"蓬户士"(五十八)、"繁华子"(十二)、"闲游子"(十)、"闲都子"(二十七)、"缤纷子"(五十九)、"宾客者"(六十二)、"王子"(六十五)等,与曹植诗中的"上路人"(《虾䱇篇》)、"蓬室士"(《赠徐幹》)、"客行士"(《情诗》)、"游客子"(《杂诗六首》其二)、"松子"(《赠白马王彪》)、

---

① 如曹丕《于明津作诗》:"驱车出北门,遥望河阳城。"见逯钦立辑校《先秦汉魏晋南北朝诗》魏诗卷四,第402页。刘桢《赠徐幹诗》:"步出北寺门,遥望西苑园。"见俞绍初辑校《建安七子集》,第190页。

"延陵子"(《赠丁廙》)等名称,可谓如出一辙。只是阮诗形象众多,名称更丰富;同时,阮诗中这些人物往往是作品的中心,而曹诗中则不一定。

"西方有佳人"(十九)一首充分显示出阮籍多元的文学渊源,但就人物意象、神韵及写作思路而言,应受曹植"南国有佳人"(《杂诗六首》其四)、《洛神赋》影响更多一些。"西方有佳人,皎若白日光"与"南国有佳人,荣华若桃李",句式结构、比喻手法均相同,佳人之华美、光辉、卓异无伦的气韵更可谓一脉相通。而"登高眺所思,举袂当朝阳",佳人被置于"我"的视角高处,与《洛神赋》中"睹一丽人,于岩之畔"相似。"寄颜云霄间,挥袖凌虚翔",很容易让人想起《洛神赋》中"忽焉纵体,以遨以嬉""竦轻躯以鹤立,若将飞而未翔""体迅飞凫,飘忽若神"等语句,西方佳人尽离尘俗,似为仙人,与洛神之空灵、飘渺、自由息息相契。而"飘摇恍惚中,流盻顾我傍。悦怿未交接,晤言用感伤"则让人想到《洛神赋》中洛神"纤素领,回清扬。动朱唇以徐言,陈交接之大纲"等句。可以说,阮籍的"西方有佳人"几乎是曹植《洛神赋》的诗化变形,其佳人亦是作者理想或情感的化喻。"西方有佳人"是文学史上对曹植"南国有佳人"、《洛神赋》的首次接受,显示出阮籍借鉴他人为我所用、极富创造的文学才能。

阮籍的女性诗只有"西方有佳人"一首,但有趣的是,阮籍其他诗中牵涉男性容貌的描写非常女性化,如其写"繁华子","夭夭桃李花,灼灼有辉光。悦怿若九春,磬折似秋霜。流盼发姿媚,言笑吐芬芳"(十二);写"闲都子","妖冶闲都子,焕耀何芬葩。玄发发朱颜,睇盻有光华"(二十七)。既像写芳草,亦像描写美女,如"色容艳姿美,光华耀倾城"(七十五)等。比较阮籍与曹植描写人物容貌的诗句,可看出二人用语、表现手法的相似。如喜用含"光"的字眼表现人物的神韵,阮诗多言"灼灼""辉光""焕耀""光华",曹诗亦言"光彩""耀朝日""荣华"等,尤其在写人物眼波流动时,阮诗之言"睇盻有光华"与曹诗之"顾(盼)〔盻〕遗光彩"(《美女篇》)形神俱似,凸显了人物灵动、华美、脱俗的内在特质。另外,他们都喜以花形容青春美艳,阮诗言"桃李花""何芬葩",曹诗言"若桃李""若春华",甚至写人的言辞呼气亦用花,如阮诗之"吐芬芳",曹诗之"气若兰"(《美女篇》)。

此关乎容貌的描写,以非常写意的方式,突出人物的气质、光彩。此法赋中多有所见,但从诗歌角度言,似乎是曹植最早把这种写法移植过来,阮籍于此受曹植创作的启发是毫无疑义的。但为何阮籍偏于对人或物的女性化刻画呢？这既是阮籍逆向愤激思维的一种表现，亦是阮籍着意刻画的结果，阮籍往往通过时间的对比，来揭示一切美好均将化为虚无的残酷，那没有比如花之美女、如美女之花的朝暮变化更让人惊心的了。阮籍笔下的人物意象是其时间哲学观照下的符号化呈现。

阮籍诗中还有一些贵游少年意象。"平生少年时"（五），通常被认为是阮籍青年时期生活的写照，"轻薄好弦歌。西游咸阳中，赵李相经过"，其中"赵李"代表豪侠少年、贵姓之人，诗中充溢着逞侠纵游之气。此形象应承曹植《名都篇》而来，《名都篇》中身手矫健，生活奢华，充满着放达、豪侠之气的京洛少年，是文学史上首次出现的贵游少年形象。只是曹植以铺叙手法写他射猎游戏、鸣俦宴乐的生活，而阮籍则仅言"好弦歌""西游""相经过"，以极其跳跃的结构来暗示其浮华游荡的生活。"娱乐未终极，白日忽蹉跎"，由前面的游乐转向对时间的感叹，可以看出《名都篇》思路影响的痕迹。不过曹植此诗意在讥刺贵游子弟无所事事、虚耗光阴的生活，其结尾"白日西南驰，光景不可攀。云散还城邑，清晨复来还"，正是全诗的诗眼所在，而阮籍则感慨"北临太行道，失路将如何"，把短暂的欢乐引向对无可避免的凋零的感伤。

阮籍诗中还有"闲游子"、"缤纷子"、"夸毗子"（五十三）等贵游少年形象，但他们与曹植的京洛少年尚有不同。"闲游子""捷径从狭路，倏忽趋荒淫"（十），"夸毗子""作色怀骄肠"（五十三），他们趋名逐利、蝇营狗苟，尽失曹植名都少年的刚健青春之气。阮籍不仅否定他们的生活方式，亦把他们作为时俗的代表，从而与之划清了界限。这些人有可能是司马氏与曹氏政权之争中的趋权逐利者，亦可能是曹爽一党之浮华者，如曾国藩评曰："陈沆谓此章讥党附司马者。愚谓前六句似讥邓飏、何晏之徒。"[①]无论如何，他们是特定时代氛围的产物，虽然有着曹植作品中贵游少年的影子，但已是另外的形象了，寄寓着阮籍对其当代的批判。

另外，阮籍"壮士何慷慨"（三十九）、"少年学击刺（六十一）"中的壮士、少年意象和曹植《白马篇》中的游侠儿差可仿佛。方东树评阮籍的"壮

---

① 阮籍：《阮籍集校注（典藏本）》，陈伯君校注，第250页。

士何慷慨"言,"原本《九歌·国殇》,词旨雄杰壮阔……可合子建《白马篇》同诵,皆有为言之"①,可见二者的关系。曹植笔下的游侠少年是华贵、洁净而俊健的,而阮籍笔下的壮士是慷慨雄威的,少年是英气冲天的,虽然形象有差异,但都有慷慨赴死、忠勇爱国的精神。但这种精神,在"少年学击刺"一诗结尾,阮籍一句"念我平常时,悔恨从此生",否定了年轻时积极进取、报效国家的理想追求,这种情况在曹植诗中从未出现,此可见时代政治环境对阮籍理想的粉碎。需要注意的是,上述阮籍二诗,一般研究侠文化的著作亦把它们归为游侠题材,阮籍承继了曹植所开创的游侠题材与游侠主题、意象,但又注入历尽沧桑的悲慨、绝望,从而使游侠形象有了更丰富的内涵。

总之,曹植的南国佳人、京洛少年、少年游侠等意象,均属文学史上的首创,后仿者历代有之,阮籍是这些形象的首位接受与改造者,其接受与改造方式对后来者的模仿有着重要的启迪作用。

四、阮籍诗歌与曹植《杂诗六首》

据前文分析看,《杂诗六首》在阮诗中均有投射痕迹,此亦见阮籍对《杂诗六首》的重视。明代胡应麟言:"'南国有佳人'等篇,嗣宗诸作之祖。"②钱志熙说:"曹植的《杂诗》七首,从体制上看,正是阮诗的先导。曹氏《杂诗》那种洁净精微的结构,深闳广大的意境,以及运思幽夐、章法多变的特点,都被阮籍所吸取。"③二人都强调《杂诗六首》之于阮籍创作的重要性,实非有相当的洞察力不能道之,惜其只言片语,尚未充分揭示二者的关系。《杂诗六首》对阮籍的影响相当深远,下文暂从四个方面进行论述。

(一)视角转换

曹植诗赋中有多种叙述视角转换的方式。如《杂诗六首》其二、其三都由第三者叙述转入第一人称视角,是部分拟代的形式,此于汉代诗赋《战城南》《平陵东》《艳歌行》《童童孤生柳》《穷鸟赋》等中有运用,曹植采用并发展了这种方式,其《七哀》、《名都篇》、《吁嗟篇》、《送应氏》(其二)、《三良》、《梁甫行》、《鹦鹉赋》等皆属此类,而建安其他诗人作品中,多无此方式

---

① 方东树:《昭昧詹言》,汪绍楹点校,人民文学出版社,1961,第91页。
② 胡应麟:《诗薮》内编卷二,第31页。
③ 钱志熙:《魏晋诗歌艺术原论》,第152页。

的运用。《杂诗六首》其四属于另一种形式,即由第三者叙述转入模糊视角,结尾的感叹很难说是佳人自道还是作者旁白,此形式广泛运用于建安作品中,阮籍诗中亦多有表现。

即由第三人称转为对象视角的自述言,阮籍可能受曹植影响,毕竟这是到了曹植才有的突出现象。如"驾言发魏都"(三十一)前八句写战国梁王灭国的历史,第九句突然转为梁王语气,"夹林非吾有,朱宫生尘埃。军败华阳下,身竟为土灰",似乎是梁王之魂在感慨自己失败的人生。又如,"林中有奇鸟"(七十九),主体部分是第三人称叙述,写凤凰的行为与遭遇,而结尾"但恨处非位,怆恨使心伤",则突然转为失位凤凰的内心自白。再如,"横术有奇士"(七十三),先以第三人称叙述奇士的自由生活,而"去置世上事,岂足愁我肠。一去长离绝,千载复相望"又转为奇士的自道;"少年学击刺",主体部分塑造了一位英侠少年形象,结尾突然言"念我平常时,悔恨从此生",转为对象的自我抒怀。

叙述视角的转换使诗歌结构产生很大的跳跃,这也意味着诗歌内在情感节奏的激烈变化,作者往往按捺不住内在冲动,借代拟对象之口传达自己的声音,代拟人物的言语即为作者自己的倾诉与批判。在曹植、阮籍的这类诗歌里,我们明显感受到作者的情绪起伏。从此角度看,阮籍诗中视角转换的情况可能受到曹植创作影响,不过曹植诗文中叙述视角转换的方式非常复杂,阮籍诗中的人称转换则主要在结尾,形式上要简单许多。

(二) 突转结构

曹植诗赋常有突然的转折,造成前后鲜明的对比,诗赋节奏出现较大顿挫。最早注意此点者是唐代皎然,如其言:"势有通塞者,谓一篇之中,后势特起,前势似断,如惊鸿背飞,却顾俦侣,即曹植诗云'浮沈各异势,会合何时谐?愿因西南风,长逝入君怀'是也。"[①]清代评者对此亦多有论及。黄节亦言:"余观子建诗,其结语独高,往往出人意表。大有'山穷水尽疑无路,柳暗花明又一村'之奇胜。"[②]指的正是这种突转。

曹植诗中此等例子并不少见,《杂诗六首》亦集中体现了这一特点。张

---

① 皎然:《诗式校注》,李壮鹰校注,人民文学出版社,2003,第 153 页。
② 萧涤非:《读诗三札记》,作家出版社,1957,第 4 页。

玉谷的分析是最好的说明,如其言"高台多悲风","后六,申言陈悃无由而心伤也,却从孤雁飞鸣,忽然不见中,插叙而出"①;"转蓬离本根","前六,突从飘蓬随风吹举,了无著落,为客子凌空写照,笔意最超"②,"末二,忽然作宽解语,换韵陡收,更极矫变"③;"仆夫早严驾","首六,将远赴吴仇,凭空直叙而起……然后跌转,势极凌厉"④。

阮籍诗亦常有突然转折的现象,如"昔闻东陵瓜"(六),前六句由远及近,由瓜而及人,一幅富饶、热闹、亮丽的景象,但"膏火自煎熬,多财为患害""如云横断岭,突如其来,使整首诗感情的脉络戛然间断,呈现出跳跃性"⑤;"昔年十四五"(十五)前四句写少年时的志向、操行,但下面的诗歌突然转入丘墓蔽山冈的荒凉没落;"世务何缤纷"(三十五)言"天阶路殊绝,云汉邈无梁",已是追仙不能,但下文突然又言"濯发旸谷滨,远游昆岳傍。登彼列仙岨,采此秋兰芳";"鸣鸠嬉庭树"(四十八)写"焉见孤翔鸟,翩翩无匹群"的大孤独,而接下去的"死生自然理,消散何缤纷"(四十八)则突然表现一种庄子式的达观;等等。可以说,突转是阮籍诗歌结构的一个突出特点。

不过,曹植诗赋的突转正如黄节先生所言,是愈转愈高,往往从低处突然振起,爆发出内在的力量。而阮籍诗歌的突转,整体上言,则大多数是愈转愈低的,从高处突然跌落,从正面突然转入反面,从肯定突然转入否定。此乃不同身份、不同时代环境所致,但从效果上讲,它们都产生一种刚健凌厉之气,"子建、阮公,皆雄浑高古"⑥,或与此有一定的关系。

(三)矛盾冲突

曹植作品不同于建安其他文人的表现之一,即是文本中充斥着种种"矛盾",《杂诗六首》集中体现了这一点。如其二"转蓬离本根","转蓬"之渺小与不可穷极之天空构成强烈反差,"毛褐不掩形,薇藿常不充"之苦难沉重的生活与其轻飘的形象冲突,让人感到"转蓬"轻飘之身背后的沉重。其

---

① 张玉谷:《古诗赏析》卷九,许逸民点校,上海古籍出版社,2000,第198页。
② 张玉谷:《古诗赏析》卷九,许逸民点校,第198页。
③ 张玉谷:《古诗赏析》卷九,许逸民点校,第198页。
④ 张玉谷:《古诗赏析》卷九,许逸民点校,第199-200页。
⑤ 吕晴飞、李观鼎、刘方成主编《汉魏六朝诗歌鉴赏辞典》,中国和平出版社,1990,第312页。
⑥ 方东树:《昭昧詹言》,汪绍楹点校,第34页。

三"西北有织妇","太息终长夜,悲啸入青云"句所蕴含的充满男性阳刚之气的慷慨悲情,与"西北织妇"这一柔弱的女性形象冲突。另外,其四"南国有佳人",佳人之荣华与时俗对其美好之鄙薄构成反差;其五"仆夫早严驾","吾"愿欲轻济与惜无方舟产生冲突;而其六"飞观百余尺","赴太山"之愿与身在"飞观"的矛盾,颇有"心在天山,身老沧州"的悲慨。从整体角度看,"国仇亮不塞,甘心思丧元"(其六)之爱国理想与不得见君,遭君弃置与思君恋君,"去去莫复道"(其二)与思君念君等矛盾,使《杂诗六首》在情感节奏上极富变化。

阮籍诗中充满了类似手法的运用,可见其对曹作的借鉴。如"驱车出门去"(三十)言"征行安所如?背弃夸与名",陈祚明曰:"观此又深不遇之感,岂不相乖乎?"①其实,此种相乖于阮诗中俯拾皆是。比如,既言"岂为全躯士?效命争疆场"(三十九),但又感慨"一身不自保,何况恋妻子"(三);既不屑与鹓鶵游,但又"招摇安可翔,不若栖树枝"(四十六)而"宁与燕雀翔"(八);既解不开首阳情结,向往古之隐士的"保身念道真"(四十二),而又质疑"愿耕东皋阳,谁与守其真"(三十四),高言"岂与蓬户士,弹琴诵言誓"(五十八);等等。至于孤独无依歧路哀哭之难以释怀与"死生自然理,闲散何缤纷"(四十八)之豁达的对比,王子"轻荡易恍惚,飘摇弃其身"(六十五)之逍遥与"飞飞鸣且翔,挥翼且酸辛"(六十五)之矛盾,以及充斥诗中林林总总之对比性意象,共同编织成一张矛盾之网罩在了阮籍身上。

不过,因为身份、地位、经历等不同,曹植与阮籍作品的冲突内涵并不完全相同。就《杂诗六首》而言,曹植煎熬于"伤怀忠见忌,不得近君"②报国的矛盾中,而阮籍则在自然与名教的矛盾中终生接受炼狱的苦痛。

(四)化骚入诗

屈骚是曹植、阮籍创作的共同源头。《杂诗六首》作为组诗,在曹植的化骚作品中具有特别的意义,此或对阮籍学习、化用屈骚产生影响。

1.《杂诗》之《离骚》体制

《离骚》的一个特点即是由于"主要是采用了伴随情感宣泄而抒写的方

---

① 陈祚明评选《采菽堂古诗选》卷八,李金松点校,上海古籍出版社,2019,第250页。
② 张玉谷:《古诗赏析》卷九,许逸民点校,第198页。

式,较多地采用了借助审美意象以显现的方式,故乍看起来似乎不那么连贯完整、直观明确……好似东一句、西一句"①,反反复复,但又始终在其情绪轴范围。《杂诗六首》似乎把这种方式转换为组诗的方式,反复零乱,但都不离于"伤怀忠见忌,不得近君"之意。吴淇言其"诗中不专指一事,亦不必作于一时"②,此与冯惟讷"籍咏怀诗八十余首,非必一时之作"③之言,颇为相似。非作于一时,亦可见其章节之非连贯性。吴淇又言:"杂诗六首,似皆原本于《离骚》,吾不知其有意摹之欤,抑无心偶合欤?"④钱志熙说:"一编《咏怀诗八十二首》,可说是五言诗中的《离骚》。"⑤由此言之,曹植《杂诗六首》亦可谓小制作《离骚》。学界以为阮籍《咏怀诗》八十二首体制上或受应璩《百一诗》影响,但若从前面所论组诗的多变风格、多样写法、前后矛盾、反反复复而又情绪一贯言,《百一诗》内容、风格过于一致,似乎《杂诗六首》对阮籍的影响更为明显。

2. 以赋寓比之叙述方式

吴淇首次点出《杂诗六首》与屈骚的关系,如"第一章'高台多悲风',即《思美人》。二章'转蓬离本根',即《悲回风》……"⑥,但他对曹植比兴手法对屈骚的化用发展尚未指明。葛晓音认为:"汉代古诗中的比兴或者仅作修辞手段,或者在有意无意之间,寓意不一定很明确,更少见全篇为喻的先例。曹植把整篇比兴变成说明某种寓意的手法,使比象与寓意之间类比的层次更加清晰。"⑦《杂诗六首》其一、其二、其三、其四在这方面表现最为明显。以"南国有佳人"为例,它明显借鉴了楚辞的意境与成句,但曹植把美人意象与寓意转换成了具有情节感的人物诗,写意淋漓,极富张力,整幅画即自我怀才不遇之喻。此种手法,在《古诗十九首》"涉江采芙蓉"中已有运用,但因十九首不知作者,很难确定其比意的存在,而曹植众所周知的人生际遇,则使其诗中寓意一目了然。所以,尽管阮籍集前代比兴之大成,但就其

---

① 蔡靖泉:《楚文学史》,湖北教育出版社,1996,第440页。
② 吴淇:《六朝选诗定论》,汪俊、黄进德点校,广陵书社,2009,第113页。
③ 阮籍:《阮籍集校注(典藏本)》,陈伯君校注,第208页。
④ 吴淇:《六朝选诗定论》,汪俊、黄进德点校,第113页。
⑤ 钱志熙:《魏晋南北朝诗歌史述》,第54页。
⑥ 吴淇:《六朝选诗定论》,汪俊、黄进德点校,第113页。
⑦ 葛晓音:《八代诗史》,第66页。

诗中化用楚辞并把它组合、扩展成比诗的做法看,似与曹植关系密切。如《咏怀诗》(十一)前六句——"湛湛长江水,上有枫树林。皋兰被径路,青骊逝骎骎。远望令人悲,春气感我心",即由"皋兰披径兮斯路渐。湛湛江水兮上有枫,目极千里兮伤春心"①和"青骊结驷兮齐千乘"②等句化出,但阮籍把它们化合成一幅绝佳的写意遥望图。不过,相比于曹植,阮籍诗中此种运用更普遍,方式更复杂,也更灵活,因此,其诗呈现出与曹植比象、寓意之明确不同的"厥旨渊放,归趣难求"③的面貌。

总而言之,在曹植接受史上,像阮籍这样对其诗歌语句、意象、章法等作广泛吸纳化用的读者并不多见。现存史料虽无阮籍对曹植片语之论,但多方化用无形中表现了他对曹植的情感倾向,此或为相似的经历、个性与情绪体验所致,这同时意味着,阮籍在接受曹植作品时含有对其人的接受。其次,阮籍对曹植在五言诗方面的诸多开创之功心领神会,他进一步扩大了曹植作品的个人抒怀倾向,为后来诗歌中一些重要特点的形成打下了基础。同时,尽管阮籍诗歌呈现渊深难测的风格特征,但正如钱基博先生所言,他继承了曹植骨气奇高之一面,所谓"骨气奇高似陈王,而辞采不华茂"④。当然,由于阮籍诗歌渊源比较广博,他学而不困,法而不拘,"于曹、王另为一派"⑤,遂别开天地而成正始之声,影响深远。

又,需要提及的是,阮籍对曹植作品的接受不只体现在诗歌方面。如钱志熙指出:"《清思赋》写作者自己会晤想象中的女子,受到屈原《离骚》和曹植《洛神赋》的影响。"⑥章培恒、骆玉明更具体地指出:"'谦谦君子德,磬折欲何求'的诗句,则可视为阮籍《大人先生传》中批判'立则磬折'的儒生及其思想的先声。"⑦另外,马积高指出《蝙蝠赋》是曹植首创的讽刺小赋,后经阮籍、仲长敖等人,讽刺艺术才得到空前的发展。⑧ 不过,据龚克昌先生《全汉赋》,早在西汉孔臧即有《蓼虫赋》,以寄生在蓼草上的贪婪的蠕虫讽刺不

---

① 《招魂》,载洪兴祖:《楚辞补注》,白化文、许德楠、李如鸾等点校,中华书局,1983,第215页。
② 《招魂》,载洪兴祖:《楚辞补注》,白化文、许德楠、李如鸾等点校,第213页。
③ 钟嵘:《诗品笺注》阮籍条,曹旭笺注,人民文学出版社,2009,第69页。
④ 钱基博:《中国文学史》,第125页。
⑤ 方东树:《昭昧詹言》,汪绍楹点校,第80页。
⑥ 钱志熙:《魏晋诗歌艺术原论》,第133页。
⑦ 章培恒、骆玉明主编《中国文学史新著》,复旦大学出版社,2007,第268页。
⑧ 马积高:《赋史》,第154、171页。

知辛苦、安逸无心的高粱之子。不过小赋对蓼虫的描写只有一句,距离咏物讽刺小赋的概念还较远。到了东汉,王延寿的《王孙赋》则是一篇成熟的刺世咏物小赋了。龚先生引用清代陆棻言:"为王孙传神酷似,岂止颊上三毫,而轻黜小人亦毕呈其丑态。方知嗣宗骂坐,未若此之嬉笑相嘲也。"①龚先生认为阮籍《猕猴赋》明显受其影响。只是王延寿游戏笔墨,所讽未有确指,不像阮籍直斥人面兽心者,"体多似而匪类,形乖殊而不纯",此点倒似与曹植所言蝙蝠"形殊性诡,每变常式"(《蝙蝠赋》)有相通之处。

---

① 《全汉赋评注》(后汉下),龚克昌等评注,花山文艺出版社,2003,第741页。

第三章　两晋主流文士对曹植的接受

西晋初陈寿《三国志》曹植传及相关史料是后世曹植其人接受的重要文献,而曹植传中对曹植表的录入亦隐含陈寿对曹植其人、其文的理解、评价,对后世曹植作品的阐释有一定的方向性意义。两晋时期,《三国志》曹植传除外,对曹植文学的批评之辞亦不多见。两晋文士对曹植的接受主要体现在创作方面,其接受对曹作逐渐经典化以及后人对曹作的学习规模影响深远。从此角度言,两晋实乃曹植文学接受的第一个高潮。不过,两晋曹植创作接受群体乃当时文坛主流文士,于时尚未出现南北朝时期曹植文学接受的泛化现象。另外,东晋知名艺术家或书写曹植诗赋,或图画曹植名作,对曹植作品进行了艺术转换,在后世流传过程中,其书写、绘画与曹作水乳交融,成为中国文艺的瑰宝。同时,东晋时期的这些艺术转换形式也开启了后世曹植作品的艺术转换之路。

学界对本期曹植接受现象尚无深入系统的探讨,本章借鉴已有研究成果,试分五节论述。第一节总论两晋对曹植其人及其作品的接受,第二、三、四节分别论述傅玄、张华、陆机等主流文士对曹植创作的接受,第五节论述东晋王羲之父子和顾恺之等对曹植作品的艺术转换。

第一节　斯人已殁,斯文独辉
——曹植在两晋接受的多样情态

曹植在两晋的接受形态是多样的,一方面体现在接受指向上,既有其为人的接受,亦有其文的创作接受与批评,又有其作品的跨界接受;另一方面,就其文的接受而言,既有不同文体的接受,又有同一作品的多样接受;再一方面,从接受者身份言,既有文学家的创作学习,亦有史学家的明鉴,也有艺术家的艺术转换。分而论之如下。

一、晋人对曹植人生的同情与理解

综观两晋,除几则显性史料外,曹植其人似乎从公众视域中退出了。尽管如此,我们依然可以看出,晋人对曹植实持有一定程度的同情、理解。段灼《上表陈五事》言:"然魏文徒希慕尧舜之名,惟新集之魏,欲以同于唐虞之盛,忽骨肉之恩,忘藩屏之固,竟不能使四海宾服,混一皇化,而于时群臣莫有谏者,不其过矣哉!……而今诸王有立国之名,而无襟带之实。又蜀地有自然之险,是历世奸雄之所窥窬,逋逃之所聚也。而无亲戚子弟之守,此岂深思远虑,杜渐防萌者乎!"①段灼对魏文帝宗室政策的反思及借鉴曹魏历史教训的进言,虽带有浓郁的政治色彩,但他对曹丕"忽骨肉之恩,忘藩屏之固"的指责,还是一定程度上表明了对曹魏曹植等宗室诸王的同情态度。

另外,曹植乐府诸相和作品,据《文心雕龙·乐府》言"子建士衡,咸有佳篇,并无诏伶人,故事谢丝管"②,其乐府没有请乐师配乐,故不能用乐器伴奏。不过,郭茂倩《乐府诗集》言晋乐《怨歌行》奏曹植"为君既不易"③诗;引《乐府解题》言"晋乐奏东阿王'置酒高殿上'"④,《古今乐录》言"王僧虔《技录》云:'《门有车马客行》歌东阿王置酒一篇。'"⑤;引《古今乐录》曰"《怨诗行》歌东阿王'明月照高楼'一篇"⑥,并指此为晋乐所奏。由这几首诗的音乐转换看,晋人并没有因为曹植失败的政治身份而忽略其优秀的作品。

又,曹植"置酒高殿上"一诗(《箜篌引》)作于曹叡时期,实以诗歌形式

---

① 严可均辑《全晋文》卷六六,商务印书馆,1999,第691页。
② 周振甫:《文心雕龙今译(附词语简释)》,第71页。
③ 郭茂倩编《乐府诗集》,中华书局,1979,第617页。
④ 郭茂倩编《乐府诗集》,第570页。
⑤ 郭茂倩编《乐府诗集》,第585页。
⑥ 郭茂倩编《乐府诗集》,第610页。

述写《金縢篇》,通篇以周公作比,张玉谷谓"此忧谗之诗"①;"明月照高楼"篇(《七哀》),作于黄初,刘履曰"子建与文帝同母骨肉,今乃浮沉异势,不相亲与,故特以孤妾自喻,而切切哀虑之也"②;"置酒高殿上""始言丰膳乐饮,盛宾主之献酬。中言欢极而悲,嗟盛时不再。终言归于知命而无忧也"③。晋人选择这三首体现曹植遭遇、情怀的诗配乐歌唱,亦可见晋人对其命运的共情。

至若孝武时,桓伊愤激于孝武末年"嗜酒好内"④,会稽王道子专权,"好利险诐之徒,以安功名盛极,而构会之,嫌隙遂成"⑤,故趁孝武召其饮宴时,抚筝而歌《怨诗》,"声节慷慨,俯仰可观。安泣下沾衿,乃越席而就之,捋其须曰:'使君于此不凡!'帝甚有愧色"⑥。又,谢安死后,羊昙"辍乐弥年,行不由西州路。尝因石头大醉,扶路唱乐,不觉至州门。左右白曰:'此西州门。'昙悲感不已,以马策扣扉,诵曹子建诗曰:'生存华屋处,零落归山丘。'恸哭而去"⑦。桓伊歌《怨诗》曹植"为君既不易"篇,羊昙所诵出自曹植"置酒高殿上"篇。谢安的泣下沾襟、羊昙的醉歌,以曹诗抒发慷慨、悲凉之情,其情感之共振隐约可见他们对曹植人生的理解、同情。

以上还只是侧面体现,至若陈寿为曹植作传,则于同情之外,对曹植人格、理想及命运有更深刻的认识。《三国志》曹植本传主要着眼于其政治遭遇与其人格、心志,而此又同曹魏继承人选择、科禁诸侯政策及由此产生的国家、宗族、个人悲剧联系在一起。比如传中所引曹植《责躬》《应诏》《求自试表》《求通亲亲表》《陈审举表》等作品,陈寿无一句评语,而其撰写之选择、安排则让人感慨良深。曹植《责躬》诗写于黄初,该诗以罪臣身份反思己过,感恩当今皇帝的慈悲宽大,表达自己立功赎罪之心。诗诚惶诚恐、盛辞倾赞、感恩戴德,与其任性不羁的才华、建安时的王子风流等相比,足见其于皇权压制下的痛苦,而陈寿对曹丕德心不广、刻薄寡恩的批评亦含其中。

---

① 张玉谷:《古诗赏析》卷九,许逸民点校,第204页。
② 刘履:《选诗补注》卷二,明刊本,第13页。
③ 郭茂倩编《乐府诗集》,第570页。
④ 房玄龄等:《晋书》卷八一《桓伊》,第2118页。
⑤ 房玄龄等:《晋书》卷八一《桓伊》,第2118页。
⑥ 房玄龄等:《晋书》卷八一《桓伊》,第2119页。
⑦ 房玄龄等:《晋书》卷七九《谢安》,第2077页。

太和时期曹植连上三表,由求自试,到求通亲亲,到直言曹魏亲异姓疏公族政策的危险,其悲剧人生及其功业追求、伦理宗亲情怀、政治远见等由此得以彰显。此与曹操不以时立太子的犹豫相呼应,从另一面解释了曹操何以在继承人问题上始终对曹植难以放弃。曹植立心远大,富于理想,忧勤王事,愿荷国重,此与曹操颇近似的立心、胸怀、激情,正是能开拓曹魏政治、军事局面的根本素质。陈寿选录曹植黄初、太和所作四表入曹植传,足见他对曹植人生、人格、心志的理解之深。由此亦可以理解,为何晋武帝专以《六国论》问曹志是否为其先王所作,《六国论》承曹植《陈审举表》而来,对曹魏面临的倾巢危机作了深刻分析,晋武帝之疑为曹植所作,正可见曹植深切的宗族情怀、爱国理想与政治敏感及政治预测能力对司马氏的震撼,"魏有人,懿不能夺也。魏之无人,曹丕自失之也"①,此或正是司马氏庆幸之处。

又,曹彰、曹植并列一传,末提曹熊,表面上似因三人与文帝一母同胞,但熊事于篇末一笔作结,可略而不论,且传后评论仅言曹彰、曹植,"任城武艺壮猛,有将领之气。陈思文才富艳,足以自通后叶"②,此一文一武相映成辉的排列,实际上暗示了曹操临终诏曹彰的深意,而又以此曹魏两俊杰的废弃命运,感叹曹魏宗室政策不仅给个人带来悲剧,亦因此而最终导致曹魏的覆灭。结尾引《左传》中语"楚则失之矣,而齐亦未为得也"③,语意模糊而意味深长。而曹彰、曹植文武并列一传,二人又并列成为后世称扬的符号,左思《魏都赋》"勇若任城,才若东阿"④之并称可能即来自此。当然,若钟会之称高贵乡公"才同陈思,武类太祖"⑤,更是把陈思之才提到与其父之武相并论的地步,可见陈思之才已是晋人共识。不过,相对于高贵乡公而言,此论并不相称,作为司马氏的忠实追随者,钟会只是提醒司马文王要对高贵乡公保持警惕而已。

陈寿《三国志》所作曹植传语言简洁而笔底生情,陈寿对曹植的同情、理解隐然其中。陈寿是魏武之后又一个深入曹植灵魂的人物,除传后评论外,他还通过材料的剪裁安排等方式曲折地表达自己对人物的认知与情感,

---

① 王夫之:《读通鉴论》卷一〇《三国》,第277页。
② 陈寿:《三国志》卷一九《魏书·任城陈萧王传》,第577页。
③ 陈寿:《三国志》卷一九《魏书·任城陈萧王传》,第577页。
④ 严可均辑《全晋文》卷七四,第789页。
⑤ 陈寿:《三国志》卷四《魏书·三少帝纪》裴注引《魏氏春秋》,第132页。

这不仅表现于曹植传中,亦通过点缀于他传中的丕、植事来表现,对此第一章已有所述,此处略而不论。

"西晋文士无论宗奉儒术或浸润玄学,多数道德意识淡薄,作风浮华,缺乏社会责任感"①,而东晋又玄风炽盛,普遍标榜旷达,在这样的时代文化风气背景下,陈寿对曹植人格精神的认识实属难能可贵。而据陈寿传,"司空张华爱其才"②,谯周言其"必以才学成名"③,时人称其"有良史之才"④,等等,看来陈寿对曹植有如此态度,所谓惺惺相惜之意,恐怕与他本人的多才学亦有关系。晋初对曹植其人的接受到东晋末年又有陶渊明之回应,此处不论。

二、晋人对曹植文学的批评与学习

从阐释史角度看,陈寿言:"陈思文才富艳,足以自通后叶。"⑤他首次指出曹植文学的传世价值。《三国志》曹植本传中所引曹植作品,除《陈审举表》外,皆入《文选》,成为后世公认的经典之作,此亦可见陈寿录入曹植作品对萧统的影响。而陈寿在曹植本传中对曹植表的录入,或又影响到李充对曹植表的评价。李充曰:"表宜以远大为本,不以华藻为先。若曹子建之表,可谓成文矣。"⑥何谓"远大"呢?"在朝辨政而议奏出,宜以远大为本,陆机议晋断,亦名其美矣"⑦。可知"远大",指为君为国而立心纯正,着眼大局,考虑长远。何谓"成文"呢?"研核名理,而论难生焉,论贵于允理,不求支离,若嵇康之论,成文美矣"⑧。可知"成文",指所论恰当合理而周全。李充从文体角度称赞曹植表体创作的内在精神。又,晋苏彦《女贞颂序》言:"昔东阿王作《杨柳颂》,辞义慷慨,旨在其中。余今为《女贞颂》,虽事异于往作,盖亦以厉冶容之风也。"⑨"冶容"指"艳丽的打扮",所谓"厉冶容",可

---

① 徐公持编著《魏晋文学史》,第254页。
② 房玄龄等:《晋书》卷八二《陈寿》,第2137页。
③ 房玄龄等:《晋书》卷八二《陈寿》,第2138页。
④ 房玄龄等:《晋书》卷八二《陈寿》,第2137页。
⑤ 陈寿:《三国志》卷一九《魏书·任城陈萧王传》,第577页。
⑥ 严可均辑《全晋文》卷五三,第560页。
⑦ 严可均辑《全晋文》卷五三,第560页。
⑧ 严可均辑《全晋文》卷五三,第560页。
⑨ 严可均辑《全晋文》卷一三八,第1493页。

能是对当时浮华奢侈之风进行讽刺批判。苏彦以为自己所作虽事不同于曹植,但讽刺批判的目的则是一致的。曹植有《柳颂序》,或即此篇,其中言曰:"遂因辞势,以讥当世之士。"可见苏彦所评主要着眼于曹作的讽刺手法。而"旨在其中"之论,则指出曹植借物寄寓的写作手法。"辞义慷慨"之评,则较早注意到曹植文的"慷慨"特质,似为南北朝注意曹作情感特质的发端。

晋人对曹作有限的阐释主要集中于其表、颂等实用性文体,对其文学性作品的阐释仅见傅玄对其《七启》的评价(具体见本章第二节)。即便是陆云与陆机兄弟,他们书信往来中多有对前代文学作家的评论,如对陈琳、王粲、曹丕、蔡邕等的评价。① 评论时往往把己作或陆机之作与所评作家创作相比较,颇有自负之感。但令人惊讶的是,他们的谈论竟无一处涉及曹植,更不用说与曹植相较论了。陆机兄弟书信中称曹丕直呼"子桓",而于他文称曹植时则言"东阿王""陈思"等②。从其对丕、植称谓的不同上或可见他们对曹植的尊崇,故其评论中对曹植创作的缺言,或因曹植确为他们兄弟仰望的高标。

从文学阐释史言,晋人对曹植文学的批评受制于当时文学批评理论的发展,但晋人创作实践方面对曹植作品的多方面模仿、借鉴,则又证明曹植文学成就的难以跨越。王玫认为六朝是曹植接受史上第一个高潮(主要从影响史角度讲)③,这种说法并不确切,应该说两晋时期即是曹植接受的第一个高潮,它在读者接受面上可能没有南北朝广泛,但此期曹作接受者主要是文学史、艺术史上的大家,他们对曹植作品的接受影响深远。具体言之,此期对曹植作品的接受主要有以下三个特点。

(一)主流文士的学习

两晋时期,曹植创作进入主流作家的视野,他们对曹作有比较深入的研

---

① 如陆云言,"陈琳大荒甚极,自云作必过之","仲宣文,如兄言,实得张公力。如子桓书,亦自不乃重之。兄诗多胜其《思亲》耳。《登楼赋》无乃烦《感丘》。其《吊夷齐》,辞不为伟。兄二吊自美之","蔡氏所长,唯铭颂耳。铭之善者,亦复数篇,其余平平耳。兄诗赋自与绝域,不当稍与比校"。参见陆云:《陆云集》,黄葵点校,中华书局,1988,第136、138、141页。

② 陆机《鞠歌行》序言"又东阿王诗'连骑击壤',或谓蹴鞠乎?"。陆机《要览》言"陈思有鹊"。参见陆机:《陆机集》,金涛声点校,中华书局,1982,第77、186页。

③ 参见王玫:《建安文学接受史论》,上海古籍出版社,2005。

究、模拟。比如傅玄、张华、陆机,他们多学习曹植的乐府创作。① 葛晓音言:"曹植首创五言大'篇',而这些以'篇'为题的乐府不少是从'行'诗变的。如《名都篇》《美女篇》《白马篇》《磐石篇》,据《歌录》载,原来均为《齐瑟行》。傅玄继承了曹植的作法,如改《艳歌行》为《有女篇》,改《怨歌行》为《朝时篇》,改《董逃行》为《历九秋篇》等。而陆机的许多'行'诗又发挥了'篇'的铺排之法。"②这还大致是从乐府"行""篇"的关系上谈其间的承继关系,实际上,他们对曹植乐府的学习、借鉴深入而复杂得多。

傅玄乐府中多有引用或化用曹植诗句之处,他较早把曹植乐府中的赋法吸收过来,只是他规模的痕迹非常重,有些甚至是套用;到了张华,进一步把赋法与俳偶结合,他化用曹植乐府题材,或者思路、写法等,常常能化人为己,自抒心意,颇有创造性。傅玄对曹植乐府作品的兴趣,与其妙解音律有关,史称其"博学善属文,解钟律"③。除此之外,还与他参与庙堂乐府之词章创作有关。据《晋书·乐志上》,傅玄、张华都参与了朝廷雅乐的创制工作,如"及武帝受命之初,百度草创。泰始二年,诏郊祀明堂礼乐权用魏仪,遵周室肇称殷礼之义,但改乐章而已,使傅玄为之词云"④,"至泰始五年,尚书奏,使太仆傅玄、中书监荀勖、黄门侍郎张华各造正旦行礼及王公上寿酒、食举乐歌诗"⑤,"泰始九年,光禄大夫荀勖……乃制古尺,作新律吕,以调声韵。……其乐章亦张华之所作云"⑥。傅玄有可能通过自身创作去摸索乐辞间的协调关系,他的一些不太成功的乐府作品很可能即是此类试验性作品。相比于傅玄,张华规模曹作非常灵活,模仿痕迹较淡,这除了天分、博学、兴趣、思想意识等因素影响,亦与其有意的突破有关,此点从其他事情上亦可看出。如陆云曾言:"仲宣文,如兄言,实得张公力。"⑦当时正是张华的提倡,才引起时人对王粲的看重,张华不同众人的眼光由此可见一斑。

---

① 这三人中,傅玄诗作主要是乐府作品,陆机诗作中乐府占据大半,张华现存诗作以五言为主,但其为数不多的乐府作品则多与曹植乐府有关。
② 葛晓音:《初盛唐七言歌行的发展——兼论歌行的形成及其与七古的分野》,《文学遗产》1997年第5期,第49页。
③ 房玄龄等:《晋书》卷四七《傅玄》,第1317页。
④ 房玄龄等:《晋书》卷二二《乐志上》,第679页。
⑤ 房玄龄等:《晋书》卷二二《乐志上》,第685页。
⑥ 房玄龄等:《晋书》卷二二《乐志上》,第692页。
⑦ 陆云:《陆云集》,黄葵点校,第138页。

张华对曹植乐府的学习对陆机影响很大,比如陆机《日出东南隅行》实际上承张华《轻薄篇》而来,而《轻薄篇》又是规模曹植《名都篇》而来。可以说,从傅玄、张华到陆机,他们对曹植作品的学习有着这样的轨迹,即从直接引用、套用、模仿到借鉴其主题、思路、意象,从外于自我感情到学习曹植借乐府以寄托情志,从单纯写人写事之赋法引入到变化赋法以写抽象之思维情绪,从乐府之文人化到诗歌之乐府化,诗歌与乐府的界限渐趋泯灭,等等。由于傅玄社会地位较高,为一代文宗;张华性好人物,潘岳、陆机等人皆其引荐;陆机又为南朝文士代表,他们各自形成了自己的文人圈,这些圈子又彼此交错,他们在文学创作上自然会相互影响。比如潘岳和陆机来往并不多,但我们依然可以从其诗文中看出二者在语句表达等方面的相似之处①。西晋诗"缛旨星稠,繁文绮合"②的特点由傅玄扬其波,张华助其澜,至陆机而大成,又由波心荡漾,辐射其余,从而成了一个时代的特色,追溯源流,此与他们对曹植诗歌的学习变化亦有一定关系。

不过,有一点需要注意,正如钱志熙所言,"所谓西晋诗,所指的正是此期的专家诗,而潘陆两家,为其代表","西晋诗风之华丽精雕者,主要是专家诗,一般人偶然之作,仍为自然吟唱之风格"。③ 即从陆机而言,他具有"缛旨星稠"特点的诗作主要体现在他的长篇乐府创作中,并非全部诗作都是繁缛绮丽者。即便他的乐府,也多有清爽如诗者,而其诗也多像曹植一样,吸取了民间乐府的营养。鉴于这种现象,笔者以为陆机之创作《拟古诗十二首》,除了有欲与古人相比逞才以自高的功利心,更重要者可能是通过模仿来探寻清省的诗歌形式与写作风格,刘勰所指晋诗特征为"缛旨星稠",实际是强调它对建安、正始的新变之处,而非以其为晋诗全部或者非常普遍的作风。

另外,左思之诗、潘岳哀诔文、郭璞游仙诗等,均不同程度受到曹作影响(详见本节后文)。而东晋时陶渊明对曹植的接受亦颇可注意。据范子烨"曹植的人生低谷与精神高原"系列文章,"陶渊明的《拟古》九首是以著名

---

① 学界探讨陆机诗的写作时间往往从历史等外围去看,其实,把握住陆机创作与洛下文士创作的相似性,对之进行横向比较,或可发现他大部分诗作的确如吴淇所言,应作于入洛以后。
② 沈约:《宋书》卷六七《谢灵运》,中华书局,1974,第1778页。
③ 钱志熙:《魏晋南北朝诗歌史述》,第68页。

诗人曹植为主人公的拟代体……换言之,这组诗乃是用曹植的口吻、眼光与心态来叙述、观照曹植的生活和思想,用曹植的文学语言、文学意象和文学风格来表现、刻画曹植的心态、思想和经历","曹植既是组诗的主人公,又是组诗的叙述主体。因此,作品本身具有拟古和咏史的双重属性"。① 范先生运用互文性理论,以第九首"种桑长江边"为突破口,通过详细比照组诗与曹作的对应关系,破译了《拟古九首》的隐含密码,其慧心妙识让人有豁然开朗之感。

不过,本文并不同意他组诗是以曹植的眼光、心态来观照曹植的人生与心态的观点,因为组诗中的曹植形象与史书及曹植作品中的自我有根本不同。如"迢迢百尺楼"一首,开篇言"迢迢百尺楼,分明望四荒。暮作归云宅,朝为飞鸟堂。山河满目中,平原独茫茫"②,极易让人联想到曹植《杂诗六首》其六"飞观百余尺,临牖御棂轩。远望周千里,朝夕见平原",但曹作由此引发甘愿为国捐躯的雄心壮志及志不得酬的悲愤之情,而陶诗则引出"古时功名士,慷慨争此场;一旦百岁后,相与还北邙……颓基无遗主,游魂在何方?荣华诚足贵,亦复可怜伤"③的无常之感。又如第九首"种桑长江边"写曹植"春蚕既无食,寒衣欲谁待"的困窘状况,而结尾则言"本不植高原,今日复何悔"④,表现了历经忧难的达观。因此,与其说诗作表现的是曹植的心态,不如说它是陶渊明的人生自道。

而从接受史角度看,组诗与曹植作品的相似性折射出陶渊明对曹植人生、作品的熟悉,透露出他对曹植这一历史人物的看法,他理解曹植的理想、孤独、困惑和悲慨,甚至他可能从曹植身上看到了自己曾经年少的影子,但曹植一生如同一只困缚茧中的蚕,而陶渊明则破茧而出,纵身大化,此正是组诗中曹植形象改变之原因所在,说明陶渊明对曹植抑郁终生而至绝命的执着悲苦并不赞同。此点亦可从陶渊明其他诗作中看出,比如《杂诗十二首》其一"人生无根蒂,飘如陌上尘。分散逐风转,此已非常身。落地为兄

---

① 范子烨:《引子——春蚕的故事:曹植的人生低谷与精神高原(一)》,《名作欣赏》2011年第10期,第25页。
② 陶渊明:《陶渊明集》,逯钦立校注,中华书局,1979,第111页。
③ 陶渊明:《陶渊明集》,逯钦立校注,第111页。
④ 陶渊明:《陶渊明集》,逯钦立校注,第114页。

弟,何必骨肉亲"①,他把曹植《吁嗟篇》中的转蓬变化为无根的浮尘,把富有个体色彩的飘荡无依上升为生命的普遍状态,而"落地为兄弟,何必骨肉亲"更似对曹植"他人虽同盟,骨肉天性然"(《豫章行》其二)的反驳,表现了陶渊明对人生的洞达。再如曹作言"丈夫志四海……无乃儿女仁"(《赠白马王彪》其六),陶诗则言"丈夫志四海,我愿不知老"②,又言"丈夫虽有志,固为儿女忧"③,表现了不同的人生追求。陶渊明回忆自己少年时"猛志逸四海"④,此与曹植"猛气纵横浮"(《鰕鳝篇》)何其相似,不过曹植一生志在功业,虽终抱利器而无所施,但其志虽死犹存,与陶渊明"荏苒岁月颓,此心稍已去"⑤自是不同。

除此之外,陶渊明《咏三良》诗与曹植《三良》诗间的承继关系亦颇可注意。陶作之前咏三良的诗尚有王粲、阮瑀的咏史诗,而陶诗的写法明显规模曹作。

曹植《三良》:

功名不可为,忠义我所安。秦穆先下世,三臣皆自残。生时等荣乐,既没同忧患。谁言捐躯易?杀身诚独难!揽涕登君墓,临穴仰天叹。长夜何冥冥!一往不复还。黄鸟为悲鸣,哀哉伤肺肝。

陶渊明《咏三良》:

弹冠乘通津,但惧时我遗。服勤尽岁月,常恐功愈微。忠情谬获露,遂为君所私。出则陪文舆,入必侍丹帷;箴规向已从,计议初无亏。一朝长逝后,愿言同此归。厚恩固难忘,君命安可违!临穴罔惟疑,投义志攸希。荆棘笼高坟,黄鸟声正悲。良人不可赎,泫然沾我衣。⑥

曹作《三良》以三良自述开篇,其后诗作在第一人称和第三人称间转换;而起句本身就隐藏着强烈的自嘲、讽刺与无奈,它看似是三良自道,但隐含了主体之批判。古人追求"三立"以流名后世,达到对有限生命之超越,但"不可为"暗示无"可为"之机,此句本含无限激愤。"忠义我所安"实指自

---

① 陶渊明:《陶渊明集》,逯钦立校注,第115页。
② 陶渊明:《陶渊明集》,逯钦立校注,第116页。
③ 陶渊明:《陶渊明集》,逯钦立校注,第127页。
④ 陶渊明:《陶渊明集》,逯钦立校注,第117页。
⑤ 陶渊明:《陶渊明集》,逯钦立校注,第117页。
⑥ 陶渊明:《陶渊明集》,逯钦立校注,第130页。

残以殉葬,在前句语境下,显出选择的无奈与讽刺,同"揽涕登君墓,临穴仰天叹"相呼应,更见此"忠义"并非"我所安"。但因主体视角隐藏太深,以至开头苍凉悲愤的语句读来却像对象的慷慨陈词,亦像主体的赞誉称赏。此诗肯定中有否定,否定中含肯定,夹杂着哭泣、叹息与黄鸟的悲鸣,成为复杂的情感合奏。

陶诗亦以第一人称自述开篇,其后叙述人称逐渐模糊,至结尾转为第三人称抒怀。而行笔之中,亦反话正说,却又微妙进行否定。如开篇言"弹冠乘通津,但惧时我遗。服勤尽岁月,常恐功愈微",以三良自道,表明他们对功业的兢兢追求,但"忠情谬获露,遂为君所私",一个"谬"字则否定了开篇三良之自道。袁行霈言"言外之意,反不如不乘通津,不恐功微,明哲以保身也。……'谬'字最可深味"①。另外,陶渊明《咏三良》中人称转换的方式也体现在陶作《咏荆轲》中,如开篇以第三人称叙述事件背景,而"君子死知己,提剑出燕京;素骥鸣广陌,慷慨送我行"②,自然转入荆轲自道,此手法较早由曹植从汉乐府中移入五言诗创作中,陶诗亦本于此。另外,陶诗中多有问答句式,亦应多学自曹植。作为田园诗的开创者,陶诗之冲淡自然与曹诗之词彩华茂、骨气奇高风格实殊,而陶诗对曹作的规模,亦可见陶诗博采众长、独铸伟词的特征。

(二)接受文体的多样化

两晋对曹植作品的接受在文体上呈现多样化特征,除诗歌接受外,还有赋、诔、章表、画赞、画论等方面的接受。

以赋而言,傅玄的《七谟》及序、《鹰兔赋》等皆有学习曹植赋作之处。曹植《洛神赋》中描写洛神的语句多被当时的诗人化用,此点发端于正始时期的阮籍,晋初傅玄、张华等皆有学习借鉴。至于晋代赋作学习《洛神赋》者,洪顺隆先生提到西晋张敏的《神女赋》,不过张作更像志怪小说的赋化,与《洛神赋》了不相似(具体分析见第五章沈约一节)。

就哀诔文、悼亡类诗言,两晋受曹植影响者主要是潘岳,陆机亦沾润其泽。潘岳善哀怆之辞,著名当世,他对曹作的继承主要表现在两方面:一是

---

① 袁行霈:《陶渊明集笺注》,中华书局,2003,第387页。
② 陶渊明:《陶渊明集》,逯钦立校注,第131页。

吸入曹植诔文哀辞的写法入自己同类文体创作中,二是汲取曹作中相关成分植入自己悼亡类诗歌创作中。李士彪认为三国以后,诔文流行的两种语体形式取法曹植:一是正文用四言韵文,每章结尾缀以"呜呼哀哉"句,如《王仲宣诔》;二是正文为四言韵文,诔文后则改为骚体以抒己意,如《文皇诔》。潘岳《杨荆州诔》《夏侯常侍诔》《马督诔》《杨仲武诔》等就学习了第一种形式。① 不过,李说仅从语体角度言之,曹植诔文的新变及其对后世的影响非此一端。两汉诔文以颂德为主,所写哀伤皆众人之哀,曹作增加了写哀成分,由两汉写群体之哀转向自我哀情的抒发。对此,曹植不仅创作中体现这一点,在理论上亦明显主张诔文写自我哀思的功用。比如其《卞太后诔》表言:"臣闻铭以述德,诔尚及哀。是以冒越谅阴之礼,作诔一篇。知不足赞扬明明,贵以展臣蓼莪之思。"《文帝诔》末云:"奏斯文以写思兮,结翰墨以敷诚。"此与文帝强调"铭诔尚实"②的实用功能相比,实是一大变化,促使哀诔文由实用性向文学抒情性转变,直接影响到陆机"诔缠绵而凄怆"③观点的形成,而陆机诔文的创作也同样受曹植哀诔文的影响。曹作中突写哀情的方式为晋人所吸取者主要有两点:

第一,以物是人非,睹物思人来写哀。比如《卞太后诔》:

追号皇妣,弃我何迁!昔垂顾复,今何不然!空宫寥廓,栋宇无烟。巡省阶涂,仿佛梲轩。仰瞻帷幄,俯察几筵,物不毁故,而人不存。痛莫酷斯,彼苍者天!

曹丕《短歌行》有"仰瞻帷幕,俯察几筵。其物如故,其人不存"④句,与曹植诔文中的几句颇为相似,不过曹植写的层次更丰富,也更细致,且与自我哀情紧密结合,更给人以悲情的感染。这种通过写目睹亡人旧物而产生物是人非之伤怀的写法为潘岳继承。如其《皇女诔》言:"披览遗物,徘徊旧居。手泽未改,领腻如初。"⑤《夏侯常侍诔》曰:"望子旧车,览尔遗衣。恸抑失声,迸涕交挥。"⑥《庾尚书诔》道:"噎噎虚坐,翩翩玄幕。几筵生尘,空

---

① 李士彪:《魏晋南北朝文体学》,上海古籍出版社,2004,第53页。
② 严可均辑《全三国文》卷八,第83页。
③ 陆机:《陆机集》,金涛声点校,第2页。
④ 逯钦立辑校《先秦汉魏晋南北朝诗》魏诗卷四,第389页。
⑤ 严可均辑《全晋文》卷九三,第992页。
⑥ 严可均辑《全晋文》卷九三,第991页。

馆寥廓。"① 这些写法明显效法曹植《卞太后诔》。潘岳还把这种写法移植到他的诗歌写作中，如其《悼亡诗三首》其一言"望庐思其人，入室想所历。帏屏无仿佛，翰墨有余迹。流芳未及歇，遗挂犹在壁"，其二言"辗转眄枕席，长簟竟床空。床空委清尘，室虚来悲风"，②亦是取法《卞太后诔》的结果。

第二，以回忆与被诔者的交往来写哀思。如《王仲宣诔》：

> 吾与夫子，义贯丹青。好和琴瑟，分过友生。庶几遐年，携手同征。如何奄忽，弃我夙零。感昔宴会，志各高厉。予戏夫子，金石难弊，人命靡常，吉凶异制。此欢之人，孰先陨越？何寤夫子，果乃先逝！又论死生，存亡数度。子犹怀疑，求之明据。

曹植这种回忆往昔交往，甚至谈话的写法实取法于曹操的《祀故太尉桥玄文》③。与这种写法相应的是，文中叙述人称不断变化。如《王仲宣诔》前文颂功德则用第三人称，至回忆过往，则改称"夫子"，变为第二人称呼告手法，若与死者深情共忆，而"孰云仲宣，不闻其声。延首叹息，雨泣交颈。嗟乎夫子，永安幽冥"，作者似乎感情失控，直呼"仲宣"，后又改称"夫子"，这种称谓的变化，可见缭绕于心的哀思的激荡。

这种写法亦为潘岳所继承。如《夏侯常侍诔》：

> 畴昔之游，二纪于兹。班白携手，何欢如之！居吾语汝，众实胜寡。入恶隽异，俗疵文雅。执戟疲扬，长沙投贾。无谓尔高，耻居物下。子乃洗然，变色易容。慨然叹曰：道固不同。为仁由己，匪我求蒙。谁毁谁誉？何去何从？④

不过，潘岳不仅记言，且以洗练之笔写人物神情、语气，不仅感人，且见真切。陆机的《吴贞献处士陆君诔》虽为残篇，但规模此写法的痕迹亦显然可见。而其中人称转换的方法亦影响到陆机《挽歌三首》的写作，如其第一首后半部分由第三人称议论改为第二人称叙写抒情，"按辔遵长薄，送子长夜台。呼子子不闻，泣子子不知"⑤，这种直呼的方式若对死者哭告，具有强

---

① 严可均辑《全晋文》卷九三，第 990 页。
② 逯钦立辑校《先秦汉魏晋南北朝诗》晋诗卷四，第 635 页。
③ "又承从容约誓之言：'殂逝之后，路有经由，不以斗酒只鸡过相沃酹，车过三步，腹痛勿怪。'……旧怀惟顾，念之凄怆。"载安徽亳县《曹操集》译注小组：《曹操集译注》，第 81 页。
④ 严可均辑《全晋文》卷九三，第 991 页。
⑤ 陆机：《陆机集》，金涛声点校，第 82 页。

烈的感发人心的力量。

第三，借外物以写哀情。如曹植《仲雍哀辞》言："阴云回于素盖,悲风动其扶轮。"《王仲宣诔》言"哀风兴感,行云徘徊。游鱼失浪,归鸟忘栖","灵輀回轨,白骥悲鸣"。其中阴云、悲风、灵车、白马等意象反复为后人所使用,而其"行云徘徊。游鱼失浪,归鸟忘栖"句,虽然可能化自傅毅《北海王诔》"白日幽光,氛雾杳冥"①句,但曹作夸张中又兼比拟,更见清健挺拔,对后继者颇有启发意义。如潘岳《哀永逝文》言"去华辇兮初迈,马回首兮旋旆。风泠泠兮入帷,云霏霏兮承盖。鸟俯翼兮忘林,鱼仰沫兮失濑"②;《京陵女公子王氏哀辞》曰"夕阳失映,晴鸟忘归"③;《杨仲武诔》言"归鸟頡頏,行云徘徊"④;《南阳长公主诔》曰"骈骖踌躇,服马悲鸣"⑤。其中意象多出自曹植。从陆机《挽歌三首》"悲风徽行轨,倾云结流霭"⑥,到陶渊明《拟挽歌辞三首》其三"马为仰天鸣,风为自萧条"⑦,等等,皆明显可见曹作的影响。又,李兆洛评曹植《平原懿公主诔》曰："含意抑扬,而授辞婉委,此之谓不苟。其模容写貌,则安仁《金鹿》等篇所自出也。"⑧曹植《金瓠哀辞》言"不终年而夭绝,何见罚于皇天。信吾罪之所招,悲弱子之无愆",这种痛苦到以自责有罪来叹惋幼女离世的写法,潘岳《伤弱子辞》"赤子何辜？罪我之由"⑨,与之如出一辙。

从画赞、画论讲,曹植有画赞30多篇,涉及对象广泛,包括人、物及史上著名事件等。傅玄最先受其影响,后郭璞《尔雅图赞》广泛赞写物事,其渊源可追溯至曹植的赞作,其后陶渊明《扇上画赞》亦与其有源流关系。曹植《画赞序》是中国绘画史上第一篇画论之作,其图画"存乎鉴戒"的观点是在"图绘功臣像已有200多年历史后的理论总结"⑩,其后何晏《景福殿赋》专

---

① 周振甫：《文心雕龙今译（附词语简释）》,第111页。
② 严可均辑《全晋文》卷九三,第996页。
③ 严可均辑《全晋文》卷九三,第995页。
④ 严可均辑《全晋文》卷九二,第988页。
⑤ 严可均辑《全晋文》卷九三,第992页。
⑥ 陆机：《陆机集》,金涛声点校,第82页。
⑦ 陶渊明：《陶渊明集》,逯钦立校注,第142页。
⑧ 李兆洛选辑《骈体文钞》卷五,上海书店,1988,影印本,第92页。
⑨ 严可均辑《全晋文》卷九三,第994页。
⑩ 邓乔彬：《魏晋画论中的鉴戒说及其离异》,《杭州大学学报》1997年第2期,第89页。

论列女壁画,其所写虞姬、姜后、钟离、楚樊、班妾、孟母等,皆曹植画序所言"令妃顺后",其题材虽较狭窄,但"存乎鉴戒"的功能则一致。后张彦远《历代名画记》记载陆机论画之语"丹青之兴比雅颂之述作,美大业之馨香。宣物莫大于言,存形莫善于画"①,把绘画提到与《雅》《颂》并列的地位,较之曹植"(赋)与雅颂争流可也"(《前录自序》)之说走得更远。邓乔彬指出,"陆机将绘画与诗中《雅》《颂》相并,是历史上的第一次。这不仅标志着'文的自觉'以来,随着重'道'轻'文'观念的改变,传统的重'道'轻'艺'观念也随之改变;而且将曹植较为局部的'存乎鉴戒'之见,推之于更为广大的范围,是曹丕视文章为'经国之大业,不朽之盛事'见解的进一步扩充,使之由文学跨越到绘画"②,"陆机以丹青与《雅》《颂》相比,是对鉴戒说的继承且有所侧重,而'宣物莫大于言,存形莫善于画',已超越了社会功能论,是上升到美学层次的见解"③。

就表而言,李士彪指出:"至曹植《求自试表》《求通亲亲表》,藻采繁盛,音节浏亮。刘勰称赞……曹植章表成为六朝人的楷模。钟嵘《诗品》指出陆机、谢灵运的诗'其源出于陈思',实则文亦如此,而且'铺采摛文'程度更为深重,如陆机《谢平原内史表》、谢灵运《劝伐河北表》等。"④此可见曹植影响晋人表文之一斑。

(三)同一作品的多次接受

两晋对曹植作品的接受还有一个明显特征,即不同的作者往往会模仿同一个作品,而通过不同接受者横向或纵向的反复学习借鉴,曹植的一些作品开始了经典化的历程。此亦有两方面的表现:一是不断化用某一作品中某字,或某句,或某几句,从而促使曹植一些作品语句的经典化。比如范晞文言:"子建诗:'朱华冒绿池。'古人虽不于字面上著工,然'冒'字殆妙。陆士衡云:'飞阁缨虹带,层台冒云冠。'潘安仁云:'川气冒山岭,惊湍激严阿。'颜延年云:'松风遵路急,山烟冒垄生。'江文通云:'凉叶照沙屿,秋华

---

① 张彦远:《历代名画记》,俞剑华注释,上海人民美术出版社,1964,第4-5页。
② 邓乔彬:《魏晋画论中的鉴戒说及其离异》,《杭州大学学报》1997年第2期,第92页。
③ 邓乔彬:《魏晋画论中的鉴戒说及其离异》,《杭州大学学报》1997年第2期,第93页。
④ 李士彪:《魏晋南北朝文体学》,第142页。

冒水浔。'谢灵运云：'蘋萍泛沈深，菰蒲冒清浅。'皆祖子建。"①潘岳、陆机对曹植《公宴》诗中"冒"字的借用，直接影响到六朝作者。

再比如《洛神赋》中描写洛神的语句，如"翠羽"经傅玄、张华等的使用，到了六朝，成为描写女子的常用词语。又，曹植"寄松为女萝，依水如浮萍"（《闺情》其一）句，傅玄变为"浮萍本无根，非水将何依"②，潘岳化用为"依水类浮萍，寄松似悬萝"③。又，曹植"名都多妖女，京洛出少年"（《名都篇》）句，陆机变为"高台多妖丽"④，陆云则化作"京室多妖冶，粲粲都人子"⑤。又，曹植"怨彼东路长"（《赠白马王彪》）句，枣据出为"怨彼南路长"⑥，陆机改为"行矣怨路长"⑦。又，曹植"我本泰山人"（《磐石篇》）句，陆机化作"余固水乡士"⑧，石崇则言"我本汉家子"⑨。又，曹植"明月照高楼，流光正徘徊"（《七哀》）句，何劭出为"明月照高树"⑩，左思又变化成"明月出云崖，皦皦流素光"⑪。如此等等。到了六朝，这些诗句多成为使用率非常高的句式了。

曹植又把乐府问答句式植入五言诗歌，比如"借问叹者谁"（《七哀》）、"借问女何居"（《美女篇》）等，陆机、陶渊明诗中亦多有此种句式。而从诗篇角度看，傅玄、张华、陆机等皆有模仿曹植《门有车马客行》的作品；傅玄《艳歌行》《有女篇》，陆机《日出东南隅行》均有模仿曹植《美女篇》之处；贾充《与妻李夫人联句》、陆机《为顾彦先赠妇二首》其二都学曹植《七哀》；司马彪《诗》"秋蓬独何辜，飘摇随风转。长飙一飞薄，吹我之四远。搔首望故株，邈然无由返"⑫明显模仿曹植《吁嗟篇》；而陆机《从军行》亦有《吁嗟篇》的影子。张华继承了曹植的游侠题材，其《游猎篇》有些语句直接出自曹植

---

① 范晞文：《对床夜语》卷一，载丁福保辑《历代诗话续编》，第411页。
② 傅玄：《明月篇》，载逯钦立辑校《先秦汉魏晋南北朝诗》晋诗卷一，第559页。
③ 潘岳：《河阳县作诗二首》其二，载逯钦立辑校《先秦汉魏晋南北朝诗》晋诗卷四，第633页。
④ 陆机：《陆机集》，金涛声点校，第68页。
⑤ 陆云：《陆云集》，黄葵点校，第90页。
⑥ 枣据：《杂诗》，载逯钦立辑校《先秦汉魏晋南北朝诗》晋诗卷二，第589页。
⑦ 陆机：《陆机集》，金涛声点校，第52页。
⑧ 陆机：《陆机集》，金涛声点校，第51页。
⑨ 石崇：《王明君辞》，载逯钦立辑校《先秦汉魏晋南北朝诗》晋诗卷四，第643页。
⑩ 何劭：《杂诗》，载逯钦立辑校《先秦汉魏晋南北朝诗》晋诗卷四，第649页。
⑪ 左思：《杂诗》，载逯钦立辑校《先秦汉魏晋南北朝诗》晋诗卷七，第735页。
⑫ 司马彪：《诗》，载逯钦立辑校《先秦汉魏晋南北朝诗》晋诗卷七，第729页。

《白马篇》,其《壮士篇》亦有规模《白马篇》之处。

张华对《白马篇》的学习对它在文学史上的经典化作了铺垫,其直接影响即是左思的《咏史诗八首》其一:"边城苦鸣镝,羽檄飞京都。虽非甲胄士,畴昔览穰苴。长啸激清风,志若无东吴。铅刀贵一割,梦想骋良图。左眄澄江湘,右盼定羌胡。"①其思路类似曹作,先写边城警急,然后写主人公闻讯后的内心及行为反应,只是他更倾向于表现内心的激情与志向,曹作则重在表现主人公的动作,如"厉马登高堤。长驱蹈匈奴,左顾陵鲜卑",其大无畏的精神与蔑视敌军的气概由此一连串动作彰显。左思的"左眄澄江湘,右盼定羌胡"明显化自"长驱蹈匈奴,左顾陵鲜卑"句。不过,左诗中主人公是自我,与曹作借游侠儿来表达心志迥然不同。再者,左诗中自我是文士,而非曹作中武艺高强的游侠,此与承自曹作而来的阮籍、张华诗中的壮士形象亦不同,他可以说是文士之侠,这一形象对曹作游侠儿形象是一新变。

左诗结尾言"功成不受爵,长揖归田庐"②,把建功立业与老庄恬淡隐退的思想相结合,与曹作"捐躯赴国难,视死忽如归"之大义赴死的精神大有不同。左诗表达的是文人的功业理想,他由此创制了新的表达建功立业理想的模式,为唐代文人所继承变化。左思《咏史》,钟嵘以"风力"许之,但笔者以为,除艺术技法之外,左思之"风力"与曹植之"风骨"还是有区别的,其根本在于曹植虽以文名世,但其身份、地位、学识、遭遇等决定了他并非一介文人(尽管后世多是以文士目之),其自我形象与诗中形象是一致的;而左思诗中高标自许的自我形象与其实际生活中的形象则有出入,这一点徐公持先生分析得很全面。如他认为在当时重视言语,清谈容貌风姿的背景下,左思的貌丑口讷给他的"个人前程和社会处境平添了先天不利因素"③,心灵的受挫"使他产生一种对于外界的排拒对立情绪惯性"④,再加上他仕途上只做到小小的秘书郎,这也加重了他心灵的郁结。"内心的郁结愤懑,发而为强烈的愤世嫉俗情绪,便是《咏史诗》等作品的思想情绪基础"⑤。所以左思的"风力"来自强烈的自尊和愤世嫉俗,此与曹植基于自信与强烈的

---

① 逯钦立辑校《先秦汉魏晋南北朝诗》晋诗卷七,第732页。
② 逯钦立辑校《先秦汉魏晋南北朝诗》晋诗卷七,第732页。
③ 徐公持编著《魏晋文学史》,第388页。
④ 徐公持编著《魏晋文学史》,第388页。
⑤ 徐公持编著《魏晋文学史》,第388页。

国、家宗族责任感而产生的慷慨激昂是根本不同的。又,左思《杂诗》"高志局四海"①句,明显由曹植《仙人篇》"四海一何局"化出,二人虽同有落寞之情,但据上述来看,其内涵则大不相同。

另外,陆机《前缓声歌》借鉴了曹植《仙人篇》的写法,到了郭璞,对曹植的游仙作品亦有学习。胡应麟:"景纯《游仙》,盖本汉诸仙诗及思王《五游》《升天》诸作。"②他所指可能是郭诗中有关游仙的具体内容,如"神仙排云出,但见金银台。陵阳挹丹溜,容成挥玉杯。姮娥扬妙音,洪崖颔其颐。升降随长烟,飘摇戏九垓"③,和曹植《仙人篇》颇相像。再如,"振发晞翠霞,解褐礼绛霄。总辔临少广,盘虬舞云轺"④与"披我丹霞衣,袭我素霓裳。华盖芳暗蔼,六龙仰天骧"(《五游咏》),写著仙衣,驾龙车,亦颇相像。不过,这还未从实质上触及郭诗之于曹作的继承关系。

郭璞游仙诗承自曹作主要表现在:一是借游仙以言志。如《诗品》言其"辞多慷慨,乖远玄宗。而云'奈何虎豹姿',又云'戢翼栖榛梗',乃是坎壈咏怀,非列仙之趣也"⑤。二是把游仙之志与隐逸思想结合起来。此点起于曹植,如曹作"绿萝缘玉树,光耀灿相辉。……郁郁西岳巅,石室青青与天连。中有耆年一隐士,须发皆皓然,策杖从我游,教我要忘言"(《苦思行》),应是诗歌史上首次出现的具有文学虚构意义的隐士形象,与阮瑀诗所咏史载之隐士形象不同,郭璞游仙其二"青溪千余仞,中有一道士。云生梁栋间,风出窗户里"⑥或出于此。再如郭诗"绿萝结高林,蒙笼盖一山。中有冥寂士,静啸抚清弦"⑦,青山、绿萝的环境,隐身其中的人物,等等,与曹作都极为相似。不过曹诗是乐府杂言,郭诗是五言;曹诗之隐士是持道长寿者,郭诗中的隐士形象则融合了玄学家和六朝名士的特征;曹诗之隐士形象是偶然涉及,郭诗中的则是作者有意的塑造。发端于曹植游仙诗中抒写离世隐遁之志的内容,至郭璞游仙诗才有游仙之志与隐逸之思的结合。

---

① 逯钦立辑校《先秦汉魏晋南北朝诗》晋诗卷七,第735页。
② 胡应麟:《诗薮》外编卷二,第147页。
③ 逯钦立辑校《先秦汉魏晋南北朝诗》晋诗卷一一,第866页。
④ 逯钦立辑校《先秦汉魏晋南北朝诗》晋诗卷一一,第866页。
⑤ 钟嵘:《诗品笺注》,曹旭笺注,第145页。
⑥ 逯钦立辑校《先秦汉魏晋南北朝诗》晋诗卷一一,第865页。
⑦ 逯钦立辑校《先秦汉魏晋南北朝诗》晋诗卷一一,第865页。

总之，两晋时期是曹植一些重要作品经典化的铺垫时期，不同接受者对同一作品的反复学习借鉴，从不同角度肯定了曹作的突出成就。不仅如此，东晋时王羲之、王凝之父子与顾恺之等，把曹作转换成书法、绘画等艺术形式，使得曹作之接受跨越了文学领域，他们关于《洛神赋》的书法、绘画作品在中国古代艺术家那里得到了长远的回应。

　　综上所述，晋之前对曹植作品之接受，从曹叡而至正始的嵇康、阮籍，都只是个体化的零星学习，这种缺少普遍接受群体的状况与文坛创作的凌迟衰微有关。晋代对曹植作品的接受仍未形成普遍化局面，这表现在两个方面：从时段上讲，对曹作的接受以西晋为主；从接受对象言，则以主流诗人、史家、艺术家的接受为主。这种接受形态形成的原因在于：西晋政权的先天丑恶性，与统治者对戚属臣下道德原则和政治理想引导的缺乏，导致西晋文化中崇高精神的缺失，这反映到文学层面，当时文士对充满理想、激情、道德感的作品可能就不太感兴趣，此或为曹植文学在西晋时期缺少普遍接受的一个原因[1]；而西晋在短暂的统一后，旋即陷入王室操戈、五胡乱华的动荡之中，众多文士身陷流离，甚至生命不保，文学创作由于作家群体之零落而随即滑入低谷，曹植文学接受亦难有普遍之势；而"自中朝贵玄，江左称盛，因谈余气，流成文体。是以世极迍邅，而辞意夷泰"[2]，东晋贵玄之士对曹植充满儒家精神的诗文自然隔膜。

　　正因为上述原因，两晋曹植创作接受以西晋早中期为重，其时，人才实盛，虽"运涉季世，人未尽才"[3]，但这些大家，尤其太康诗人，对南北朝文学创作影响不小，因此他们对曹植的接受也就有着不同寻常的意义；而相比于后代主要接受曹植的诗歌言，此期对曹植多种文体创作都有接受，其原因盖在于，建安对多种文体皆有变革或开拓之功，曹植又卓然为其中大家，自然成为晋人的规模对象，而到南北朝时，经由两晋文士的努力，许多文体涌现了更多优秀的作品，当时文人对前代的学习对象范围更为广泛，再加上南北朝时文体辨析愈益精细，许多文体在南北朝有了较大变化，而文学风尚亦异于往代，因此，对曹植的创作接受逐渐变为以诗歌为主了。

---

[1] 徐公持编著《魏晋文学史》，第253页。
[2] 周振甫：《文心雕龙今译（附词语简释）》，第408页。
[3] 周振甫：《文心雕龙今译（附词语简释）》，第406页。

第二节 一代文宗,肇始晋初
——论傅玄对曹植多种文体的模仿

晋代魏于公元265年12月,傅玄卒于公元278年,入晋后傅玄在世13年。傅玄的文学创作以曹魏时期为多,除入晋后所写的宫廷乐府歌诗,其他赋作、乐府诗大多数写于入晋之前,"有的可能还是青年时期的习作,摹拟前人的痕迹十分明显"①。傅玄现存作品多数都有曹植作品的痕迹,他对曹作的学习借鉴涉及诗、赋、赞等多种文体,其作品中引用、化用、模仿曹植诗、文句之多令人惊讶。作为晋初重臣,傅玄以其显位要职与博学善文,对晋初文学风气应有导向作用,他对曹作的学习借鉴于晋代文人对曹植作品的接受亦应有一定影响。有鉴于此,故专列一节以探讨他对曹植文学的接受情况。

一、傅玄诗学习曹作方式

从诗歌方面看,傅玄诗或化用曹作语句,或化用曹作句式,或学习曹作思路,或规模曹作内容,如表3-1所示。

表3-1 傅玄与曹植诗作比较

傅玄诗	曹植诗
闲夜微风起,明月照高台。(《杂诗三首》)	明月照高楼,流光正徘徊。(《七哀》)
旷野何萧条,顾望无生人。(《放歌行》)	原野何萧条!(《赠白马王彪》) 中野何萧条……(《送应氏》)
齐讴楚舞纷纷,歌声上激青云。(《历九秋篇》)	齐歌楚舞纷纷,歌声上彻青云。(《妾薄命》)
人生鲜能百,哀情数万端。(《挽歌》)	人生不满百,岁岁少欢娱。(《游仙》)
高树来悲风,松柏垂威神。(《放歌行》)	高台多悲风,朝日照北林。(《杂诗六首》其一)
雄心志四海,万里望风尘。(《苦相篇》)	丈夫志四海,万里犹比邻。(《赠白马王彪》)

---

① 魏明安、赵以武:《傅玄评传》,南京大学出版社,1996,第105页。

续表

傅玄诗	曹植诗
携弱手兮金环,上游飞阁云间。(《历九秋篇》)	携玉手,喜同车,比上云阁飞除。(《妾薄命》)
炎景时郁蒸,海沸沙石融。(《杂诗》)	山坼海沸,沙融砾烂。(《大暑赋》)
浮萍本无根,非水将何依。(《明月篇》)	寄松为女萝,依水如浮萍。(《闺情》)

注:表中所列傅玄诗作,依序见于逯钦立辑校《先秦汉魏晋南北朝诗》晋诗卷一,第570、557、561、565、557、555、561、576、559页。

据上表看,傅玄学习曹作的方式主要是:

第一,化用语句。

傅作有些语句与曹作相比只有一字之差,如表中前三行;有的虽稍加变化,但意象、表达方式则如出一辙,如表中四至七行;有的对曹作语句进行扩展或浓缩,如最后两行。

第二,化用句式。

傅玄《明月篇》"昔为春蚕丝,今为秋女衣"①句所用"昔为……今为"句式,虽然古诗中即已存在,但以比喻形式出之,则较早来自曹植《种葛篇》"昔为同池鱼,今为商与参"句。傅玄《短歌行》中言:"昔君视我,如掌中珠。何意一朝,弃我沟渠。昔君与我,如影随形。何意一去,心如流星。昔君与我,两心相结。何意今日,忽然两绝。"②连用排比、比喻,尤其"昔……何意"句型的连续使用,体式俳偶,语意绵密层进,使得女子的失望、愤怒、悲伤等感情如江河滔滔,一倾而下,这种句型正来自曹植《浮萍篇》"在昔蒙恩惠,和乐如瑟琴;何意今摧颓,旷若商与参"句。而傅玄"心如流星"之比则化自曹植《弃妇篇》"有子月经天,无子若流星;天月相终始,流星没无精"句。古诗中虽有"亲人随风散,历历如流星"③之比,但曹植把比亲人离散的"流星"转比成女子遭弃的命运,从此角度看,傅作当受曹诗影响。

第三,化用思路。

傅玄《放歌行》后半部分言:"高树来悲风,松柏垂威神。旷野何萧条,

---

① 逯钦立辑校《先秦汉魏晋南北朝诗》晋诗卷一,第559页。
② 逯钦立辑校《先秦汉魏晋南北朝诗》晋诗卷一,第553—554页。
③ 逯钦立辑校《先秦汉魏晋南北朝诗》汉诗卷一二,第339页。

顾望无生人。但见狐狸迹,虎豹自成群。孤雏攀树鸣,离鸟何缤纷。"①其思路袭用曹植《赠白马王彪》中句,如"原野何萧条!白日忽西匿。归鸟赴乔林,翩翩厉羽翼;孤兽走索群,衔草不遑食",只是曹诗两句一个动态意象,傅诗则一句一个意象,通过密集的意象铺排,来突写萧条之意。傅玄《秋兰篇》言:"秋兰映玉池,池水清且芳。芙蓉随风发,中有双鸳鸯。双鱼自踊跃,两鸟时回翔。"②其思路出自曹植《赠王粲》"树木发春华,清池激长流。中有孤鸳鸯,哀鸣求匹俦"句。只是把赠友人之诗转换成思妇之辞,情感不同,思路、意象则差可相似。当然,这首诗也融合了曹植《公宴》诗"秋兰被长坂,朱华冒绿池。潜鱼跃清波,好鸟鸣高枝"句。傅玄诗中兰、池、芙蓉、鱼、鸟意象及其句中出现的顺序,和曹作是一致的。

第四,化用内容。

傅玄《长歌行》中有"抚剑安所趋?蛮方未顺流。蜀贼阻石城,吴寇冯龙舟。二军多壮士,闻贼如见仇"③句,气势雄壮,慷慨激昂,其形神都化自曹植《杂诗六首》其五"远游欲何之?吴国为我仇"句。傅作亦采用问答句式,其答句"蛮方未顺流",即曹作"吴国为我仇"之意,接下去一对偶写蜀吴军事之强以突出"未顺流"之势艰,更以此衬托二军壮士同仇敌忾的豪情。其中"抚剑"意象,很容易让人联想到曹诗"抚剑而雷音,猛气纵横浮"(《鰕䱇篇》)句,意气风发、壮志激怀之意淋然。《前有一樽酒行》"置酒结此会,主人起行觞。玉樽两楹间,丝理东西厢。舞袖一何妙,变化穷万方"④,则化自曹植《当车以驾行》诗,如"欢坐玉殿,会诸宾客。侍者行觞,主人离席。顾视东西厢,丝竹与鞞铎",傅作变杂言为五言,二诗欢宴内容相似,主人、行觞、东西厢、丝竹等意象亦一致。

由以上分析来看,傅玄对曹作相当熟悉,他对曹作多方面的学习足见他对曹作的兴趣与肯定。

二、傅玄对曹植女性题材作品的学习

尤其需要注意者,傅玄有几首女性题材作品,反复模拟变化曹植《美女

---

① 逯钦立辑校《先秦汉魏晋南北朝诗》晋诗卷一,第557页。
② 逯钦立辑校《先秦汉魏晋南北朝诗》晋诗卷一,第559页。
③ 逯钦立辑校《先秦汉魏晋南北朝诗》晋诗卷一,第555页。
④ 逯钦立辑校《先秦汉魏晋南北朝诗》晋诗卷一,第559页。

篇》《洛神赋》等作品中相关语句。比如：

《秋胡行》中写秋胡妻"百草扬春华,攘腕采柔桑。素手寻繁枝,落叶不盈筐。罗衣翳玉体,回目流采章"①,其主要意象如"攘腕""柔桑""素手""落叶""罗衣""玉体"等全出自曹植《美女篇》前半部分,只是曹植用十四句来塑造美女形象,而傅玄把它简缩组合为六句。在描写上注意形神结合,"回目流采章"即曹植"顾(盼)〔眄〕遗光彩"的变形。

《艳歌行》以《陌上桑》为首尾框架,中间化用了曹植《精微篇》《洛神赋》《美女篇》和李延年"北方有佳人"中的诗句。如"秦氏有好女,自字为罗敷"②,变《陌上桑》中的"自名"为"自字",是学习曹植《精微篇》中"关东有贤女,自字苏来卿"句;"首戴金翠饰,耳缀明月珠"③,一方面化用《陌上桑》中"耳中明月珠"句,同时又自《洛神赋》中"戴金翠之首饰,缀明珠以耀躯"化出;"问女居安在,堂在城南居。青楼临大巷,幽门结重枢"④,则出自《美女篇》"借问女何居？乃在城南端。青楼临大路,高门结重关"句,仅稍加改动而已。

《有女篇》同样化用了曹植《美女篇》与《洛神赋》中的内容。如写女子"蛾眉分翠羽,明目发清扬。丹唇翳皓齿,秀色若珪璋。巧笑露权靥,众媚不可详"⑤,非常细腻地描写其眉、目、唇、笑、靥,与《洛神赋》中写描写洛神容貌的内容、顺序差可相似,而"翠羽"、"清扬"⑥又分别剪裁自《洛神赋》中"或拾翠羽""纡素领,回清扬"二句,恰当而精致,可谓别有精心。而"头安金步摇,耳系明月珰。珠环约素腕,翠羽垂鲜光。文袍缀藻黼,玉体映罗裳"⑦,又明显可见《美女篇》用语的影响痕迹。曹植《美女篇》借鉴了汉乐府《陌上桑》的描写手法,但较《陌上桑》头上、耳上、身上的笼统刻画,曹诗可谓颇具匠心。如吴淇言:"乍见美人,何处看起？因其采桑,即从手上看起,次乃仰观头上,次看中间;又从头中间看过,然后看脚下,已备见其容貌

---

① 逯钦立辑校《先秦汉魏晋南北朝诗》晋诗卷一,第556页。
② 逯钦立辑校《先秦汉魏晋南北朝诗》晋诗卷一,第555页。
③ 逯钦立辑校《先秦汉魏晋南北朝诗》晋诗卷一,第555页。
④ 逯钦立辑校《先秦汉魏晋南北朝诗》晋诗卷一,第555页。
⑤ 逯钦立辑校《先秦汉魏晋南北朝诗》晋诗卷一,第557页。
⑥ "清扬"最早见于《诗经》,但赋中用以描写美女,在曹植之前,尚未见到,因此,傅玄之用"清扬",应受到曹作启发,而非直接化自《诗经》。
⑦ 逯钦立辑校《先秦汉魏晋南北朝诗》晋诗卷一,第557页。

矣。却再细看其丰韵光泽,妙有次第。"①傅玄此诗在描写次第上明显是模仿曹作。

傅玄对《美女篇》的模仿,对它在后代的经典化有开创之功。而他对《洛神赋》的学习则不像阮籍,取其渺渺仙姿,而是重容貌刻画。当然,傅玄不仅诗歌中模仿曹诗的女性题材,在画赞中亦有模仿。曹植有《画赞序》与赞,其《画赞序》是对汉代以来图像人物进行政治教化宣传的理论总结,赵幼文认为盖作于建安十九年(公元214年)魏宫建成之际。其赞作30多篇,对象多样,有圣皇明君、名将淑妃、高士豪勇等;不仅赞人,亦赞物,如《三鼎赞》《吹云赞》《赤雀赞》《籹赞》等;不仅赞人、物,亦赞某一事件,如《禹渡河赞》《禹治水赞》等。曹植之前,"及迁史固书,托赞褒贬"②,其他人很少有赞作,盖"发源虽远,而致用盖寡"③故。至于画赞,据严可均所辑秦汉文,目前所见仅蔡邕《赤泉侯王五世像赞》,像曹植如此多且涉猎人、物、事的画赞创作,实属历史首创。另外,曹植之前的赞作语体上四言、杂言皆有,篇幅较长,而曹植的赞作结体四言,多为八句,偶有四句,体式相对规整。

傅玄有《古今画赞》八首,明显受曹植画赞影响。如曹植首赞班婕妤,傅玄亦有赞,四言八句,规模曹作。不过二人着眼点不同,曹植强调班婕妤的立身,得意失意均头脑清醒,结尾以比显示班婕妤面对失宠的坚强,而傅赞则强调班婕妤匡君解纷的礼德之美。傅玄亦有《明德皇后赞》,曹植虽未有其赞,但在《画赞序》的前半部分则记叙了明德皇后与明帝观画的逸事,明德皇后的"美于色""厚于德"可以想见,傅玄赞作或受曹作影响。曹植《画赞序》言:

> 观画者,见三皇五帝,莫不仰戴。见三季暴主,莫不悲惋。见篡臣贼嗣,莫不切齿。见高节妙士,莫不忘食。见忠节死难,莫不抗首。见忠臣孝子,莫不叹息。见淫夫妒妇,莫不侧目。见令妃顺后,莫不嘉贵。是知存乎鉴者(何如)〔图画〕也。

曹植提到了历来图像的各色各级人物,从观画者的情绪反应角度,指出图画的感染力与戒鉴作用。作为晋初儒学的倡导者,傅玄一样重视图画烈

---

① 吴淇:《六朝选诗定论》,汪俊、黄进德点校,第127页。
② 周振甫:《文心雕龙今译(附词语简释)》,第88页。
③ 周振甫:《文心雕龙今译(附词语简释)》,第89页。

士贤女等像的移风易俗的教化作用。

　　回头再看傅玄学习、借鉴曹植《美女篇》《洛神赋》的诗作,他对曹作中女性形象的学习、变化,显然同样与其儒家审美视野及规风化俗的功利思想相关。《傅子·礼乐》言:"傅子曰:能以礼教兴天下者,其知大本之所立乎!夫大本者,与天地并存,与人道俱设,虽蔽天地,不可以质文损益变也。大本有三,一曰君臣,以立邦国;二曰父子,以定家室;三曰夫妇,以别内外。三本者立,则天下正;三本不立,则天下不可得而正。"①夫妇是与天地并存的大本之一,其重要性不言而喻,傅玄对曹植女性题材感兴趣也就可以理解了。

　　正是儒家思想的影响,使得傅玄在模拟曹植女性题材作品时,抛弃了曹植笔下美女形象的自我托喻意图,把曹植笔下与时俗不合的"高女"变成了凡俗羡慕的"贤女"。比如他的《有女篇》在结构上模仿曹植《美女篇》,先特写其美,后写其节,"志节拟秋霜,徽音冠青云。声响流四方,妙哉英媛德"②,这未尝不是曹诗所谓佳人的高义,但傅诗中女子因貌美德高而得配王侯,获得"媒氏陈束帛,羔雁鸣前堂。百两盈中路,起若鸾凤翔"③的完美结局,但曹诗浓墨铺染出的美人却"媒氏何所营,玉帛不时安",其容貌志节与其婚姻之间构成强烈反差;傅诗结尾"凡夫徒踊跃,望绝殊参商"④化自曹诗"众人徒嗷嗷,安知彼所(观)〔欢〕",戛然而止,在嘲俗之中盛赞"有女"之高贵美好,而曹诗接下去又以"盛年处房室,中夜起长叹"收尾,其间情感层次显得复杂曲折。吴淇评《美女篇》曰:"言容貌如此,阀阅如此,节操如此,为君子者,急宜趁此芳年,瘄寐求而琴瑟乐者,而乃使之长叹于空房乎?末只二语,把前多少好处,都说得弃掷无用,煞是可惜。此亦是请自试之意。"⑤所以傅玄在描写美女形象时只是单纯地突出其美貌,然后再写其德行,其人物形象刻画只是整个叙述的一个环节,而曹植则在描写中见人物的内在气质与坎坷情怀。比如《美女篇》中"顾(盼)〔眄〕遗光彩,长啸气若兰",可谓整个美女形象刻画的点睛之笔,美人之精气神寄寓其间,而这正是曹植自我慷慨之情溢出所写角色特点的自我表露。

---

① 严可均辑《全晋文》卷四七,第486—487页。
② 逯钦立辑校《先秦汉魏晋南北朝诗》晋诗卷一,第557页。
③ 逯钦立辑校《先秦汉魏晋南北朝诗》晋诗卷一,第557页。
④ 逯钦立辑校《先秦汉魏晋南北朝诗》晋诗卷一,第557页。
⑤ 吴淇:《六朝选诗定论》,汪俊、黄进德点校,第127页。

而且,曹植诗作的托喻性质使其诗中女性形象具有独特的气质、内涵,如果对之生拼硬接,则易使诗中人物形象不伦不类,傅玄《艳歌行》即是如此。他把活泼、机智、大胆的充满民俗色彩的罗敷形象与不同流俗、寂寞深闺中的高华女子、中规中矩的贤德女子的形象杂糅在一起,显示出僵硬拼接的痕迹,整首诗难以形成圆融的意象,诗歌在语义结构上亦前后矛盾。萧涤非先生指出:"'使君自南来'以下诸语,且亦非事理,殊欠允当。盖罗敷既未出采桑陌上,使君自无缘得见也。乃知文学贵独造,贵创作,舍己徇人,徒自取败耳。"①

再如《秋胡行》诗描写秋胡妻"素手寻繁枝,落叶不盈筐"②,"落叶不盈筐"句化用《诗经》"采采卷耳,不盈顷筐"③句,突出秋胡妻因思夫而无心采桑的烦闷之情,但整个形象描写流光溢彩,与思夫的厌闷之情是不相容的,对后面秋胡妻的刚烈之死亦无暗示,整个描写的作用只是突出其美丽,以引出秋胡戏妻的情节而已。

傅玄反复模拟借用《美女篇》《洛神赋》中的女性描写用语,显示出他对曹植描写用辞的欣赏,这种铺陈丽辞刻画人物的手法同样运用于他诗,如《墙上难为趋》"门有车马客,骖服若腾飞。革组结玉佩,蘩藻纷葳蕤。冯轼垂长缨,顾盼有余辉"④,正是同一手法的运用。此对晋诗重辞藻铺陈应有一定的导向作用。另外,他对曹植诗中女性形象的贤女节妇化,除出于宣扬儒家伦理道德观外,未尝没有其个人经历的折射。"玄少孤贫,博学善属文,解钟律……以时誉选入著作"⑤,终由素族而至显位,钱志熙指出傅玄等素族的发展道路为"遵行儒道,修德求仁,进益学问以获时誉;然后或是应荐举,或是应策试以进入仕途;在思想和行为上一直与统治者保持一致,并且谨身守礼,善于处世;然后得夤缘上进,致位通显"⑥。在司马氏政权为寒素人士提供仕进机会的大气候背景下,个人的进身经历,足以使他确信道德、学问与功名间的关系,这或许正是作者《有女篇》德貌配王侯结局的潜意

---

① 萧涤非:《汉魏六朝乐府文学史》,人民文学出版社,1984,第188页。
② 逯钦立辑校《先秦汉魏晋南北朝诗》晋诗卷一,第556页。
③ 《诗经·周南·卷耳》,载程俊英、蒋见元:《诗经注析》,第9页。
④ 逯钦立辑校《先秦汉魏晋南北朝诗》晋诗卷一,第558页。
⑤ 房玄龄等:《晋书》卷四七《傅玄》,第1317页。
⑥ 钱志熙:《魏晋诗歌艺术原论》,第165-166页。

识,自然与曹植终生受压制不能显志于外却又无法忘情于内不同。

三、傅玄对曹植赋体写作的学习

除诗赞以外,傅玄在赋作上亦有取法曹植之处。

曹植《七启》序言:

> 昔枚乘作《七发》,傅毅作《七激》,张衡作《七辩》,崔骃作《七依》,辞各美丽,余有慕之焉! 遂作《七启》,并命王粲作焉。

序追溯七体源流,条列汉代以来的代表性作品,突出其辞美的特点。曹植《七启》学拟前人,其突破恰在于其辞宏肆壮丽,刘勰曰:"陈思《七启》,取美于宏壮。"①此评论应受傅玄影响,如傅玄《七谟》序言"《七启》之奔逸壮丽"②。傅玄《七谟》序承曹植《七启》序而来,但相比于曹植的简要追溯,傅玄对七体探源溯流,详列自枚乘以至魏诸家代表性七体作品,归要七体的主旨功能,并对其中几篇作风格学的批评,从源头、支流、功能、具体作品风格等诸方面对七体作以系统介绍。如其言:

> 昔枚乘作《七发》,而属文之士若傅毅、刘广世、崔骃、李尤、桓麟、崔琦、刘梁、桓彬之徒,承其流而作之者纷焉,《七激》《七兴》《七依》《七款》《七说》《七蠲》《七举》《七设》之篇,于是通儒大才马季长、张平子亦引其源而广之,马作《七厉》,张造《七辩》,或以恢大道而导幽滞,或以黜瑰侈而托讽咏,扬辉播烈,垂于后世者,凡十有余篇。自大魏英贤迭作,有陈王《七启》,王氏《七释》,杨氏《七训》,刘氏《七华》,从父侍中《七诲》,并陵前而遯后,扬清风于儒林,亦数篇焉。世之贤明,多称《七激》工,余以为未尽善也,《七辩》似也。非张氏至思,比之《七激》,未为劣也。《七释》佥曰"妙哉",吾无间矣。若《七依》之卓轹一致,《七辩》之缠绵精巧,《七启》之奔逸壮丽,《七释》之精密闲理,亦近代之所希也。③

两序之别,陈恩维在《傅玄拟作与魏晋之际文学变迁》中有详细论述,

---

① 周振甫:《文心雕龙今译(附词语简释)》,第127页。
② 严可均辑《全晋文》卷四六,第473页。
③ 严可均辑《全晋文》卷四六,第473页。

但本书不同意陈文所说"文学观的差异,是二人最根本的差异"①,他认为曹植追求辞丽,而傅玄则重七体创作的政教功能,但本书以为,二人对七体政教功能的认识是一致的。曹植强调了所举七体作家作品的"辞各美丽",但其《七启》主旨则上承傅毅《七激》之归宗儒道,与傅玄序中所言"或以恢大道而导幽滞,或以黜瑰侈而托讽咏"并不矛盾。《七启》的政治导向非常明确,如其言"世有圣宰,翼帝霸世","俊乂来仕,观国之光,举不遗材,进各异方。赞典礼于辟雍,讲文德于明堂,正流俗之华说,综孔氏之旧章","采英奇于仄陋,宣皇明于岩穴",等等,文章显然是配合曹操"唯才是举"的政策,"热烈歌颂求贤措施的必要性,而且极力阐述国家对此的决心。并借献帝刘协的号召,期求鼓舞在野士族参加政治之积极情结,从而创建国富民康的理想社会","配合曹操政治意图作了有力的宣传,显示文学与政治具着密切的联系性"。②且"七体由'戒奢'变成'招隐'","两篇(《七激》《七辩》)中的主人都已有隐士风范,至曹植《七启》则云'玄微子隐居大荒之庭',而'镜机子闻而将往说焉'……这就彻底变成了'招隐'主题。其后,张协《七命》、萧统《七契》等,都变成了官方代表与隐士的对话,皆最终说服隐士入世"。③这一主题与傅玄崇儒抑道的思想应该是相应的。

傅玄作有《七谟》,现已不存,其规模对象无法实指,但估计不免于曹植影响。除招隐主题外,还有文辞风格的影响。尽管傅玄对各大家七体创作的各自特点均作肯定,但笔者以为他在创作上似乎更倾向于规模曹植。傅玄《七谟》序中所评七体作品,唯曹植《七启》被许为"奔逸壮丽"。傅玄本身亦追求辞丽,《傅子》云"夫文采之在人,犹荣华之在草"④;傅咸《芸香赋》序云"先君作《芸香赋》,辞美高丽"⑤,由此可见一斑。另外,傅玄《连珠》序言"其文体,辞丽而言约,不指说事情,必假喻以达其旨,而贤者微悟,合于古诗劝兴之义",他称赞班固"喻美辞壮,文章弘丽,最得其体",认为"蔡邕似论,言质而辞碎,然其旨笃矣。贾逵儒而不艳,傅毅文而不典",由此亦见他对壮

---

① 陈恩维:《傅玄拟作与魏晋之际文学变迁》,《宁夏大学学报(人文社会科学版)》2005 年第 4 期,第 6 页。
② 曹植:《曹植集校注》,赵幼文校注,第 44 页。
③ 李士彪:《魏晋南北朝文体学》,第 72 页。
④ 严可均辑《全晋文》卷四九,第 506 页。
⑤ 严可均辑《全晋文》卷五一,第 534 页。

丽风格的欣赏。①

又，傅玄《拟四愁诗四首》序言："昔张平子作《四愁诗》，体小而俗，'七言'类也。聊拟而作之。"②他把张衡每节七句铺展成每节十二句，篇制上有所扩大，而其谓张衡诗俗，有人以为指诗的内容为男女情爱，但傅玄亦有思妇诗等表白爱情的诗歌，看来他并不以男女情爱而为俗。更何况《文选》辑录张平子此诗前有序言："屈原以美人为君子，以珍宝为仁义，以水深雪雾为小人。思以道术相报，贻于时君，而惧谗邪不得以通。"③若此，张衡《四愁诗》④的主题内容更不能称为俗了。比较二诗，傅玄所谓"俗"可能指张诗比较口语化，意象平实，表意清浅。如张诗言所思在太山、桂林、汉阳、雁门等实际地理位置，而傅诗则云瀛洲、珠崖、昆山等仙域；张诗只言"我所思"，傅诗则以"愿为"句强烈突写携手同飞的思情；张诗写从之不能，四望流涕，只是"梁父艰""湘水深""陇坂长""雪雰雰"等笼统的表述，而傅诗"愿为"句式后有两句写相见之困难险阻，又在结句之前用四句写寄言之难，如第一节写"海广无舟怅劳勌，寄言飞龙天马驹。风起云披飞龙逝，惊波滔天马不厉"⑤，以阔大、神奇的意象铺陈渲染，让人颇为惊心。此铺陈虽使傅诗缺少张诗的含蓄隽永，但却别有一种弘丽之美。

因此可以说，傅玄认为不俗，即是要雅，要丽，要层次丰富。此亦可见傅玄对"丽"风格的追求，此与曹植对辞丽的追求是一致的。另外，之前作家模拟前人作品，其序多言因仰慕而仿作，如马融之作《长笛赋》，杜笃之作《论都赋》。至蔡邕《释诲》序言"感东方朔《客难》及扬雄、班固、崔骃之徒设疑以自通，乃斟酌群言，韪其是而矫其非"⑥，表现出对前人作品的理性的审视态度。至曹植《酒赋》序言"余览扬雄《酒赋》，辞甚瑰玮，颇戏而不雅，聊作《酒赋》，粗究其终始"，则从形式、内容、格调等多方面对扬雄原作进行了突破。傅玄《拟四愁诗四首》序之思路与曹植《酒赋》序如出一辙，即紧承曹植对模拟对象批评并改变其形式的做法，变俗为雅，在模拟中对原作形

---

① 严可均辑《全晋文》卷四六，第474页。
② 逯钦立辑校《先秦汉魏晋南北朝诗》晋诗卷一，第573页。
③ 萧统编《文选》，李善注，岳麓书社，2002，第922页。
④ 逯钦立辑校《先秦汉魏晋南北朝诗》汉诗卷六，第180页。
⑤ 逯钦立辑校《先秦汉魏晋南北朝诗》晋诗卷一，第574页。
⑥ 《全汉赋评注》（后汉下），龚克昌等评注，第881页。

式、格调进行了改变。

《傅玄评传》言:"最值得注意的是,傅玄提出了形式美的问题。他要求作品'可悦',而不仅仅是儒家说诗中可以'兴、观、群、怨'的单一政教面目。所谓'辞丽''弘丽''喻美辞壮'云云,强调语言要修饰;所谓'历历如贯珠''言约''易睹',讲的是风格体制的特点。……傅玄关于'辞丽''可悦'这一美学思想的提出,显然是受到建安文学趋向词采华丽这一新风尚的影响的结果。"①由此亦可见傅玄承上启下对西晋文学重丽重形式的导向作用。

傅玄又有《鹰兔赋》,言:"兔谓鹰曰:汝害于物,有[疑当作'我']益于世。华髦被札,彤管以制。"②此赋残缺至甚,仅有一句,但依然可窥其与曹植《鹞雀赋》的关系。第一,鹞、鹰相类,兔、雀皆弱,傅赋所写可能亦是强与弱的关系;第二,曹赋中雀、鹞对话,惟妙惟肖,完全口语化,傅赋亦采用对话体,口语色彩明显,不过与曹赋中充满民俗色彩的口语相比,仍不免于文人的雕琢痕迹;第三,曹赋中雀一开始即以示弱的辩解企图鹞能放过它,傅赋中的兔子似乎通过展示自己强于鹰的特点来进行辩驳,估计赋亦是整体比拟。惜今不见全貌,否则或可见它上承曹植,对俗赋的发展变化。

傅玄又有《橘赋》,王粲、曹植亦有《橘赋》,承屈原《橘颂》而来,傅作现不睹原貌,不知是否受二人影响。另外,傅玄有《魏德颂》,而曹植有《魏德论》,二者是否有关系,因逸文太甚,难测其详。

综上所述,傅玄对曹作的学习涉及曹植多种文体的创作,其着眼点或在辞藻,或在主题,或在题材,或在风格,或在写法,等等,显示出对曹作接受的宽泛视野,在曹植接受史上,如此从多方面学习、借鉴曹作者并不多见。由于傅玄创作主要在曹魏时期,他对曹植的学习,足见曹魏后进文士对曹植文学成就的崇拜。而从接受史角度看,他对曹作接受的意义主要在于:第一,在晋人对曹植相对失言的背景下,傅玄对曹作的多方面学习无疑说明曹作在晋人心中的分量;第二,傅玄对曹作的化用更倾向于辞藻与刻画方式,此对晋诗"缛旨星稠"风格的形成有发端作用;第三,他承曹植对文"丽"的追求对晋人追求"丽"的风气应有导向作用。当然,傅玄对之后太康诗风等的影响是间接的,但由于他一代文宗的特殊地位,在曹植接受史上他是绕不开

---

① 魏明安、赵以武:《傅玄评传》,第303-304页。
② 严可均辑《全晋文》卷四六,第466页。

的一环,本节或许可以从一个侧面解释诸多文学史所言傅玄之于晋代诗风形成的作用。

第三节 侠骨柔肠,法而不拘
——论张华对曹植诗作的借鉴

与傅玄对曹植多种文体的学习模拟比,张华学习借鉴曹作者主要在诗歌方面。徐公持认为,张华乐府诗主要规模曹植。比如:"门有车马客,问君何乡士?捷步往相讯,果是旧邻里。语昔有故悲,论今无新喜。清晨相访慰,日暮不能已。词端竟未究,忽唱分途始。前悲尚未弭,后忧方复起。"①此诗直接化用曹植《门有万里客》前四句"门有万里客,问君何乡人?褰裳起从之,果得心所亲",但整首诗与曹作相比有多方面变化:一是变曹植对流徙漂泊不满的主题而为乡情主题,表现游子客居他乡的悲情;二是舍弃曹诗中取法汉乐府的对话结构,淡化叙事,增强抒情性,文人化气息更浓;三是改曹诗止于一时一地的写法,拉长时间,从相逢、相访、相别多个角度突写悲情,诗意层次更丰富。钟嵘说张华"巧用文字,务为妍冶"②,由此仿诗看,不仅指其语言用词的特点,亦指其诗层次结构的摇曳变化。

不过,与傅玄多模拟曹作的女性题材不同,张华对曹植乐府的学习偏向于男性题材,此又表现于两方面:一是贵游题材,二是游侠题材。张华《游猎篇》《轻薄篇》《游侠篇》《博陵王宫侠曲二首》《壮士篇》③是对曹植贵游题材和游侠题材诗歌的模仿与发展。不过,有些研究古代侠文化的论著往往把《轻薄篇》归入游侠题材。

一、张华对曹植贵游题材的学习

张华《轻薄篇》是写贵游生活的诗。建安时有不少表现宴游生活的诗作,但多着眼于第一人称叙写,其落脚点又常在自我情绪的抒发上。以第三

---

① 张华:《门有车马客行》,载逯钦立辑校《先秦汉魏晋南北朝诗》晋诗卷三,第610页。
② 钟嵘:《诗品笺注》,曹旭笺注,第122页。
③ 参见逯钦立辑校《先秦汉魏晋南北朝诗》晋诗卷三,第610–613页。为方便阅读,本节以下这5篇中的诗句不再标注具体出处。

人称铺写贵游生活的诗首创于曹植的《名都篇》,诗中少年贵游的形象为阮籍所继承,不过阮诗中"闲游子""缤纷子"等贵游形象已经是趋名逐利、蝇营狗苟的时俗生活的代表。张华《轻薄篇》在题材、写法上主要上承曹植,有些诗句明显化自曹作,如张诗"北里献奇舞,大陵奏名歌"颇类曹作"阳阿奏奇舞,京洛出名讴"(《箜篌引》)、"齐人进奇乐,歌者出西秦"(《侍太子坐》)等句;张诗"美女兴齐赵,妍唱出西巴"则是类似句式的模仿。另外,张诗描写贵游者的装扮,如写其头上簪、身上鞶、脚上鞋、手中剑等,次第描写,手法亦类《美女篇》的人物刻画。但与曹诗不同处在于:

第一,曹诗以一少年为对象,以其一天的活动为线索,择取其斗鸡走马、射猎南山、宴乐游戏等几个动态生活场景,而张诗则围绕"志意既放逸,资财亦丰奢"二句,前半部分是静态描写,从其吃穿、车马、宾从、仆妾等角度写其富奢,后半部分是动态描写,写其听歌、赏舞、宴饮继日的放纵生活。曹诗塑造的是一贵游少年形象,而张诗展现的则是一幅群体贵游生活图。曹诗对少年空怀武艺、虚耗光阴的生活有所讽谏,但笔下尚充满对其矫健豪爽之青春气息的欣赏,而张诗中的浮华轻薄之徒,名剑宝马不过是其炫富的配物,奢华的装扮与奢侈的生活消解了与剑、马、鞭等意象相应的刚健之气,繁复的描写中显见张诗对此类人物的讽刺。

第二,二者均卒章显志,但曹植以"白日西南驰,光景不可攀。云散还城邑,清晨复来还"作结,批评之意相当委婉含蓄;而张诗则写贵游人士乐极生悲,人生苦短,荣乐几何的感伤心理,最后以"但畏执法吏,礼防且切磋"作结,其批评、规劝之意则比较明显。

第三,曹诗糅赋法与乐府体式为一炉,文人化中又不失生动活泼,句式以散句为主,间杂偶句,尤其叙述人称在第三人称与第一人称间交替转换,整个叙述描写相当富有流动变化感。而《轻薄篇》,陈祚明评曰:"通首华缛,警句有姿,余语并能古雅。末段感慨入情,结复归之礼,正大是佳作。"①这主要从诗旨与其语言运用优点言之,但若从赋写艺术看,张诗虽继承了曹诗赋法,但更为铺张,一句析两句,句意多有啰唆重叠之处,且通篇句式大多对偶,又纯为第三人称旁观叙述,叙述视角缺少变化,故整首诗作因缺少变

---

① 陈祚明评选《采菽堂古诗选》卷九,李金松点校,第 273 页。

化而显得较为板滞。

张华《游猎篇》实承曹植《孟冬篇》而来。帝王羽猎是汉大赋的传统题材，枚乘《七发》、司马相如《天子游猎赋》、扬雄《羽猎赋》、班固《两都赋》、张衡《二京赋》等都有大量描写帝王羽猎的内容，曹植《七启》中亦有此类描写。但首先引此内容入诗歌者是曹植的《孟冬篇》。曹诗以赋法把赋中宏大激烈的羽猎场景浓缩于40多句的四言体诗中，其写作由天气到出行戒训，由出行的壮观声势到猎场的纷乱紧张，再到大获宴飨，不离汉大赋的传统思路。

张华《游猎篇》承继曹植《孟冬篇》这一羽猎题材与写作思路，变四言为五言，且更为铺张扬厉。如曹诗开首写天气仅言"孟冬十月，阴气厉清"，张诗则言霜、冰、风、云、雪，以六句出之，极言天气之寒冷，以充分衬托后文羽猎之激越、紧张与欢乐。再如，曹诗结尾仅言"罢役解徒，大飨离宫"，而张诗则以八句来写羽猎结束众宾齐欢、酒甘肉香的场景。在中间具体描写上有时又化用曹植《名都篇》中句，如"驰骋未及倦"，化用曹诗"驰（骋）〔驱〕未能半"；"机发应弦倒，一纵连双肩"，化用曹诗"左挽因右发，一纵两禽连"；"仰手接游鸿，举足蹴犀兕"，变化曹诗"余巧未及展，仰手接飞鸢"；等等。张华《游猎篇》虽志在讥刺，但一方面结尾写人生如寄，荣乐几何，反让人感到纵情游猎的合理性；另一方面，大量的铺陈描写，尤其猎场场景的描写，写箭术的高超、力量的勇猛等，反给人以刚性之美。无奈很多人以为此篇乃模仿《白马篇》而来。

傅刚认为，《游猎篇》《轻薄篇》相比于曹作，"进一步文人化，又加入典故、成词，所以语言已不通俗易懂"[1]。另外，"由于铺叙的赋法，就表现出词采富赡的特色。所谓富赡，一是指对偶，一是指用事，对偶往往一句析两，用事则引古证今，这都使词藻繁复而详备，《轻薄篇》等乐府诗正是以这样的特色影响着太康诗风"，"魏晋文人改叙事为抒情后，仍用赋法铺采摛文，所以篇幅往往曼衍而长。至于太康，陆机等人又运用于徒诗中，而表现为一种特色，这中间张华无疑起到了过渡作用"[2]。这还主要是从用语角度总结其特点及其对太康诗歌的影响。

---

[1] 傅刚：《魏晋南北朝诗歌史论》，第116页。
[2] 傅刚：《魏晋南北朝诗歌史论》，第117页。

除此之外,张作还有对曹植《白马篇》《名都篇》《美女篇》等人物诗体式的模仿。一是诗篇均有几个场景以一定的叙述线索组织而成,突破一时一地的叙述模式,结构层次立体丰富,曹植《白马篇》《名都篇》《美女篇》都有同样手法的运用。二是语意反复,类似语句连贯而出,往往强化某一思想或情感。如曹植《白马篇》"控弦破左的,右发摧月支。仰手接飞猱,俯身散马蹄"句,"左的""月支""马蹄"均为箭靶名,四句皆写箭术高超,而"弃身锋刃端,性命安可怀!父母且不顾,何言子与妻!名在壮士籍,不得中顾私。捐躯赴国难,视死忽如归",均表赴死之意,只是角度有所变化而已。

与之类似,张华《轻薄篇》全篇不过写"放逸""丰奢"二词,反复之处更是多见。葛晓音言:"与汉魏五古相比,西晋五古最显著的变化在于篇制结构层次的多样和丰富,以及因诗行构句追求内容的对称性而形成的'俳偶渐开'的语言特色。结构的变化导致西晋五古发展了在魏诗中已露端倪的铺陈倾向,使诗歌的叙述和抒情突破了汉魏诗单一场景的时空限制,能够更为自由地组织不同时间和空间的场景、完整地展现事件发展的过程、细致地描写景物和人物心理,因而大大拓展了五古的容量。"①此于傅玄乐府诗中已有初步体现,张华乐府《轻薄篇》《游猎篇》对此又进一步推波助澜。追根溯源的话,它们都与曹作的影响有关。

当然,张华模仿曹作贵游题材的创作,不只是一种艺术上的学习,也有其寄托之意。徐公持认为:"西晋太康前后,与政治上的黑暗腐败相并行,士族官僚集团竞相追求腐朽奢靡生活方式,王恺与石崇比富就是著名一例。石崇还与一些气类相近者组成'二十四友',谄事贾谧,专事奢华骄矜之举,闹得当时洛阳城里乌烟瘴气。……因此他才作诗加以规刺,这些作品也就具有了针砭时弊的现实意义。"②

二、张华对曹植游侠题材的学习

张华还有三篇游侠诗,亦前承曹植而来。曹植《白马篇》(《太平御览》

---

① 葛晓音:《西晋五古的结构特征和表现方式——兼论"魏制"与"晋造"的同异》,《中华文史论丛》2009年第2期,第25页。
② 徐公持:《张华》,载吕慧鹃、刘波、卢达编《中国历代著名文学家评传(续编一)》,山东教育出版社,1989,第236页。

卷三五九为《游侠篇》),首次以一非实存的"幽并游侠儿"为描写对象,开创了诗歌史上专咏游侠的题材与写作范式,后世模仿者代有其人。《白马篇》改变了传统侠客"以武犯禁""不爱其躯,赴士之厄困"①的形象,把爱国主义、英雄主义植入其快意恩仇、尚气重义、一诺千金的精神世界,使其从都市走向沙场,从闾里走向边塞,从统治者的对立面转为抵抗侵略、维护国家安全的献身者,这种对传统侠精神的改造直接影响到后世同类诗歌侠形象的塑造。如阮籍的"少年学击刺"(六十一)、"壮士何慷慨"(三十九)等诗就是对曹植《白马篇》侠客题材与侠客精神的首次接受,张华《壮士篇》亦承曹植而来。不过,《壮士篇》多学习变化阮籍《咏怀》诗中诗句,如"长剑横九野,高冠拂玄穹"比之于"危冠切浮云,长剑出天外"(五十八);"濯鳞沧海畔,驰骋大漠中"比之于"挥剑临沙漠,饮马九野坰"(六十一);"慷慨成素霓,啸吒起清风"比之于"英风截云霓,超世发奇声"(六十一);"震响骇八荒,奋威曜四戎"比之于"壮士何慷慨,志欲威八荒"(三十九);等等。

  这种极其夸张、充满浪漫、雄壮精神气质的诗句的确规模阮籍而出,但全诗前六句写天日无穷,人命有终,俯仰而过,宜建功名,由此引入"壮士怀愤激,安能守虚冲"的反问,其下连用五对极具动感的对偶句,气势如江河直下,把壮士壮志凌云、英气勃发的激情倾泻尽出。由于侧重人物精神的表现,因此张诗人物形象并不鲜明,但人物的冲天之气则震人心魄。其连用动态对偶的铺展手法应学自《白马篇》,曹诗"控弦破左的,右发摧月支。仰手接飞猱,俯身散马蹄。狡捷过猴猿,勇剽若豹螭",连用动词、对偶,一气之下,足见幽并游侠儿武艺之高超。张诗人物气质的凸显的确受阮籍影响,但阮作壮士的精神特质实受曹植《鰕鳝篇》"高念翼皇家,远怀柔九州。抚剑而雷音,猛气纵横浮"句影响。撇开宗族情怀不讲,"志欲威八荒""震响骇八荒"与"远怀柔九州"的开阔是一致的;曹作"抚剑而雷音"句化自《庄子·说剑》"此剑一用,如雷霆之震也"②,张、阮诗句中所体现的霸气、雄心与曹作几乎是异语而实同调的。

  曹植《白马篇》中的游侠儿武艺高超,其《结客篇》中的少年亦如此。"从先秦到曹魏时期,现实中的游侠,尤其是一些名侠并非以武艺超群闻世,

---

① 司马迁:《史记》卷一二四《游侠列传》,第3181页。
② 《庄子今注今译》,陈鼓应注译,商务印书馆,2007,修订本,第931页。

而是多以除暴安良、救人急难或者知恩图报、为知遇之人赴汤蹈火的侠客之义见称"①。曹植赋予其笔下游侠以非凡的武功，无疑是对传统侠形象的改造。②张华《博陵王宫侠曲二首》"雄儿任气侠"一首中对少年武艺之夸张描写即承自曹植二诗。《乐府诗集》言："《魏志》曰：'杨阿若后名丰，字伯阳，少游侠，常以报仇解怨为事。故时人为之号曰："东市相斫杨阿若，西市相斫杨阿若。"后世遂有《游侠曲》。'魏陈琳、晋张华，又有《博陵王宫侠曲》。"③陈琳之作已不可考，但据其现有作品，并结合王粲咏荆轲的残句及阮瑀《咏史诗》看，估计其所咏侠写实性较强，或类似《秦女休行》之类的报仇故事，若此，则张华所写与之在写作手法上应有很大不同。

曹植《结客篇》今仅见残句，但即此残句，亦可看出张华对曹作的规模。如其言"雄儿任气侠，声盖少年场。借友行报怨，杀人租市旁"，即是对曹诗"结客少年场，报怨洛北荒"的扩展。"吴刀鸣手中，利剑严秋霜。腰间叉素戟，手持白头镶。腾超如激电，回旋如流光。奋击当手决，交尸自纵横"，即是对曹诗"利剑手中鸣，一击两尸僵"的扩写。此诗刚健有力，节奏明快，少年侠客之武艺高超、快意恩仇、忠于侠义，以自由为生命的形象栩栩如生。与《壮志篇》规模《白马篇》，把游侠推向边塞报效国家、建功立业、扬名四方不同，"雄儿任气侠"一诗回归到对传统侠精神的赞颂。而"侠客乐幽险"一诗，更是写一不见经传，隐居于穷山恶水之中的布衣之侠，此与曹植笔下华贵而充满青春激情的少年侠客形象完全不同。

张华还有《游侠篇》，其诗咏战国四公子事，诗中四人统属于战国七雄纷争之大背景，地位身份等颇多相似之处，且一人一事，而通归于侠，此亦是张华首创。《史记·游侠列传》云："古布衣之侠，靡得而闻已。近世延陵、孟尝、春申、平原、信陵之徒，皆因王者亲属，籍于有土卿相之富厚，招天下贤者，显名诸侯，不可谓不贤者矣。"④归四人为卿相之侠，可谓侠之大者。《汉书·游侠传》言："繇是列国公子，魏有信陵，赵有平原，齐有孟尝，楚有春申，皆借王公之势，竞为游侠……皆以取重诸侯，显名天下。扼腕而游谈者，

---

① 刘飞滨：《汉—唐游侠诗发展史纲》，博士学位论文，陕西师范大学，2004，第54页。
② 此对非凡武功之凸显以至影响到陶渊明，如其《咏荆轲》，即愧惜荆轲因剑术不高而功败垂成，如言"惜哉剑术疏，奇功遂不成"（陶渊明：《陶渊明集》，逯钦立校注，第131页）。
③ 郭茂倩编《乐府诗集》，第966页。
④ 司马迁：《史记》卷一二四《游侠列传》，第3183页。

以四豪为称首。"①故张华诗中云："美哉游侠士,何以尚四卿?"四人风云国际,一国之中,举足轻重,实乃自古来侠之极致。文学史中,东汉班固《西都赋》、张衡《二京赋》始涉及游侠内容。如《西都赋》:

> 乡曲豪举,游侠之雄,节慕原尝,名亚春陵,连交合众,骋骛乎其中。②

《西京赋》:

> 都邑游侠,张赵之伦,齐志无忌,拟迹田文。轻死重气,结党连群,寔蕃有徒,其从如云。茂陵之原,阳陵之朱。趫悍虓豁,如虎如貙。睚眦蛮芥,尸僵路隅。③

此皆豪侠之徒,曹植所谓"此乃游侠之徒耳,未足称妙也"(《七启》)。直到曹植《七启》始引入四公子:

> 若夫田文、无忌之俦,乃上古之俊公子也,皆飞仁扬义,腾跃道艺,游心无方,抗志云际,陵轹诸侯,驱驰当世,挥袂则九野生风,慷慨则气成虹霓。

此对四公子之倾心赞美,折射着曹植的大侠情结及其建功立业的理想。张华《游侠篇》始专以四公子为歌咏对象,或受《七启》影响。

三、张华模拟曹作游侠题材的个体因素

钟嵘遗憾张华"虽名高曩代,而疏亮之士,犹恨其儿女情多,风云气少"④,这直接影响到后人对张华诗歌的评论,如何焯评张华《励志》诗云:"张公诗惟此一篇。余皆女郎诗也。"⑤这实在是一极端看法。张华对游侠题材的钟情,颇可见其内心之风云慷慨。《晋书·张华》言:

> 少自修谨,造次必以礼度。勇于赴义,笃于周急。器识弘旷,时人罕能测之。初未知名,著《鹪鹩赋》以自寄……陈留阮籍见之,叹曰:"王佐之才也!"⑥

---

① 班固:《汉书》卷九二《游侠传》,第3697页。
② 《全汉赋评注》(后汉上),龚克昌等评注,第208页。
③ 《全汉赋评注》(后汉下),龚克昌等评注,第420页。
④ 钟嵘:《诗品笺注》,曹旭笺注,第122页。
⑤ 何焯:《义门读书记》,崔高维点校,中华书局,1987,第888页。
⑥ 房玄龄等:《晋书》卷三六《张华传》,第1068-1069页。

《鹪鹩赋》一般以为旨在"任自然以为资,无诱慕于世伪"①,但就是这样一篇文章,却被阮籍叹为"王佐之才",表面上看实在是风马牛不相及。刘志伟先生认为,在司马氏篡权前的凶险时局下,对"小"与"大"关系的认识与处理,关涉士人如何看待时代与自我,对其人生出处影响重大。张华此赋正是反思时代"大""小"的关系问题。赋以众鸟之"大"为参照,那些各不相同的大鸟折射出包括高贵乡公在内的各类现实大人物影像,以"小"自居的鹪鹩反而为各类大鸟所不及,从"阴阳陶蒸,万品一区。巨细舛错,种繁类殊……普天壤以遐观"②的小大之辩看,鹪鹩"小"而能"大",众鸟"大"反而为"小"。张华《鹪鹩赋》暗含其对时局的深刻认识,而其以鹪鹩自居,正体现他求全自保,静观时变的思想。"求全自保,显然是指现实当下而非将来永远。而自保的目的,则是为了谨慎待'时',以期为'时'所用……阮籍赞美张华为真正的'王佐之才',正是看到了这一点。故阮籍实际表达了他对张华作为'王佐之才'在将来能够有所作为的期望"③。

　　《鹪鹩赋》以浅言托深,以类微喻大,可见张华宏阔的气度,而《壮志篇》诚可谓这一精神气宇的诗化表现。朱乾《乐府正义》言曹植《白马篇》:"此寓意于幽并游侠,实自况也……篇中所云'捐躯赴难,视死如归',亦子建素志,非泛述矣。"④《白马篇》实有自我建功立业理想的托寓,《壮志篇》亦可窥张华立功扬名的理想以及其温文尔雅背后的雄强之气。其《游侠篇》末云"我则异于是,好古师老彭",表面上似乎并不仰羡四公子之叱咤风云,实则四公子时代一去不返,其丰功伟绩业已不可复制,"好古师老彭"只是无奈的感叹而已。在其对四公子的倾心赞美里,亦见其内心对侠之大者的向往,此与《壮士篇》实互相辉映。与曹植终生抱利器而无所施,只能在诗中寄寓其驰骋万里之志比,张华由素族而至公侯,灭吴大业中,"与故太傅羊祜共创大计,遂典掌军事,部分诸方,算定权略,运筹决胜,有谋谟之勋"⑤,亦

---

① 严可均辑《全晋文》卷五八,第601页。
② 严可均辑《全晋文》卷五八,第601页。
③ 刘志伟:《阮籍赋体创作思维考论——由与张华〈鹪鹩赋〉之关系及阮籍的赋创作作时契入》,《钦州学院学报》2010年第2期,第4页。
④ 朱乾:《乐府正义》,载河北师范学院中文系古典文学教研组编《三曹资料汇编》,中华书局,1980,第201页。
⑤ 房玄龄等:《晋书》卷三六《张华》,第1070页。

可谓一展怀抱,得逞素志。即便是被进谗言,远离京都而都督幽州诸军事,"抚纳新旧,戎夏怀之。东夷马韩、新弥诸国依山带海,去州四千余里,历世未附者二十余国,并遣使朝献。于是远夷宾服,四境无虞,频岁丰稔,士马强盛"①,亦可谓功业赫赫。

又,张华"勇于赴义,笃于周急",其性情中自有一份侠义精神。加之远志在胸,对当时之伪侠不免有讽谏之意。《轻薄篇》在一些论游侠诗的作品中多有提及,郭茂倩《乐府诗集》云:"《乐府解题》曰:'《轻薄篇》,言乘肥马、衣轻裘,驰逐经过为乐,与《少年行》同意。何逊云"城东美少年",张正见云"洛阳美少年"是也。'"②亦把《轻薄篇》归入游侠作品。入晋,玄风兴起,清谈之风盛行,游侠之风衰退。尽管西晋时,京师大侠李阳名重一时,《世说新语·规箴》言"时其乡人幽州刺史李阳,京都大侠,犹汉之楼护"③,但大部分以侠自居者,多居其形而无其神,加之浮奢生活的影响,古之游侠所追求的侠义精神蜕变为享乐、纵情的浮华贵游。《轻薄篇》即讽谏此类人物。

相应地,张华《博陵王宫侠曲二首》对传统布衣之侠生活与精神的回归恐怕亦是针对时代风气有感而为。"侠客乐幽险"写侠客隐居山野苦穷之地,打猎捕鱼都无足谋生时,则"耕佃穷渊陂,种粟著剑镡。收秋狭路间,一击重千金"④,并不肯轻易出击。友虎豹而伴熊罴,不为法令所拘,纵情自在,这更像一个世外隐士。"雄儿任气侠"一首则写侠客为义出击,其装束"腰间叉素戟,手持白头镶"与《轻薄篇》中的"长鞭错象牙""手中双莫耶"相比自是朴素简单,而其"腾超如激电,回旋如流光。奋击当手决,交尸自纵横"之高超武艺,其"生从命子游,死闻侠骨香。身没心不惩,勇气加四方"之对义与自由的坚守,均非浮华者所比。

又,张华虽有宰辅之望,但在暗主虐后之朝,各色权势狼盼虎顾,国家危机四伏,张华尽心国事,努力维持国家稳定,其责之重,其忧之深,由"吏道何其迫,窘然坐自拘""恬旷苦不足,烦促每有余""道长苦智短,责重困才轻"

---

① 房玄龄等:《晋书》卷三六《张华》,第1070—1071页。
② 郭茂倩编《乐府诗集》,第963页。
③ 余嘉锡:《世说新语笺疏》,周祖谟、余淑宜整理,第556页。
④ 关于此句解释,参见贾立国:《宋前咏侠诗研究》,博士学位论文,扬州大学,2010,第87—88页。

"负乘为我戒,夕惕坐自惊"①等诗句可知矣。所以《博陵王宫侠曲二首》亦表现其对游侠独立自由人生的向往及对超凡能力的渴望。尤其张华深明觊觎皇权者虎视眈眈,而当其子劝其逊位时,他坦言"天道玄远,惟修德以应之耳。不如静以待之,以俟天命"②,以张华之博物通达,此言"乃是预知无力挽住败亡,即将死于奸臣之手的从容赴义……如果说'静以待之'具有一定玄学政治意味的话,那也是同于嵇康视死如归的名士精神"③。及其将死,更是坦言"臣先帝老臣,中心如丹。臣不爱死,惧王室之难,祸不可测也"④。张华知其不可而为之,明知必死而坚守忠臣之义,正可以从"生从命子游,死闻侠骨香。身没心不惩,勇气加四方"来诠释。此或为张华接受曹作的内在原因。

四、张华对曹植女性诗的学习

张华诗有侠骨铮铮之作,亦有儿女情长者,前者多以气胜,后者则以清丽见长,此或为钟嵘所论者。《感婚诗》"素颜发红华,美目流清扬"⑤,"清扬"化自《洛神赋》"纤素领,回清扬"句。而其《情诗五首》⑥其一"北方有佳人",在思路上基本规模曹植《杂诗六首》之"西北有织妇"。曹诗前部分写织妇"明晨秉机杼,日昃不成文"而"太息终长夜,悲啸入青云",张诗则写佳人"终晨抚管弦,日夕不成音"而"忧来结不解,我思存所钦";曹诗后部分由第三人称叙述转入人物第一人称自述,张诗亦如是;曹诗言"妾身守空闺,良人行从军。自期三年归,今已历九春",张诗则道"君子寻时役,幽妾怀苦心。初为三载别,于今久滞淫",内容基本相似;曹诗其后写"飞鸟绕树翔,嗷嗷鸣索群",即景即比,张诗则扩成四句——"昔耶生户牖,庭内自成阴。翔鸟鸣翠偶,草虫相和吟",由树而及鸟、虫,把曹诗中作陪衬的"飞鸟"换为

---

① 张华:《答何劭诗三首》,载逯钦立辑校《先秦汉魏晋南北朝诗》晋诗卷三,第618页。
② 房玄龄等:《晋书》卷三六《张华》,第1074页。
③ 秦跃宇、龙延:《名教内自有乐地——张华会通玄儒研究》,《山东师范大学学报(人文社会科学版)》2007年第3期,第55页。
④ 房玄龄等:《晋书》卷三六《张华传》,第1074页。
⑤ 逯钦立辑校《先秦汉魏晋南北朝诗》晋诗卷三,第620页。
⑥ 逯钦立辑校《先秦汉魏晋南北朝诗》晋诗卷三,第618-619页。本节以下所引《情诗五首》中的诗句,皆出自此书,为方便阅读,不再标注出处和页码。

成双成对之鸟、虫;曹诗结尾"愿为南流景,驰光见我君",张诗结尾"愿托晨风翼,束带侍衣衾",均为古诗常用句式。不过,与曹诗相比,张诗自造新词,语意更绵密,更见精心结撰之雕琢。如曹作言"妾",张作言"幽妾";曹作言"良人行从军",表意直白,而张作"君子寻时役",语意绵密,句式构成更复杂,且化用《诗经·王风》"君子于役"句,文人气息更重。

再者,虽然二者都是男性诗人的代言作品,但曹作行诗中不时溢出个体视角,显现出曹植自身的梗概不平之气,如"太息终长夜,悲啸入青云"实在是壮士的悲慨抒怀,而张诗自始至终其男性视角都深藏不露。所以曹诗悲婉之中自有刚性,而张作则清丽感人,宛若女郎辞。钟嵘认为张华诗出王粲,盖指其气弱,但若联系其深旷器识和丰功伟业,其《情诗五首》之不露声色、之婉约清丽,好似他"少威仪,多姿态"①,却难以情测,此正如《世说新语》中所载刘令初入洛言"张茂先我所不解"②一样,正见其弘旷内敛的气度。只是读者览其《情诗五首》,往往抛开其政治背景,遂因此以为张作纯为女郎辞,若后世论者常以苏轼为豪放派,而多忽略他作品中其实有更多婉约的内容,这实在是失之偏颇的。

整体而言,张华对曹植作品的学习很少像傅玄那样直接模拟,痕迹明显,他往往是法其思路,或题材,或手法,或风格,或意象,等等,《情诗五首》其一如此,前面的乐府诗作也多如此。也就是说,张华的学习有更多自己的创造,此或对陆机对古诗之模仿有所影响。

另外,曹植《杂诗六首》看似无章法,其实内在还是有联系的,比如前四首风格语意较近,后两首大致是一类,组诗整体由悲婉转向悲慨,由含蓄转向明朗,由深沉的思念、哀怨转向直接的报国壮怀的抒发。六首诗可谓由一内在线索贯穿而成的诗篇。读了后两首,才知道前面诗作反复悲叹的原因,而前面诗作委婉中因此显现出一种深沉阔大的精神境界。可以说,如果没有后面的卒章显志,那么前面"西北有织妇"诗可能更多的是一首较清浅的思妇诗。

而张华《情诗五首》恰以规模曹植"西北有织妇"作为自己组诗的第一首,它在五首中具有统领作用,下面四首思念之情的反复倾诉都基于"君子

---

① 余嘉锡:《世说新语笺疏》刘孝标注引《文士传》,周祖谟、余淑宜整理,第782页。
② 余嘉锡:《世说新语笺疏》,周祖谟、余淑宜整理,第508页。

于役"这一分离的背景。而五首诗又含有一个时间变化的顺序,"终晨抚管弦,日夕不成音"(其一)、"明月曜清景,胧光照玄墀"(其二)、"清风动帷帘,晨月照幽房"(其三),整体由日至夕,至深夜,至清晨,又至白日之"游目四野外,逍遥独延伫"(其五),这一时间的轮回暗示着思妇思情无日无夜的缠绵不息。如此一来,张华《情诗五首》舍弃了曹植《杂诗六首》深闳的心灵境界而专写儿女之情,成为文学史上最早的"情诗"组篇。尽管其《情诗五首》除规模曹植诗外,更多规模古诗,但这种以线索贯穿,组几篇于一主题之下的写法,应受曹植《杂诗六首》的影响。这种方式对陆机《拟古十二首》的组篇有影响,甚至对萧统组编《古诗十九首》亦有影响。

　　清刘熙载言:"公幹气胜,仲宣情胜,皆有陈思之一体。"①张华乐府与《情诗五首》也可谓各得陈思之一体。张华对曹植《名都篇》《白马篇》等游侠题材与写作手法、思路的继承直接影响到后世诗人对曹作的学习,其对曹作后世的经典化作用深远,他化用曹作的方式也直接影响到陆机等人对曹作的学习借鉴。"在西晋文坛上,由于张华名望较高,对一般士子的影响自然也较大。他的文风是比较整饬、雕琢、铺排的,这对西晋一代文风的形成,起了推波助澜作用"②。他的雕琢、铺排得益于曹作不少,而他对曹作的学习因为其文坛地位影响自然也对西晋后进士人有作范作用。

第四节　建安太康,英杰渊深
——论陆机对曹植乐府诗的规模

　　自钟嵘指陆机诗源出陈思后,后世对此就颇有异议。但若了解钟嵘源出之说,实据自己的诗学理想,基于对接受者与接受对象间部分作品的相似性而建构的,即不会对其源出之论如此困惑。(具体见第四章第四节)陆机《文赋》言:"游文章之林府,嘉丽藻之彬彬。"③陆云称:"又古今兄文所未得与校者,亦惟兄所道数都赋耳。"④陆机师法多元,对前人有着广泛的学习,

---

① 刘熙载:《诗概》,载郭绍虞编选《清诗话续编》,富寿荪校点,上海古籍出版社,2016,第2版,第2287页。
② 徐公持:《张华》,载吕慧鹃、刘波、卢达编《中国历代著名文学家评传(续编一)》,第237页。
③ 陆机:《陆机集》,金涛声点校,第1页。
④ 陆云:《陆云集》,黄葵点校,第141页。

由此可见一斑。不过,陆诗确实多有化用曹作之处,有些诗篇整体皆有曹作的投射。可以肯定,陆机对曹植作品相当熟悉,并进行有意的学习借鉴。

一、陆诗化用或模仿曹作之处

第一,化用曹植诗句。(表3-2)

表3-2 陆机与曹植诗作对比

陆机诗	曹植诗
感物恋堂室,离思一何深。(《赴洛二首》其一) 伤哉客游士,忧思一何深!(《悲哉行》)	离思一何深。(《杂诗》逸文)
人生何所促,忽如朝露凝。(《驾言出北阙行》)	人生处一世,(去)〔忽〕若朝露晞。(《赠白马王彪》)
人寿几何?逝如朝霜。(《短歌行》)	天地无终极,人命若朝霜。(《送应氏》)
行行将复去,长存非所营。(《齐讴行》)	行行将复行,去去适西秦。(《门有万里客》)
京洛多妖丽,玉颜侔琼蕤。(《拟东城一何高》) 高台多妖丽,浚房出清颜。(《日出东南隅行》)	名都多妖女,京洛出少年。(《名都篇》)
昔与二三子,游息承华南。(《赠冯文罴》) 分索古所悲,志士多苦心。(《赠冯文罴》)	吾与二三子,曲宴此城隅。(《赠丁廙》) 烈士多悲心,小人偷自闲。(《杂诗六首》其六)
辞家远行游,悠悠三千里。(《为顾彦先赠妇二首》其一)	悠悠远行客,去家千余里。(《杂诗》) 仆夫早严驾,吾将远行游。(《杂诗六首》其五)
行矣怨路长,怒焉伤别促。(《赠弟士龙》)	泛舟越洪涛,怨彼东路长。(《赠白马王彪》) 山川阻且远,别促会日长。(《送应氏》)
空房来悲风,中夜起叹息。(《拟青青河畔草》)	盛年处房室,中夜起长叹。(《美女篇》)
隆想弥年月,长啸入飞飚。(《拟兰若生春阳》)	太息终长夜,悲啸入青云。(《杂诗六首》其三)
淑貌耀皎日,惠心清且闲。(《日出东南隅行》)	容华耀朝日,谁不希令颜。(《美女篇》)

续表

陆机诗	曹植诗
四节逝不处,繁华难久鲜。(《塘上行》)	俯仰岁将暮,荣耀难久恃。(《杂诗六首》其四)
不惜微躯退,但惧苍蝇前。(《塘上行》)	苍蝇间白黑,谗巧(令)〔反〕亲疏。(《赠白马王彪》)
余固水乡士,摠辔临清渊。(《答张士然》)	我本泰山人,何为客淮东?(《磐石篇》)

注:表中所引陆机诗分别参见陆机:《陆机集》,金涛声点校,第 40、74、88、74、68、60、68、51、52、54、52、58、59、68、73、73、51 页。

就上表看,有直接引用者,如"离思一何深";但大多仅变化一两字,句式相同,意思一致,如"忽如朝露凝"与"(去)〔忽〕若朝露晞"等;有的变化又稍复杂,但在意象、句式、意境、内容等方面有若干相似之处,其间师法关系清晰可见,如"隆想弥年月,长啸入飞飚"与"太息终长夜,悲啸入青云"。又如,《诗经》中有"营营青蝇,止于樊"①句,曹植"苍蝇间白黑,谗巧(令)〔反〕亲疏"由此而来,陆诗"不惜微躯退,但惧苍蝇前"则隐含曹诗意,显然由曹诗化出。

第二,整体模仿曹植诗篇。

陆机《为顾彦先赠妇二首》其二云:

> 东南有思妇,长叹充幽闼。借问叹何为?佳人眇天末。游宦久不归,山川修且阔。形影参商乖,音息旷不达。离合非有常,譬彼弦与筈。愿保金石躯,慰妾长饥渴。②

此诗开头糅合曹植《杂诗六首》其三"西北有织妇""太息终长夜"句与《七哀》"上有愁思妇"句,整首诗思路亦化自《七哀》。如《七哀》言"上有愁思妇,悲叹有余哀。借问叹者谁?言是宕子妻"。与之相比,陆诗突出了思妇之叹,由此引发问叹、答叹,陆诗出自曹诗皎然可见。只是曹诗问"叹者谁",而陆诗问"叹何为",从而把叙述视角直接引入思妇内心的倾诉。"离合非有常,譬彼弦与筈"是对曹诗"君若清露尘,妾若浊水泥;浮沉各异势,会合何时谐"的化用,"弦与筈"与"清露尘""浊水泥"之比看似不同,但箭

---

① 《诗经·小雅·青蝇》,载程俊英、蒋见元:《诗经注析》,第 694 页。
② 陆机:《陆机集》,金涛声点校,第 54 页。

离弦去之不可回与尘、泥之浮沉异势实有异曲同工之妙,只是陆诗之喻更坚硬、生冷、惊心。陆诗结尾亦同曹作《杂诗六首》其三和《七哀》,用古诗中常用句式作结,"愿保金石躯,慰妾长饥渴"同曹诗"愿为南流景,驰光见我君""愿为西南风,长逝入君怀"句类似,均温柔敦厚,哀而不怨。就整首诗言,陆诗虽学自曹诗,但较曹诗更为精警。

陆机有几篇乐府诗,亦与曹作关系密切。如《乐府古题要解》言《门有车马客行》:"右曹植等皆言闻讯其客,或得故旧乡里,或驾自京师,备叙市朝迁谢,亲戚雕丧之意也。"①张华、陆机均作有《门有车马客行》,傅玄《墙上难为趋》言"门有车马客",辞义相类。今存曹作有《门有万里客》,而不见《门有车马客行》,但据《乐府古题要解》,曹植是最早的作者,因此张华、傅玄、陆机等作未尝不是受曹植影响。

陆机又有《前缓声歌》,而据《乐府古题要解》言《升天行》:"曹植又有《飞龙》《仙人》《上仙箓》与《神游》《五游》《远游》《龙欲升天》等七篇。如陆士衡《缓声歌》,皆伤人世不永,俗情险艰,当求神仙翱翔六合之外。"②可见陆机《前缓声歌》与曹植《飞龙篇》《仙人篇》《远游篇》等同义。曹植亦有《前缓声歌》,惜今不传,无从见其与陆诗的关系。不过,陆机《前缓声歌》在写法上确实与曹作《仙人篇》颇相似。曹诗《仙人篇》开篇即写仙人的聚居欢会,如"仙人揽六著,对博太山隅。湘娥抚琴瑟,秦女吹笙竽。玉樽盈桂酒,河伯献神鱼"。此群仙欢聚的情景不见于曹植之前的游仙诗,陆机"游仙聚灵族,高会层城阿"③,围绕"高会",写各路神仙聚会,亦着眼于仙人群体,可见其规摹曹作之处。不过陆诗较曹诗写得更为具体,且陆诗通篇为旁观叙述,自我隐于诗外,很难看出作者的情感倾向。

陆机《从军行》亦受曹植《吁嗟篇》、《杂诗六首》其二影响。如陆诗:

苦哉远征人,飘飘穷四遐。南陟五岭巅,北戍长城阿。溪谷深无底,崇山郁嵯峨。奋臂攀乔木,振迹涉流沙。隆暑固已惨,凉风严且苛。夏条焦鲜藻,寒冰结冲波。胡马如云屯,越旗亦星罗。飞锋无绝影,鸣

---

① 吴兢:《乐府古题要解》卷下,载丁福保辑《历代诗话续编》,第47页。
② 吴兢:《乐府古题要解》卷下,载丁福保辑《历代诗话续编》,第49页。
③ 陆机:《陆机集》,金涛声点校,第70页。

镝自相和。朝餐不免胄,夕息常负戈。苦哉远征人,抚心悲如何!①

陆诗核心是突出远征人之"苦",而"苦"之表现主要扣准"飘飘"一词,下文多用对列并举句式,从地理空间之南北,地势之高低,时令之夏冬,战场之胡马、越旗、飞锋、鸣镝、朝夕戒备等,写出其不能自主的飘荡艰苦的行役生活。《从军行》属乐府相和平调曲,《乐府诗集》言《从军行》:

> 《广题》曰:"左延年辞云:'苦哉边地人,一岁三从军。三子到燉煌,二子诣陇西。五子远斗去,五妇皆怀身。'"②

又言《苦哉远征人》:

> 晋陆机《从军行》曰:"苦哉远征人,飘飘穷四遐。"……盖苦天下征伐也。③

但陆机诗只有开头一句与左辞相应,从其整体看,更多是从曹植《吁嗟篇》、《杂诗六首》其二化出。曹植"转蓬离本根,飘摇随长风"(《杂诗六首》其二),把自己飘徙无定的命运比作转蓬,又把转蓬之飘摇不定比作游客子的捐躯从戎,从而把转蓬意象与行役人流荡不定的命运联系起来。陆诗"飘飘穷四遐","飘飘",《艺文类聚》四十一作"飘摇",极易让人联系到飞蓬意象。而曹植《吁嗟篇》亦以"吁嗟此转蓬"之感叹句式起调,行诗中亦常用对句,如"东西经七陌,南北越九阡""当南而更北,谓东而反西""飘摇周八泽,连翩历五山"等,飞蓬忽东忽西,忽南忽北,忽天忽地,忽高忽低,"宿夜无休闲","流转无恒处"。陆诗从南北空间、寒热时令及不同环境之物象角度书写,突出的正是行役人"流转无恒处"的命运。由上分析看,陆诗定出于曹植二诗。不过陆诗不像曹诗具有鲜明的个人遭遇色彩,其中间十四句,具体铺写远征人飘荡四方的生活,全用对偶,且运用对举手法,不唯从空间,且从时间,不唯从远处,且从战场近处等不同角度多侧面展现"飘飘"的含义,从而把行役人置于广阔的时空背景之中,其个体之渺小与其流徙动荡之艰苦由此更为凸显,行文绵密,更见结构之迹。

又,陆机《豫章行》言:

> 泛舟清川渚,遥望高山阴。川陆殊涂轨,懿亲将远寻。三荆欢同

---

① 陆机:《陆机集》,金涛声点校,第63-64页。
② 郭茂倩编《乐府诗集》,第475页。
③ 郭茂倩编《乐府诗集》,第492页。

株,四鸟悲异林。乐会良自古,悼别岂独今?寄世将几何,日昃无停阴。前路既已多,后涂随年侵。促促薄暮景,亹亹鲜克禁。曷为复以兹?曾是怀苦心。远节婴物浅,近情能不深。行矣保嘉福,景绝继以音。①

古辞写豫章山上白杨变为洛阳宫中栋梁,述其与根株分离之苦,陆机则写兄弟离别。吴淇言:"再三把玩,字字有亡国破家之感,乃信其不诬。此诗乃士衡兄弟送别之诗,言特恳切,故假题于乐府,使人不觉……'曾是'句,谓今日之别,非比寻常,乃因国亡家破、世网婴身而别。此别在远节之人,或可自道,未免有情,感痛那得不深也。保厥福者,在晋不比在吴,尤宜谨慎,不是泛常相勖套语。士衡诗屡用'苦心'二字,反覆互校,自晓其意,非泛用也。"②

此诗颇学《赠白马王彪》后半部分。二诗皆赠兄弟之作,都有深切亲历、非常人所感的情感背景,陆诗规模曹诗亦其宜也。其师法处在于:一是把离别与生命的飞逝感相联系。陆诗"乐会良自古,悼别岂独今?寄世将几何,日昃无停阴。前路既已多,后涂随年侵。促促薄暮景,亹亹鲜克禁",此因离别而产生的时光飞逝、生命苦短感隐含着作者坎坷曲折的人生经历。再看曹诗"人生处一世,(去)〔忽〕若朝露晞。年在桑榆间,景响不能追。自顾非金石,咄唶令心悲",在朝京都而任城王暴薨的背景下,此离别之生命感伤充满着更为复杂的心理与情感。二是情感跌转,故作振起,反更增加悲痛之感。如曹诗在极度悲痛愤慨下反而生出一份旷达,"丈夫志四海,万里犹比邻。恩爱苟不亏,在远分日亲;何必同衾帱,然后展殷勤!忧思成疾疢,无乃儿女仁",但"仓猝骨肉情,能不怀苦辛",则陡然跌转,使旷达更激起一层悲痛之感。陆诗"远节婴物浅,近情能不深"言志节高远者牵于物累必浅,眼前之情能不深怀心中?在超然中自跌出一份深情,其手法与曹诗如出一辙。而其结尾"行矣保嘉福,景绝继以音",继之以祝福、劝慰,与曹诗之"王其爱玉体,俱享黄发期"颇为相似。

就以上分析看,陆机对曹作比较熟悉,亦有明显的师法之处,如化用其诗句,化用其意象,模仿其思路,学习其写法,等等。但上面所言,尚嫌琐碎。曹诗最大的成就是向乐府民歌学习,为乐府文人化,促其成为中国古诗的一

---

① 陆机:《陆机集》,金涛声点校,第64-65页。
② 吴淇:《六朝选诗定论》,汪俊、黄进德点校,第256-257页。

大体裁贡献甚大。其诗作中乐府占了一大部分,而陆机诗亦以乐府为重,曹植乐府创作对陆机乐府写作有重要影响。下面从此角度对二者关系作进一步论述。

二、陆机对曹植乐府体制声调的学习

许学夷言:"士衡乐府五言,体制声调与子建相类。"①此相类主要表现在以下两个方面:

(一)学习曹植以乐府寄托的方式

萧涤非先生言:"汉乐府变于魏,而子建实为之枢纽。……汉乐府采之里巷,质朴鄙俚,情趣天然,子建则多所寄托,而使乐府带有浓厚之贵族色彩,完全变为文人一己之咏怀诗!"②萧先生指出了曹植乐府文人化的一个重要特点。

陆机的不少乐府诗正是继承了曹植乐府寄托抒怀的特点,此于西晋诗人中确实较为突出。

如《鞠歌行》,陆机是魏晋时唯一依此创作新辞之人,其序曰:"三言七言,虽奇宝名器,不遇知己,终不见重。愿逢知己,以托意焉。"③表达了他对知音的渴望。《豫章行》,吴淇言:"再三把玩,字字有亡国破家之感……此诗乃士衡兄弟送别之诗,言特恳切,故假题于乐府,使人不觉。"《吴趋行》,刘运好言:"借古题而颂吴,骨子里浸透着对吴盛时之向往,重振家风之渴望。"④即便若《君子行》这样纯说理的诗,亦糅合了其个体对人道"险而难"的深切感受与体悟:"在这首诗里,反映出陆机对政治环境的复杂和人生的祸福无常已有所体会,但以为君子远虑,可防患于未然,在复杂的斗争面前,表现了积极进取的精神和不畏祸难的锐气。这正是陆机矜重坚毅的个性特征的自然流露!"⑤何焯认为此诗"较之古词尤为深切"⑥。如此等等。

---

① 许学夷:《诗源辩体》卷五,杜维沫校点,人民文学出版社,1987,第90页。
② 萧涤非:《汉魏六朝乐府文学史》,第153页。
③ 陆机:《陆机集》,金涛声点校,第77页。
④ 陆机:《陆士衡文集校注》,刘运好校注整理,凤凰出版社,2007,第584页。
⑤ 蒋祖怡、韩泉欣:《陆机》,载吕慧鹃、刘波、卢达编《中国历代著名文学家评传(第一卷)》,山东教育出版社,1983,第360-361页。
⑥ 何焯:《义门读书记》,崔高维点校,第922页。

不过,曹植借乐府以抒情,往往采用微言大义的写法,如其《圣皇篇》写延康元年(公元220年)曹植兄弟赴封国的送别过程,诗中以陛下的"仁慈"为核心,写其所予玺绶葳蕤,赠赐宝珍倾府,护送庄严华盛,等等,见出皇帝的恩典、厚爱,但"行行日将暮,何时还阙庭"则暗点出被迫赴国,归都无望,此与"贵戚并出送,夹道交辎軿"相应,隐含生离死别之痛。结尾"路人尚酸鼻,何况骨肉情",表面上似写亲人间的情深义重,实则是对曹丕抑制宗族的愤怒与控诉。朱乾一针见血地指出:"而至于路人酸鼻,则其所为玺绶之宠,赐予之厚,武卫之盛,祖饯之荣,特文具而已,乌睹所谓封建亲戚以为藩屏者乎?"①再如《磐石篇》,吴小如先生指出:"泰山义同大山,本磐石所处之地;现在却身似飘蓬,迁客雍丘,既非自己应居之位,又无英雄用武之地,下文种种描写,皆植根此二句。"②("我本泰山人"句式又为陆机所本,如其乐府中言"我本吴乡人""我本倦游客"等)其原本如是而实非如是的反差充分显示了自我心志与现实处境的巨大差距以及不可把握自我命运的无奈,作者内心的痛苦可想而知。曹植《灵芝篇》《大魏篇》《精微篇》《名都篇》等皆是如此。

在这一点上,陆机的一些乐府诗明显承曹作而来。如其《日出东南隅行》,学习张华《轻薄篇》中刻画人物群像的手法,写高台群美、洛水群美,全诗通篇从容貌、歌舞等角度歌咏佳人之冶容,而结句却言"冶容不足咏,春游良可叹",作者的写作意图寄寓其中。对此,吴淇可谓法眼独具,他指出:"夫绝世佳人,有一无二,何洛水佳人之多耶!'南崖'以下,写得热艳,朋党宠附,兼有权势相倾之意。'遗芳'二句,蹴起'飞飙'。洛水为浊,喻朝政之乱也。故云'冶容不足咏',徒令人见之而悲也。"③

再比如《前缓声歌》,主体写神仙欢聚的场面,看似是游仙诗,但结尾则突接一句"清辉溢天门,垂庆惠皇家",或以此不过乐府套语,事实并非如此。此写法与曹植《怨歌行》颇相似。曹诗主体实是一首咏史诗,整首概括叙述《金縢》故事,作者也只是客观叙述,结尾言"吾欲竟此曲,此曲悲且长。今日乐相乐,别后莫相忘",亦常被人误读为乐府套语,其实这正是此诗精彩

---

① 朱乾:《乐府正义》,载河北师范学院中文系古典文学教研组编《三曹资料汇编》,第199页。
② 吕晴飞、李观鼎、刘方成主编《汉魏六朝诗歌鉴赏辞典》,第254页。
③ 吴淇:《六朝选诗定论》,汪俊、黄进德点校,第262页。

之处。赵幼文指出:"但此歌客观地写录史实即戛然中止,其意图则含蓄出之,悲且长三字蕴具着丰富的感情内容,使余韵隽永。"①吴小如言:"作者写在此篇之末,正合明帝召见、君臣燕享时即景所见。而末句既似恳求又似讽刺,希望曹睿〔叡〕不要忘记他,在外表轻盈的字句中蕴含着深沉痛楚的矛盾心情,从而使这首单纯的咏史诗一下子注入了诗人主观的爱和怨……如此诗则点到为止,应该说是恰到好处。"②陆诗亦非套语结束而已,吴淇言:"此篇似极其颂美,却是痛刺晋家诸王外戚,专权自恣,树立党援,争以游戏荒淫相尚,全无体统纪纲也,故借仙灵聚会以寓意。"③

古人多以陆机诗不见性情,如陈祚明言:"士衡诗束身奉古,亦步亦趋。……拟古乐府稍见萧森,追步《十九首》便伤平浅。至于述志赠答,皆不及情。夫破亡之余,辞家远宦,若以流离为感,则悲有千条;倘怀甄录之欣,亦幸逢一旦。哀乐两柄,易得淋漓。乃敷旨浅庸,性情不出。"④这实是对陆机诗歌,尤其是其乐府诗歌的误解。陆机乐府多依古曲、古题、古意,让人有束身奉古之感,再加上其诗往往表达对"天道"的思考、感慨,对时光飞逝的叹惋、悲伤,此普泛的人生情感在其诗中反复再三的表达,使其个体的情感色彩淡化,亦容易让人有不见性情之感。但若联系陆机破国亡家的独特人生际遇,即可想象其对"天道"与时间的反复哀叹中有多么复杂、郁勃、悲愤的情感。

与一般人的感慨相比,陆机乐府是身历人生、世相之后的沉郁感慨之辞,因此,其诗中沉思亦深,悲慨亦深。一般认为陆诗深,陆诗之深有多层面内涵,他对人生人世的感受体悟之深切亦包含在内。吴淇认为陆机比屈原的忧思更深:"故每篇中,非家破国亡之感,即忧谗畏讥之意。但屈子之忧谗畏讥在破国亡家前,而士衡之忧谗畏讥在家破国亡后,其骚思更深。后之评士衡者,但曰悬圃积玉,无非夜光。又云朗月曜空,重岩叠翠,美其词藻之华赡而已。孰能抉肾剔髓,从缠绵一郁中察其耿介之怀耶?"⑤至若陈祚明对其浅庸的指责,反而体现了陆诗"深"的特点。

---

① 曹植:《曹植集校注》,赵幼文校注,第545页。
② 吕晴飞、李观鼎、刘方成主编《汉魏六朝诗歌鉴赏辞典》,第264页。
③ 吴淇:《六朝选诗定论》,汪俊、黄进德点校,第263页。
④ 陈祚明评选《采菽堂古诗选》卷一〇,李金松点校,第300页。
⑤ 吴淇:《六朝选诗定论》,汪俊、黄进德点校,第229页。

这种情思之深于诗中一方面表现为情感的曲折多变。如《长歌行》：

> 逝矣经天日,悲哉带地川。寸阴无停晷,尺波岂徒旋？年往迅劲矢,时来亮急弦。远期鲜克及,盈数固希全。容华夙夜零,体泽坐自捐。兹物苟难停,吾寿安用延？俯仰逝将过,倏忽几何间。慷慨亦焉诉,天道良自然。但恨功名薄,竹帛无所宣。迨及岁未暮,长歌承我闲。①

开头破空而来,"逝矣经天日,悲哉带地川",日无回戈,川无停息,后又紧跟寸阴、尺波、劲矢、急弦四个比喻,境界阔大,节奏快疾,把时光之逝写得惊心动魄,一直到引出"兹物苟难停,吾寿安用延",情感达到一个高潮,而下面"俯仰逝将过,倏忽几何间。慷慨亦焉诉,天道良自然",情势陡然一落,用"天道自然"来自我安慰解脱,但随之"但恨功名薄,竹帛无所宣"又猛一振起,慷慨之怀淋然纸上,而结尾"迨及岁未暮,长歌承我闲"又忽然荡开笔墨,故作洒脱,而其间之无奈、悲愤、紧张等则袅袅不绝于耳。其他如《豫章行》《门有车马客行》《猛虎行》等亦不同程度地体现了这一写法。这一写法体现的结构用心,应是学习曹作的结果。曹植《赠白马王彪》,情感层次极为丰富,且起伏顿挫,被方东树视为"遂开杜公之宗"②。陆诗这种情感节奏的起落与曹作关系密切。

不过,陆诗中更多是通过对某一情绪或理思的不同角度的反复铺染来深化自己的情思,如《君子行》《吴趋行》《短歌行》《折杨柳行》《梁甫吟》等,这种叠加意象反复抒叹的方式与通过张弛之势以产生强烈的情感冲击力是相似的,加之陆诗往往取象阔大,对时间飞逝的感叹又常置于天地无穷的反差背景中,所以其诗虽然深芜,但自有动人心魄之处。何焯《义门读书记》"陆士衡乐府"条言:"数诗沉着痛快。可以直追曹、王。"③这说明陆机乐府中抒写自我的诗不仅具有强烈的个体情感特质,而且颇具风力,并非常人所言的繁缛无力。

对此,古人亦有洞察者,如刘熙载曰:"士衡乐府,金石之音,风云之气,能令读者惊心动魄。虽子建诸乐府,且不得专美于前,他何论焉!"④清厉志

---

① 陆机:《陆机集》,金涛声点校,第71页。
② 方东树:《昭昧詹言》,汪绍楹点校,第73页。
③ 何焯:《义门读书记》,崔高维点校,第922页。
④ 刘熙载:《诗概》,载郭绍虞编选《清诗话续编》,富寿荪校点,第2288页。

《白华山人诗说》言:"陆士衡诗,组织工丽有之,谓其柔脆则未也。愚观士衡诗,转觉字字有力,语语欲飞。"①刘运好认为陆诗缘情中自透风力,"忧怨中蓄满慷慨勃郁,轻绮中灌注风云之气,嗟叹中折射乱离现实,使陆诗既不似潘岳'风流媚趣',也不像张华'儿女情多,风云气少'(钟嵘《诗品》),而是在绮靡藻饰中以质理为骨干,文质相称,风力凛然,迥拔于时代之上。故王夫之《古诗评选》卷四云:'风骨自拔,固不许两潘腐气所染。'"②。钟嵘说陆诗出于陈思正是从此角度言之,不过陆诗之风力与曹诗之风骨还是有差别的,曹诗风骨卓然外现(即便是其以比兴出之的比较婉曲的诗歌);而陆诗风力则隐然内敛,但即便他纯客观铺陈的诗歌,亦有力透纸背的慷慨。

(二)学习曹作乐府与诗的互化

曹植借乐府以寄寓抒怀的方式其实就是乐府的诗化。许学夷言:"乐府与诗,汉人虽有不同,然自子建、士衡,已甚失之,玄晖、元长、简文而下,乐府与诗略无少异。"③乐府与诗的界限渐趋泯灭,不仅意味着乐府的文人化,同时亦意味着诗歌的乐府化。比如曹植"西北有织妇"(《杂诗六首》其三)由第三人称转为第一人称的拟代叙写抒怀与其《种葛篇》《浮萍篇》《七哀》等乐府并无明显区别,这意味着曹植五言诗采用了乐府叙事抒情的方式,但另一方面,"西北有织妇"在篇幅上要短于其他几篇,其第一人称的倾诉叙写没有铺展,又加入了"飞鸟绕树翔,嗷嗷鸣索群"这样具有象征意味的景象,这就使得诗显得更为清省,更为含蓄内敛,其诗的特性也了了分明。而陆机的乐府,如《倢伃怨》——"春苔暗阶除,秋草芜高殿。昏黄履綦绝,愁来空雨面"④,更为省净,可谓直逼唐人。王夫之评曰:"净。单举出辞宠一日写意,托笔早高,云胡不净。"⑤王夫之完全是以评诗法评陆机这首乐府的。

再如,曹植乐府在赋写某一对象时,往往先从他处写起,然后层层引入,多于后文点出写作对象或写作意图。比如《美女篇》,吴淇曰:"末只二语,把前多少好处,都说得弃掷无用,煞是可惜。此亦是请自试之意。"⑥《弃妇

---

① 厉志:《白华山人诗说》,载郭绍虞编选《清诗话续编》,富寿荪校点,第2164页。
② 陆机:《陆士衡文集校注》,刘运好校注整理,"前言"第26页。
③ 许学夷:《诗源辩体》卷三六,杜维沫校点,第369页。
④ 陆机:《陆机集》,金涛声点校,第78页。
⑤ 王夫之:《古诗评选》卷一,张国星点校,河北大学出版社,2008,第36页。
⑥ 吴淇:《六朝选诗定论》,汪俊、黄进德点校,第127页。

篇》本是要写弃妇的，但开篇写石榴树，写叶茂，写丹华，写光彩，写飞鸟，写悲鸣，连用十句，之后才转为弃妇的心灵自述。《灵芝篇》本是要写自己的孝思，但全文主体则连写四个古代孝子的故事，共二十四句，然后才以不过八句来写自己对父亲的思念。如此等等。

  此写法在其非乐府诗中亦有体现。比如《应诏》，其旨意全在结尾几句——"嘉诏未赐，朝觐莫从。仰瞻城阈，俯惟阙庭，长怀永慕，忧心如酲"，但全诗主体则写应诏赶路之紧急，待诏城阙之忧心于结尾轻轻挽结。曹植赠诗，亦多用此法。如《送应氏》二首，第一首由城市而乡村，由洛阳而及中原地区，写军阀战乱的破坏性状况及其给百姓带来的深重灾难，全无送别之意，直到第二首才写送别，把送别置于广阔的社会时事背景之中。《赠徐幹》开篇由日落到月出，从发唱惊挺到以舒缓笔调写夜景，十二句之后才转入写送别对象。《赠丁廙》开篇写初秋天气，写久雨不晴，写庄稼涝死农夫安获，直到十句之后才与题目隐约相扣。《赠丁廙王粲》"首言别后，纪所历山河宫阙之盛。次四句，颂魏武之功"①，也是十二句之后才引出所赠对象。

  陆机乐府中也有类似曹诗的写法，如《君子有所思行》，其目的全在刺膏粱之士，但却从城郭写起，写廛里、街巷、甲第、高闶、洞房、阿阁、曲池、清川、华薄、邃宇、绮窗、兰室、罗幕，由远及近，由物及人，行文已十二句，所写膏粱之士还未出现，但事实上又句句都在写膏粱之士。再如《梁甫吟》，前面用十二句铺染，"上观苍穹，下视大川，心感四时，耳闻悲风，一一摄入笔端，既境界阔大辽远，又如五音繁会"②，事实上，这些也只是作者凭空造的景，他把种种天象结合在一起，从而造成一种一瞥千年的阔大气势；随之以六句感慨人生，结尾方言"哀吟梁甫巅，叹息独抚膺"③，点出其前俯仰古今，感慨万端，皆于梁甫巅而生，又以此扣题。再如《从军行》，吴淇曰："本要从远征人心处写起，他开口时却不急说，姑借旁人口中，先唤一句'苦哉远征人'便住，却又口中南一句、北一句，冬一句、夏一句，絮絮叨叨，一连十六句，只从他身边说去，曾无一字痛痛说到心里。"④

---

① 吴淇：《六朝选诗定论》，汪俊、黄进德点校，第122页。
② 陆机：《陆士衡文集校注》，刘运好校注整理，第635页。
③ 陆机：《陆士衡文集校注》，刘运好校注整理，第635页。
④ 吴淇：《六朝选诗定论》，汪俊、黄进德点校，第256页。

这种写法在其诗歌中亦有体现。如陆机《赴洛二首》其一,直到最后四句"伫立慨我叹,寤寐涕盈衿。惜无怀归志,辛苦谁为心!"①方知前文的送别以及自己别后路上所见皆是回忆。吴淇曰:"'伫立'四句是现写,'靖端'云云是追写"②,"若不到洛中,何便言归?"③。学界认为此诗为入洛时作,往往纠结于其入洛时间或第几次入洛,但从此诗内容,及陆机其他洛中所写乐府诗所用的相似手法看,该诗明显是入洛之后的回忆之作。陆机《又赴洛道中二首》两首连起来看,直到第二首结尾"清露坠素辉,明月一何朗。抚枕不能寐,振衣独长想"④,才见出前面种种俱是月下无眠的回想。《赠尚书郎顾彦先二首》《赠冯文罴》也是此类写法。

另,曹植乐府吸收了民间乐府的对话体,如《美女篇》"借问女何居?乃在城南端",《七哀》"借问叹者谁?言是宕子妻",《白马篇》"借问谁家子?幽并游侠儿",等等。曹植把这样的问答句式移植到诗歌写作中,如《杂诗六首》其五"远游欲何之?吴国为我仇"。《赠白马王彪》中亦采用不少问答句式,且一部分置于每段开头,如"踟蹰亦何留?相思无终极""太息将何为?天命与我违""苦辛何虑思?天命信可疑"等。此亦为陆机所学。陆机乐府《饮马长城窟行》《长安有狭邪行》《门有车马客行》都隐含有对话体。这一点,陆机诗中有更多体现,比如"借问叹何为?佳人眇天末"⑤,"踟蹰欲安之,幽人在浚谷"⑥,"借问子何之,世网婴我身"⑦,"忧苦欲何为,缠绵胸与臆"⑧,等等,和曹作极为相像。

又,徐公持先生在提及曹植诗歌的比兴手法时说:"两汉文人诗用比兴很少,直至建安初文人作品如王粲诗歌,亦多直陈其事,少见比兴……曹植大量运用比兴,实开一代风气,当是自觉借鉴汉乐府民歌手法的结果;这是文人诗乐府化的具体表现之一。"⑨曹植乐府往往用比兴手法,甚至全篇作

---

① 陆机:《陆机集》,金涛声点校,第40页。
② 吴淇:《六朝选诗定论》,汪俊、黄进德点校,第235页。
③ 吴淇:《六朝选诗定论》,汪俊、黄进德点校,第236页。
④ 陆机:《陆机集》,金涛声点校,第41页。
⑤ 陆机:《陆机集》,金涛声点校,第54页。
⑥ 陆机:《陆机集》,金涛声点校,第43页。
⑦ 陆机:《陆机集》,金涛声点校,第40页。
⑧ 陆机:《陆机集》,金涛声点校,第40页。
⑨ 徐公持编著《魏晋文学史》,第93页。

比,诚如葛晓音所言:"《吁嗟篇》则发展了曹操曹丕在赋中寓比的手法,进一步化比为赋。……汉代古诗中的比兴或者仅作修辞手段,或者在有意无意之间,寓意不一定很明确,更少见全篇为喻的先例。曹植把整篇比兴变成说明某种寓意的手法,使比象与寓意之间类比的层次更加清晰。"①像《美女篇》等女性题材即是如此。又如"《当欲游南山行》,可谓集比兴之大成"②。陆机诗中亦有此种用法,如《塘上行》,刘运好认为:"诗人借宫怨而抒写君臣遇合,别有情感寄托。与曹植后期同类题材托意近似。"③曹植女性题材的寄寓特点直到陆机《塘上行》才有所承继。再如《猛虎行》,元代刘履指出:"赋而比也……士衡既入洛,羁寓久之。虽或就仕,时国中多难,顾荣劝其还吴,不听。此篇之作,其在斯时乎?"④

也许正是乐府与非乐府诗的诗法互用,使得陆机诗如同曹诗一样,具有多样的风格面貌。曹植诗作有辞采华茂者,也有质直朴实者;有铺陈扬厉者,亦有净洁精微者。陆机诗亦如是。一般都以陆机诗为繁缛,但陆机诗繁缛者多为乐府,且乐府中亦不尽然,如《班婕妤》等。沈德潜云:"见士衡诗中,亦有不专堆垛者。"⑤陆机五言诗歌也是这样,其拟古诗十二首,大多都清新精洁。人们往往以为陆诗华美,辞藻艳丽,但事实并非如此。明冯复京《说诗补遗》言:"'救子非所能''昔居四民宅'……'忆君是荡夫''于今知此有'……岂玄圃积玉,杂以瓦砾耶?"⑥正说明陆诗语言的多样性。刘运好指出:"陆机长诗诗情繁缛,结构铺排,用语色浓,而短诗则情感简澹,结构简洁,用语色淡。"⑦也揭示了陆诗多样性的特点。

三、陆机接受曹作的个体因素

据上文论述看,陆机对曹作的接受主要在其乐府诗作。许学夷言:"汉人乐府五言,体既轶荡,而语更真率。子建《七哀》《种葛》《浮萍》而外,体既

---

① 葛晓音:《八代诗史》,第66页。
② 徐公持编著《魏晋文学史》,第93页。
③ 陆机:《陆士衡文集校注》,刘运好校注整理,第593页。
④ 陆机:《陆士衡文集校注》,刘运好校注整理,第498页。
⑤ 沈德潜选《古诗源》卷七,中华书局,1963,第156页。
⑥ 冯复京:《说诗补遗》卷三,载《全明诗话》,周维德校,齐鲁书社,2005,第3871-3872页。
⑦ 陆机:《陆士衡文集校注》,刘运好校注整理,第623页。

整秩,而语皆构结。盖汉人本叙事之诗,子建则事由创撰,故有异耳。较之汉人,已甚失其体矣。下流至陆士衡乐府五言。"①这实际上指出曹植对汉乐府的发展变化。乐府经曹植而更趋典雅化、文人化,"下流至陆士衡乐府五言",说明他认识到陆机乐府创作与曹植乐府创作的关系,陆机乐府五言正是承曹植对乐府的发展变化而来。陆机学习曹作乐府用力颇深,原因或在于:

首先,与曹植乐府创作的特点与成就有关。徐公持先生评价曹植诗歌史地位,首先肯定其乐府诗创作,就曲、题、辞之间的关系,从五个方面分析曹植乐府诗创作对汉乐府的因革变化,指出"曹植进一步使音乐与文学灵活化,形成多种曲、题、辞的关系,并且改变了音乐第一、文学第二的关系,突出了文学的地位,'乐府歌辞'才真正完成了向'乐府诗'的过渡","乐府作品才真正由'俗文学'变为'雅文学'"。② 由于曹植对乐府的变创之功,至少在陆机时代,规模前代乐府,曹植作品是很难绕过去的。

其次,与二人的音乐素养有关。陆机颇有音乐素养,此从其《鼓吹赋》即可看出。之前音乐赋的作者基本上都精通音乐,如王褒有《洞箫赋》,马融有《长笛赋》,蔡邕有《琴赋》,等等。此亦可推知,陆机乐府并非完全脱离音乐的拟乐府诗。又,从陆机乐府创作看,其创作基本上集中于相和之清调、平调和瑟调三曲,晋代音乐所奏相和曲有二十来首,陆机乐府诗多有与之同名者,即便有一些不用汉魏旧曲名者,如《日出东南隅行》《班婕妤》等,其曲调亦与旧曲很有渊源关系。这说明陆机熟悉相和曲调,多依曲写辞。又,相和平调曲中有《鞠歌行》,没有古辞,曹魏文人亦无相关作者,陆机别无依傍,是魏晋时唯一创作新辞之人,他所依据的也只能是已有的曲调。所以,刘勰言:"子建士衡,咸有佳篇,并无诏伶人,故事谢丝管,俗称乖调,盖未思也。"③曹植《鼙鼓歌》序言:"异代之文,未必相袭,故依前曲,改作新歌五篇。"此可见曹植是懂音乐的,他的无诏伶人配乐的文人化的乐府诗并不意味着没有音乐性。陆机的乐府诗亦是如此。这种对乐府音乐的兴趣与熟悉,亦应为其学习模仿曹作的原因所在。

---

① 许学夷:《诗源辩体》卷四,杜维沫校点,第81页。
② 徐公持编著《魏晋文学史》,第90页。
③ 周振甫:《文心雕龙今译(附词语简释)》,第71页。

再次,与陆机的文学模拟创作习惯及文学理论观念有关。李善言:"机妙解情理,心识文体,故作《文赋》。"①陆机《文赋》创作实基于他对前人的多方模仿及自我创作实践,其理论是其实际写作的体悟。如《文赋》序言:"余每观才士之所作,窃有以得其用心。夫其放言遣辞,良多变矣,妍蚩好恶,可得而言。每自属文,尤见其情。"②可见他对才士创作构思、遣词、变化等的揣摩。这样的学习揣摩,与自己的写作相结合,对前贤创作之独特性会有更深的体悟。《文赋》亦言:"伫中区以玄览,颐情志于典坟……游文章之林府,嘉丽藻之彬彬。"③强调玄览万物、颐志典坟对创作的重要作用。曹植欲"骋我径寸翰,流藻垂华芬"(《薤露行》),"自少至终,篇籍不离于手"④。二者都广学博识,皆通过对前人创作的模仿,及对前人的变化来开拓出自己的创作体式。且"子建诗不独为其时诗歌之一'变'……而且还成为这一历史时期诗歌发展中气骨一线和词采一线这二者发展之源头。魏代诗歌对于此后一整个时代诗歌发展的历史的逻辑的起点意义,又主要应该从曹植诗上来把握"⑤。若此,陆机学习、接受曹作也是历史的必然。

最后,二人均为贵族,皆属大才,都有强烈的家族责任感与建功立业的壮志,但又都身世坎坷,不逢于时。若陆机,身为东吴名家之后,少有异才,学儒修身,志在功业,然破国亡家,被迫去乡,入洛仕晋,委身称臣;其间屈身交游权门,或望振兴祖业,匡救时艰,又逢乱邦危朝,忧谗畏讥,而进退失据,可以说,陆机比曹植有着更曲折的人生经历,更痛苦却又无法直言的人生体悟,此或亦为其借鉴曹植假题乐府抒情之原因。而且,从陆云信中对曹操种种细事的热心关注,及对曹魏作家的评议看,亦见陆氏兄弟对曹魏旧事的兴趣。若此,陆机对曹作的学习,亦在情理之中。

---

① 萧统编《文选》,李善注,第526页。
② 陆机:《陆机集》,金涛声点校,第1页。
③ 陆机:《陆机集》,金涛声点校,第1页。
④ 陈寿:《三国志》卷一九《魏书·陈思王植》,第576页。
⑤ 王钟陵:《中国中古诗歌史》,第297页。

第五节　王书顾图，千载流名
——东晋对《洛神赋》的艺术转换

相比于西晋专家诗人对曹作的深入学习、借鉴，东晋规模曹作的热情则大为衰退，除过江郭璞、晋末陶渊明在作品中对曹作多有借鉴之外，其他诗人作品中甚少曹植作品的投射。刘勰曰："江左篇制，溺乎玄风，嗤笑徇务之志，崇盛〔亡〕忘机之谈。袁孙已下，虽各有雕采，而辞趣一揆，莫与争雄。"①江左诗风、文化倾向、文人心态与曹作所反映的风格、精神等相距甚远，此应为东晋曹植创作接受冷落的主要原因。然而，另一方面，东晋艺术家，尤其是王羲之、王献之父子，以及顾恺之等对曹作的艺术转换，使曹作与其书法、绘画融为一体，成为中国艺术史上的经典，而在当时，他们的书、画，亦进一步增加了曹作名篇的知名度，推动了曹作名篇文学史经典化的进程。晋宋之时，曹植的《洛神赋》最为文人所关注，晋末孙壑为之作注，南朝宋刘铄、谢灵运、江淹等规模《洛神赋》，都与《洛神赋》的极高声誉、影响有关。尤其是谢灵运，虞龢言："谢灵运母刘氏，子敬之甥，故灵运能书，而特多王法。"②王献之好书《洛神赋》，谢灵运《江妃赋》乃模仿《洛神赋》之作，灵运或受"二王"影响，亦未可知。下以王羲之、顾恺之为例，试析东晋对《洛神赋》的艺术转换。

一、王羲之与《洛神赋》

王羲之书写曹植《洛神赋》的记载最早见于梁陶弘景的《与梁武帝启》，文中言："逸少有名之迹，不过数首，《黄庭》《劝进》《像赞》《洛神》，此等不审犹得存不？"③可见王羲之有书写《洛神赋》的作品。梁武帝把内府整理收藏的王羲之书法第二十三、二十四卷送往陶处，陶弘景之后上武帝启中云："第二十三卷，今见有十二条在别纸。案此卷是右军书，惟有八条，前《乐毅论》书，乃极劲利，而非甚用意，故颇有坏字。《太师箴》《大雅吟》用意甚至，

---

① 周振甫：《文心雕龙今译（附词语简释）》，第61页。
② 虞龢：《上明帝论书表》，载严可均辑《全宋文》卷五五，商务印书馆，1999，第536页。
③ 严可均辑《全梁文》卷四六，商务印书馆，1999，第489页。

而更成小拘束,乃是书扇头屏风好体,其余五片,无的可称。"①比较其语气,似乎《黄庭》《劝进》《像赞》《洛神》等书应更在《乐毅论》之上。

但遗憾的是,王书《洛神赋》萧齐时即已零落不存,如陶弘景在另一上武帝启中言:"臣昔于冯澄处,见逸少正书目录一卷,澄云:右军《劝进》《洛神》赋诸书十余首,皆作今体,惟《急就章》二篇,古法紧细。近脱忆此语,当时零落,已不复存。"②陈隋之际,王羲之后世孙智永以《乐毅论》为"正书第一",唐代褚遂良《右军书目》录王羲之楷书十四帖,《乐毅论》《黄庭经》《东方朔赞》单独为卷,分别为第一、第二、第三卷。若《洛神》《劝进》亦存世,不知排名如何。

不过,比较陶弘景启中所提,与褚遂良《右军书目》所列,《洛神》在王羲之楷体书法作品中的地位亦颇为重要。陶弘景上梁武帝启中曾言:"惟愿细书如《乐毅论》《太师箴》例,依仿以写经传,永存冥显中精要而已。"③欲模仿王右军楷书真迹来写道教经典,此足见右军真书端庄典雅,堪与经典相符配之势。"比之于钟书,王羲之的楷书端庄精致,将楷书的笔法、笔意、结构推入到形巧而势纵的新境界。"④唐李嗣真言:"右军正体,如阴阳四时,寒暑调畅,岩廊宏敞,簪裾肃穆。其声鸣也,则铿锵金石;其芬郁也,则氤氲兰麝;其难征也,则缥缈而已仙;其可觌也,则昭彰而在目。可谓书之圣也。"⑤王书《洛神》作为"不过数首"有名之迹之一,其风采可以想见。

在王羲之之前,文士们对《洛神赋》的化用都是零碎的,很难看到他们的情感倾向,王羲之抄写《洛神赋》,是对《洛神赋》的首次完整接受。《洛神赋》中洛神之"竦轻躯以鹤立,若将飞而未翔""体迅飞凫,飘忽若神""动无常则,若危若安。进止难期,若往若还"等体态之描写,从书法角度讲,非常具有书法体势结构的美学意味。王羲之《用笔赋》云:"何异人之挺发?精博善而含章。驰凤门而兽据,浮碧水而龙骧。滴秋露而垂玉,摇春条而不长。飘飘远逝,浴天池而颉顽;翱翔弄翮,凌轻霄而接行。"⑥即是以人、物之

---

① 严可均辑《全梁文》卷四六,第489页。
② 严可均辑《全梁文》卷四六,第488页。
③ 严可均辑《全梁文》卷四六,第488页。
④ 刘涛:《中国书法史·魏晋南北朝卷》,江苏教育出版社,2009,第204页。
⑤ 张彦远:《法书要录》卷三,范祥雍点校,人民美术出版社,2004,第2版,第102-103页。
⑥ 严可均辑《全晋文》卷二二,第204页。

动态来比喻字体之间的偃仰变化、笔势勾连。当时"论者称其笔势,以为飘若浮云,矫若惊龙"①,此评与曹植称洛神"翩若惊鸿,婉若游龙"何其相似。王羲之之书《洛神赋》,很可能因为他从曹植对洛神的描述中感悟到了其与书法相通的精神。

除此之外,关于王羲之与曹植《洛神赋》的关系,因王书遗失,似乎无更多信息。但若看逸少其他楷体抄书,或可曲折发现逸少之《洛神》并非只是单纯的书法问题。陶弘景在上武帝启中还提到了《黄庭》《劝进》《像赞》《乐毅论》《太师箴》《大雅吟》等作品,其中除《黄庭》乃抄写当时道教经典外,其他皆为魏晋名人名作的抄书。如:《乐毅论》,三国曹魏夏侯玄所作;《太师箴》《劝进表》分别为魏晋之际嵇康、阮籍名篇;《东方朔画赞》乃西晋夏侯湛作品;《大雅吟》为西晋石崇四言诗作;等等。这些作品均以楷体抄写,皆为魏晋文士名篇。"魏晋以来碑志及经生抄写儒家、佛教经典为一种风格之书体,隋唐以后经生犹沿袭之。"②像王羲之这样抄写魏晋文士作品的情形,并不多见。王羲之为什么独独抄写这些作品?

一般而言,由于王羲之以书名而流芳后世,后世论者多着眼于从书法史角度欣赏、评价其书法成就,但在时人那里,王羲之是当时"王与马,共天下"之王氏家族的优秀子弟,"深为从伯敦、导所器重"③;当时重要人物如虞亮临薨上疏称其"清贵有鉴裁"④;殷浩与王羲之信中言,"悠悠者以足下出处足观政之隆替,如吾等亦谓为然。至如足下出处,正与隆替对,岂可以一世之存亡,必从足下从容之适?幸徐求众心。卿不时起,复可以求美政不?若豁然开怀,当知万物之情也"⑤,把羲之出仕与否与时政之兴衰对举,推重之意自不待言。王羲之乃王氏三少之一,为郗家女婿,殷浩下属,深得会稽王赏识,与文化名流如谢安辈交往颇深,兰亭集会,王羲之俨然为文坛领袖。像王羲之这样的身份、地位、影响等,在当时亦少有。所以王羲之首先是一个政治人物,其次才是后世眼里的书法家。

作为一个政治家,王羲之的政治生涯有三十一年之久。在东晋崇尚清

---

① 房玄龄等:《晋书》卷八〇《王羲之》,第 2093 页。
② 周一良:《魏晋南北朝史札记》,第 93 页。
③ 房玄龄等:《晋书》卷八〇《王羲之》,第 2093 页。
④ 房玄龄等:《晋书》卷八〇《王羲之》,第 2094 页。
⑤ 房玄龄等:《晋书》卷八〇《王羲之》,第 2094 页。

谈的时风中，王羲之深省"虚谈废务，浮文妨要"①，面对民生之多艰，他以"太老子以在大臣之末，要为居时任，岂可坐视危难"②，忠于职守，体察民情，做了许多实事，比如私开粮仓赈济灾民，禁酒节粮以救民命。他进言朝廷复开漕运以粟救人，并提出实施办法；主张重判奸吏，杀一儆百；面对百姓流亡，户口日减，百工医寺，死亡绝没的局面，建议当局改进征役，修改刑法，并给出具体的解决办法。他的许多政治主张未被当权者采纳，而到了南朝，当时的政治家则移植了他的主张，此足见王羲之并非纸上谈兵。对于东晋的北伐大事，他反对殷浩北伐，预言殷浩北伐必败，其《遗殷浩书》《与会稽王笺》，充分显示了他敏锐的政治洞察力以及非凡的政治才能，其爱国之热肠与对朝政之激愤，淋然纸上。③"王羲之是一位政治家、军事家，了解这一点的人并不多"④。洪迈《容斋随笔》"王逸少为艺所累"言："王逸少在东晋时，盖温太真、蔡谟、谢安石一等人也，直以抗怀物外，不为人役，故功名成就，无一可言，而其操履识见，议论闳卓，当世亦少其比……其识虑精深，如是其至，恨不见于用耳。而为书名所盖，后世但以翰墨称之。《晋书》本赞，标为唐太宗御撰，专颂其研精篆素，尽善尽美，至有'心慕手追'之语，略无一词论其平生，则一艺之工，为累大矣。"⑤可谓逸少知音之言。

陶弘景言："逸少自吴兴以前诸书犹未称，凡厥好迹，皆是向〔在〕会稽时永和十许年中者。"⑥估计王羲之《洛神》《乐毅论》《劝进》《像赞》等皆作于此时。作为一个政治家，他对魏晋名士名作的抄写，绝非只是单纯的爱好，其抄写内容应该隐藏着他的政治、情感、思想倾向。钱锺书《管锥编》引庾元威《论书》论宗炳所概括真草九体书，指出：

> 按九体彼此差别处，未克目验心通，然要指在乎书体与文体相称，字迹随词令而异，法各有宜。⑦

又引董其昌《容台集》卷四《陈懿卜〈古印选引〉》：

---

① 余嘉锡：《世说新语笺疏》，周祖谟、余淑宜整理，第129页。
② 严可均辑《全晋文》卷二四，第232页。
③ 参见郭廉夫：《王羲之评传》第二章，南京大学出版社，1996，第42-66页。
④ 郭廉夫：《王羲之评传》，第66页。
⑤ 洪迈：《容斋随笔》卷一〇，孔凡礼点校，中华书局，2005，第754-755页。
⑥ 严可均辑《全梁文》卷四六，第490页。
⑦ 钱锺书：《管锥编》第四册，第1465页。

古之作者,于寂寥短章,未尝以高文大册施之,虽不离其宗,亦各言其体也。王右军之书经论序赞,自为一法,其书笺记尺牍,又自为一法。①

又引孙过庭《书谱》赞王羲之:

写《乐毅》则情多怫郁;书《画赞》则意涉瑰奇;《黄庭经》则怡怿虚无,《太师箴》又纵横争执。②

由此可见,王羲之以楷体写经论序赞,态度严肃慎重,其所书内容不同,于字法情感表现上亦有不同。以此推论,王羲之楷体抄书亦非练笔之作,而是有其思想、情感寄托的。

以王羲之最有名的《乐毅论》论之。夏侯玄的《乐毅论》,针对世人多以乐毅不能即时拔取莒、即墨为非的观念,认为:"夫欲极道之量,务以天下为心者,必致其主于盛隆,合其趣于先王。苟君臣同符,斯大业定矣。于斯时也,乐生之志千载一遇也,亦将行千载一隆之道,岂其局迹当时,止于兼并而已哉?……夫讨齐以明燕主之义,此兵不兴于为利矣;围城而害不加于百姓,此仁心著于遐迩矣;举国不谋其功,除暴不以威力,此至德全于天下矣;迈全德以率列国,则几于汤武之事矣。"③《乐毅论》体现了"以天下为心""全德以率列国"的德业理想,此与王羲之的政治理想是相合的。王羲之曾论三国荀彧、诸葛亮为人行事云:"荀、葛各一国佐命宗臣,观其辙迹,实奇士也。然荀获讥于忧卒,意长恨恨,谓其弘济之心,宜被大道;诸葛经国达治无间然,处事而无玷累,获全名于数代。至于建鼎足之势,未能忘已,所谓命世大才,以天下为心者,容得尔乎?"④"弘济之心,宜被大道""命世大才,以天下为心"这种对荀彧、诸葛亮的称誉之辞,与《乐毅论》之论乐毅有颇多相似之处。

王羲之《报殷浩书》中云:"若蒙驱使,关陇、巴蜀皆所不辞。吾虽无专对之能,直谨守时命,宣国家威德,故当不同于凡使,必令远近咸知朝廷留心于无外,此所益殊不同居护军也。"⑤而当殷浩二次北伐时,王羲之《又遗殷

---

① 钱锺书:《管锥编》第四册,第1466页。
② 钱锺书:《管锥编》第四册,第1467页。
③ 严可均辑《全三国文》卷二一,第208页。
④ 严可均辑《全晋文》卷二四,第231页。
⑤ 严可均辑《全晋文》卷二二,第206页。

浩书》中亦言："往事岂复可追,愿思弘将来,令天下寄命有所,自隆中兴之业。政以道胜宽和为本,力争武功,作非所当,因循所长,以固大业,想识其由来也。"①这些都说明其政治思想中有修仁立化、德被天下的内容。由此可见,王羲之抄写《乐毅论》,实亦表达其个人的政治理想。石崇《大雅吟》,是对周代开国立基之太祖、文王、武王功业德业的歌颂。王羲之《杂帖》云:"周公东征,四国是遑,诚心款著,谓之累积。"②王氏家族,世袭儒业,王羲之抄写《大雅吟》表现出他对儒家德业理想的向往与追求。

王羲之还抄写有阮籍《劝进表》和嵇康《太师箴》,这两篇抄写颇可玩味。东晋人士,一般对嵇、阮的玄谈哲思之作应该更感兴趣,但王羲之抄写的恰恰是二人带有政治活动色彩的文章。如阮籍写作《劝进表》的背景是"会帝让九锡,公卿将劝进,使籍为其辞。籍沉醉忘作,临诣府,使取之,见籍方据案醉眠。使者以告,籍便书案,使写之,无所改窜。辞甚清壮,为时所重"③。《晋书》言嵇康:"又作《太师箴》,亦足以明帝王之道焉。"④徐公持言:"此处虽未明言朝代,然对照魏末形势,颇是切近。所以文中指陈种种季世弊端,既是一般封建时代现象,亦为作者当时现实情状。"⑤"昔为天下,今为一身。下疾其上,君猜其臣。丧乱弘多,国乃陨颠"⑥。未尝没有东晋政坛混乱无为之折射。王羲之之抄写《太师箴》,固可见该文于当时的流行,另一方面也未必不反映出他对世事的看法。王羲之《又遗殷浩书》中言:"自寇乱以来,处内外之任者,未有深谋远虑,括囊至计,而疲竭根本,各从所志,竟无一功可论,一事可记,忠言嘉谋弃而莫用,遂令天下将有土崩之势,何能不痛心悲慨也。任其事者,岂得辞四海之责!"⑦对时弊可谓洞若观火。

再如夏侯湛《东方朔画赞》云:"矫矫先生,肥遁居贞。退不终否,进亦避荣。临世濯足,希古振缨。涅而无滓,既浊能清。无滓伊何,高明克柔。能清伊何,视污若浮。乐在必行,处沦罔忧。跨世凌时,远蹈独游。瞻望往

---

① 严可均辑《全晋文》卷二二,第 206 页。
② 严可均辑《全晋文》卷二四,第 231 页。
③ 房玄龄等:《晋书》卷四九《阮籍》,第 1360-1361 页。
④ 房玄龄等:《晋书》卷四九《嵇康》,第 1374 页。
⑤ 徐公持编著《魏晋文学史》,第 210 页。
⑥ 嵇康:《大师箴》,载严可均辑《全三国文》卷五一,第 532 页。
⑦ 严可均辑《全晋文》卷二二,第 206-207 页。

代,爰想遐踪。邈邈先生,其道犹龙。染迹朝隐,和而不同。栖迟下位,聊以从容。"①展现了东方朔自由不羁、独立无染的超逸人格。东方朔亦仕亦隐、亦浊亦清的处世态度与东晋以名教自然为一、仕宦隐遁非二的思想跨代相合,王羲之抄写《东方朔画赞》,无疑表达了他对此种人格精神的向往与礼赞。但王羲之最终无法像东方朔那样优游于入世出世两重世界,他于父母墓前的自誓文言:"自今之后,敢渝此心,贪冒苟进,是有无尊之心而不子也。子而不子,天地所不覆载,名教所不得容。信誓之诚,有如皦日!"②王羲之归隐的因素是多重的,但时政黑暗与不可作为恐怕是其中的重要推力。

据上分析可见,王羲之所抄魏晋名士作品,基本上都有其自身思想、情感的寄寓,据此可以推定,《洛神赋》一定也有其思想、情感寄托。

王氏家族,世奉天师,或以《洛神赋》乃其神仙思想之寄托,但考究史实,未必如此。王羲之《三月三日兰亭诗序》亦言:"况修短随化,终期于尽?古人云:'死生亦大矣!'岂不痛哉!……固知一死生为虚诞,齐彭殇为妄作。后之视今,亦犹今之视昔。悲夫!"③既然"固知一死生为虚诞,齐彭殇为妄作",又岂会迷信于虚妄的神仙?王羲之有书云:"省示,知足下奉法转到胜理极此,此故荡涤尘垢,研遣滞虑,可谓尽矣,无以复加;漆园比之,殊诞谩如不言也。吾所奉设教意政同,但为形迹小异耳。方欲尽心此事,所以重增辞世之笃。今虽形系于俗,诚心终日,常在于此,足下试观其终。"④他重视荡涤内心的尘垢,诚心净意,此亦当时养生的理念。王羲之曾抄《黄庭经》,此乃上清派养生专著,"上清派主要是上层士人的道教集团,因而在文化层次和需求上当然有别于主要由下层农民组成的重视符箓斋醮的天师道。上清派虽然也接受了部分金丹符箓的思想,但他们特别重视存神服气之术,同时辅之以诵经、修功德,对于符箓服食则一般不感兴趣"⑤。不过,王羲之对服食却是身体力行,《全晋文》录了他许多关于服食的短笺,如"服足下五色石膏散,身轻,行动如飞也"⑥,"服食而在人间,此速弊分明,且转

---

① 严可均辑《全晋文》卷六九,第727页。
② 房玄龄等:《晋书》卷八〇《王羲之》,第2101页。
③ 严可均辑《全晋文》卷二六,第258页。
④ 严可均辑《全晋文》卷二五,第240-241页。
⑤ 卿希泰主编《道教与中国传统文化》,福建人民出版社,1990,第376页。
⑥ 严可均辑《全晋文》卷二六,第257页。

衰老,政可知"①,"服食故不可,乃将冷药,仆即复是中之者。肠胃中一冷,不可"②。

王羲之重清心、服食、养生,但他更受魏晋玄学影响,追求精神的自由。晚年其《与谢万书》中道:"常依陆贾、班嗣、杨王孙之处世,欲希风数子,老夫志愿尽于此也。"③对陆、班、杨处世的体悟,表明王羲之对摆脱物累之自由的追求。又,王羲之与道士许迈为世外之交,王羲之传云:"又与道士许迈共修服食,采药石不远千里,遍游东中诸郡,穷诸名山,泛沧海,叹曰:'我卒当以乐死。'"④充分表现出其超然物外的自由快乐。

由上可见王羲之虽家世奉天师,但其自身对于神仙似并无崇拜信仰。王羲之书《洛神》,应当同其书《乐毅论》《太师箴》《大雅吟》类似,借古人名作抒写自我心中的理想或表达对时政的看法。曹植《洛神赋》写于黄初三年(公元222年)从京都返回藩国的途中,其序中虽言"感宋玉对楚王说神女之事",但曹植赋中显然加入了《离骚》求女的内容,从而赋予这一人神恋爱的故事以更深沉的理想内涵。王羲之书《洛神》,或亦以此寄寓自己的人生与政治理想,若此,他亦通过抄写的方式,侧面表达出对曹植《洛神赋》的理解。王献之亦好书《洛神赋》,此与其书法家法的传承有关,另外或亦寄托着他对郗家婚姻的悔恨⑤,与王羲之之寄托自己的政治理想颇为不同。

二、顾恺之《洛神赋图》与曹植《洛神赋》

《历代名画记》言晋明帝有《洛神赋图》,此乃最早以曹植《洛神赋》为题材的画作。张彦远摘引谢赫评论明帝画云:"虽略于形色,颇得神气,笔迹超越。"⑥言其作画不拘束于人物的轮廓与着色,但很能再现人物的神情气质。晋明帝《洛神赋图》于唐末张彦远时尚存,其后不知湮没于何时,今虽不见其图,但明帝于洛神神气的表现应相当不错。晋明帝尚有《息徒兰圃图》,

---

① 严可均辑《全晋文》卷二六,第254页。
② 严可均辑《全晋文》卷二三,第217页。
③ 严可均辑《全晋文》卷二二,第209页。
④ 房玄龄等:《晋书》卷八〇《王羲之》,第2101页。
⑤ 参见阮忠勇、陈晟:《为赋新愁写洛神——论王献之对〈洛神赋〉的接受》,《浙江海洋学院学报(人文科学版)》2013年第2期。
⑥ 张彦远:《历代名画记》,俞剑华注释,第92页。

他以曹植、嵇康诗赋为作画题材,在当时颇具开拓意义,其后谢稚《轻车迅迈图》、戴逵《嵇阮十九首诗图》的取材均受其影响;顾恺之取材曹植、嵇康诗赋的画作与之关系尤为密切,如顾恺之"每重嵇康四言诗,因为之图,恒云:'手挥五弦易,目送归鸿难。'"①,"手挥五弦易,目送归鸿难",正出自嵇康"息徒兰圃"一诗"目送归鸿,手挥五弦"②句。

《历代名画记》尚记顾恺之有《陈思王诗图》,唐李绰《尚书故实》言:"清夜游西园图,顾长康画,有梁朝诸王跋尾处云,图上若干人,并食天厨。贞观中,褚河南诸贤,题处具在。"③《清夜游西园图》取材自曹植《公宴》诗,诗中有"清夜游西园"句,不知张彦远所言《陈思王诗图》与李绰所记《清夜游西园图》是否为同幅作品。元汤垕《画鉴》首次提及顾恺之画有《洛神赋图》,如其言:"顾恺之画如春蚕吐丝,初见甚平易……曾见'初平起石图''夏禹治水图''洛神赋''小身天王',其笔意如春云浮空,流水行地,皆出自然。"④由上论可窥顾恺之取材曹植诗赋之画法与晋明帝的关系,而顾恺之对曹植诗赋的重视,亦可见一斑。

顾恺之创作《洛神赋图》,除受明帝影响外,与王羲之、王献之书《洛神赋》恐亦有关系。王羲之以楷体抄写《洛神赋》,王献之秉承家法,借书《洛神赋》寄托其婚姻哀思,写有多本《洛神赋》书。王献之与顾恺之为同时代人,虽然现存史料不见二者交往的记录,但顾恺之所交当世名人,与王献之亦颇有关联。如张彦远引《世说新语》言:"桓大司马每请长康与羊欣论书画,竟夕忘疲。"⑤羊欣是王献之外甥,乃承王氏书法衣钵。顾恺之与桓玄亦颇有交往,桓玄喜爱二王书,史载其"雅爱其父子书,各为一帙,置左右以玩之"⑥。谢安深赏顾恺之画,言"顾长康画,有苍生来所无"⑦。谢安乃王羲之好友,与王献之交往亦深。考虑到二人与桓玄、谢安、羊欣等的关系,顾恺之受王羲之、王献之书写《洛神赋》影响,采取绘画形式对之进行艺术转换

---

① 房玄龄等:《晋书》卷九二《顾恺之》,第 2405 页。
② 嵇康:《嵇康集校注》,戴明扬校注,第 21 页。
③ 陈世熙辑《唐人说荟》卷二,连元阁藏板,同治八年右文堂书坊,第 4 页。
④ 汤垕:《画鉴》,马采标点注译,邓以蛰校阅,人民美术出版社,1959,第 3 页。
⑤ 张彦远:《历代名画记》卷五,俞剑华注释,第 99 页。
⑥ 房玄龄等:《晋书》卷八〇《王献之》,第 2106 页。
⑦ 余嘉锡:《世说新语笺疏》,周祖谟、余淑宜整理,第 719 页。

的可能性也是有的。

顾恺之《洛神赋图》被后人视为其绘画代表作之一,此自元汤垕后,似为不疑之论,但当代学者则有颠覆之见。① 不过,目前以出土文物资料考证今传《洛神赋图》母本非为顾恺之作品的论证在论证方法上多有问题,其论断不具有充足的说服力,故本文仍以顾恺之为今传《洛神赋图》母本的作者。

顾恺之《洛神赋图》在《洛神赋》接受史上的意义首先在于,它凸显了《洛神赋》的故事内涵。李宗为言:"在《洛神赋》中,虽多铺陈描写,叙事成分却已大大加强,有较为曲折的情节,有人物的对话,首尾井然,结构完整,可以说是一篇带有赋体特征的以人神恋爱为题材的故事赋了。"②《洛神赋》的故事性远过于以往的辞赋作品,它对中国小说的产生有推波助澜的作用,但在顾恺之前,尚未有人从故事的角度审视《洛神赋》。俞剑华等人言:"《洛神赋图》卷是顾恺之所画曹子建《洛神赋》的连环图画。在一整个画面上连续画一个故事的各主要场面,使之浑然成为一体,并不一段一段地分开。"③其论即强调了《洛神赋图》的故事性特点。

顾恺之《洛神赋图》把《洛神赋》中处于叙述、描写地位的"余"(在赋中是一种虚拟)实化为曹植本人;把赋中"余"的仰视变为曹植与洛神的对视,从而使赋中以洛神为主角转变为图中以洛神与曹植为主角,"余"与洛神俱成为画家审视与表现的对象,赋中只闻其声不见其人的"余"由此显化,与洛神并置。顾图这种画面处理表明他显然在用画笔描述一个故事,此与仅以洛神为表现对象的洛神图有很大不同。故宫博物院传为顾恺之《洛神赋图》藏本共有十七段④,大致可以分为三幕,每一幕都表现了情节发展的动态过程。第一幕从第一段至第七段,重点表现相逢的惊艳、相恋的深情,画作基本上直译赋中的描写或叙述。第二幕从第七段至第十三段,表现人神

---

① 参见林树中:《传为陆探微作〈洛神赋图〉弗利尔馆藏卷的探讨》,《南通师范学院学报(哲学社会科学版)》2001 年第 3 期;韦正:《从考古材料看传顾恺之〈洛神赋图〉的创作时代》,载邹清泉主编《顾恺之研究文选》,上海三联书店,2011,第 85—95 页。
② 李宗为:《建安风骨》,第 159—160 页。
③ 俞剑华、罗尗子、温肇桐编著《顾恺之研究资料》,人民美术出版社,1962,第 191 页。
④ 据学界观点,故宫博物院藏本画风古朴,最接近六朝画风。故本文论述据此藏本,参见俞剑华、罗尗子、温肇桐编著《顾恺之研究资料》附图共 17 段。

相隔的悲伤、离去前的奇幻、离去时的痛恋。第三幕从第十四段至第十七段,描绘曹植追寻洛神的情节,是对赋中"冀灵体之复形,御轻舟而上溯""夜耿耿而不寐,沾繁霜而至曙""揽騑辔以抗策,怅盘桓而不能去"等句的直译。

《洛神赋图》基本上按照赋文情节的发展顺序来转译,通过曹植与其侍者的反复出现,由曹植的视线引出一连串的场景,与赋中曹植的叙述口吻基本一致。一般文章都强调顾恺之对原赋的精彩再现,而较少谈及顾图对原作的变化。事实上,顾图虽以曹作为蓝本,但画者作为读者,其对原作的表现既受制于绘画这一迥异文学的表现形式,又受制于画者自身的审美情趣、思想倾向等,所以顾图并非是对原作的图解,而是画者迁想妙得的独创。因此,发现顾图之于原赋的变化,对于探析顾恺之对《洛神赋》的接受,或许更有意义。

第一,顾图对原赋视角的变化。

一方面,赋中洛神仅为曹植所见,侍者只是倾听者,但绘画无法表现时间状态中的言说,所以顾图只能通过曹植与侍者视线、体态的差异来表现这一内容。事实上,在赋中,侍者完全可能追随曹植的视线去遥望不可见的洛神,但在画面中如果侍者与曹植的视线一致,那就无法表现洛神唯有曹植所见,亦无法表现曹植与洛神间的情感交流。顾图对原赋的这一变化显然与绘画本身是空间艺术,无法表现时间状态中物体、人物的运动变化有关。

另一方面,在原赋中"余"的视角主要是仰视、远视,可能暗含有平视(赋中并没有明显提示),而在顾图中,曹植与洛神则主要为遥视、对视。对于顾图中人物的对视,有学者从画法的角度指出,"全画的结构不仅依托着赋文的叙事进程发展,更是围绕着曹植与洛神之间的眼神对视递变","顾恺之的画学思想在《洛神赋图》中的体现,最主要的还不只是从'传神写照''悟对通神'的观念出发,'突出描绘了主人公曹植和洛神仪态及主要人物之间感情交流的表达',还有以人物之间的眼神对视为轴心来'经营位置'的重要特征"。[①] 不过,从某种意义上讲,对原赋主人公视角的变化,一定程度上即改变了原赋的情节。

[①] 苏涵:《"洛神"迷醉与魏晋绘画的审美理性——从〈洛神赋〉到〈洛神赋图〉》,《山西师大学报(社会科学版)》2004年第3期,第57页。

对于《洛神赋图》,一般都注意到洛神回身扭头的姿势与画中人物目光对视的特点。画家对人物身体造型的设计以及人物间对视的构图处理,并非别无依傍,而是深受赋作语句启发而来。我们有理由相信,"动无常则,若危若安。进止难期,若往若还""纡素领,回清扬"这两句话对画家的构图应有直接的启发意义。原赋由"余"之仰望而产生情愫,感应洛神,而顾图则一开始即通过洛神回身纡领的姿势,与曹植的目光构成对视,表明二者一见而心息相通之情。第一幕由曹植视线牵出一连串的画面,由洛神之静态、动态表现到洛神独处众仙之中,让人感到两颗孤独的心之相吸引碰撞,而随着画面的延展,洛神距离曹植也越来越远,实际上已经暗示出二者间的遥远距离,此已为第二幕埋下伏笔。

第二幕第七段左半部分再次出现曹植与侍者,曹植目光朝下,紧接的第八段洛神似乎飘到曹植面前,但其目光落在曹植身上,与曹植的目光不构成对视。有学者认为画面以此表现赋中曹植的背信,这种理解恐不恰当。赋中并没有洛神出现在曹植面前的情景,图画作如此处理,实际上有其象征意味。近在眼前,却又无法对视;心意相通,却渊隔千里。眼神的错位既表明二者对人神阻隔之现实的清醒认识,亦表明二者深陷无力消弭这一阻隔的无奈痛苦。在第二幕离去部分,第十段中曹植的视线与第十二段中坐在云车上回首的洛神的视线再次构成对视,深切表现了二者恋恋难舍而不能不舍的情感。第三幕追溯部分曹植的目光始终向前,而在最后一段东归的车驾上,曹植则侧身回望。由于这一段乃长轴的末端,因此,此时曹植的回望,即是对遭遇洛神整个过程的回望,这不仅是回望洛神,亦包括对自我的回望。图画较原赋"揽骈辔以抗策,怅盘桓而不能去"有更丰富的内涵。

第二,顾图对原赋情节的省略与变化。

这主要表现在顾图省略了赋中"余""解玉珮以要之"及洛神"抗琼珶以和予兮,指潜渊而为期"的定情情节,亦省略了"余""执眷眷之款实兮,惧斯灵之我欺!感交甫之弃言兮,怅犹豫而狐疑。收和颜而静志兮,申礼防以自持"的心理变化,也省略了洛神感到"余"之心意变化的激愤悲痛。而众神嬉戏遨游的欢乐场景,本可以画笔充分展现,但画者把这一内容提到第一幕结尾,以第五段、第七段中的三组女仙,来表现"尔乃众灵杂遝,命俦啸侣,或戏清流,或翔神渚,或采明珠,或拾翠羽。从南湘之二妃,携汉滨之游女"的热闹场景。第六段则画了一个独处的女仙,这应该是洛神。

众神嬉戏的场景在原赋中出现于洛神因"余"之转变心意而情绪激动悲愤之后,顾图则把这一内容移到第一幕的后面,三组女仙中加入了洛神独自的身影,女仙所代表的众神欢游的场面成为表现洛神盛年独处之孤独、悲伤的衬景,此亦是对"叹匏瓜之无匹兮,咏牵牛之独处"的转换。但由于画者把它挪入第一幕,它也就失去了原赋中激昂的节奏,而变得缓和、委婉。洛神在众仙的映衬下是孤独的,其与曹植在侍者簇拥下的孤独遥相呼应,其视线的对应表明两颗孤独的心的相连。

另外,原赋中"腾文鱼以(惊)〔警〕乘,鸣玉銮以偕逝。六龙俨其齐首,载云车之容裔。鲸鲵踊而夹毂,水禽翔而为卫"是紧跟在"屏翳收风,川后静波,冯夷鸣鼓,女娲清歌"句后,旌旗飞扬,笙歌嘹亮,形成画面上繁复热闹的高潮。而在图画中,第八、九段"屏翳收风,川后静波,冯夷鸣鼓,女娲清歌"之后,再次切入曹植与其侍者,由于第八、九段紧接着第七段,诸神之收风、静波、鸣鼓、清歌,似是欲起驾的演奏,阵阵鼓声夹杂着女娲的歌声,离别的气氛渲染起来了,似像催促,似像叹惋,更增加了洛神与曹植爱而不能的悲剧气氛,更清楚地提醒二者人神悬殊的无望。第十二、十三段才是对"腾文鱼以(惊)〔警〕乘,鸣玉銮以偕逝。六龙俨其齐首,载云车之容裔。鲸鲵踊而夹毂,水禽翔而为卫"的转换。在曹植与洛神之间,画者插入第十一段,上画一骑着凤凰的女仙,其背后是浩渺的水流,远处则是洛神坐着云车离去。第十段曹植神情悲伤,眼向洛神,右手伸出朝上;第十一段凤凰口中似衔有一物品。据此看,那骑着凤凰的女仙应是洛神派去送明珰的,曹植右手伸出向上,显然是要接住这件物品。

四段联系起来是对"无微情以效爱兮,献江南之明珰。虽潜处于太阴,长寄心于君王"的转换。由于画者把"屏翳收风,川后静波,冯夷鸣鼓,女娲清歌"与"腾文鱼以(惊)〔警〕乘,鸣玉銮以偕逝。六龙俨其齐首,载云车之容裔。鲸鲵踊而夹毂,水禽翔而为卫"切割开画到了不同的画段里,因此,原赋表现的洛神离去时的热闹色彩在图画中淡了很多,而第十一段送明珰女仙的插入,一定程度上对原赋中洛神"抗罗袂以掩涕兮,泪流襟之浪浪。悼良会之永绝兮,哀一逝而异乡"的悲情起到舒缓的作用。《洛神赋》所体现的"骨气奇高,词彩华茂"的建安风骨,在顾图中则变成了东晋的舒缓幽远。

朱狄言:"在诗的叙述里,有曹子建惊遇的希望、骤变的疑虑和离别的哀伤等等复杂的情感因素,而顾恺之为了突出在诗里占主导的悲剧气氛的完整性,他很谨慎地绕过了'以遨以嬉''指渊为期'以及'泪流襟之浪浪,悼良会之永绝'这些忽喜忽悲的情感跃动因素,用删拨大要去换取了一个气韵生动而贯通全卷的意境。"①其解读未必完全正确,但她显然注意到顾恺之对原作进行了相应的删减变化。顾图改变了原赋情感、视角的曲折变化,把曹植与洛神塑造成一见钟情、两心相许却又清醒认识到人神之道阻的人物。它荡除了原赋中还仅有的一点"欲"的成分,改变了原赋曲折起伏的情节变化,流布画面的始终是一种平缓而悠长的深情与感伤。在顾图中,洛神与曹植之间的情感更专一,故事的情节更紧凑,故事的主题更突出。

由于受尤袤本《文选》李善注《洛神赋》所引《感甄记》的影响,后人一般以为《洛神赋》表现的是曹植与甄妃的爱情故事,但事实上,六朝时没有人把洛神与甄妃联系起来。顾恺之首次从人神爱恋的角度以画笔来叙述一个有关曹植与洛神的故事。晋代不乏仙女下嫁凡夫的故事,但她们基本上奉命而临,如织女为天帝所令,杜兰香为王母所命;再者,仙女之于凡夫,非因情而来,如织女是天帝感董永至孝,派织女助其还债的;白水素女是天帝哀悯谢端而令仙女为之守舍炊烹的。另外,此类故事,多有较强的世俗气息,仙女多能给凡夫带来世俗利益,如杜兰香给张传三枚薯蓣子,吃了可以"令君不畏风波,辟寒温"②。弦超中玉女更妙,不仅能使吃穿不乏,而且"亦无妒忌之性,不害君婚姻之义"③。相比较而言,《洛神赋》中洛神与曹植之间的情感是超越世俗的,而《洛神赋图》则把《洛神赋》中尚存的一点儿情欲之念也给过滤掉了,洛水之神与人间才王,其情感纯粹、唯美而华贵。

不仅如此,顾恺之亦通过对原赋情节的删改、调整变化,使原赋激越的情感变得舒缓而幽远。此既是魏晋风度的表现,亦是顾虎头绘画理念的折射。顾恺之评论《北风诗》画云:"美丽之形尺寸之制,阴阳之数,纤妙之迹,

---

① 朱狄:《不负子建琳琅笔 善摄诗情付丹青(洛神赋诗画比较)》,载王梅青主编《顾恺之研究文集》(内部特辑),2004,第176页。
② 干宝:《搜神记》卷一,曹光甫校点,载上海古籍出版社本社编《汉魏六朝笔记小说大观》,王根林、黄益元、曹光甫校点,上海古籍出版社,1999,第287页。
③ 干宝:《搜神记》卷一,曹光甫校点,载上海古籍出版社本社编《汉魏六朝笔记小说大观》,王根林、黄益元、曹光甫校点,第288页。

世所并贵。神仪在心而手称其目者,玄赏则不待喻。"①李祥林认为"玄赏"乃从老子的"玄览"脱胎而来,"'玄赏'与'玄览'的差别仅仅在于,前者专指从审美角度对'道'的观照('赏'即审美欣赏、审美鉴赏)。顾虎头的本意是说,通过艺术形象而从审美上去体味'道'"②。冯友兰针对"涤除玄览,能无庇乎?"(《老子》第十章)解释道:"'玄览'即'览玄','览玄'即观道。要观道,就要先'涤除'。'涤除'就是把心中的一切欲望都去掉。"③笔者以为"玄赏"也是基于"涤除"心中一切世俗欲望而达到对'道'的体验层面,《洛神赋图》正是借助于曹植与洛神的精气相通,来表现"得一之想"。从此角度言,顾图表面上再现了一个人神恋爱的故事,但其深层则表达了画者传神体道的理念。

  《历代名画记》言:"唯顾生画古贤得其妙理,对之令人终日不倦。凝神遐想,妙悟自然,物我两忘,离形去智。身固可使如槁木,心固可使如死灰,不亦臻于妙理哉?所谓画之道也。"④王泷认为,张彦远此段主要抄袭了《庄子·齐物论》以及唐代成玄英对"南郭子綦隐机而坐"的疏义,"这不只说明张氏对庄子的坐忘及成的疏义深以为然,更说明了顾恺之画道的精神实质是物我两忘、离形去智的'妙得通神而表有所忘'"⑤。叶朗亦认为:"顾恺之所谓'四体妍蚩本无关于妙处,传神写照正在阿堵中',除了说明他画人物画特别注重画眼睛之外,更重要的还在于它说明顾恺之'传神写照'的命题包含了一种形而上的追求。顾恺之为什么要强调'传神'?是为了追求一个'妙'字。这个'妙'字也就是老子那个体现着'道'的无规定性和无限性的一面的'妙'字。顾恺之强调要突破'四体妍蚩'这种有限的形象,强调不能局限于'一象之明昧',强调'传神',不仅是为了使他的画有生气,而且是为了使他的人物画能够通向那个作为宇宙的本体和生命的'道'。"⑥

---

 ① 张彦远:《历代名画记》,俞剑华注释,第106页。
 ② 李祥林:《顾恺之画论中的"玄赏"再识》,载王梅青主编《顾恺之研究文集》(内部特辑),第648页。
 ③ 《老子今注今译》,陈鼓应注译,商务印书馆,2003,修订版,第110页。
 ④ 张彦远:《历代名画记》,俞剑华注释,第40-41页。
 ⑤ 王泷:《顾恺之的传神论》,载王梅青主编《顾恺之研究文集》(内部特辑),第250页。
 ⑥ 叶朗:《中国美学史大纲》,上海人民出版社,1985,第205-206页。

"道之为物,惟恍惟惚。惚兮恍兮,其中有象;恍兮惚兮,其中有物"①,洛神之"神光离合,乍阴乍阳""动无常则,若危若安""进止难期,若往若还",飘忽迷离,与"道"之恍惚颇有相似处,无怪阮籍《清思赋》以一丽人来象征道之飘忽时,即化用了《洛神赋》中的句子。"道之出口,淡乎其无味"②(《老子》第三十五章),这或许正是顾恺之删改《洛神赋》情节内容的原因所在。

---

① 《老子今注今译》,陈鼓应注译,第156页。
② 《老子今注今译》,陈鼓应注译,第205页。

第四章　南北朝曹植接受趋向与抑扬阐释

从创作接受史角度看，两晋对曹作的接受更多属于专家性质的学习，南朝宋延续了两晋专家性接受的特点，由齐经梁、陈、北朝，对曹植文学的创作规模逐渐泛化、俗化，从读者写作学习的创造性言，其时曹植文学创作的影响事实上已呈衰落之势。而相比于两晋对曹植其人的普遍沉默，南北朝对曹植其人的接受上承前代，既有对曹植人格精神的发现，亦有对曹植形象的文学重塑。南北朝对曹植其人的接受往往与对其文的接受糅合在一起，两者互相生发，从而形成曹植其人、其文接受的独特风貌。

而从阐释史角度看，南北朝又可谓曹植文学批评的黄金期。这一时期，曹植文学阐释有以下特点：（1）阐释资料有隐有显；（2）既有零星阐释，亦有批评专著宏观视角下基于比较或文学史视野的接受；（3）阐释角度广泛，以文体批评为主，亦有情志、风格、内容、精神等方面的批评；（4）每一角度的阐释往往有一发展过程，前人对后人接受有影响，同时人之间亦有影响。此期接受对后世诗评家来说，多具有原发性意义。本章从曹植其人的接受与其文学的创作接受及批评阐释等三个维度，分四节论述如下。

第一节　曹植文学接受的差异性与团体性特点

此期曹植文学的创作接受既有文体、地域、朝代差异，又有团体或家族成员间彼此影响共同接受的特点。

一、曹植文学接受的差异性特点

南北朝时期,曹植文学在当时文人作品中的投射范围更广,涉及诗、赋、书、表、论、诔、哀辞等诸多文体,但若据此广泛的投射现象笼统地认为南北朝是曹植文学接受的黄金期,则失之偏颇。事实上,曹植文学接受在南北朝时期存在着多方面的差异性。

从文体角度看,曹植诸体兼备,各体创作几乎都有经典之作,故此期对曹作诸多文体创作皆有学习化用,但整体而言,对其应用文体的学习化用较少,且多集中于《与杨德祖书》一文;又,曹植的赋作,是他最为看重的创作,他不仅在建安二十一年(公元216年)曾整理自己的赋作送与杨修,《前录自序》亦表明他后期曾撰录整理过自己的赋作,但此期读者对其赋作的学习基本集中于《洛神赋》一文;又,此期创作型读者更多学习化用曹植的诗作,曹植的乐府、五言诗、四言诗都是备受称赞的,但事实上对曹植诗作的学习主要偏向于曹植的女性人物诗、贵游题材诗、侠客题材诗,这一点可以说是对两晋文士学习曹作的进一步延伸。这种文体接受的差异性一方面对于促进曹作经典系列及其经典意象、词汇、句式等的形成具有重要意义,另一方面则会导致曹植作品接受的泛化、俗化现象,此点具体见下文论述。

从地域上讲,南朝文士对曹植文学的接受在深度与广度上都要超过北朝,而北朝在北魏时期,从现有文献看,对曹植文学并没有明显的接受痕迹。北魏一分为东西魏,东魏曾与南朝梁通好,互派使者,彼此所派人员均为各国才华卓越、声名显著者,如庾信曾出使东魏,魏收亦曾到南朝梁访问。东魏禅北齐,温子昇、魏收、邢邵乃北土三彦,魏收崇任昉,邢邵学沈约,《颜氏家训·文章》言:"邢子才、魏收俱有重名,时俗准的,以为师匠。邢赏服沈约而轻任昉,魏爱慕任昉而毁沈约,每于谈宴,辞色以之。邺下纷纭,各有朋党。"①此亦见南朝文学对北齐文士之影响,而与之相应,南朝曹植文学接受之方式亦影响到了北齐士人。东魏的文化程度要高于西魏,西魏直到庾信、王褒北上,其文学状况方始改观,故西魏而至北周,文学上接受曹植者主要是来自北上之南人,他们对曹植文学的接受依然不脱南风影响。北齐为北

---

① 王利器:《颜氏家训集解(增补本)》,中华书局,1993,第273页。

周所灭,北周为隋所代,南北文化合流,卢思道、薛道衡等北人对曹植作品之接受,无论题材,还是意象取用等,均明显染有南风。总体言之,北朝对曹植文学的接受深受南朝士人影响,具体言之,主要受梁、陈文士影响。

而从朝代上讲,就南朝四朝言,南朝宋是曹植文学接受的主要时期,也是当时最深入曹作、最与曹作精神气韵等相通的时期,此亦可见南朝宋文学实乃复古文学的特质。从南朝宋末开始,由南齐过渡,至南朝梁,对曹植文学的接受基本上表现在两个方面:一是用典化,一是世俗化。从用典化角度看,曹植文学中的人物、意象、词句等作为典故频繁出现在南朝文士的诗文中,即使同一意象也多选用曹作中有代表性的不同词语来指代,比如"洛神",就有拾羽、拾翠、凌波、回雪、罗尘、惊鸿等多种表达指代形式。而从世俗化角度言,曹作如《七哀》《美女篇》《白马篇》《名都篇》《洛神赋》等,在当时文士作品中多有投射,但曹作诗文的寄寓精神与个人心志均被剥落,曹作中的佳人、思妇、神女、侠少等成为娱乐游戏的代名词,如洛神这一圣洁高贵、代表人生不可触及之高远理想的意象成为描写凡间丽人的泛滥性词语。当然,对曹作接受的用典化,是有当时喜用典故、以掌握典故多少比高低的时代背景的,如沈约与梁武帝之比试即是一例①;而对曹作接受的世俗化倾向亦与当时文风及文士们的生活情调等颇有关系。但无论如何,这样的接受方式使得曹植作品之理、之神、之骨气在时人作品中渐渐销声匿迹。下面具体论述南朝宋与梁、陈和北朝接受的差异。

(一)南朝宋的整体综合接受:以鲍照为例的分析

与南朝梁、陈和北朝作家多零碎袭用变化曹作语句、词语、意象等不同,南朝宋的几位大家如鲍照、谢灵运、江淹②等,他们对曹作的学习接受,或规模其某篇文章,或学习其某类诗作,或研习其诗作中某一突出特点,总是着眼于整体综合性接受,而非止于一词一句的借用。如钟嵘认为谢灵运诗源出曹植,此乃着眼于曹植、谢灵运作品的整体特点而作的评论。而即便不从源流角度言,若谢灵运《拟魏太子邺中集诗八首》中的拟平原侯植作,若无对曹植及其作品的整体把握,即无由提炼"公子不及世事,但美遨游;然颇有

---

① 事见姚思廉:《梁书》卷一三《沈约》,中华书局,1973,第243页。
② 据江淹年谱,江淹优秀作品大多作于刘宋末年。此据其作品创作之主要年代,将其归入刘宋时期。参见《江淹集校注》,俞绍初、张亚新校注,中州古籍出版社,1994。

忧生之嗟"①的感悟评论。而谢灵运对曹作的模拟应对江淹有影响,江淹《拟古三十首》中对曹作赠友诗的模仿亦基于对曹植赠友类诗歌的整体把握。而谢灵运之《江妃赋》、江淹之《江上神女赋》,在结构、主题、意象等方面,对《洛神赋》的整体学习痕迹亦较为明显。关于谢灵运、江淹二人对曹作的接受,详见第五章第一节和第二节,此以鲍照为例,略而言之。

鲍照诗作直接标明模拟曹植作品者有《代陈思王白马篇》《代陈思王京洛篇》。鲍照《拟古八首》②之"幽、并重骑射",亦以幽并少年为对象,其"毡带佩双鞬,象弧插雕服"之装扮与曹作游侠儿"宿昔秉良弓,楛矢何参差"(《白马篇》)之形象非常相像。而"兽肥春草短,飞鞚越平陆。朝游雁门上,暮还楼烦宿。石梁有余劲,惊雀无全目",把少年驰逐置于塞外初春的广漠背景中,用历史典故暗示少年的高超箭术,以一连串轻快的动作展现少年矫健的英姿。结尾"汉虏方未和,边城屡翻覆。留我一白羽,将以分符竹",戛然而止,而少年之冲天豪气则回荡环宇,此和曹植诗中"长驱蹈匈奴,左顾陵鲜卑"(《白马篇》)的气势极为相像。该诗不似曹作以赋入诗,但深得《白马篇》气韵。

鲍照《代陈思王白马篇》③起笔言"白马骍角弓,鸣鞭乘北风",开端着色明亮,模仿曹诗"白马饰金羁,连翩西北驰"(《白马篇》)的起句,只是曹作白马金羁,明丽中不舍富贵之气,鲍作则白马红弓,只是普通人家子弟的装束,不过,红白、白黄色彩所衬托出的青春亮丽的气息是一致的。曹诗以"连翩西北驰"的动作形态展示少年的优美与豪健,而鲍作则以"鸣鞭乘北风"的声响形态写少年快马加鞭急赴前线的勇武之气。

鲍作之后融入陆机《饮马长城窟行》《从军行》《苦寒行》④中对行役边境时间之长、环境之苦的内容,如"要途问边急,杂虏入云中"变自陆诗"往问阴山侯,劲虏在燕然"(《饮马长城窟行》);"闭壁自往夏,清野径还冬。侨装多阙绝,旅服少裁缝""薄暮塞云起,飞沙被远松"则学习陆诗"冬来秋未反,去家邈以绵"(《饮马长城窟行》)、"渴饮坚冰浆,饥待零露餐""积雪被

---

① 顾绍柏:《谢灵运校注》,第 155 页。
② 鲍照:《鲍参军集注》,钱仲联增补集说校,上海古籍出版社,1980,第 338 页。
③ 鲍照:《鲍参军集注》,钱仲联增补集说校,第 172-173 页。
④ 分别见陆机:《陆机集》,金涛声点校,第 66、63-64、65 页。以下仅标注篇目名。

长峦。阴云兴岩侧"(《苦寒行》)等内容,从时间之长、着装之差、环境之苦等几个方面叙写,不过陆诗写环境往往选择冰、雪、深谷、崇山等意象,而鲍诗则是风云、黄沙等,意象虽不同,思维方式则是一致的。鲍诗亦把陆诗"离思固已久,寤寐莫与言"(《苦寒行》)转换为"含悲望两都,楚歌登四墉"的思乡之情。

但陆诗写行役,不离悲苦,如"苦哉远征人,抚心悲如何"(《从军行》)、"剧哉行役人,慊慊恒苦寒"(《苦寒行》)等。鲍诗借鉴了陆诗这一内容并把它转化为守边御敌之苦,同时又融入《白马篇》的精神,对陆诗的精神内涵从根本上进行了改换。如"埋身守汉境,沈命对胡封","丈夫设计误,怀恨逐边戎,弃别中国爱,邀冀胡马功。去来今何道?卑贱生所钟,但令塞上儿,知我独为雄",承继了曹诗中的爱国主义精神。因此,与陆诗为写苦而写苦相比,鲍诗写征战时间之长、条件之差、环境之苦、思乡之深,皆为反衬男主角为国防安定而不惜忍受种种苦痛的坚忍精神与昂扬不息的斗志。

而从结构上讲,鲍诗由于融入了陆诗写苦的内容,整首诗结构由回忆而及现实,开篇的英健少年形象与后文饱受御边之苦的形象构成鲜明对比,而曹作则由眼前而回忆而眼前,其开篇人物形象与后文形象保持一致。鲍诗这一改变使其诗风转曹作之明丽俊逸为沉郁悲壮。此写法在鲍作《代出自蓟北门行》中亦有突出表现,如诗言:"疾风冲塞起,沙砾自飘扬。马毛缩如猬,角弓不可张。时危见臣节,世乱识忠良。投躯报明主,身死为国殇。"[①]亦以边塞恶劣环境衬托人物忠君为国的牺牲精神。可以说,鲍照的拟古诗、《代陈思王白马篇》、《代出自蓟北门行》等诗主要学习曹作的人物气质与精神,此亦属整体性观照。

当然,鲍诗多写边地穷苦险阻之况,虽有承自陆诗的内容,但曹植《磐石篇》对之未始没有影响。如曹作言:

蒹葭弥斥土,林木无芬重。岸岩若崩缺,湖水何汹汹!蚌蛤被滨涯,光彩如锦虹;高波陵云霄,浮气象螭龙。鲸脊若丘陵,须若山上松。呼吸吞船栖,澎濞戏中鸿。方舟寻高价,珍宝丽以通。一举必千里,乘飔举帆幢。经危履险阻,未知命所钟。常恐沉黄垆,下与鼋鳖同。

---

① 鲍照:《鲍参军集注》,钱仲联增补集说校,第165页。

该诗可谓诗史上较早描写边荒地带环境状况之内容,且以赋入诗,辅以比喻、夸张等手段,频繁使用巨大意象,又配以赋写之密促节奏,给人以巨大的压迫感。对于曹植的以赋入诗,吴小如先生言:"《磐石篇》,虽为拟乐府'杂曲歌词'之作,实则渊源于汉赋。自'岸岩'句以下铺叙海上景物,很有创造性,俨然是一篇大赋的缩本。这种以赋为诗的手段应当是魏晋南北朝诗歌的特色之一,而首发轫者实惟曹植,后来的鲍照、谢灵运、谢朓、江淹等,皆从此受到启发。"①鲍照铺展边地苦寒险阻的以赋入诗的方式是受曹作启发。另外,鲍诗多选取阔大凶险意象,又常以夸张赋其张力,此写法也可能受到曹作影响。

另外,李鹏博士《鲍照诗歌专题研究》中"诗法中见曹植气骨"一节从用词和发端艺术两个角度透视鲍照、曹植二人间的承继关系。如他认为,从用字角度看,鲍照学习曹植善用有力度动词的写法,诗中多用散、落、惊、飞等字眼;学习曹作用数量词增强抒情力度的写法,喜用"万曲""千年""千冬""万夜""万里"等表巨大数目的词,更善用"一与多"的结构来增强情感表达;学习曹植善用虚词的写法,多用"不""何""岂"等虚词与表否定、疑问、反问语气的句式等,尤其是曹植常用问句结尾,来表现所抒情感的力度,鲍照也喜欢以问句收尾等,只是鲍照在对曹植的继承基础上"追求更加狠重的字眼"。而从发端角度看,鲍照发端亦承曹植注意运用比兴起句,暗示主题或烘托氛围等,只是鲍照"更注意对诗歌意境的营造";"曹植起句常用'高''远''广''寥廓'等表示广大空间的字眼","鲍照起句亦多有'高''远'等字眼";"鲍照又注意化曹植之'清丽'为自己诗歌之宏大"等,鲍照诗歌起句得曹植之慷慨,"然以其狷狂之个性,怨怼之情怀而为诗,则更为直露而激烈,故蒙'发唱惊挺'(萧子显语)之讥,如此反见其发端对人情感之刺激是何等地激烈"。② 论述更为具体细致,也比较有说服力。

除此之外,笔者以为,鲍诗在构图视角上亦有学习曹作之处。如鲍照诗中多登高望远,其视角构图往往着眼于远景、大景,视野开阔,用笔宏阔,如

---

① 吕晴飞、李观鼎、刘方成主编《汉魏六朝诗歌鉴赏辞典》,第253页。
② 参见李鹏:《鲍照诗歌专题研究》第四章第三节"诗法中见曹植气骨",博士学位论文,陕西师范大学,2009。

"升高临四关,表里望皇州"①,"极眺入云表,穷目尽帝州"②,"广望周千里,江郊蔼微明"③,"夕听江上波,远极千里目"④,"绝目望平原,时见远烟浮"⑤,等等。此写法亦承曹植、阮籍(阮籍亦受曹植影响,见第二章第四节)而来,如曹植"远望周千里,朝夕见平原"(《杂诗六首》其六),"远游临四海,俯仰观洪波"(《远游篇》),"南极苍梧野,游盼穷九江"(《磐石篇》),"东北望吴野,西眺观日精"(《驱车篇》),等等。其实"神州""帝州""千里"等与曹植诗中的"千里""四海""九江""吴野"等一样并非视力所及之实境,而是作者心灵的外化之景,二人虽境遇不同,但此对心灵的虚写,均表现出一种大丈夫气与对广阔天地的渴望。

鲍照诗中亦有对曹作的零星化用,如表 4-1 所示。

表 4-1 鲍照与曹植诗作对比

鲍照诗	曹植诗
高松结悲风。(《松柏篇》)	高台多悲风。(《杂诗六首》其一)
千金何足重?(《代朗月行》)	一顾千金重。(逸文)
小人自龌龊,安知旷士怀?(《代放歌行》)	泛泊徒嗷嗷,谁知壮士忧。(《鰕鳝篇》)
京洛富妖妍,恩荣难久恃。(《绍古辞七首》其一)	名都多妖女,京洛出少年。(《名都篇》) 荣耀难久恃。(《杂诗六首》其四)
息雨清上郊,开云照中县。(《侍宴覆舟山二首》其一)	白日曜青春,时雨静飞尘。(《侍太子坐》)
伫立出门衢,遥望转蓬飞,蓬去旧根在,连翩逝不归。(《代邽街行》)	吁嗟此转蓬,居世何独然!长去本根逝,宿夜无休闲。(《吁嗟篇》) 转蓬离本根,飘摇随长风。(《杂诗六首》其二)

注:表中所引鲍照诗分别见鲍照:《鲍参军集注》,钱仲联增补集说校,第 179、189、146、347—348、255、203 页。

另外,鲍照《代门有车马客行》主要学习张华作品,其中语句多有和张作相同或相近处,但张作出自曹作,鲍照作品亦可说是间接受到曹作影响。

---

① 鲍照:《代结客少年场行》,载鲍照:《鲍参军集注》,钱仲联增补集说校,第 192 页。
② 鲍照:《代阳春登荆山行》,载鲍照:《鲍参军集注》,钱仲联增补集说校,第 199 页。
③ 鲍照:《送别王宣城》,载鲍照:《鲍参军集注》,钱仲联增补集说校,第 294 页。
④ 鲍照:《还都道中三首》其二,载鲍照:《鲍参军集注》,钱仲联增补集说校,第 308 页。
⑤ 鲍照:《上浔阳还都道中》,载鲍照:《鲍参军集注》,钱仲联增补集说校,第 310 页。

南朝重要诗人鲍照等对曹作的学习尚具有整体综合的特点,自南齐以后,曹作接受逐渐泛化,其接受文体主要集中于诗歌(赋主要是《洛神赋》),而诗歌接受又主要集中于《美女篇》《七哀》《白马篇》《名都篇》《斗鸡篇》《箜篌引》等诗作①;而就这几篇诗作的接受言,亦多化用或引用同一诗中某句或某个意象等,故在众多文士诗文中,几乎出现了类似复制的现象。

(二)南朝梁、陈和北朝寻辞摘句式接受与俗化接受

南朝宋以后,对曹植文学作品的接受多为寻辞摘句式接受,且出现泛化、世俗化倾向。

1.南朝梁、陈和北朝寻辞摘句式的学习接受

此期很多诗人学习曹植的女性诗。像萧子显、萧纲、卢思道、魏收等关于美女篇的作品,其模拟只是以美女为对象,除在描写美女上面或所用赋写手法承自曹作外,其诗境、主题、意象等与曹作相比,变化很大。

另外一些学习曹植《美女篇》的,主要从曹作"借问女何居？乃在城南端。青楼临大路,高门结重关"两句中提取"城南""青楼"二词以作美女之指代。如刘遵:"含羞隐年少,何因问妾家。青楼临上路,相期竟路赊。"②其中"何因问妾家。青楼临上路"化自曹诗,用以指称美女所在地,但转曹作第三人称叙述问答为第一人称问答,女子的性情形象则完全不同。而刘孝仪"一乖西北丽,宁复城南期"③,即以"城南"来指称美女。与之相应的是,像曹植"西北有织妇""南国有佳人"二诗中的织妇、佳人都成为美女的代称,如萧诠《赋得婀娜当轩织诗》"东南初日照秦楼,西北织妇正娇羞"④,庾肩吾《奉和春夜应令诗》"天禽下北阁,织女入西楼"⑤,鲍照《芜城赋》"东都妙姬,南国丽人"⑥。而刘孝仪《闺怨诗》"本无金屋宠,长作玉阶悲。一乖西北丽,宁复城南期"⑦,则把曹作不同作品中的美人形象组合到一篇之中了。

---

① 王玫《建安文学接受史论》对当时接受曹作之具体篇目有归类总结(详见该书第九章)。
② 刘遵:《相逢狭路间》,载逯钦立辑校《先秦汉魏晋南北朝诗》梁诗卷一五,第1809页。
③ 刘孝仪:《闺怨诗》,载逯钦立辑校《先秦汉魏晋南北朝诗》梁诗卷一九,第1894页。
④ 逯钦立辑校《先秦汉魏晋南北朝诗》陈诗卷六,第2553页。
⑤ 逯钦立辑校《先秦汉魏晋南北朝诗》梁诗卷二三,第1992页。
⑥ 鲍照:《鲍参军集注》,钱仲联增补集说校,第13页。
⑦ 逯钦立辑校《先秦汉魏晋南北朝诗》梁诗卷一九,第1894页。

再如《名都篇》,南北朝时期现存资料没有整篇规模此诗的,多数诗作都是化用"名都多妖女,京洛出少年"句,如梁简文帝萧纲《妾薄命篇十韵》"名都多丽质,本自恃容姿"①等。或者化用"斗鸡东郊道,走马长楸间"句,如"京洛出名讴,豪侠竞交游"②,"斗鸡横大道,走马出长楸"③,"驰轮洛城巷,斗鸡南陌头"④。再如费昶《思公子》:"公子才气饶,凌云自飘飘。东出斗鸡道,西登饮马桥。"⑤甚至褚玠有《斗鸡东郊道诗》,把"斗鸡东郊道"一句敷演成篇。或者提取"我归宴平乐,美酒斗十千"句中意象,如陈叔宝《独酌谣四首》"忘情且十斗"⑥,张正见《帝王所居篇》"薄暮归平乐,歌钟满玉除"⑦,庾信《咏画屏风诗二十四首》其五"定须催十酒,将来宴五侯"⑧,庾肩吾《侍宴宣猷堂应令诗》"副君德将圣,陈王才掞天。归来宴平乐,置酒对临泉"⑨,刘孝威《行行且游猎篇》"归来宴平乐,宁肯滞禽荒"⑩,等等。

王士禛云:"善学古人者,学其神理;不善学者,学其衣冠语言涕唾而已矣。"⑪可以说,南朝宋时期,经由鲍照、谢灵运、江淹等著名文人的深入研磨、学习,曹植作品接受形成了继两晋文人(主要是西晋文人)后的第二个高潮,此后,经南齐过渡,由南朝梁、陈而及北朝,曹植文学接受更多沦为对其"衣冠语言"之移挪化用,曹作经典语句、意象被泛化复制,而曹作之精神则荡然无存,曹作接受事实上已呈衰退势头。

2.南朝梁、陈和北朝学习曹作的世俗化倾向

南朝宋、齐作家不论整体规模曹作,还是零星化用曹作语句,大多比较接近曹作精神或气韵,但南朝梁、陈和北朝对曹作的接受多属游戏笔墨,与作家本人的内在情志已关系不大。可以说,南朝宋、齐作家多学曹作抒情言志,而南朝梁、陈和北朝作家则更看重曹作的形式表达,因此,曹植作品中被

---

① 逯钦立辑校《先秦汉魏晋南北朝诗》梁诗卷二〇,第1903页。
② 王褒:《游侠篇》,载逯钦立辑校《先秦汉魏晋南北朝诗》北周诗卷一,第2333页。
③ 王褒:《游侠篇》,载逯钦立辑校《先秦汉魏晋南北朝诗》北周诗卷一,第2333页。
④ 王褒:《古曲》,载逯钦立辑校《先秦汉魏晋南北朝诗》北周诗卷一,第2333页。
⑤ 逯钦立辑校《先秦汉魏晋南北朝诗》梁诗卷二七,第2082页。
⑥ 逯钦立辑校《先秦汉魏晋南北朝诗》陈诗卷四,第2513页。
⑦ 逯钦立辑校《先秦汉魏晋南北朝诗》陈诗卷二,第2475页。
⑧ 庾信:《庾子山集注》,倪璠注,许逸民校点,中华书局,1980,第354页。
⑨ 逯钦立辑校《先秦汉魏晋南北朝诗》梁诗卷二三,第1983页。
⑩ 逯钦立辑校《先秦汉魏晋南北朝诗》梁诗卷一八,第1870页。
⑪ 《晴川集序》,载王士禛:《蚕尾集》卷七,清康熙刻本,第14-15页。

反复借用的形象在当时呈现被世俗化的倾向。以对《洛神赋》的接受言,若谢灵运、江淹等模仿《洛神赋》的作品,基本上走的是曹植所开创的借神女以寄寓的道路,作者的用笔都是严肃的。自沈约《丽人赋》借鉴《洛神赋》的写法以写铜街丽人,从而打破了先前以神女寄寓的传统,由赋而及艳诗,成为宫体艳情的先导,此后"洛神"成为凡间美女的代名词。

再以曹作《美女篇》言,当时以之命名者有萧子显《代美女篇》①、萧纲《美女篇》②、魏收《美女篇二首》③、卢思道《美女篇》④等⑤,作家主要是梁代和北齐、隋朝文士。萧子显《代美女篇》的规模底本或是辛延年的《羽林郎》⑥,"朝酤成都酒",所写对象是一当垆酤酒的美女,与辛诗中"胡姬年十五,春日独当垆"相近,但萧诗重在写美女之美。而与其在《日出东南隅行》中对美女浓笔描写不同,这里主要用侧面衬托的手法,开笔"邯郸暂辍舞,巴姬请罢弦",以舞女、歌人的反应来衬托淇洧佳人的惊艳之美,此以女子之反应来侧笔写美女之手法与《陌上桑》、曹植《美女篇》以男性反应来衬托美女相比,可谓写法的创新。而其结尾"余光幸未惜,兰膏空自煎"承前句"暝数河间钱"而来,则又颇有戏谑之味,佳人之人间现实气息冲人眼目。此诗与曹植《美女篇》在主旨、意象、写法上并无相承之处。

萧纲亦有《美女篇》,则纯然宫体写法,整首紧扣开头"佳丽尽关情,风流最有名"句,下详写美人之脸饰(约黄、裁金、粉光)、薄衫、密态、娇歌软声、醉颜笑意,非常细腻,但若静物刻画,作者虽有欣赏之意,却似乎并不动情。此与曹植《美女篇》在主旨、意象等方面亦少联系,如果说有联系的话,那就是曹植《美女篇》以赋入笔,对美女之细笔刻画,如"攘袖见素手,皓腕约金环",以及对美女的刻画视角顺序,等等,或为萧氏所注意。

北朝魏收的《美女篇二首》其一融合了宋玉《高唐赋》中楚襄王梦巫山神女事和曹植《洛神赋》事,基本上是抽取两赋中相关语句变化组合而成,如"骇散属川沂"变自"于是精移神骇,忽焉思散"(《洛神赋》);"变化看台

---

① 逯钦立辑校《先秦汉魏晋南北朝诗》梁诗卷一五,第1816-1817页。
② 逯钦立辑校《先秦汉魏晋南北朝诗》梁诗卷二〇,第1908页。
③ 逯钦立辑校《先秦汉魏晋南北朝诗》北齐诗卷一,第2268页。
④ 逯钦立辑校《先秦汉魏晋南北朝诗》隋诗卷一,第2629页。
⑤ 为方便阅读,以下所引这四篇中的句子,不再标注具体出处和页码。
⑥ 《乐府诗选》,余冠英选注,人民文学出版社,1954,第2版,第150页。

曲"化自"于云梦之台,望高唐之观。其上独有云气,崒兮直上,忽兮改容,须臾之间,变化无穷"①(《高唐赋》);"照梁何足艳"化自"其始来也,耀乎若白日初出照屋梁"②(《神女赋》);"升霞反奋飞"化自"远而望之,皎若太阳升朝霞"(《洛神赋》)等,择取两赋的重要情节与描写特点,浓缩变化组合为一首诗,作者精心之处,显然可见,但亦表明此实为一篇练笔之作,甚或游戏之作。至于魏收《美女篇二首》其二,似乎是感叹美女虽贵宠而可能招致妒恨毁身之事,或有感慨系之。

卢思道亦有《美女篇》,其首句"京洛多妖艳",化自曹诗《名都篇》"名都多妖女"句。其对象是一美女群体,有其群体性动作叙述,如临水、采花、摇扇、驻车一连串的动作白描,又有细微的情态妆扮描写,如"情疏看笑浅,娇深眄欲斜。微津染长黛,新溜湿轻纱"等,皆为细致入微的刻画,生动地表现了少女的羞涩与多情,和萧纲的相比,更富有生活气息。此亦可见北朝文士虽然不免南风熏染,但自有其创造性。

就上述美女诗篇而言,它们主要继承了曹作写美女这一题材,而在主旨、意象,甚至写法上,与曹作并无太大关联。曹作借美女之失时的孤独来写自己失志不遇的情怀,此寄寓精神于上述仿作中无痕迹,仿作着眼于声色之辞,抛弃了美人身上所承负的"高义"之类的价值观念。

这种对曹作学习的世俗化倾向同样体现在对曹植《白马篇》《洛神赋》《七哀》等诗赋的学习化用上。对曹作名词名句的摘取化用,使得对曹作的学习更为细致零碎,而对曹植精神的遗落、对曹作情感寄寓的消解,使得曹作接受出现了泛化、俗化现象,曹作中具有象征意味的心灵化的人物形象都在其宫体俗艳的视角下被现实化、实体化了。

二、曹植文学接受的家族性或团体性特点

南北朝时期曹植文学接受亦有一特别现象,即一方面,同一家族成员,尤其是家族前辈或长辈在曹植文学接受上对后辈有明显影响;另一方面,在政治团体内部亦存在着相互影响的情形。

从家族角度讲,谢灵运对曹作的学习直接影响到谢惠连、谢庄、谢朓等

---

① 金荣权:《宋玉辞赋笺评》,第70页。
② 金荣权:《宋玉辞赋笺评》,第90页。

对曹作的接受(具体见第五章第一节);庾肩吾诗文中多用和曹作或曹植有关的典故,此写法亦直接影响其子庾信对曹作的接受(具体见本章第二节)。

再如何承天《芳树篇》"佳人闲幽室,惠心婉以谐。兰房掩绮幌,绿草被长阶"①,明显是对曹植《闺情》"闲房何寂寞,绿草被阶庭"句的扩展与变化,而其孙子何逊《拟轻薄篇》、《拟古三首》其一等都有曹植《白马篇》《名都篇》中意象、词语的投射。何逊《初发新林诗》"大德本无酬,轻生窃自许"②,则化自曹植《鰕䱇篇》"世士诚明性,大德固无俦"句。他对曹植诗歌的借用变化方式与何承天颇一致,或许可见其曾祖父对他的影响。当然,何逊对曹作的接受不可能免于时风的染习,但何承天的影响亦隐约可见。

再如彭城刘氏家族,刘苞、刘遵、刘孝绰、刘孝威、刘孝仪等兄弟诗中都有曹作的投射,如刘苞《九日侍宴乐游苑正阳堂诗》糅合了曹植幽并游侠少年和京都少年的形象;刘遵《相逢狭路间》化用了曹植《美女篇》中的语句;刘孝绰《酬陆长史倕诗》《归沐呈任中丞昉诗》《侍宴同刘公幹应令诗》《同武陵王看妓诗》《望月诗》等都有曹作影子;刘孝威《斗鸡篇》《鸡鸣篇》《赋得香出衣诗》《行行且游猎篇》等对曹作《斗鸡篇》《洛神赋》《白马篇》等都有化用;刘孝仪《闺怨诗》糅合了曹植《美女篇》与"西北有织妇"中的美人形象。

从政治团体内部讲,他们对曹作的接受彼此亦相互影响,如梁朝君臣诗文多有对曹作的化用,有些同名之作体现得更为明显。再具体以仿作《白马篇》的情况看,如鲍照与袁淑同在临川王刘义庆王府,袁淑乃当时著名的文士,二人间必有文义往来。鲍照有《代陈思王白马篇》,袁淑亦有《效曹子建白马篇》③,"效""代"意思相近,一言陈思王,一言曹子建,似为同时之作。和鲍照融入边防的苦寒、思乡内容,把游侠少年改造成守边从戎战士不同,袁淑仿作仍然保留了《白马篇》中的游侠身份,开篇"剑骑何翩翩,长安五陵间",把游侠置于长安五陵间的广阔背景中,起笔突兀,扑面而来,此乃学习曹作开篇。但与曹作突写游侠儿的高超武艺与奔赴战场的勇武昂扬的精神

---

① 逯钦立辑校《先秦汉魏晋南北朝诗》宋诗卷四,第1207—1208页。
② 逯钦立辑校《先秦汉魏晋南北朝诗》梁诗卷八,第1689页。
③ 逯钦立辑校《先秦汉魏晋南北朝诗》宋诗卷五,第1211页。

不同,袁淑所写是不肯屈节郡邑,而投身帝都、富可敌国的豪富之侠,"五侯竞书币,群公亟为言",可见他在朝廷引起的轰动效应,而他"影节去函谷,投珮出甘泉",出使关外,决疑人主,亦见其高明的政治才华,在"秦地天下枢,八方凑才贤"的人才济济之地,亦可见其卓荦独秀,而更重要者是其"义分明于霜,信行直如弦",一旦许诺人主,即为君分忧,心悬四海,不为功名利禄,不计较眼前利益得失,"但营身意遂","侠烈良有闻,古来共知然",亦可谓侠之大者。而此与张华笔下的战国四公子之侠又有不同,四公子居王侯之位而纵横时局,袁淑笔下之侠则无王侯之位而行爱国忠君之仁义之实。

袁淑仿作除汲取曹作为游侠植入爱国主义精神外,又进一步改造幽并游侠尚武的形象,赋予其财富与才华。此点或受左思影响,左思就把曹作的游侠儿改成了文士之侠。而同鲍照拟古诗如"幽、并重骑射"中学习《白马篇》之手法相似,袁淑在《效古诗》①里亦有借鉴曹作之处,如"浑此倦游士,本家自辽东"乃写行役诗作,此诗重点写行役时间之长、之寒苦、之徒空,其末云"乃知古时人,所以悲转蓬","转蓬"意象出自曹植,曹作《杂诗六首》其二"类此游客子,捐躯远从戎。毛褐不掩形,薇藿常不充。去去莫复道,沉忧令人老",以"转蓬"之随风飘荡不由自主比拟行役人士之流荡无主的命运,袁淑诗借此来表达对诗中主人公命运的悲叹。

鲍照、袁淑都有仿《白马篇》的诗作,其效古诗中也有学习借鉴曹作的成分,虽然不免于时代风潮的影响,但与二人同在义庆王府的经历亦应有莫大关系。丁福林《鲍照年谱》言:"是《隋志》列于刘义庆名下之著作,除《刘义庆集》八卷而外,它书多出自其手下众文士如鲍照、袁淑等人之手,而刘义庆仅总成其事而已。"②此亦说明鲍照、袁淑二人的紧密关系。鲍照、袁淑对《白马篇》选择特定角度的模仿铺衍直接影响到齐代孔稚珪的仿作,孔作主要着眼于描写战场场面,以此突写从征少年的高超武艺和杀敌战场的豪情壮志。

至梁代有沈约、徐悱、王僧孺的《白马篇》③。与鲍照、袁淑、孔稚珪所写

---

① 逯钦立辑校《先秦汉魏晋南北朝诗》宋诗卷五,第1211—1212页。
② 丁福林:《鲍照年谱》,上海古籍出版社,2004,第50页。
③ 分别参见逯钦立辑校《先秦汉魏晋南北朝诗》梁诗卷六,第1619页;梁诗卷一二,第1770—1771、1760页。

突出人物为国家、天下安危的舍身精神不同，沈约、徐悱、王僧孺都突写了报答君恩的内容。如沈约"唯见恩义重，岂觉衣裳单"，徐悱"归报明天子，燕然石复刊"，王僧孺"此心亦何已，君恩良未塞。不许跨天山，何由报皇德"，等等，此和曹植"捐躯赴国难"及承其而来的鲍照、袁淑、孔稚珪等人的作品相比，在精神境界上顿然萎缩。此点在吴均诗中也多有体现，吴均诗中多有幽并游侠儿的影子，如"幽并游侠子，直心亦如箭"①，"仆本幽并儿，抱剑事边陲"②，等等，但捐躯赴国难的精神已经为报恩思想代替，如"少年感恩命，奉剑事西周"③，"报恩杀人竟，贤君赐锦衣"④，"生死报君恩，谁能孤恩眄"⑤，这似乎是梁代文人的普遍风气，而此普遍风气的形成，与君权的强化应有密切关系。

而与宋齐作品不同者，他们还突出了人物富贵的装扮，如"白马紫金鞍"(沈约《白马篇》)，"妍蹄饰镂鞍，飞鞚度河干"、"剑琢荆山玉，弹把随珠丸"(徐悱《白马篇》)，"千里生冀北，玉鞘黄金勒"(王僧孺《白马篇》)，等等，加上用语清丽，曹作中的刚健雄气已经遗落，基本上是有其行迹而无其神韵。其实，在梁代君臣中尚有其他非标明学《白马篇》的诗亦有对《白马篇》的化用，但基本上亦以轻艳为主，不具刚健之味，如萧绎《后园看骑马诗》《紫骝马》等诗作，已经纯为嬉戏之作了。

至隋又有辛德源、王冑、杨广的《白马篇》⑥。辛诗乃梁代遗风；王诗基本上规模曹作，只是增添了用典以写其征伐之勇；杨广把游侠儿改为朝廷之"羽林郎"，突写其高超的武功及战场上所向无敌的勇武，思路不出曹作，虽不能和曹作相提并论，但亦有一种刚健之气。但王作言"乘胜荡朝鲜"，杨作言"岛夷时失礼，卉服犯边疆"等，联系历史可知那是当时对朝鲜的侵略战争，曹植诗中为国赴难之侠义少年被扭曲为侵略的逞凶者。

---

① 吴均：《雉子班》，载逯钦立辑校《先秦汉魏晋南北朝诗》梁诗卷一〇，第1720页。
② 吴均：《赠别新林诗》，载逯钦立辑校《先秦汉魏晋南北朝诗》梁诗卷一〇，第1735页。
③ 吴均：《城上麻》，载逯钦立辑校《先秦汉魏晋南北朝诗》梁诗卷一〇，第1723页。
④ 吴均：《结客少年场》，载逯钦立辑校《先秦汉魏晋南北朝诗》梁诗卷一〇，第1722页。
⑤ 吴均：《雉子班》，载逯钦立辑校《先秦汉魏晋南北朝诗》梁诗卷一〇，第1720页。
⑥ 分别参见逯钦立辑校《先秦汉魏晋南北朝诗》隋诗卷二、卷五、卷三，第2649、2697、2662页。

三、南北朝曹植文学创作接受之反思

上文探讨曹植文学在南北朝时期接受的基本情况，由此亦可见曹植文学对南北朝文学的直接影响存在着地域、朝代、家族或政治团体等差异。曹植对南朝宋诗人的影响更大，而南朝齐、梁、陈和北朝，受其时代诗风影响，对曹作的接受则渐有泛化、俗化倾向。

徐公持从两个方面概括曹植的文学史成就，一是"为乐府诗歌从一种具有汉代特色的文学样式，变成超越汉代的时代局限性的一种通代文学样式，作出了意义重大的贡献。这为乐府诗在魏晋以后的生存和发展，奠定了坚实的基础"①；二是"经过曹植的大力创作，非乐府诗这种汉代文坛上偏安一隅的小品种，遂发展壮大为文人用以抒情述志的主流文体之一，历千百年不衰"②。这是颇为准确的。曹植文学具有诸多开创之功，在很多方面预示着文学发展的方向，但并不能因此断言曹植文学对南北朝文学有着同等直接而强有力的影响。

一代有一代之文学，一代亦有一代之诗人，一代亦有一代之审美风尚。南朝梁以后的曹植文学接受情况亦受当时文人好尚的制约。此可从以下材料观之，如：

> 次有轻荡之徒，笑曹、刘为古拙，谓鲍照羲皇上人，谢朓今古独步。③

> 颜延、谢庄，尤为繁密，于时化之。故大明、泰始中，文章殆同书抄。近任昉、王元长等，词不贵奇，竞须新事。尔来作者，浸以成俗。④
>
> （《诗品》）

> 此意锐而才弱也。至为后进士子之所嗟慕。⑤
>
> （《诗品·齐吏部谢朓诗》）

> 晚节转好著诗，欲以倾沈，用事过多，属辞不得流便，自尔都下士子

---

① 徐公持编著《魏晋文学史》，第 90 页。
② 徐公持编著《魏晋文学史》，第 91 页。
③ 钟嵘：《诗品笺注》，曹旭笺注，第 35 页。
④ 钟嵘：《诗品笺注》，曹旭笺注，第 101 页。
⑤ 钟嵘：《诗品笺注》，曹旭笺注，第 180 页。

慕之，转为穿凿。① （《南史·任昉》）

邢子才、魏收俱有重名，时俗准的，以为师匠。邢赏服沈约而轻任昉，魏爱慕任昉而毁沈约，每于谈宴，辞色以之。邺下纷纭，各有朋党。② （《颜氏家训·文章》）

世重其文，每作一篇，朝成暮遍，好事者咸讽诵传写，流闻绝域。③ （《梁书·刘孝绰》）

比见京师文体，懦钝殊常，竞学浮疏，争为阐缓……又时有效谢康乐、裴鸿胪文者，亦颇有惑焉。④ （《与湘东王书》）

父子在东宫，出入禁闼，恩礼莫与比隆。既有盛才，文并绮艳，故世号为徐、庾体焉。当时后进，竞相模范。每有一文，京都莫不传诵。⑤ （《周书·庾信》）

就上述材料看，鲍照、颜延之、谢庄、谢灵运、任昉、沈约、刘孝绰、徐陵、庾信、邢子才、魏收等，莫不成为时人追踪一时的文坛"明星"。即便是"明星"亦有自己所倾心的诗人，如刘孝绰"当时既有重名，无所与让；唯服谢朓，常以谢诗置几案间，动静辄讽味"⑥。萧纲作为宫体诗的提倡者，亦言："至如近世谢朓、沈约之诗，任昉、陆倕之笔，斯实文章之冠冕，述作之楷模。"⑦萧子显《南齐书·文学》言"今之文章，作者虽众，总而为论，略有三体"，一体"出灵运而成也"，一体"斯鲍照之遗烈也"，一体"全借古语，用申今情，崎岖牵引，直为偶说。唯睹事例，顿失清采"⑧。最后一体，萧子显追其根源至傅咸、应璩，事实上此体实乃颜延之对偶用典一派。此亦可见元嘉之体对南朝文人的普遍影响。事实上，除了在文学评论者那里，曹植在南北朝从未像上述文人那样对当世文人有着如此普遍的影响，而若钟嵘之高推曹植，欲以纠正当时的文风，恰恰说明曹植文学在当时接受的冷落。

---

① 李延寿：《南史》卷五九《任昉》，中华书局，1975，第1455页。
② 王利器：《颜氏家训集解（增补本）》，第273页。
③ 姚思廉：《梁书》卷三三《刘孝绰》，第483页。
④ 萧纲：《与湘东王书》，载严可均辑《全梁文》卷一一，第115页。
⑤ 令狐德棻等：《周书》卷四一《庾信》，中华书局，1971，第733页。
⑥ 王利器：《颜氏家训集解（增补本）》，第298页。
⑦ 萧纲：《与湘东王书》，载严可均辑《全梁文》卷一一，第116页。
⑧ 萧子显：《南齐书》卷五二《文学》，中华书局，1972，第908页。

为什么会出现这种情况呢？上面所述还只是就现象而言，下面进一步探讨现象背后的原因。自宋文帝立儒、玄、文、史四学，文学与仕途联系起来，文学的发展方向即与统治者的提倡和受利益驱使的时人的选择有莫大关系。《诗品序》称"五言居文词之要，是众作之有滋味者也，故云会于流俗"①，"今之士俗，斯风炽矣。才能胜衣，甫就小学，必甘心而驰骛焉。于是庸音杂体，各各为容。至于膏腴子弟，耻文不逮，终朝点缀，分夜呻吟"②。出现这种靡然成风的情况，与当局的政策导向和统治者的爱好有密切关系，而并不能仅从时人对诗歌的喜好这一个体化角度去解释。如裴子野《雕虫论》云："宋明帝博好文章，才思朗捷，常读书奏，号称七行俱下，每有祯祥，及幸宴集，辄陈诗展义，且以命朝臣。其戎士武夫，则托请不暇，困于课限，或买以应诏焉。于是天下向风，人自藻饰，雕虫之艺，盛于时矣。"③

颜之推言："自古执笔为文者，何可胜言。然至于宏丽精华，不过数十篇耳。但使不失体裁，辞意可观，便称才士；要须动俗盖世，亦俟河之清乎！"④的确，对于大多数文人而言，要动俗盖世是难以企及的，但能"不失体裁，辞意可观"，是通过模仿学习可以达到的。因此，在利益驱使下，时人必然选择最有影响的诗人，选择最方便、最易见效的诗体来进行模仿。范文澜、蔡美彪等认为："晋末宋初谢灵运颜延之改变诗体，谢创山水诗，颜创对偶诗……颜延之作诗句句用故事，也句句相对偶……对偶与用事是不可分的，没有充足的故事，句子就对不起来，就是对起来，也只能称为'言对'，属于低级的一类。颜谢在宋初并称大家，谢诗比颜诗高，颜诗却比谢诗容易学。学谢诗必须摄取自然界的美，非身临山野，不能有所领会，也就不能学得谢诗的长处；学颜诗只要多读书，多记故事就可以，这是士族人能做的事，因此颜诗远比谢诗盛行。"⑤故有《诗品》所言"颜延、谢庄，尤为繁密，于时化之。故大明、泰始中，文章殆同书抄"。

到了南朝齐末梁初，王融、任昉继承颜、谢诗风，进而影响朝野。《南史·任昉》云："既以文才见知，时人云'任笔沈诗'。昉闻甚以为病。晚节

---

① 钟嵘：《诗品笺注》，曹旭笺注，第23页。
② 钟嵘：《诗品笺注》，曹旭笺注，第32页。
③ 裴子野：《雕虫论》，载严可均辑《全梁文》卷五三，第575页。
④ 王利器：《颜氏家训集解（增补本）》，第257页。
⑤ 范文澜、蔡美彪等：《中国通史》第二册，人民出版社，1994，第522-523页。

转好著诗,欲以倾沈,用事过多,属辞不得流便。"①针对史传此条,傅刚先生颇有慧眼地提出了一个问题:"'沈诗任笔'是世人对沈约、任昉的定评,任昉之不长于诗,在永明年间也是公认的,为什么到了齐末梁初,他突然要写诗,并想以此超过沈约呢?"②他认为这与永明诗风到齐末已开始发生变化有关,这就是使事用典之风的兴盛。这一风气与萧衍对博物博事的喜爱看重密切相关。任昉诗写得并不好,但"自尔都下士子慕之,转为穿凿"③,他掀起了齐末梁初的使事用典之风,其原因在于这是统治者喜好的,且是普通人所能学习模仿的。而梁代普通年间还盛行有以裴子野为代表的古体派诗,裴体盛行,与梁武帝对他的欣赏提倡密切相关,"自是凡诸符檄,皆令草创。子野为文典而速,不尚丽靡之词,其制作多法古,与今文体异,当时或有诋诃者,及其末皆翕然重之"④。直到萧纲入主东宫,提倡宫体诗,天下又翕然向之,从而取代了颜体的影响地位。

由元嘉体到永明体到宫体,南朝文体几变,这固然为文学内部发展动力所促使,但统治者的好尚与导向、文坛领袖人物的倡导、普通文士的趋利心理与从众心理等因素的交互影响是更深层的支配动因。大众的普遍参与、认可,促成了时代审美风尚的转变,从而进一步推动诗体的发展变化。从颜诗之重对偶用事,到永明体之重声律,到宫体"转拘声韵,弥尚丽靡,复逾于往时"⑤,正是众多士子慕而向之,才使得萧子显所谓的"若无新变,不能代雄"⑥的新变意识开花、结果,流风久远。而曹植作品与之相比,也就不免被轻薄之人讥为古拙了。这正是曹植文学接受在南朝宋以后逐渐冷落的重要原因。隋代李谔上书请正文体言魏晋士人"竞骋文华,遂成风俗。江左齐、梁,其弊弥甚,贵贱贤愚,唯矜吟咏。遂复遗理存异,寻虚逐微,竞一韵之奇,争一字之巧。连篇累牍,不出月露之形,积案盈箱,唯是风云之状。世俗以此相高,朝廷据兹擢士"⑦,亦可窥见一斑。

---

① 李延寿:《南史》卷五九《任昉》,第 1455 页。
② 傅刚:《试论梁代天监、普通年间文学思想与创作》,《文学遗产》1998 年第 5 期,第 20 页。
③ 李延寿:《南史》卷五九《任昉》,第 1455 页。
④ 姚思廉:《梁书》卷三〇《裴子野》,第 443 页。
⑤ 姚思廉:《梁书》卷四九《庾肩吾》,第 690 页。
⑥ 萧子显:《南齐书》卷五二《文学》,第 908 页。
⑦ 李谔:《上书正文体》,载严可均辑《全隋文》卷二〇,商务印书馆,1999,第 229 页。

由此可以反思文学接受的问题。根据接受美学理论，接受是读者的接受，但读者的学养、经历、身份、地位等多有不同，尤其在文人依附君主，缺少独立性的背景下，普通读者的接受视野往往受限于个体的趋众与趋利心理，受限于地位、知名度等较高的读者，而即便同是文坛大家，前辈的接受视角对后辈的接受亦会有无形的影响。而且，真正推动某一作家文学接受发展的常常是那些不为时风所拘而深入曹作的大家，他们对曹作的接受往往能和自己的创作紧密结合起来，这在曹植文学于南北朝时的接受上有很明显的表现。因此，以曹植文学的接受言，判定对其接受是否形成一个高潮，不能笼统地以当时作品中有多少投射为判定依据，而要看接受是否深入曹作，是否在接受史的发展演变上有促进作用。

第二节 不同读者对曹植其人的差异性接受[①]

目前对曹植为人的考察，基本为现代视角的阐释，而较少古代读者接受视野的观照。王玫《建安文学接受史论》对此有一定的梳理归纳，但因其研究对象为建安文学整体，所以涉及曹植为人接受的内容非常粗疏，且其主要观照隋唐之后的阐释资料，故对南北朝曹植其人的接受则涉及不多。南北朝曹植其人接受的显性资料不过寥寥几条，但在史书、小说、诗文创作、诗文阐释中则隐含不少对曹植其人接受的内容。综合这些材料，可以发现，与曹魏晋初对曹植其人的评价多受政治视角限制相比，南北朝对曹植其人的接受视野则较为开阔，除公认其为才子外，曹植形象在宗教人士、史学人士、文学人士和儒学人士那里，被不断地重塑或回原，曹植形象因而呈现更为丰富的内涵。而对曹植本人内在精神的不断发现与接受，一定程度上制约着对曹植作品精神内涵与风格特征的发现、挖掘，此期曹植其人接受引发了后世相关的诸多探讨与评论，在曹植接受史上具有原发性意义，故以专篇论之。

[①] 本节部分内容已录入笔者《曹植与其作品的经典化研究》一书，这里对原有内容进行了删减、修改、增添。

一、宗教人士对曹植其人的接受

早在西晋张华、陆机的相关著作中，曹植即已蒙上神秘色彩。① 到了两晋之交，葛洪《抱朴子·论仙》引曹植《释疑论》云：

> 令甘始以药含生鱼，而煮之于沸脂中，其无药者，熟而可食，其衔药者，游戏终日，如在水中也。又以药粉桑以饲蚕，蚕乃到十月不老。又以往年药食鸡雏及新生犬子，皆止不复长。以还白药食白犬，百日毛尽黑。乃知天下之事，不可尽知，而以臆断之，不可任也。但恨不能绝声色，专心以学长生之道耳。②

丁晏曰："此论中述左慈甘始事，与《辨道论》略同，然非《辨道论》之文。"③仔细推究葛洪所引《释疑论》，有多处内容可断言是据曹植《辨道论》杜撰的。

如葛文中所举曹植命令甘始喂鱼、蚕、狗药而发生的神异变化，葛文言乃曹植亲眼所见，但曹植《辨道论》中则言："余尝辟左右，独与之谈，问其所行；温颜以诱之，美辞以导之。始语余……余时问言：'率可试不？'言：'是药去此逾万里，当出塞，始不自行，不能得也。'……始若遭秦始皇、汉武帝，则复为徐市、栾大之徒也！"可见曹植《辨道论》中所载纯为甘始自道，而非曹植亲见。曹植以徐市、栾大之徒并论之，亦见对甘始的神异之谈，不只是怀疑，而是根本否定。此与《释疑论》中曹植相信无疑，并且责备自己的无知武断完全不同。曹植《辨道论》言："本所以集之于魏国者，诚恐（此）〔斯〕人之徒，接奸诡以欺众，行妖（恶）〔慝〕以惑民，故聚而禁之也。岂复欲观神仙于瀛洲，求安期于边海……自家王与太子及余兄弟，咸以为调笑，不信之矣。"可见曹植兄弟对曹操集此流人物于魏的政治目的是了然于心的，他们对虚妄的神仙之说亦持清醒的理性态度。

又，《释疑论》中曹植自言"但恨不能绝声色，专心以学长生之道耳"。

---

① 如陆机《要览》："陈思有鹊，尾杓植而长，置之酒樽，凡王欲劝者呼之，尾则指其人。"参见陆机：《陆机集》，金涛声点校，第186页。张华《博物志》卷七："东阿王有勇士薛丘䜣，过浊渊，使饮马，马沉，䜣朝服拔剑，二日一夜，杀二蛟一龙而出，雷随击之，七日夜，眇其左目。"参见张华：《博物志校证》，范宁校证，中华书局，1980，第85页。
② 王明：《抱朴子内篇校释》，中华书局，1986，第2版，第16页。
③ 曹植：《曹集铨评》，丁晏纂，叶菊生校订，文学古籍刊行社，1957，第204页。

而曹植《辨道论》云:"夫人不食七日则死,而俭乃如是。然不必益寿,可以疗疾,而不惮饥馑焉!左慈善修房(内)〔中〕之术,差可终命。然自非有志至精,莫能行也。"曹植对养生之术还是肯定的,但认为不必益寿,而且若左慈之房中术,亦非常人所能行。另外,曹植在《辨道论》中极言人间声色之美实乃虚幻之神仙世界所不如,"何(以)〔必〕甘无味之味,听无声之乐,观无采之色(也)〔乎〕",表达了对人世声色之乐的肯定。与《释疑论》所言"恨不能绝声色,专心以学长生之道耳"有根本性不同。

通过上述比较,可见葛洪通过对曹植之文的篡改,把曹植改造成一个亲见道术之奇,从而改变怀疑态度,对长生之道心生向往的亲道人士。葛洪在文章结尾评论道:"彼二曹学则无书不览,才则一代之英,然初皆谓无,而晚年乃有穷理尽性,其叹息如此。"①更进一步把曹植写成"穷理尽性"的人物,大大拉近了曹植与神仙道家的距离。葛洪《释疑论》对曹植观点、形象的改变,固然有曹植《辨道论》作为依据,但亦与曹植诗作中游仙养生的内容有关。如曹诗言:"晨游太山,雨雾窈窕。忽逢二童,颜色鲜好。……我知真人,长跪问道。"(《飞龙篇》)又如:"桂之树,得道之真人咸来会讲,仙教尔服食日精。要道甚省不烦,淡泊、无为、自然。"(《桂之树行》)另外,葛洪从祖乃三国方士葛玄,葛玄曾师从左慈学道。《抱朴子·金丹》言:"昔左元放于天柱山中精思,而神人授之金丹仙经,会汉末乱,不遑合作,而避地来渡江东,志欲投名山以修斯道。余从祖仙公,又从元放受之。"②仙公,指葛玄。元放为左慈字。而葛洪又从葛玄弟子郑隐学道求仙。故葛洪有可能听闻左慈与曹氏父子事,这对他改变曹植形象以宣扬道教理论亦有影响。又,东晋王氏父子、顾恺之等对曹植《洛神赋》的艺术转换,因为王、顾的天师道信仰背景,曹植与道教的关系似又推进了一步。

到了东晋末年,曹植鱼山感应制梵呗的事情可能已经流传,此传说最早的完整记录见于南朝宋刘敬叔的《异苑》。陈寅恪先生认为:"其为依托之传说,不俟详辨。此传说之记载,寅恪所知者有二:一出刘敬叔之《异苑》(在今本卷五中),一出刘义庆之《宣验记》。(见唐湛然法华文句记五所引,但湛然误以刘义庆为梁人。)二人皆晋末宋初人,是此传说东晋之末必已流

---

① 王明:《抱朴子内篇校释》,第16页。
② 王明:《抱朴子内篇校释》,第71页。

行无疑。"①此传说应本于《三国志》曹植传,陈寿在写曹植逝世遗令之后,追溯道:"初,植登鱼山,临东阿,喟然有终焉之心,遂营为墓。"②

据史,黄初七年(公元226年)夏曹丕崩,太和三年(公元229年)曹植徙封东阿,太和六年(公元232年)十一月发疾薨。曹丕大曹植五岁,曹植登鱼山应在太和三年至六年之间,距离曹丕死去约三年至六年间,曹植此时在年龄上基本上接近曹丕死去的岁数。又,曹植经黄初太和十一年,其间三徙其都,抱利器而无所施,怀忠诚而招谤致疑,一生才华无所用处,建功立业之想永无实现之机,而又忧怀曹魏亲异姓而疏公族的隐患,加之他"精意著作,食饮损减,得反胃病也"③,身体是极其瘦弱的,曹叡亦曾言"见王瘦,吾甚惊"④。以上种种,使得曹植面对鱼山之茂林深水时的喟叹里充满了无限感慨,疲惫不堪的心灵亦不免有归焉之意。陈寿的补叙有力地暗示了曹植一生流荡失意、汲汲无欢的悲剧命运,但其语言表述的空白遂为后世挖掘附会。如南朝梁《殷芸小说》卷五:

> 中华佛法,虽始于汉明帝,然经偈故是胡音。陈思王登渔山,临东阿,闻岩岫有诵经声,清婉遒亮,远谷流响,肃然有灵气,不觉敛襟祗敬,便有终焉之志。诸曹解音,以为妙唱之极,即善则之,今梵呗皆植依拟所造也。植亡,乃葬此土。⑤

"便有终焉之志"显然化自曹植传"喟然有终焉之心"句,"植亡,乃葬此土"则化自"遂营为墓"句。此段敷演了曹植传"喟然"背后的空白,而与曹植传中"喟然"一词所含有的对一生万端无言的感慨不同,《殷芸小说》言曹植"便有终焉之志"是基于他对岩岫诵经声的聆听感悟而来的,它更像是显示疲惫不堪的曹植的宗教归属选择,与欲葬身于此似乎并不相干。

曹植先是被道教利用,后又被佛教利用,他成为中华梵呗的创始人,并

---

① 陈寅恪:《四声三问》,载陈寅恪:《陈寅恪集·金明馆丛稿初编》,生活·读书·新知三联书店,2015,第3版,第378-379页。
② 陈寿:《三国志》卷一九《魏书·陈思王植》,第576页。
③ 《太平御览》卷三七六引《魏略》,载李昉编纂《太平御览》第四卷,夏剑钦、张意民校点,河北教育出版社,1994,第151页。
④ 曹叡:《与陈王植手诏》,载严可均辑《全三国文》卷九,第93页。
⑤ 殷芸:《殷芸小说》卷五,王根林校点,载上海古籍出版社本社编《汉魏六朝笔记小说大观》,王根林、黄益元、曹光甫校点,第1035页。

最终在初唐成为一个虔诚的佛教徒,曹植形象由西晋开始的神秘化逐渐道教化、佛教化。鱼山梵呗传说的真实与否至今未有定论,王小盾、金溪的《鱼山梵呗传说考辨》《鱼山梵呗传说的道教背景》分别探讨曹植与佛教、道教的关系,揭示鱼山梵呗传说的历史内涵和发生原理,"综合各种资料可知,鱼山梵呗传说是经过四个步骤而得以定型的:首先是史实描写,其次是在史实之上附加神异情节,再次是被赋予道教色彩,最后是被改造成佛教的灵验记或音乐神话"①。与之相应的是,鱼山梵呗传说有"刘宋系统""齐梁系统""唐宋系统"等三大系统,"这三个系统的传说其实都具有现实意义,或者说产生于某种现实需要。比如上文说道:齐梁系统的传说是为烘托'经呗新声'等南齐宗教活动而产生出来的。同样,唐宋人之所以主要继承刘宋系统,乃因为到唐宋之时,舆论需要发生了改变,曹植制呗故事需要可信度来支撑其权威性,齐梁传说系统的虚夸部分于是被剔除"②。王小盾、金溪变对各种传说记录真伪的考察为对这些记录成因的考察,从而在曹植制呗传说研究上取得了新的进展。张振龙先生考察曹植生活、活动的主要区域与其时佛教的主要传播地域,发现二者的重合度和一致性较高,主要集中在许昌、洛阳和鄄城、东阿等地,这一发现为曹植接受佛教影响提供了地域上的参考,亦为进一步理解曹植"鱼山梵呗"提供了地域佐证。③ 在曹植与佛教、梵呗的关系问题上,张先生从地域因素考虑,别开视角,将此问题的研究又向前推进了一步。

不过,曹植形象的宗教化主要存在于志异小说以及佛教的记录中,但至少在整个南北朝时期,它竟然没有折射到文学创作中,这或许说明,南北朝时期的文人们并不认可这样的形象(或者并不相信这样的传说)。就文人们的沉默看,鱼山制呗就有相当的虚拟性。其实无论是道教还是佛教,其借助于曹植以长声势,不仅是因为他的王子身份、他对音乐的精通、他卓越的文学成就等,还因为他的苦难人生。曹植终生无法摆脱的痛苦,佛教徒们通过赋予他与佛教的关系,从而为其痛苦的人生找到了解脱之道。对于曹植这样终生汲汲无欢的王子而言,如果连他都投入佛陀的怀抱来寻求生命的

---

① 王小盾、金溪:《鱼山梵呗传说的道教背景》,《中国文化》2012 年第 2 期,第 135 页。
② 王小盾、金溪:《鱼山梵呗传说的道教背景》,《中国文化》2012 年第 2 期,第 136 页。
③ 张振龙:《曹植创制"鱼山梵呗"传说的地域因素》,《世界宗教研究》2021 年第 4 期。

解脱,那么凡夫俗子还有什么可说的呢？此或为曹植形象宗教化的另一意义。

二、历史学家对曹植其人的接受

南朝宋文帝元嘉三年(公元426年),文帝以陈寿《三国志》失于简略,使裴松之注《三国志》,"松之鸠集传记,增广异闻","上善之,曰：'此为不朽矣。'"① 裴松之注《三国志》,其中有关曹植的注在曹植接受史上有重要意义。一方面,如果不是裴注,后世面对陈寿《三国志》的简要叙述,就无法对曹植进行全面深入的了解;另一方面,裴松之曾批评卫臻孙卫权作左思《吴都赋》叙及注曰："叙粗有文辞,至于为注,了无所发明,直为尘秽纸墨,不合传写也。"②这就表明他注以发明己见的观点。裴注寓论评于注释之中,据此可以推见他对曹植的态度。

裴松之对曹植传的注,与曹彰传、文帝纪、明帝纪及荀彧传、杨俊传、邯郸淳传、吴质传、贾诩传等文中相关注释相互补充生发,较立体地展现了太子之争的具体过程及其后果、影响,为解读《三国志》中简略而时又矛盾的记叙提供了充分的材料。综合这些注释,可以看到太子之争并未随着太子的确立而终结,而是一直持续到曹丕继位诛杀二丁等曹植党羽。两兄弟之争实际牵涉到曹魏内部不同政治力量的斗争与平衡,这一斗争的最坏影响还不是对曹植的无情压制,而是它加剧了曹丕与宗室的心灵隔膜,很大程度上促使他采取了疏公族而亲异姓的政治策略,这一策略最终导致了曹魏的覆灭。裴松之引孙盛言："汉初之封,或权侔人主,虽云不度,时势然也。魏氏诸侯,陋同匹夫,虽惩七国,矫枉过也。且魏之代汉,非积德之由,风泽既微,六合未一,而雕剪枝干,委权异族,势同瘣木,危若巢幕,不嗣忽诸,非天丧也。"③指出曹魏科禁诸侯的政策虽有鉴于前史,但世易时移,曹魏的政治形势与汉初迥然有别,而当时三国鼎立的情势与汉初的大一统亦有根本不同。对于曹魏不顾形势地雕剪枝干,孙盛并没有指出原因何在,但若联系裴注关于丕、植之争的诸多内容,即可见此与曹丕基于太子之争而产生的心灵

---

① 沈约:《宋书》卷六四《裴松之》,第1701页。
② 陈寿:《三国志》卷二二《魏书·卫臻》裴松之案旧事及《傅咸集》,第649页。
③ 陈寿:《三国志》卷一九《魏书·陈思王植》,第576–577页。

阴影颇有关系。裴松之《上三国志注表》中言："臣闻智周则万理自宾,鉴远则物无遗照……将以总括前踪,贻诲来世。"①此可见其以史为鉴之史学批评观点。因此,他对丕、植之争的注释着眼点不在这一王室操戈的悲剧,而在曹魏继承人问题及对待宗室的问题对后世统治者的启发借鉴意义,体现出一位史家的宏阔视野与理性判断,他在注中对曹植的态度即基于此视野与判断。

如《武宣卞皇后》注引《魏书》曰:

> 后以国用不足,减损御食,诸金银器物皆去之。东阿王植,太后少子,最爱之。后植犯法,为有司所奏,文帝令太后弟子奉车都尉兰持公卿议白太后,太后曰:"不意此儿所作如是,汝还语帝,不可以我故坏国法。"及自见帝,不以为言。
>
> 臣松之案:文帝梦磨钱,欲使文灭而更愈明,以问周宣。宣答曰:"此陛下家事,虽意欲尔,而太后不听。"则太后用意,不得如此书所言也。②

裴松之引《三国志·周宣》中相关事例驳斥《魏书》观点,实以指文帝有杀弟之心,但正因太后阻挡,曹植方免于难。

再如《三国志·魏书·陈思王植》记:

> 黄初二年,监国谒者灌均希指,奏"植醉酒悖慢,劫胁使者"。有司请治罪,帝以太后故,贬爵安乡侯。③

陈寿所记前因后果比较明确,似乎无须再注,但裴松之却于此引《魏书》注曰:

> 植,朕之同母弟。朕于天下无所不容,而况植乎?骨肉之亲,舍而不诛,其改封植。④

陈寿所记,一是"灌均希指",可见对曹植应有诬陷之意;一是"帝以太后故,贬爵安乡侯",可见太后庇护曹植对曹丕的影响。但注中却是曹丕称自己无所不容,包容了曹植的罪过,只对他贬爵而已。两相对照,即可看出

---

① 严可均辑《全宋文》卷一七,第153-154页。
② 陈寿:《三国志》卷五《魏书·武宣卞皇后》,第157页。
③ 陈寿:《三国志》卷一九《魏书·陈思王植》,第561页。
④ 陈寿:《三国志》卷一九《魏书·陈思王植》,第562页。

曹丕实以诬陷为实而坐曹植之罪,实乃欲加之罪,何患无辞!而"改封植"已经是贬爵的惩处了,他却称自己念骨肉之情,曹丕虚伪冷苛之性油然而出,而裴松之对曹植的同情与对曹丕的批判则隐然其中了。

不过,裴注曹植最可注意者是他注引曹植的诗文。① 其中,除"吁嗟此转蓬"与《文帝诔》属裴松之直接注,似引自曹植集,其他篇目均转引他书。让人深思的是,即根据曹植集子的整理流传情况看,上书所转引作品在流传的曹植集中应该也有,它们不可能是单篇流传的,比如晋代傅玄、陆机、陶渊明等,都有化用《赠白马王彪》中的诗句,王微《报何偃书》言"尚独愧笑扬子之褒赡,犹耻辞赋为君子"②亦化自《与杨德祖书》,但裴注却从《魏纪》《典略》《魏氏春秋》《魏略》中转引全文,这是为什么呢? 或许因为上述著作基本上是魏晋人士的历史专著,从这些史书中转载,一方面表现了与前人相承一致的观点;另一方面把曹植作品置于特定的历史语境中,可以看出曹植作品的政治背景或者是政治意图,这其实也是一种对曹植及其作品的解读角度。

比如裴注全文引用了《登台赋》,这应该是有深意的。《三国志》对此的记录是"植援笔立成,可观,太祖甚异之"③。阴澹《魏纪》亦言:"太祖深异之。"④裴松之注引此文,就是看到了此文在曹植人生转变上所起的作用,它是曹冲死后,曹植从曹操诸子中脱颖而出的一个关键因素。

又如裴注曹植传"太祖既虑终始之变,以杨修颇有才策,而又袁氏之甥也,于是以罪诛修。植益内不自安"句,全文注引鱼豢《典略》所引曹植《与杨德祖书》,《典略》曰:"是时,军国多事,修总知外内,事皆称意。自魏太子已下,并争与交好。又是时临菑侯植以才捷爱幸,来意投修,数与修书,书曰……"⑤《与杨德祖书》写于建安二十一年(公元 216 年),正是太子之争的白热化阶段。据《典略》的叙述背景看,《与杨德祖书》绝非一平常交流文

---

① 裴注全文引注曹植诗文如下:引阴澹《魏纪》载《登台赋》,《典略》载《与杨德祖书》,《魏氏春秋》载《赠白马王彪》,《魏略》载谏止士息,曹植琴瑟调歌"吁嗟此转蓬",曹植《文帝诔》,等等,包括赋、诗、书、表、诔、乐府等文体。
② 严可均辑《全宋文》卷一九,第 177 页。
③ 陈寿:《三国志》卷一九《魏书·陈思王植》,第 557 页。
④ 陈寿:《三国志》卷一九《魏书·陈思王植》,第 558 页。
⑤ 陈寿:《三国志》卷一九《魏书·陈思王植》,第 558 页。

学观念的书信,而是带有明确的政治目的。裴注引《典略》来注太祖之杀杨修,也就意味着他对《与杨德祖书》的理解是从政治角度着眼,而非学界历来多从文学评论角度的解说。事实上,从裴注所引角度看,曹植与杨修的来往信、曹丕《论文》的写作、曹丕与吴质的来往书信,其实都不能纯粹论之,而必须考虑他们写作的政治背景与政治目的。

裴注曹植传最有意味者,是对《魏略》所载曹植谏止士息一文的引用,它是对《三国志》全文引用《陈审举表》的注。《陈审举表》中言"被鸿胪所下发士息书,期会甚急"①,只此一句提及"士息"一词,全文重在表达自己愿为国尽忠,希望得到任用机会,并指出曹魏疏公族亲异姓政策之危险后果,希望能起用宗族人士。所以裴注之注引《魏略》所载《谏止士息表》,实在是以曹植自道的切身情况来注曹魏疏公族的根源与具体表现。曹植以"君臣相信"不惧"构会之徒"入笔,从"君之信臣""臣之信君"两个角度举例论证古之明君贤臣的和谐关系,下文则写自己虽"名为魏东藩,使屏翰王室",但国内兵士且少,已有士息被多次征发,只剩下老弱病残,其实际在说曹魏统治者对宗室不信任,这是曹魏防范公族之深层原因,而防范、压制宗族的力量,其实也就从根本上消除了公族保卫王室的能力。曹植《谏止士息表》中的苦笑、无奈、悲愤与忧虑与其《陈审举表》中的心情、思想等相映衬,这也说明,对曹植这几个表应联系起来看,而不能孤立分析。

又,裴松之在《文帝纪》末注文帝殡葬,注引曹植《文帝诔》,也是意味深长的。刘勰批评《文帝诔》曰:"文皇诔末,〔旨〕百言自陈,其乖甚矣。"②但正是这种乖体,"奏斯文以写思兮,结翰墨以敷诚"(《文帝诔》),表达了曹植深具骨肉之情的真诚哀伤。曹丕兄弟四人,至曹丕死去,存世者唯曹植一人,曹植"心孤绝而靡告兮,纷流涕而交颈……慨拊心而自悼兮,惧施重而命轻……独郁伊而莫告兮,追顾景而怜形"(《文帝诔》),是真实情形,亦是其真实感受。而此与曹丕对其一贯的冷酷相对比,裴注所隐含的个体感情淋然纸上。

总之,对于于何处作注,引用何文作注,裴松之显然是慎重深思的,正如他所谓作注要有发明一样,以其对曹植的作注言,在看似冷静旁观的作注

---

① 陈寿:《三国志》卷一九《魏书·陈思王植》,第573页。
② 周振甫:《文心雕龙今译(附词语简释)》,第110页。

里,实际上深含他对曹植其人及其作品的深入把握。

三、文学士子对曹植其人的接受

如果说裴注所展现的曹植还是较立体的形象,到了《世说新语》,两则相关的材料则使曹植彻底成为一位被迫害的才王形象。如:

> 文帝尝令东阿王七步中作诗,不成者行大法。应声便为诗曰:"煮豆持作羹,漉菽以为汁。萁在釜下然,豆在釜中泣。本自同根生,相煎何太急?"帝深有惭色。①(《文学》第四)

> 魏文帝忌弟任城王骁壮。因在卞太后阁共围棋,并啖枣,文帝以毒置诸枣蒂中。自选可食者而进,王弗悟,遂杂进之。既中毒,太后索水救之。帝预敕左右毁瓶罐,太后徒跣趋井,无以汲。须臾,遂卒。复欲害东阿,太后曰:"汝已杀我任城,不得复杀我东阿。"②(《尤悔》第三十三)

清宝香山人言:"《世说新语》亦《齐谐》之余,小说之祖,因此诗同根相煎,似对其兄语,以七步附会之耳。"③宋战利考究七步诗源流,从《曹植集》的版本流传以及用历史场景与创作场景互证的方式证明此诗乃托名之作,它的产生与刘宋统治者的反曹之风有关。④ 七步诗表意过于露骨,与曹植黄初时的作品相比,风格手法上毫无相同之处。但此诗内容应受曹植《杂诗六首》其二、《吁嗟篇》影响,曹诗"转蓬离本根""长去本根逝""糜灭岂不痛?愿与(株)〔根〕荄连",这种对"本根"的痛苦眷念,应为七步诗伪托者所依据。

《尤悔》中所记一则其伪造更为明显,太后言"汝已杀我任城,不得复杀我东阿"。考曹植于明帝太和三年(公元229年)徙封东阿,《尤悔》所记则是黄初四年(公元223年)诸侯朝京事,时间上出入太大。但此材料并非空穴来风,刘孝标注此条引《魏志·方伎传》周宣事,说明文帝杀曹植之心是有的。

---

① 余嘉锡:《世说新语笺疏》,周祖谟、余淑宜整理,第244页。
② 余嘉锡:《世说新语笺疏》,周祖谟、余淑宜整理,第895页。
③ 河北师范学院中文系古典文学教研组《三曹资料汇编》,第163页。
④ 宋战利:《〈七步诗〉托名曹植考》,《河南大学学报(社会科学版)》2009年第6期。

这两则材料均见曹丕杀弟逼弟之无情残酷。再联系《贤媛》第十九："魏武帝崩,文帝悉取武帝宫人自侍。及帝病困,卞后出看疾。太后入户,见直侍并是昔日所爱幸者。太后问:'何时来邪?'云:'正伏魄时过。'因不复前而叹曰:'狗鼠不食汝余,死故应尔!'至山陵,亦竟不临。"①曹丕简直就是不忠不孝不友爱之徒。可以说,《世说新语》中曹植形象的塑造基于对曹丕的丑化,其与对曹操的丑化相呼应,折射出刘宋的反曹意识。

然而,七步诗之传说在之前的文学作品中没有反映,在之后的文学作品中亦很少有相关回应。仅有的几则材料,如陆厥《与沈约书》"杨修敏捷,《暑赋》弥日不献。率意寡尤,则事促乎一日,翳翳愈伏,而理赊于七步"②,任昉《齐竟陵文宣王行状》"陈思见称于七步"③,萧统《锦带书十二月启》"敬想足下,声闻九皋,诗成七步"④。而且,在这些化用中,七步诗所含有的悲剧性已经消除,成为对曹植之才的称誉之辞。事实上,不仅七步之典很少见于南北朝文学作品中,就是丕、植之争也没有反映到文学作品中。其原因或在于,相比于南朝宫廷同室操戈的残酷无情,曹丕对曹植实在是温和至极。不过,相比于文学界的沉默,史书中倒是对此有所折射,如北魏孝文帝以丕植事来映衬自己对元勰的"以道德相亲",并有不七步而赋诗之事⑤,但他们是以丕植事来衬托自我,对曹植并无明显的同情与企慕。

总之,《世说新语》通过抑丕丑丕的方式间接表达了对曹植遭遇的同情,塑造了一位惨遭亲兄弟迫害的才王形象,它对曹植的接受带有更多的政治色彩。

其后,谢灵运通过拟曹植诗,表达了对曹植诗文及其人的同情与理解,这要比《世说新语》简单化的伪托故事要深刻得多。由于体例与政治倾向的限制,《世说新语》对曹植的处境与心理缺少正面叙说,曹植形象处于被动的陈述地位,曹植形象被简单平面化了,此与谢灵运之深入曹植的心灵世界无法相比。在曹植接受史上,谢灵运第一次以文学为媒介,深入走进曹植的灵魂世界,从而改变了先前文史论中曹植的形象。灵运以代言方式的拟

---

① 余嘉锡:《世说新语笺疏》,周祖谟、余淑宜整理,第669页。
② 严可均辑《全齐文》卷二四,第250页。
③ 严可均辑《全梁文》卷四四,第468页。
④ 严可均辑《全梁文》卷一九,第212页。
⑤ 魏收:《魏书》卷二一下《彭城王勰》,中华书局,1974,第573页。

曹之作直接影响到谢庄《月赋》的创作,《月赋》塑造了沉痛于友人之逝的陈思形象,深情委婉,不仅见曹植深沉真挚的情谊,更见其孤危处境的忧伤。虽然谢庄的模拟角度与谢灵运有所不同,但他们对曹植的忧生之嗟皆有入骨的体会,二谢均借曹植以寄寓心声。二谢的写法又影响到江淹对曹诗的模拟,他塑造了重视人才、珍视友情、关心国事、心胸开阔、雍容儒雅的曹植形象,这一形象折射出江淹对友情的珍视以及对君臣遇合的渴望。谢灵运、谢庄、江淹等把曹植前期诗歌的形式与后期诗歌的个体心灵对话融合在一起,从不同角度触摸到曹植及其作品中的深沉层面。而梁代萧绎又通过对曹植文、论的摘录挖掘出曹植文与人所含有的儒者精神,来委婉地表达自己的功业理想,在南朝齐、梁、陈时期,这种发现是令人诧异的。在对曹植形象普遍风流狭隘化的背景下,萧绎对曹植的独特接受显然与其儒学修为及政治功业理想相关。像谢灵运、谢庄、江淹、萧绎等如此深入曹植内心及命运遭遇的并不多见,尽管他们也只是执曹植之一面,但较之先前只看重曹植的文采,或者以曹植为放荡不节言,他们对曹植为人精神的挖掘对后人对曹植文所蕴含的丰富内涵的接受有着深远影响。

而与他们的接受不同的是,在南朝梁、陈及北朝文人们的诗文中,曹植更多地成了风流游乐的符号化人物。蒋寅《主题史和心态史上的曹植》言:"沿着历史时代回溯,我发现对青春主题的全面书写,竟然要到曹植才开始,其标志就是他的作品中出现了最早的描绘少年游乐的作品。"①这些作品包括《酒赋》《箜篌引》《斗鸡》《送应氏》《赠丁廙》等。南朝梁、陈及北朝的不少诗作对曹植开辟的这一主题写作多有继承,而且,他们不仅规模曹作,还把曹植直接写进作品中,使其成为游乐的主体。如张正见《置酒高殿上》,由曹植《箜篌引》首句生发而来,其诗云:

> 陈王开甲第,粉壁丽椒涂。高窗侍玉女,飞阁敞金铺。名香散绮幕,石砚雕金炉。清醪称玉馈,浮蚁擅苍梧。邹严恒接武,申白日相趋。容与升阶玉,差池曳履珠。千金一巧笑,百万两鬟姝。赵姬未鼓瑟,齐客罢吹竽。歌喧桃与李,琴挑凤将雏。魏君惭举白,晋主愧投壶。风云

---

① 蒋寅:《主题史和心态史上的曹植》,《西北大学学报(哲学社会科学版)》2010年第1期,第8页。

更代序,人事有荣枯。长卿病消渴,壁立还成都。①

该诗前面极力铺写宴会的奢华,下抒发人事沧桑之感,和曹作思路一致。但他前半部分以曹植为主体形象,写其甲第之豪贵、美酒之清贵、玉女之富丽、琴歌之动情等,这一形象且不说与曹植虽名为王而陋同匹夫的实际状况不符,即使同曹作《箜篌引》中的描写相比,亦有颇大差异。

而卢思道的《城南隅宴》,由曹作《赠丁廙》变化而来,其诗云:

城南气初新,才王邀故人。轻盈云映日,流乱鸟啼春。花飞北寺道,弦散南漳滨。舞动淮南袖,歌扬齐后尘。骈镳歇夜马,接轸限归轮。公孙饮弥月,平原宴浃旬。即是消声地,何须远避秦。②

卢诗融入景物描写,笔调清丽,但只是突写弥月浃旬的故旧欢宴沉饮,曹作中"大国多良材,譬海出明珠"的慷慨之气荡然无存。

另外,南北朝时期,庾肩吾、庾信父子诗文中对曹植的接受颇引人注意。如庾肩吾诗中多次提到曹植,如"副君德将圣,陈王才揆天。归来宴平乐,置酒对林泉"③;"陈王骖驾反,副后西园游。并命登飞阁,列坐对芳洲"④;"陈王从游士,高宴入承华。并载同连璧,雕文类简沙"⑤;"陈王擅书府,河间富典坟。五车方累箧,七阁自连云"⑥;等等。庾肩吾涉及曹植的诗写于南朝梁,往往是"副君""陈王"并提。萧纲《与湘东王书》曰:"文章未坠,必有英绝领袖之者,非弟而谁!每欲论之,无可与语,思吾子建,一共商榷。"⑦其以文坛领袖自居,欲得湘东王相助之意甚为清楚,是以自比曹丕,而以子建比湘东王。所以庾肩吾诗中,陈王自是指代湘东王,他借陈王与副君相和相从的谐和关系,称誉萧纲、萧绎的融洽关系。因此,庾肩吾的诗,消解了历史上曹植与曹丕的紧张关系,他依据曹植《公宴》和刘桢《公宴诗》等,重写了陈王与副君及文学士子间诗赋宴饮的愉悦生活,庾肩吾个人的知遇之感亦充

---

① 逯钦立辑校《先秦汉魏晋南北朝诗》陈诗卷二,第 2473 页。
② 逯钦立辑校《先秦汉魏晋南北朝诗》隋诗卷一,第 2630 页。
③ 庾肩吾:《侍宴宣猷堂应令诗》,载逯钦立辑校《先秦汉魏晋南北朝诗》梁诗卷二三,第 1983 页。
④ 庾肩吾:《侍宣猷堂宴湘东王应令诗》,载逯钦立辑校《先秦汉魏晋南北朝诗》梁诗卷二三,第 1984 页。
⑤ 庾肩吾:《侍宴饯湘东王应令诗》,载逯钦立辑校《先秦汉魏晋南北朝诗》梁诗卷二三,第 1994 页。
⑥ 庾肩吾:《和刘明府观湘东王书诗》,载逯钦立辑校《先秦汉魏晋南北朝诗》梁诗卷二三,第 1991 页。
⑦ 严可均辑《全梁文》卷一一,第 116 页。

溢于文字之间。《周书·庾信》："父子在东宫，出入禁闼，恩礼莫与比隆。"①作为萧纲文学集团的关键人物，庾肩吾颇受重用，此与建安时刘桢等人之文学侍从式的待遇自是不同。之后，其子庾信入北后，也有类似的化用，如"无因同子淑，暂得侍临淄"②（《上益州上柱国赵王二首》），"玉节调笙管，金船代酒卮。若论曹子建，天人本共知"③（《北园新斋成应赵王教》），"临淄迎子礼，中散就安丰"④（《和乐仪同苦热》），等等，可谓一脉相承。

庾肩吾也有触及曹植悲苦的一面，如其《过建章故台诗》云：

鲁国观遗殿，韩城想旧台。仲宣原隰满，子建悲风来。夏莲犹反植，秋窗尚左开。图云仍溜雨，画水即生苔。及君叹四望，知余念七哀。⑤

风景依旧，山河改目，四望之下，方有七哀之感，其中"子建悲风来"化自曹植"高台多悲风，朝日照北林"（《杂诗六首》其一）一诗，一句而含有曹植整首诗的情感。这是现存庾肩吾诗中唯一一首触及曹植悲苦之情的诗作。

庾肩吾诗中多用曹植典故的写法亦影响到了庾信。庾信早期诗歌中多有化用曹植诗句处，其出使东魏时有《经陈思王墓诗》：

公子独忧生，丘垄擅余名。采樵枯树尽，犁田荒隧平。宁追宴平乐，讵想谒承明。旦余来锡命，兼言事结成。飘摇河朔远，飑飙飓风鸣。雁与云俱阵，沙将蓬共惊。枯桑落古社，寒鸟归孤城。陇水哀葭曲，渔阳惨鼓声。离家来远客，安得不伤情。⑥

"公子独忧生"，承谢灵运"公子不及世事，但美遨游；然颇有忧生之嗟"的评语而来。"宁追宴平乐，讵想谒承明"分别化自曹诗《名都篇》"我归宴平乐"句，和《赠白马王彪》"谒帝承明庐"句。诗歌由陈思墓引发感慨，既而

---

① 令狐德棻等：《周书》卷四一《庾信》，第733页。
② 庾信：《庾子山集注》，倪璠注，许逸民校点，第187页。
③ 庾信：《庾子山集注》，倪璠注，许逸民校点，第271页。
④ 庾信：《庾子山集注》，倪璠注，许逸民校点，第300页。
⑤ 逯钦立辑校《先秦汉魏晋南北朝诗》梁诗卷二三，第1991页。
⑥ 《庾子山集注》没有收入此诗。逯钦立先生录入庾肩吾诗中，但注明该诗应为庾信所作。见逯钦立辑校《先秦汉魏晋南北朝诗》梁诗卷二三，第1990页。

点出自己因事而经过此地,然后把目光放远到河朔深秋的荒凉风光上。此悲凉、孤寂、凄寒之景与曹植的悲惨人生相呼应,表现了作者对曹植的深切同情以及时光变幻、远客异地的伤感。不过,整体而言,《经陈思王墓诗》对于曹植的认识还在前人或时人的认知观念里。他只有在经历了家破国亡之后,对陈思方能有更深刻的体认,如其《伤心赋》序云:"至若曹子建、王仲宣、傅长虞、应德琏、刘韬之母、任延之亲,书翰伤切,文辞哀痛,千悲万恨,何可胜言?"①深刻体认到曹植诗文中的哀痛悲恨之情,可谓对"公子独忧生"的深化认识。

四、儒学人士对曹植其人的接受

早在建安时,杨修就称赞曹植"体发、旦之资,有圣善之教……"②,丁廙亦称其"天性仁孝,发于自然"③。这当然有不少虚夸的成分,但此后直到梁元帝挖掘出曹植的儒者之义,中间相当长的时间,对曹植的道德关注是缺失的。南朝梁、陈诗文中又多把曹植塑造成一位风流游乐不及世事的贵公子,而北朝则不免有对曹植的批评之辞。郦道元《水经注》:"曹子建尝行御街,犯门禁,以此见薄。"④此虽只是客观注释,但引此材料,可见关于曹植任性胡为之事已成后世公认之事实,并把他政治命运的转变与此联系起来。《颜氏家训·文学》"然而自古文人,多陷轻薄……吴质诋忤乡里;曹植悖慢犯法"⑤,进一步指出曹植遭遇的原因在于其"悖慢",即认为曹植悲剧命运的根源在于他自身轻薄、不够矜重。颜之推的观点具有普遍性,此从王通言论中亦可见其一二,如王通言"人谓不密吾不信也"⑥,说明当时有不少人认为曹植政治上过于粗疏,这不仅指他悖慢犯法,亦指其于政治竞争中缺少机心与严谨。北朝对曹植其人的论说虽少,但和南朝多称其才华、风流,甚至把他与其诗文中的形象混同相比,南北学风之差异可见一斑。"这大约和南朝

---

① 庾信:《庾子山集注》,倪璠注,许逸民校点,第56页。
② 杨修:《答临淄侯笺》,载严可均辑《全后汉文》卷五一,第528页。
③ 陈寿:《三国志》卷一九《魏书·陈思王植》裴注引《魏略》,第562页。
④ 郦道元原注《水经注》,陈桥驿注释,浙江古籍出版社,2001,第264页。
⑤ 王利器:《颜氏家训集解(增补本)》,第237页。
⑥ 《文中子中说译注》,郑春颖译注,黑龙江人民出版社,2003,第142页。

崇尚玄学,有蔑弃礼法的一面,北朝崇儒术,对礼特别重视之故"①相关。

当然,颜之推是由南入北的,他对曹植为人的批评迥异于南朝文士,一方面基于他的儒家观念,如"吾家风教,素为整密"②,"颜氏之先,本乎邹、鲁,或分入齐,世以儒雅为业,遍在书记。……吾既羸薄,仰惟前代,故置心于此"③。从他素膺儒学、规行矩步的修养来看,他对曹植的任性行为肯定是持批评态度的。另外,他对曹植等人轻薄行为的批评亦和他身历乱世、三为亡国之人、数遭亡命之险的沉痛经历密切相关,实欲以前人为鉴,寄望子孙,"希望他们能遵循儒家的伦理道德规范,以求在社会上立身处世而不致倾覆……能懂得现实社会中的利害关系,从而在乱世中得以全身免祸"④。不过,尽管颜之推指责曹植行为轻薄,但在《颜氏家训》中他多处引证曹植诗文以训诂释意,可见他对曹作的熟悉。如言"江南文制,欲人弹射,知有病累,随即改之,陈王得之于丁廙也。山东风俗,不通击难。吾初入邺,遂尝以此忤人,至今为悔;汝曹必无轻议也"⑤。他以切身经历告诫子孙不要轻议人文,而其中对陈思以王者之尊而欲人弹射其文的宽阔心胸与求知之意颇为赏叹,尤其放在南北对比的背景下,更可见此态度之难能可贵。南朝陆厥、沈约论宫商之事曾提及此事,但并非从文士的道德修养角度言之,颜之推重视曹植不惮人讥弹仍与其儒者修养有关。颜之推在《颜氏家训》中多次引用曹植的文章,无独有偶,颜之推在北齐武平年间,加入文林馆,编纂《御览》,当时参与者如李德林、薛道衡、卢思道、萧悫、辛德源等人,其诗文中对曹作均有引用或化用,此或亦有一种团体间相互影响的关系。⑥

《颜氏家训》盖作于隋灭陈、隋炀帝继位之前。而隋文帝开皇十三年(公元593年)的《陈思王庙碑》则对曹植颇多赞美之词,这来自官方的认定在曹植接受史上是前所未有的,它或许影响到王通对曹植的评价。庙碑中言:

> 至十一世孙曹永洛等,去齐朝皇建二年,蒙前尊孝昭皇帝恢弘古

---

① 曹道衡:《南朝文学与北朝文学研究》,第228页。
② 王利器:《颜氏家训集解(增补本)》,第4页。
③ 王利器:《颜氏家训集解(增补本)》,第348页。
④ 颜之推:《颜氏家训全译》,程小铭译注,贵州人民出版社,2008,"前言"第3-4页。
⑤ 王利器:《颜氏家训集解(增补本)》,第279页。
⑥ 缪钺:《颜之推》,载吕慧娟、刘波、卢达编《中国历代著名文学家评传(续编一)》,第422页。

典,敬立二王,崇奉三恪。永洛等于时赍符表贡,面奉照皇,亲酬圣诏。比经穷讨,皆存实录。蒙敕报允,兴复灵庙。①

据《北齐书·孝昭帝纪》言:

甲午,诏曰:"昔武王克殷,先封两代,汉、魏二晋,无废兹典。及元氏统历,不率旧章。朕纂承大业,思弘古典,但二王三恪,旧说不同,可议定是非,列名条奏。其礼仪体式亦仰议之。"②

陈思王庙之兴复正是在当时"思弘古典"的国策背景下产生的,这来自官方的复庙行为极能说明陈思的影响。北周灭北齐,隋代北周,从皇建二年(公元561年)至隋开皇十三年(公元593年),间隔约三十二年,始有陈思王庙碑文。隋文帝不喜儒学,但重视礼乐,"隋文帝以恢复华夏正统为号召,当然要废弃周礼,依照梁礼及齐礼来修定隋礼"③。隋文帝在制度建设上,又首先取消北周官制,恢复汉、魏官制,曹植庙碑文的写作或许与此文化背景有关。事实上,当时的统治者对曹植还是颇感兴趣的。如杨广说:"陈思王,魏宗室子也。世传文章典丽,而不言其书。仁寿二年,族孙伟持以遗余。余观夫字画沈快,而词旨华致。想像其风仪,玩阅不已。因书以冠于檦首。"④由此可见一斑。

《陈思王庙碑》行文骈散结合,文采飞扬,颇为大气华贵,似非一般文士之作。碑文追源溯流,写其祖其父其兄,极见陈思血统之高贵、身份之尊荣。碑文盛赞了陈思的才华,此处不论,现摘录关于其人的一些语句如下:

王乃黄内通理,愠淑含英。睿哲禀于自然,博愍由于天纵。佩金华以迈四气,抱玉操如忽风霜。……建安十六年,封平原侯。十九年,改封临菑侯。都不以贵任为怀,直置清雅自得。常闲步文籍,偃仰琴书,朝览百篇,夕存吐握。使高据擅名之士,侍宴于西园;振藻独步之才,陪游于东阁。黄初二年,奸臣谤奏,遂贬爵为安乡侯。三年,进立为王。□京师,面陈滥谤之罪,诏令复国。自以怀正信如见疑,抱利器而无用。每怀怨慨,频启频奏。四年,改封东阿王。五年,以陈前四县封,复封为

---

① 严可均辑《全隋文》卷二九,第345页。
② 李百药:《北齐书》卷六《孝昭帝纪》,中华书局,1972,第82页。
③ 范文澜、蔡美彪等:《中国通史》第三册,第11-12页。
④ 杨广:《叙曹子建墨迹》,载严可均辑《全隋文》卷六,第71页。

陈王。以谗言数构,奸臣内兴,十一年里,频三徙都,汲汲无欢,遂发愤而薨。①

碑文对曹植人生之叙述基本本于《三国志·魏书·陈思王植》,但其对曹植人生之叙评实际上重塑了曹植形象,这体现在以下几个方面:

一是抹杀曹植被压制、迫害的事实,认为曹植的悲剧命运乃奸臣诽谤所致,这实际上淡化了曹植人生的悲剧色彩。不过,碑文对《三国志》中如"抱利器而无所施""汲汲无欢"等语句的引用,亦表明作者对曹植遭遇的同情。

二是隐去太子之争的史实,把曹植塑造为优游典籍、琴书宴乐、无争无欲,以其高才而聚当世名士于周围的清雅才士。此恐承谢灵运"公子不及世事,但美遨游"之论而来。

三是突出曹植的内德修养,如"王乃黄内通理",其本于《周易·坤》"君子黄中通理,正位居体,美在其中,而畅于四支,发于事业,美之至也"②。"黄内通理",即"黄中通理","中"改为"内",应避当时皇家之讳,因隋文帝杨坚之父名"忠"。"黄内通理"即说曹植内德中和,通晓物理。

此碑文事实上已含有曹植无争忍让的内容,它对隋代王通之评曹植应有直接影响,王通对曹植的推崇之论可谓是为曹植的翻案之论。王通曰,"陈思王可谓达理者也,以天下让,时人莫之知也"③,"谓陈思王善让也,能污其迹,可谓远刑名矣,人谓不密吾不信也"④。曹植的任性而行、饮酒不节等行为,在王通看来是为避免矛盾的自污之行,其"以天下让"之评语很自然地让人想起《论语·泰伯》中语,如"子曰:'泰伯,其可谓至德也已矣!三以天下让,民无得而称焉。'"。杨树达按:"《论语》称至德者二,一赞泰伯,一赞文王,皆以其能让天下也。此孔子赞和平,非武力之义也。"⑤以此来看,王通对陈思的善让之评,即包含有对其以自污退避来保全兄弟伦理、来维持统治阶层内部和睦之行为的赞赏。隋以前,即从西晋八王之乱开始,南北朝以至于隋,王位继承权之争夺所导致的兄弟间相互残杀以至最终给王

---

① 严可均辑《全隋文》卷二九,第345页。
② 李学勤主编《十三经注疏·周易正义》,北京大学出版社,1999,第32页。
③ 《文中子中说译注》,郑春颖译注,第54页。
④ 《文中子中说译注》,郑春颖译注,第142页。
⑤ 杨树达:《论语疏证》,第179页。

朝统治带来严重影响者可谓史不乏书,与其血腥无情相比,曹丕只是压制诸弟,虽然这种压制最终也一样自折其翼,使曹魏江山最终因他的亲异姓疏公族政策而移柄司马氏,但曹丕对诸弟的手段相比于其后的皇室争戈相比,还是柔和得多、仁义得多。而曹丕之所以能如此,或许并不是因为他有多么仁慈友爱,而是因为没有人与他兵戈相见。唯一可以与他相抗衡的曹植面对曹彰的支持,为曹魏统治的稳定,以"不见袁氏兄弟乎"①拒绝了为权力继承而兄弟相残。可以说,正是曹植的忍让,才保证了曹魏政权在曹操死后的安稳过渡。《三国志·魏书·臧霸》注引《魏略》:"建安二十四年,霸遣别军在洛。会太祖崩,霸所部及青州兵,以为天下将乱,皆鸣鼓擅去。"②由此亦可窥当时形势。因此,如果曹植接受了曹彰的意见,那么袁氏相争的历史会重演,曹操统一北方的心血会付诸东流,天下会复归于乱,其问题要比袁氏兄弟相争带来的后果严重得多。

王通对陈思的评论应是基于对历史的审视而作出的论断,而他所谓陈思为达理者,也正是从保身齐家治国大局角度而言的。王通的这两条评论分别见《文中子》卷三《事君篇》和卷八《魏相篇》,以《魏相篇》言,牵涉评曹植的整个文段如下:

> 子曰:"孰谓齐文宣瞽?而善杨遵彦也。谓孝文明吾不信也。谓尔朱荣忠吾不信也。谓陈思王善让也,能污其迹,可谓远刑名矣,人谓不密吾不信也。"③

文中子所提前三人,皆从国事角度言,前两人从君主用人角度言,正反对比;尔朱荣例从臣忠于君角度言。综合整个文段语境看,他所谓陈思之"远刑名"亦非只是个人的保身之术,而是指其行为对朝廷产生的影响,因此陈思可以说是明,亦可谓忠。

文中子对曹植德行的高度评价对后世对曹植的接受影响深远,一方面它引发了后世对丕、植之争的讨论,一方面引发了后世对曹植道德人格精神的挖掘,这直接影响到对曹植诗文的解读。如从唐代李善、五臣注《文选》中曹植诗文始,即从比兴角度阐释其道德意义,后世对曹植诗文的解读多承

---

① 陈寿:《三国志》卷一九《魏书·任城威王彰》裴注引《魏略》,第557页。
② 陈寿:《三国志》卷一八《魏书·臧霸》,第538页。
③ 《文中子中说译注》,郑春颖译注,第142页。

继此角度。再如,刘克庄言:"使其少加智巧,夺嫡犹反手尔。植素无此念,深自敛退……黄初之世,数有贬削,方且作诗责躬,上求自试,兄不见察,而不敢废恭顺之义,卒以此自全,可谓仁且智矣。"①李梦阳曰:"且以植之贤,稍自矜饬,夺储特反掌耳。而乃纵酒铲悔,以明己无父兄之心,善乎?"②刘熙载称:"子建则隐有'仁义之人,其言蔼如'之意。"③方东树谓:"陈思天质既高,抗怀忠义,又深以学问,遭遇阅历,操心虑患,故发言忠悃,不诡于道。"④这些评论基本上承文中子之论而来,即便是反言之论,亦与文中子的评论相关。

第三节 选文定篇,隐评显论
——刘勰、萧统对曹植作品的抑扬

南北朝对曹植作品的阐释,有显性、隐性之别。所谓显性,乃直接评论之辞,如谢灵运、颜延之、萧绎、沈约、萧子显等的相关论说;所谓隐性,乃无有评论,作者的批评则隐然文字之间,如《文选》之选录、编排曹作,亦侧面表达了萧统对曹作的看法。对此隐性阐释,学界尚少关注。但不管接受资料的隐、显,对曹作的阐释,主要集中在两个方面⑤:

一是着眼于曹作情感、内容、风格方面的评论。如裴注中所涉曹作,由于语境限制,更多强调其政治含义;谢灵运首次揭示曹作内容与情感的矛盾;刘勰《文心雕龙》虽对曹作有不少否定之辞,但亦注意到曹植诗歌格高气劲的特点;钟嵘在谢灵运、刘勰等对曹作的批评基础上,挖掘出曹作"骨气奇高,词彩华茂"之一面,并把它与曹作情感上的"雅怨"特质联系起来;萧绎以其高度的儒学修养,又发现了曹作的儒者之意,为后人挖掘曹作的儒家精义奠定了基础,隋代王通对曹植文章的评价,或承其而来。王通言:"君子

---

① 刘克庄:《后村诗话》前集卷一,载吴文治主编《宋诗话全编》第八册,江苏古籍出版社,1998,第8354页。
② 李梦阳、王士贞评点《曹子建集》卷首,载河北师范学院中文系古典文学教研组编《三曹资料汇编》,第127页。
③ 刘熙载:《诗概》,载郭绍虞编选《清诗话续编》,富寿荪校点,第2287页。
④ 方东树:《昭昧詹言》,汪绍楹校点,第70页。
⑤ 亦有注意其声律之一面,参见第五章第三节。

哉,思王也,其文深以典。"①若比较王通对南朝诸多文人的评价,即可感受他对曹植评价的分量,如:"子谓文士之行可见谢灵运。小人哉其文傲,君子则谨。沈休文小人哉,其文冶,君子则典。鲍照、江淹,古之狷者也,其文急以怨。吴筠、孔珪,古之狂者也,其文怪以怒。谢庄、王融,古之纤人也,其文碎。徐陵、庾信,古之夸人也,其文诞。"②王通所评,涉及南北朝多位重要诗人,其中若谢灵运、沈约这样文坛领军类人物,亦被视为与君子相对的小人,无法与曹植相比。王通品评把人品与文风连在一起,认为曹作充分体现了君子之风,几置其与经典相并的地位。后世对曹作道德内涵的挖掘皆可追溯至萧绎、王通之论。上述这一方面因于其他章节中多有提及,故此处略论。

二是对曹作的阐释主要集中于对其诸多文体成就的评价,此为本节阐述重点。鉴于《文心雕龙》《文选》在文学史上的重要地位,本节以这两部专著对曹作的接受为核心进行论述。需指出的是,《文选》虽未对曹作有片辞之论,但《文选》选录作家作品的种类、数量及其在各体中的编排方式,均能体现出萧统对这一作家作品的批评态度,因而,我们亦可从《文选》所选曹植作品及其编排位置看出萧统对曹植作品的批评。

一、《文心雕龙》对曹作之批评

早在建安时期,陈琳、杨修等人即对曹植赋作赞赏有加,曹植亦以其辞采之富艳而有"绣虎"之称;至晋,傅玄赞其《七启》"奔逸壮丽"③,李充称"若曹子建之表,可谓成文矣"④,苏彦褒其《杨柳颂》"辞义慷慨,旨在其中"⑤。除此之外,晋时亦选曹植三首乐府入乐配唱;南朝宋,《世说新语》有其七步成诗的编撰,颜延年论诗以其兼有四言之侧密与五言之流靡;等等。从建安至南朝宋的这些接受资料,充分说明人们对曹植兼有诸体之能的认识。谢灵运《山居赋》序言"文体宜兼,以成其美"⑥,他高推曹植有八斗之

---

① 《文中子中说译注》,郑春颖译注,第54页。
② 《文中子中说译注》,郑春颖译注,第51页。
③ 严可均辑《全晋文》卷四六,第473页。
④ 严可均辑《全晋文》卷五三,第560页。
⑤ 严可均辑《全晋文》卷一三八,第1493页。
⑥ 《谢灵运集校注》,顾绍柏校注,第318页。

才,恐与曹植兼有多体之能甚有关系。曹丕《论文》言:"盖奏议宜雅,书论宜理,铭诔尚实,诗赋欲丽,此四科不同,故能之者偏也。唯通才能备其体。"①可见,诸体皆备是非常困难的,在南朝文体辨析更为精密的文论背景下,人们对曹植之才的普遍高推,应与其兼善多体有很大关系。

《文心雕龙》"究文体之源流而评其工拙"②,它对曹植文学的批评亦主要着眼于曹植的多种文体创作。本于"原始以表末""选文以定篇"③的创作原则,刘勰对曹植多种文体创作的批评,是以该体的历史发展为参照的,故往往把曹作置于不同时期作家群体的同体创作中去观照,或者把曹作与同期作家群体创作相比较,或者把曹植与同期或不同期的另一作家相提并论。《文心雕龙》中涉及曹植及其作品者有二十三篇,除《乐府》《定势》《炼字》篇引用曹植语以论证外,其他基本上是对曹植作品的评价。综观这些条目,我们发现,尽管刘勰也曾两次称赞曹植为"群才之英""群才之俊",但与时人对曹植的高推不同,他对曹植的评价更为冷静、理性。比如:

陈思叨名,而体实繁缓,文皇诔末,〔旨〕百言自陈,其乖甚矣。

(《诔碑》)

陈思《魏德》,假论客主,问答迂缓,且已千言,劳深绩寡,飙焰缺焉。

(《封禅》)

陈思所缀,以《皇子》为标;陆机积篇,惟《功臣》最显,其褒贬杂居,固末代之讹体也。

(《颂赞》)

至于陈思《客问》,辞高而理疏。　　　　　　　　　　(《杂文》)

曹植《辨道》,体同书抄;言不持正,论如其已。　　　(《论说》)

陈书辩而无当。　　　　　　　　　　　　　　　　(《序志》)④

先看前三条。"问答迂缓,且已千言,劳深绩寡"意类"体实繁缓",批评曹植此类作品体式蔓延,入题太慢。而"其乖甚矣""固末代之讹体"则指其写作不合文体规范。由此可见,与后世盛称曹植诸体皆备不同,刘勰对曹植的一些应用文体写作显然是持批评态度的。这与刘勰的循体观念有关。

---

① 严可均辑《全三国文》卷八,第83页。
② 永瑢等:《四库全书总目提要》第39册,商务印书馆,1923,第92页。
③ 周振甫:《文心雕龙今译(附词语简释)》,第456页。
④ 以上引文分别参见周振甫:《文心雕龙今译(附词语简释)》,第110、200、86、126、169、454页。

《定势》篇言:"夫情致异区,文变殊术,莫不因情立体,即体成势也。"①周振甫先生解释"势":"不同体裁形成不同风格是势,各种风格是顺着势而自然形成的","定势就是文章要写得体裁同风格相适应,顺着某种体裁所需要的某种风格来写"。②周先生解释"讹体":"写不出内容精辟的作品,只想在文字上弄花巧,这是把创作引入歧路,所以称这种作品为'讹'。讹就是伪体,是错误的不正确的写作方法所造成的。"③刘勰对文体规范的强调显示其遵循传统的、比较保守的文体观念。但事实上正如钱锺书所言:"名家名篇,往往破体,而文体亦因以恢弘焉。"④以曹植的《文帝诔》言,刘勰批评它"文皇诔末,〔旨〕百言自陈",认为它乖体极甚。《文心雕龙·诔碑》:"详夫诔之为制,盖选言录行,传体而颂文,荣始而哀终。论其人也,暧乎若可觌;道其哀也,凄焉如可伤;此其旨也。"⑤若以此看,曹作的确乖体,但从潘岳对曹作的接受看,他恰恰发现了曹作诔文破体的开创性,这种开创性能更好地表达伤情,所以他不断学习、继承曹作这一特点,促进了诔文体风格的变化。陆机"诔缠绵而凄怆"⑥(《文赋》)之论,应是对当时文士诔体创作观念与创作特点的总结。

再看后三条。"辞高而理疏""言不持正""辩而无当"等评语,表明他认为曹植于问、说、辩等议论说理性强的文体写作中缺少理思,如曹丕评孔融"不能持论,理不胜词"⑦。刘勰对曹植《七启》的评价,亦与之类似。如他虽称赞曹作"取美于宏壮",但其后归结言十余家此类作品,"或文丽而义暌,或理粹而辞驳。观其大抵所归,莫不高谈宫馆,壮语畋猎,穷瑰奇之服馔,极蛊媚之声色;甘意摇骨[体]髓,艳词[动]洞魂识,虽始之以淫侈,而终之以居正,然讽一劝百,势不自反",又言,"唯《七厉》叙贤,归以儒道,虽文非拔群,而意实卓尔矣"。(《杂文》)⑧综合而言,他实际上归曹作为"文丽

---

① 周振甫:《文心雕龙今译(附词语简释)》,第 278 页。
② 周振甫:《文心雕龙今译(附词语简释)》,第 277 页。
③ 周振甫:《文心雕龙今译(附词语简释)》,第 278 页。
④ 钱锺书:《管锥编》第三册,第 890 页。
⑤ 周振甫:《文心雕龙今译(附词语简释)》,第 112 页。
⑥ 陆机:《陆机集》,金涛声点校,第 2 页。
⑦ 曹丕:《论文》,载严可均辑《全三国文》卷八,第 82 页。
⑧ 周振甫:《文心雕龙今译(附词语简释)》,第 127 页。

而义暌"类。这些评价说明,在刘勰看来,曹作乃以辞胜,而非以义理胜。

以上是刘勰从文体论角度对曹作进行的批评,而在创作论中,他对曹作亦有批评。如《事类》《指瑕》《颂赞》中从用典、用辞角度指出曹植作品的错误。不仅如此,在文学评论部分,如《知音》篇就曹植《与杨德祖书》一文评价陈琳、丁廙、刘季绪事,言"才实鸿懿,崇己抑人者,班曹是也"①,对曹植的素养很有批评之意,此与南北朝文人引用《与杨德祖书》对曹植所论一般持积极态度不同。

可以说,在涉及曹植的二十多条文句中,有一半内容都是对曹植持否定意见的。下面再看刘勰对曹植的肯定之语:

> 若夫四言正体,则雅润为本,五言流调,则清丽居宗;华实异用,唯才所安。故平子得其雅,叔夜含其润,茂先凝其清,景阳振其丽;兼善则子建仲宣,偏美则太冲公幹。　　　　　　　　　　(《明诗》)
>
> 子建士衡,咸有佳篇,并无诏伶人,故事谢丝管,俗称乖调,盖未思也。
> 　　　　　　　　　　　　　　　　　　　　　　　　　　(《乐府》)
>
> 唯陈思《诰咎》,裁以正义矣。　　　　　　　　　　　(《祝盟》)
>
> 陈思之表,独冠群才;观其体赡而律调,辞清而志显,应物[掣]制巧,随变生趣,执辔有余,故能缓急应节矣。　　　　　　(《章表》)
>
> 陈思潘岳,吹籥之调也;陆机左思,瑟柱之和也。　　　(《声律》)
>
> 陈思之黄雀。公幹之青松,格刚才劲,而并长于讽谕。
> 　　　　　　　　　　　　　　　　　　　　　　　　(《隐秀》)②

据上述条目看,刘勰认为曹植的成就主要在诗体和表体方面,《才略》篇言其"诗丽而表逸"③,可谓对其成就的综合概括。对于曹植之表,李充早有赞美(参见第三章第一节)。相比于李充从文体角度笼统概括曹植表体的特点,刘勰对曹植之表的体制、声律、辞采、情志、节奏、行文等进行了诸多角度的具体评判。刘勰许曹植之表为"独冠群才"④(《章表》),这应是基于同历代此体的代表性作品相比较而得出的结论。

---

① 周振甫:《文心雕龙今译(附词语简释)》,第435页。
② 以上引文分别参见周振甫:《文心雕龙今译(附词语简释)》,第62、71、95、207、304、359页。
③ 周振甫:《文心雕龙今译(附词语简释)》,第428页。
④ 周振甫:《文心雕龙今译(附词语简释)》,第207页。

至于诗歌创作,与钟嵘置曹植于诗中周、孔之位有很大不同,尽管刘勰言"诗有恒裁,思无定位,随性适分,鲜能通圆"①(《明诗》),他对曹植能兼有四言、五言之善有相当高的评价,但他评子建四言、五言时,并提王粲;提子建乐府时,亦提陆机。他虽然对时人以子建乐府为乖调的观点进行了纠正,称赏曹植乐府有佳篇,批评"三祖"乐府"志不出于[淫]滔荡,辞不离于哀思,虽三调之正声,实韶夏之郑曲也"②(《乐府》),但并不以为曹植乐府成就高于"三祖",比如在《才略》篇,他同样称赏曹丕"乐府清越"③,尤其是这一称赏恰是与对曹植的批评相对而言的。

上述条目中有一个比较明显的现象,即是曹植与刘桢、王粲、陆机等并提的问题。南北朝时期,较早以曹、刘并提者,是《文心雕龙》。除《时序》篇对建安诗人进行整体观评外,《文心雕龙》中并提曹、刘者尚有两处:

陈思之黄雀。公幹之青松,格刚才劲,而并长于讽谕。(《隐秀》)

至于扬班之伦,曹刘以下,图状山川,影写云物,莫不[纤]织综"比"义,以敷其华,惊听回视,资此效绩。(《比兴》)④

这两条内容显示出如下信息:首先,曹、刘都善用比兴,此应为其诗"并长于讽喻"的重要原因之一;其次,其诗皆有"格刚才劲"的特点。"格刚才劲"之评,是包含品格、气骨、禀性、天赋等多种内涵的评论,或类似于刘勰的"风骨"含义。刘桢诗有气,曹丕早就言"公幹有逸气"⑤,谢灵运言其"卓荦偏人,而文最有气"⑥。刘桢诗之有骨气,已是公论,但在刘勰之前,尚未有论者以此评价曹植诗作,更不用说曹、刘并提了。刘勰指出曹植"格刚才劲",这在曹植接受史上亦为首次。此说对钟嵘之评曹、刘应有启发作用。

另外,曹、王并提,在南朝时期是比较多见的。

沈约言:

子建、仲宣以气质为体,并标能擅美,独映当时。⑦

---

① 周振甫:《文心雕龙今译(附词语简释)》,第62页。
② 周振甫:《文心雕龙今译(附词语简释)》,第69页。
③ 周振甫:《文心雕龙今译(附词语简释)》,第428页。
④ 以上引文分别参见周振甫:《文心雕龙今译(附词语简释)》,第359、328页。
⑤ 曹丕:《又与吴质书》,载严可均辑《全三国文》卷七,第66页。
⑥ 《谢灵运集校注》,顾绍柏校注,第148页。
⑦ 沈约:《宋书》卷六七《谢灵运》,第1778页。

梁代刘峻《广绝交论》言：

> 近世有乐安任昉，海内髦杰，早绾银黄，夙昭民誉。遒文丽藻，方驾曹王，英跱俊迈，联横许郭。①

萧子显言：

> 若陈思《代马》群章，王粲《飞鸾》诸制，四言之美，前超后绝。②

萧纲言：

> 但以当世之作，历方古之才人，远则杨、马、曹、王，近则潘、陆、颜、谢，而观其遣辞用心，了不相似。③

就上述条目中的并提言，沈约从气质着眼，刘峻从"遒文丽藻"分析，萧子显评二者四言体诗，萧纲则从古今对比言，品评角度虽有不同，但都意味着两点：一是二者有相似性，二是二者成就不相上下，均为建安时期代表性诗人。

而在《文心雕龙》中，只有《明诗》篇言，"兼善则子建仲宣"，其他如《杂文》《神思》篇，则把子建、仲宣与其他作家并列一处。刘勰说陈思"诗丽而表逸"（《才略》），但说王粲则是"文多兼善，辞少瑕累，摘其诗赋，则七子之冠冕乎？"（《才略》）。④ 再就《文心雕龙》但评王粲或其作品看，如：

> 仲宣靡密，发[端]篇必遒。　　　　　　　　　　（《诠赋》）
> 仲宣所制，讥呵实工。　　　　　　　　　　　　（《哀吊》）
> 仲宣《七释》，致辨于事理。　　　　　　　　　（《杂文》）
> 详观兰石之《才性》，仲宣之《去[代]伐》……并师心独见，锋颖精密，盖[人伦]论之英也。　　　　　　　　　　　　（《论说》）⑤

综合而言，刘勰在诗、赋、吊、七、论等文体论中对王粲之作皆有较高评价。因此，从"文多兼善"的角度看，刘勰显然认为曹植不如王粲。

另外，《文心雕龙》评价陆机作品的条目也比较多，如《乐府》篇子建、士衡并提；《诠赋》言"士衡子安，底绩于流制"⑥；《哀吊》谓"陆机之吊魏武，序

---

① 严可均辑《全梁文》卷五七，第626页。
② 萧子显：《南齐书》卷五二《文学》，第907—908页。
③ 萧纲：《与湘东王书》，载严可均辑《全梁文》卷一一，第115页。
④ 周振甫：《文心雕龙今译（附词语简释）》，第428页。
⑤ 以上引文分别参见周振甫：《文心雕龙今译（附词语简释）》，第80、120、127、168页。
⑥ 周振甫：《文心雕龙今译（附词语简释）》，第80页。

巧而文繁"①;《论说》称"陆机《辨亡》,效《过秦》而不及,然亦其美矣"②;《议对》赞"及陆机断议,亦有锋颖"③;《书记》叹"陆机自理,情周而巧,笺之为善者也"④;等等,刘勰在七种文体批评中都列陆机之相应作品为优秀代表,由此来看,似乎曹植亦不如陆机。

刘勰《文心雕龙》中关于曹丕、曹植的批评还启发了后世关于丕、植之争的问题。与时人抑丕扬植不同,刘勰虽不至于高推曹丕,但却以为丕、植相当,各有优劣。

如《才略》篇言:

> 魏文之才,洋洋清绮。旧谈抑之,谓去植千里;然子建思捷而才俊,诗丽而表逸,子桓虑详而力缓,故不竞于先鸣;而乐府清越,《典论》辩要,迭用短长,亦无懵焉。但俗情抑扬,雷同一响,遂令文帝以位尊减才,思王以势窘益价,未为笃论也。⑤

《明诗》篇言:

> 暨建安之初,五言腾踊,文帝陈思,纵辔以骋节。⑥

《时序》篇谓:

> 魏武以相王之尊,雅爱诗章;文帝以副君之重,妙善辞赋;陈思以公子之豪,下笔琳琅;并体貌英逸,故俊才云蒸。⑦

《序志》篇言:

> 详观近代之论文者多矣:至于魏文述典,陈思序书……魏典密而不周,陈书辩而无当。⑧

在他看来,子建思捷,曹丕虑缓,这只是运思方式不同而已,子建长于诗、表,而曹丕则善乐府、论说,二人各有长短。但时俗以为植优于丕,此因大众对曹植之坎坷命运深有同情而致。

---

① 周振甫:《文心雕龙今译(附词语简释)》,第120页。
② 周振甫:《文心雕龙今译(附词语简释)》,第168页。
③ 周振甫:《文心雕龙今译(附词语简释)》,第222页。
④ 周振甫:《文心雕龙今译(附词语简释)》,第233页。
⑤ 周振甫:《文心雕龙今译(附词语简释)》,第428页。
⑥ 周振甫:《文心雕龙今译(附词语简释)》,第60页。
⑦ 周振甫:《文心雕龙今译(附词语简释)》,第403-404页。
⑧ 周振甫:《文心雕龙今译(附词语简释)》,第454页。

刘勰在丕、植高下上能提出迥异时人的观点。一方面,他在评曹植诗文时,把他置于文体源流变化的历史维度上,从历代作家及建安当代作家群体角度着眼,再加上刘勰宗经崇圣,重文体规范,于变体之作多有否定之辞。所以,除了曹植的诗与表,他对曹作多负面评价,甚至从兼善多类文体角度言,他也认为曹植尚不如王粲、陆机。

另一方面,尽管他在评论中尽量客观、公正,如其所言称"无私于轻重,不偏于憎爱,然后能平理若衡,照辞如镜矣"(《知音》)①,但他对曹丕应有一定的偏向情绪。如针对丕、植用语之不当,其指瑕曹丕之文时,言"魏文帝下诏,辞义多伟,至于作威作福,其万虑之一[弊]蔽乎"(《诏策》)②,用语比较舒缓,但在批评曹植时,其用语则苛刻得多。又如,他在行文中多次引用曹丕言论,崇敬之情溢于言表。③ 其原因或在于作为批评家,刘勰在文章功用观、论文观和批评思维等方面与曹丕更为接近。

(1)关于刘勰对曹丕文论观点之接受。刘勰深受曹丕《论文》影响,曹丕"文以气为主"的观念,及为文要"壮"、要"密"的观点,对其"风骨"命题的提出及其论文等,均有影响。另外,曹丕对建安文人的评价对刘勰亦有影响,如他以王粲、徐幹为建安赋作代表,而绝口不提曹植;化用曹丕评孔融句评曹植文章;引用曹丕"文人相轻"的观点批评曹植崇己抑人;等等。

(2)关于刘勰对曹丕文章功用观点之接受。《序志》篇言"唯文章之用,实经典枝条;五礼资之以成,六典因之致用,君臣所以炳焕,军国所以昭明"④,与曹丕"文章经国之大业,不朽之盛事"可相阐发。他们所谓的文章应主要指实用性文体,杨明先生言:"若理解成曹丕将一般写景抒情的诗赋都视为经国大业,那是未必符合曹丕原意的。其实'经国之大业'主要是指那些政治生活中不可或缺的实用性文体而言。陆机《文赋》举出诗、赋、碑、诔、铭、箴、颂、论、奏、说十种文体。碑诔以下,也主要是实用性文体。"⑤所以,刘勰《序志》所谓的文章之用,"是就政治活动中的实用性文章和一些子

---

① 周振甫:《文心雕龙今译(附词语简释)》,第438页。
② 周振甫:《文心雕龙今译(附词语简释)》,第181页。
③ 关于刘勰批评曹丕、曹植二人用语之不同,可参见廖宏昌:《刘勰论评三曹视角探析》,《苏州大学学报(哲学社会科学版)》2008年第4期,第68页。
④ 周振甫:《文心雕龙今译(附词语简释)》,第453页。
⑤ 杨明:《刘勰评传(附钟嵘评传)》,南京大学出版社,2011,第55-56页。

史著作而言,并不是说一般的抒情体物作品的功用"①。而根据刘勰所评,曹植主要成就在诗与表上,而曹丕的《典论》则可归为子书一类,从此角度看,刘勰更倾向于肯定曹丕。

(3)关于刘勰对曹丕批评思维之接受。廖宏昌指出,"影响刘勰对曹丕、曹植高低评价之关键,或在于二曹对文学批评主体之认知上"②,曹植"要以作家才华之高低决定理论批评是否合理存在或正确公平"③,但曹丕则认为批评的思维要摆脱"各以所长,相轻所短"④的困局,就需要超越独立于创作之外。和曹植之批评思维相比,曹丕所论更贴近于批评家独立的主体意识。廖宏昌认为"刘勰立足于理论批评体系之建立,于二曹俗情之抑扬,发'未为笃论'之语,实乃以批评家之独立视角立论"⑤。

二、《文选》对曹作之批评

与《文心雕龙》主要肯定曹植的诗和表相比,《文选》选录曹植表文三篇⑥(包括《上责躬应诏诗表》),诗共八类二十四首(包括献诗二首、公宴诗一首、祖饯诗二首、咏史诗一首、哀伤一首、赠答五首、乐府四首、杂诗八首,其数量仅次于谢灵运、陆机),说明在对待曹植的诗歌与表体创作上,萧统和刘勰的观点是一致的。但《文选》除选录曹植的诗和表外,又选录了曹植的赋、七、书、诔等文体创作,与《文心雕龙》有很大不同。如《文心雕龙》盛称王粲、徐幹赋作,又言曹丕"妙善辞赋",而独于曹植赋作不置一词,而《文选》于曹魏赋只选了王粲和曹植的赋作;《文心雕龙》以《七厉》为最优,但《文选》七类只选了枚乘、曹植、张协三人的作品;《文心雕龙》批评曹植的《文帝诔》《武王诔》,但《文选》诔体以曹植《王仲宣诔》为此类之首,而不选

---

① 杨明:《刘勰评传(附钟嵘评传)》,第57页。
② 廖宏昌:《刘勰论评三曹视角探析》,《苏州大学学报(哲学社会科学版)》2008年第4期,第68页。
③ 廖宏昌:《刘勰论评三曹视角探析》,《苏州大学学报(哲学社会科学版)》2008年第4期,第69页。
④ 严可均辑《全三国文》卷八,第82页。
⑤ 廖宏昌:《刘勰论评三曹视角探析》,《苏州大学学报(哲学社会科学版)》2008年第4期,第70页。
⑥ 参见萧统编《文选》,李善注,岳麓书社,2002。下文有关《文选》中曹丕、王粲等选录统计俱依据该版本。

刘勰所称赏的傅毅、苏顺、崔瑗等人的作品；《文心雕龙》不提曹植的书信，但《文选》则选录了曹植两篇文章；等等。

如此看来，《文选》之于曹植与《文心雕龙》之于曹植，在认识、态度上有很大不同，此从《文选》选录王粲、曹丕之作亦可看出。如《文心雕龙》以为丕、植相当，各有所长，但《文选》只于论体录曹丕《论文》、书体录其书信三篇、乐府录其诗二首（曹植四首）、杂诗录二首（曹植八首）、游览录一首（曹植无），可以说，不管从所选文体种类，还是作品数量看，曹丕均无法与曹植相比，植优于丕显然可见。而王粲的作品，只于游览类选录其《登楼赋》，诗体中公宴类一首、咏史类一首、哀伤类二首、赠答类三首、军戎类五首、杂诗类一首（共十三首），约为曹植选作的一半，与刘勰所谓王粲"文多兼善"相比，在《文选》看来，王粲主要是诗赋方面的成就，从多种文体之成就看，王粲显然不如曹植。另外，钟嵘盛赞刘桢，《诗品》许刘桢诗为建安三体之一，可《文选》于刘诗只选其公宴类一首、赠答类三首、杂诗类一首，共五首；江淹《杂体三十首》序言"及公幹仲宣之论，家有曲直；安仁士衡之评，人立矫抗"①，但依《文选》看，王、刘之较，高下立见，更论曹、刘！如此来看，当时曹、王并称的情况，盖主要就其诗赋成就而言。

对于《文选》选诗动机、归类缘由等，胡大雷先生《文选诗研究》②一书有详细解析，但《文选》选录曹植的赋、七、诔、书等文体创作的动机与归类缘由，学界尚少探讨，又因《文选》"书体"亦选录曹丕作品，所以下面仅就《文选》所录曹植赋、七、诔等文体作品简析如下：

《文选》诔体首选曹植《王仲宣诔》，之后选有潘岳诔文四篇，南朝宋诔文三篇，而于刘勰所谓汉人诔文，则弃而不用。其原因何在？诔文在两汉时代，已经是发展非常成熟的文体，"诔者，累也；累其德行，旌之不朽也"（《诔碑》）③，观刘勰对几位作家诔体创作的褒赞与批评，如说扬雄《元后诔》"文实烦秽"，言杜笃"吴诔虽工，而他篇颇疏"，称傅毅、苏顺、崔瑗所作，"观其序事如传，辞靡律调，固诔之才也"，论崔骃、刘陶之诔"并得宪章，工在简

---

① 《江文通集汇注》，胡之骥注，中华书局，1984，第136页。
② 胡大雷：《文选诗研究》，广西师范大学出版社，2000。
③ 周振甫：《文心雕龙今译（附词语简释）》，第109页。

要",谓陈思"叨名,而体实繁缓,文皇诔末,[旨]百言自陈,其乖甚矣"。①又言:"至于序述哀情,则触类而长。傅毅之诔北海,云'白日幽光,[氛雾]淫雨杳冥';始序致感,遂为后式,景而效者,弥取于工矣。"②可见他认为优秀诔作要有以下特点:一是简要明白,但不能粗疏;二是叙事如传,若曹丕所言"铭诔尚实";三是文辞细密,而又音律协和;四是借助于外物营造哀情。曹植《文帝诔》受其批评,关键就是文繁势缓,尤其结尾又有百言自陈之辞,与诔文的文体要求很不相符。

但事实上,曹作这一特点早在《王仲宣诔》中即有鲜明体现。在该诔文中,曹植追踪王氏祖先的功名伟业,以显其高贵出身与品性,继而写王粲遭乱流离,寄寓荆蛮,而后归身于魏王的一生出处、功业美德等。若依刘勰的观点看,的确入题阐缓,非简要之旨,而且,在诔文结尾,曹植于两次"呜呼哀哉"的悲呼之后,笔锋借势转入回忆,"吾与夫子……感昔宴会……又论死生……"等往事的插入,使悲情转趋高涨,这些充满感情的自陈之辞,与《文帝诔》后的自陈一样。此乖体之处,有力地增强了诔文自我哀情抒发的力度,这恰恰是曹植诔文的创新之处。其后陆机《文赋》言"诔缠绵而凄怆",一改曹丕"铭诔尚实"(《论文》)之论,应是基于曹植以来对诔体写作的变革而来。另外,《王仲宣诔》正文为四言韵文,而每章以"呜呼哀哉"收尾的文体形式,亦为曹植首创。《文选》所选潘岳《杨荆州诔》《夏侯常侍诔》《马督诔》《杨仲武诔》等深受曹植诔文影响(参见第三章第一节)。由此可见,《文选》以曹植《王仲宣诔》为诔体的首文,正是看到了曹作的开创之功,及其对两晋南朝诔文的影响,而其不取两汉如传似的颂德之诔文,正体现了萧统重情、采的文学观念。

再看七体类选文。按《文心雕龙·杂文》篇所论,七体之作,自枚乘首唱,其后有十几家代表之作,但《文选》七类在选录枚乘文后,只选了曹植《七启》和张协《七命》,这是什么原因呢?曹植《七启》序言"昔枚乘作《七发》,傅毅作《七激》,张衡作《七辩》,崔骃作《七依》,辞各美丽,余有慕之焉!"这说明曹植《七启》亦有辞采美丽的特点。刘勰言"观枚氏首唱,信独

---

① 周振甫:《文心雕龙今译(附词语简释)》,第110页。
② 周振甫:《文心雕龙今译(附词语简释)》,第111页。

拔而伟丽矣。及傅毅《七激》，会清要之工；崔骃《七依》，入博雅之巧；张衡《七辨》，结采绵靡；崔瑗《七厉》，植义纯正；陈思《七启》，取美于宏壮；仲宣《七释》，致辨于事理"①；又，傅玄称曹植《七启》"奔逸壮丽"②，这样看来，在"七体"之作上，曹植之"宏壮""壮丽"，最接近枚乘之"伟丽"，也就是说，曹作与枚作，有直接的承继关系。又，曹植《七启》之前，"七体"的主题不离"戒奢"，自曹作开始，"戒奢"主题变而为"招隐"主题，如李士彪言："至曹植《七启》则云'玄微子隐居大荒之庭'，而'镜机子闻而将往说焉'……这就彻底变成了'招隐'主题。其后，张协《七命》、萧统《七契》等，都变成了官方代表与隐士的对话，皆最终说服隐士入世。"③曹植《七启》虽亦铺陈种种声色游玩之乐，但借客方之口进行否定，结尾归于有为之世，俊乂来仕，号召岩穴之隐，于君清政明之时，共创国富民安之盛世，这一主题为萧统《七契》所效，可见萧统不仅重其辞美骨壮，亦站在统治者立场，对其为国揽才的思想颇为肯定，而《文选》对张协《七命》之选录，恐亦与其主题对曹作的承继颇有关系。

再看情类赋。《文选》情类赋只选了宋玉的《高唐赋》《神女赋》《登徒子好色赋》，以及曹植的《洛神赋》，曹植之后的作品没有选录一篇，这是令人深思的。

郭建勋指出在宋玉《高唐赋》《神女赋》中形成的高唐神女原型集美丽、情欲、神圣于一体，它作为一个文学母题，"直接导引了汉魏六朝'神女—美女'系列辞赋的创作"④，也就是说，《高唐赋》《神女赋》是我国艳情赋史的开创之作。

《高唐赋》中神女是"神圣、美丽、情欲"的化身，在她身上没有任何道德的附加，该赋开辟了女性诱惑—男性被惑—男女欢合的思路。此后西晋张敏的《神女赋》显然承自此路，而张作又直接影响到沈约《丽人赋》的创作。（参见第五章沈约对曹植《洛神赋》的接受一节）

在《神女赋》中，神女生育物类的神圣性已经淡化，如果不是"夫何神女

---

① 周振甫：《文心雕龙今译（附词语简释）》，第127页。
② 严可均辑《全晋文》卷四六，第473页。
③ 李士彪：《魏晋南北朝文体学》，第72页。
④ 郭建勋：《论汉魏六朝"神女—美女"系列辞赋的象征性》，《湖南大学学报（社会科学版）》2002年第5期，第67页。下文论述借鉴了郭论汉魏六朝艳情赋之基本思路模式。

之姣丽兮"①、"神独亨而未结兮"②这样的点题字眼,大段浓墨对神女美貌的描写,或让人误其为人间美女;而其"怀贞亮之絜清兮,卒与我兮相难""颜薄怒以自持兮,曾不可乎犯干""欢情未接,将辞而去。迁延引身,不可亲附"③等充满道德感的行为,更改变了她在《高唐赋》中自荐枕席的形象。此后建安时期王粲的《神女赋》言"婉约绮媚,举动多宜。称《诗》表志,安气和声"④;杨修《神女赋》言"彼严厉而静恭"⑤,曹植《洛神赋》言"嗟佳人之信修兮,羌习礼而明诗"等皆是对宋作神女形象的延续与发展,只不过像宋作神女"望余帏而延视兮,若流波之将澜。奋长袖以正衽兮,立踯躅而不安"⑥,尚不免对男性的主动诱惑,但到了王粲、杨修、曹植等的女神赋,她们在两性之间已经完全没有主动表示了,而赋中被诱惑的男性则不得不与内心的情欲作斗争,所以王粲《神女赋》中男性"顾大罚之淫愆,亦终身而不灭。心交战而贞胜,乃回意而自绝"⑦;即便曹植《洛神赋》,为与神女神接,亦不免"收和颜而静志兮,申礼防以自持"。

而《登徒子好色赋》则由写神女转而写美女,其思路是赋中女性对男性主动诱惑,而男性凭借自身的道德修养战胜了本能欲望。这一思路在宋玉等的《神女赋》中亦有表现,但赋中是女神自己克服了内在情欲而全节以礼,与《登徒子好色赋》中所写自是不同。后来司马相如《美人赋》延续了《登徒子好色赋》的思路,应是对宋作的模仿。不过,之后的此类作品,和女神赋类似,女性多是因其质丽而激发了男性的渴望,但女性本身并非主动施展诱惑者,陶渊明《闲情赋》序言"张衡作《定情赋》,蔡邕作《静情赋》,检逸辞而宗澹泊,始则荡以思虑,而终归闲正。将以抑流宕之邪心,谅有助于讽谏"⑧,正是对这些作品创作思路的一个总结。因此,可以说,《神女赋》《登徒子好色赋》开创了"女性诱惑—男性被惑—申礼自持"的思路。

---

① 萧统编《文选》,李善注,第593页。
② 萧统编《文选》,李善注,第594页。
③ 萧统编《文选》,李善注,第594页。
④ 俞绍初辑校《建安七子集》,第108页。
⑤ 杨修:《神女赋》,载严可均辑《全后汉文》卷五一,第528页。
⑥ 萧统编《文选》,李善注,第594页。
⑦ 俞绍初辑校《建安七子集》,第108页。
⑧ 陶渊明:《陶渊明集》,逯钦立校注,第153页。

而曹植《洛神赋》虽如其序中言"感宋玉对楚王说神女之事",受宋玉《神女赋》启发而写(曹作接受宋作,具体参看洪顺隆先生的分析),但在黄初年间的政治背景下,《洛神赋》显然进一步融合了屈原《楚辞》中的求女因素。如曹赋"无良媒以接欢兮,托微波而通辞。愿诚素之先达兮,解玉珮以要之"句,显然化自《离骚》"解佩纕以结言兮,吾令蹇修以为理""望瑶台之偃蹇兮,见有娀之佚女。吾令鸩为媒兮,鸩告余以不好""凤皇既受诒兮,恐高辛之先我""及少康之未家兮,留有虞之二姚。理弱而媒拙兮,恐导言之不固"①等数句。因此,不管是认为借洛神寄心君王,还是以洛神比理想之人生境界,《洛神赋》的寄寓性质是不言而喻的。可以说,曹植《洛神赋》除在人物刻画、结构、语言等方面汲取了宋玉《神女赋》《登徒子好色赋》等前人诸多作品的营养外,更关键的是改变了此类赋作"申礼防以自持"的创作主题,从而别开一条借神女以隐喻理想或寄寓的主题道路。此后谢灵运《江妃赋》、江淹《水上神女赋》、刘休玄《水仙赋》等赋写水神系列的辞赋皆可谓这一思路的延续发展。

由此来看《文选》宋玉后只选曹植之作,其原因在于《洛神赋》上承宋玉二赋所开辟的艳情路线,融入《离骚》求女因子,从而又开辟了借神女以寄寓的主题道路,《文选》事实上给予《洛神赋》以牢笼后彦的历史地位。

综上所述,据上文对《文选》诔体、七体、情类赋的选录分析看,萧统选文在编撰上是有深思的:一是注重每体中具有开创性质的美文;二是选文间一般都有渊源关系,后继者在承继基础上又有新变,此新变又对其后作品多有影响。也就是说,其编撰体现出文体发展演变的情况,每一类文体的选文,事实上均暗示出该体的文学史脉络,此与《文心雕龙》"原始以表末……选文以定篇"(《序志》)②颇为相似。

由此再来看关于曹诗的选录。如献诗类,《文选》只选了曹植的《责躬诗》《应诏诗》和潘岳的《关中诗》,胡大雷认为曹作属于主动献诗,潘作属于被动献作,二作的共同特征"即是要向最高统治者说明一个特殊的问题,真有点儿类似上奏"③。胡先生的发现可谓洞察幽微,但他显然认为二作是并

---

① 金开诚、董洪利、高路明:《屈原集校注》,第98页。
② 周振甫:《文心雕龙今译(附词语简释)》,第456页。
③ 胡大雷:《文选诗研究》,第51页。

列关系,是献诗的两种类型,而忽略了曹作与潘作间的渊源关系。以《责躬诗》来看,诗由追怀曹操功绩而赞曹丕之德业武功,然后叙述自己得罪缘由及曹丕的处罚情况,再写自己对曹丕念及骨肉之情的感恩戴德和悔过及欲将功补过的心情。《应诏诗》可谓是对《责躬诗》的补充,它重点写赴诏路上所见,及自己急切朝拜的诚惶诚恐之情。二诗重点不同,但作为同时进献之作,应当合观,就更能清楚地看到曹植由任性触法、受罚贬爵、应诏进京前后事件的完整过程,而作者的复杂感情融合于这一叙事线索之中。

潘岳的《关中诗》显然学习了曹植二诗,由写晋德入笔,点出戎狄反乱的事件背景,然后追溯孟观出征前的几次出征情况,接着写孟观出征的胜利等,着眼于事件过程的叙写,这种思路显然有曹作的影子,不过,潘岳的开创之处在于"评价平叛战争,评论孟观与夏侯骏功劳"①,诚如何焯所言"寻绎此诗,当日廷议,于观太苛,于骏太徇,故作者特为平两人之功罪也"②,也就是说,潘岳又在叙事之中融入了议论的要素。萧统选录了曹植《责躬诗》与《应诏诗》,尤其是在此二诗前还录入了曹植《上责躬应诏诗表》(该表几乎可说是对二诗内容的概括),这更表明他对二诗是统观的,是把二诗看成一体的;而他选录潘岳《关中诗》,正是暗示潘作之于曹作的继承与发展。

第四节　诗中周孔,五言龙凤
——《诗品》对曹植诗歌的理想化阐释

《诗品》在前人接受基础上,高度概括了曹植诗歌的特征,从魏晋以来诗歌史流变的角度,为当世诗坛树立一诗美学典范,把曹植置于其诗歌史架构中心轴源的地位。他对曹植诗歌特征及其历史地位的评价,深深影响了后代诗评家的认知视野,在曹植文学阐释史上,《诗品》可谓是具有里程碑意义的著作。然而,就现有研究看,除诸家笺注外,关于钟嵘之于曹植的接受,尚少专门的论述文章。而诸家笺注对《诗品》曹植条的注释,由于笺注体制的限制,多是孤立的词句阐释,而甚少句间关系的整体把握;再者,对于《诗品》陆机、谢灵运源出曹植之说,后人颇为困惑,明清评家涉及此处者,

---

① 胡大雷:《文选诗研究》,第51页。
② 何焯:《义门读书记》,崔高维点校,第889页。

或不同意钟嵘之论,或沿袭钟嵘旧说,直至今日,相关研究亦少突破。因此,对钟嵘《诗品》之于曹植的接受仍是要深入探究的问题。

一、对"骨气奇高,词彩华茂。情兼雅怨,体被文质"①之再阐释

对于"情兼雅怨",大多数学者,如王叔岷、张怀瑾、陈延杰、杨明、吕德申等,都据《史记·屈原贾生列传》"《国风》好色而不淫,《小雅》怨诽而不乱"②句,以"雅"为《小雅》,认为"情兼雅怨"乃指兼有《小雅》之怨。又有以"雅"为雅正之意者,视"雅""怨"为两种相对的美学风格,如曹旭认为:"钟嵘把诗歌感情分成两种不同的美学类型,即源出《诗经》的'雅'和源出《楚辞》的'怨'。'雅'为雅正,代表典雅和高层次、高品味的美学原则;'怨'为怨悱,代表了汉魏以来以悲为美的思想。"③持第一种解释者,往往以曹植诗歌兼《国风》《小雅》二源;持第二种解释者,实际以《国风》《楚辞》为曹植诗歌之源。

笔者以为,这样的认识有违钟嵘《诗品》本意。逯钦立先生言钟嵘的定源标准,认为:"钟嵘别流之法,可称者计有两事:一,详察甲乙文体,必确见乙之甚肖于甲,方定乙诗之源出于甲,绝非率尔为之者。二,如乙诗体备多格,不只肖甲,抑且肖丙,则权其轻重,定乙诗源出于某;又杂某体,并不拘于《七略》一源之论。"④考之《诗品》,其上品只有最后的谢灵运条,言"其源出于陈思,杂有景阳之体"⑤;中品曹丕条言"其源出于李陵,颇有仲宣之体则"⑥,陶潜条言"其源出于应璩,又协左思风力"⑦,鲍照条言"其源出于二张""总四家而擅美,跨两代而孤出"⑧;等等,均明确指出这些诗人源出多流的情况。又,颜延之条言其"尚巧似"⑨,但只归其源于陆机,而并不像言谢

---

① 钟嵘:《诗品笺注》,曹旭笺注,第56页。
② 司马迁:《史记》卷八四《屈原贾生列传》,第2482页。
③ 钟嵘:《诗品笺注》,曹旭笺注,"前言"第14页。
④ 逯钦立遗著《〈诗品〉考实》,李思清、刘孝严整理,《古籍整理研究学刊》2010年第5期,第16页。
⑤ 钟嵘:《诗品笺注》,曹旭笺注,第91页。
⑥ 钟嵘:《诗品笺注》,曹旭笺注,第114页。
⑦ 钟嵘:《诗品笺注》,曹旭笺注,第154页。
⑧ 钟嵘:《诗品笺注》,曹旭笺注,第175页。
⑨ 钟嵘:《诗品笺注》,曹旭笺注,第160页。

灵运"尚巧似"①、鲍照"善制形状写物之词"②那样,追其源于张景阳、张茂先等人,这就更清楚地表明在定某诗人之诗源是否兼有多体时,钟嵘是非常慎重的,而且其表述有其格式性特点。又,《诗品》言源出《小雅》者,唯阮籍一人,别无他家。而钟嵘定源,是据体而定,体可包含多意,但并非据情而定。因此,以为曹植诗歌兼有《小雅》或者《楚辞》之源的说法,与《诗品》言某诗人体有多源的习惯性表达并不相合。

亦有视"雅"为高品位,而"怨"为通俗者,如陈元胜言:"曹植的诗有豪壮高雅的一面(以前期作品,即魏文帝即位之前的作品为主),也有忧苦哀怨的一面(以后期作品为主)。'哀怨'相对'高雅'为'俗'……情兼雅怨,即指情感兼有士大夫的雅致、庶人的哀怨。"③这种视"雅"与"怨"相对的观点同样让人怀疑。《文心雕龙·体性》言,"然才有庸俊,气有刚柔,学有浅深,习有雅郑"④;又言,"故雅与奇反,奥与显殊,繁与约舛,壮与轻乖"⑤。据此可见,从作者习性看,"雅"与"郑"是相对的概念,即雅正与邪僻;从文章风格言,"雅"与"奇"是相对的概念,即"熔式经诰,方轨儒门者也"⑥与"摈古竞今,危侧趣诡者也"⑦。也就是说,"雅"与"怨"在当时人的表述里,并不是相对的概念。又,从陈元胜先生的解释看,"豪壮高雅"与"忧苦哀怨"也并不构成对比,因为"豪壮高雅"指风格,而"忧苦哀怨"指情感,二者并非同一范畴的词,怎能构成相对呢?更何况,"怨"怎么就是"通俗"呢?《小雅》亦怨,但并不为"俗"。

笔者以为第一种解释视"雅怨"为偏正结构是合理的,不过,它只是指雅正的怨情,并非说明曹植诗歌又有《小雅》一源。对"情兼雅怨"的理解,关键点不在"雅怨",而在"兼"字。"兼"意为同时具有,指在一种主要情感特点的基础上又有某种特点,那么"情兼雅怨"是针对曹植诗歌的什么特点提出来的呢?这牵涉到对"骨气奇高,词彩华茂。情兼雅怨,体被文质"整

---

① 钟嵘:《诗品笺注》,曹旭笺注,第91页。
② 钟嵘:《诗品笺注》,曹旭笺注,第175页。
③ 陈元胜:《诗品辨读》,安徽教育出版社,1994,第33页。
④ 周振甫:《文心雕龙今译(附词语简释)》,第256页。
⑤ 周振甫:《文心雕龙今译(附词语简释)》,第258页。
⑥ 周振甫:《文心雕龙今译(附词语简释)》,第257页。
⑦ 周振甫:《文心雕龙今译(附词语简释)》,第258页。

个句子关系的理解。一直以来,诸本笺注基本上是孤立地解析这几句话,其注意点故而胶着在"雅怨"一词上了。

而若要把握整个句间关系,先要了解此处"骨气"的含义。诸家笺注多据《文心雕龙》之《风骨》《时序》论风骨、建安文学等语段,以及魏文帝《论文》《与吴质书》论"气"的语段,大多以为钟嵘所谓"骨气",即《诗品》序中所言"风力",等同于刘勰所谓"风骨"。而对"风骨"之理解,又大致为两类:

一是以其为与词彩相对的属于文章质的方面的内容。如吕德申认为:"骨气,即风骨,属于诗的'质'的方面,与'词采'相对。"①徐达言:"此处所言骨气,《诗品序》所谓风力,即风骨之意。骨气奇高,是指文辞、文意皆出类超群。"②曹旭道:"骨气奇高,此指曹植诗内容充实,文词刚劲而奇警高绝。案:'骨气'为汉魏以来品评人物用语。……后用为书论、诗论之术语。与'风力''风骨'义同。"③是皆以钟嵘所谓"骨气",即"风骨""风力"。

一是以其为一种来自先天的精神气质。如张怀瑾言:"骨气,亦称'风骨',当指诗人先天禀赋表现在诗吟本体上之一种独特精神气质,或云精神个性。"④又言:"《诗品》论曹植诗'骨气'奇高,以'气'取胜,此谓曹诗饱含慷慨劲健,超脱清新之精神气质,史称'建安风骨',或云'汉、魏风骨'。"⑤王叔岷道:"骨谓骨架,即结构,亦即形体或形式。气谓气势,即字句间流动之生机。仲伟所谓'骨气',盖即魏文所谓'体气'。'骨气奇高'与'体气高妙'盖同义。"⑥王先生分说"骨""气",意指形体与气势,但合说"骨气",则偏重从精神气质角度而言,把它等同于曹丕所言"体气",前后解说似不统一。

以上两类观点要么有概念混淆之乱,要么有偏失之感,要么表述不够透彻,均不能由此清楚地说明"骨气奇高,词彩华茂。情兼雅怨,体被文质"上下句间的关系。

钟嵘所谓"骨气""风力"与刘勰所谓"风骨"并非一个概念。对此,张可

---

① 吕德申:《钟嵘〈诗品〉校释》,北京大学出版社,1986,第71页。
② 钟嵘:《诗品全译》,徐达译注,贵州人民出版社,1992,第2版,第40页。
③ 钟嵘:《诗品集注》,曹旭集注,上海古籍出版社,1994,第102页。
④ 张怀瑾:《钟嵘诗品评注》,天津古籍出版社,1997,第176页。
⑤ 张怀瑾:《钟嵘诗品评注》,第177页。
⑥ 王叔岷:《钟嵘诗品笺证稿》,中华书局,2007,第150页。

礼先生《如何理解"建安风骨"》一文早有详细辨析。张先生认为,"建安风骨"是一个历史的、具体的概念。刘勰首次把"风骨"应用于文学理论,但他并没有直接把"风骨"同他有关建安文学的论述联系起来,更没有明确提出这一概念。刘勰所谓"风骨"与后来的"建安风骨"含义不同;而钟嵘的"风力"和"气"字异义同,"风力"就是"气","建安风力""主要是指建安诗歌在内容上的独创性和挺拔有力的表现"①。钟嵘之后,陈子昂首倡"建安风骨",唐代之后,仍有不少文人从不同角度谈到"建安风骨",但因他们所处时代、文学背景等不同,其所谓"建安风骨"亦有各自的含义。张先生从历史的发展的观点辨析"建安风骨"概念的来源、演变及其原因,把"风力"与内容的独创性与表现的挺拔有力结合了起来,相比于侧重于内容或禀赋气质的观点言是较为综合的观点。

杨明先生认为:"所谓风力,是一个概括而又比较朦胧的概念……大致说来,指作品的总体风貌给人一种爽朗活跃、生气勃勃的感受。诗歌是抒情的,故风力主要指感染力而言,而不是指一种逻辑力量、理性的说服力,这与《文心雕龙》所说'风骨'当有所不同。"②又言:"风力系指作品风貌而言,指情感表现上的特点,并非单指情感的内容"③,"既然说感动人心的好诗是'干之以风力'的诗,那么可知'风力'是一个具有普遍意义的范畴"④。因此,风力并不限于表现气骨凛然的作品,谢灵运的山水诗,阮籍托意玄远的诗,一样是具有风力的作品。杨明先生对"风力"的认识摆脱了从内容或精神或表现形式等方面阐释的思路,强调诗歌的感染力,这种着眼于情感表现效果的观点更具有包容性,因为感染力与诸多因素都有着不同程度的联系。杨先生的观点比较接近钟嵘所谓"风力"的内涵。但这一普遍意义的范畴与钟嵘所评曹植"骨气奇高"之"骨气"是否为一个概念呢?笔者以为这二者还有不同。

曹丕最先把东汉以来流行的"元气"说引入到文学评论中,提出"文以气为主"的理论命题。李泽厚、刘纲纪从曹丕思想与东汉"气"论和当时"才

---

① 张可礼:《建安文学论稿》,第283页。
② 杨明:《刘勰评传(附钟嵘评传)》,第343页。
③ 杨明:《刘勰评传(附钟嵘评传)》,第345页。
④ 杨明:《刘勰评传(附钟嵘评传)》,第346页。

性论"的关系看,认为"曹丕所说的'气',仔细分析起来,具有多层次、多侧面的涵义。总起来说,它是文学家天赋的气质、个性、才能和文学家所要表现的情感的统一,这四者在文学家的创作过程中是合为一体的。当它形成为一种强烈的创作冲动,表现于文学家的创作过程和创作所得的作品中时,它就是中国古代美学常说的'气势'"①。

由此来看钟嵘所谓"骨气奇高",首先即指曹植诗文中基于其天赋气质、个性、才能和情感合一的一种极其高拔的气势,而"骨"这一修饰词,则凸显了曹植诗文的气质、个性、才能和情感特点。李泽厚、刘纲纪指出,"自先秦到两汉魏晋,'骨'的问题一方面与人的生命力量的强弱相关,另一方面又与人的寿夭、贵贱、贤愚、善恶等问题相关。它是沿着这样两条线索发展下来的"②,"由于'骨'的观念同人的自然生命以及人的伦理道德、智慧、才能、个性等均有密切关系,因此又很自然地影响到与人不能分离的文艺理论"③。刘勰关于"骨"的观念就是由此发展而来的,不过,与刘勰强调"骨"的"儒家的政治伦理道德原则及与之相关的各种事实"④,并把它与作家的正直骨鲠之儒家人格、人品联系起来相比,钟嵘所谓的"骨气"应该不是主要从伦理道德角度而言,但它与作家的人格、人品亦有关联,比如刘桢条言"贞骨凌霜,高风跨俗"⑤,若以刘桢《赠从弟三首》言,它们显然鲜明地表现了刘桢独立流俗的高洁的人格力量。因此,《诗品》曹植条所谓"骨气奇高",应指曹植诗歌中基于其高尚人格、杰出才华、豪迈洒脱个性及昂扬情感而来的充沛气势。它不是情感内容,但它包含有情感的因子;它含有"风力"的内涵,但又高于这一普遍范畴。

《诗品》唯许曹植"骨气奇高",其他涉及骨气之论者,是刘桢条,如言其"仗气爱奇,动多振绝。贞骨凌霜,高风跨俗"⑥,虽然"气""骨"分句出现,但认为刘桢诗具有"骨气"是没有疑义的。其他一些条目,只是提到"气",或只是提到"骨",与曹植条之"骨气奇高"不可同日而语。如鲍照条言其

---

① 李泽厚、刘纲纪:《中国美学史——魏晋南北朝编》,安徽文艺出版社,1999,第45页。
② 李泽厚、刘纲纪:《中国美学史——魏晋南北朝编》,第688-689页。
③ 李泽厚、刘纲纪:《中国美学史——魏晋南北朝编》,第690页。
④ 李泽厚、刘纲纪:《中国美学史——魏晋南北朝编》,第693页。
⑤ 钟嵘:《诗品笺注》,曹旭笺注,第63页。
⑥ 钟嵘:《诗品笺注》,曹旭笺注,第63页。

"骨节强于谢混"①,但谢瞻条言谢混"其源出于张华。才力苦弱,故务其清浅"②,潘岳条又言"嵘谓:益寿(即谢混)轻华,故以潘胜"③,谢朓条又言"其源出于谢混。微伤细密"④,等等。以此观照,拿鲍照诗之"骨节"与谢混的相比,由于参照对象本身的作品是轻华、清浅的,由此可以想象鲍照的"骨节强于谢混",与曹、刘"骨气"相比,自是不可相提并论。

了解了这一点,再来看"骨气奇高"与"词彩华茂"的关系。可以说,正是"骨气奇高",才有"词彩华茂",而词彩之所以华茂,正是因为它充分表现了曹植诗中的"骨气",此正如刘勰所言,"若丰藻克赡,风骨不飞,则振采失鲜,负声无力。是以缀虑裁篇,务盈守气,刚健既实,辉光乃新"(《风骨》)⑤。虽然钟嵘所谓"骨气"与刘勰"风骨"的概念并不相同,但曹植条所含有的"骨气"与"词彩"的关系,与刘勰所谓"风骨"与"采"的关系应有相类之处,即如果缺少奇高的"骨气",就不可能有"华茂"的词彩,"骨气"是有决定意义的。"骨气奇高,词彩华茂",实际指出曹植诗歌的刚性特征,而"情兼雅怨"则由"骨气奇高,词彩华茂"而来,它表明钟嵘对中和诗美的认定与追求。《诗品》嵇康条言嵇康诗"过为峻切,讦直露才,伤渊雅之致"⑥。"过为峻切",即是刚性有余,而柔和不足。因而,曹诗之雅怨实际上中和了曹植诗作之"骨气",也就是说,如果"骨气"是往外膨胀放射的话,那么"雅怨"则对之起着规范收敛的作用,此与其华茂之词彩相配合,从而达到"体被文质"最理想的效果。

另外,雅怨之情对刚性之势有着中和作用,故而在诗歌表现上,往往会采取委婉曲折的表达方式,曹植诗歌的奇高骨气必隐然于诗歌的雅怨之声中,这使得曹植诗歌具有压制与膨胀相斗争、相纠缠的激荡力量,曹植诗歌撼动人心之魅力或来自此。《诗品》序中所列曹植《杂诗六首》其一"高台多悲风"、《箜篌引》"置酒高堂上"、《七哀》"明月照高楼"、《赠白马王彪》等,应该说都体现了这方面的特点。

---

① 钟嵘:《诗品笺注》,曹旭笺注,第175页。
② 钟嵘:《诗品笺注》,曹旭笺注,第165页。
③ 钟嵘:《诗品笺注》,曹旭笺注,第80页。
④ 钟嵘:《诗品笺注》,曹旭笺注,第180页。
⑤ 周振甫:《文心雕龙今译(附词语简释)》,第264页。
⑥ 钟嵘:《诗品笺注》,曹旭笺注,第118页。

但就曹植诗歌的创作实际看,钟嵘对其诗歌特征的概括只是其诗歌之一面。黄节言"陈王本国风之变、发乐府之奇、驱屈宋之辞、析杨马之赋而为诗、六代以前莫大乎陈王矣"①,实际上指出曹植诗歌的多元源头,此点明清论者多有阐明。

而再从同时代刘勰的观点来看,如《时序》篇言:

> 观其时文,雅好慷慨,良由世积乱离,风衰俗怨,并志深而笔长,故梗概而多气也。②

《明诗》篇言:

> 暨建安之初,五言腾踊,文帝陈思,纵辔以骋节,王徐应刘,望路而争驱;并怜风月,狎池苑,述恩荣,叙酣宴,慷慨以任气,磊落以使才;造怀指事,不求纤密之巧,驱辞逐貌,唯取昭晰之能:此其所同也。③

刘勰从建安文学整体着眼,强调它"慷慨任气""梗概多气"的特征,他把曹植之"雅好慷慨"(《前录自序》)的个体体验提升为整个建安文学的特质。李泽厚指出,曹丕要求作家作品的"气"要"壮"、要"密"的观点,深深影响了刘勰的"风骨"概念,刘勰非常看重作品的刚健之气,又把它与作家的心志、道德、人格等儒家要义联系起来,赋予其"慷慨"以深远的社会意义。但"造怀指事,不求纤密之巧,驱辞逐貌,唯取昭晰之能"的论说,亦说明刘勰认为建安诗歌是缺乏文采的。刘勰没有专论曹诗风格的文句,但在其整体论述的语境下,曹植诗歌亦应有此风格体现。此与钟嵘所论有所不同。

据上分析,可以看出,钟嵘曹植条之论不是对曹植前后期整体诗歌创作特征的全面概括,而是对曹植后期部分诗作的某一角度的概括,是钟嵘根据自己的诗美学观念与其写作目的有选择性地概括出来的。曹旭先生言:"这是魏诗人曹植,更是钟嵘心目中的曹植。钟嵘从曹植的诗歌中概括出自己的诗学理想,又以对曹植的理想化,使自己的诗学理想得以体现。其中,'骨气奇高,词彩华茂。情兼雅怨,体被文质。'正是钟嵘诗学理想的核心。"④这一评论可谓直击根本。

---

① 曹植:《曹子建诗注》,黄节注,叶菊生校订,"序"第1页。
② 周振甫:《文心雕龙今译(附词语简释)》,第404页。
③ 周振甫:《文心雕龙今译(附词语简释)》,第60页。
④ 钟嵘:《诗品笺注》,曹旭笺注,"前言"第14页。

二、陆机、谢灵运源出曹植之源流架构阐释

由上文论述可知,钟嵘对曹植诗歌特征的概括只是就曹植部分诗作而言,并非对曹植诗作整体特征的概括。其实,这样一种有选择性的概括方法,可以说是钟嵘品评诗人作品的常用方法。《诗品》中除评论阮籍、谢灵运、魏文帝等人的诗作是基于他们的较多作品外,大多往往只是针对诗人某篇或某几篇或某些篇而作的评价。或许正因如此,我们方看到他人不同于钟嵘的一些评论,比如颜延之言:"至于五言流靡,则刘桢、张华;四言侧密,则张衡、王粲。若夫陈思王,可谓兼之矣。"[①]颜延之把刘桢、张华并列,以为他们的诗作都有流靡的特点,而钟嵘则认为刘桢、张华源出不同,刘桢以气胜,张华则"儿女情多,风云气少"[②],二者在风格上几乎可以说是相反的。此评论之差异可能即因二人在品评对象的选取上有所不同,也就是说,刘桢、陈思的五言诗中都有流靡风格的作品,只是为钟嵘所不取而已。

了解钟嵘品评的这一特点对于理解其源头之说非常重要。由于钟嵘品评诗人所依据的往往是有选择性的、相对少量的作品,因此,他所谓的渊源关系往往亦只是着眼于作家某种风格体征的承继关系。这就使得其源头之说具有一种架构性质,而非整体客观的归纳概括,后人对其渊源之说的争议亦与此相关。本文对《诗品》陆机条、谢灵运条的理解即基于这一认识前提。

需要指出的是,尽管钟嵘对诗人源流的判断有一定的择取架构的主观性在,但钟嵘对诗人创作源流的判断则是有其依据的。从接受美学的角度讲,诗人与前人作品存在渊源关系时,其接受作品在整体或主要特点上必然与前人的本文有或隐或显的关系,而非只在部分诗作或部分诗句字词上有引用或转化接受的痕迹。曹旭指出,南朝诗人常通过"拟某某体"或"效某某体"来学习前人作品,这种模拟的方式为钟嵘运用历史批评法追溯某诗人的体貌特征和风格渊源提供了重要依据。[③]逯钦立先生言,效他人诗体者,往往即用其文,此乃六朝习例,盖"体文相关,不可分离,学其体即必用其文,

---

[①] 颜延之:《清者人之正路》,载严可均辑《全宋文》卷三六,第359页。
[②] 钟嵘:《诗品笺注》,曹旭笺注,第122页。
[③] 钟嵘:《诗品集注》,曹旭集注,"前言"第22页。

亦惟用其文始易肖其体,此袭用旧文,固为拟作之一大关键"①。诗人对前人的模拟学习,往往蕴含着他们对前人作品独特性的发现、体悟。所以,钟嵘对诗人源流关系的判定,必然基于诗人与前人作品之相袭的表现,这种表现不是表面的化用问题,而是在主体性特征上有根本性联系,这就需要判定者具有相当的识别力。因此,透过钟嵘的判源,不只可以透视后代作家作品的特点,也可以透视作为后人创作源头的前人作品的特征。

(一)陆机条再阐释

对于陆机源出曹植之论,古人解释甚少,有少数论者多沿袭钟嵘所论,且语焉不详。现代学者有的直接否定二者间有承继关系,如张怀瑾直言:"按陆机之于陈思,南北异辙,世代相接,似无必然之渊源关系,是强别源流一例。"②有的解释则缺少说服力,如吕德申从词彩角度言:"齐梁时多有曹、陆连举的,即是认为二人诗的风格有共同之处。"③曹旭先生也认为,"陆机、曹植诗风相近,故齐梁时多加连举"④。齐梁时亦有曹刘、曹王、曹潘、潘陆等连举之说,但不能据此判断二者之间有渊源关系。曹旭先生又进一步解释道:"然仲伟谓陆机源出曹植,非唯辞采华美,事语坚明,声调相类,亦仲伟诗学史观及全书之结构使之然也。陆机源出曹植,曹植源出《国风》,则陆机亦出《国风》。《诗品序》谓'陈思为建安之杰,公幹、仲宣为辅……。'可知,由曹植—陆机—谢灵运构建之汉魏晋宋诗史,当以《国风》为主,《楚辞》为辅也。"⑤曹旭先生对曹、陆渊源关系给予全新的解释,但他认为陆机源出陈思,而陈思源出《国风》,是以陆机也源出《国风》,这一推论逻辑是有问题的,对钟嵘的判源思路有一定的曲解。

逯钦立先生言,钟嵘在定源上非常慎重,他一定有所依据,才会指出某人源出某人。事实上,陆机诗歌中有不少接受曹植文学的痕迹(具体参见第三章陆机一节,此处略),那对于陆机源出曹植之说,到底应从什么角度理解呢?

---

① 逯钦立遗著《〈诗品〉考实》,李思清、刘孝严整理,《古籍整理研究学刊》2010年第5期,第13页。
② 张怀瑾:《钟嵘诗品评注》,第201页。
③ 吕德申:《钟嵘〈诗品〉校释》,第80页。
④ 钟嵘:《诗品集注》,曹旭集注,第136页。
⑤ 钟嵘:《诗品集注》,曹旭集注,第136页。

《诗品》给诗人定源的语句表述大致有两种情况：一是指其源出某人后，紧接着即品评该诗人的作品特点，而不提源出依据，但据品评内容，或联系作家作品，亦可推出归源理由，曹植条、刘桢条、阮籍条等多是如此；二是在指出渊源关系后，用一两句话分析二者的关联性，之后再指出该诗人在承继前人基础上的创造性特点，陆机条、谢灵运条等多类此。了解《诗品》这一表述特点，对于探寻其归源原因颇有开启作用。

由此来看陆机条。

> 其源出于陈思。才高辞赡，举体华美。气少于公幹，文劣于仲宣。尚规矩，不贵绮错，有伤直致之奇。然其咀嚼英华，厌饫膏泽，文章之渊泉也。张公叹其大才，信矣！①

此条言陆机"才高辞赡，举体华美。气少于公幹，文劣于仲宣"，这是他源出曹植之因，而"尚规矩，不贵绮错，有伤直致之奇"，则是陆诗自身发展出的特点。"尚规矩"可能有两点指向，一是指陆机的模拟之作对前人亦步亦趋；一是指陆机诗过于追求俳偶，导致诗整体有缺少变化的板滞感，"不贵绮错，有伤直致之奇"正说明"尚规矩"的问题。钟嵘评诗以自然为美，所以对陆诗这一特点有批评之意，但"然其咀嚼英华，厌饫膏泽，文章之渊泉也"之论，则表明他对陆诗成就的高度认可，正是对"才高辞赡，举体华美"的最好注脚。而"才高辞赡，举体华美"又导致陆机诗"气少于公幹，文劣于仲宣"的结果，这两句间是有因果关系的。

与曹植由于奇高骨气而致的词彩华茂不同，陆机之举体华美，来自他的"才高辞赡"。李泽厚在解释曹丕的"文以气为主"时提到"气"包含作者的才能因素，才高才能窥深索广，词藻宏富，自然"举体华美"。而"才高辞赡，举体华美"，自然有一种基于大才的英拔之气流荡其中，再加上陆机于东吴世家大族的身份及其破国亡家的沉痛经历，陆诗中亦颇有风云惊心处。刘熙载言："士衡乐府，金石之音，风云之气，能令读者惊心动魄。虽子建诸乐府，且不得专美于前，他何论焉！"②与一般只指陆诗之繁缛不同，他就看出了陆诗中的气势。

钟嵘虽认为陆诗"气少于公幹"，但还是认为陆诗是很有"气"的。《诗

---

① 钟嵘：《诗品集注》，曹旭集注，第132页。
② 刘熙载：《诗概》，载郭绍虞编选《清诗话续编》，富寿荪校点，第2288页。

品》潘岳条言"叹陆为深""陆才如海"①,亦说明陆诗由博学广识而来的气势。《文心雕龙·明诗》言"晋世群才,稍入轻绮。张潘左陆,比肩诗衢,采缛于正始,力柔于建安"②。刘勰只是以建安诗人为参照,强调这些诗人"力柔于建安",但并没有否定其诗亦有"力"在,钟嵘所言可与之相发明。不过,由于刘桢诗的气骨是被高度推崇的,因而他所谓陆机"气少于公幹",并不意味着对陆机诗在"气"方面的否定,相反,其中实寓含对陆诗的高度评价,但诸家笺注对此则缺少正面肯定。

而"文劣于仲宣"之评,亦同样含有肯定之意。许文雨先生言:"按记室以文秀许仲宣,刘彦和《文心雕龙·隐秀》云:'雕削取巧,虽美非秀。'是陆文之不逮仲宣者,乃由其俳偶雕刻,渐失自然浑成之气欤。"③曹旭先生否定许说,认为"仲伟以曹植为诗学典范,刘桢、王粲,各为气骨、文采之一翼,陆机后来祖袭,必逊于前,此乃仲伟之诗学观念"④。其实,许说是有道理的,但认为陆诗不如王诗,是因其俳偶雕刻而渐失自然浑成之气,恐怕并不准确。一方面,钟嵘《诗品》序主要对比事用典,"殆同书钞"⑤,及拘于声律、"襞积细微"⑥的时风进行了批判;另一方面,他关于陆机"尚规矩,不贵绮错,有伤直致之奇"的评论虽有一定的批评之意,但并没有否定,而且"尚规矩"本身正是陆机创作的一个突出特点。那么,钟嵘言陆机"文劣于仲宣"到底何意呢?

《诗品》张协条言"其源出于王粲。文体华净,少病累"⑦。《文心雕龙·才略》评王粲曰:"文多兼善,辞少瑕累。"⑧此可见王粲文秀的特点在于"净"。而陆诗则深芜,《诗品》对此多次点及。《文心雕龙·熔裁》亦谓"至如士衡才优,而缀辞尤繁"⑨;《才略》谓"陆机才欲窥深,辞务索广,故思能

---

① 钟嵘:《诗品笺注》,曹旭笺注,第80页。
② 周振甫:《文心雕龙今译(附词语简释)》,第61页。
③ 许文雨:《钟嵘诗品讲疏·人间词话讲疏·附补遗》,成都古籍书店,1983,第49-50页。
④ 钟嵘:《诗品集注》,曹旭集注,第137页。
⑤ 钟嵘:《诗品注》,陈延杰注,人民文学出版社,1961,第4页。
⑥ 钟嵘:《诗品注》,陈延杰注,第5页。
⑦ 钟嵘:《诗品笺注》,曹旭笺注,第84页。
⑧ 周振甫:《文心雕龙今译(附词语简释)》,第428页。
⑨ 周振甫:《文心雕龙今译(附词语简释)》,第297页。

入巧而不制繁"①。又,陆云言:"兄文章之高远绝异,不可复称言。然犹皆欲微多,但清新相接,不以此为病耳。若复令小省,恐其妙欲不见,可复称极,不审兄由以为尔不?"②陆诗之繁复可谓晋、南朝评者的共识。故钟嵘所谓陆机"文劣于仲宣",是指他缀词过繁,不如王诗华净。此为陆诗弱点,但亦为陆诗长处,因为才高辞赡,所以钟嵘又称赞他为"文章之渊泉也"。

综上所论,"气少于公幹,文劣于仲宣",此句并非指陆机诗整体艺术成就不如刘桢、王粲,事实上,从文、气的统一角度言,钟嵘实际上认为陆诗成就应高于二人,因为刘、王皆是偏美,而陆机则文质兼善,也就是说陆机诗达到了"采"与"气"的谐和,这正是陆机诗源出曹植的原因所在,此与《诗品序》所言"陈思为建安之杰……陆机为太康之英"③是相应的。

至于颜延年条言,"其源出于陆机。故尚巧似。体裁绮密。然情喻渊深,动无虚发;一句一字,皆致意焉。又喜用古事,弥见拘束。虽乖秀逸,固是经纶文雅;才减若人,则陷于困踬矣"④。可见,钟嵘指颜延年源出陆机,并非指其继承了陆机承自曹植之文质兼备的特点,而是指他继承了陆机"尚规矩""咀嚼英华,厌饫膏泽"之一面。颜延年开出俳偶一派,隶事用典,直接影响到下品中檀超等七人,"檀、谢七君,并祖袭颜延。欣欣不倦。得士大夫之雅致乎!"⑤。由陆机而颜延年而檀超等人,可谓又别开一脉,他们与曹植的诗风有着巨大差别。所以,不能由檀超等祖袭颜延年,颜延年出于陆机,陆机源出曹植,从而推出颜延年、檀超等人都可归于《国风》一系,这种众支皆属本源之论,是可疑的。

(二)谢灵运条再阐释

其源出于陈思,杂有景阳之体。故尚巧似,而逸荡过之。颇以繁芜为累。嵘谓:若人学多才博,寓目辄书,内无乏思,外无遗物,其繁富,宜哉!然名章迥句,处处间起;丽曲新声,络绎奔发。譬犹青松之拔灌木,白玉之映尘沙,未足贬其高洁也。初,钱塘杜明师夜梦东南有人来入其

---

① 周振甫:《文心雕龙今译(附词语简释)》,第429页。
② 陆云:《陆云集》,黄葵点校,第138页。
③ 钟嵘:《诗品笺注》,曹旭笺注,第18-19页。
④ 钟嵘:《诗品笺注》,曹旭笺注,第160页。
⑤ 钟嵘:《诗品笺注》,曹旭笺注,第273页。

馆,是夕,即灵运生于会稽。旬日而谢安亡。其家以子孙难得,送灵运于杜治养之。十五方还都,故名"客儿"。①

对于钟嵘所谓灵运源出曹植,后世评者多有异议。如方东树言,"每篇百遍烂熟,谢从陶出,而加琢句工矣"②,"康乐无一字不稳老……但其本领不过庄、佛,无多变境"③,"读《庄子》熟,则知康乐所发,全是《庄》理"④。吴淇言:"人知灵运用《易》语簠诗词,不知灵运用《易》义立诗格。"⑤他们都指出灵运诗歌的多个源头。黄节言:"康乐之诗。合诗易聃周骚辩仙释以成之。其所寄怀。每寓本事。说山水则苞名理。康乐诗不易识也。徒赏其富艳。唐宋以后。浅涉其樊者知之。"⑥此论可谓对古人以灵运诗出多源说的综合。又,王世贞言:"谢灵运天质奇丽,运思精凿,虽格体创变,是潘陆之余法也,其雅缛乃过之。"⑦胡应麟言:"灵运之词,渊源潘、陆。"⑧则又多言灵运源出陆机。古人对钟嵘所论之困惑,于此可见一斑。而诸家笺注于灵运诗源出曹植之论,则多以其词彩方面深受曹植影响⑨,但陆诗亦"才高辞赡,举体华美",古人言其出于陆机,亦有根据,钟嵘为何不说灵运源出陆机呢?推究谢灵运条,钟嵘本意,或不在此。

谢灵运条言:"其源出于陈思,杂有景阳之体。故尚巧似,而逸荡过之。颇以繁芜为累。"灵运诗以陈思为本源,而兼受张景阳影响。"尚巧似"源自张景阳,但"逸荡过之"则是源于陈思而产生的结果。"逸荡"一词,诸家笺注大略有二:一是指作品气势。如张怀瑾言:"逸荡,奔放。"⑩徐达言:"超脱、放纵超过张协。"⑪二是指诗体放纵无检束。如吕德申曰:"逸荡:不拘成

---

① 钟嵘:《诗品笺注》,曹旭笺注,第91页。
② 方东树:《昭昧詹言》,汪绍楹点校,第131页。
③ 方东树:《昭昧詹言》,汪绍楹点校,第138页。
④ 方东树:《昭昧詹言》,汪绍楹点校,第138页。
⑤ 吴淇:《六朝选诗定论》,汪俊、黄进德点校,第353页。
⑥ 谢灵运:《谢康乐诗注》,黄节注,人民文学出版社,1958,"序"第2页。
⑦ 王世贞:《艺苑卮言》卷三,载丁福保辑《历代诗话续编》,第994页。
⑧ 胡应麟:《诗薮》内编卷二,第23页。
⑨ 曹旭先生以为除此之外,"亦有曹植—陆机—谢灵运为汉魏晋宋诗史正席,《诗经》为诗学主流之美学思想"的原因。此论与其释陆机源出曹植类似。参见钟嵘:《诗品集注》,曹旭集注,第166页。
⑩ 张怀瑾:《钟嵘诗品评注》,第227页。
⑪ 钟嵘:《诗品全译》,徐达译注,第61页。

法,同放荡。《南史·齐武陵昭王晔传》:'康乐放荡,作体不辨有首尾。'"①曹旭谓:"逸荡:放纵;放荡。笔无检束之谓。"②又言:"案:刘勰《文心雕龙·明诗》篇曰:'宋初文咏,体有因革。庄老告退,而山水方滋。俪采百字之偶,争价一句之奇;情必极貌以写物,辞必穷力而追新。'此谓宋初吟咏山水,'极貌写物''穷力追新'当与仲伟'尚巧似''逸荡'相发明。"③

笔者以为这两种解释其实是一体之两面,一着眼于诗作之文体风貌,一着眼于诗作之精神气质。诸家笺注多引用齐高帝言佐证,但往往只引用前半句,而丢弃了下句,只有把上下句联系起来,才能进一步理解他话语中所包含的另外一层意思。齐高帝原句是:"但康乐放荡,作体不辨有首尾,安仁、士衡深可宗尚,颜延之抑其次也。"④他以灵运诗与陆机、颜延年等相对,而《诗品》又以颜延年源出陆机,承嗣陆机"尚规矩"之一面。因此来看,齐高帝所言"康乐放荡,作体不辨有首尾",是说他作诗无规矩无成法,此看似否定,但实际指出灵运诗天才横溢、天马行空、不可追踪的特点。萧子显言:"今之文章,作者虽众,总而为论,略有三体。一则启心闲绎,托辞华旷,虽存巧绮,终致迂回。宜登公宴,本非准的。而疏慢阐缓,膏肓之病,典正可采,酷不入情。此体之源,出灵运而成也。"⑤"出灵运而成",并非指灵运诗歌即"疏慢阐缓,膏肓之病,典正可采,酷不入情",而是画虎不成反类犬也,这也正说明灵运诗体非其才而不能驾驭的特点。因此,"逸荡"表面看应指其诗作描写的繁复,但其源于"学多才博,寓目辄书,内无乏思,外无遗物",所以"逸荡"即含有逼人的才气与豪气。"逸"有超越之意,曹丕称刘桢"公幹有逸气,但未遒耳"⑥,即指刘桢有超越豪迈之气。"荡"有广大之意,如《左传·襄公二十九年》:"为之歌《豳》,曰:'美哉,荡乎!乐而不淫,其周公之东乎!'"⑦所以"逸荡"指谢诗超越豪迈广大的气象,实际上亦表明谢诗具

---

① 吕德申:《钟嵘〈诗品〉校释》,第 92 页。
② 钟嵘:《诗品集注》,曹旭集注,第 166 页。
③ 钟嵘:《诗品集注》,曹旭集注,第 167 页。
④ 萧子显:《南齐书》卷三五《武陵昭王晔》,第 625 页。
⑤ 萧子显:《南齐书》卷五二《文学》,第 908 页。
⑥ 曹丕:《又与吴质书》,载严可均辑《全三国文》卷七,第 66 页。
⑦ 杨伯峻编著《春秋左传注》,中华书局,1981,第 1162 页。

有风力骨气的特点。①

而"名章迥句,处处间起;丽曲新声,络绎奔发。譬犹青松之拔灌木,白玉之映尘沙,未足贬其高洁也",则点明灵运诗词彩华美的特点。若此,灵运之源于曹植,在钟嵘看来,亦是继承了曹植骨气与词彩相兼的特点。其后对灵运出生之神异传说的追溯,亦以说明谢诗之美,实乃神力,此正如谢灵运说"池塘生春草,园柳变鸣禽"句乃梦中得之一样②,这正是灵运诗不可学、学不到之处,与鱼豢之评曹植"思若有神",实乃义同辞异,这也说明灵运源出于陈思,亦和其奇才有关。

钟嵘论诗,多重诗人之才,他之归源陆机、谢灵运于曹植,以三人为其诗史架构之中心轴,其原因之一或在于这三人都以卓越不群之才著称当时后世。陆机条言:"张公叹其大才,信矣!"他称陆机"才高辞赡,举体华美",说谢灵运"才高词盛,富艳难踪"③,而"富艳"一词与陈寿评曹植"陈思文才富艳,足以自通后叶"④相似。又,谢灵运条言其"学多才博,寓目辄书,内无乏思,外无遗物",此与杨德祖评曹植"有所造作,若成诵在心,借书于手,曾不斯须,少留思虑"⑤相似。《人物志》英雄第八言:"夫草之精秀者为英,兽之特群者为雄。故人之文武茂异,取名于此。是故聪明秀出谓之英,胆力过人谓之雄。"⑥《诗品》序以曹植为"建安之杰",陆机为"太康之英",谢灵运为"元嘉之雄",把他们置于他们各自所处时代的最高位置,"杰""英""雄"的指称亦可见三者才华的卓异不群。

(三)曹植一脉诗歌于南朝之接受

《诗品》王粲条言其"发愀怆之词,文秀而质羸。在曹、刘间别构一体"⑦,指出曹植、刘桢、王粲各为一体,曹植是骨气与词彩相备之体,刘桢是气过其文体,王粲则是质羸而文秀体。由于汉代"诗人之风,顿已缺丧",而

---

① 钟嵘言:"昔曹、刘殆文章之圣,陆、谢为体贰之才。"认为陆、谢乃体法曹、刘,刘桢"气过其文",陆、谢亦诗法刘桢,那只能是学其气骨,而非师其文采,此句亦可证陆、谢诗中之充沛之气。参见钟嵘:《诗品注》,陈延杰注,第4、21页。
② 事见钟嵘:《诗品笺注》"宋法曹参军谢惠连"条,曹旭笺注,第171页。
③ 钟嵘:《诗品注》,陈延杰注,第2页。
④ 陈寿:《三国志》卷一九《魏书·陈思王植》,第577页。
⑤ 杨修:《答临淄侯笺》,载严可均辑《全后汉文》卷五一,第528页。
⑥ 《人物志》,梁满仓译注,中华书局,2014,第115页。
⑦ 钟嵘:《诗品笺注》,曹旭笺注,第66页。

建安则"彬彬之盛,大备于时矣",①相比于前代,建安诗人众多,作品众多,在五言诗创作方面有诸多开创之功,对晋、宋、南朝齐和梁诗歌有着深远影响,因此,虽然钟嵘品评以《国风》《小雅》《楚辞》为本源,但从其建构的魏、晋、宋、南朝齐和梁的诗歌史来看,建安诗人自然成为后世诗人的创作之源,而曹植、刘桢、王粲三体,实际上就成为之后"文质兼备""气过其文""文秀质羸"三类文体的源头,建安之后的诗歌,大体是沿着这三个文体方向发展的。(表4-2)

表 4-2 建安三体及其发展方向

建安三体	晋—南朝(流)			
建安(源)	(流)西晋(源)	(流)东晋	(流)南朝宋(源)	(流)南朝齐
曹植 (文质兼备)	陆机		颜延年	谢超宗、丘灵鞠、刘祥、檀超、钟宪、颜测、顾则心
			谢灵运 (杂张景阳体)	
刘桢 (气过其文)	左思	陶渊明 ("又协左思风力")		
王粲 (文秀质羸)	潘岳	郭璞		
	张协		鲍照(出于二张)	沈约
	张华		鲍照	
			谢瞻	
			谢混	谢朓
			袁淑	
			王微	
			王僧达	
	刘琨			
	卢谌			

---

① 钟嵘:《诗品注》,陈延杰注,第1页。

曹旭先生言,钟嵘自汉迄南朝梁的诗歌史框架是以曹植—陆机—谢灵运为轴心的,但就上表建安三体于晋和南朝宋、齐的影响看,实际的诗歌接受情况与钟嵘的架构甚有出入。

先看刘桢体的诗歌。源出刘桢的只有左思。《诗品》认为陶渊明源出应璩,故其创作的主体来源是应璩。"又协左思风力",指兼有左思诗特点,与源出之主体性相比并非同一概念。若此,就《诗品》中刘桢诗的接受史线言,由左思而陶潜之后,可谓后无来者。①

再看王粲体的诗歌。晋、宋、南朝齐和梁的很多诗人,尤其是宋、南朝齐和梁的诗人,大凡钟嵘提到有渊源关系者,多可追溯至建安王粲一体,其干支虽有区别,但都保持了王粲体文秀的特点。许文雨言:"记室品第之说,第以其卷次求之,殊多未尽。彼之心目中固尚有明划之三派焉。一派为正体诗,以曹子建为首……一派为古体诗,以应璩为首,而辅以元瑜坚石诸人……一派为新体诗,以张华为首,托体华艳。休鲍后起,美文动俗。王沈以下,流为宫体。此派之诗,风靡一时,固无论矣。"②许先生的观点颇有启发意义。我们可以进一步从张华追溯到建安王粲体那里,这样可更清楚地看到从建安而至南朝齐、梁王粲体诗的发展、影响与变化。就上表言,建安三体中真正广泛影响晋、南朝宋和齐诗人的是王粲体诗歌,也就是说,在钟嵘看来,南朝宋、齐和梁诗歌多属"文秀而质羸"一类,华美有余,却缺乏来自人格、激情、才气、天赋的气骨。

最后看曹植一脉的诗歌。据前文陆机条阐释,颜延年一支实际上承继的是陆机"尚规矩"之一路,此与曹植气骨与词彩兼备之体并不相同,这实际上表明,尽管曹植是钟嵘的最高诗美典范,但除了陆机、谢灵运对其有所

---

① 事实上,如陶潜条言"其源出于应璩,又协左思风力",一般据此以为钟嵘非常推崇左思风力,认为左思诗非常有气骨,但左思虽位居上品,可在太康诗人群里,他居于陆机、潘岳、张协之下,钟嵘言"陆机为太康之英,安仁、景阳为辅",这就说明相比于陆机、潘岳、张协等人,左思的诗要弱一些。又,逯钦立先生认为:"寻真古、质直等特色,应璩固多似陶,然如借列士贤人,以发我之激慨,用山林招隐,以畅我之高情,此又左思、陶潜所共有,而应璩若无之者……而陶潜《咏三良》《咏贫士》及《拟古》等作,亦俱与左思《咏史》诸篇,诗体相若,无论辞意,悉为仿佛。"(参见逯钦立遗著《〈诗品〉考实》,李思清、刘孝严整理,《古籍整理研究学刊》2010 年第 5 期,第 15 页)笔者以为,左思条言其"文典以怨",《诗品》序又言左思咏史、陶潜咏贫之制等,为"五言之警策者",因此,所谓陶潜又协左思风力,应该主要指其"典以怨"的文体与风格特征。此风力与序言中所谓风力,表意相近,强调左思诗的风格特征,而非其气骨。若此看来,刘桢体诗于晋和南朝宋、齐、梁时期,只有左思与之最相近。

② 许文雨:《钟嵘诗品讲疏·人间词话讲疏·附补遗》,第 9 页。

承继,南朝宋以后至梁,可谓后无来者。事实上,南朝齐、梁有不少学习谢灵运的。如萧子显分当时诗体为三,其中一体即追踪灵运。萧纲《与湘东王书》言"时有效谢康乐、裴鸿胪文者,亦颇有惑焉"①,他所批评的当时的京都文体,其中就包括学谢灵运派。又,就具体人物言之,南齐武陵昭王晔学谢灵运体,梁代伏挺善效康乐体等。但钟嵘却没有某诗人源出谢灵运之论。其中因由,萧纲已经道明:"谢客吐言天拔,出于自然,时有不拘,是其糟粕。裴氏乃是良史之才,了无篇什之美。是为学谢则不届其精华,但得其冗长;师裴则蔑绝其所长,惟得其所短。谢故巧不可阶,裴亦质不宜慕。"②逯钦立先生说得更明白:"齐梁文士,宪章谢体者极众,而此不著其一人,盖以谢体'富艳难踪,巧不可阶'(简文帝语),学之者无一人肖之,亦无一人以之成家,故不及之。"③以此来看,谢朓的源出问题是颇有意味的。谢朓与谢灵运并称大小谢,今人研究亦多以其深受灵运影响,但钟嵘致流别,却归其源于谢混。许文雨言:"按叔源水木清华,想见闲雅之情;玄晖山水都邑,别饶旷逸之趣。谢家名章,接踵可称,固不容昧厥源之所自也。"④这是相当有眼力的。综上,在钟嵘的源流论架构中,谢灵运体承继无人,说明曹植体亦后继无人。

由建安三体在晋和南朝宋、齐、梁间的影响差异看,可以理解为何钟嵘品评曹、刘只选取其诗歌之一体,并高推他们为文章之圣,尤其把刘桢置于王粲之前,与当时多曹、王并提的观念有很大不同。南朝声色大开,文过其意;且又如《诗品》序言,"于是庸音杂体,人各为容。至使膏腴子弟,耻文不逮,终朝点缀,分夜呻吟,独观谓为警策,众睹终沦平钝"⑤,这种为文造情,与钟嵘所谓"气之动物,物之感人,故摇荡性情,行诸舞咏"⑥之缘情而发相比,可谓本末倒置,况论其气骨、风力!又,"次有轻薄之徒,笑曹、刘为古拙,谓鲍照羲皇上人,谢朓今古独步"⑦,鲍照"总四家而擅美,跨两代而孤

---

① 严可均辑《全梁文》卷一一,第115页。
② 严可均辑《全梁文》卷一一,第115页。
③ 逯钦立遗著《〈诗品〉考实》,李思清、刘孝严整理,《古籍整理研究学刊》2010年第5期,第12页。
④ 许文雨:《钟嵘诗品讲疏·人间词话讲疏·附补遗》,第98-99页。
⑤ 钟嵘:《诗品注》,陈延杰注,第3页。
⑥ 钟嵘:《诗品注》,陈延杰注,第1页。
⑦ 钟嵘:《诗品注》,陈延杰注,第3页。

出……然贵尚巧似,不避危仄,颇伤清雅之调。故言险俗者,多以附照"①,时俗吸取的恰是他"险俗"之处;而谢朓"源出于谢混。微伤细密,颇在不伦……善自发诗端,而末篇多踬。此意锐而才弱也",但却"至为后进士子之所嗟慕"。② 据上可知时代之好尚、诗风之孱弱。因此,钟嵘以曹植—陆机—谢灵运为轴心的诗歌史建构,恐怕正是透视了时代诗歌的弊端,从而树立典型,欲以纠正时弊,由此亦可见,钟嵘不仅重风力丹采、重自然直寻,亦重气骨气势,他对曹植诗歌的高推与其诗美学观念是相应的。而钟嵘对丹采与骨气的并重,其实已经隐约肇端了陈子昂的汉魏风骨论。

此外,《诗品》序及曹植条,都有化用曹植文学作品之处。比如《诗品》序言:"况八纮既奄,风靡云蒸,抱玉者联肩,握珠者踵武。固以瞰汉、魏而不顾,吞晋、宋于胸中。谅非农歌辕议,敢致流别。嵘之今录,庶周旋于闾里,均之于谈笑耳。"③其中就有不少语句化自曹植《与杨德祖书》。如"八纮既奄",化自曹文"吾王于是设天网以该之,顿八纮以掩之"句;"抱玉者联肩,握珠者踵武",化自"人人自谓握灵蛇之珠,家家自谓抱荆山之玉"句;而"谅非农歌辕议,敢致流别。嵘之今录,庶周旋于闾里,均之于谈笑耳"则化自"夫街谈巷说,必有可采;击辕之歌,有应风雅,匹夫之思未易轻弃也"句。另外,曹植条评曹植诗言"陈思之于文章也,譬人伦之有周、孔,鳞羽之有龙凤"④句,王叔岷先生认为其言亦有承自曹植诗文处,如其言:"岷以为子建《薤露篇》:'孔氏删《诗书》,王业粲已分。骋我径寸翰,流藻垂华芬。'以承孔子自许;又其《豫章行》:'不见鲁孔丘,穷困陈、蔡间;周公下白屋,天下称其贤。'周、孔并称以寓慨。则仲伟譬其诗如'人伦之有周、孔'。亦有据。"⑤

---

① 钟嵘:《诗品笺注》,曹旭笺注,第175页。
② 钟嵘:《诗品笺注》,曹旭笺注,第180页。
③ 钟嵘:《诗品注》,陈延杰注,第3页。
④ 钟嵘:《诗品笺注》,陈延杰注,第56-57页。
⑤ 王叔岷:《钟嵘诗品笺证稿》,第152页。

第五章　南朝重要文士对曹植的接受

南朝时期,一些重要读者对曹植及其作品的接受,非常引人注目。他们突破了两晋偏于曹植文学创作接受的局限,其对曹植作品的创作学习、批评阐释,往往与对曹植精神的挖掘融于一体,接受视角更为综合。他们承前启后,引发其后曹植接受视角的不断开拓,他们亦成为曹植接受史上不可断缺的关键环节,对后世的曹植接受影响深远。本章以谢灵运、江淹、沈约、萧绎等四人对曹植及其作品的接受为研究对象,分四节探究、论述如下。

第一节　天下才子,百世知音
——《拟魏太子邺中集诗八首》对曹植的接受及其他

上一章钟嵘对曹植的接受一节已经论述《诗品》所谓谢灵运源出陈思之论的内涵,不过,那主要是理论批评方面的探讨,本节则结合谢灵运、曹植的具体作品,探讨谢灵运对曹植其人、其文的接受及其影响、意义。

谢灵运作品中有不少曹植文学的痕迹,对此,萧涤非先生曾基于古人研究,从二人风格之神似、用字之尖新、句意之相合、起调之宏肆、结构之相似等方面,列举了二者语句、篇章方面的诸多相似处,以说明二者的渊源关系。① 这些例证虽未必证明源出之论,但其洞察幽微的解析足以说明谢作之于曹作的承继关系。而在赋作方面,洪顺隆先生曾指出谢灵运《江妃赋》

---

① 参见萧涤非:《读诗三札记》,第 23 页。

实受《洛神赋》影响,二者"在主题、结构、细节描写、角色、意象、语言诸方面,行迹是多么类似,气韵是多么貌合,精神是多么贴近"①。

以上所言灵运诗、赋对曹植作品的明显折射,尚属文学作品层面的接受,而真正体现灵运深入曹植人生与精神,并融其体会于创作中者,乃其著名的《拟魏太子邺中集诗八首》②。该组诗深蕴着灵运对曹植人生遭遇、文学创作突出特点,以及其人生与创作关系之深刻理解,在曹植接受史上具有突破性意义,对后来者之模拟、阐释曹作影响深远。

需要指出的是,对于灵运所拟文本,多以为是《邺中集》。灵运拟诗序末尾言:"岁月如流,零落将尽,撰文怀人,感往增怆!"③李善引魏文帝《与吴质书》"顷撰其遗文,都为一集"注序中"撰文怀人"句④,后世依此认为李善视遗文集与《邺中集》为一。这个推断并不严谨。第一,李善仅注序中"撰文怀人",并没有注拟诗题目"邺中集诗";第二,曹丕《又与吴质书》仅言"徐、陈、应、刘,一时俱逝……顷撰其遗文。都为一集"⑤,但灵运拟作则包括王粲、阮瑀、曹植;第三,曹丕所撰"徐、陈、应、刘"遗文集,是四人各一集,且内容并非只是邺城所作,故视曹丕所编遗文集为《邺中集》并不恰当。又,六朝典籍、《隋书·经籍志》并未撰录《邺中集》,唐代皎然《诗式》始首列其目"邺中集"。但皎然所列"邺中集"条属于《诗式》卷一"不用事第一格"条目,该条目下包括"李少卿并《古诗十九首》、王仲宣《七哀》、邺中集、文章宗旨、'团扇'二篇"等条,主要是针对具体作品而言的,很难判断"邺中集"是《邺中集》。⑥ 又,宋齐时集会常有集体创作,其题目往往含"集"字。如谢灵运《九日从宋公戏马台集送孔令》,谢瞻亦有同题作。另外,谢惠连《夜集叹乖诗》《夜集作离合诗》,王融《萧谘议西上夜集诗》,谢朓《同羁夜集诗》,等等,均是如此。《诗式》中"邺中集"名目,很可能是"'邺中'集诗"的省略。而再从《拟魏太子邺中集诗八首》的整体结构、内容看,它显然是一

---

① 洪顺隆:《辞赋论丛》,第160页。
② 黄节注《谢康乐诗注》、逯钦立《先秦汉魏晋南北朝诗》所载灵运此组拟诗,均名为《拟魏太子邺中集诗八首》,顾绍柏《谢灵运集校注》则云《拟魏太子邺中集八首》。
③ 《谢灵运集校注》,顾绍柏校注,第136页。
④ 萧统编《文选》,李善注,第973页。
⑤ 严可均辑《全三国文》卷七,第66页。
⑥ 皎然:《诗式校注》,李壮鹰校注,第110-128页。

次以曹丕为组织核心的围绕欢宴主题的集体创作。

该组拟诗为《文选》杂拟类悉数录入,亦为《诗品》序所誉"五言之警策者"①,梁人对此组拟诗评价之高可见一斑。但后代对此组拟诗则颇有异议,如宋代刘克庄言:"谢康乐有《拟邺中诗》八首,江文通有《拟杂体》三十首,名曰'拟古',往往夺真。"②而明代张溥则言:"谢客儿拟魏太子邺中集诗八首,评者谓其气象不类,下逊文通。"③这两种不同观点实基于"类与不类"的衡量标准,与梁人批评的着眼点有所不同。刘勰曰:"文辞气力,通变则久。"(《通变》)④萧子显言:"若无新变,不能代雄。"⑤梁人对文学"变"的追求反映到他们对拟诗的评价上,不只重其"像",更重其"变"。《文选》《诗品》对《拟魏太子邺中集诗八首》的重视表明他们显然视之为富有独特个性的创造性作品,而非简单的模拟之作。正因为其有像之一面,所以后人有"夺真"之论;而其又有变之一面,所以亦有"不类"之谈。后人相反的观点恰恰说明灵运此组拟诗的成就,正在于"似"与"不似"之间。"似"是模仿,"不似"则是创造,该组拟诗是虚与实的融合,是精心结构与不断解构的并置。探究拟诗这一特点正是解读此组拟诗之于曹植其人、其文接受的关键。

一、拟诗之真实与虚构

《拟魏太子邺中集诗八首》是拟邺中曹丕与七子某次宴会集体创作的诗歌。但以现存文献言,并无曹丕与七子同时聚集写作的记载。《初学记》言:"魏文帝集曰:为太子时。北园及东阁讲堂。并赋诗。命王粲刘桢阮瑀应玚等同作。"⑥据此,同赋诗者也仅曹丕、王粲、阮瑀、应璩等人。曹丕《又与吴质书》中回忆"每至觞酌流行,丝竹并奏,酒酣耳热,仰而赋诗"⑦者,徐、陈、应、刘诸人而已。另外,曹植有《侍太子坐》,应玚有《侍五官中郎将建章

---

① 钟嵘:《诗品注》,陈延杰注,第5页。
② 刘克庄:《后村诗话》前集卷一,载吴文治主编《宋诗话全编》第八册,第8356页。
③ 张溥:《汉魏六朝百三家集题辞注》,殷孟伦注,人民文学出版社,1960,第218页。
④ 周振甫:《文心雕龙今译(附词语简释)》,第271页。
⑤ 萧子显:《南齐书》卷五二《文学》,第908页。
⑥ 徐坚等:《初学记》,中华书局,1962,第230页。
⑦ 严可均辑《全三国文》卷七,第66页。

台集诗》,曹植、阮瑀、应玚、王粲、刘桢有公宴诗,陈琳有《宴会诗》(非《公宴诗》),现存史料中,曹丕、徐幹没有公宴类诗。① 而就这些公宴诗言,是否写于同一次宴会,此宴会是否为曹丕所主持,同一宴会上是否皆有诗作,均难确定。因此,《拟魏太子邺中集诗八首》很可能把建安中多次参与人不同的聚会剪接到一个由曹丕主持的同一宴会上。故拟诗本身即有虚构的意味,同时亦有建安集会创作情景的投影,比如拟诗中出现的哀声、美酒、欢谈、清论、朝游暮饮等意象或情景因素在建安公宴诗中均有体现。因此,拟组诗的情景是虚构的,又是真实的。

拟组诗总序以曹丕的口吻不无怀念地写建安末年欢娱之极的往事。但建安十七年(公元212年)阮瑀卒;二十二年(公元217年)春,王粲卒;二十二年冬,陈、刘、应、徐,一时俱逝。而拟组诗中魏太子、王、陈、徐、刘、应之诗反映的则是诸人初聚邺下的情形。建安四年(公元199年),阮瑀入魏;五年(公元200年),刘桢、应玚归魏;九年(公元204年),陈琳归曹操;十二年(公元207年),徐幹入魏;十三年(公元208年),王粲入魏。建安九年,邺定,曹操家属迁居邺城。② 据此,拟诗之时间范围应为建安十三年王粲入魏,六子俱在,至十七年阮瑀卒这段时间。因此拟诗总序中言"建安末",与史事不合。何焯以为是讹误,认为"末当为中"③,但曹丕于建安二十二年十月立为太子,建安二十五年(公元220年)正月曹操卒,如果改成"中",拟曹植诗中所称"副君"(太子别称)则又不能与史实相合。另外,建安末曹丕苦于太子之争,"太祖不时立太子,太子自疑"④,其间心情与拟诗中所写欢娱之情实不相合,更不用说朝游夕宴了。孙明君先生从邺下文士与曹氏集团的实际关系角度指出,"拟诗与史实之间存在一定差异。在拟诗中诸子放弃了各自的理想,安于享乐生活。同时,诗人也忽略了曹氏父子与邺下文士之间的矛盾和摩擦"⑤。这是又一层面的差异。

这些错乖的史实让人以为此或是灵运疏忽所致,但除上文言拟组诗中

---

① 参见俞绍初辑校《建安七子集》。
② 参见张可礼编著《三曹年谱》,齐鲁书社,1983。
③ 何焯:《义门读书记》,崔高维点校,第936页。
④ 陈寿:《三国志》卷二《魏书·文帝纪》裴注引《魏略》,第57页。
⑤ 孙明君:《谢灵运〈拟魏太子邺中集诗八首〉中的邺下之游》,《陕西师范大学学报(哲学社会科学版)》2006年第1期,第28页。

有建安集会赋诗情景的投影外，灵运拟王、陈、徐、刘、应、阮诗则又多有史实依据。如拟组诗小序①：

  王粲 家本秦川，贵公子孙，遭乱流寓，自伤情多。
  陈琳 袁本初书记之士，故述丧乱事多。
  徐幹 少无宦情，有箕颍之心事，故仕世多素辞。
  刘桢 卓荦偏人，而文最有气，所得颇经奇。
  应玚 汝颍之士，流离世故，颇有飘薄之叹。
  阮瑀 管书记之任，有优渥之言。
  平原侯植 公子不及世事，但美遨游；然颇有忧生之嗟。

  就拟组诗中的小序看，其写作思路有两种：一是由作家的个性而及其创作，如拟徐幹、刘桢、曹植诗小序。一是由作家经历而及其创作特色，如拟王粲、应玚、陈琳、阮瑀诗小序。就作家的身世经历、个性特征、创作特色言，多有史书或相关作品作依据。如拟王粲诗即分别化自王粲《七哀诗》《登楼赋》《公宴诗》等作品；拟徐幹诗中有关其贫穷生活的内容，曹植《赠徐幹》有提及，无名氏《中论序》亦言其"历载五六，疾稍沉笃，不堪王事，潜身穷巷，颐志保真，淡泊无为，唯存正道，环堵之墙以庇妻子，并日而食不以为戚"②；拟刘桢诗亦由其漂泊经历入手，后世考察其经历时多依据此拟诗，如张可礼先生的《三曹年谱》；而拟王粲诗中提到"公子特先赏"③，李善注"公子"为曹植，此可从曹植《赠王粲诗》中窥测端倪，亦符合王粲与曹氏兄弟交往的历史；拟阮瑀诗提到南皮之游，据顾农先生考查，当时参与南皮之游的七子中只有阮瑀④。而从拟作思路看，拟王、陈、徐、刘、应等诗的思路大致相同，即由经历遭遇而及宴会的欢娱与感恩之情。现存建安诗作，唯应玚《侍五官中郎将建章台集诗》与拟诗结构最为一致，其他诗人的公宴诗或侍宴诗，则多欢饮之辞，并不涉及身世经历，灵运拟其他诗人的诗思或取自应玚诗。

  综上而言，灵运对建安历史与作家作品相当熟悉，其拟作基本上依据史书或作家作品而写，涉及作家经历遭遇的内容，多以《三国志》相关传记为

---

① 参见《谢灵运集校注》，顾绍柏校注，第 140、144、146、148、151、153、155 页。
② 严可均辑《全三国文》卷五五，第 568 页。
③ 《谢灵运集校注》，顾绍柏校注，第 140 页。
④ 顾农：《建安文学史料丛札（三则）》，《古籍整理研究学刊》2002 年第 5 期。

本,而拟作家创作者,则多以当世作家作品为本。那么,如何理解拟组诗中史实的错乖与相合呢? 唯一的解释是,这可能正是灵运的精心结构。

二、拟曹植诗对整组拟诗之解构

拟曹植诗作为集体赋诗的总结者,置于组诗最后,其小序与拟六子诗小序在语句结构以及用语来源上大有不同。拟六子诗小序前后句间基本为因果关系,而拟曹植诗小序前后句则是转折关系;其他拟诗小序多依据史书或曹丕的相关评论,但拟曹植诗小序则别无依傍,即便史书所谓"十一年中而三徙都,常汲汲无欢"①,但其实为失志之苦闷,而非"忧生"之悲情,且曹丕未对曹作有只言片语之论,因此,此小序完全属于灵运自己领悟曹植人生与创作的心息相通的深切评论。

另外,"公子不及世事,但美遨游;然颇有忧生之嗟",其中"美遨游"既是对"不及世事"的补充说明,又与"忧生之嗟"构成对比,此对立转折蕴含着巨大的情感张力。前面拟六子诗基本上由辛酸的身世而及宴会的欢娱,整体基调是欢乐的,但到了拟曹植诗,则陡然沉入痛苦。有论者以为,限于宴会主题,拟诗中没有涉及曹植黄初之后的生活,即认为拟曹植诗所反映的是曹植早期游乐无忧的生活,这实是对拟曹植诗的误解。

从整组拟诗看,除拟曹丕诗结尾言"何言相遇易,此欢信可珍"②外,有小序的拟诗,凡小序从经历入手的,其拟诗均以赞美、欢乐结尾,如拟王粲诗言"既作长夜饮,岂顾乘日养"③,拟陈琳诗言"且尽一日娱,莫知古来惑"④,拟应玚诗曰"倾躯无遗虑,在心良已叙"⑤,拟阮瑀诗曰"自从食萍〔苹〕来,唯见今日美"⑥。而凡小序从个性入手的,其拟诗均以表露心志结尾,如拟徐幹诗称"中饮顾昔心,怅焉若有失"⑦;拟刘桢诗谓"唯羡肃肃翰,缤纷戾高

---

① 陈寿:《三国志》卷一九《魏书·陈思王植》,第576页。
② 《谢灵运集校注》,顾绍柏校注,第136页。
③ 《谢灵运集校注》,顾绍柏校注,第140页。
④ 《谢灵运集校注》,顾绍柏校注,第144页。
⑤ 《谢灵运集校注》,顾绍柏校注,第151页。
⑥ 《谢灵运集校注》,顾绍柏校注,第153页。
⑦ 《谢灵运集校注》,顾绍柏校注,第146页。

冥"①;拟曹植诗亦如此,"中山不知醉,饮德方觉饱。愿以黄发期,养生念将老"②,由宴会之乐而陡转为忧生之念。

如此看来,从经历入手的小序,突出的是过去的悲伤;而从个性入手的小序,突出的则是当下的心情。组诗并不像有些学者认为的,整体都是欢乐的,在拟徐幹、刘桢诗里即已流露出与宴会之极欢气氛不相协调的情绪,不过这种情绪恰恰又紧扣小序,突出所拟诗人的个性特征,因此,读者很容易忽略它。而至曹植,其小序结构、用语来源与其前小序不同,其独特的开篇与结尾方式,让人不禁要问,既然如此欢娱无忧,为什么突然以"饮德""养生"结尾?尤其是"愿以黄发期,养生念将老"化自曹植《赠白马王彪》"王其爱玉体,俱享黄发期"句,而《赠白马王彪》正是黄初四年(公元223年)诸王朝京都,曹彰暴死,曹植与曹彪返蕃途中,迫于监国使者的压力,不得不中道分手时的悲愤之作。联系拟曹植诗中这句化用的文本语境,可以理解,拟诗结尾"中山不知醉,饮德方觉饱。愿以黄发期,养生念将老",这突然而来的饮德、养生之语其实隐含的即是"忧生"的内容。由此反观拟曹植诗小序,"不及世事,但美遨游",是不能"及世事",是只能以"遨游"来发泄心中的悲忧,也只能以"遨游"来全生保身,拟曹植诗与小序实际上隐藏着极深的不可解决的矛盾冲突与忧伤。可以说,在整组拟诗中,唯拟曹植诗小序与拟诗内容最为对应,拟诗思路结构紧扣小序,由"美遨游"而转至"忧生"之思。

拟曹植诗置于整组拟诗的最后,其独特的小序与拟诗中的情绪暗示整组诗的情感落脚点正在此首,灵运以拟曹植诗解构了他整篇所虚拟的主宾之欢。若此可以理解,为何拟六子诗小序特别强调其经历的痛苦与作品的感伤情感特征了,如拟王粲言"遭乱流寓,自伤情多",拟陈琳言"故述丧乱事多",拟徐幹言"仕世多素辞",拟应玚言"颇有飘薄之叹",等等,也即是说,整组诗的重点并不在曹丕,曹丕只是起一个构架整组诗框架的作用,作品的情绪抒发点在"七子",而"七子"的重点则在曹植。拟诗在模拟、虚拟之中,又采用代言方式,而当"七子"自说自话时,他们就逐渐逸出了拟曹丕诗所定下的欢乐无忧的调子。孙明君先生认为"在拟诗中诸子放弃了各自

---

① 《谢灵运集校注》,顾绍柏校注,第148页。
② 《谢灵运集校注》,顾绍柏校注,第155页。

的理想,安于享乐生活。同时,诗人也忽略了曹氏父子与邺下文士之间的矛盾和摩擦",谢灵运将曹丕脑中关于邺下之游的完美记忆"扩大为一个时代一个精英群体的集体性的完美记忆"。①

其实,从曹植诗去反观整组诗,可发现拟诗并没有忽略建安邺下的志士失意与主宾矛盾,只是它隐含在拟诗的虚拟形式之下,此诚如吴淇所言:"此诗于陈、于阮,皆略其出身而目以书记,似乎重之而实微之也。"②而整组诗中史实的相乖亦可以得到合理的解释,即灵运心中,根本就不存在这样的盛宴。作为曹丕最温馨的回忆,怎么可能记错时间?此皆灵运精心之营构!他依据相关史料、作家作品等真实性资料虚构了这样一个故事!他沉湎其中,而又无比清醒。他向往无猜无忌的主宾关系,但他清醒地知道,即使让人艳羡的邺下之游也依然隐含着漂泊无奈和忧生的叹息。"康乐隐情尽在此诸序之中"③,当然,亦在整组拟诗中,隐情即其愤懑不平而又孤独无依的幽愤之情。

三、拟诗对曹植文学之接受

比较有意味的是,拟组诗中对曹丕与六子诗的模拟,多有模仿、借鉴曹作的痕迹。

第一,化用曹植作品语句。如拟王粲诗"伊洛既燎烟,函崤没无像"④,李善注前句时引曹植《送应氏诗》"洛阳何寂寞,宫室尽烧焚!"⑤,显示出"伊洛既燎烟"句的语源。拟陈琳诗言"爱客不告疲"⑥,浓缩了曹植"公子(爱敬)〔敬爱〕客,终宴不知疲"(《公宴》)句。拟徐幹诗"华屋非蓬居,时髦岂余匹?"⑦化用了曹植"生存华屋处"(《箜篌引》)句,以及曹植"顾念蓬室士,贫贱诚足怜。薇藿弗充虚,皮褐犹不全"(《赠徐幹》)句。拟阮瑀诗"金

---

① 孙明君:《谢灵运〈拟魏太子邺中集诗八首〉中的邺下之游》,《陕西师范大学学报(哲学社会科学版)》2006年第1期,第28页。
② 吴淇:《六朝选诗定论》,汪俊、黄进德点校,第385页。
③ 吴淇:《六朝选诗定论》,汪俊、黄进德点校,第383页。
④ 《谢灵运集校注》,顾绍柏校注,第140页。
⑤ 萧统编《文选》,李善注,第974页。
⑥ 《谢灵运集校注》,顾绍柏校注,第144页。
⑦ 《谢灵运集校注》,顾绍柏校注,第146页。

羁相驰逐,联翩何穷已!"①则直接化自曹植"白马饰金羁,连翩西北驰"(《白马篇》)句。另外,拟曹丕诗中言:"天地中横溃,家王拯生民。区宇既涤荡,群英必来臻。"②李善注:"陈思《行女哀辞》曰:家王征蜀汉。"③(现存曹植《行女哀辞》中未见此句),似暗指拟曹丕句与曹植诗句的关系。在现存曹丕诗文集中,不见曹丕对曹操拯民于祸乱的赞美,即连最可能称誉曹操的《登台赋》《短歌行》中亦无此等内容。相反,在现存曹植不同文体的创作中,此类内容则有多处可见,如"皇佐扬天惠,四海无交兵。权家虽爱胜,全国为令名"(《赠丁廙王粲》);其他如《责躬》《登台赋》《娱宾赋》《宝刀赋》《与杨德祖书》《魏德论》《王仲宣诔》《武王诔》等作品对曹操均有泼墨之赞。因此,此拟曹丕诗中对曹操歌功颂德之句似化自曹植作品。

第二,模仿曹植作品开篇。

(1)比兴发端。拟曹丕诗开篇言:"北川赴巨海,众星环北辰。照灼烂霄汉,遥裔起长津。"④明代胡应麟把它与曹植"高台多悲风""明月照高楼"句相提并论,作为千古发端之妙者。⑤ 黄节引陈胤倩言曰:"前半不类建安。澄觞以下。极意摹仿。"⑥"前半不类建安",是因此四句句式结构非常别致,两两相对,而又一、四句相应,二、三句紧相承接,此句式见于西晋诗作,而不见于建安作品。又吴淇言:"此诗后人有讥其与文帝不相似,以其冒头太板重,而不知正妙于传文帝之意者。"⑦吴淇主要从文帝将为太子时的危境、心境揣测,但"后人有讥其与文帝不相似"者,亦有因可循。一方面,拟诗中文帝对诸子的倾心之言与文帝性情实不相符;另一方面,此诗与文帝诗不相似者,更重要的是气象不类,尤其是拟诗开篇四句。文帝诗便娟清丽,即使有所谓壮气,亦缺少波澜壮阔的气象。此诗开篇以比兴手法,形象地铺写出曹操光亮天下的功德、胸怀与感召之力,与其下"天地中横溃,家王拯生民。区宇既涤荡,群英必来臻"意思一致,只是前者是隐喻,后者是显说。这种开

---

① 《谢灵运集校注》,顾绍柏校注,第153页。
② 《谢灵运集校注》,顾绍柏校注,第136页。
③ 萧统编《文选》,李善注,第974页。
④ 《谢灵运集校注》,顾绍柏校注,第136页。
⑤ 胡应麟:《诗薮》外编卷二,第154页。
⑥ 谢灵运:《谢康乐诗注》,黄节注,第100页。
⑦ 吴淇:《六朝选诗定论》,汪俊、黄进德点校,第383页。

篇,把时代特征与个人命运、情志等糅合在一起,极富气势。此具足骨气之起调,正源自曹植。

(2)辟空开篇。拟阮瑀诗言:"河洲多沙尘,风悲黄云起。金羁相驰逐,联翩何穷已!庆云惠优渥,微薄攀多士。念昔渤海时,南皮戏清沚。今复河曲游,鸣葭泛兰汜。"①其写作思路仿自曹植《白马篇》。按照建安诗作写法,一般开篇先点出事件,即"今复河曲游"事应在开端,但拟诗则辟空而来,上来即是一幅特写般的雄阔画面,风悲云起,沙扬尘飞,配戴金羁的群马相互驰逐飞奔,一股英雄之气激荡其中,让人不禁疑问,此何人哉?然后由昔而及今,点出曹丕与诸人的河曲之游,至此方知开篇风起云涌、英雄驰逐的镜头正是曹丕与诸子的豪放之游,此与《白马篇》开篇即给人以白马金羁健捷奔驰的视觉冲击,然后引出人物身份介绍的思路结构非常一致。此亦可谓倒叙结构,它以特写似的笔法直接呈现画面或情感,给人以强烈的震撼。曹植《野田黄雀行》《美女篇》《名都篇》等都是如此。

第三,拟曹植诗之深婉风格。有学者认为拟曹植诗由于整组诗主题的限制,并没有涉及曹植黄初后的坎坷命运,这种误读恰恰说明灵运此诗对曹植黄初后诗歌手法与风格的真切模仿。"朝游登凤阁,日暮集华沼。倾柯引弱枝,攀条摘蕙草。……平衢修且直,白杨信袅袅"②,拟句融骚入诗,看似闲淡的游玩背后则颇具象征意味,主人公高洁自恃,又不免清寂孤独,此写法与曹植"南国有佳人"(《杂诗六首》其四)一诗对楚辞的化用颇为相像。下由独游之乐转为宴集之娱,而以"饮德""养生"作结,这一愿思似与前文脱节,致使不少人以为此感叹与曹植个性不符,但它确实显示出灵运对曹植及其诗作技巧的深刻理解。首先,"愿以黄发期"化自曹作"王其爱玉体,俱享黄发期"(《赠白马王彪》)句,而"养生念将老"之养生念头在曹植中后期诸多作品中亦有充分体现;其次,这种结尾的突然转折正是曹植作品的一个突出特点,如黄节言:"余观子建诗,其结语独高,往往出人意表。大有'山穷水尽疑无路,柳暗花明又一村'之奇胜。盖其诗多用进一步写法,层出不穷,愈转愈高,至结意遂登峰造极矣。"③另外,最后的突转使得前面的遨游

---

① 《谢灵运集校注》,顾绍柏校注,第153页。
② 《谢灵运集校注》,顾绍柏校注,第155页。
③ 萧涤非:《读诗三札记》,第4页。

之愉成为一种发泄苦闷的无奈之举,作品中具有隐显两种情绪,从而使作品呈现委婉幽深的风格特征,深得曹植后期作品之神韵。

四、拟诗所隐含的知音之感

吴淇《六朝选诗定论》言:"康乐隐情尽在此诸序之中。……诸子中唯仲宣才高而望重,故康乐首取以自况。"①"康乐隐情尽在此诸序之中"是有道理的,但认为康乐以王粲自比,则不免牵强。

以整组拟诗看,拟曹植诗为组诗落脚点,它隐含着灵运对曹植的重视与深刻理解。拟诗小序言"公子不及世事,但美遨游",但现存曹植诗赋中,此类内容并不为多,史书中亦无相关记载。拟诗所写曹植遨游的内容,在曹植诗赋中亦无相应篇目。但《宋书·谢灵运》中则多次直言灵运之游,如"……出为永嘉太守。郡有名山水,灵运素所爱好,出守既不得志,遂肆意游遨"②,"灵运意不平,多称疾不朝直……出郭游行,或一日百六七十里,经旬不归"③,"灵运以疾东归,而游娱宴集,以夜继昼……灵运既东还……以文章赏会,共为山泽之游"④,等等。且在灵运作品中,多有化用《楚辞》意象语句,其表述与拟曹植诗中的写法极为相像,如《东山望海》"采蕙遵大薄,搴若履长洲"⑤,《初去郡》"憩石挹飞泉,攀林搴落英"⑥,《从斤竹涧越岭溪行》"企石挹飞泉,攀林摘叶卷"⑦,等等。这些表明,拟诗所写曹植之美遨游,更多乃灵运自身经历的折射。

灵运之游不仅是其性爱丘山,更因其失意之痛,非山水何以解忧!白居易《读谢灵运诗》言:"谢公才廓落,与世不相遇。壮志郁不用,须有所泄处。泄为山水诗,逸韵谐奇趣。大必笼天海,细不遗草树。岂唯玩景物,亦欲摅心素。往往即事中,未能忘兴谕。因知康乐作,不独在章句。"⑧此可谓对"公子不及世事,但美遨游;然颇有忧生之嗟"之自我寄寓的诠释。赵昌平

---

① 吴淇:《六朝选诗定论》,汪俊、黄进德点校,第383页。
② 沈约:《宋书》卷六七《谢灵运》,第1753页。
③ 沈约:《宋书》卷六七《谢灵运》,第1772页。
④ 沈约:《宋书》卷六七《谢灵运》,第1774页。
⑤ 《谢灵运集校注》,顾绍柏校注,第66页。
⑥ 《谢灵运集校注》,顾绍柏校注,第98页。
⑦ 《谢灵运集校注》,顾绍柏校注,第121页。
⑧ 白居易:《白居易集笺校》卷七,朱金城笺校,上海古籍出版社,1988,第369页。

言,拟魏太子序"所论实启《文心雕龙》先声,可见其于建安精神领会之深。尤其论曹植一条,可视作谢客遨游以抒幽愤的夫子自道"①。亦为中肯之见。

因此,灵运以自比者是曹植而非王粲。之所以如此,是因为灵运与曹植有更相近的特征。如两人都幼即敏悟,博览群书;两人都任性高傲,有强烈的自我中心意识;但更重要者是两人都自恃其才而终不得意。灵运曾言"天下才共有一石,曹子建独占八斗,我得一斗,天下共分一斗"②。在高推子建的同时,又何尝没有自得之意?且依其言,王粲只在"天下共分一斗"之范围,以其心高气傲,焉能以王粲自比?又,《宋书·谢灵运》载:"灵运尝自始宁至会稽造方明,过视惠连,大相知赏。时长瑜教惠连读书,亦在郡内,灵运又以为绝伦,谓方明曰:'阿连才悟如此,而尊作常儿遇之。何长瑜当今仲宣,而饴以下客之食……'"③灵运以何长瑜为"当今仲宣",批评方明不能礼贤,又岂会以王粲自比?奇才博敏,安有继之?——这不仅是对子建的高赞,亦是灵运的自恃。灵运曾讥刺太守孟顗,"谓顗曰:'得道应须慧业文人,生天当在灵运前,成佛必在灵运后。'"④,可见他对自己天赋才华的自信。史载其"自谓才能宜参权要,既不见知,常怀愤愤"⑤,其激愤之情即根源于对自己才能的自负。在这些方面,灵运与曹植颇为相像。

而对自我才能的自信、自负与时代种种因素相作用,最终酿成二人一生的悲剧。以曹植言,因血缘而来的强烈的责任感与强烈的功名愿望同其对自身才能的自信相结合,使他无时无刻不关注朝政,希望为国尽力,其生命之支柱在此,其最刻骨之痛苦亦源于此。但太子之争的阴影使他一直被压制在为国治政的外缘,热心寒冰,壮志空花,汲汲无欢,抑郁而终。而谢灵运,身处士族被压制削弱的时代,先祖的荣耀一去不返,自己在政治上屡遭重大挫折,一生在仕与隐交织的矛盾中挣扎,直至以谋反的罪名被杀头身亡。顾绍柏先生指出他一生都在进行反抗,不管是任性遨游式的反抗,还是

---

① 赵昌平:《谢灵运与山水诗起源》,《中国社会科学》1990年第4期,第89页。
② 无名氏:《释常谈》,载陶宗仪:《说郛》卷六八,中国书店,1986,据涵芬楼1927年影印。
③ 沈约:《宋书》卷六七《谢灵运》,第1775页。
④ 沈约:《宋书》卷六七《谢灵运》,第1775-1776页。
⑤ 沈约:《宋书》卷六七《谢灵运》,第1753页。

消极殆事的反抗,都可看出他的不甘与愤懑。①"植常自愤怨,抱利器而无所施"②,灵运"自谓才能宜参权要,既不见知,常怀愤愤","愤"字可谓是贯穿二人生命的一贯情感。也许正因为这些相似性,才有灵运对曹植作品"忧生之嗟"情感内容的挖掘,而子建也在身后几百年才得到同情与理解。

五、拟诗特点在灵运其他诗作中的表现

在钟嵘对曹植的接受一节,笔者认为所谓灵运源出曹植,其内涵指二者在骨气与辞采兼备方面具有相似性。但事实上,灵运诗歌亦有雅怨的特点,如吴淇言:"谢诗悲愤,《小雅》之流。"③此情之雅怨,与骨气结合,怨中又自有一股桀骜耿介之意。以拟诗言,若非条分缕析,很难寻绎出其间的幽愤之情,以致不少论述以为拟诗表现了灵运对建安时期君主会合的向往,此见其情感隐藏之深。怨而不露声色,可谓雅怨。但于不动声色中却时有峻涯急湍,倔强而孤傲,此所谓骨气。吴淇言:"魏晋之世,本不重书记之任。至宋武帝将勤王,得刘穆之为记室,然后举事。及北征之役,穆之死,不得其人,遂仓卒东还。此书记之任所由重也。此诗于陈、于阮,皆略其出身而目以书记,似乎重之而实微之也。"④可谓洞烛幽微,让人领悟到灵运欢歌笑语背后的慷慨愤懑。赵昌平言:"谢诗既以幽愤为骨格,以情与景契的兴会为发端,将其饱学多才的个性融注到山水之中。"⑤指出谢灵运诗雅怨之中恃才傲物的个性。王通言:"谢灵运。小人哉其文傲。"⑥亦指出其作品中隐含的桀骜特质。

正因为此,灵运在写作技法上有三点与曹植非常相似。

一是于结尾处突然转折,不过曹植是越转越高,而灵运之转则获情景分离、玄言尾巴之讥。

二是文本意与实际情感矛盾,此于曹作多有所见,而灵运"也有不少诗中,情的低沉与景的热烈表现出一定程度上的不协调。尽管他心情凄凉孤

---

① 参见《谢灵运集校注》前言。
② 陈寿:《三国志》卷一九《魏书·陈思王植》,第565页。
③ 吴淇:《六朝选诗定论》,汪俊、黄进德点校,第348页。
④ 吴淇:《六朝选诗定论》,汪俊、黄进德点校,第385页。
⑤ 赵昌平:《谢灵运与山水诗起源》,《中国社会科学》1990年第4期,第88页。
⑥ 《文中子中说译注》,郑春颖译注,第51页。

寂,诗中的景色却一律地洋溢着勃勃生气"①。

三是层层倒剥,本题在后。上文提到拟阮瑀诗的辟空开篇法,在曹植多篇诗作中均有运用,此可谓倒叙手法,此法之进一步变化即于后文,甚至文末方点出事件。曹植作品中有不少此类运用,如《应诏》《侍太子坐》,曹植赠诗以及《美女篇》《名都篇》等亦有不同程度的运用。和建安其他诗人相比,可发现此乃曹植之独特写法。这种于后文或文末点出本题的手法在谢灵运创作中亦有明显体现。《还旧园作见颜范二中书》从开头写自己心存东山,到受刘裕眷顾,暂违素志,到徐、傅事件,自己被贬永嘉以及弃官归隐,到文帝戡定祸乱,重新启用自己等,大部分篇幅在回顾自己从仕历史之曲折经历与情感思想变化,一直至"曾是反昔园,语往实款然"②,方落到本题。《从游京口北固应诏》开篇议论表达超脱之理,中间描写北固山之秀丽风光,直到"皇心美阳泽,万象咸光昭"③才和题目"应诏"相应。此手法在灵运诸多诗篇中皆有不同程度的运用。当然,与曹植相比,此法更为灵运所常用,且篇幅一般较长,表意更为曲折,此或为"康乐放荡,作体不辨有首尾"④负面评价之依据,但方东树言:"谢诗看似有滞晦,不能快亮紧健,非也;乃正其用意深曲,沈厚不佻,不可及处,须细意紬绎玩索乃知。"⑤王夫之"唯谢康乐为能取势,宛转屈伸,以求尽其意,意已尽则止,殆无剩语"⑥正是针对此点的评价。

笔者以为,这三点与他们作品中的骨鲠之气密切相关,不过曹植更多基于儒家人格的豪放之气,其气骨多有忠君为国而不能之痛;而灵运则更多基于道家顺性轻物的峻洁之气,其气骨多有反抗不合作之傲。

六、谢灵运之曹植接受的接受史意义及对谢氏家族其他诗人之影响

在拟诗中,曹丕是组织者,其他七人正是后世所谓的"邺中七子",如皎

---

① 韦凤娟:《谢灵运山水诗的艺术特点》,《中国社会科学院研究生院学报》1981年第6期,第53页。
② 《谢灵运集校注》,顾绍柏校注,第125页。
③ 《谢灵运集校注》,顾绍柏校注,第158页。
④ 萧子显:《南齐书》卷三五《武陵昭王晔》,第625页。
⑤ 方东树:《昭昧詹言》,汪绍楹点校,第133页。
⑥ 王夫之等撰,丁福保辑《清诗话》,上海古籍出版社,2015,第7页。

然《诗式》言:"邺中七子,陈王最高。"①但在灵运之前,曹丕《论文》中所提建安"七子"并无曹植。《王卫二刘传》云:"自颍川邯郸淳、繁钦、陈留路粹、沛国丁仪、丁廙、弘农杨修、河内荀纬等,亦有文采,而不在此七人之例。"②此处所谓"七人",含义模糊,与皎然所言"邺中七子",恐非同一概念。可以说,此组拟诗首次明确纳曹植于"七子"之列。组诗以拟曹植诗作结,不仅合于曹植王者的身份,而且突出其凌驾诸子之上的文学地位,此于后世对邺下作者文学成就高低之评价或有影响。

以上从"七子"概念及其成就高低着眼,说明谢灵运拟诗的接受史意义。而从曹植为人接受看,曹魏时期,除曹植党羽如杨修、丁廙等盛称其品性外,其他人则多认为曹植任性自我、欠缺自律,《三国志》中《陈思王植》《王粲》《崔琰》《毛玠》《贾诩》《邢颙》等传记里的相关记载,足以说明时人的普遍看法;两晋时期虽缺乏对曹植为人之论,但直到北朝郦道元《水经注》尚言"曹子建尝行御街,犯门禁,以此见薄"③,《颜氏家训·文章》亦言"曹植悖慢犯法"④,可见曹植任性轻薄已成后世公认的事实。另外,东晋葛洪在《抱朴子·论仙》中把曹植改造成一亲道人士,宋初《世说新语》中曹植亦只是一遭受迫害的才王形象,可以说,魏晋南北朝时期对曹植之道德精神尚缺乏探讨,而对曹植为人内涵之理解影响着对曹植作品内容与情感的理解,亦影响着曹植文学史地位的确立。

魏末晋初人士,多赞曹植作品文采的富艳;两晋始稍涉对其作品情志的评价,如李充论其表、苏彦言其颂等,然而,总体言之,终曹魏、两晋,曹植及其作品中的个体精神与情感内涵基本上被忽略了,直到谢灵运拟曹植诗,方以拟诗形式挖掘出曹植的忧生情绪,暗示出曹植之"美遨游"只是一种保身全命的无奈选择,表面的潇洒风流之后是失志之痛和不可把握自我命运的深沉苦闷。在曹植接受史上,谢灵运第一次以文学为媒介,深入走进了曹植的灵魂世界,从而改变了先前文史论中曹植的形象。他对曹植人生与作品超越前代的理解,实基于相似命运之联系及其对曹植高才之认同与向往。

---

① 皎然:《诗式校注》,李壮鹰校注,第110页。
② 陈寿:《三国志》卷二一《魏书·王卫二刘传》,第602页。
③ 郦道元原注:《水经注》,陈桥驿注释,第264页。
④ 王利器:《颜氏家训集解(增补本)》,第237页。

谢灵运《拟魏太子邺中集诗八首》，尤其是拟曹植诗，对之后谢庄《月赋》、江淹拟陈思王诗有着直接影响，而钟嵘"情兼雅怨"之论，更是对谢灵运拟曹植诗及小序内涵的进一步揭示与概括。正是谢灵运对曹植精神世界的首次揭示，揭开了曹植接受史上重塑曹植形象的序幕，也开启了解读曹作的新方向，之后，谢庄、江淹、钟嵘、萧绎、王通等从不同角度挖掘了曹植及其作品的深沉内蕴，为后代对曹植及其作品进行道德阐释奠定了基础。

谢灵运对曹植的认识、接受与情感态度亦深深影响了谢氏家族其他的诗人。谢灵运族弟谢惠连深得谢灵运知赏，其《秋胡行》①是宋人中较早以《洛神赋》为典入诗者，整首诗的结构可谓《洛神赋》的诗化。春日迟迟，美景无限，诗人"邂逅粲者，游渚戏溪"，此与《洛神赋》所写"睹一丽人，于岩之畔""忽焉纵体，以遨以嬉"颇为相似，而"华颜易改，良愿难谐""系风捕影，诚知不得"之叹，与"恨人神之道殊兮，怨盛年之莫当"亦有关联。结尾"汉女倏忽，洛神飘扬。空勤交甫，徒劳陈王"，借陈王、洛神之事来抒发自我追求的恍惚怅惘之情。灵运《江妃赋》对《洛神赋》的借鉴对谢惠连此诗应有启发，据此来看，谢惠连《秋胡行》亦承《洛神赋》之寄寓主题，表达了追求理想而不得的哀怨之情。

谢庄，谢灵运、谢惠连族侄，其《月赋》明显有借鉴《拟魏太子邺中集诗八首》处。与谢灵运所拟组诗一样，赋中亦存在史实的错乖与相合。赋假托陈王初丧应、刘，月夜消忧，命王粲作赋，其本于曹丕《又与吴质书》所言"徐、陈、应、刘，一时俱逝"②，但徐、陈、应、刘皆殁于建安二十二年（公元217年）冬之大疫，而王粲则病死于建安二十二年春曹操征讨东吴之途，所以赋与史实有相乖之处。曹植有《王仲宣诔》，其真挚的哀痛之情，可见二人情义之笃厚；王粲善文，众所周知，如曹丕《论文》赞其赋作；谢灵运言其"王公子孙，遭乱流寓，自伤情多"③等，赋中虚拟陈王命王粲作赋，亦有实际之依据。赋中主角是曹植，赋始言其"初丧应刘，端忧多暇"④，赋尾称其"亲懿莫从，羁孤递进"⑤，但王粲事实上早于应、刘而亡，此虚拟王粲作赋之情

---

① 逯钦立辑校《先秦汉魏晋南北朝诗》宋诗卷四，第1188页。
② 严可均辑《全三国文》卷七，第66页。
③ 《谢灵运集校注》，顾绍柏校注，第140页。
④ 严可均辑《全宋文》卷三四，第336页。
⑤ 严可均辑《全宋文》卷三四，第336页。

景,更突出曹植孤危的处境及其忧伤无望的哀怨与惆怅,而赋中冷寂凄清的月夜之景,无不在渲染与宣泄这种情感。可以说,《月赋》以体物的形式赋写了谢灵运所谓曹植的"忧生之嗟"。

谢朓诗中亦多有化用曹作之处。胡应麟言"'凝霜依玉除,清风飘飞阁',谢玄晖'金波丽鳷鹊,玉绳低建章'祖之"①即是一例。又,谢朓《入朝曲》"江南佳丽地,金陵帝王州"②化自曹诗"壮哉帝王居,佳丽殊百城"(《赠丁廙王粲》)句。陈胤倩评此诗曰:"风调高华,句成浑丽,此子建余风也。"③又,《暂使下都夜发新林至京邑赠西府同僚》"大江流日夜,客心悲未央"④句,成倬云曰:"起句俊伟,直欲上迈陈思。"⑤此亦见其对曹植起调的借鉴。再如,"徘徊韶景暮,惟有洛城隅"⑥(《赠王主簿二首》其二)句化用曹植"嘉宾填城阙,丰膳出中厨。吾与二三子,曲宴此城隅"(《赠丁廙》)句意;《渌水曲》"芳草若可赠,为君步罗袜"⑦,"罗袜"一词出自《洛神赋》"罗袜生尘"句;《和萧中庶直石头》"兴文起渊调"⑧句化自曹植"兴文自成篇"(《赠徐幹》)句;等等。

不过,谢朓诗化自曹植作品,尤其可注意者是下面的诗句(表5-1)。

表5-1 谢朓与曹植诗作比较

谢朓诗	曹植诗
零落既难留,何用存华屋!(《出下馆》)	生存华屋处,零落归山丘。(《箜篌引》)
思君隔九重,夜夜空伫立。(《秋夜》)	君门以九重,道远河无津。(《当墙欲高行》)
京洛多尘雾,淮济未安流。岂不思抚剑,惜哉无轻舟。夫君良自勉,岁暮勿淹留。(《和江丞北戍琅邪城》)	愿欲一轻济,惜哉无方舟!(《杂诗六首》其五)
平生一顾重,宿昔千金贱。故人心尚尔,故心人不见。(《和王主簿季哲怨情》)	一顾千金重,何必珠玉钱。(逸文)

注:表中所列谢朓诗句,分别参见谢朓:《谢宣城集校注》,曹融南校注集说,第259、265、321、352页。

---

① 胡应麟:《诗薮》内编卷二,第32页。
② 谢朓:《谢宣城集校注》,曹融南校注集说,上海古籍出版社,1991,第149页。
③ 谢朓:《谢宣城集校注》,曹融南校注集说,第151页。
④ 谢朓:《谢宣城集校注》,曹融南校注集说,第205页。
⑤ 谢朓:《谢宣城集校注》,曹融南校注集说,第208页。
⑥ 谢朓:《谢宣城集校注》,曹融南校注集说,第355页。
⑦ 谢朓:《谢宣城集校注》,曹融南校注集说,第175页。
⑧ 谢朓:《谢宣城集校注》,曹融南校注集说,第288页。

上表中曹作语句表现出强烈的用世之心、立功之念以及进取无路而年华蹉跎的忧伤与悲愤之情。谢朓对曹作此类语句的化用，即使在南北朝看，也较多属于个人的独特运用，而甚少见于其他诗人作品，此亦可窥谢朓内心和曹植共振之一面。

从谢灵运开始，谢氏家族诗人对曹植可谓情有独钟，此并非偶然。祖先的辉煌成就让谢氏子孙颇为自豪、骄傲，也激发了他们积极进取的用世理想，但由于刘宋政权对谢氏家族的打击镇压，如党同刘毅的谢混被杀，谢晦因废弑少帝被杀并牵连谢氏族人，谢灵运以谋反罪弃市，谢综、谢约因涉范晔谋废立事被诛，等等，一个曾经在政治势力与社会声望达到巅峰的大家族，在权力的压制、打击与人世的动乱、变化交错作用下，势不可当地走向了败落。祖先丰功伟绩的历史、家风家学熏育出的教养才华、高贵的门第与皇权的打压、家族的衰败纠结在一起，使得谢氏家族诗人诗中既有理想与现实的冲突，亦有忧生的惶恐。谢灵运挖掘出曹植诗文中的忧生情绪，但其时谢氏家族仍占据极高的社会地位，他以门第自傲，以才华自负，诗文中尚充满倔强反抗之气；到了谢庄，家族已屡经重创，其忧惧不安、孤危之感全寄寓于《月赋》中，《月赋》可谓借陈王酒杯以浇自己块垒；到了谢朓，家族业已日薄西山，谢朓诗言"平生仰令图，吁嗟命不淑"（《和王著作融八公山》）①，可见其强烈的事功之心与振兴家族伟业的志向，但"当时的社会和政治环境并没能很好地为他提供实现令图的条件；不仅如此，动乱的社会和险恶的政治环境还给他的思想和精神造成极度的紧张，使他终身战战兢兢，如履薄冰"②，因而谢朓诗中充满了理想与失意、雄心与忧惧的矛盾倾诉。总之，家族兴盛的历史与衰败的现实，使谢灵运等谢氏宗族诗人对曹植的人生与诗文有着深切的理解，而他们对曹作的化用与其作品中情感基调的变化，亦折射出一个大家族衰变的历史过程。

---

① 谢朓：《谢宣城集校注》，曹融南校注集说，第348页。
② 陈庆元：《论谢朓诗歌的思想性》，《西南师范学院学报》1984年第4期，第106页。

第二节 模拟诗赋,俱动于魄
——江淹的拟曹诗赋

江淹《杂体三十首》并序的文学史与批评史意义毋庸讳言,他从汉至齐初三百四十多位作家中选择了三十家,并对其代表性题材、意象、场景等进行较为准确的概括与凸显,此颇见其史学鉴别的眼力,及其对五言诗发展历史脉络与发展多样局面的把握。比较江淹所选与钟嵘《诗品》、刘勰《文心雕龙》等对这些前辈作家的相关论述,江淹《杂体三十首》并序的诗学批评观对他们的影响显然可见。如果没有对前辈作家作品、经历思想等方面的深入研究、体会,很难有如此精心准确的选择与概括,亦很难达到"拟古惟江文通最长,拟渊明似渊明,拟康乐似康乐,拟左思似左思,拟郭璞似郭璞"①的模拟效果。然而唯其如此,江淹对曹植赠友诗的选择、模拟方让人深思。

一、《陈思王赠友》之独特性

一方面,就当时对曹作的模拟、化用看,对曹作关注较多者是《白马篇》《名都篇》《七哀》《箜篌引》《杂诗》《虾鳝篇》《情诗》《吁嗟篇》《斗鸡》《公宴》等,而对其赠友诗则较少关注;另一方面,从当时模拟的作品看,有效刘桢体、阮公体、陶公体、吴均体等作品,但并无效曹植某体作品,说明时人对曹植诗作主要从单个名篇角度模拟,尚未从"体"的高度认识、把握。曹作文体多样,风格多样,前后期创作变化极大,从"体"的角度把握相当不易,时人缺少效曹植某体之作,或与此有关。江淹《陈思王赠友》首次从"体"的角度把赠友诗提炼、概括为曹植的代表作,是相当有创见的。

然而,有学者认为,江淹对陈思赠友诗的选择似乎判断不明。如胡大雷先生言,"摹拟者要总结与概括出某一诗人在情感抒发上所经常采用的具有主导地位的题材,也就是使这位诗人喜欢写的东西凸现;当后世人们提到某种题材便认定是某位诗人最为擅长的,这其中也有江淹《杂体三十首》的功

---

① 严羽:《沧浪诗话校释》,郭绍虞校释,人民文学出版社,1983,第2版,第191页。

劳在内"①，然而"如《陈思王赠友》，虽也可说是曹植诗作某一具有主导性的题材，但如此总结与概括并不能在世人心目中留下什么深刻印象"②。之所以如此，因为一般认为最能体现曹植命运、人格、情感、思想者乃其后期于皇权压制下的创作，即谢灵运所谓"颇有忧生之嗟"的作品。这个认识其实是失之偏颇的。由于曹植创作兼备众体，风格多样，故其不同时期有不同体类的代表性作品，这与阮籍、潘岳、陆机、左思、张华、张协、郭璞、刘琨、陶渊明、谢灵运等人诗体样式比较集中的情况有所不同。其实，正是江淹对曹植赠友诗的模拟，促使了曹植赠友类诗歌于后世的经典化，因此，视曹植赠友类诗歌为曹植的代表作是没有问题的。问题是江淹为何选择曹植前期赠友类诗歌来模拟，而不选择一般所认为的曹植后期的作品呢？

再联系江淹所拟建安其他诗人之作，如《魏文帝游宴》《刘文学感遇》《王侍中怀德》，据《文心雕龙·明诗》言"暨建安之初，五言腾踊，文帝陈思，纵辔以骋节，王徐应刘，望路而争驱；并怜风月，狎池苑，述恩荣，叙酣宴，慷慨以任气，磊落以使才"③，那么，江淹所拟文帝、刘桢、王粲诗作基本上可归为"怜风月，狎池苑，述恩荣，叙酣宴"之类。若以此标准看，《陈思王赠友》就显得更为独特。

而且，有意味的是，《魏文帝游宴》④中竟然多有化用曹植诗作中的词句，如"置酒坐飞阁"化自"置酒高殿上"（《箜篌引》）；"神飚自远至"，"神飚"出自"神飚接丹毂"（《公宴》）；"秋兰被幽崖"变自"秋兰被长坂"（《公宴》）；"月出照园中，冠珮相追随"仿照"清夜游西园，飞盖相追随"（《公宴》）；"小儒安足为"，化自"君子通大道，无愿为世儒"（《赠丁廙》）；"众宾还城邑"，出自"云散还城邑"（《名都篇》）；等等。此或说明，即便在江淹时期，对诗人们而言，若反映建安时代歌宴游玩的生活，曹植早期作品中的相关内容是更好的参考蓝本，此亦可见曹植此类作品在当时的广泛影响。

不仅如此，江淹模拟其他作家的诗作中亦多有化用曹作之处，如表5-2

---

① 胡大雷：《论江淹摹拟之作的两大类别》，《首都师范大学学报（社会科学版）》2000年第5期，第76—77页。
② 胡大雷：《论江淹摹拟之作的两大类别》，《首都师范大学学报（社会科学版）》2000年第5期，第77页。
③ 周振甫：《文心雕龙今译（附词语简释）》，第60页。
④ 《江文通集汇注》，胡之骥注，第140页。

所示。

表 5-2　江淹与曹植诗作比较

江淹诗	曹植诗
兔丝及水萍，所寄终不移。(《古离别》)	寄松为女萝，依水如浮萍。(《闺情》)
微臣固受赐。(《刘文学感遇》)	羁绁作微臣。(《天地篇》)
飞盖游邺城。(《王侍中怀德》)	飞盖相追随。(《公宴》)
青鸟海上游，鸾期蒿下飞。沉浮不相宜，羽翼各有归。(《阮步兵咏怀》)	君若清路尘，妾若浊水泥；浮沈各异势，会合何时谐？(《七哀》)
顾念张仲蔚，蓬蒿满中园。(《左记室咏史》)	顾念蓬室士……(《赠徐幹》)
陵波采水碧。(《郭弘农游仙》)	陵波微步。(《洛神赋》)
寒阴笼白日，太谷晦苍苍。(《鲍参军戎行》)	太谷何寥廓，山树郁苍苍。(《赠白马王彪》)
月华始徘徊。(《休上人别怨》)	明月照高楼，流光正徘徊。(《七哀》)
不逐世间人，斗鸡东郊道。(《效阮公诗十五首》其二)	斗鸡东郊道，走马长楸间。(《名都篇》)
华树曜北林。(《效阮公诗十五首》其十二)	朝日照北林。(《杂诗六首》其一)
君子怀苦心，感慨不能止。驾言远行游，驱马清河涘。……光色俯仰间，英艳难久恃。(《效阮公诗十五首》其十四)	能不怀苦辛！(《赠白马王彪》) 吾将远行游。(《杂诗六首》其五) 俯仰岁将暮，荣耀难久恃。(《杂诗六首》其四)

　　注：表中所列江淹诗句，分别参见《江文通集汇注》，胡之骥注，第 138、141、142、144、148、152、164、165、122、126、126 页。

　　上述所列曹作，包括曹植前后期作品，江淹仿句，基本上每句都有借用曹作词语处。除此之外，有的直接引用原句，有的只是对曹作语句稍作字词改变；有的据曹作诗句铺展，有的则集曹作词语汇聚成句；有的反用曹作语意，有的则是曹作语意的变化；等等。在模拟曹植之外其他诗人作品时，江淹可以自由驱遣曹作中的词句、意象、句式等入诗，表明他对曹植前后期作品相当熟悉，研究相当深入。

　　若此，江淹选择曹植赠友题材作为其代表作品，绝非疏忽或者对曹作缺少把握。此或与其诗歌史分期观念有关,比如他以曹丕、曹植、刘桢、王粲为建安诗歌代表,他想突出此期诗歌的整体特征,但从"怜风月,狎池苑,述恩荣,叙酣宴"角度看,选择曹植公宴类诗似乎更为恰当。因此,笔者以为江淹选择模拟曹植赠友诗有其更深层的用意。为进一步探讨江淹对曹植赠友类诗的模拟于曹植接受史的意义,下面分析江淹《陈思王赠友》与曹植及其赠友类作品的关系。

二、《陈思王赠友》之解读

《陈思王赠友》:

> 君王礼英贤,不吝千金璧。双阙指驰道,朱宫罗第宅。从容冰井台,清池映华薄。凉风荡芳气,碧树先秋落。朝与佳人期,日夕望青阁。褰裳摘明珠,徙倚拾蕙若。眷我二三子,辞义丽金膆。延陵轻宝剑,季布重然诺。处富不忘贫,有道在葵藿。①

《陈思王赠友》化用了曹植多首赠友诗,如"君王礼英贤,不吝千金璧",实反用曹诗"一顾千金重,何必珠玉钱"(佚诗);"双阙指驰道,朱宫罗第宅",模仿曹诗"文昌郁云兴,迎风高中天"(《赠徐幹》);"从容冰井台,清池映华薄"化自曹作"端坐苦愁思,揽衣起西游。树木发春华,清池激长流"(《赠王粲》);"凉风荡芳气,碧树先秋落"出自"初秋凉气发,庭树微销落"(《赠丁廙》);"褰裳摘明珠,徙倚拾蕙若",其"明珠"意象来自曹诗"大国多良材,譬海出明珠"(《赠丁廙》)句,而褰裳、徙倚之行为则类《离友》其二"临渌水兮登重基,折秋华兮采灵芝,寻永归兮赠所思";"眷我二三子,辞义丽金膆"化自"吾与二三子,曲宴此城隅"(《赠丁廙》);"延陵轻宝剑,季布重然诺"又化用了"思慕延陵子,宝剑非所惜"(《赠丁廙》)句;结句"处富不忘贫,有道在葵藿",更是浓缩提炼了《赠丁廙》与《赠徐幹》中的内容,如"在贵多忘贱,为恩谁能博!狐白足御冬,焉念无衣客!"(《赠丁廙》)、"顾念蓬室士,贫贱诚足怜。薇藿弗充虚,皮褐犹不全。……亮怀玙璠美,积久德愈宣。亲交义在敦,申章复何言!"(《赠徐幹》)。

《陈思王赠友》与曹植诸赠友诗之对应关系非常明显,不过,它不仅语

---

① 《江文通集汇注》,胡之骥注,第141页。

句、意象、内容等多化自曹诗,其写作思路亦模仿《赠徐幹》《赠丁廙》《赠丁廙王粲》等赠诗,把赠友主题置于广阔的时空、社会背景下,由远而近,由面及点,层层缓缓引入主题。开篇"君王礼英贤,不吝千金璧",展现了曹操为国事海纳百川之宽广胸襟,求才若渴之急迫心情,侧面暗示了动乱的时代社会背景,而陈思之自豪感及其对曹操"唯才是举"政策的支持、作为王子的责任感亦隐然其间。其下"双阙指驰道,朱宫罗第宅"荡开一笔,写建筑之宏伟,与开篇相辉映,以建筑的空间感衬托曹操的精神气度,亦暗示君王礼待贤才,不吝千金,亦不吝厚位,贤才遭遇贤主,趁势而为,可以成就一番出侯入将的事业。至"从容冰井台,清池映华薄",陈思的个体形象开始出现,王子的雍容优雅隐约可见,然而仍未进入赠友主题。以上可为该诗第一层,笔势开阔明朗,气宇刚健轩昂,颇类《赠徐幹》诗前半部分。

下一层写陈思对友人的朝夕盼望,"明珠""蕙若"意象既表现了陈思的高洁美好,又以之比所赠友人,此与"辞义丽金膲"相应,显示陈思对友人之才的渴慕与欣赏。不过,"朝与佳人期,日夕望青阁",其中"青阁"化自曹植《美女篇》"青楼临大路"句,它暗示了"佳人"华时不遇的孤独处境。这一点,在结尾四句有更明显的暗示。如延陵、季布,均为言信行果之信义符号,此典之用似乎暗示陈思对友人有所承诺,而"处富不忘贫,有道在葵藿"则戛然而止,充满弦外之音。联系开篇的时代政治背景,所赠友人必在贤才之列,而以他们若"明珠""蕙若"的光亮才华,实应得到君王赏识与重用,但他们却身处贫穷之势。此"贫"既是经济之困窘,亦为仕途之窘迫,陈思的确希望如延陵、季布一样不虚承诺,但只言自己"不忘贫",只以"有道在葵藿"安慰友人,这看似勉励的话语中实有一种无奈在。前文已经指出,这四句高度浓缩了《赠徐幹》与《赠丁廙》中的内容。《赠徐幹》一诗,刘履认为"此子建闵伟长遭世运之未亨,而不究于用,姑勉之以待时也"①。黄节承刘履之说,解曹诗中"慷慨有悲心"之意为:"君子不患道德之不建、而患时世之不遇。诗曰、驾彼四牡、四牡项领、我瞻四方、蹙蹙靡所骋。伤道之不遇也。岂一世哉、岂一世哉。此诗所谓慷慨有悲心也。"②江淹拟诗后四句,化用了曹植二赠诗内容,显然把拟诗中所赠之友亦归为不遇之贤才,而曹植面对其遭

---

① 刘履:《选诗补注》卷二,明刊本,第18页。
② 曹植:《曹子建诗注》,黄节注,叶菊生校订,第30页。

遇,有心无力,只能以"有道在葵藿"相勉。此与开篇六句构成极大反差,事实上,与前六句所展现的宏阔自信的心灵境界比,其下诗歌从写时令季节环境开始就趁势转入一种抑郁的情绪表达。即便写曹植渴慕友人时情绪有所振起,但结尾又意味深长地表达了否定情绪。此扬而实抑之表达情思的曲折方式,在曹作中有突出表现,它使得曹诗在刚健之中亦有一种深识愁味的苍凉,而反过来,曹诗于愁苦中却又别有一种开阔的激昂。拟诗在这方面,实深得其神韵。

总之,江淹《陈思王赠友》既在文学上对曹植作品有所研习承继,同时,又深入曹植的人生,从新的角度重塑曹植形象。与谢灵运突出曹植之"忧生之嗟"不同,江淹着力刻画了重视人才、珍视友情、关心国事、心胸开阔、雍容儒雅的曹植形象,这更接近于曹植前期作品中的自我形象。

三、《陈思王赠友》之情感寄寓

江淹拟诗虽然尽量客观模仿,但他选择什么题材,在拟诗中怎么表现,这些皆会有意无意地展现他自己的心灵世界,此诚如俞绍初、张亚新所言:"作者在对于摹拟对象的取舍之间未尝没有反映出个人性格志趣、思想感情的影子,如《古离别》《李都尉从军》《张司空离情》《陆平原羁宦》《谢法曹赠别》《休上人怨别》所写的失意索寞之感等,都是江淹诗赋所经常表现的主题,是其早年心境的曲折反映。"①《陈思王赠友》同样如此,他一面折射出江淹对友情的重视,一方面折射出他对君臣遇合的渴望。

从其重友情言,江淹《知己赋》《伤友人赋》《袁友人传》等文中对友人深厚情谊的表露在六朝是较为少见的。他说殷孚"博而能通,学无不览;雅赏文章,尤爱奇逸。虽志隐岩石,而名动京师矣。才多深见,气有远度。虽安期千里,不能尚焉"(《知己赋》序)②。他说袁炳"有逸才,有妙赏,博学多闻,明敏而识奇异"(《伤友人赋》序)③,"其人天下之士,幼有异才,学无不览,文章俶傥清澹出一时。任心观书,不为章句之学。其笃行则信义惠和,意謦如也。常念荫松柏,咏诗书,志气跌宕,不与俗人交。俛眉暂仕……其

---

① 《江淹集校注》,俞绍初、张亚新校注,"前言"第4页。
② 《江文通集汇注》,胡之骥注,第89页。
③ 《江文通集汇注》,胡之骥注,第68页。

为节也如此,数百年未有此人焉。至乃好妙赏文,独绝于世也"(《袁友人传》)①。要之,江淹至交博学多识、妙赏慧悟、志在岩石、品节高洁,此与江淹之自道相互映衬,如其言己"长遂博览群书,不事章句之学,颇留精于文章。所诵咏者,盖二十万言。而爱奇尚异,深沉有远识"(《自序》)②,"今但愿拾薇藿,诵诗书,乐天理性,敛骨折步,不践过失之地耳"(《与交友论隐书》)③。正因为此,江淹文中再三言"所与神游者,唯陈留袁叔明而已"(《自序》)④,"仆之神交者,尝有陈郡之袁炳焉"(《伤友人赋》)⑤,"与余有青云之交,非直衔杯酒而已"(《袁友人传》)⑥,等等,充分表达了他对灵魂相通之知己的珍视。可以说,正是因江淹对知己之情的珍视,他才会发现、看重曹植赠友诗,并把它提高到一种文体的高度来模拟。江淹文中所表现的知己特点在《陈思王赠友》中亦有体现,如言陈思所赠友人"辞义丽金膝""有道在葵藿"等。

不过,由于陈思的王者身份,《陈思王赠友》更多折射出江淹对君臣遇合的渴望。江淹从出仕之初至被贬斥吴兴,十一年左右,多数时间充任刘宋几个藩王的幕僚,尤以在建平王刘景素处时间最长,"伏皂九载,齿录八年"(《被黜为吴兴令辞笺诣建平王》)⑦。江淹初为始安王刘子真的发蒙老师,刘子真被杀后,"建平王刘景素,闻风而悦,待以布衣之礼"(《自序》)⑧,后江淹因少年倜傥,为人所嫉,被诬受金下狱,他上书建平王陈述冤屈,因打动建平王而免罪。其后曾在巴陵王刘休若幕下短暂停留,后又转入建平王幕下任主簿之职,"宾待累年,雅以文章见遇"(《自序》)⑨。抛开依附建平王的仕途目的看,八年的相知相随,江淹对建平王是有很深的感情的。"方学松柏隐,羞逐市井名。幸承光诵末,伏恩托后旌"(《从冠军行建平王登庐山

---

① 《江文通集汇注》,胡之骥注,第377页。
② 《江文通集汇注》,胡之骥注,第378页。
③ 《江文通集汇注》,胡之骥注,第350页。
④ 《江文通集汇注》,胡之骥注,第378页。
⑤ 《江文通集汇注》,胡之骥注,第68页。
⑥ 《江文通集汇注》,胡之骥注,第377页。
⑦ 《江文通集汇注》,胡之骥注,第333页。
⑧ 《江文通集汇注》,胡之骥注,第378页。
⑨ 《江文通集汇注》,胡之骥注,第379页。

香炉峰》)①,即流露出对建平王知遇之恩的感念。"恭承此嘉惠,末官至南荆。敛衽依光彩,端笏奉仁明。再逢绿草合,重见翠云生。江甸知礼富,汉渚闻教清。……愿借若木景,长照忧人情"(《从建平王游纪南城》)②,感激、赞美以及渴望得到赏识重用的心情亦流露无遗。这种比较融洽的君臣关系保持了一段时间,到荆州后期,随着建平王与朝廷矛盾日渐尖锐,建平王出于自保,加之本身亦有觊觎之心,遂有密图之事,江淹出于感恩之情,屡次进谏劝阻而遭嫌疑、疏远,最终被贬黜到荒远的吴兴。江淹《自序》言:

> 而宋末多阻,宗室有忧生之难。王初欲羽檄征天下兵,以求一旦之幸。淹尝从容晓谏,言人事之成败。每曰:"殿下不求宗庙之安,如信左右之计,则复见麋鹿霜栖露宿于姑苏之台矣。"终不以纳,而更疑焉。及王移镇朱方也,又为镇军参事,领东海郡丞。于是王与不逞之徒,日夜构议。淹知祸机之将发,又赋诗十五首,略明性命之理,因以为讽。王遂不悟,乃凭怒而黜之,为建安吴兴令。③

江淹为挽建平王于狂途,的确竭尽了心力。在《效阮公诗十五首》中,江淹多次表达忠诚之心及忠而见疑的悲伤无奈之情,如"宁知霜雪后,独见松竹心"(其一),"一旦鹈鴂鸣,严霜被劲草。志气多感失,泪下沾怀抱"(其二),"忠信主不合,辞意将诉谁?"(其三),"宿昔秉心誓,灵明将见期"(其四),等等。④

总之,《陈思王赠友》有江淹个人身世⑤情感的寄托,亦透视着他对曹植人生命运的理解与同情,这在曹植接受史上有重要意义。

四、江淹拟赋对曹作之接受

被贬吴兴,江淹忠而被弃,仕途窘蹇,生活困苦,遭到沉重打击。或许,这种经历使他对曹植及其作品有更深的认同与理解。其《待罪江南思北归赋》第一段言:

---

① 《江文通集汇注》,胡之骥注,第103页。
② 《江文通集汇注》,胡之骥注,第106页。
③ 《江文通集汇注》,胡之骥注,第379页。
④ 分别参见《江文通集汇注》,胡之骥注,第121、122、122、122-123页。
⑤ 本文所述江淹身世经历,参见江淹《自序》、《江淹年谱》,载《江淹集校注》,俞绍初、张亚新校注;曹道衡:《江淹》,载吕慧鹃、刘波、卢达编《中国历代著名文学家评传(第一卷)》,第503-525页。

伊小人之薄伎,奉君子而输力。接河汉之雄才,揽日月之英色。绝云气而厉响,负青天而抚翼。德被命而不渝,恩润身而无极。何规矩之守任,信愚陋而不肖。愧金碧之琳琅,惭丹朦之照曜。樊天网而自罹,徒夜分而谁吊!①

由赞美君之德才到写君恩之深,从写自己之愚陋罪过到写自己之惭愧自责等,颇有借鉴曹植《责躬》及表处,如曹作言"笃生我皇,亦世载聪。武则肃烈,文则时雍……赫赫天子,恩不遗物……光光(天使)〔大魏〕,(我荣我)〔使我荣〕华……皇恩过隆,祗承怵惕。咨我小子,顽凶是婴,逝惭陵墓,存愧阙庭"等。江作"奉君子而输力"句化自曹诗"愿得展功勤,输力于明君"(《薤露行》)句,而"樊天网而自罹,徒夜分而谁吊"则变自《责躬》表中言"追思罪戾,昼分而食,夜分而寝,诚以天网不可重罹,圣恩难可再恃"。在这卑躬屈膝的自责里,含有多少信而见疑、忠而被毁的悲愤!江淹对曹植《责躬》及表的化用表明,他由切身经历体会到曹植窘迫、挣扎的人生及其沉而不污的高贵灵魂。

其于吴兴的赋作,还有两篇颇可注意,即《水上神女赋》和《丽色赋》②。《水上神女赋》显然模仿《洛神赋》,这主要体现在以下几个方面:

(一)模仿《洛神赋》之整体结构

第一,逢女背景相似。《洛神赋》写作者从京归藩,"背伊阙,越辕辕,经通谷,陵景山",日晚而停于洛川之皋,此遇神女之背景。江赋则托身一"江上丈夫"游宦荆吴,"首卫国,望燕途;历秦关,出宋都……乃造南中,渡炎洲;经玉涧,越金流"③而至一奇异之地,亦遇女神之背景。只是曹作无意逢女,而江作则有意寻女。

第二,逢女方式及神女出现位置相似。如《洛神赋》言:"于是精移神骇,忽焉思散,俯则未察,仰以殊观。睹一丽人,于岩之畔。"江作则言:"忽

---

① 《江文通集汇注》,胡之骥注,第31页。
② 洪顺隆对《丽色赋》之于《洛神赋》的投射有详细解析(参见洪顺隆:《辞赋论丛》,第162-171页),但他认为《丽色赋》的主题与爱情有关,和《洛神赋》相近,恐不确切。《丽色赋》借巫史之口夸说丽色以消放逐楚臣心中之忧,并无爱情因素,俞绍初、张亚新认为此乃江淹自况,可与《倡妇自悲赋》相参看,参见《江淹集校注》,俞绍初、张亚新校注,第174-175页。
③ 《江文通集汇注》,胡之骥注,第24页。

而精飞视乱,意徙心移。绮靡菱盖,怅望蕙枝。一丽女兮,碧渚之崖。"①

第三,赋写神女消失方式及随后寻访方式相似。如《洛神赋》言:"忽不悟其所舍,怅神霄而蔽光……冀灵体之复形,御轻舟而上泝。浮长川而忘反,思绵绵而增慕。夜耿耿而不寐,沾繁霜而至曙。"江赋则言:"奄人祇之仿像,共光气而寂寥"②,"视空同而失貌,察倏忽而亡迹。野田田而虚翠,水湛湛而空碧。乃唱桂棹,凌冲波;背橘浦,向椒阿"③。不过,曹赋在绵绵怅思中戛然而止,而江赋则以写景说理结束,"苟悬天兮有命,永离决兮若何……愁知形有之留滞,非英灵之所要术也!"④。此不同于曹作之旷达既与其一般士族身世背景相关,亦与其受佛道思想影响颇有关系。

洪顺隆先生指出《水上神女赋》模仿了《洛神赋》的结构布局,但他认为《水上神女赋》"情节的推展和转移,采用'乃'—'忽而'—'遂乃'—'于时也'—'乃'等一系列的类似起、承、转、合的组织形式","是由《洛神赋》移转过来的",⑤恐不确切。因为此种起承转合的形式从枚乘《七发》开始,在汉赋,尤其是汉大赋中有明显表现,可说是赋体文学的常用转换程式,并非《洛神赋》所独创。

(二)模仿《洛神赋》对神女之描写

第一,突出水上神女的虚幻特质。如江赋:"暧暧也,非云非雾,如烟如霞;诸光诸色,杂卉杂华。的的也,象圭象璧,若虚若实;绫锦共文,瑶贝合质。"⑥通过使用"非……非""如……如""象……象""若……若"等句式,突出神女恍兮惚兮的神韵姿态,与曹赋初写洛神所用一系列比喻手法来再现其神光仙韵非常相似。

第二,突出神女之人性,而写其人性又不离其神性。如江赋写:"女遂俯整玉轵,仰肃金镰。或采丹叶,或拾翠条。守明玑而为誓,解琅玕而相要。情乍合而还散,色半亲而复娇。耸輧车于水际,停云霓于山椒。"⑦"或采丹

---

① 《江文通集汇注》,胡之骥注,第24页。
② 《江文通集汇注》,胡之骥注,第25页。
③ 《江文通集汇注》,胡之骥注,第27页。
④ 《江文通集汇注》,胡之骥注,第27页。
⑤ 洪顺隆:《辞赋论丛》,第169—170页。
⑥ 《江文通集汇注》,胡之骥注,第24页。
⑦ 《江文通集汇注》,胡之骥注,第25页。

叶,或拾翠条"化自曹作"或采明珠,或拾翠羽",不过已把曹作中众神之游戏变为水神之个体行为。"情乍合而还散,色半亲而复娇"化自曹作"神光离合,乍阴乍阳"句,以突写水神若隐若现、明暗不定的样态。

不过,就全文描写看,曹赋从远而近、由虚而实,或虚实相生、动静结合,从各个角度刻画水神形象,所以水神形象空灵而可感;江赋重在虚处落笔,或以比喻出之,或从旁衬托,即便正面描写,如"红唇写朱,真眉学月。美目艳起,秀色烂发。窈窕暂见,偃蹇还没。冶异绝俗,奇丽不常"①,聊聊数句,亦只是当时描写一般女子的笼统笔墨,其对神女的描写角度缺少变化,神女虽有虚幻之质,但少可感之实。

值得注意的是,《江妃赋》《水上神女赋》都不似《洛神赋》有大段调用各种修辞、采用多面刻画角度描绘洛神形容风姿的内容,谢、江二人的水神赋对神女的刻画不过三言两语的模糊描写,其用力点不在神女形象。即便是江淹《丽色赋》,其写丽人容貌亦只有几句而已,重点写春夏秋冬之变、水烟霞云雾风之幻,以此来写美人面对四时天气之变的心理感受。而与曹作以群仙作衬、仙禽仙物烘托之盛大、庄严、热烈、神圣等相比,只有谢作尚提及"建羽旌而逶迤,奏情〔清〕管之依微"②,还有一点随从仙人的影子,江作的水神则仅以山水云霞为衬。可以说,曹作是以人物为中心的,而江、谢赋中人物与山水风景已是相融相合,这与当时的山水审美观念、山水文学及山水绘画艺术的发展等都有关系。

江作剔除了曹作中申礼防的内容,又以大段笔墨浓笔描写神女出现前、消失时的环境,这使其赋作一方面缺少曹赋矜持庄重之味,另一方面又以奇山异水增强了赋作的奇幻色彩。此固然不免南朝山水文化的影响,但亦是吴地秀水灵山美景的折射。

第三,借鉴曹作之寄寓手法。由于《水上神女赋》作于江淹贬谪吴地之时,他始终无法从逐臣的心境中走出,于是眷恋故国、思念亲人、担忧时暮、希望用世、悲愤冤屈等情感不断流露笔端。如"于是泣故关之已尽,伤故国之无际"(《去故乡赋》)③,"思应都兮心断,怜故人兮无极""忆上国之绮树,

---

① 《江文通集汇注》,胡之骥注,第25页。
② 《谢灵运集校注》,顾绍柏校注,第374页。
③ 《江文通集汇注》,胡之骥注,第11页。

想金陵之蕙枝"(《四时赋》)①,"自出国而辞友,永怀慕而抱哀。魂终朝以三夺,心一夜而九摧""思云车兮沉北,望霓裳兮澧东。惜重华之已没,念芳草之坐空"(《哀千里赋》)②,等等。这种类似屈原的对故国爱恋的反复表述,正意味着对故君的思念,因为故国是他的家园,是他追求功名事业成就的舞台,而故君则是他回身故园、回身政治舞台的关键因素,因此,作于此时的《水上神女赋》,其"水上丈人"与神女遇合而又忽然分离的遭遇正是暗示他与建平王的遇合分离。他对君臣相谐的美好回忆,对君臣关系破裂的伤痛无奈,对再次缝合的渴望等皆寄寓在这一写作模式中。

《水上神女赋》基本为模仿《洛神赋》之作,由此可以认为,江淹所赋予《水上神女赋》的寓意,正来自他对《洛神赋》的解读,即在江淹看来,《洛神赋》表达的正是曹植对协调君臣关系的向往与呼唤。这种通过模拟方式来表达对《洛神赋》的多方面解读,在曹植及其作品接受史上有重要意义,它透露着江淹对曹植逐臣命运的理解。曹植虽贵为王侯,但科禁诸侯的政策使他的回京之途异常艰难,不要说回到京都的政治舞台,即便回京都与亲人团聚,若无御旨,便无归途,而即便开恩回都,亦是动辄得咎,所以曹植之回藩国,那是比江淹之被贬谪吴地更为悲惨之事,那是永远的放逐。而曹植的可贵在于,他永远无法忘怀故土,忘怀君王,忘怀建功立业之理想,所以一再地通过诗、赋、表等各种文体,来表达自己忠君爱国的心志,《洛神赋》即是如此。江淹对《洛神赋》结构思路、描写手法、寄寓手法等的模拟吸收,从另一侧面表现了江淹对曹植个体精神的理解,他要比谢灵运"公子不及世事,但美遨游;然颇有忧生之嗟"之评更进一步,他不仅看到了曹植的悲痛,更看到了曹植坚贞、执着、奉献、昂扬不屈的高贵灵魂。

而回归到前面讨论的话题,江淹选择模拟陈思王赠友诗,正因他深深体会到,像曹植这样的王侯与下僚间的互相珍视、欣赏,实为非常难得,让人向往。《陈思王赠友》里有江淹人生的隐痛,亦有其对美好君臣关系的向往。不过,与陈思永远无法割舍君臣相合的痛苦执着相比,江淹在王朝的更替与刀光剑影中,终于学会把自己深深包裹起来,像和建平王那样的关系,在江

---

① 《江文通集汇注》,胡之骥注,第59页。
② 《江文通集汇注》,胡之骥注,第17页。

淹之后的人生中再也没有出现,江淹已经是一个老到的政治家了。著名的江郎才尽,很多人关注其"才尽"之因,但很少人注意相关两个传说中的"索笔""索锦"人——张协、郭璞①。《晋书·张协》言张协"于时天下已乱,所在寇盗,协遂弃绝人事,屏居草泽,守道不竞,以属咏自娱"②。而郭璞《游仙诗》把游仙与隐士合一,亦可见其情怀所在。这两个传说有可能是江淹自道,又为好事者所演绎,实际指其内敛隐身之意,"江郎才尽"很可能是一个成熟政治家于新王朝中隐遁的托辞。

第三节　丽人洛神,艳情路异
——沈约对《洛神赋》的接受与影响

作为齐梁文坛之宗,沈约对曹植作品相当熟悉。其《白马篇》即是以曹作《白马篇》为范本的模拟之作;《伤王谌》言"欢宴未终毕,零落委山丘"③,化自曹作《箜篌引》"生存华屋处,零落归山丘"句;《诗》"四节逝不处,繁华难久鲜"④,化自曹植《杂诗六首》其四"俯仰岁将暮,荣耀难久恃"句;而《宿东园诗》言"陈王斗鸡道,安仁采樵路"⑤,更是把曹作名都少年之"斗鸡东郊道"一变而为曹植"斗鸡道"。不过,沈约对曹作的接受,最有意义者是他对《洛神赋》的批评与转化学习。

沈约《答陆厥书》中言:"若以文章之音韵,同弦管之声曲,则美恶妍蚩,不得顿相乖反。譬犹子野操曲,安得忽有阐缓失调之声;以《洛神》比陈思他赋,有似异手之作。故知天机启则律吕自调,六情滞则音律顿舛也。"⑥据其文意看,应是认为《洛神赋》行文参差变动,少有阐缓失调之声,曹植虽昧于沈氏所谓声律,但情性所至,律吕自调。文学史上沈约首次从声律角度肯定《洛神赋》的成就。而"天机启则律吕自调,六情滞则音律顿舛"之论,与

---

① 事见钟嵘《诗品》江淹条与《南史·江淹传》。分别参见钟嵘:《诗品笺注》,曹旭笺注,第184页;李延寿:《南史》卷五九《江淹》,第1451页。
② 房玄龄等:《晋书》卷五五《张协》,第1519页。
③ 逯钦立辑校《先秦汉魏晋南北朝诗》梁诗卷七,第1654页。
④ 逯钦立辑校《先秦汉魏晋南北朝诗》梁诗卷七,第1662页。
⑤ 逯钦立辑校《先秦汉魏晋南北朝诗》梁诗卷七,第1641页。
⑥ 严可均辑《全梁文》卷二八,第310页。

其所谓四声八病之研精专磨不同，他强调内在情性与律吕相谐的自然结果，亦见其重自然、性情之一面。沈约谈及前人辞赋，指出："虽清辞丽曲，时发乎篇，而芜音累气，固亦多矣。"①对前人文章声律之运用，颇为不满，他如此评价《洛神赋》，可见对《洛神赋》声律成就的高度推崇。《宋书·谢灵运》亦言："子建函京之作，仲宣霸岸之篇……正以音律调韵，取高前式。"②其曹、王并称之着眼角度亦基于二者的声律特点。可以说，沈约是最早从声律角度评赏曹植诗赋者。之后，钟嵘《诗品序》言："若'置酒高堂上'，'明月照高楼'，为韵之首。"③与沈约所论，亦有相合之处。刘勰评论曹植表体创作，称其"体赡而律调"(《章表》)④，进一步注意到曹植实用文体创作对声韵的讲求。

作为南齐提倡和宣传声律最有力的文学家，沈约十分重视诗赋骈文中声律的运用，并以此肯定讲究辞藻、韵律谐和生动的辞赋，他对《洛神赋》音韵和谐的称赏即是此文学观念的投射。不仅如此，洪顺隆先生亦指出，沈约《丽人赋》刻画人物的表现技巧学自《洛神赋》。由于二者在写作对象、语言、风格、结构等多方面的差异，人们很难把二者联系起来，洪先生的观察可谓敏锐。基于沈约对《洛神赋》的称赏，再加上他有《湘夫人》《朝云曲》等神女题材诗作，他受《洛神赋》影响应有其创作的实践依据。又，自沈约《丽人赋》后，南北朝再无从整体综合角度学习《洛神赋》的作品，《丽人赋》是南北朝接受《洛神赋》的转折点，之后，南朝对《洛神赋》的接受即呈现用典化、世俗化趋势，影响及于北朝。而至唐代李善注《洛神赋》所引《感甄记》，不仅使《洛神赋》主旨扑朔迷离，亦使陈王的形象滑落为无君臣、无兄弟的多情才人而已，若探其原因，似乎亦可追溯至《丽人赋》对《洛神赋》的学习、转化。

因此，基于沈约在南北朝文学史上的重要地位，尤其是作为宫体诗的先行者，他这篇艳情赋与曹作的关系及其影响，就很有探讨的意义。

---

① 沈约：《宋书》卷六七《谢灵运》，第1778页。
② 沈约：《宋书》卷六七《谢灵运》，第1779页。
③ 钟嵘：《诗品注》，陈延杰注，第5页。
④ 周振甫：《文心雕龙今译（附词语简释）》，第207页。

一、《丽人赋》对《洛神赋》之综合接受

沈约《丽人赋》言：

> 有客弱冠未仕，缔交戚里，驰骛王室，遨游许史。归而称曰：狭斜方女，铜街丽人。亭亭似月，嫔婉如春。凝情待价，思尚衣巾。芳逾散麝，色茂开莲。陆离羽佩，杂错花钿。响罗衣而不进，隐明灯而未前。中步檐而一息，顺长廊而回归。池翻荷而纳影，风动竹而吹衣。薄暮延伫，宵分乃至。出暗入光，含羞隐媚。垂罗曳锦，鸣瑶动翠。来脱薄妆，去留余腻。沾妆委露，理鬓清渠。落花入领，微风动裾。①

《丽人赋》对《洛神赋》有着多方面的接受。

首先，《丽人赋》在语言以及人物情态描写上多变自《洛神赋》。此点洪先生未论，详析如下：

宋玉《神女赋》形容神女曰"其少进也，皎若明月舒其光"②，曹作承袭变为"仿佛兮若轻云之蔽月"（《洛神赋》），沈作形容丽人曰"亭亭似月，嫔婉如春"，以月比丽人，可见沈作此句与曹作的关系。

沈作又言丽人"色茂开莲"。蔡邕《协和婚赋》有"色若莲葩"③句，曹作则言"灼若芙蓉出渌波"，与蔡作之静态比喻相比，沈作的动态比喻显然与曹作有更紧密的关系。

而沈作的"响罗衣而不进，隐明灯而未前。中步檐而一息，顺长廊而回归。池翻荷而纳影，风动竹而吹衣。薄暮延伫，宵分乃至。出暗入光，含羞隐媚"，在动作刻画中含有人物内心情志的变化，此与曹作显然有关，如"延伫"亦让人联想到曹作"翳修袖以延伫"句。但更关键者，沈作所写丽人在光线明暗、长廊回环之中欲进不进、隐约闪烁的身影，实脱胎于曹植对洛神的刻画。如曹作写洛神"仿佛兮若轻云之蔽月，飘飖兮若流风之回雪"，以比喻写其身影之若隐若现、飘摇不定；"微幽兰之芳蔼兮，步踟蹰于山隅"，写其隐身于幽兰丛中，徘徊流连于山脚；"于是洛灵感焉，徙倚彷徨。神光离合，乍阴乍阳"，写其时暗时明、若隐若现的身影；"动无常则，若危若安。进

---

① 严可均辑《全梁文》卷二五，第 275 页。
② 萧统编《文选》，李善注，第 593 页。
③ 《全汉赋评注》（后汉下），龚克昌等评注，第 865 页。

止难期,若往若还",更是直接叙写洛神闪烁不定的身姿。江淹显然亦注意到曹作这一独特的刻画视角,其《水上神女赋》中"非云非雾,如烟如霞"①句,《悼室人十首》其十"二妃丽潇湘,一有乍一无"②句,显然都着眼于此,但其一笔之涉及,与沈约整篇刻画主要由此变化而来,自不可并论,此亦见沈约对《洛神赋》的创造性吸收变化。

又,沈作"沾妆委露,理鬓清渠。落花入领,微风动裾",把美人的动态与环境联系在一起,其语言写法显然化自曹作"攘皓腕于神浒兮,采湍濑之玄芝"两句,只不过沈作更为凝练,而且,沈约把洛神那飘忽迷离、可望不可即之仙姿移植到凡间女子身上了。

其次,《丽人赋》规模曹作刻画人物的手法。

沈作在刻画人物上亦学习曹作,只是学习化用的痕迹非常浅,往往让人以为他别无依傍,独出机杼,若无非常敏锐的文学感知力,很难判断其间的联系,因此,洪先生的分析就格外引人注意。他指出:"沈氏对丽人的描写,分体裁、容貌、衣饰、资质……又分动态静态分别刻画……再分光线明暗、声音响默加以对比……又要求背景与人物的统一……这种转移视点,由众多角度去描绘人物和背景,在赋的领域中《洛神赋》之前尚无其例。这种表现技巧显然是由《洛神赋》中学到的。"③为理解洪先生所论,下面以《洛神赋》中初遇洛神段为对象进行分析。原文如下:

> 余告之曰:其形也,翩若惊鸿,婉若游龙。荣曜秋菊,华茂春松。仿佛兮若轻云之蔽月,飘摇兮若流风之回雪。远而望之,皎若太阳升朝霞,迫而察之,灼若芙蓉出渌波。秾纤得衷,修短合度。肩若削成,腰如约素。延颈秀项,皓质呈露。芳泽无加,铅华弗御。云髻峨峨,修眉连娟。丹唇外朗,皓齿内鲜。明眸善睐,(辅靥)〔靥辅〕承权。瑰姿艳逸,仪静体闲。柔情绰态,媚于语言。奇服旷世,骨像应图。披罗衣之璀粲兮,珥瑶碧之华琚。戴金翠之首饰,缀明珠以耀躯。践远游之文履,曳雾绡之轻裾。微幽兰之芳蔼兮,步踟蹰于山隅。于是忽焉纵体,以遨以嬉。左倚采旄,右荫桂旗。攘皓腕于神浒兮,采湍濑之玄芝。

---

① 《江文通集汇注》,胡之骥注,第24页。
② 《江文通集汇注》,胡之骥注,第168页。
③ 洪顺隆:《辞赋论丛》,第161-162页。

该段先写洛神的姿态、容光、身形,再由远观而近察,写其耀人眼目的光艳,以魏晋清谈笔法,对之进行整体抽象感知。其下则对其容貌妆扮进行具象刻画,而在具象刻画中,又不断变化描写视点,如写身材,写双肩,写腰肢,由整体而局部;次则又由下而上,写颈、发、眉、唇、牙、眼、靥,然后又以"瑰姿艳逸,仪静体闲。柔情绰态,媚于语言。奇服旷世,骨像应图"的整体抽象感知点缀其间;接着又写其披风、佩饰、头饰、鞋子、鞋上轻裾,此从整体简笔勾勒,但又是局部白描,而其间描写之失序,似乎让人感到"我"之视点忽上忽下的移动。以上又主要着眼于静态描写,但由于"我"的感受往往用动态比喻,所以静中又有动,这种动是洛神美之气场的流动,是"我"动心动魄之动。尤其是中间具象刻画时,连用二十个四字句,几乎可让人看到"我"为之屏息凝神心荡忘我之态。其下转为动态描写,作者在写其动态时,把她置于"幽兰""山隅""神浒""湍濑""椒涂""蘅薄"等具有隐喻性质的优美环境中,所以动中又见其淑静之质;不仅如此,又以众灵之动来衬托,而在写洛神的动态时,不只突出其美,更以其动作来暗示其心情,如"竦轻躯以鹤立,若将飞而未翔""扬轻袿之猗靡兮,翳修袖以延伫"等,表现洛神感"我"之真情而动情,而在写其动时,亦不忘进行抽象的感受性描写,如"转(盼)〔眄〕流精,光润玉颜。含辞未吐,气若幽兰。华容婀娜,令我忘餐"。

可以说,《洛神赋》刻画洛神所调用的艺术手段之综合多变、视点之多维立体,是之前赋作中没有的。它是之前"神女—美女"赋,还有诸如点缀于司马相如《天子游猎赋》、傅毅《舞赋》《七激》、张衡《七辩》、曹植《七启》等中描写美女部分的集大成者,它对洛神多角度的刻画可谓牢笼群彦,无出其右者。所以,洪先生关于沈约《丽人赋》多视点写丽人之手法学自曹植的论断应该是没错的。

最后,沈约把学自《洛神赋》的刻画美人的手法转移到了诗歌写作中,此与曹植把赋写《洛神赋》的手法转移到《美女篇》等作品中是一样的。

一般都注意到曹植《美女篇》对汉乐府《陌上桑》的借鉴,而忽略了《美女篇》之美女和洛神的关系。仔细比较《洛神赋》对洛神的描写,有理由相信曹植把它转化移植到《美女篇》的创作中了。(表5-3)

表 5-3 《美女篇》与《洛神赋》语句比较

《美女篇》	《洛神赋》
采桑岐路间。	采湍濑之玄芝。
攘袖见素手,皓腕约金环。	攘皓腕于神浒兮……
头上金爵钗……	戴金翠之首饰,缀明珠以耀躯。
明珠交玉体……	
罗衣何飘飘,轻裾随风还。	披罗衣之璀粲兮,珥瑶碧之华琚。
	曳雾绡之轻裾。
顾(盼)〔眄〕遗光彩,长啸气若兰。	转(盼)〔眄〕流精……
	气若幽兰。
容华耀朝日……	荣曜秋菊……
	皎若太阳升朝霞……
佳人慕高义……	嗟佳人之信修兮,羌习礼而明诗。
盛年处房室,中夜起长叹。	怨盛年之莫当。

把上述语句并置来看,可见《美女篇》与《洛神赋》在刻画女主角形象、气质、品性以及盛年空处时之用语有着惊人的重叠。这种文本的互文性关联,让我们确信《洛神赋》和《美女篇》一样,均为寄寓作者心志之作,而绝非俗间所谓的感甄之论。吴淇在详细分析《美女篇》的行文描写特点之后,认为"此亦是请自试之意"①。而在《洛神赋》寄心君王、寄托理想人生的主旨外,或许亦有"请自试之意"。如果《洛神赋》作于黄初三年(公元 222 年)是可靠的话,联系曹植黄初四年(公元 223 年)所写《责躬》中言"愿蒙矢石,建旗东岳,庶立毫厘,微功自赎。危躯授命,知足免戾,甘赴江(湘)〔湖〕,奋戈吴越",《洛神赋》有"自试之意"或者亦非妄思怪想。《美女篇》中有徒嗷嗷的众人旁观,但真正的旁观者"我"则隐身文外,美人可谓"我"对自我之审视旁观;《洛神赋》中御者无由旁观,旁观之"我"与"洛神"情神交接,"洛神"亦可谓"我"与自我的对话。

曹植不仅把《洛神赋》的主题、语言、人物特点、寄寓手法等移入《美女篇》中,亦把《洛神赋》的场景转换结构模式融入《美女篇》,如《美女篇》中

---

① 吴淇:《六朝选诗定论》,汪俊、黄进德点校,第 127 页。

场景由白日采桑歧路转移到晚上临大路之青楼,这种非常独特的写法,之前的确没有出现,此后张华《轻薄篇》、陆机《日出东南隅行》等对之有所学习。

曹植移植《洛神赋》语言、意象、写作手法等入诗的方式应深深影响了沈约,若仔细研究沈约《丽人赋》与其艳情诗,亦可发现类似《洛神赋》与《美女篇》之间的关系。比如《丽人赋》与《六忆诗四首》,《六忆诗四首》分别回忆来时、坐时、食时、眠时四个场景,和《丽人赋》一样都是追忆叙述;其对象也应是歌妓之流,如"欲坐复羞坐,欲食复羞食""解罗不待劝""复恐傍人见,娇羞在烛前"①等描写,则点明人物的身份特征;又,和《丽人赋》一样着眼于动态描写,并通过人物动作来暗示人物心理;另外,"欲坐复羞""欲食复羞""娇羞烛前"等均突出人物"含羞隐媚"的情态,与《丽人赋》亦相似。当然《六忆诗四首》质朴的叙事风格与《丽人赋》的艳丽自是不同。

再比如《丽人赋》中"垂罗曳锦,鸣瑶动翠。来脱薄妆,去留余腻"这样充满性暗示的话语在沈约一些诗中多有出现。如《日出东南隅行》"罗衣夕解带,玉钗暮垂冠"②,《少年新婚为之咏诗》"裾开见玉趾,衫薄映凝肤"③,《梦见美人诗》"果自闾阖开,魂交睹颜色。既荐巫山枕,又奉齐眉食。立望复横陈,忽觉非在侧。那知神伤者,潺湲泪沾臆"④,诗中美人形象既真切又飘忽,可谓对之前诸神女赋的诗化。

二、《丽人赋》接受曹植《洛神赋》之文学史意义

洪顺隆先生指出:张敏《神女赋》,谢灵运《江妃赋》,沈约《丽人赋》《伤美人赋》,江淹《丽色赋》《水上神女赋》,袁伯文《美人赋》,刘休玄《水仙赋》等都明显受到《洛神赋》的投射。⑤ 不过,洪先生所提及的这些作品,若谢灵运《江妃赋》、江淹《水上神女赋》、刘休玄《水仙赋》等皆可归入曹植所开辟之寄寓一路,但张敏《神女赋》与之并没有太大关系。为进一步论述沈约《丽人赋》接受曹作的文学史意义,有必要辨析一下张敏《神女赋》与《丽人赋》的关系。

---

① 逯钦立辑校《先秦汉魏晋南北朝诗》梁诗卷七,第1663页。
② 逯钦立辑校《先秦汉魏晋南北朝诗》梁诗卷六,第1613页。
③ 逯钦立辑校《先秦汉魏晋南北朝诗》梁诗卷六,第1639页。
④ 逯钦立辑校《先秦汉魏晋南北朝诗》梁诗卷六,第1640页。
⑤ 洪顺隆:《辞赋论丛》,第155–172页。

张敏《神女赋》：

世之言神仙者多矣，然未之或验也。至如弦氏之妇，则近信而有证者，夫鬼魅之下人也，无不羸病损瘦。今义起平安无恙，而与神女饮宴寝处，纵情极意，岂不异哉！余览其歌诗，辞旨清伟，故为之作赋。

皇览余之纯德，步朱阙之峥嵘。靡飞除而入秘殿，侍太极之穆清。帝愍余之勤肃，将休余于中州。托玄静以自处，是夫子之好仇。于是主人怃然而问之曰："尔岂是周之褒姒、齐之文姜，孽妇淫鬼，来自藏乎？傥亦汉之游女、江之娥皇，厌真乐怨，倦仙侍乎？"于是神女乃敛袂正襟而对曰："我实贞淑，子何猜焉？且辩言知礼，恭为令则。美姿天挺，盛饰表德，以此承欢，君有何惑？"尔乃敷茵席，垂组帐。嘉旨既设，同牢而飨，微闻芳泽，心荡意放。于是寻房中之至燕，极长夜之欢情。心眇眇以忽忽，想北里之遗声。既淡泊于幽默，扬觉寐而中惊。赋斯时之要妙，进伟服之纷敷。俛抚衽而告辞，仰长叹以欷吁。乘云雾而变化，遥弃我其焉如。①

郭建勋指出："在汉魏六朝'神女—美女'系列辞赋中，高唐神女的美丽特性依然被继承下来，但她的另外两个特征即'情欲'和'神圣'却已被彻底分离。也就是说，赋中的女性虽然同样美丽，但有的代表情欲，有的代表神圣的'道'。源于高唐神女原型这一系列的辞赋，偏重于原型形象的不同侧面，而分化成两种截然不同的女性类型和象征体系。"②

由此来看，张赋与曹赋显然属于不同的主题方向，张赋中的神女主要表现了情欲的一面。而相比于"绝大部分'神女—美女'系列的辞赋，多沿袭采用'女性诱惑—男性被惑—战胜诱惑'的基本思路"③，张作《神女赋》显然有悖于这一思路模式，尽管其神女自言"辩言知礼，恭为令则。美姿天挺，盛饰表德"，但在她整个求爱苟合的过程中却丝毫无自持的表现。神女在两性之间，完全处于主动状态，且来之遽然，去之毅然，唯留男子"仰长叹以欷吁……遥弃我其焉如"。与宋玉、王粲、杨修《神女赋》，以及曹植《洛神赋》

---

① 严可均辑《全晋文》卷八〇，第844页。
② 郭建勋：《论汉魏六朝"神女—美女"系列辞赋的象征性》，《湖南大学学报（社会科学版）》2002年第5期，第68页。
③ 郭建勋：《论汉魏六朝"神女—美女"系列辞赋的象征性》，《湖南大学学报（社会科学版）》2002年第5期，第68页。

中神女之圣洁相比,她身上完全没有伦理道德的负累,有的只是"寻房中之至燕,极长夜之欢情"的纵情之乐。从此点看,其形象可上溯到《高唐赋》中自荐枕席的巫山神女,但巫山神女与楚王遇合于梦中,恍惚之间尚有王者的高贵、神仙的飘然,还有朝云暮雨之滋润万物的神性暗示,而张赋中神女,据其言"帝愍余之勤肃,将休余于中州。托玄静以自处,是夫子之好仇",不过是趁闲到人间,偶起尘念,游戏云雨而已。而其所选对象,不是同仙人相配的王者,只是人间一普通男子!在之前诸多此类赋的映衬下,此赋在主题表现上非常独特,它重点表现的是无任何礼教约束的男欢女爱,其神女相当世俗化。

在赋中表现男女欢情的赋作,之前有蔡邕《协和婚赋》(《协初赋》)。钱锺书言:

> 蔡邕《协和婚赋》。按此赋残缺。首节行媒举礼,尚成片段;继写新妇艳丽,犹余十二句;下只存"长枕横施,大被竟床,莞蒻和软,茵褥调良",又"粉黛弛落,发乱钗脱"六句。想全文必自门而堂,自堂而室,自交拜而好合,循序描摹。"长枕"以下,……虽仅剩"粉黛"八字,然衬映上文,望而知为语意狎亵,《淮南子·说林训》所谓:"视书,上有'酒'者,下必有'肉',上有'年'者,下必有'月',以类而取之。"前此篇什见存者,刻划男女,所未涉笔也……。然则谓蔡氏为淫媟文字始作俑者,无不可也。①

不过,蔡氏所写,虽不免大胆露骨,然夫妇之义,亦在情理之内。再往前,有此类露骨香艳描写的有司马相如《美人赋》,如"于是寝具既设,服玩珍奇,金鉔薰香,黼帐低垂。茵褥重陈,角枕横施。女乃驰其上服,表其亵衣。皓体呈露,弱骨丰肌。时来亲臣,柔滑如脂"②。但司马相如赋亦只是借美女诱惑来突出男性道德。张赋显然不同于二作,然"尔乃敷茵席,垂组帐。嘉旨既设,同牢而飨,微闻芳泽,心荡意放。于是寻房中之至燕,极长夜之欢情",尚可见其与上述二赋之语言承继关系。

另外,张作前半部分为对话体,后半部分是叙述体,赋中仅两个人物,没有陪衬角色,对神女没有外貌、衣饰、情态等刻画,亦无环境等烘托点画,很

---

① 钱锺书:《管锥编》第三册,第 1017—1018 页。
② 《全汉赋评注》(前汉),龚克昌等评注,第 198 页。

像是对一个简笔勾勒的故事进行赋体转化。张敏又有《神女传》,该赋可能即是对它的赋化。干宝《搜神记》中录有三神女事,如董永事,织女言"缘君至孝,天帝令我助君偿债耳"①;杜兰香事,其婢妾言"阿母所生,遣授配君,可不敬从!"②;而可能是张作《神女传》扩展版的智琼事,亦言"见遣下嫁,故来从君。不谓君德,宿时感运,宜为夫妇"③,皆与张作中神女之自由自主不同,所以张作之神女形象就颇有游戏幽默之感。张作序言:"夫鬼魅之下人也,无不赢病损瘦。今义起平安无恙,而与神女饮宴寝处,纵情极意,岂不异哉!"④又,据严可均辑《全晋文》,张敏有《奇士刘披赋》⑤,可见其爱奇之性;又有《头责子羽文》⑥,谐谑戏嘲,亦见其滑稽幽默之质。因此,张作中神女形象虽渊源有自,但其独特性却与张敏个人之好奇尚异、幽默多趣颇有关系。

可以说,张作《神女赋》在主题、结构、语言、意象等方面与曹植《洛神赋》没有什么关系,但它男女一夜欢情的主题可能直接影响到沈约《丽人赋》的创作。沈约《丽人赋》,虽不出艳情赋传统,但全然不见隐喻之意。与宋玉之神女,以及曹植、谢灵运、江淹、刘休玄之水神等相比,其丽人乃凡间尤物;而同江淹《丽色赋》、袁伯文《美人赋》中美人相比,则又为"铜街""狭邪"(京城娼妓所居)丽人。之前写出身不高女子的赋有汉代傅毅的《舞女赋》,赋中舞女"与志迁化,容不虚生。明诗表指,喷息激昂。气若浮云,志若秋霜"⑦;东汉蔡邕《青衣赋》亦写一出身卑微的青衣婢妾,称其"关雎之洁,不蹈邪非。察其所履,世之鲜希。宜作夫人,为众女师"⑧。二赋都选择了现实中的卑微女性,均赋予其美好高洁的品德。而沈约《丽人赋》则完全抛开了加于女性身上的贞洁观念,她"凝情待价,思尚衣巾",虽然对私赴幽会颇为犹豫,但"来脱薄妆,去留余腻",还是非常大胆的。而从主题角度讲,它和自曹作而来的诸神女赋相比,已经全无寄托,不过声色而已。因此,

---

① 干宝:《搜神记》卷一,汪绍楹校注,中华书局,1979,第15页。
② 干宝:《搜神记》卷一,第15页。
③ 干宝:《搜神记》卷一,第17页。
④ 严可均辑《全晋文》卷八〇,第844页。
⑤ 严可均辑《全晋文》卷八〇,第844页。
⑥ 严可均辑《全晋文》卷八〇,第845-846页。
⑦ 《全汉赋评注》(后汉上),龚克昌等评注,第135页。
⑧ 《全汉赋评注》(后汉下),龚克昌等评注,第833页。

可以说,沈约《丽人赋》在写作主题思路上是承自张敏《神女赋》而来。

由此,可看出《丽人赋》接受《洛神赋》之特殊性所在,即它主要从写作技巧上学习《洛神赋》,但却改变了《洛神赋》寄寓的主题,由于他的"丽人"与"洛神"之间有诸多相似之处,因此,他着眼于两性声色情欲之欢的主题,一定程度上会使圣洁的洛神形象遭致世俗化的扭曲,它对之后文人对洛神形象之接受有直接影响,可以说,沈约《丽人赋》开洛神世俗化、声色化之风。

另外,自沈约《丽人赋》后,南北朝不再有整体综合学习《洛神赋》的作品,其中《丽人赋》对曹作的转化学习应是这一情况形成的一个重要因素。为进一步分析此问题,有必要来看一下《丽人赋》的写作时间。

罗国威先生据《丽人赋》开篇所言"有客弱冠未仕,缔交戚里,驰骛王室,遨游许、史"①,认为"盖自方也",由此把它定于沈约二十岁所写,即刘宋大明四年(公元460年)。② 唐燮军据此指出:"其作于孝武帝大明四年(460)的《丽人赋》,就较为隐晦地透露出他此际急于从政的心态,以及此种心态支配下的政治钻营。"③联系沈约自身经历,《丽人赋》未尝不带有其个人生活思想的痕迹,但据此判断此赋作于大明四年作者二十岁时,则颇有可疑之处。首先,据前所析刘休玄、谢灵运、袁伯文、江淹等艳情赋作看,此期赋作多拟古,有寄寓性质,作者用笔端庄雅丽,很难想象此时会有沈约这样轻艳荡逸的作品;其次,据沈约《宋书·自序》言,"常以晋氏一代,竟无全书,年二十许,便有撰述之意。泰始初,征西将军蔡兴宗为启明帝,有敕赐许,自此迄今,年逾二十,所撰之书,凡一百二十卷"④,沈约早年立志著史,未暇于文,更何况蔡兴宗曾谓其诸子,称"沈记室人伦师表,宜善事之"⑤,沈约早年立身相当矜重,估计不会有如此轻艳的作品;最后,沈约此赋与其艳情诗在写法、风格上极为相似。因此,沈约《丽人赋》大约作于齐梁之间。

---

① 此开头颇类江淹《水上神女赋》"江上丈人,游宦荆吴。首卫国,望燕途;历秦关,出宋都"(见《江文通集汇注》,胡之骥注,第24页)句,均虚拟某人,以之来隐射自身经历。

② 罗国威:《沈约任昉年谱》,载刘跃进、范子烨编《六朝作家年谱辑要》,黑龙江教育出版社,1999,第386页。

③ 唐燮军:《诗人之外的沈约:对沈约思想与生平的文化考察》,《文学遗产》2006年第4期,第38页。

④ 沈约:《宋书》卷一〇〇《自序》,第2466页。

⑤ 姚思廉:《梁书》卷一三《沈约》,第233页。

日本兴膳宏先生认为："沈约是在竟陵王西邸的文学团体解体后，他自己出任东阳太守，与谢朓等文友往返渐疏的五十初度以后才正式开始创作艳诗的。"①据此言，沈约《丽人赋》为此期作品，或未可知。

如果沈约《丽人赋》作于齐末，那么洪顺隆先生所指出的南朝受《洛神赋》影响的几篇赋作，除《丽人赋》外，其余全为南朝宋时作品。南北朝《洛神赋》之接受轨迹由此显现：南朝宋尚沿袭曹作开辟的寄寓路线，在主题、结构、语言、意象等方面对曹作是正面的延续，至齐沈约则抛开《洛神赋》之主题寄寓、情节结构模式，学习曹作立体式刻画人物的方法，把洛神飘忽不定的身姿转为铜街丽人出明入暗的隐约含羞之态，其语言亦多有规模曹作之处。沈约之后，南北朝再无综合接受《洛神赋》的赋作，对《洛神赋》之接受散见于诗赋（以诗歌为主）等文体中，洛神成为比拟人间美女甚或娼妓丽人的概念性语词，美丽可感而又飘逸不定的洛神形象亦被抽象化，甚或游戏化，除其美丽之属性外，洛神身上所寄寓的种种美好已然消失，沈约《丽人赋》可谓《洛神赋》接受的转折点。

为什么会出现这样的情况？

齐梁之前，描写美女的文体功能主要由赋承载，从宋玉《神女赋》《登徒子好色赋》始，至汉枚乘、司马相如、扬雄、傅毅、张衡、蔡邕等不绝如缕，到建安时又刮起一阵写神女、美女的旋风，如陈琳、阮瑀同题《止欲赋》，王粲《闲邪赋》，王粲、杨修、陈琳同题《神女赋》，等等，到黄初时曹植《洛神赋》可谓集前贤创作之大成，宓妃也从神话传说与辞赋中片言只语之叙述转变为既仙乎飘飘又具象可感的美女，此后阮籍《清思赋》承前流风，而终两晋之世，除陶渊明《闲情赋》外，赋写美女的赋作近乎销声匿迹。

及至刘宋，为突破东晋玄风笼罩百年的冰层，必然往前追溯，向东晋之前的文人作品学习。如谢灵运诗多借鉴陆机，钟嵘论其源出陈思，他有《拟魏太子邺中集诗八首》；江淹《杂体三十首》，其中拟建安曹丕、曹植、刘桢、王粲等四人作品；而刘休玄，据萧绎言："刘休玄，少好学，有文才。尝为《水仙赋》，当时以为不减《洛神》；《拟古》诗，时人以为陆士衡之流。"②

又，据《本事诗》："宋武帝尝吟谢庄《月赋》，称叹良久，谓颜延之曰：'希

---

① 兴膳宏：《六朝文学论稿》，彭恩华译，岳麓书社，1986，第142页。
② 萧绎：《金楼子校笺》，许逸民校笺，中华书局，2011，第654页。

逸此作,可谓前不见古人,后不见来者。昔陈王何足尚邪!'"①而据《隋书·经籍志》:谢灵运撰《赋集》九十二卷,宋明帝撰《赋集》四十卷,宋御史褚诠之撰《百赋音》十卷等②,当时帝王君臣对赋之重视、喜爱可见一斑。刘义庆《世说新语》中录有四条评论赋作的事情,如孙兴公作《天台赋》、庾子嵩作《意赋》、顾长康作《筝赋》、庾仲初作《扬都赋》等。亦可从一个侧面窥见时人对赋体的重视。

且曹植《洛神赋》两晋时虽少有仿作,但东晋书法家、画家对它进行艺术转换,无疑更加重了其名作的砝码。刘宋建立后,虽然对大家士族有所压制,但士族的审美风尚仍然在文坛占据主导地位,洛神所代表的高贵、典雅、清丽之美,尚在时人审美范畴之内。此或为曹植《洛神赋》在刘宋得以反复规模的主要原因。

至齐沈约,作为宫体诗创作之先驱,沈约把赋赋写美女的职能转向以诗歌来表现,这对齐以后的文坛创作颇有影响,随着诗歌尤其是宫体诗创作的兴盛成熟,诗歌成为表现美女的重要载体,以赋赋写美女的职能逐渐被代替了。而随着新的审美风尚的流行,洛神所代表的高贵、典雅、圣洁之古典美渐被抛弃,这或许也是沈约之后,《洛神赋》于诗人创作中的影响主要为词语的学习化用之原因所在。

第四节　徒怀曹植,恒愿执鞭
——萧绎对曹植诗文的摘录及其意义

萧绎《谢东宫赐白牙镂管笔启》曰:"但有羡卜商,无因则削;徒怀曹植,恒愿执鞭。"③这种愿执鞭追随的表白极见萧绎对曹植的向往。南北朝时期,像他这样对曹植有如此情感与兴趣者,并不多见。尽管武帝诸子中被武帝惊为子建的是萧纲,如《梁书·简文帝》言:"太宗幼而敏睿,识悟过人,六岁便属文,高祖惊其早就,弗之信也,乃于御前面试,辞采甚美。高祖叹曰:

---

① 孟棨:《本事诗·嘲戏第七》,载丁福保辑《历代诗话续编》,第 20 页。
② 魏征、令狐德棻:《隋书》卷三五《经籍志》,中华书局,1973,第 1082、1083 页。
③ 严可均辑《全梁文》卷一六,第 178 页。

'此子,吾家之东阿。'"①但到了萧纲入主东宫以后,其《与湘东王书》中则言:"文章未坠,必有英绝领袖之者,非弟而谁!每欲论之,无可与语,思吾子建,一共商榷,辨兹清浊,使如泾渭,论兹月旦,类彼汝南。"②俨然以曹丕自居,而视湘东王萧绎为子建了。《与湘东王书》中所流露的赞叹期许、知音之思、共论文坛之愿,虽然不免于时政的左右,但相比于曹丕终生对曹植文才不置一词的沉默、冷漠,萧氏兄弟亦上下、亦兄弟、亦文友的关系,即便在整个中国文学史上,也甚是少见。

而在东宫文学集团内部,庾肩吾的应和诗中,亦多以子建比附萧绎。在他笔下,曹植博览群书,才逼天人,与副君一起,共同铸就了与众文士歌酒欢宴的和谐。有趣的是,在此前的文人诗文中,并没有出现以子建比附的情况。如以谢灵运之才,而归八斗于曹植,自己不过以一斗自许;南平王刘铄的《水仙赋》,时人也只是以为可比《洛神赋》;宋武帝高赏谢庄《月赋》,也不过从赋体角度论之;吴迈远"每作诗,得称意语,辄掷地呼曰:'曹子建何足数哉!'",但檀超则笑言"至于迈远,何为者乎"。③可以说,宋齐时,曹植在大众的心中尚遥不可及,直至武帝以萧纲为自家东阿,萧纲视萧绎为自家子建,庾肩吾亦随之附和,曹植成为梁代君臣话语中的一个符号,此亦足见梁代君臣与建安曹氏父子相较的文学自负。

萧绎诗文中化用曹植文学处并不多,如《谢东宫赉蒸栗牛启》曰:"色似秘府之书,毛类陈王之玉。"④其中"陈王之玉",可能化自《洛神赋》"解玉佩以要之"句。《去丹阳尹荆州诗二首》言:"骖驾乘骊马,谒帝朝承明"(其一),"终朝陪北阁,清夜侍西园"(其二)。⑤ 其中"谒帝朝承明"出自曹诗"谒帝承明庐"(《赠白马王彪》),"清夜侍西园"化自曹诗"清夜游西园"(《公宴》)。《宫殿名诗》"斗鸡东道上,走马北场边"⑥,则化自曹诗"斗鸡东郊道,走马长楸间"(《名都篇》)。《紫骝马》有"方逐幽并去,西北共联

---

① 姚思廉:《梁书》卷四《简文帝》,第109页。
② 严可均辑《全梁文》卷一一,第116页。
③ 李延寿:《南史》卷七二《檀超》,第1766页。
④ 严可均辑《全梁文》卷一六,第181页。
⑤ 逯钦立辑校《先秦汉魏晋南北朝诗》梁诗卷二五,第2039、2040页。
⑥ 逯钦立辑校《先秦汉魏晋南北朝诗》梁诗卷二五,第2041页。

翩"①句,明显化自曹植《白马篇》,但幽并侠气已荡然无存。其《荡妇秋思赋》言"荡子之别十年,倡妇之居自怜。登楼一望,唯见远树含烟;平原如此,不知道路几千"②更是借曹植《七哀》"借问叹者谁?云是宕子妻。君行逾十年,孤妾常独栖"句,以骈体铺衍成篇,揉入山水风月霜露之景,清丽流转,已纯为南朝风情。

萧绎对曹植作品的化用、变异等受时代整体风气熏染,不足以显示其接受曹植的特殊性,真正体现萧绎对曹植个性化接受者,则是《金楼子》。为方便论述,现把《金楼子》中涉及曹植及其诗文语段共计十条摘录归类如下:

一是引用曹植文句。如:

《吕览》云:"衣人在寒,食人在饥。"陈思王云:"投虎千金,不如一豚肩。寒者不思尺璧,而思裋衣足也。" （立言篇第九下）

金樽玉杯,不能使薄酒更厚;鸾舆凤驾,不能使驽马健捷。有是哉?右手吹竽,左手击节,必不谐矣。 （立言篇第九下）

二是对曹植其人与其诗文的批评。如:

扬雄作赋,有梦肠之谈;曹植为文,有反胃之论。生也有涯,智也无涯,以有涯之生,逐无涯之智,余将养性养神,获麟于《金楼》之制也。

（立言篇第九上）

古来文士,异世争驱,而虑动难固,鲜无瑕病。陈思之文,群才之俊也。《武帝诔》云"尊灵永蛰",《明帝颂》云"圣体浮轻","浮轻"有似于蝴蝶,"永蛰"可拟于昆虫,施之尊极,不其嗤乎? （立言篇第九下）

刘休玄,少好学,有文才。尝为《水仙赋》,当时以为不减《洛神》;《拟古》诗,时人以为陆士衡之流。余谓《水仙》不及《洛神》,《拟古》胜乎士衡矣。 （说蕃篇第八）

曹子建、陆士衡皆文士也,观其辞致侧密,事语坚明,意匠有序,遣言无失,虽不以儒者命家,此亦悉通其义也。遍观文士,略尽知之。

（立言篇第九下）

---

① 逯钦立辑校《先秦汉魏晋南北朝诗》梁诗卷二五,第2033页。
② 严可均辑《全梁文》卷一五,第166页。

三是表达对曹植诗文的感受。如：

> 瞳眬日色,还想安仁之赋;徘徊月影,悬思子建之文。此又一生之至乐也。　　　　　　　　　　　　　　　　　　（杂记篇第十三上）①

四是摘录文段。这主要有三段,特别能见出萧绎接受曹植的深层心理因素,只有挖掘出这三段摘录内容背后深藏的精神内涵,我们才能转而理解萧绎对曹植诗文批评与感受的意义所在。故详论如下：

(1)摘录曹植本传条。

《金楼子》卷三说蕃篇主要从德、武、力、学、文等角度,摘录了上至周公、下至齐萧共五十三位侯王之事。其中曹植条摘自《三国志》曹植本传：

> 曹子建善属文。魏武帝见其文,谓植曰："汝倩人邪？"植跪曰："臣言出为论,下笔成章,故当面试,奈何倩人邪？"时邺铜爵台新成,武帝悉将诸子登台,使各为赋。植援笔立成,文彩可观。②

萧绎为什么单独摘录曹植本传中的这条记载呢？此条之上乃摘录汉刘安事,之下则录宋刘休玄事,三条均为善文之侯王事,但刘安条突出其著书之功；刘休玄条写其《水仙赋》,时人以为不减《洛神》,然"余谓《水仙》不及《洛神》",实际表明他认为刘休玄的文学成就不及曹植。又,曹植条突出曹植的敏悟与写作才华,刘安条写"上爱秘之。使为《离骚传》,旦受诏,日食时上"③,亦可谓快捷,但较之曹植之"援笔立成",其快慢亦有比较。南朝宋始兴王濬《重与沈璞教》言："卿沉思淹日,向聊相敦〔问〕,还白斐然,遂兼纸翰。昔曹植有言,下笔成章,良谓逸才赡藻,夸其辞说,以今况之,方知其信。"④可见"言出为论,下笔成章",非常人所致,确需相当的才华与捷悟。杨修《答临淄侯笺》曾叹："又尝亲见执事握牍持笔,有所造作,若成诵在心,借书于手,曾不斯须,少留思虑。仲尼日月,无得逾焉。修之仰望,殆如此矣。是以对鹗而辞,作《暑赋》弥日而不献,见西施之容,归增其貌者也。"⑤以杨修之机变,《世说新语》"捷悟第十一"前四条皆杨修之事,他尚且对曹

---

① 一、二、三类所引,分别参见萧绎：《金楼子校笺》,许逸民校笺,第884、883、857、892、654、966、1283页。
② 萧绎：《金楼子校笺》,许逸民校笺,第652—653页。
③ 萧绎：《金楼子校笺》,许逸民校笺,第650页。
④ 严可均辑《全宋文》卷一二,第115页。
⑤ 杨修：《答临淄侯笺》,载严可均辑《全后汉文》卷五一,第528—529页。

植挥笔而就之敏捷赞叹仰望不已,可见此的确非常人之能。

萧绎独从《三国志》曹植本传中拈出此条,其对曹植敏悟之文学才华的赞叹向往可见一斑。又,《梁书·元帝》言:"世祖聪悟俊朗,天才英发。年五岁,高祖问:'汝读何书?'对曰:'能诵《曲礼》。'高祖曰:'汝试言之。'即诵上篇,左右莫不惊叹……既长好学,博总群书,下笔成章,出言为论,才辩敏速,冠绝一时。高祖尝问曰:'孙策昔在江东,于时年几?'答曰:'十七。'高祖曰:'正是汝年。'"①看此段叙述,"下笔成章,出言为论",与曹植本传中何其相似!高祖以孙策勉时年十七的萧绎,与武帝以自己年二十三为顿丘令来勉励曹植,亦是如出一辙。又,《金楼子·杂记下》言:"高贵乡公赋诗,给事中甄欶、陶成嗣各不能著诗,受罚酒。金谷聚,前绛邑令邵荥阳、中牟潘豹、沛国刘邃不能著诗,并罚酒三斗,斯无才之甚矣。"②不能著诗,便是"无才之甚",可见萧绎把著诗与才联系起来。同卷萧绎自言曰"余好为诗赋及著书"③,"余六岁能为诗"④,等等,此颇见其对诗赋文学的爱好以及对自我诗才的自负。

总之,同为侯王,同样捷悟,同善诗赋,正是这种种的相似让萧绎对曹植颇有亲近之感,这也正是他摘录曹植本传中此条的用心与情感所在。

(2)摘录《与杨德祖书》条。

南朝时,文人书信中多称引《与杨德祖书》中的内容,就笔者所见,约有八条,多从作文或文学观念角度言,唯萧绎摘录了下面一段:

> 曹植曰:"吾志不果,吾道不行,将来采史官之实录,时俗之得失,为一家之言,藏之名山。"此外徒虚言耳。(杂记篇第十三上)⑤

这段摘录若联系《金楼子》其他卷中言论,即可明了其中隐含之深意。《金楼子序》言:"先生曰:余于天下为不贱焉。窃念臧文仲既殁,其言立于世。曹子桓云:'立德著书,可以不朽。'杜元凯言:'德者非所企及,立言或可庶几。'故户牖悬刀笔,而有述作之志矣。常笑淮南之假手,每蚩不韦之托

---

① 姚思廉:《梁书》卷五《元帝》,第135页。
② 萧绎:《金楼子校笺》,许逸民校笺,第1327页。
③ 萧绎:《金楼子校笺》,许逸民校笺,第1334页。
④ 萧绎:《金楼子校笺》,许逸民校笺,第1335页。
⑤ 萧绎:《金楼子校笺》,许逸民校笺,第1253页。

人。由是年在志学,躬自搜纂,以为一家之言。"①萧绎这种强烈的欲为一家之言的意愿,在曹植诗文中亦多有体现。"孔氏删诗书,王业粲已分。骋我径寸翰,流藻垂华芬"(《薤露行》),更表明曹植对素王之业的向往。只是曹植虽有此愿,但或因政治压力,他终生并没有如其所言去著书立说,只是通过对自我辞赋观念的调整为流名后世开拓了一条"立言"之路。其《前录自序》云:"故君子之作也……泛乎洋洋,光乎皓皓,与雅颂争流可也。"他把辞赋提到了与雅颂争流的地位,与杨修"今之赋颂,古诗之流,不更孔公,风雅无别耳"②之论颇无异义,而"与雅颂争流"可以看出他对雅颂之声的追求与自信,此与"流藻垂华芬"之内涵并无区别!所以他一反先前"辞赋小道"的看法,"精意著作,食欲损减,得反胃病也"③。

萧绎则要幸运得多,一生著述颇丰。如《梁书·元帝》末尾录其著述道:"所著《孝德传》三十卷。《忠臣传》三十卷,《丹阳尹传》十卷。《注汉书》一百一十五卷,《周易讲疏》十卷,《内典博要》一百卷,《连山》三十卷,《洞林》三卷,《玉韬》十卷,《补阙子》十卷,《老子讲疏》四卷,《全德志》《怀旧志》《荆南志》《江州记》《贡职图》《古今同姓名录》一卷,《筮经》十二卷,《式赞》三卷,文集五十卷。"④成果众多,内容博杂,内外兼著,广涉经史,足见作者用功之勤,用心之深。若无强烈的动机,很难设想其短暂的一生会迸发出如此强大的能量。钟仕伦《萧绎思想体系论》言:"萧绎生当中国历史上由南北对峙走向南北融合的历史时期的前夜,其思想体系呈现出杂取儒、释、道而兼涉兵家、墨家、名家、法家、农家等众家学说之长,以成一家之言的杂家特征。"⑤由于时代文化背景的不同,他远比曹植的思想更为驳杂,但二人立言以不朽的追求则是一致的。

又,曹植在《与杨德祖书》中言:"若吾志未果,吾道不行,则将采(庶)〔史〕官之实录,辩时俗之得失,定仁义之衷,成一家之言。"这种欲采录而成一家之言的想法或许影响到《金楼子》的编纂方式,如《四库全书总目提要》

---

① 萧绎:《金楼子校笺》,许逸民校笺,第1页。
② 杨修:《答临淄侯笺》,载严可均辑《全后汉文》卷五一,第529页。
③ 《太平御览》卷三七六引《魏略》,载李昉编纂《太平御览》第四卷,夏剑钦、张意民校点,第151页。
④ 姚思廉:《梁书》卷五《元帝》,第136页。
⑤ 钟仕伦:《萧绎思想体系论》,《北京大学学报(哲学社会科学版)》2001年第3期,第71页。

评《金楼子》言:"其书于古今闻见事迹、治忽贞邪,咸为苞载。附以议论,劝诚兼资,盖亦杂家之流。"①日本兴膳宏认为,《金楼子》"由古典断章取义,并将它们融化在自己的行文里的",而"如此断章取义、编辑成书,正是六朝式的方法"。②萧绎《金楼子序》言:"常笑淮南之假手,每蚩不韦之托人。由是年在志学,躬自搜纂,以为一家之言。"③亦点出其搜索采录编撰而成《金楼子》之事实,与曹植"采(庶)〔史〕官之实录,辩时俗之得失"的思路是相合的。

(3)摘录曹植《汉二祖优劣论》条。

《金楼子》立言篇又抄录曹植《汉二祖优劣论》、诸葛亮针对曹植此论的《论光武》等,梳理自曹植以来关于光武的论说之源流发展,从多个方面展现光武的特点。其中抄录曹植论光武的文段,因有今传曹植《汉二祖优劣论》原文作参考,可见《金楼子》中所抄大部分乃抽取曹植文中成句排列而成,已非曹文原貌,意思亦有不少变化。具体标示如下:

> 曹植曰:"汉之二祖,俱起布衣。高祖阙于微细,光武知于礼德。高祖又鲜君子之风,溺儒冠不可言敬,辟阳淫僻,与众共之。诗书礼乐,帝尧之所以为治也,而高帝轻之。济济多士,文王之所以获宁也,高帝蔑之不用。听戚姬之邪媚,致吕氏之暴戾,果令凶妇肆鸩酷之心。(此内容,今曹植文中缺,赵幼文据丁晏《曹集铨评》所辑录,以为可能为曹作脱文。曹植原文先数句从整体言高祖起事成就之盛事,后以"然而名不继德,行不纯道"转入条列高祖之诸多失误。此又分两层:先言高祖起事时之失误,比如"惑秦宫""窘项座""计失郦生""忿过韩信""太公是(诰)〔诘〕"等;后言高祖登位后之失误,如萧文所言。从而得出"凡此诸事,岂非高祖寡计浅虑以致□!"之结论。而萧绎主要摘录高祖"鲜君子之风",不礼儒生,不重诗书礼乐,不重文士等内容)凡此诸事,岂非寡计浅虑?(曹文在这一总结后,又以"然彼之雄材大略"转入对高祖之正面肯定,如其"枭将画臣""任其才而用之,听其言而察之"等,萧

---

① 永瑢等:《四库全书总目提要》第23册,第11页。
② 兴膳宏:《梁元帝萧绎的生涯和〈金楼子〉》,载兴膳宏:《异域之眼——兴膳宏中国古典论集》,戴燕 选译,复旦大学出版社,2006,第160页。
③ 萧绎:《金楼子校笺》,许逸民校笺,第1页。

绎文则无)斯不免于间阎之人,当世之匹夫也。(曹文结论言"不然,斯不免于间阎之人,当世之匹夫也",是一否定假设语句,由此角度肯定高祖的优长之处,而萧绎文则去掉"不然"一词,意思与曹文刚好相反)世祖多识仁智(曹文有数句概括高祖才德,而萧绎文仅择取其中"通达而多识,仁智而明恕"浓缩为"多识仁智"),(下面关于光武行师克敌之论,曹文有大段内容,萧绎只是择取其中语句拼接而成。其择取句用▲做标志)奋武略以攘暴,兴义兵以扫残,▲破二公于昆阳,斩阜、赐于汉津。当此时也,九州鼎沸,四海渊涌,言帝者二三,称王者四五。▲若克东齐难胜之寇,降赤眉不计之虏。彭宠以望异内陨,庞萌以叛主取诛,隗戎以背信躯毙,公孙以离心授首。而乃庙胜而后动众,计定而后行师。▲于时战克之将,筹画之臣,承诏奉令者获宠,违命犯旨者颠危。故曰建武之行师也,计出于主心,胜决于庙堂。故窦融因声而景附,马援一见而叹息。"(曹文下从多个方面对光武进行归纳性整体评价)①

据以上比较,可以断定萧文乃摘录拼接曹文而成,若此,其摘录已非曹植原文。综观曹文,他写高祖之劣,主要从寡谋少略和缺人君之德的角度,因此对比来写,他写光武重在写其人君之德与计出主心、决胜庙堂之谋略,二者相辅相成,终"建不朽之元功"(《汉二祖优劣论》)。萧文则主要摘录高祖登位后不重儒生、儒教以及在继承人问题上几导致国家覆灭之失误,而在论述光武方面,主要摘录光武奋武略、兴义师、计出主心、胜决庙堂之事。

据萧绎对曹文的剪接看,我们无法断定其下所摘录诸葛亮论光武的内容是否为诸葛文章之原貌与原意。就萧绎摘录看,他所摘录曹植文重光武德行、武略,所摘诸葛文则重光武明君知臣之贤。萧绎摘录后有一段议论,如引东汉黄琼语,说明光武创基艰难,又针对时人"光武之时,敌宁有若项羽者?"之疑,辩言:"昔马援见公孙述自修饰作边幅,知无大志,推羽之行,皆较然可见,而胡有疑也。"②以公孙述之事比项羽衣锦夜行之事,说明高祖时项羽并非强敌,即高祖创业并非比光武所遇困境更多,从而从侧面强调光武之武功。其结尾"则通人之谈,世祖为极优矣"③,颇类曹作结尾"光武其近

---

① 萧绎:《金楼子校笺》,许逸民校笺,第949页。
② 萧绎:《金楼子校笺》,许逸民校笺,第950页。
③ 萧绎:《金楼子校笺》,许逸民校笺,第950页。

优也"。萧绎所议,皆是从光武当时所处外在环境角度,说明光武成就大业之不易。

萧绎不惜笔墨摘录关于光武之种种论述,其内心对光武之推崇,对曹植观点之认可、对曹植之理解,由此可见一斑。曹植曰"若吾志未果,吾道不行",曹植之"道"、之"志"是什么?根据他将退隐而成一家之言的表白,联系孔子周游列国而其道不能用于世,而感叹"归与!归与!吾党之小子狂简,斐然成章,不知所以裁之"①,曹植之道应是基于儒家思想的治国平天下理想。而曹植之"志"呢?其《与杨德祖书》言"犹庶几勠力上国,流惠下民,建永世之业,流金石之功",《责躬》言"甘赴江(湘)〔湖〕,奋戈吴越",可见,他所渴望的永世之业,更主要的是基于曹魏政治生态而追求军功的建立。高德耀先生说:"曹植总是真挚地渴望为国家效劳,同时也渴求不朽之名,根据传统价值观,他认为战功是通向不朽的最佳途径。"②而他在《汉二祖优劣论》《武帝诔》《魏德论》《任城王诔》《大司马曹休诔》中对光武、曹操、曹彰、曹休等人叱咤战场的称赏,更可见他对战功的向往,这不是因为他好战,或者欲通过战功实现不朽,而是强敌在外,当时的局势决定着天下一统唯有军事一途。田余庆认为:"统一是秦、汉以来中国历史的必由之路。曹操完成了中国北部的统一,并且在相当程度上巩固了统一,这是曹操在历史上最值得肯定的地方。统一北方是他一生事业中的一根经线,曹操其他的进步活动,都可以同这根经线相联系。"③曹植对军功的向往不仅是个人价值的实现问题,它涉及曹魏国家安全问题,也是曹操一统天下心愿的延续。

萧绎摘录曹植等人对光武的评论内容,不仅是对光武的推崇,其间亦必有个人动机在内。萧绎言:

> 吾于天下亦不贱也,所以一沐三握发,一食再吐哺,何者?正以名节未树也。吾尝欲棱威瀚海,绝幕居延,出万死而不顾,必令威振诸夏。然后度聊城而长望,向阳关而凯入,尽忠尽力,以报国家。此吾之上愿焉。④

---

① 《论语·公冶长》,载杨树达:《论语疏证》,第129页。
② 高德耀:《司马门事件及其他——论曹植对继承权及文学声誉的追求》,《社会科学战线》1991年第1期,第262页。
③ 田余庆:《秦汉魏晋史探微(重订本)》,第130页。
④ 萧绎:《金楼子校笺》,许逸民校笺,第810–811页。

这种对驰骋疆场、尽忠报国战功的渴望与曹植何其相似。

太上立德、其次立言、其次立功的思想对曹植、萧绎都影响深远。萧绎对曹植《与杨德祖书》"若吾志未果,吾道不行"一段内容的摘录,充分说明二者思想的共鸣之处。

曹植思想以儒家为主,从建安经黄初而至太和,其儒家思想渐次内化为儒家人格。尤其太和时期,曹植或总结历史教训,或针砭时弊,或进言君主,或指斥群臣,与其先前的慷慨激昂比,更务实,更具体,更有针对性,也更直言不讳,显示出政治思想的成熟及对"为国以德"政治理想的追求,此与其建安以来忠君爱国、建功立业、注重修养的思想相结合,终于把他早期以来诗文中洋溢的道德内容落实于现实人生。

萧绎思想亦以儒家为主干,此点在《金楼子》中表现得非常充分。如其言:"君子有三患:未之闻,思弗得闻;既闻之,患弗能学;既学之,患弗能行。君子有四耻:有其位,无其言,君子耻之;有其言,无其行,君子耻之;既得之,又失之,君子耻之;地有余,而民不足,君子耻之。"①"居家治理,可移于官,何也?治国须如治家,所以自家刑国。"②"凡读书必以《五经》为本,所谓非圣人之书勿读。"③等等。

但和曹植最终把儒家思想内化为自己的人格,从而实现了大我的人生成就相比,萧绎虽亦以儒家礼教作为修身准则,但正如其言"余以孙、吴为营垒,以周、孔为冠带,以老、庄为欢宴,以权实为稻粮,以卜筮为神明,以政治为手足"④,"周孔"不过是粉饰之衣冠,其真正用心在为政、权实,所以儒家修身的修养并不能内化为他的内在人格,萧绎在国家危机之时的表现于此即可找到征兆。《南史·元帝》史臣论曰:"元帝以磐石之宗,受分陕之任,属君亲之难,居连率之长,不能抚剑尝胆,枕戈泣血,躬先士卒,致命前驱。遂乃拥众逡巡,内怀觖望,坐观国变,以为身幸。不急莽、卓之诛,先行昆弟之戮。"⑤相比于曹植面对曹彰之支持,以"不见袁氏兄弟乎"⑥拒之,二人人

---

① 萧绎:《金楼子校笺》,许逸民校笺,第846页。
② 萧绎:《金楼子校笺》,许逸民校笺,第831页。
③ 萧绎:《金楼子校笺》,许逸民校笺,第499页。
④ 萧绎:《金楼子校笺》,许逸民校笺,第854页。
⑤ 李延寿:《南史》卷八《元帝》,第252页。
⑥ 陈寿:《三国志》卷一九《魏书·任城威王彰》裴注引《魏略》,第557页。

品、心胸气度自是不同。由此,再看萧绎摘录光武一事,此文定著于萧绎晚年。杜志强认为《金楼子》应著于萧绎晚年,更可能的时间是平定侯景叛乱后的552—554年间。① 光武崛起于乱世,"当此时也:九州鼎沸,四海渊涌,言帝者二三,称王者四五"(《汉二祖优劣论》),联系梁代末世,纷乱有胜于此,萧绎摘录曹植诸人对光武的评论,其间亦不免颇有以光武自比之意。

总之,正是与曹植在身份、才思、爱好等方面的一致性,与曹植在古代三立思想上的相合,萧绎才以悬思子建之文为人生之至乐,才对曹植本人及其诗文有着不同于众人之理解,"曹子建、陆士衡皆文士也,观其辞致侧密,事语坚明,意匠有序,遣言无失,虽不以儒者命家,此亦悉通其义也。遍观文士,略尽知之"②,从语言、用典、结构、立意等方面指出曹植、陆机文符合儒家的文学观念,指出他们虽不以儒的身份传世,但却通晓儒家经义。此对曹植文士精神的揭示在曹植接受史上是第一次,它对深化对曹植其人及其诗文的理解有重要意义。

由于这一言论是在对当时学风、文风的批评基础上提出的,因此有必要回顾此言论之前文。其前文提到"夫子门徒,转相师受,通圣人之经者,谓之儒。屈原、宋玉、枚乘、长卿之徒,止于辞赋,则谓之文。今之儒,博穷子史,但能识其事,不能通其理者,谓之学"③。他认为通经解理者方谓之儒,而当时所谓的儒只是博穷子史,只能称为"学"。而在学与文的关系上,他进一步指出当时"至如不便为诗如阎纂,善为章奏如伯松,若此之流,泛谓之笔。吟咏风谣,流连哀思者,谓之文。而学者率多不便属辞,守其章句,迟于通变,质于心用"④。看来学者已是难能可贵,学者而若能兼长文笔之写那更是难得。而曹植悉通儒家经义,又长于文,比较而言则常人难以企及。

不仅如此,他进一步言当时文笔的特点:"笔退则非谓成篇,进则不云取义,神其巧惠笔端而已。至如文者,维须绮縠纷披,宫徵靡曼,唇吻适会,情灵摇荡。而古之文笔,今之文笔,其源又异。"⑤对于此处所言文笔,一般认为是对文笔的正面肯定,表达了萧绎的文学观念。刘晟教授基于对立言全

---

① 参见杜志强:《萧绎〈金楼子〉的版本及其写作时间》,《文献》2004年第1期。
② 萧绎:《金楼子校笺》,许逸民校笺,第966页。
③ 萧绎:《金楼子校笺》,许逸民校笺,第966页。
④ 萧绎:《金楼子校笺》,许逸民校笺,第966页。
⑤ 萧绎:《金楼子校笺》,许逸民校笺,第966页。

篇的梳理解读,认为:"联系这几句话出现的语境、说话的语气来看,这几句话实是对笔与文离儒愈来愈远而持有的轻诋之见。大意是说,应用性的笔类作品次比不上学人的专文专书,上比不上儒者的通经之作。……笔不过是表现了立言达意的语言技巧,明显见出对今人的笔是轻视的。那么,他对文的态度又是如何呢?顺势而来,一个'惟'字表明了他的态度。这里的'惟',是'唯独、只须'的意思,这里的'唯独、只须'从上下文来看,并非是从正面肯定,而是从反面认识,寓有贬义……意思是说,至于文,只要'绮縠纷披,宫徵靡曼,唇吻遒会,情灵摇荡'就可以了……都是偏重于作品艺术形式的追求。"①本文以为刘晟教授的解释是合乎文意的。既然萧绎对今文只是追求形式的做法是有保留的,那么他所谓的古之文与今之文的区别大概就在于古之文蕴含着儒家思想精神,合乎文质彬彬的儒家文学观念。

他于评论曹植文后,又言"至于谢玄晖,始见贫小,然而天才命世,过足以补尤。任彦升甲部阙如,才长笔翰,善缉流略,遂有龙门之名,斯亦一时之盛"②。在他所列举的潘岳、曹植、陆机、谢朓、任昉等人中,唯对曹、陆没有批评之辞,这表明萧绎实以曹、陆文为标范,来对照批评当世文风。萧绎于行文中先儒后文,先文士之文后谢诗任笔,此顺序本身亦说明他崇儒、重学的倾向。

由于对萧绎文中笔文语句有误解,再加上萧绎也有一部分宫体创作,有人据此把萧绎归入宫体派,认为他是宫体诗的积极倡导者。把萧绎归入尊古派或者宫体派,都有依据,说明萧绎文艺思想与创作实践具有二重性。除此之外,笔者还想从发展的观点来看这一问题。

无独有偶,萧纲亦有两处评论涉及曹植,笔者据此评论,通过分析萧纲与萧绎文学观念之差别,进一步探讨萧绎对曹植的接受。

萧纲《答张缵谢示集书》云:"纲少好文章,于今二十五载矣。……不为壮夫,杨雄实小言破道,非谓君子,曹植亦小辩破言。论之科刑,罪在不赦。"③他对曹植"辞赋小道"之论非常不满,认为简直可以据此论罪。其观

---

① 刘晟:《萧绎〈金楼子·立言〉主旨辨正》,《华南师范大学学报(社会科学版)》2000年第2期,第47页。
② 萧绎:《金楼子校笺》,许逸民校笺,第966页。
③ 严可均辑《全梁文》卷一一,第114页。

点与萧绎对曹植之高崇完全不同。其言"是以沈吟短翰,补缀庸音,寓目写心,因事而作"①,强调文辞寓目写心、抒发性情的作用,但并不提及儒家经义。

另外,萧纲《与湘东王书》中亦提到曹植,但不过以曹植等古人之文来批评当时的京师文体而已。《与湘东王书》被看作宫体派的宣言,且文中言:"文章未坠,必有英绝领袖之者,非弟而谁!每欲论之,无可与语,思吾子建,一共商榷,辨兹清浊,使如泾渭,论兹月旦,类彼汝南。"②萧纲为何要给萧绎写这封信?写于什么时间?写作背景是什么?对此,清水凯夫先生有专文讨论,其结论是:

  《与湘东王书》是于梁代文学转变时期的大同年间(535—545)的最初几年撰写的,是"宫体"文学发展的转机。

  这个时期是立太子(中大通三年、531)后,身为太子萧纲文学集团核心,居于领导地位的徐摛和庾肩吾相继被迁往地方或王府任职,因而稍有沉落的太子萧纲集团再度请回徐庾二人以抑制中大通以后当时盛行于京师的裴子野派("古体派")和谢灵运派的文体而发展本派文体的时期。

  在文学处于此种状况的时期,太子萧纲寄《书》给与"古体派"和"谢灵运派"的文人有深交的湘东王,是批判沉沦于模拟裴谢的京师文体,是拥护如"前言"所述"拘声韵","尚丽靡"的东宫文学集团的文体。③

清水凯夫先生解释写信给湘东王的原因,判断书信的写作时间,解释为何此书载在《庾肩吾传》中等问题,把一连串问题解释清楚了,但是对于萧纲写信给萧绎的政治动机则没有涉及。

据史,萧衍在萧统去世后,由于蜡鹅事件的阴影,在新太子的选择上,萧衍不选萧统之子,而选立了萧纲,这种选择在立嗣以长的观念氛围中,遭到诸多反对。如袁昂上书要求立昭明长息,萧纲主簿周弘正奉劝他主动谦让,

---

① 严可均辑《全梁文》卷一一,第114页。
② 严可均辑《全梁文》卷一一,第116页。
③ 清水凯夫:《简文帝萧纲〈与湘东王书〉考》,载清水凯夫:《六朝文学论文集》,韩基国译,重庆出版社,1989,第185页。

邵陵王纶认为立萧纲"不谓德举"①,"时武帝年高,诸王莫肯相服。简文虽居储贰,亦不自安,而与司空邵陵王纶特相疑阻。纶时为丹阳尹,威震都下。简文乃选精兵以卫宫内。兄弟相贰,声闻四方"②。《梁书》又载:"天监中,震太阳门,成字曰'绍宗梁位唯武王',解者以为武王者,武陵王也,于是朝野属意焉。"③而武帝因"舍誉兄弟而立简文,内常愧之,宠亚诸子……誉既以其昆弟不得为嗣,常怀不平。又以梁武帝衰老,朝多秕政,有败亡之渐,遂蓄聚货财,交通宾客,招募轻侠"④。可以说,"梁宗室争竞,萧纲徒有太子之名而未有其实,他的地位非但没有因受封太子而巩固,反因庶子身份而成众矢之的"⑤。在这样的政治背景下,萧纲写信给萧绎,明显是要拉拢与古体派和谢灵运文体派等都有深交的萧绎,壮大宫体声势,扩大本集团影响力,为自己赢得话语权,从而稳固自己的地位,其"思吾子建"等语亦明确表达了共掌文坛的思想。萧绎非常明白萧纲的处境与用意,他转而写宫体以支持萧纲,带有很强的政治迎合目的,并不能据此断定他认可宫体的主张,此点比较一下他与萧纲的宫体作品即可知晓。而到了萧绎拥军自重,以至成为扭转侯景叛乱时局之力挽狂澜的人物后,他于晚年所著《金楼子》中又重新表白自己的文学立场,其崇儒重学的观念始终一致,这也正是他能挖掘出曹植诗文中所蕴藏的儒家精神之关键所在。

---

① 李延寿:《南史》卷五三《梁武帝诸子·邵陵携王纶》,第1326页。
② 李延寿:《南史》卷五二《梁宗室·萧范》,第1296页。
③ 姚思廉:《梁书》卷五五《武陵王纪》,第826页。
④ 令狐德棻等:《周书》卷四八《萧誉》,第855页。
⑤ 时国强:《从萧纲的政治处境看其宫体诗的创作原因》,《宁夏师范学院学报(社会科学)》2007年第4期,第19页。

结　论

　　唐前曹植接受过程曲折，接受形态复杂，迥异于诸多经典作家之后世接受。从声名传播看，唐前曹植声名显晦起伏密度很大，有时看似隐，其实亦是显；有时看似显，其实又是隐。建安时曹植可谓文坛与政坛的耀眼之星，但黄初以后，他被驱逐到政治权力的边缘，加之建安文士多已谢世，朝中对曹植保持了普遍的沉默。曹叡时期，尽管秉持了曹丕时期科禁诸侯的政策，但曹叡特殊的人生遭遇、性情及对文学的喜好，使曹植至少有机会回到曹魏君臣的视线。其对曹魏疏公族亲异姓政策的批评与忧虑，也得到曹魏君臣的回应。而曹叡对其文学的欣赏、模拟，以及在他去世后，对其文集进行官方的搜集、编撰、整理，使其文名、才名又一次闪耀在人们心头，而且，为以后曹植集的保存与流传，甚至是曹植其人、其文的解读方向奠定了基础。

　　此后，直到东晋末年，论及曹植及其作品的资料很少，曹植在两晋似乎成了冷话题。但从魏末何晏、嵇康，尤其是阮籍开始，他们对曹作的学习，对由魏入晋的士人影响很大，其后傅玄、张华、太康诗人、郭璞、陶渊明等两晋重要文士对曹植作品的学习，尤其是王羲之与王献之父子、顾恺之等大艺术家对曹作的艺术转化，又表明看似冷话题的曹植，实亦为当时主流文士热心学习模仿的对象。可以说，是两晋（主要是西晋）掀起了曹植文学接受的第一个高潮。

　　南朝宋谢灵运、鲍照、江淹等大家对曹植文学之综合、深入的接受，则是曹植文学接受的第二个高潮，以后，曹植作品中的经典意象、词汇、语句等渐为文坛所普遍化用，曹植接受似乎进入黄金时期，但由于此普遍化用成为因袭之程式,且出现了庸俗化、娱乐化倾向,曹作内含之人格与精神已经逐渐遗失殆尽,因此,对曹作学习规模的热情事实上已经衰退了。但同时,由谢灵运拟曹诗及序开启南北朝进入曹植生命层面的阐释历程,直至《诗品》《文选》把曹植推到建安之杰的地位;曹植阐释接受亦由点滴之评到《文心雕龙》对之多方位的批评,从而造就了南北朝曹植阐释接受的高潮。从曹魏经两晋到南北朝,曹植声名显晦的轨迹可谓非常复杂。

曹植经典地位的确立,若从创作影响史角度看,相比于对建安其他文士的学习借鉴,西晋主流文士对曹作深入广泛的学习,已经充分说明曹植文学成就于其心中的地位;但如果从阐释史角度看,曹植的经典地位则由曹植、王粲并称,曹植、刘桢并称,而终于经《诗品》《文选》之高度推崇确立下来。自此以后,对曹植文学史地位的探讨成为古人常论的话题。比如唐代皎然认为"邺中七子,陈王最高"[1],首次明确归曹植为建安七子之一,并许其为七子之冠,与南北朝所论,有很大不同。南宋张戒说:"古今诗人推陈王及《古诗》第一,此乃不易之论。"[2]明代胡应麟言"陈思而下,诸体毕备,门户渐开。阮籍、左思,尚存其质。陆机、潘岳,首播其华。灵运之词,渊源潘、陆。明远之步,驰骤太冲"[3],指出曹植对魏末、晋宋大诗人之影响,实具有源头意义。清人更是综观历史之长河,站在总结前代的立场上,来评价曹植的文学史地位。如严可均认为:"子建之精光浩气,长留天地间者,在文辞,不在风节。偶持风节,要不因此增重也。……文则两京具体,诗为百代宗工,是能立言不朽,视立德、立功,曾何悬别?"[4]此与陈寿言"足以自通后叶"相似,肯定曹植以文留名的成就。

当然更多人则从曹植与当时及后世诗人的比较中来评价其历史地位,如刘熙载认为曹操诗"气雄力坚","建安诸子,未有其匹也",但又言"子建则隐有'仁义之人,其言蔼如'之意。钟嵘品诗,不以'古直悲凉'加于'人伦周、孔'之上,岂无见乎"[5],即以子建之成就在曹操之上。潘德舆言:"如子建、公幹,先不可以并称,鲍、谢亦非子建之匹,三代以下之诗圣,子建、元亮、

---

[1] 皎然:《诗式校注》,李壮鹰校注,第110页。
[2] 张戒:《岁寒堂诗话》卷上,载丁福保辑《历代诗话续编》,第451页。
[3] 胡应麟:《诗薮》内编卷二,第23页。
[4] 曹植:《曹植集》,朱绪曾考异,丁晏铨评,杨焄点校,上海古籍出版社,2019,第382页。
[5] 刘熙载:《诗概》,载郭绍虞编选《清诗话续编》,富寿荪校点,第2287页。

太白、子美而已。"①又言："两汉以后，必求诗圣，得四人焉：子建如文、武，文质适中；陶公如夷、惠，独开风教；太白如伊、吕，气举一世；子美如周、孔，统括千秋。"②王士禛曰："汉魏已来二千余年间，以诗名家者众矣，顾所号为仙才者，唯曹子建、李太白、苏子瞻三人而已。"③这里，曹植不仅若前代所评，与李白、杜甫并耀，亦与陶渊明、苏轼同辉，更甚者，丁晏认为"若陶之真挚，李之瑰逸，杜之忠悃，而其原皆出子建"④。吴乔从文学史的发展角度，更进一步指出曹植诗在文学史上的转折作用，如："子美言诗，看子建亲，故苏子瞻云，诗至子美一变也。元和长庆以后，元白韩孟嗣出，杜诗始大行，后无出其范围者矣。今之论诗者，但当祖述子建，宪章少陵，古今之变，于斯尽矣。"⑤

据上梳理可见，由于评者诗学观念不同，由于时代美学风尚的变换转移，对曹植文学史地位的确立往往有不同的角度，而曹植能与不同风格代表的诗人并列一起，足见曹植及其文学所蕴含的丰富性。古人对曹植文学史地位的评价角度与今人多从其对乐府之文人化贡献角度言有很大不同。

另外，若严可均所言，"子建之精光浩气，长留天地间者，在文辞，不在风节"，我们很难想象，在中国古代诗品与人品合一的观念下，曹植能够在天地之间浩气长留，仅仅在其文辞！任何一位经典作家，他能深入一代代读者心灵，并给他们带来震撼与感动的，一定在于其作品中蕴含着常人难以企及的精神境界与能沟通古今的情感。明代李梦阳说："余读植诗，至瑟调《怨歌》《赠白马》《浮萍》等篇，暨观《求试》《审举》等表，未尝不泫然出涕也……余于是知魏之不兢矣……则魏之不能用植，固亦天弃之矣。"⑥情感之强烈，前此未见。张溥曰："余读陈思王责躬应诏诗，泫然悲之。"⑦自钟嵘指出曹植诗歌"情兼雅怨"后，唐宋多有以其诗为悲愤者，但读植诗感激发愤若此者，

---

① 潘德舆：《养一斋诗话》，载郭绍虞编选《清诗话续编》，富寿荪校点，第2070页。
② 潘德舆：《养一斋诗话》，载郭绍虞编选《清诗话续编》，富寿荪校点，第1938页。
③ 王士禛：《带经堂诗话》卷五，张宗柟纂集，戴鸿森校点，人民文学出版社，1963，第119页。
④ 丁晏：《陈思王诗钞原序》，载曹植：《曹集铨评》，丁晏纂，叶菊生校订，第233页。
⑤ 吴乔：《围炉诗话》卷一，载王云五主编《围炉诗话及其他二种》，商务印书馆，1936，第19页。
⑥ 李梦阳、王士贞评点《曹子建集》卷首，载河北师范学院中文系古典文学教研组编《三曹资料汇编》，第127页。
⑦ 张溥：《汉魏六朝百三家集题辞注》，殷孟伦注，第71页。

前尚未有。笔者以为他们之所以如此感动,主要是因为曹植作品所体现的悲剧性,这种悲剧不只体现在他高贵的王者身份与其陋同匹夫的人生反差,更体现在他卓荦不群的才华、他强烈的责任感、他为国为君的忠诚、他追求"三立"的人生理想与其永无回归的逐臣命运之间的巨大反差。鲁迅说:"悲剧将人生的有价值的东西毁灭给人看。"①曹植的悲剧就在于,他所有世所公认的美好,如理想、才华、道德等,在君权的大棒下,变得毫无意义。在古代专制体制下,依附君权的士人们最容易不同程度地经验到这种悲剧性。然而,曹植更感人者在于,尽管他一直处于被放逐的地位,却从未放弃建功立业的理想追求,从未放弃对自我人格的砥砺,在其悲愤哀婉的诗作背后,一直激荡着慷慨多气的豪情。正是在这个层面上,曹植才成为古人那里与陶渊明、杜甫等并提的大诗人,才成为进入民族心灵的历史人物。但与陶渊明一开始就以其高尚的人品为人所注意不同,曹植之卓越人格则是一代代读者逐步发现、挖掘出来的。唐前曹植接受主要是对其文的接受,但南北朝时期,伴随着对曹植人生、作品情感内容的理解,经由裴松之、谢灵运、江淹、钟嵘、萧绎等人的不断阐释,到隋代王通时,就已确定了曹植其人与其文合一的道德性,此为后代对曹植及其作品进行道德阐释奠定了基础。

而从创作影响层面看,唐前曹植接受以魏末、西晋、东晋末年、刘宋时期最为繁盛,其接受者基本上是文坛的主流文人,如阮籍、傅玄、张华、太康诗人、陶渊明、谢灵运、鲍照、江淹等,他们对曹作不同角度的学习,不断启发、丰富着人们对曹作的理解。尤其是,在他们的学习、规模之下,曹植的一些作品开始出现经典化过程,比如《美女篇》《七哀》《杂诗六首》《箜篌引》《白马篇》《名都篇》《赠白马王彪》等。《文选》所选曹作,在萧统之前,大多就已经是被反复模拟、借鉴的作品了,从此亦可看出,《文选》之编撰并非绝无依傍。这些经典作品,随着《文选》在唐代的流行,亦成为唐代文人学习的对象,李白、杜甫对曹作的接受,成为唐代曹植创作影响高潮的标志。不过,唐人对曹作的接受除秉承两晋、南北朝的接受方向外,又因陈子昂对汉魏风骨之高举,从而在钟嵘"骨气奇高,词彩华茂"的基础上,进一步挖掘出曹作的雄壮特质,比如杜甫《别李义》"先朝纳谏诤,直气横乾坤。子建文笔壮,

---

① 鲁迅:《再论雷峰塔的倒掉》,载《鲁迅杂感选集》,解放军文艺出版社,2000,第26页。

河间经术存"①等。此后,宋人发现了曹作深婉的风格,明人发现了曹作"古"的一面,清人发现了曹作清、妙的特点,等等。由此可见,时代文学风尚与批评者的视界如何左右着对曹植接受发现的方向,然而正是由于不同的期待视野,才会有曹作风格多样性的不断挖掘,曹植文学成就之内涵也得以在这不断的挖掘中得到充实、丰富。

---

① 杜甫:《钱注杜诗》,钱谦益笺注,上海古籍出版社,1979,新1版,第240页。